I0610863

1790 bis
to A

NOUVEAU TRAITÉ

DE PHARMACIE

THÉORIQUE ET PRATIQUE.

IMPRIMERIE D'AMÉDÉE GRATIOT ET Cᵉ,
11, Rue de la Monnaie.

NOUVEAU TRAITÉ

DE

PHARMACIE

THÉORIQUE ET PRATIQUE

PAR

E. Soubeiran

PHARMACIEN EN CHEF DES HÔPITAUX ET HOSPICES CIVILS DE PARIS,
DIRECTEUR DE LA PHARMACIE CENTRALE DES HÔPITAUX ;
PROFESSEUR A L'ÉCOLE SPÉCIALE DE PHARMACIE ; MEMBRE DE L'ACADÉMIE ROYALE DE MÉDECINE,
DE LA SOCIÉTÉ DE PHARMACIE ;
MEMBRE CORRESPONDANT DE L'ACADÉMIE DES SCIENCES, ARTS ET BELLES-LETTRES DE ROUEN,
DE LA SOCIÉTÉ LIBRE D'ÉMULATION DE LA MÊME VILLE,
DE LA SOCIÉTÉ DES PHARMACIENS DU NORD DE L'ALLEMAGNE ;
MEMBRE HONORAIRE DE LA SOCIÉTÉ DE PHARMACIE DE LISBONNE.

SECONDE ÉDITION.

Tome deuxieme

PARIS

CROCHARD ET Cᴵᴱ, LIBRAIRES,

Rue et Place de l'École-de-Médecine, 17,
(Ancien nº 13).

1840

NOUVEAU TRAITÉ

DE PHARMACIE

THÉORIQUE ET PRATIQUE.

DES SCROPHULARINÉES.

Les Scrophularinées présentent de grandes différences dans leurs propriétés. Ce sont, en général, des plantes dont il faut se méfier.

L'espèce la plus importante de la famille est la digitale pourprée, l'un des médicaments les plus précieux que possède la matière médicale. On retrouve le même genre d'action dans la *Digitalis grandiflora* d'Italie et dans les *D. epiglottis et lutea*.

L'Haimarada de la Guyanne (*Vandillia diffusa*) est employée contre la dyssenterie ; elle paraît être émétique ; on l'a employée avec succès aussi contre les maladies du foie et les maladies vénériennes.

Les Scrophulaires passent aussi pour être purgatives et vomitives. On en dit autant des *Antirrhinum elatine et linaria*. Les propriétés purgatives sont très développées dans la gratiole, qui sert de purgatif aux paysans. M. Vauquelin a trouvé que la partie active de cette plante est une espèce de résine d'une saveur excessivement amère, qui se dissout en partie dans le suc de la plante à la faveur des autres principes.

La pédiculaire des marais (*Pedicularis palustris*), la Crête de coq (*Rhinanthus crista galli*), les *Orobanche* sont des plantes amères et âcres dont les propriétés sont mal connues. L'*Æginetia indica* est employée comme masticatoire, mêlée au sucre et à la muscade.

Certaines scrophularinées sont tout à fait inertes; telle est l'Euphraise, qui jouit d'une réputation populaire contre les maladies des yeux; les véroniques, dont une espèce, la véronique officinale (*Veronica officinalis*), passe pour un bon stomachique. Une espèce aquatique, le beccabunga, *V. beccabunga*, est amère, piquante; elle est employée comme un bon antiscorbutique. Le *Mimulus luteus* sert comme plante potagère au Pérou.

On mange les fruits rouges acidules de la *Besleria incarnata* d'Aublet. Les semences du *Melampyrum arvense* sont, dit-on, vénéneuses mêlées au pain, opinion qui est contredite par Rozier et par M. Teissier.

DIGITALE.

(Digitalis purpurea.)

La Digitale est l'un des médicaments les plus précieux de la matière médicale. C'est le diurétique le plus sûr connu, et sous ce rapport, la digitale rend les plus grands services dans le traitement de l'hydropisie. La digitale a aussi une action très marquée sur la circulation. Elle ralentit les mouvements du cœur d'une manière remarquable, et produit des effets précieux pour diminuer la violence des mouvements de cet organe.

La digitale a été déjà soumise à l'analyse par plusieurs chimistes; mais nous n'avons pas encore de travail satisfaisant sur sa composition. Welding a trouvé dans cette plante:

Huile volatile; matière concrète, floconneuse, volatile; matière grasse; digitaline; extractif; acide gallique; matière colorante rouge, soluble dans l'eau; gluten (albumine?); chlorophylle; sucre; mucilage.

Le principe désigné sous le nom de digitaline aurait, suivant Welding, des propriétés alcalines. Il serait soluble dans l'alcool et dans l'éther; mais il faut convenir que les expériences de Welding ne sont pas concluantes. Déjà M. Leroyer de Genève avait cru découvrir le principe actif de la digitale; Rein et Haase, Planavia et Dulong d'Astafort s'en étaient également occupés; mais toutes leurs expériences sont si contradictoires, que l'analyse de cette plante importante reste entièrement à faire. Rein et Haase, Planavia et M. Leroyer s'accordent à considérer l'éther comme

un moyen de dissoudre le principe actif que les premiers observateurs désignent sous le nom de résine gluante ; M. Dulong
croit au contraire que l'éther ne peut le dissoudre, et qu'il se rapproche des matières extractives par ses propriétés.

§ I. PRÉPARATIONS QUI CONTIENNENT TOUTE LA SUBSTANCE DE LA DIGITALE.

POUDRE DE DIGITALE.

Le Codex prescrit de pulvériser la digitale en s'arrêtant lorsque
les ³/₄ ont été réduits en poudre.

J'ai fait pulvériser 1 kilogramme de feuilles mondées de digitale, en arrêtant l'opération quand il est resté 250 grammes de
résidu ; or, un poids égal de ce résidu et de la poudre fine,
épuisés séparément par l'alcool à 56°, m'ont donné le même
poids d'extrait sec. En faisant la poudre avec les feuilles mondées
avec soin, on ne peut dire que l'on gagnerait quelque chose à
arrêter l'opération avant la pulvérisation complète. La poudre
de digitale peut être considérée comme représentant la plante
elle-même.

Pour la poudre de digitale, comme pour toutes les préparations dont cette plante est la base, il faut choisir la plante qui
est venue dans un terrain sec et qui n'a pas été cultivée. L'on a
quelque raison de penser que la digitale, surtout à l'état de
poudre, perd peu à peu par l'âge ses propriétés médicinales,
et il faut la renouveler souvent. La forme de poudre est une
de celles sous lesquelles on emploie la digitale avec le plus de
succès. La dose peut en être portée graduellement jusqu'à 15 à
20 grains (0,8 à 1,2 grammes).

§ II. PRODUITS PAR L'EAU.

TISANE DE DIGITALE.

Pr. : Feuilles sèches de digitale, demi-gros......   2 grammes.
  Eau bouillante, deux livres...............   1000

Faites infuser pendant une demi-heure ; passez.

D'après les expériences faites dans le service de M. Andral et
rapportées par M. Joret, l'infusion serait l'un des modes les plus
sûrs d'administrer la digitale.

SIROP DE DIGITALE.

Pr. : Feuilles de digitale, deux gros 48 grains. .   11 grammes.
    Eau bouillante, une livre.................   500
    Sucre blanc........................   S. Q.

On fait infuser la plante, on passe avec expression et l'on clarifie la liqueur par le repos ou la filtration ; on y fait fondre au bain-marie le double de son poids de sucre. Chaque once de sirop contient la substance soluble de 4 grains (2 décigrammes) de digitale.

EXTRAIT DE DIGITALE.

Pr. : Feuilles sèches de digitale...............   Q. V.

On réduit la plante en poudre demi-fine ; on l'humecte avec la moitié de son poids d'eau à 20° ; on la tasse modérément dans l'appareil à lixiviation, et on la lessive : les liqueurs chauffées au bain-marie et passées, sont évaporées en consistance d'extrait.

Suivant M. Joret, l'extrait aqueux de digitale serait un fort bon médicament. Il le considère comme bien préférable à l'extrait alcoolique qu'il accuse d'être infidèle.

La Pharmacopée de Hanôvre prescrit de faire cet extrait avec le suc non clarifié de la plante. Cette pratique est parfaitement d'accord avec une observation rapportée par M. Berzélius, et d'après laquelle la fécule verte de la plante serait très active ; mais ceci serait en contradiction manifeste avec l'opinion de M. Joret sur l'extrait alcoolique. Ici comme dans toute l'histoire thérapeutique de la digitale, l'expérience devra prononcer.

100 parties de feuilles mondées de digitale, épuisées par l'eau distillée, m'ont donné 32 parties d'extrait de consistance ferme. Une partie d'extrait représenterait par conséquent 3 parties de poudre.

§ III. PRODUITS PAR L'ALCOOL.

EXTRAIT ALCOOLIQUE DE DIGITALE.

Pr. : Digitale. ....   Q. V.
    Alcool à 56° (21° Cart.). ....   Q. S.

Opérez par la méthode ordinaire de lixiviation.

M. Joret accuse cet extrait d'être infidèle ; cela me paraît peu probable ; toutes les chances sont en sa faveur.

100 parties de feuilles de digitale mondées, épuisées par l'alcool

à 56ᶜ, m'ont donné 38 p. 100 d'extrait en consistance ferme. Une partie d'extrait alcoolique représente 2,6 parties de poudre de digitale.

TEINTURE DE DIGITALE.

```
Pr. : Digitale sèche.................................  1
      Alcool à 80ᶜ (31° Cart.)........................  4
```

Faites macérer pendant quinze jours ; passez avec expression ; filtrez. 5 parties de teinture représentent un peu moins de 1 partie de digitale.

ALCOOLATURE DE DIGITALE.

```
Pr. : Digitale fraîche..............................  1
      Alcool à 86ᶜ (34° Cart.)........................  1
```

Pilez la digitale, ajoutez l'alcool, et, après quelques jours, passez avec expression et filtrez.

Il est douteux que ce médicament soit préférable à la teinture obtenue avec la plante sèche.

§ IV. PRODUITS PAR L'ÉTHER.

TEINTURE ÉTHÉRÉE DE DIGITALE.

```
Pr. : Feuilles de digitale pourprée..................  1
      Éther sulfurique...............................  4
```

Opérez par lixiviation dans un entonnoir fermé ; aussitôt que l'éther aura épuisé son action, déplacez par l'eau la portion qui reste dans la poudre. Conservez dans des flacons bien bouchés.

Cette teinture, qui est considérée généralement comme fort efficace, est regardée au contraire par quelques praticiens comme n'ayant que les propriétés propres à l'éther.

§ V. PRODUITS PAR LE VINAIGRE.

OXISACCHARUM DE DIGITALE.

```
Pr. : Digitale sèche................................  1
      Vinaigre distillé.............................  8
```

Faites digérer à une douce chaleur, passez avec expression ; ajoutez :

```
      Sucre.......................................  10
```

Faites fondre le sucre et filtrez.

Ce médicament a été vanté par Martius dans le traitement de la phthisie pulmonaire.

§ VI. PRODUITS PAR L'HUILE.

POMMADE DE DIGITALE.

Pr. : Digitale fraîche............................. 1
Axonge.. 2

Faites cuiré à un feu doux jusqu'à consomption de l'humidité.

Rapport approximatif entre les différentes préparations de digitale.

Une partie de feuilles de digitale sèches et mondées ou de poudre de digitale est représentée par :

Extrait à l'eau............................. 0,33
— à l'alcool............................. 0,4
Sirop...................................... 144,0
Teinture alcoolique................... 4,5
Alcoolature............................. 9
Teinture éthérée...................... 4
Oxisaccharum......................... 18

DES LABIÉES.

Les Labiées sont remarquables par l'extrême analogie de leurs caractères botaniques ; elles le sont autant par la similitude de leurs propriétés médicales.

Le principe qui domine dans les labiées est l'huile volatile ; elle se rencontre dans presque toutes les espèces, mais en des proportions fort différentes. Il en est même, comme les *Ajuga* et quelques *Teucrium*, qui en sont tout à fait privées. En même temps que l'huile essentielle, on trouve dans les labiées un principe amer fixe, dont la nature nous est mal connue. Il paraît se dissoudre dans l'eau à la manière de la substance extractive, bien que peut-être il ne soit soluble qu'à la faveur des autres principes qui l'accompagnent dans la plante.

Les labiées dans lesquelles le principe amer n'est pas accompagné d'huile essentielle sont employées comme toniques et fébrifuges.

Ex. : Bugle, *Ajuga reptans*,
Chamædrys ou petit chêne, *Teucrium chamædrys*,
Scordium, *Teucrium scordium*.

Quand l'huile essentielle abonde, elle communique aux plantes des propriétés excitantes fort énergiques et les rend propres à servir d'aromates ; par exemple :

Les menthes, *Mentha piperita, crispa, pulegium*, etc.,
La lavande, *Lavandula spica et latifolia*,
La sauge, *Salvia officinalis*,
Le romarin, *Rosmarinus officinalis*,
Le thym, *Thymus vulgaris*,
Le serpolet, *Thymus serpillum*,
Le calament, *Melissa calamintha*,
L'origan et la marjolaine, *Origanum vulgare et majorana*,
Le dictame de Crète, *Origanum dictamnus*,
Le patchouly des îles de l'Australie, *Plectranthus graveolens*.

Quelques espèces moins aromatiques sont employées plus spécialement pour produire une excitation du système pulmonaire, qui facilite l'expectoration à la fin des catarrhes chroniques, par exemple :

L'hysope, *Hyssopus officinalis*,
Le stœchas, *Lavandula stœchas*,
Le marrube, *Marrubium vulgare*,
Le lierre terrestre, *Glechoma hederacea*.

PRÉPARATIONS PHARMACEUTIQUES.

Les préparations pharmaceutiques dont les labiées sont la base, se divisent naturellement en trois ordres : celles qui ne contiennent que le principe volatil ; celles qui ne contiennent que les principes fixes ; celles où les principes fixes et volatil sont associés.

PRÉPARATIONS QUI NE CONTIENNENT QUE LE PRINCIPE VOLATIL.

HUILE VOLATILE.

Les labiées fournissent une assez grande quantité d'huile volatile, par la distillation de leurs sommités fleuries, au moyen du procédé ordinaire. Plusieurs de ces huiles laissent déposer avec le temps un stéaroptène, que Proust avait pris pour du camphre, auquel M. Dumas en a trouvé tous les caractères chez quelques-unes, mais qui paraît être différent dans d'autres. Un petit nombre seulement de ces stéaroptènes ont été étudiés.

Les huiles essentielles des labiées ont été peu étudiées ; celle que l'on retire d'une même plante, ne paraît pas être toujours identique. Aussi la menthe ne fournit, dit-on, de stéaroptène qu'autant qu'elle a été recueillie pendant la floraison. La menthe cultivée à Grasse donne, suivant M. Méro, de l'essence de menthe dite anglaise, si chaque année elle est repiquée dans un nouveau terrain, et de l'essence de menthe ordinaire dans le cas contraire.

Les essences des labiées sont peu employées seules ; on les fait entrer dans un grand nombre de préparations.

ÉLŒOSACCHARUM DE MENTHE POIVRÉE.

Pr. : Essence de menthe, une goutte. . . . .   1 gutt.
     Sucre blanc, un gros. . . . .   4 grammes.

Mêlez.

PASTILLES DE MENTHE.

Pr. : Sucre blanc, trois onces. . . . .   96 grammes.
     Essence de menthe poivrée , dix-huit grains.   1
     Eau de menthe poivrée, quantité suffisante. . .   S. Q.

F. S. A. (*Voyez* Tome I , page 279.)

TABLETTES DE MENTHE ANGLAISES.

Pr. : Sucre blanc, une livre. . . . .   500 grammes.
     Essence de menthe poivrée, un gros.   4
     Gomme adragante, deux gros.   8
     —   arabique, deux gros.   8
     Eau de menthe, deux onces.   64

F. S. A. des pastilles de 12 grains environ.

EAU DISTILLÉE DE MENTHE POIVRÉE.

Pr. : Menthe poivrée fraîche.   1

Distillez à la vapeur, pour retirer 1 partie de produit.
On prépare de même les eaux distillées de :

Mélisse,   Hysope,
Menthe crépue,   Lierre terrestre,

EAU DISTILLÉE DE LAVANDE.

Pr. : Lavande fraîche.......................... 1

Distillez à la vapeur, pour retirer 2 parties de produit.
On prépare de même les eaux distillées de sauge et de thym.

EAU DISTILLÉE D'ORIGAN.

Pr. : Origan sec.............................. 1

Distillez à la vapeur, pour retirer 4 parties de produit.
On prépare de même l'eau distillée de serpolet et l'Eau vulnéraire aqueuse, composée avec les espèces vulnéraires.

SIROP DE MENTHE POIVRÉE.

Pr. : Eau de menthe poivrée................... 1
      Sucre très blanc........................ 2

Faites dissoudre à froid et filtrez. Cette formule donne un sirop parfaitement incolore.

ALCOOLAT SIMPLE DE MÉLISSE.

Pr. : Sommités récentes de mélisse. 1
      Alcool à 80° (31° Cart.)................... 3
      Eau distillée de mélisse................... 1

Faites macérer pendant 4 jours, et distillez pour retirer 2 parties $\frac{1}{2}$ d'alcoolat.

On prépare de même les alcoolats de Romarin, de Menthe, de Lavande et tous les alcoolats simples des labiées.

L'alcoolat simple de romarin préparé avec le romarin fleuri, porte le nom d'Eau de la reine de Hongrie. Suivant quelques pharmacologistes cependant, la formule de cet alcoolat serait composée. Il y entrerait de la sauge, du thym, du gingembre.

ALCOOLAT VULNÉRAIRE,

(Eau vulnéraire spiritueuse.)

Pr. : Feuilles et sommités fraîches de basilic. 1
      ——————   calament. 1
      ——————   hysope......... 1
      ——————   marjolaine...... 1
      ——————   mélisse......... 1
      ——————   menthe......... 1
      ——————   origan.......... 1

Feuilles et sommités fraîches de romarin.	1
—————— sariette.	1
—————— sauge.	1
—————— serpolet.	1
—————— thym.	1
—————— absinthe.	1
—————— angélique.	1
—————— fenouil.	1
—————— rue.	1
Sommités fleuries d'hypéricum.	1
—————— de lavande.	1
Alcool à 56ᶜ (21° Cart.)	48

Incisez les plantes, laissez-les macérer pendant 6 jours dans l'alcool et distillez pour obtenir.

Alcoolat.	32

PRÉPARATIONS QUI NE CONTIENNENT QUE LES PARTIES FIXES DES LABIÉES.

On les retire surtout des labiées inodores. Elles sont peu usitées. Ce sont des tisanes, des extraits, dont la préparation se confond pour le mode opératoire, avec celles du chapitre suivant.

PRÉPARATIONS QUI CONTIENNENT EN MÊME TEMPS LES PRINCIPES FIXES ET L'HUILE VOLATILE DES LABIÉES.

§ I. PLANTE ENTIÈRE.

ESPÈCES AROMATIQUES OU VULNÉRAIRES.

Pr.: Feuilles sèches de sauge.	1
—————— thym.	1
—————— serpolet.	1
—————— hysope.	1
—————— menthe aquatique.	1
—————— origan.	1
—————— absinthe.	1

Mêlez.

§ II. PRODUITS PAR L'EAU.

SUC.

Les labiées sont généralement des plantes peu succulentes. Après les avoir pilées, on est obligé d'y ajouter de l'eau pour augmenter la proportion du liquide. On clarifie le suc par simple filtration, ou en le chauffant dans un matras. Ce genre de préparation est peu usité.

TISANE DE LIERRE TERRESTRE.

Pr. : Lierre terrestre sec, deux gros............ 8 grammes.
Eau bouillante, deux livres............... 1000

Faites infuser pendant une heure ; passez.

On prépare de même la tisane avec la plupart des autres labiées. Pour la sauge, la menthe poivrée, la dose doit être diminuée de moitié. Elle doit être doublée pour les labiées non aromatiques, le chamædris, la bugle.

FOMENTATIONS AROMATIQUES.

Pr. : Espèces aromatiques, une once.......... 32 grammes.
Eau bouillante, deux livres................ 1000

Faites infuser pendant 2 heures ; passez.

Le bain aromatique dans les hôpitaux de Paris se prépare avec 2 livres (1000 grammes) d'espèces aromatiques.

SIROP D'HYSOPE.

Pr. : Eau distillée d'hysope, deux livres......... 1000 grammes.
Sommités sèches d'hysope, une once. 32

On fait digérer pendant 2 heures au bain-marie fermé ; on passe sans expression la liqueur refroidie ; on y ajoute le double de son poids de sucre, et l'on fait un sirop par simple solution au bain-marie couvert.

On prépare de même les sirops de :

Lierre terrestre,   Scordium,
Menthe crépue,   Stœchas,
Marrube,   Dictame de Crète.

SIROP DE STŒCHAS COMPOSÉ.

Pr. : Fleurs sèches de stœchas, trois onces. ..... 96 grammes.
Sommités de thym, une once et demie...... 48
Calament, une once et demie. 48
Origan, une once et demie............. 48
Sauge, demi-once...................... 16
Bétoine, demi-once.................... 16

```
Romarin, demi-once.....................     16 grammes.
Semences de rue, demi-once.............     16
    —      fenouil, demi-once...........     16
Cannelle, deux gros....................      8
Gingembre, deux gros...................      8
Calamus aromaticus, deux gros..........      8
Eau, huit livres.......................   4000
Sucre, cinq livres.....................   2500
```

On fait infuser les plantes dans l'eau pendant vingt-quatre heures et l'on retire 8 onces (250 grammes) de liqueur aromatique à la distillation ; on la convertit en sirop, en vase clos, avec une livre de sucre. Avec le résidu de la distillation et 4 livres de sucre, on prépare un sirop par coction et clarification, que l'on mélange au premier. On peut encore employer tout le sucre à la préparation du sirop par coction, le cuire au-delà du degré ordinaire, et le décuire avec la liqueur aromatique quand il est en partie refroidi.

EXTRAIT DE CHAMÆDRIS.

Pr. : Sommités sèches de chamædris.......... Q. V.

On traite la poudre demi-fine de chamædris par lixiviation, avec de l'eau à 20°. On chauffe la liqueur, l'on passe et l'on évapore en extrait.

On prépare de même les extraits de sauge, de marrube, etc.

Ces médicaments sont dépouillés en grande partie par l'évaporation de l'huile essentielle. Aussi la forme d'extrait ne s'emploie guère que pour les labiées simplement amères.

§ III. PRODUITS PAR L'ALCOOL.

EAU VULNÉRAIRE ROUGE.

(Teinture vulnéraire.)

Pr. : Espéces composées pour l'eau vulnéraire spi-
    ritueuse, c.-à-d. de chaque, une once....   32 grammes.
Alcool à 80° (31° Cart.), deux livres.......   1000

Incisez les plantes, faites-les macérer dans l'alcool pendant 15 jours ; passez avec expression ; filtrez.

Cette teinture est brune et non pas rouge, comme l'indique son nom. Elle contient l'huile volatile et les principes fixes et solubles des plantes ; on la remplace quelquefois, par de l'alcoolat

vulnéraire que l'on colore en rouge par de la cochenille, mais
a tort, car l'on a alors en dissolution que les parties volatiles des
plantes.

§ IV. PRODUITS PAR LE VIN ET LE VINAIGRE.

VIN AROMATIQUE.

```
Pr. : Espèces aromatiques.....................    2
      Vin rouge............................   16
      Alcoolat vulnéraire. ...................    1
```

Faites macérer les espèces aromatiques dans le vin pendant
8 jours ; passez avec expression, filtrez et ajoutez l'alcoolat vulnéraire.

VINAIGRE DE LAVANDE.

```
Pr. : Sommités fleuries et sèches de lavande. ......    1
      Vinaigre blanc..........................   12
```

Faites macérer pendant 8 jours ; passez avec expression ;
filtrez.

On prépare de même les vinaigres de romarin, de sauge, etc.

VINAIGRE AROMATIQUE.

```
Pr.: Espèces aromatiques......................    1
     Vinaigre blanc..........................   10
```

Faites macérer pendant 8 jours ; passez avec expression ;
filtrez.

—

DES POLYGONÉES.

Dans les racines des Polygonées on observe deux propriétés
bien distinctes, la propriété purgative et la propriété tonique ou
astringente. La rhubarbe, qui est sans contredit la plus importante de toutes les espèces, agit comme tonique à faible dose,
et devient en même temps purgative, quand elle est administrée
à des doses plus élevées. Bien que l'on attribue plus spécialement
la rhubarbe du commerce au *Rheum australe*, l'on a cru longtemps, à cause de l'analogie de caractères, qu'elle était produite
par les *R. palmatum, undulatum, compactum et hybridum*, qui,
peut-être bien, en fournissent réellement une partie. On retrouve

les mêmes propriétés dans le *Rheum raponthicum*. Elles existent encore, quoique moins prononcées, dans le *Rheum ribes* de Perse, et dans le *R. alpinus* ou rhubarbe des moines. La racine de patience elle-même (et l'on emploie sous ce nom une foule de Rumex) est purgative à haute dose; sa saveur astringente la rapproche d'ailleurs de la rhubarbe. Dans la bistorte, au contraire, la partie astringente est si prédominante, que le principe purgatif y est ou y paraît être tout à fait nul.

La rhubarbe contient du tannin et en outre une combinaison d'une matière colorante jaune avec une résine purgative. La racine de patience nous montre quelque chose d'analogue; son extrait alcoolique laisse, comme celui de la rhubarbe, une sorte de matière résineuse, insoluble dans l'eau, qui possède à un degré très élevé l'odeur et la saveur de la racine. Au reste, les travaux qui ont été faits sur ce sujet et sur la rhubarbe elle-même, présentent encore trop de vague pour qu'ils puissent servir à établir une comparaison.

Quelques racines des polygonées sont moins sapides et sont employées comme apéritives, par exemple, la racine d'oseille; d'autres, charnues et peu sapides, servent d'aliment : le *Polygonum multiflorum* du Japon; le *P. sibiricum* de Sibérie.

Les feuilles des polygonées sont très différentes entre elles; chez le plus grand nombre, elles sont faiblement astringentes. Cette propriété est au contraire très prononcée dans le *Coccoloba uvifera*, qui donne par incision un suc astringent que l'on avait pris pour le kino. Dans les jeunes feuilles des polygonées, l'astriction est peu développée, et elles peuvent servir d'aliment; ainsi on mange dans le Dauphiné les feuilles du *Rumex alpinus*, et en Islande toutes les espèces qui y croissent. D'autres polygonées sont acides et contiennent de l'oxalate acide de potasse. Elles fournissent un aliment acidule, rafraîchissant et agréable. Telles sont les feuilles des Rumex qui n'ont pas de tubercules sur les segments du périgone, l'oseille (*Rumex acetosa*), la petite oseille (*Rumex acetosella*), l'oseille ronde (*R. scutatus*), l'oseille d'Amérique (*R. vesiculosus*), les feuilles des Rheum. On mange en Perse celles du *Rheum ribes*; on vend sur les marchés de Londres les pétioles du *Rheum australe* sous le nom d'Emodi. Ceux des autres grosses espèces : *R. undulatum, hybridum, compactum* et *palmatum* peuvent recevoir le même emploi.

Certaines feuilles de *Polygonum* peuvent fournir de l'indigo. On en tire à la Chine du *P. chinense*; les *P. barbatum* et *aviculare* et surtout le *P. tinctorium* et peut-être d'autres peuvent en fournir également. Certaines polygonées ont des feuilles très âcres; le *Polygonum hydropiper*, ou poivre d'eau, peut rubéfier la peau; le *P. persicaria* et d'autres espèces ont aussi de l'âcreté. On emploie comme condiment le *P. odoratum*.

Le fruit des polygonées est ordinairement un cariopse sec, dont la graine est munie d'un périsperme farineux; aussi les graines peuvent-elles être employées comme aliment, et le seraient-elles presque toutes, si la plupart n'étaient pas très petites. On emploie sous le nom de blé noir ou de sarrazin, les fruits des *Polygonum fagopyrum et tataricum*. Ceux du *P. emarginatum* sont aussi alimentaires; on dit que les semences du *P. aviculare* sont vomitives; le fait est douteux, car les oiseaux les mangent sans inconvénients. Le sarrazin a été analysé par Zeneck, qui l'a trouvé composé de : amidon, 52,29; gluten, 10,05; albumine, 0,22; extractif insoluble, 2,53; gomme, 2,80; extractif et sucre, 3,06; ligneux, 26,94; perte, 0,33.

Les *Coccoloba*, dont le péricarpe est charnu, donnent des fruits aigrelets, astringents, que l'on mange; principalement ceux des *C. nivea et pubescens*.

RHUBARBE.

(Rheum australe et autres.)

La rhubarbe du commerce paraît être la racine du *Rheum australe* de la Tartarie. Elle possède une propriété tonique en même temps qu'elle est purgative. A petites doses on l'emploie surtout à cause de la première propriété; comme purgatif elle doit être administrée à plus forte dose. C'est un purgatif qui convient aux personnes délicates. Suivant l'analyse d'Hornemann, la rhubarbe a la composition suivante :

	R. de Chine.	R. d'Angleterre.	Rapontic.
Amer de rhubarbe,	16,042	24,475	10,156
Matière colorante jaune,	9,582	9,166	2,187
Extrait avec tannin,	14,687	16,458	10,416
Apothème de tannin,	1,458	1,249	0,833
Matière extraite par la potasse,	28,333	30,416	40,29
Acide oxalique,	1,042	0,833	»

	R. de Chine.	R. d'Angleterre.	Rapontic.
Fibre,	13,583	15,416	8,542
Humidité,	3,333	3,125	6,043
Raponticine,	»	»	1,043
Amidon,	»	»	14,583
Perte,	0,939	0,629	1,447

Brandes admet 4 p. 100 d'amidon et autant d'acide pectique.

La matière désignée sous le nom d'amer de rhubarbe est la même qui a été désignée par les auteurs sous le nom de caphopicrite, et par Pfaff sous le nom de rhabarbarin. On l'obtient en traitant la rhubarbe par l'eau, évaporant à siccité, reprenant par l'eau, filtrant, évaporant de nouveau, puis traitant le résidu par l'alcool absolu et évaporant encore. C'est une matière brune, d'une saveur amère, âcre et désagréable, soluble dans l'eau, dans l'alcool et dans l'éther.

MM. Caventou et Peretti considèrent cette matière comme un composé de la matière colorante et d'une substance brune insoluble dans l'eau, soluble dans l'alcool, que Peretti désigne sous le nom de résine, et à laquelle le docteur Tagliabo a reconnu une action purgative bien prononcée à la dose de 10 à 12 grains.

La combinaison de ces deux matières est soluble dans l'eau, bien que la résine seule s'y dissolve mal et que la matière colorante y soit elle-même peu soluble.

La matière colorante de la rhubarbe (rhabarbarine ou rhéine acide rhabarbarique) est cristallisable, d'une couleur jaune. Elle se vaporise en partie au feu en vapeurs jaunes, odorantes ; sa saveur est âpre et amère.

Elle est peu soluble dans l'eau froide, plus soluble dans l'eau chaude ; l'alcool à 75° même bouillant en dissout peu ; elle est plus soluble dans l'alcool absolu.

Elle donne avec les alcalis des dissolutions d'une belle couleur rouge dont les acides la précipitent. Les combinaisons qu'elle forme avec les oxides métalliques sont au contraire insolubles dans l'eau. Elle forme avec tous les acides un composé jaune. Elle est précipitée en jaune par un grand nombre de sels métalliques. La gélatine la sépare en un précipité coriace. L'acide nitrique l'attaque difficilement.

Pour l'obtenir, suivant M. Henry, on prend 85 parties de résine de rhubarbe et 22 parties ½ d'acide nitrique à 35° étendu de 255 parties d'eau. On chauffe légèrement; l'extrait de rhubarbe se sépare en deux parties, dont l'une, de couleur orangée, est la matière colorante. On la purifie par des lavages à l'eau.

On peut l'extraire encore en chauffant convenablement la poudre de rhubarbe dans un creuset couvert d'un entonnoir; on peut aussi en extraire une partie par l'action directe de l'éther sur la poudre de rhubarbe.

L'histoire de l'amer de rhubarbe et de l'acide rhabarbarique demande de nouvelles expériences qui fassent connaître leur nature et leurs propriétés d'une manière plus précise.

Le professeur Duck croit que la matière active de la rhubarbe est une substance très soluble et déliquescente, qu'il a séparée par l'ammoniaque. Brandes et Geiger attribuent les effets médicamenteux à l'acide rhabarbarique; nous avons dit déjà que, suivant le docteur Tagliabo, la propriété purgative doit être rapportée à la résine.

En outre des éléments que nous avons indiqués, il faut admettre dans la rhubarbe un peu d'huile volatile odorante qui est la cause de son odeur, et, suivant M. Peretti, du sucre. Elle paraît contenir également un peu d'huile fixe, soluble dans l'alcool et dans l'éther.

Dans la rhubarbe de Chine, l'oxalate de chaux, suivant M. Henry, forme le tiers du poids de la racine. La rhubarbe de Moscovie en contient un peu moins. La rhubarbe de France contient tout au plus 10 p. 100 de ce sel.

La raponticine que Hornemann a trouvée dans le Rapontic est cristallisée en paillettes jaunes. Elle est insipide et inodore. L'eau froide ne la dissout pas. Elle est insoluble dans l'éther et dans les huiles volatiles.

§ I. PRÉPARATIONS QUI CONTIENNENT TOUTE LA SUBSTANCE DE LA RHUBARBE.

POUDRE DE RHUBARBE.

On pulvérise la rhubarbe sans laisser de résidu. La poudre est d'un beau jaune; on l'emploie à la dose de 8 à 12 grains (4 à 6 décigrammes) comme tonique dans les faiblesses d'estomac avec digestions difficiles. Quand on veut qu'elle purge, on porte la dose de ½ gros à 1 gros (2 à 4 grammes).

Autrefois on employait sous le nom de *Rhubarbe torréfiée* la poudre de rhubarbe que l'on avait chauffée dans une bassine d'argent jusqu'à ce qu'elle eût acquis une couleur brune ; on pensait qu'elle perdait par là sa propriété purgative.

TABLETTES DE RHUBARBE.

Pr. : Rhubarbe pulvérisée, une once. ....   32 grammes.
    Sucre blanc, onze onces.   350
    Gomme adragante, quatre scrupules.   5
    Eau de cannelle, onze gros.   44

F. S. A. des tablettes de 12 grains.

§ II. PRODUITS PAR L'EAU.

HYDROLÉ DE RHUBARBE.

Quand on traite la rhubarbe par l'eau froide, on obtient une liqueur transparente ; quand on a recours à l'infusion, la liqueur est transparente encore ; mais quand on fait bouillir la rhubarbe dans l'eau, la liqueur est trouble, ou elle se trouble par le refroidissement.

Quand on évapore l'une ou l'autre de ces liqueurs de rhubarbe en consistance d'extrait, et qu'on reprend celui-ci par l'eau, il reste une matière d'apparence résineuse qui ne s'est pas redissoute dans l'eau, mais qui se dissout très bien dans l'alcool : c'est ce que M. Henry a nommé la résine de la rhubarbe. C'est une matière brune, qui possède à un haut degré l'odeur et la saveur de la rhubarbe ; bouillie avec de l'eau, elle se dissout en partie, et la liqueur se trouble par le refroidissement ; si l'on filtre, on a une liqueur qui ressemble à l'infusion simple de rhubarbe ; de nouvelles décoctions dans l'eau donnent le même résultat avec cette différence que la proportion de matière qui se dissout est toujours de plus en plus petite. M. Henry a fort bien vu que ceci tenait à ce que l'eau n'opère pas un départ exact de cette matière résinoïde ; qu'elle retient une partie des parties solubles de la rhubarbe, qu'elle perd peu à peu dans les traitements par l'eau. La première liqueur obtenue par l'action directe de l'eau sur la racine de rhubarbe contient une partie de cette matière résineuse en dissolution.

Ainsi, quand on traite de la racine de rhubarbe par la macération ou par l'infusion, une partie de la matière résineuse se dissout à la faveur des autres principes, constituant l'amer de rhubarbe ou la caphopicrite ; par la concentration des liqueurs, une partie de cette matière résineuse, retenant un peu des principes solubles, se sépare en formant une combinaison plus riche en résine que la partie soluble, et que l'eau bouillante peut décomposer peu à peu, ainsi que nous l'avons vu. La racine de rhubarbe, qui a été épuisée par l'eau froide, retient de ce même composé résineux, que l'on peut en extraire par l'alcool.

Quand on traite la racine de rhubarbe par décoction, une plus grande quantité de cette résine est entraînée. C'est elle qui reste en suspension dans la liqueur et qui la trouble. On attribue encore le trouble des décoctions de rhubarbe à ce que la matière tannante de la racine formerait une combinaison insoluble avec l'amidon ; mais les auteurs qui se sont occupés de l'analyse de la rhubarbe depuis M. Henry, toutefois à l'exception de Brandes, n'ont pas trouvé de fécule amylacée, et les expériences de M. Henry laissent même fort douteux que ce qu'il a désigné sous le nom d'amidon en fût réellement.

L'hydrolé de rhubarbe s'emploie comme tonique et comme purgatif. Dans le premier cas, on emploie 18 à 30 grains (1 à 1,7 grammes) de rhubarbe ; dans le second, il faut porter la dose de 2 à 3 gros (8 à 12 grammes).

Quelquefois l'on ajoute du carbonate de potasse à l'hydrolé de rhubarbe ; la liqueur prend alors une couleur d'un rouge brun par l'action de la matière alcaline sur les parties colorantes de la racine. Tantôt, on ajoute l'alcali dans la liqueur de rhubarbe toute préparée ; alors l'action de l'alcali s'ajoute à celle de la rhubarbe ; d'autres fois, on fait bouillir la rhubarbe dans la dissolution alcaline : l'effet est alors plus marqué ; à la faveur du carbonate de potasse, la portion de matière résineuse qui serait restée dans le résidu se dissout, de sorte que la liqueur est réellement plus chargée des principes solubles de la rhubarbe.

EXTRAIT DE RHUBARBE.

Pr. : Rhubarbe.................................... 1
Eau tiède à 20°............................. 4

On déchire la rhubarbe en morceaux avec des tenailles, et on la fait macérer pendant 12 heures dans l'eau ; on passe dans un linge avec expression légère ; on met sur le résidu 3 nouvelles parties d'eau froide et, au bout de 12 heures, on passe encore avec expression ; on clarifie la liqueur en la passant à la chausse, ou mieux au filtre de papier, et l'on évapore en consistance d'extrait.

Nous avons vu quelle était l'action de l'eau sur la rhubarbe, et pourquoi on employait l'eau froide de préférence à la décoction. La rhubarbe de Chine donne environ la moitié de son poids d'extrait. Celui-ci, repris par l'eau, laisse séparer un peu de matière résineuse.

J'ai obtenu un excellent résultat en lessivant de la rhubarbe qui avait été réduite en poudre très grossière au moulin, et qui avait été humectée 24 heures à l'avance avec la moitié de son poids d'eau froide ; mais la viscosité de la rhubarbe rend l'opération difficile pour les personnes qui n'ont pas une grande habitude de ces manipulations. M. Mouchon fait lessiver la rhubarbe sans l'humecter préalablement ; ce procédé m'a réussi également. M. Béral fait mélanger la poudre de rhubarbe avec du sable, et la fait lessiver entre deux couches de sable.

SIROP DE RHUBARBE SIMPLE.

Pr. : Rhubarbe, trois onces....................	96 grammes.
Eau, une livre.....................	500
Sucre.	S. Q.

On fait macérer la rhubarbe dans l'eau pendant 12 heures ; on passe avec expression ; on filtre, on ajoute à la liqueur le double de son poids de sucre, et l'on fait un sirop par solution au bain-marie. Chaque once de sirop contient les parties solubles de $1/2$ gros (2 grammes) de rhubarbe.

On peut plus économiquement ajouter la liqueur de rhubarbe à trois fois son poids de sirop de sucre et évaporer en sirop ; mais le premier procédé conserve mieux l'arôme de la rhubarbe et prévient toute altération ; il doit être préféré.

SIROP DE CHICORÉE COMPOSÉ.

(Sirop de rhubarbe composé.)

Pr. : Rhubarbe, trois onces....................	96 grammes.
Racine de chicorée sèche, trois onces...........	96
Feuilles sèches de chicorée, quatre onces quatre gros.	140
— — fumeterre, une once quatre gros...	48
— — scolopendre, une once quatre gros.	48
Baies d'alkekenge, une once....................	32
Cannelle, deux gros....................	8
Santal citrin, deux gros....................	8
Sirop de sucre, quatre livres huit onces...........	2250

On verse sur la rhubarbe, déchirée par fragments, une livre (500 grammes) d'eau chaude ; on laisse infuser pendant 12 à 15 heures ; on passe avec une légère expression dans un linge, et l'on conserve la liqueur dans un lieu frais.

Alors on met dans un bain-marie le résidu de rhubarbe, avec la racine de chicorée incisée, les feuilles coupées, et les baies d'alkekenge ouvertes ; on verse sur le tout 5 livres (2500 grammes) d'eau bouillante ; après 24 heures, on passe à travers une toile ; et l'on soumet le marc à la presse.

On met alors le sirop de sucre sur le feu pour le concentrer ; on y ajoute l'infusion des racines et feuilles tirée à clair, et l'on continue la concentration jusqu'à ce que le sirop soit revenu à son poids primitif (4 livres 8 onces), moins le poids de l'infusion simple de rhubarbe ; alors on le décuit, en y versant brusquement cette infusion, et l'on passe le sirop à la chausse au-dessus d'un bain-marie dans lequel on a mis, dans un nouet en toile claire, la cannelle concassée et le santal citrin râpé, dépouillés de toute partie fine de poudre ; on couvre le bain-marie : au bout de 24 heures, on retire le nouet, et l'on met le sirop en bouteilles.

La manipulation précédente donne un sirop fort clair, et la plus grande partie des principes de la rhubarbe ne sont pas soumis à l'évaporation et ne peuvent s'altérer.

Le sirop est plus aromatique si l'on met le nouet qui contient la cannelle et le santal, dans le sirop, quelques instants avant de passer celui-ci.

Chaque once de sirop de chicorée composé contient les principes solubles de 24 grains (1,3 grammes) de rhubarbe.

§ III. PRODUITS PAR L'ALCOOL.

TEINTURE DE RHUBARBE.

Pr. : Racine de rhubarbe...................... 1
Alcool à 56° (21° Cart.)..................... 4

Faites macérer pendant 15 jours ; passez avec expression ; filtrez.

L'alcool dissout toutes les parties actives de la rhubarbe. Proportion gardée, la teinture alcoolique contient plus de parties résinoïdes que les liqueurs aqueuses.

Une partie de teinture alcoolique représente un peu moins du quart de son poids de rhubarbe (0,22).

EXTRAIT ALCOOLIQUE DE RHUBARBE.

Pr. : Rhubarbe.. 1
Alcool à 56° (21° Cart.)................... S. Q.

Soumettez la rhubarbe à plusieurs traitements alcooliques; distillez les liqueurs et évaporez en consistance d'extrait.

La rhubarbe traitée par l'alcool donne à peu près la même quantité d'extrait que par l'eau. L'extrait alcoolique repris par l'eau, laisse plus de principes résineux indissous, ainsi que l'on devait s'y attendre.

§ IV. PRODUITS PAR LE VIN.

VIN DE RHUBARBE.

Pr. : Rhubarbe, une once.................... 32 grammes.
Cannelle, un gros. 4
Vin de Malaga, deux livres.............. 1000

Faites macérer pendant 8 jours; passez avec expression; filtrez.

Le vin, en raison de l'alcool qu'il contient, épuise mieux la rhubarbe que l'eau ne peut le faire.

TEINTURE DE DAREL.

Pr. : Rhubarbe, deux gros. .... 8 grammes.
Écorces d'oranges amères, demi-gros....... 2
Petit cardamome, dix-huit grains........... 1
Racine d'aunée, un gros................... 4
Vin de Madère, quatre onces............. 125

F. S. A.

REMARQUE GÉNÉRALE SUR LES PRÉPARATIONS DE RHUBARBE.

Une partie de rhubarbe entière ou de poudre de rhubarbe, est représentée assez exactement, sauf les différences de composition, par :

Tablettes de rhubarbe.................... 12
Extrait par l'eau........................ 0,25
—   l'alcool...................... 0,25
Sirop simple............................ 16
—   composé.......................... 24
Teinture alcoolique..................... 4,5
Vin 32

M. Béral a proposé une réforme de toutes les préparations de rhubarbe, qui consisterait à prendre l'extrait alcoolique pour base

de toutes les préparations. Comme on sait que la rhubarbe de
Chine donne sensiblement la moitié de son poids d'extrait, on aurait facilement des formules en ce sens, en remplaçant la rhubarbe
dans toutes les préparations par la moitié de son poids d'extrait ;
mais cette proposition ne nous paraît pas devoir être adoptée ;
l'extrait de rhubarbe donne, avec l'eau, l'alcool et le vin, des liqueurs qui ont moins le parfum naturel de la racine, que celles qui
sont obtenues par une action directe. D'un autre côté, les véhicules qui agissent sur l'extrait ne donnent pas des liqueurs semblables en tout à celles que l'on obtiendrait par leur action directe sur
la racine ; avec l'eau, par exemple, il en est ainsi, puisque l'extrait
aqueux repris par l'eau laisse un dépôt de matière résineuse ; l'alcool, à son tour, ne trouve pas à dissoudre dans l'extrait autant
de parties résineuses que lui en aurait fournies la racine. L'évaporation, que l'on est obligé d'employer pour la préparation de
l'extrait, modifie d'ailleurs le mode de combinaison des éléments.

PATIENCE.

(Rumex patientia.)

La racine de Patience est employée comme diurétique et dépu-
rative. Elle a surtout de la réputation dans le traitement des maladies de la peau.

Sa composition est mal connue. On sait toutefois qu'elle
renferme beaucoup d'amidon ; il est probable que ses parties colorantes se rapprochent par leur nature de celles de la rhubarbe.
On sait, en effet, que la racine de patience est, comme la rhubarbe, un peu astringente, et l'on a remarqué qu'à de fortes
doses elle tient le ventre libre. En outre, l'extrait aqueux de patience se redissout presque complétement dans l'eau, tandis que
l'extrait alcoolique, comme celui de rhubarbe, laisse un résidu
très abondant d'une saveur et d'une odeur très prononcées de racine de patience.

TISANE DE PATIENCE.

Pr. : Racine de patience concassée, une once......   32 grammes.
  Eau bouillante, deux livres..............   1000

Faites infuser pendant 2 heures et passez.

Si l'on faisait bouillir, la tisane serait épaissie par l'amidon, et
serait peu agréable pour le malade. Est-il bien vrai cependant que

la décoction doive être rejetée? A sa faveur, l'eau ne dissoudrait-elle pas une plus grande partie des principes résinoïdes de la racine, et la tisane ne serait-elle pas plus active?

EXTRAIT DE PATIENCE.

Pr. : Racines de patience. . . . .   Q. V.
      Eau tiède à 20°. . . . .   Q. S.

On humecte la racine avec la moitié de son poids d'eau à 20°, et l'on traite par lixiviation. Quand les liqueurs cessent de passer chargées, on évapore en extrait.

On obtient encore un excellent extrait, lorsque, après avoir préparé un extrait alcoolique de patience, on le dissout dans l'eau froide, on filtre, et l'on évapore de nouveau. L'extrait ainsi préparé est très odorant et complétement soluble dans l'eau.

La racine de patience fournit à peu près le quart de son poids d'extrait par l'eau froide; par infusion, le produit est plus faible.

PULPE DE PATIENCE.

Pr. : Racines fraîches de patience. . . . .   Q. V.

Réduisez-les en pulpe au moyen de la râpe. Cette pulpe est conseillée en applications et en frictions contre la gale.

POMMADE ANTIPSORIQUE.

Pr. : Fleurs de soufre.   1
      Pulpe de racine de patience.   8
      Axonge.   16
      Suc de citrons.   8

Mêlez.

BISTORTE.

(Polygonum bistorta.)

On emploie la racine de bistorte comme astringente. Elle contient du tannin, de l'acide gallique et de l'amidon. C'est un tonique et un astringent puissant, dont l'usage est cependant fort restreint de nos jours.

On emploie surtout la bistorte en tisane, en injections ou en extrait. Il faut la traiter par l'eau tiède pour ne pas dissoudre l'amidon, qui serait ensuite précipité en combinaison insoluble avec le tannin.

OSEILLE.

(Rumex acetosa.)

L'oseille fournit à la médecine ses racines qui forment un médicament peu efficace employé encore quelquefois comme diurétique, et ses feuilles, chargées d'oxalate acide de potasse, que l'on emploie comme rafraîchissantes et légèrement laxatives.

L'oseille forme la base du bouillon d'herbes, dont la préparation est connue de toutes les ménagères.

Elle entre souvent dans la composition des sucs d'herbes.

BOUILLON D'HERBES.

Pr. : Oseille, quatre onces......................	125 grammes.
Cerfeuil, demi-once......................	16
Eau, deux livres.	1000
Sel commun, trois gros...................	12
Beurre frais, demi-once.	16

On fait cuire les plantes avec une petite quantité d'eau en remuant continuellement pour empêcher la matière de s'attacher au fond ; quand elles sont cuites, on y ajoute le reste de l'eau, le sel et le beurre, et l'on porte à ébullition.

DES LAURINÉES.

Les Laurinées sont des plantes aromatiques qui ont toutes une extrême analogie de composition. Toutes leurs parties sont chargées d'huile essentielle qui leur donne une propriété tonique et excitante. On emploie plusieurs de leurs écorces dont les principales sont : la cannelle de Ceylan (*L. cinnamomum*), la cannelle de Chine (*L. cassia ?*), le cassia lignea (*L. malabathrum*), le culilaban (*L. culilaban*), le bois de cannelle de l'Ile-de-France (*L. cupularis*), le bois de cannelle du Pérou (*L. quixos*), l'écorce de Massoy (*L. Massoy*), le *L. myrrha* de la Cochinchine et l'*Ocotea amara* du Brésil.

On emploie la racine et la tige du sassafras (*L. sassafras*), et celles de l'*Ocotea cymbalaria* (sassafras de l'Orénoque).

On se sert comme aromate et comme condiment des feuilles

du laurier commun (*Laurus nobilis*), du *Laurus cubeba* de la Cochinchine, du *L. parvifolia* des Antilles, du *L. cinnamomum* et de celles du *L. malabathrum* connues sous le nom de *malabathrum*.

Les fruits des Laurinées sont aussi chargés d'huile essentielle, mais leur pulpe renferme une proportion assez considérable d'huile grasse. Dans l'avocatier, l'huile essentielle est peu abondante, et la chair du fruit est grasse, butyreuse, fondante et d'une saveur agréable. Au Japon on extrait du *Laurus glauca* une graisse qui sert à faire de la chandelle ; à la Cochinchine, le *L. myrrha* fournit une huile rouge employée comme vermifuge ; les baies de notre laurier donnent une huile demi-fluide, verte, qui est employée en frictions excitantes contre les douleurs rhumatismales.

Les cotylédons des Laurinées contiennent aussi des matières huileuses fixes et de l'huile volatile. On emploie comme excitants ceux de l'*Ocotea cujumary* et de l'*Ocotea puchury*. Ce dernier, suivant Martius, fournit les véritables fèves pechurim, et suivant M. Guibourt, les fèves pechurim bâtardes. Les semences de l'*Ocotea cymbarum*, connues sous les noms de noix de sassafras et de vraie fève pechurim, ont des propriétés semblables. On prétend que les semences des *Hernandia guyanensis* et *sonora* sont purgatives.

Le camphre qui est fourni par le *Laurus camphora* ne fait pas une exception dans la famille, car il a toutes les propriétés générales des huiles essentielles. Il n'en serait pas de même du *Laurus caustica* du Chili, s'il est vrai que son suc soit caustique et que ses exhalaisons suffisent même pour faire naître des pustules sur la peau.

CANNELLE.

(Laurus cinnamomum.)

La cannelle est la seconde écorce du *Laurus cinnamomum*. Elle contient une abondante quantité d'une d'huile volatile qui la fait rechercher comme aromate et comme condiment. En médecine on emploie la cannelle comme tonique, excitante et cordiale.

L'écorce de cannelle contient :

Huile volatile ; tannin ; mucilage ; matière colorante ; acide cinnamique ; amidon.

L'huile volatile de cannelle est d'un jaune clair ; elle devient brunâtre avec le temps ; sa densité est un peu plus grande que celle de l'eau. Elle se solidifie à zéro et se liquéfie à $+5°$. Son odeur est aromatique et particulière. Elle distille à une température élevée, mais une partie s'altère toujours pendant l'opération. Elle est très soluble dans l'alcool.

L'huile de cannelle, suivant MM. Dumas et Péligot, est composée de : 18 pp. carbone ; 8 pp. hydrogène ; 2 pp. oxigène.

On peut, dans une théorie semblable à celle que MM. Liebig et Woehler ont adoptée pour l'huile d'amandes amères, la considérer comme un composé de 1 proportion d'hydrogène et 1 proportion d'un radical (*Cinnamyle*) formé lui-même de carbone 18 pp., hydrogène 7 pp., oxigène 2 pp. L'huile de cannelle est alors l'hydrure de cinnamyle.

L'huile de cannelle, exposée à l'air, absorbe l'oxigène ; l'hydrogène constituant l'hydrure est brûlé ; il se fait de l'eau en même temps qu'une proportion d'oxigène se combine au radical. Il en résulte de l'acide cinnamique qui est formé d'une proportion de cinnamyle et de 1 proportion d'oxigène. Cet acide à l'état isolé contient 1 proportion d'eau : il ressemble beaucoup à l'acide benzoïque ; il s'en distingue en ce que l'acide nitrique forme avec lui, en se désoxigénant, d'abord de l'huile d'amandes amères, plus tard de l'acide benzoïque ; en ce que le chlorure de chaux le change en benzoate de chaux.

L'acide nitrique, à la température ordinaire, se combine à l'huile de cannelle ; à chaud, il la décompose en produisant de l'huile d'amandes amères. L'acide hydrochlorique, l'ammoniaque forment avec l'huile de cannelle des composés cristallisables ; avec le chlorure de chaux, il se forme du benzoate de chaux ; le chlore lui enlève de l'hydrogène et forme un chlorure de cinnamyle ; la potasse en dissolution est sans action sur elle ; l'hydrate de potasse forme à chaud de l'hydrogène et un corps qui paraît être du cinnamate de potasse.

On voit qu'en effet il y a beaucoup d'analogie entre l'huile de cannelle et celle d'amandes amères ; mais tandis que le benzoïle passe sans altération dans toutes les combinaisons, le cinnamyle est moins stable et il se change souvent, par un arrangement moléculaire différent, en radical benzoïque.

Le tannin de la cannelle paraît exister dans cette écorce, suivant M. Vauquelin, combiné, au moins en partie, à une matière animale. Cette combinaison, insoluble par elle-même, se retrouve cependant dans les infusions de cannelle, où elle paraît avoir été dissoute à la faveur de la matière acide.

POUDRE DE CANNELLE.

On pulvérise la cannelle sans laisser de résidu, sa poudre est employée comme tonique à la dose de quelques grains; à une dose plus forte, c'est un excitant actif.

POUDRE DIGESTIVE SIMPLE.

(Poudre de Duc.)

Pr. : Cannelle, en poudre.   1
      Sucre.   16

Mêlez.

Cette poudre est employée comme stomachique, tonique et excitante à la dose de 2 à 3 gros.

ÉLÆOSACCHARUM DE CANNELLE.

Pr. : Huile essentielle de cannelle, une goutte. . . . . . .   1 gutt.
      Sucre, un gros.   4

Mêlez.

EAU DISTILLÉE DE CANNELLE.

Pr. : Cannelle de Ceylan.   1
      Eau.   8

Concassez la cannelle, mettez-la dans la cucurbite d'un alambic avec l'eau, laissez macérer pendant 2 jours et distillez avec la précaution de ne pas rafraîchir entièrement le serpentin; retirez 4 parties de produit.

On obtient une eau distillée qui est laiteuse par l'huile qui est tenue en suspension. Celle-ci ne se dépose que fort lentement, parce que sa densité est peu différente de celle de l'eau; elle finit cependant par se déposer, et en même temps, il se forme des cristaux d'acide cinnamique.

EAU DE CANNELLE ALCOOLISÉE.

Pr. : Cannelle.   3
      Alcool à 86c (34° Cart.).   1
      Eau. 24

On laisse macérer pendant 3 jours et l'on retire 12 parties de produit à la distillation.

En opérant sur 2 livres de cannelle et en fractionnant les produits, j'ai obtenu : 1° 2 litres d'une eau très laiteuse, au fond de laquelle était beaucoup d'huile.; 2° 2 litres moins laiteux, mais contenant beaucoup d'huile précipitée ; 3° 1 litre, d'où il s'était encore séparé de l'huile essentielle ; 4° 1 litre peu laiteux dont il s'était à peine séparé de l'huile ; 5° 2 litres peu laiteux et sans huile.

En distillant l'eau sur la cannelle sans ajouter d'alcool, j'ai obtenu 2 litres d'un liquide très laiteux, et dont il se séparait de l'huile ; 2 autres litres très peu laiteux, et enfin 2 derniers litres qui ne l'étaient plus.

Il avait certainement passé beaucoup plus d'huile dans les produits alcooliques, ce qui prouve que la présence de l'alcool favorise la séparation de l'essence et que l'eau alcoolique doit être plus active que l'eau ordinaire, non seulement par l'alcool qu'elle contient, mais encore parce qu'elle est chargée d'une plus forte proportion d'essence.

Cette préparation est destinée à remplacer l'eau de cannelle orgée et l'eau de cannelle vineuse des anciennes pharmacopées. La première s'obtenait en versant sur la cannelle une forte décoction d'orge, laissant en contact pendant 3 jours et distillant. L'orge, par la fermentation, fournissait un peu d'alcool, qui ne suffisait pas à dissoudre l'huile volatile ; aussi le produit était encore laiteux.

L'eau de cannelle vineuse s'obtenait en distillant le vin blanc sur de la cannelle. Les doses variaient avec chaque pharmacopée, et le produit lui-même ne contenait pas toujours la même quantité d'alcool.

ALCOOLAT DE CANNELLE.

Pr.: Cannelle fine.   1
Alcool à 80° (31° Cart.).   8

Après quelques jours de macération, distillez à siccité à la chaleur du bain-marie.

SIROP DE CANNELLE.

Pr.: Eau distillée de cannelle.   1
Sucre très blanc.   2

Faites un sirop par simple solution à froid et filtrez au papier. Cette formule est celle du Codex, elle donne un sirop très blanc et fort agréable. C'est le sirop alexandrin des anciens.

Il existe un autre sirop de cannelle dans lequel on fait entrer la partie tonique de l'écorce. On le prépare de la manière suivante :

        Pr. : Cannelle..   1
              Eau distillée de cannelle.   16
              Sucre. ....   S. Q.

On fait digérer la cannelle en vases clos dans l'eau distillée; on passe ; on ajoute à la liqueur le double de son poids de sucre, que l'on fait dissoudre dans un bain-marie fermé. On passe le sirop quand il est refroidi.

TEINTURE DE CANNELLE.

        Pr. : Cannelle.......................................   1
              Alcool à 80c (31º Cart.)......................   4

Faites macérer pendant 15 jours ; passez avec expression ; filtrez.

L'alcool se charge de tous les principes actifs de la cannelle.

VIN DE CANNELLE.

        Pr. : Cannelle, une once.....................   32
              Alcool à 80c (31º Cart.), deux onces........   64
              Vin rouge, quatre livres....................   2000

Concassez la cannelle, versez dessus l'alcool, laissez en contact pendant 24 heures, ajoutez le vin, et après 24 heures de macération, passez et filtrez.

Sous le nom d'Hypocras, on désigne un vin de cannelle dans lequel on fait entrer du sucre et souvent aussi d'autres aromates, comme le musc, l'ambre gris, etc.

SIROP DE CANNELLE VINEUX.

        Pr. : Vin de cannelle.......................   2
              Sucre blanc...........................   3

Faites un sirop par solution à froid ; filtrez.

POTION CORDIALE.

        Pr. : Vin rouge, quatre onces..................   125 grammes.
              Sirop de sucre, une once..................   32
              Teinture de cannelle, deux gros...........   8

Mêlez (Hôp. de Paris).

SASSAFRAS.

(Laurus sassafras.)

Le sassafras médicinal est une racine d'une odeur aromatique prononcée qui agit à la manière des stimulants, et qui est surtout vantée comme sudorifique.

Le sassafras n'a pas été analysé, mais on sait qu'il doit ses propriétés à de l'huile essentielle. Celle-ci est incolore; elle se colore avec le temps; sa densité est presque la même que celle de l'eau (1,094). Quand on l'agite avec de l'eau, elle se sépare en deux produits, l'un plus léger, qui surnage; l'autre plus lourd qui se précipite. A la longue, elle laisse déposer un stéaroptène cristallisé en prismes à 4 ou 6 pans. Il est si fusible que la chaleur de la main suffit pour le fondre. L'huile de sassafras prend une couleur nacarat, quand on la traite par l'acide nitrique.

Le sassafras ne s'emploie guère en médecine que sous forme de boisson. On le traite par infusion. La dose est de 2 gros à ½ once (8 à 16 grammes) pour une pinte d'eau. Quand on destine le sassafras à cet usage, on doit le séparer en copeaux des racines du commerce au moment de son emploi. S'il a été réduit à l'avance en parties minces, il a perdu par évaporation la plus grande partie de son huile essentielle. Le sassafras divisé du commerce est d'ailleurs fort souvent mêlé de bois étrangers.

LAURIER.

(Laurus nobilis.)

Les feuilles et les fruits du laurier sont employés en médecine. Ils contiennent tous deux de l'huile volatile qui les rend aromatiques et excitants.

Le fruit du laurier a été analysé par M. Bonastre qui y a trouvé :

Huile volatile; laurine; huile grasse de couleur verte; cire; huile liquide; résine; fécule; extrait gommeux; bassorine, substance acide; sucre incristallisable; albumine.

La laurine est sans importance sous le rapport médical. C'est une substance blanche d'une saveur amère, cristallisable en aiguilles octaédriques. Elle est très facilement fusible. Elle est insoluble dans l'eau froide, mais elle donne à l'eau bouillante une saveur amère. Elle ne se dissout que dans l'alcool chaud. Elle est soluble dans l'éther. Les alcalis sont sans action sur elle. On l'obtient en traitant directement les baies du laurier par l'alcool très rectifié.

HUILE DE LAURIER.

Pour obtenir de l'huile de laurier, on réduit les baies de laurier sèches en poudre, on les expose à l'action de la vapeur d'eau assez longtemps pour les bien pénétrer, et l'on met promptement à la presse dans une toile de coutil entre des plaques métalliques chauffées ; on exprime fortement ; on filtre l'huile à chaud, si la température de l'atmosphère est basse. L'huile de laurier finit par laisser déposer un sédiment cristallin et par prendre une consistance analogue à celle de l'huile d'olives demi-figée. Les baies fournissent à peine le cinquième de leur poids d'huile. Toutes les pharmacopées prescrivent de se servir de baies fraîches, de les faire bouillir dans l'eau et de recueillir l'huile qui vient nager à la surface ; M. Menigault a fort bien reconnu que, par cette méthode, on ne pouvait obtenir l'huile des baies fraîches, et je me suis assuré à plusieurs reprises qu'il en était de même avec les baies sèches.

J'ai décrit ici la préparation de l'huile de laurier avec les fruits secs, parce que, dans nos climats, ce sont les seuls que l'on puisse se procurer. Les pharmaciens du midi, qui sont mieux placés, extrairont ce produit des baies récentes. Il faut les broyer, les chauffer légèrement et les soumettre à la presse.

POMMADE DE LAURIER.

(Onguent de laurier.)

Pr. : Feuilles de laurier récentes et contuses......... 1
     Baies de laurier récentes et contuses. 1
     Axonge.................................... 2

On fait digérer à une douce chaleur pour que l'eau de végétation soit dissipée ; on laisse encore quelques heures sur un feu doux ; on passe avec expression ; on laisse refroidir et on sépare les fèces.

Cette pommade est employée en frictions stimulantes. Elle est surtout en usage dans la médecine vétérinaire. On la substitue à l'huile de laurier, qui est cependant plus active.

CAMPHRE.

Le camphre est fourni par le *Laurus camphora*. C'est une espèce d'huile volatile solide (stéaroptène) dont on fait un usage fréquent en médecine. C'est un excitant énergique qui réussit contre un grand nombre d'affections nerveuses. On l'emploie à l'extérieur contre les douleurs rhumatismales; on le considère aussi comme antiseptique.

Le camphre est composé, suivant M. Dumas, de : 20 pp. carbone, 79,28 ; 32 pp. hydrogène, 10,36 ; 2 pp. oxigène 10,36.

Le camphre est blanc, cristallin ; son odeur est très forte ; sa saveur est amère et aromatique. Il est plus léger que l'eau. Il entre en fusion à 175°, et il bout à 204°, suivant M. Thénard. Il est si volatil qu'il disparaît bientôt complétement quand on l'expose à l'air libre. Il est très combustible. L'eau n'en dissout qu'une petite quantité. Il est très soluble dans l'alcool, dans l'éther et dans les huiles grasses et les huiles essentielles. Il se dissout dans l'acide nitrique. Cette dissolution portait autrefois le nom d'huile de camphre. A chaud, l'acide nitrique le transforme en acide camphorique. L'acide hydrochlorique se combine au camphre et forme un composé dans lequel chacun des éléments entre pour un volume égal.

Le camphre présente, dans son mélange avec les matières résineuses, des effets remarquables. On savait bien qu'il ramollissait quelques masses emplastiques, mais son action sur les résines, sous ce rapport, avait été à peine observée. M. Planche a publié à ce sujet des observations fort curieuses.

1° Certains mélanges prennent la consistance pilulaire et la conservent indéfiniment :

Sangdragon,   Résine de gayac,
Assa-fœtida,   Galbanum.

2° D'autres ayant d'abord la consistance pilulaire, se ramollissent ensuite à l'air :

Benjoin,   Gomme ammoniaque,
Baume de Tolu,   Mastic.

3° D'autres ont une consistance demi-liquide constante :

Sagapenum,   Résine animée.

4° D'autres ont l'aspect pulvérulent un peu grumelé :

Oliban,	Bdellium.
Opopanax,	Myrrhe,
Gomme gutte,	Succin.
Euphorbe,	

5° D'autres sont tout à fait pulvérulents :

Tacamahaca,	Sandaraque,
Résine de jalap,	Résine de quinquina.

6° Dans certains mélanges l'odeur de camphre disparaît :

Assa-fœtida,	Résine animée,
Galbanum,	Baume de Tolu.
Sagapenum,	

7° Certains mélanges conservent faiblement l'odeur de camphre :

Sangdragon,	Opopanax,
Oliban,	Tacamahaca,
Mastic,	Résine de gayac,
Benjoin,	Gomme ammoniaque.

8° Enfin beaucoup de résines exaltent l'odeur du camphre, ou la retiennent fortement :

Gomme gutte,	Scammonée,
Euphorbe,	Sandaraque,
Bdellium,	Résine de scammonée,
Succin,	— pin,
Myrrhe,	— quinquina,
Résine de jalap,	Colophane.

On voit de suite les applications qui résultent de ces observations à la préparation des poudres, des pilules et des masses emplastiques dont le camphre et les matières résineuses font partie.

POUDRE DE CAMPHRE.

On verse de l'alcool sur le camphre de manière à l'en pénétrer, et on le pulvérise par trituration dans un mortier en marbre.

L'emploi de l'alcool est nécessaire pour détruire une sorte

d'élasticité que possède le camphre, qui rendrait la pulvérisation presque impossible à effectuer et qui est détruite par l'alcool.

EAU CAMPHRÉE.

Pr.: Camphre, un gros........................ 4 grammes.
Eau froide, une livre. 500

Laissez en contact en agitant de temps en temps et filtrez (Codex).

On emploie à cette préparation du camphre qui a été précipité de la dissolution alcoolique par l'eau, afin qu'il soit mieux divisé et qu'il se dissolve plus facilement. Mais cette précaution est inutile, car en mettant avec de l'eau un excès de camphre qui a été pulvérisé par l'intermède de l'alcool, chaque livre d'eau en peut dissoudre environ 27 grains.

EAU ÉTHÉRÉE CAMPHRÉE.

Pr.: Camphre, demi-once. .... 16 grammes.
Éther sulfurique, une once et demie.......... 48
Eau distillée, trente onces.................. 940

On met dans un flacon de cristal qui porte un robinet à sa partie latérale et inférieure le camphre et l'éther, et l'on agite pour aider la dissolution; on ajoute alors l'eau distillée et l'on agite vivement. Quand on veut se servir de cette composition, on en tire la quantité voulue par le moyen du robinet inférieur. Chaque once d'eau contient environ 8 grains (4 décigrammes) de camphre et 18 grains (1 gramme) d'éther (Planche).

ALCOOL CAMPHRÉ.

Pr.: Camphre. 1
Alcool rectifié. 7

Faites dissoudre; filtrez.

EAU-DE-VIE CAMPHRÉE.

Pr.: Camphre. 1
Alcool à 56° (21° Cart.).................. 40

Faites dissoudre; filtrez.

ÉTHER CAMPHRÉ.

Pr.: Camphre. 1
Éther sulfurique......................... 4

Faites dissoudre dans un flacon bien bouché.

VINAIGRE CAMPHRÉ.

Pr.: Camphre en poudre...................... 1
Vinaigre fort. 40

Divisez le camphre dans un mortier de verre, au moyen d'acide acétique concentré; ajoutez le vinaigre; laissez macérer pendant quelques jours dans un vase fermé, et filtrez.

HUILE CAMPHRÉE.

Pr.: Camphre.............................. 1
Huile d'olives. 7

Divisez le camphre avec un peu d'alcool, dans un mortier de marbre; ajoutez l'huile peu à peu et filtrez.
On l'emploie en frictions.

LAVEMENT CAMPHRÉ.

Pr.: Décoction de graine de lin, une livre........ 500
Camphre, un gros. 4

Divisez le camphre au moyen d'un peu de jaune d'œuf, et délayez dans la décoction de lin.

EMPLATRE CAMPHRÉ.

On introduit le camphre dans quelques compositions emplastiques. Il est bon de se rappeler qu'il agit sur les résines et qu'il les ramollit. Quand on introduit le camphre dans une préparation, cataplasme, onguent, emplâtre, il faut avoir le soin d'attendre qu'elle soit en partie refroidie, pour éviter de le volatiliser.

DES MYRISTICÉES.

La famille des Myristicées ne comprend que deux genres, dont un seul, le genre *Myristica*, nous intéresse. Le *M. moschata* fournit la muscade, et le *M. tomentosa* la muscade sauvage, la muscade du Brésil, *M. officinalis*, a les mêmes propriétés. La semence du *M. sebifera* fournit une huile épaisse employée sous le nom de suif de muscade. Il contient une graisse non saponifiable (Sebacine de Bonastre).

MUSCADE.

(Myristica moschata.)

Le fruit du muscadier fournit à la médecine sa semence qui est connue sous le nom de noix muscade ou de muscade, et l'arille ou macis qui enveloppe sa coque osseuse.

Ce sont deux substances qui doivent toutes leurs propriétés à l'huile volatile, et qui sont employées dans la vie ordinaire comme aromates et condiments, et dans la médecine comme des excitants très énergiques.

D'après une analyse de M. Bonastre, la muscade contient :

Margarine; oléine; huile volatile; acide indéterminé; fécule; gomme.

M. Henry a trouvé dans le macis :

Huile volatile; huile fixe jaune, insoluble dans l'alcool; huile fixe rouge, soluble dans l'alcool; matière gommeuse se rapprochant de l'amidon et de la gomme.

L'huile volatile de muscade est incolore. Sa consistance est visqueuse. Sa densité est de 0,948, un peu moindre que celle de l'eau. En l'agitant avec de l'eau elle se sépare comme l'huile de sassafras en 2 huiles, l'une fluide, qui vient nager à la surface de l'eau ; l'autre, de consistance butyreuse, qui va au fond. Elle laisse déposer avec le temps un stéaroptène (Myristicine) fusible au-dessus de 100°, volatil, soluble dans l'alcool et dans l'éther, et remarquable par la propriété qu'il possède de se dissoudre dans l'eau bouillante et de cristalliser par le refroidissement.

BEURRE DE MUSCADES.

On pile les muscades dans un mortier, on les passe à travers un crible assez fin; on les expose à la vapeur de l'eau bouillante pour ramollir les corps gras, et on les exprime entre des plaques de fer chauffées ; on laisse refroidir pour séparer l'humidité ; on fait fondre le beurre et on le filtre dans un appareil échauffé par l'eau bouillante.

Un autre procédé moins bon consiste à réduire les muscades en pâte, en les contusant dans un mortier chauffé ; à ajouter à cette pâte ¹/₈ d'eau bouillante et à exprimer entre des plaques chauffées.

Le beurre de muscade est quelquefois employé seul en frictions excitantes ; plus souvent on l'associe à d'autres médicaments.

ALCOOLAT DE MUSCADES.

Pr. : Muscades concassées...................... 1
Alcool à 80ᶜ (31° Cart.).................... 8

Faites macérer pendant quelques jours et distillez à siccité.

DES DAPHNÉES.

Tout le monde connaît l'âcreté du garou et l'usage que l'on en fait comme épispastique. Les écorces de toutes les espèces de *Daphne* jouissent de la même propriété ; on la retrouve dans l'écorce du *Dirca palustris* et probablement dans toutes les espèces de ce genre. L'écorce des Daphnées n'est pas la seule partie qui ait de l'âcreté, bien qu'elle soit la plus employée. Les racines, les feuilles paraissent participer à la même action. Ainsi les feuilles des *Daphne* sont purgatives et dangereuses; la racine du *D. cannabina* de la Cochinchine est purgative, sialogogue et d'un emploi peu sûr. Les fruits du *D. laureola* sont âcres et purgatifs; ceux du *D. gnidium* sont mangés par les paysans du Dauphiné et par les paysans russes quand ils veulent se purger. Les fruits du garou ont été employés dans la matière médicale, sous le nom de *Coccognidium*. Celinski a trouvé dans leurs graines une huile grasse très âcre.

Les daphnées sont remarquables par la ténacité des fibres du liber, caractère qui peut être facilement observé par les pharmaciens sur le garou des boutiques ; on emploie plusieurs espèces à faire des fils et des tissus. C'est à cette famille qu'appartient le bois de dentelle. C'est à elle qu'appartient encore le bois de cuir, qui a reçu ce nom à cause de son extrême souplesse.

GAROU,

(Daphne gnidium et mezereum.)

L'écorce du garou a une âcreté très prononcée qui la fait rechercher comme épispastique.

D'après une analyse de Gmelin et de Bar, l'écorce du *Daphne mezereum* contient :

Cire ; résine âcre ; daphnine ; matière colorante jaune ; extractif sucré ; extractif non sucré ; gomme.

Ces chimistes ont obtenu la résine en traitant le garou par l'alcool et reprenant l'extrait alcoolique par l'eau qui laisse la résine. Celle-ci est d'un vert si foncé qu'elle paraît noire. Elle est sèche et cassante ; sa saveur est âcre, et ne se développe pas tout de suite dans la bouche. Elle est insoluble dans l'eau. Elle se dissout dans l'alcool et dans l'éther.

Elle est altérée par les acides hydrochlorique et nitrique. Sa dissolution alcoolique est précipitée par l'acétate de plomb, qui y forme un précipité vert. Si l'on sépare l'excès de plomb de la liqueur par l'hydrogène sulfuré, elle fournit à l'évaporation une huile d'un jaune d'or, d'une saveur brûlante, qui fait venir des ampoules sur la peau, et qui contient le phosphore au nombre de ses éléments. Le précipité formé par l'acétate de plomb peut à son tour fournir par un traitement convenable une huile incolore et une matière résineuse.

Il résulte évidemment de ces expériences que la résine du garou est un composé de plusieurs matières différentes ; elles laissent soupçonner que l'huile jaune est le principe vésicant de l'écorce.

Les expériences de M. Dublanc l'ont amené à des résultats différents ; il a retiré de l'écorce du *Daphne mezereum* :

Une matière cristalline ; une matière résinoïde sans âcreté ; une sous-résine insipide ; une matière verte demi-fluide très âcre.

La matière cristalline se dépose du liquide aqueux qui reste après la distillation de la teinture alcoolique de garou. C'est une matière sans âcreté, qui est soluble dans l'eau et dans l'alcool, et que l'éther ne dissout pas.

La résine et la sous-résine sont également sans influence sur les propriétés du garou. La première est soluble dans l'alcool froid et insoluble dans l'éther ; la seconde ne se dissout que dans l'alcool bouillant.

Quant à la matière verte, elle est composée de chlorophylle et de la matière active que M. Dublanc n'a pas isolée. Elle forme une matière demi-fluide, verte, d'une âcreté extrême, vésicante, que l'eau ne dissout pas, mais qui est facilement soluble dans l'éther, l'alcool et les huiles. Cette matière a été également examinée par M. Coldefy.

Il peut paraître probable que la résine de MM. Gmelin et Bar n'est qu'un mélange de cette matière mollasse avec les différents produits de nature résineuse que l'écorce renferme en même temps.

Pour obtenir la matière âcre, M. Dublanc traite le garou par l'alcool à 90°, et distille les liqueurs alcooliques. Il obtient un liquide et au fond de ce liquide un dépôt. Ce dépôt est repris par l'éther, qui laisse la résine ; l'éther évaporé laisse un résidu grenu. En le délayant dans un peu d'éther, on en sépare facilement la sous-résine, et par l'évaporation on obtient la matière âcre.

Le procédé de M. Coldefy pour obtenir cette résine molle diffère à peine du précédent ; seulement il ne peut séparer la sous-résine de la matière verte. M. Dublanc en fait autant quand il destine cette matière verte à l'usage médical.

Pour compléter l'histoire chimique du garou, il faut ajouter que M. Vauquelin, en distillant le garou avec de la chaux ou de la magnésie, a trouvé qu'il passait à la distillation un principe très âcre, toujours mêlé d'ammoniaque ; mais ce principe ne se dissipe pas par la seule action de la chaleur, suivant M. Dublanc : il faut en conclure qu'il fait partie de quelque combinaison dans la résine molle de garou, et qu'il ne peut distiller qu'autant qu'il en a été séparé par un alcali. Cependant, M. Vauquelin dit positivement qu'on en obtient en distillant l'écorce seule. On voit que l'histoire chimique du garou est à refaire. Elle promet d'heureux résultats.

Quant à la daphnine, qui figure dans l'analyse, elle a été découverte par M. Vauquelin. Elle est en cristaux incolores. Sa saveur est amère et astringente. Elle est peu soluble dans l'eau froide ; elle est très soluble dans l'eau bouillante ; dans l'alcool et dans l'éther. Quand on la chauffe, elle se vaporise en vapeurs très àcres. Elle n'est ni acide ni alcaline. Elle est sans influence sur les propriétés vésicantes du garou. On l'obtient en reprenant l'extrait alcoolique de garou par l'eau, précipitant la liqueur par l'acétate de plomb, filtrant et faisant évaporer; la daphnine cristallise.

En appliquant un morceau d'écorce de garou sur la peau, il agit avec lenteur; l'épiderme seul est attaqué, et la place où il a été détruit laisse suinter d'abondantes sérosités. On renouvelle l'écorce matin et soir pendant les premiers jours. Plus tard, on la change plus rarement.

Comme il est ordinairement difficile de se procurer du garou frais, on coupe un morceau d'écorce sèche de la grandeur voulue, et on la fait tremper pendant quelques heures dans de l'eau froide ou dans du vinaigre pour la ramollir.

POUDRE DE GAROU.

On en fait bien rarement usage. Pour l'obtenir il faut couper transversalement le garou en lanières étroites pour en diviser les fibres, le faire sécher et piler jusqu'à ce qu'il ne reste plus que la matière cotonneuse. Il faut avoir grand soin de recouvrir le mortier pendant l'opération, pour éviter les accidents qui peuvent résulter de l'extrême âcreté du garou.

Quand le garou est destiné à subir l'action de quelque véhicule, il faut le diviser par une méthode que nous devons à M. Coldefy. On hache l'écorce de garou, ou on la coupe au couteau, et on la pile dans un mortier de fer, après l'avoir humectée avec de l'alcool, jusqu'à ce qu'elle présente une masse fibreuse sans aucune apparence d'écorce. L'emploi de l'alcool empêche aucune partie de s'élever en dehors du mortier, et le garou peut ainsi être parfaitement divisé sans aucun danger pour l'opérateur.

TISANE DE GAROU.

Pr.: Écorce de garou, deux gros. . . . .   8 grammes.
     Eau bouillante, trois livres.   1500

Ramenez par l'ébullition à 2 livres (1000 grammes), passez.

Cette boisson est employée contre les affections syphilitiques rebelles.

L'eau se charge de daphnine, de gomme et de matières extractives. Elle enlève aussi, à la faveur des autres substances, une partie de la matière huileuse âcre qui n'est pas soluble dans son état d'isolement.

EXTRAIT DE GAROU.

Pr.: Écorce de garou...................... Q. V.
    Alcool à 80° (31° Cart.)................ Q. S.

F. S. A.

L'écorce de garou forme $\frac{1}{5}$ de son poids d'extrait.

POIS SUPPURATIFS DE WISLIN.

Pr.: Extrait alcoolique d'écorce de garou......... 1
    Alcool à 80° (31° Cart.)..................... 4

Faites dissoudre et filtrez.

Plongez dans cette liqueur, pendant cinq minutes, des pois d'oranges séparés des fils qui les attachent. Retirez-les, et laissez-les sécher à l'air libre ; renouvelez deux autres fois la même immersion, en laissant sécher chaque fois. Lorsque les pois sont complétement secs, frottez-les fortement dans un linge pour leur rendre le brillant qu'ils avaient perdu. Mettez-les en boîtes, ou réunissez-les en chapelets.

Si on ne détachait pas les pois avant de les plonger dans la teinture alcoolique, ils s'imprégneraient mal de la liqueur, et, en les y laissant plus de temps qu'il n'est indiqué, ils se gonfleraient trop et deviendraient irréguliers. Les pois d'iris ne peuvent servir à cette opération, à cause de leur porosité, qui les fait se dilater outre mesure, et perdre par suite la forme sphérique qu'on tient à leur conserver.

Les pois suppuratifs conviennent toutes les fois qu'on veut provoquer une suppuration abondante des cautères sans action irritante.

HUILE DE GAROU.

Pr.: Écorce de garou...................... 1
    Huile d'olives........................ 2

On prépare l'écorce suivant la méthode de M. Coldefy, et on la fait digérer dans l'huile. On passe avec une forte expression.

M. Lartigue a cru que l'eau était nécessaire au développement parfait de la matière âcre, et il a donné une formule dans laquelle, après avoir fait bouillir l'écorce divisée dans l'eau, on ajoute l'huile, et l'on fait cuire jusqu'à consomption de l'humidité. Les divers travaux analytiques sur le garou ont cependant montré que la matière âcre pouvait s'obtenir sans le secours de l'eau, et dans ces derniers temps, M. Mouchon, en augmentant d'un tiers la proportion de l'écorce, a obtenu par simple digestion, une huile assez active pour produire en quelques heures des vésicules sur la peau.

POMMADE AU GAROU.

Pr. : Axonge	14 1/2
Cire blanche	1 1/2
Écorce de garou	4

On divise l'écorce de garou par le procédé de M. Coldefy ; on la met dans un bain-marie avec l'axonge, et l'on fait digérer pendant 12 heures ; on passe avec une forte expression, et on laisse déposer tranquillement la pommade. Quand elle est refroidie, on la râcle pour séparer les fèces. On la fait fondre avec la cire, et l'on agite jusqu'à refroidissement pour éviter qu'il ne se fasse des grumeaux. C'est le meilleur procédé.

Les doses précédentes ont été fixées à la suite d'observations de M. Andral sur des pommades faites en des proportions diverses.

M. Coldefy voulait qu'on fît la pommade au garou avec un gros de résine verte pour 11 onces de mélange gras.

M. Dublanc avait proposé un procédé semblable.

M. Guibourt avait cru qu'on pouvait remplacer la matière verte par l'extrait alcoolique ; mais depuis il a dit s'être assuré que l'on avait par là une pommade beaucoup moins active. Le but de toutes ces manipulations est d'éviter la perte qui résulte nécessairement de la quantité de matière grasse qui reste engagée dans l'écorce du garou.

La pommade au garou n'agit pas sur la vessie comme les cantharides ; mais elle a une âcreté mordicante qui la rend souvent insupportable aux malades.

PAPIER ET TAFFETAS VÉSICANTS.

No 1. Pr. : Cire blanche	18	
Huile d'olives	9	48
Galipot	21	
Extrait alcoolique de garou	1	
Alcool à 80° (31° Cart.)	6	

On fait fondre la cire et l'huile ; on ajoute la solution alcoolique d'extrait. On fait évaporer l'alcool à une douce chaleur ;

on ajoute le galipot ; on passe à travers un linge de laine.

On imprègne de ce mélange du papier, de la toile ou du taffetas sur une ou sur deux faces ; le papier, au moyen du sparadrapier ; la toile et le taffetas par le procédé appliqué à la préparation de la toile de mai.

On obtient le papier n° 2, qui est plus actif, en faisant usage de la formule ci-dessous :

> N° 2. Pr. : Excipient ci–dessus. 32
>   Extrait de garou. 1
>   Alcool à 80° (31° Cart.). 6

F. S. A.
Ces formules sont de M. Béral.

—

DES ARISTOLOCHES.

Les plantes qui composent la famille des Aristoloches sont peu nombreuses, et elles n'ont pas entre elles une grande analogie botanique ; elles ont également peu de rapports de genres à genres dans leurs propriétés.

La racine est la partie la plus active, et à peu près la seule employée des aristoloches. Elle est toujours plus ou moins amère et excitante ; son emploi le plus ordinaire est comme emménagogue ; on se sert comme telle dans nos pays des racines des *Aristolochia longa, rotunda, clematitis, pistolochia* ; aux Antilles, de l'*A. bilobata* ; dans l'Inde, de l'*A. indica*. M. Orfila a observé dans l'aristoloche clématite une action stupéfiante sur le système nerveux, qui très probablement appartient aussi aux autres racines. Elle est très développée dans l'*A. anguicida,* dont le suc engourdit les serpents. En Arabie, on emploie avec grand avantage, dit-on, le suc de la racine de l'*A. sempervirens*. La racine de l'*A. grandiflora* du Brésil est un poison très actif, suivant M. de Tussac, mais seulement à l'état de fraîcheur. Sèche, on l'administre à la dose de 10 à 12 grains contre la paralysie et comme emménagogue.

L'*Aristolochia ringens* et l'*A. serpentaria,* la serpentaire de Virginie, ont des racines fort odorantes, et sont employées comme des excitants actifs.

Les racines des *Asarum europœum et canadense* (Cabaret,
oreille d'homme), sont vomitives.

CABARET.

(Asarum europæum.)

C'est la racine que l'on emploie. Elle est vomitive, et, d'après
le témoignage de Cullen, de MM. Coste et Willemet, et de
M. Loiseleur-Deslonchamps, elle peut remplacer l'ipécacuanha
comme vomitif, à la dose de 20 à 40 grains. On l'emploie plutôt
comme sternutatoire; elle entre dans la poudre de Saint-Ange.
MM. Feneulle et Lassaigne, qui ont analysé le cabaret, y ont
trouvé une huile volatile; une huile grasse très âcre; une matière
jaune analogue à la cytisine; de la fécule, du muqueux, de l'acide
citrique et quelques sels.

La distillation de la racine d'*Asarum* avec de l'eau donne trois
produits différents : de l'huile volatile, de l'asarite et du camphre
d'*Asarum*. L'huile volatile est liquide; l'asarite cristallise en
petites aiguilles soyeuses, inodores, insipides; d'une densité de
0,95, fusible à + 70, volatilisable sans décomposition en donnant
une vapeur irritante; soluble dans l'alcool, l'éther et les huiles
essentielles.

Le camphre d'*Asarum* est blanc, transparent; il cristallise en
prismes à 6 pans. Il fond à + 40, et se solidifie à + 27; il bout
à 280. Le thermomètre ne tarde pas à monter à 300, température à laquelle le camphre est décomposé. Il est composé de carbone 4 pp., hydrogène 5 ½ pp., oxigène 2 pp. L'huile essentielle
d'*Asarum* contient carbone 4 pp., hydrogène 4 ½ pp., oxigène
1 pp.; de sorte que le camphre d'*Asarum* peut être regardé comme
un hydrate de l'huile.

Pour obtenir les trois corps précédents, il faut distiller la racine
d'*Asarum* avec de l'eau; on obtient une liqueur laiteuse, aromatique, d'une saveur âcre. A la surface nagent des gouttelettes
jaunâtres qui se transforment peu à peu en cristaux aiguillés; ces
cristaux, dissous dans l'alcool et la dissolution précipitée par
l'eau, donnent une masse blanchâtre et cristalline qui flotte dans
le liquide, tandis qu'une matière laiteuse se dépose au fond; celle-
ci peut être isolée des cristaux par décantation. Les cristaux
sont l'asarite pur. La masse coagulée est un mélange d'huile

volatile et de camphre d'*Asarum*. On en sépare l'huile volatile par la chaleur; le camphre reste.

SERPENTAIRE DE VIRGINIE.

(Aristolochia serpentaria.)

La racine de Serpentaire de Virginie a été analysée par M. Chevallier et par Bucholz. Elle contient :

Huile volatile; résine molle; extractif amer; extractif gommeux, albumine; amidon; sels.

M. Chevallier attribue à la matière extractive amère les propriétés de cette racine; mais elles sont bien évidemment dues encore à l'huile volatile et à la résine.

La serpentaire de Virginie est un excitant et un tonique très actifs, dont l'action est générale. On s'en sert surtout dans les fièvres adynamiques quand les symptômes inflammatoires ont disparu. Elle entre dans l'eau générale, l'eau thériacale, l'orviétan, etc.

C'est sous forme de boisson que l'on administre ordinairement la serpentaire. La dose est d'une demi-once à deux onces (16 à 64 grammes) en infusion, sous forme de boisson et de tisane. On en fait peu d'usage maintenant.

DES EUPHORBIACÉES.

Les Euphorbiacées sont des plantes dangereuses : à l'extérieur, elles agissent à la manière des substances âcres; à l'intérieur, ce sont des poisons violents, ou, à plus petites doses, des purgatifs et des éméto-cathartiques. Quelques observations peuvent faire croire à la volatilité du principe actif de ces plantes; mais d'autres nous montrent, au contraire, que ce principe est fixe; nous allons bientôt voir que la matière âcre n'est pas de la même nature dans toutes ces plantes.

Le suc des Euphorbiacées, dans le plus grand nombre de ces plantes, a beaucoup d'âcreté. C'est un poison violent dans les *Euphorbia antiquorum, canariensis, officinalis,* qui fournissent l'euphorbe du commerce ; dans l'*E. tirucalli* d'Afrique ; dans l'*E. myrtifolia* des Antilles ; dans les *Excacaria*, l'*Hura crepitans* ; le *Tragia volubilis*, ou liane brûlante ; dans l'*Adenia venenata* d'Arabie ; le *Sapium aucuparium* ; l'*Hippomane biglandulosa*, ou mancenillier, etc. Le suc de ces plantes, appliqué sur la peau, y fait naître des vésications pustuleuses ; plusieurs espèces, et particulièrement nos euphorbes indigènes sont employées comme caustiques pour détruire les verrues. A l'intérieur, le suc des Euphorbiacées est un poison très âcre ; mais, à petites doses, on l'emploie quelquefois comme purgatif. C'est ainsi qu'au Chili on se purge avec quelques gouttes du suc de l'*Euphorbia portulacoides*, et que dans l'Inde, on purge les enfants en leur frottant la langue avec l'*Acalypha indica*.

Les observations de M. Ricord sur le mancenillier ne laissent pas douter que la partie âcre et vénéneuse de cet arbre ne soit volatile. Il s'est assuré que l'infusion est inerte, mais que les vapeurs qui s'exhalent de la décoction de cette plante sont âcres et brûlantes ; il a vu encore que toute leur âcreté se perd par la dessiccation. M. Letellier a conclu de ses expériences sur l'*Euphorbia cyparissias*, que la partie active de cette plante était volatile. MM. Boussingault et Riveiro, qui ont analysé le suc de l'*Hura crepitans*, y ont trouvé une sorte d'huile essentielle vésicante et un principe âcre cristallisable qui peut être un alcali.

M. Ricord, qui a analysé le suc du pantouflier (*euphorbia myrtifolia*), n'y a pas trouvé de matière volatile, mais une espèce d'huile épaisse, brune, d'une extrême âcreté, qu'il a nommée *euphorbine*. De l'euphorbe du commerce on retire aussi une résine sèche, très âcre et non volatile.

La lactescence du suc des euphorbiacées est due à des principes très différents, c'est le caoutchouc dans le *Jatropha elastica* et d'autres espèces. Il a été retrouvé par John dans l'*Euphorbia cyparissias*. C'est de la résine, de la cire, de l'huile âcre, suivant M. Ricord, dans le suc du pantouflier.

Le suc de toutes les euphorbiacées n'a pas l'âcreté que nous venons de signaler dans un grand nombre d'espèces. Celui de l'*Acalypha betulina*, de l'Inde, est employé comme stomachique ; celui du *Tragia chamælœa* et de l'*Euphorbia hypericifolia* est astringent ; cette saveur astringente se retrouve dans le suc du *Jatropha curcas* qui contient, suivant mon analyse, du tannin, de l'acide gallique, et une combinaison insoluble d'albumine et de tannin. Le *Maprounœa brasiliensis* est employé comme émollient sous le nom de *Marmeleiro di campo*; l'*Euphorbia edulis* est mangé à la Cochinchine et l'*Euphorbia balsamifera* des Canaries fournit un lait comestible.

Les feuilles des euphorbiacées ont des propriétés analogues à celles de la tige. Ainsi, l'*Andrachne cadischaw*, de l'Inde, est un poison violent. On applique comme caustique, sur les morsures des serpents venimeux, l'*Euphorbia hirta*. On se purge, en Provence et en Italie, avec l'*E. spinosa*; la Mercuriale officinale a des propriétés semblables. Quelques feuilles d'euphorbiacées sont employées comme antisyphilitiques (*Croton antisyphiliticum*, *Euphorbia anacampseros*, *E. myrtifolia*); mais ce sont des médicaments âcres et peu sûrs dans leur emploi.

Le *Croton tinctorium* donne un suc blanc dans lequel on trempe des chiffons qui deviennent bleus par l'exposition à des vapeurs ammoniacales. La matière bleue qui se développe en cette circonstance n'a pas été étudiée.

Les racines du Mancenillier et celles du Manioc sont des poisons fort actifs dans leur état de fraîcheur; mais elles perdent toute action par la dessiccation ou par la chaleur, parce que les principes actifs qui y sont contenus sont volatils; dans le Manioc, c'est de l'acide hydrocyanique qui y a été reconnu par MM. Boutron et Henry. Un assez grand nombre de racines d'euphorbiacées sont employées comme purgatives : à Ceylan, le *Ricinus mappa*; au Brésil, le *Jatropha opifera*, le *Croton campestre*; au Malabar, le *Croton sylvestris*; les racines de nos euphorbes indigènes ont des propriétés analogues, et M. Loiseleur Deslonchamps a proposé de les employer pour remplacer l'ipécacuanha. D'autres racines d'euphorbiacées sont employées comme antisyphilitiques; mais cette propriété paraît se confondre avec l'âcreté propre à ces plantes, puisque les *E. tirucalli* et *myrtifolia* sont vantés pour le même usage.

Les Crotons se distinguent, parmi les euphorbiacées, par le caractère aromatique d'un assez grand nombre d'espèces. La cascarille du commerce est fournie par les *C. cascarilla* et *elateria*; le *copalchi* paraît provenir du *Croton suberosum*; l'écorce du *C. coriaceum* est encore employée comme aromatique Le *C. balsamifera*, de la Martinique, fournit une résine appelée petit baume; le *C. thuriferum*, du pays des Amazones, fournit également une résine balsamique; les *C. sanguineum* et *hibiscifolium* donnent un suc rouge résineux qui ressemble au sang-dragon.

Les fruits des Euphorbiacées sont généralement secs et sans emploi. On mange ceux du *Cicca*, de l'Inde. Ceux du Mancenillier, connus sous le nom de noix d'enfer, sont au contraire fort dangereux; ils ressemblent à une pomme d'api; leur saveur paraît fade au premier abord, mais il se développe bientôt une âcreté des plus violentes. Le *Croton sebiferum*, à la Chine, a ses fruits entourés d'une matière cireuse que l'on emploie pour l'éclairage.

Les semences des Euphorbiacées sont généralement purgatives. On possède des renseignements exacts sur un assez grand nombre d'entre elles; je citerai : graines de tilly (*Croton tiglium*), pignon d'Inde (*Jatropha curcas*), noisette purgative (*J. multifida*), ricins (*Ricinus communis*), épurge (*Euphorbia lathyris*), sablier élastique (*Hura crepitans*), etc., etc. Cependant les semences des *Omphalea triandra* et *diandra* sont comestibles.

Les semences des Euphorbiacées sont purgatives et éméto-cathartiques à des degrés différents, et dans celles qui ont été analysées, la composition chimique offre une assez grande analogie. MM. Pelletier et Caventou, qui ont analysé les semences du *Croton tiglium*, y ont reconnu la présence d'un acide volatil que Brandes y a retrouvé depuis : c'est l'acide crotonique, corps d'une extrême âcreté et très volatil; Brandes a reconnu en même temps dans ces semences une matière résinoïde fixe, qui concourt à leurs propriétés. J'ai fait quelques recherches comparatives, il y a quelques années, sur les semences des *Jatropha curcas* et *multifida*, de l'*Euphorbia lathyris*, du *Ricinus communis*. Je n'ai pu y découvrir aucune trace de principe âcre volatil; mais j'ai trouvé dans toutes ces graines une espèce de résine âcre, mollasse, se présentant partout avec des caractères à peu près semblables. J'ai reconnu depuis, pour l'euphorbe et le ricin, que cette résine était un composé de plusieurs matières différentes; mais il reste établi que ces diverses semences purgatives ne contiennent aucun principe volatil, et que chez elles, c'est dans quelque matière fixe qu'il faut rechercher la cause de leurs propriétés purgatives.

Les huiles d'Euphorbiacées sont acides. La présence de l'acide crotonique explique cette propriété dans l'huile de Croton. J'ai reconnu qu'il y avait une petite quantité d'acide gras développée dans les autres. Dans les jatrophas, ce paraît être les acides oléique et margarique ; dans les ricins, ce sont les acides élaïodique et ricinique. Ceux-ci, par leur âcreté, concourent singulièrement à augmenter les propriétés purgatives de l'huile de ricin.

Les semences de l'euphorbe sont plus purgatives que celles du Jatropha, et celles-ci plus que les ricins. Le docteur Bally, qui a fait des expériences thérapeutiques comparées sur ces huiles, a trouvé que l'on produisait des effets presque semblables avec une goutte d'huile de Croton, huit gouttes d'huile d'Épurge et un demi-gros d'huile de Jatropha.

Les huiles des semences d'Euphorbiacées présentent entre elles une différence bien remarquable : c'est que les huiles de Croton et de ricin sont très solubles dans l'alcool, tandis que les autres espèces ne le sont pas plus que toutes les huiles grasses ordinaires. Les partisans des analogies botaniques ne trouveront dans ce fait rien qui contrarie leur théorie, car on ne peut s'attendre à trouver identité, mais seulement analogie dans des végétaux voisins ; il est naturel d'y rencontrer toutes les variétés d'un même type.

En résumé, on voit que les Euphorbiacées sont des plantes dangereuses, et dont on ne doit user qu'avec beaucoup de circonspection. Les expériences chimiques que nous possédons sur cette famille, nous amènent à penser que le principe âcre que contiennent ces plantes est fort éloigné d'être toujours de même nature.

BUIS.

(Buxus sempervirens.)

Le Buis ne fournit à la médecine que son écorce, qui encore est rarement employée. Cette écorce, analysée par M. Fauré, lui a donné :

Buxine, à l'état de malate ; chlorophylle ; matière particulière rousse ; cire ; matière grasse ; résine ; extractif ; gomme.

La buxine est cristallisable. Elle est presque inodore, très amère sans être âcre. Elle est soluble dans l'eau, dans l'alcool ; l'éther en dissout moins ; les alcalis ne la dissolvent pas. Elle sature les acides et forme avec eux des sels difficilement cristallisables, qui sont très solubles dans l'eau et dans l'alcool. Cette matière, qui a encore été imparfaitement étudiée, s'obtient en faisant un extrait alcoolique d'écorce de buis, le reprenant par l'eau et précipitant par l'acétate de plomb, et dépouillant de l'excès de plomb la liqueur aqueuse au moyen de l'hydrogène sulfuré. La liqueur ayant été chauffée à ébullition avec de la magnésie, le précipité magnésien, repris par de l'alcool, fournit la buxine. On transforme celle-ci en sulfate en acidifiant la liqueur alcoolique et on ajoute à cette combinaison, suivant le conseil de M. Couerbe, de l'acide nitrique qui en sépare la matière résineuse restante. On précipite la buxine par un alcali.

D'après M. Fauré, la buxine existe également dans les autres parties du buis, mais en plus faibles proportions; depuis, M. Bley l'a retirée des feuilles de cet arbrisseau.

La matière rousse s'extrait de l'écorce de buis par l'éther ; elle s'y trouve en très faible quantité ; elle a à peine été étudiée.

L'écorce de buis s'emploie en médecine comme sudorifique. On la soumet à la décoction dans l'eau. Si la matière résineuse ne concourait pas aux propriétés médicales du buis, l'infusion serait préférable. C'est à l'expérience à prononcer.

L'écorce de buis s'emploie à la dose de 1 à 2 onces (32 à 64 grammes).

On emploie rarement l'extrait de l'écorce de buis qui se prépare par lixiviation avec de l'alcool à 56° (21° Cartier).

MERCURIALE.

(Mercurialis annua.)

La Mercuriale ou Foirole est un purgatif populaire. Il ne faut pas lui substituer la Mercuriale bisannuelle (*M. Perennis*) qui est beaucoup plus active. La mercuriale a été analysée par M. Feneulle qui y a trouvé :

Un principe amer ; du mucilage ; de l'albumine ; une matière grasse incolore ; une faible quantité d'huile volatile ; de la pectine ; quelques sels.

Le principe amer a une couleur jaunâtre et sans doute il est incolore à l'état de pureté. Sa saveur est amère et très prononcée. Il purge avec peu d'activité. Il est soluble dans l'eau et dans l'alcool. Il est précipité par le sous-acétate de plomb, le sublimé corrosif et l'infusion de noix de galle.

MIEL DE MERCURIALE.

Pr. : Suc de mercuriale non dépuré.................... 1
Miel....................................... 1

On fait cuire en sirop. La chaleur coagule l'albumine du suc, qui sert à la clarification du sirop.

LAVEMENT LAXATIF.

Pr. : Décoction émolliente, quatorze onces. .... 440 grammes.
Miel de mercuriale, deux onces.............. 64

Mêlez.

GRAINE DE TILLY.

(Croton tiglium.)

La graine de Tilly des Moluques a porté mal à propos le nom de pignon d'Inde, et il faut se garder de la confondre avec le véritable pignon d'Inde (semences du jatropha curcas), qui est bien moins actif.

La semence de croton tiglium a été analysée par MM. Pelletier et Caventou, qui y ont découvert un acide volatil très âcre; elle a été depuis soumise à un examen plus étendu par Brandes; elle contient :

Acide crotonique; huile brunâtre; résine; matière graisseuse blanche; matière brunâtre; matière gélatineuse; crotonine; gomme; albumine végétale.

L'acide crotonique est volatil, extrêmement âcre. Il est une des parties actives de l'huile; cependant, d'après MM. Pelletier et Caventou, il n'est pas assez énergique pour qu'on puisse croire qu'il soit le seul principe actif de l'huile. Il se volatilise à quelques degrés au-dessus de zéro en répandant une vapeur très âcre. Cet acide existe déjà dans la graine, mais il paraît qu'il s'en produit une nouvelle quantité quand on saponifie l'huile de croton. Brandes est disposé à croire qu'il existe dans la graine une espèce d'huile éthérée extrêmement âcre, qui, par l'action de l'eau et de l'air, peut se changer en acide crotonique; il se fonde sur ce que la liqueur que l'on obtient en distillant des semences de croton est bien plus acide le lendemain que le jour même; sur ce que les vapeurs, quand on les reçoit dans de la potasse, la traversent au moins en partie et viennent se répandre dans le laboratoire , ce qui ne saurait avoir lieu si ces vapeurs étaient acides.

L'huile brunâtre des semences de croton contient de l'acide crotonique; il est probable que sa composition est assez compliquée.

La matière graisseuse blanche est une espèce de stéarine molle.

La matière brunâtre est soluble dans l'eau et dans l'alcool; elle donne de l'acide crotonique par les acides, et elle est sans doute un mélange de diverses matières.

La matière gélatineuse paraît avoir la plus grande analogie avec la gliadine ou gélatine végétale que l'on retire du gluten.

La résine des semences de croton est d'un brun clair, d'une consistance molle; elle a une odeur désagréable, sans doute à cause de l'huile qu'elle retient; elle est soluble dans l'alcool, insoluble dans l'éther et dans l'eau. Les alcalis la dissolvent en en séparant une matière blanchâtre. Elle concourt sans doute aux propriétés purgatives de l'huile de croton.

Quant à la crotonine, que Brandes croit être un alcali végétal, elle me paraît être une combinaison de magnésie avec un acide gras.

Les semences du *Croton tiglium* sont d'une excessive âcreté. On ne doit les manier qu'avec beaucoup de précautions. Quand on prépare une quantité un peu grande de leur huile, il est bien difficile, malgré toutes les précautions, de se soustraire à l'âcreté de leurs émanations. Elles déterminent sur la peau une inflammation érésipélateuse plus ou moins grave.

HUILE DE CROTON.

L'huile de croton a une couleur brune, une odeur extrêmement désagréable et une excessive âcreté; à la dose de 1 goutte à 2 gouttes, c'est un purgatif des plus violents.

On passe les semences de *croton tiglium* au moulin, sans se donner la peine de les monder de leur enveloppe; on pourrait le faire pour obtenir une quantité d'huile un peu plus considérable; mais les semences de croton sont si âcres qu'il faut éviter autant qu'il est possible de les manier. La poudre de croton est renfermée dans une toile de coutil, et elle est soumise à la presse entre deux plaques de fer échauffées. On filtre l'huile qui s'est écoulée, après l'avoir laissé déposer pendant une quinzaine de jours. On broie la substance qui forme le résidu de cette première opération et on la met dans un bain-marie fermé avec deux fois son poids d'alcool rectifié; on fait chauffer au bain-marie jusqu'à 50 ou 60°, et l'on verse sur une toile pour soumettre de suite à la presse; dans cette partie de l'opération, surtout, il faut se garantir des vapeurs âcres. Il est bien rare, du reste, que, dans la préparation de cette huile, quand on opère sur des masses assez considérables, on ne soit pas atteint d'une irritation sur quelque partie du corps, lors même que l'on n'a recours qu'à l'expression à froid; aussi ne saurait-on trop recommander de précautions pour se mettre à l'abri des accidents.

La liqueur alcoolique qui s'est écoulée à la presse, est distillée au bain-marie pour en séparer l'alcool, que l'on conserve pour une nouvelle opération. Le produit est une huile épaisse que l'on abandonne à elle-même pendant une quinzaine de jours; au bout de ce temps, on la sépare du dépôt qui s'est formé, on la filtre à la chaleur de l'étuve, et on la mélange au produit de l'expression.

On pourrait ne faire qu'une opération et traiter immédiatement la poudre des semences par l'alcool, mais alors il en faudrait une plus grande quantité; la quantité de matière que l'on aurait à manier serait plus considérable, et les chances d'accidents plus nombreuses.

On conçoit du reste que le traitement du marc par l'alcool est d'autant plus avantageux que l'on a à sa disposition une presse moins forte; celles que possèdent la plupart des pharmaciens ont peu de puissance, et ils trouveront alors une grande économie dans l'épuisement du marc par l'alcool.

1 kilogramme de semences de croton m'a fourni 270 grammes d'huile dont 146 ont été obtenus par la pression et 124 par l'alcool.

Ordinairement on se contentait de mettre les semences à la presse. L'huile est épaisse et ne coule que lentement; il en reste une assez grande quantité dans le marc. C'est une perte à laquelle le prix assez élevé des semences de croton devait faire chercher les moyens de se soustraire. Un procédé se présentait tout naturellement, c'était l'emploi de l'alcool, qui se mêle en toute proportion à la matière huileuse et qui donne ainsi une liqueur peu visqueuse qui s'écoule à la presse sans difficulté; mais, après avoir obtenu ce mélange d'huile et d'alcool, il faut nécessairement chasser celui-ci par la chaleur, ce qui doit entraîner une perte d'acide crotonique. Les vapeurs âcres qui s'exhalent pendant l'opération ne confirment que trop bien la réalité de cet effet. D'un autre côté, l'huile obtenue par l'alcool, doit, comme toutes celles des euphorbiacées préparées par son intermède, être plus chargée de parties résineuses ; de sorte que, théoriquement, le procédé entraîne inévitablement une diminution dans les propriétés médicales de l'huile, par la perte de l'acide crotonique, et au contraire un accroissement de ces mêmes propriétés par l'introduction d'une plus forte proportion de matière résineuse. Des expériences thérapeutiques faites comparativement sur ces deux espèces d'huile, par M. Piédagnel, ont prouvé que leur effet médical est le même.

TEINTURE ALCOOLIQUE DE CROTON.

Pr. : Huile de croton, une goutte. . . . . 1 gutt.
Alcool à 88° (34° Cart.), demi-gros. . . . . 2 grammes.

Pope fait faire cette teinture avec semences mondées 1 partie, alcool 12 parties. La teinture contient alors à très peu de chose près $\frac{1}{12}$ de son poids d'huile, ce qui est beaucoup trop fort.

SACCHAROLÉ D'HUILE DE CROTON.

Pr. : Huile de croton, une goutte. . . . . 1 gutt.
Olæosaccharum de cannelle, un gros. . . . . 4 grammes.

Mêlez.

PASTILLES D'HUILE DE CROTON.

Pr. : Chocolat à la vanille, deux gros. . . . . 8 grammes.
Sucre, un gros. 4
Amidon, un scrupule. 1,3
Huile de croton, cinq gouttes. . . . . 5 gutt.

On divise l'huile au moyen du sucre et de l'amidon ; on incorpore le tout au chocolat, et l'on fait avec la masse 30 pilules que l'on aplatit en pastilles sur une plaque de fer blanc chauffée. Chaque pastille contient encore $\frac{1}{6}$ de goutte d'huile de croton.

POTION D'HUILE DE CROTON.

1. Potion du docteur Cory.

```
Pr.: Huile de croton, deux gouttes................  2 gutt.
     Sucre blanc, deux gros.......................  8 grammes.
     Gomme arabique, demi-gros. ..................  2
     Teinture de petit cardamone, demi-gros......  2
     Eau distillée, une once. .....................  32
```

On donne cette potion par cuillerée à café toutes les 3 à 4 heures; on s'arrête quand on a obtenu des évacuations abondantes. Les malades prennent cette potion sans aucune répugnance.

2. Potion de Tuller.

```
Pr.: Teinture de croton, demi-gros............  2 grammes.
     Gomme adragante, neuf grains.............  0,5
     Eau distillée, une once..................  32
```

3. Potion huileuse purgative.

```
Pr.: Huile de croton, une goutte................  1 gutt.
     Huile d'amandes douces, une once..........  32 grammes.
```

Mêlez.

PILULES D'HUILE DE CROTON.

```
Pr.: Huile de croton, une goutte. ..............  1 gutt.
     Conserve de roses, deux grains............  0,1 grammes.
     Poudre de guimauve. .....................  S. Q.
```

F. S. A. 1 pilule.

SAVON D'HUILE DE CROTON.

```
Pr.: Huile de croton.........................  2
     Lessive des savonniers. .................  1
```

On mélange les deux corps; bientôt ce mélange a pris assez de consistance pour pouvoir être roulé en pilules. Chaque pilule contient le tiers de son poids d'huile (Caventou).

LINIMENT AVEC L'HUILE DE CROTON.

```
Pr.: Huile de croton.........................  1
     Huile d'olives..........................  5
```

Mêlez.

En frictionnant la peau plusieurs fois par jour avec ce mélange, elle devient rouge et se couvre ensuite d'un exanthème pustuleux, qui, au bout de quelques jours, laisse suinter une liqueur jaunâtre; puis la peau revient à l'état naturel. Aussi se sert-on avec avantage de ce mélange comme révulsif.

ÉPURGE.

(Euphorbia lathyris.)

Les semences d'Epurge ou Catapuce m'ont fourni :

Une huile fixe jaune; de la stéarine; une huile brune âcre; une matière cristalline; une résine brune; une matière colorante extractive, de l'albumine végétale.

La stéarine est blanche et insipide; l'huile jaune est purgative; mais elle doit certainement cette propriété à des matières qu'elle tient en dissolution, et qui sont étrangères à sa nature. L'huile brune âcre en paraît être le principe actif; elle a une odeur et une saveur désagréables, qui la rapprochent beaucoup de l'huile de croton; elle se dissout très facilement dans l'alcool et dans l'éther. La matière cristalline est à peine étudiée; elle est sans saveur et sans odeur; elle cristallise en aiguilles; elle se dissout facilement dans l'alcool et dans l'éther. La résine brune est une matière brune presque noire, insipide, fusible, insoluble dans l'eau et dans l'alcool même bouillant; un peu soluble dans l'éther, et dont les huiles sont le véritable dissolvant. C'est un mélange de ces diverses matières que j'avais désigné précédemment sous le nom de résine; ce sujet appelle de nouveaux travaux.

Les semences d'épurge ne sont utilisées que pour l'extraction de leur huile purgative. On prépare l'huile d'épurge, 1° par expression; 2° par l'alcool; 3° par l'éther.

Pour obtenir l'huile par expression, on divise les graines par la contusion, et mieux encore par le moulin, et on les exprime dans une toile de coutil. On soumet le produit à la filtration, et l'on obtient une huile d'un jaune clair et très fluide, d'une saveur âcre. Elle n'est pas, comme l'huile de croton, soluble dans l'alcool.

Le second procédé consiste à moudre les semences, à les mêler avec deux fois leur poids d'alcool, et à chauffer au bain-marie à 50 ou 60 degrés, en remuant de temps en temps; on passe chaud avec expression sous la presse ; on distille le produit. On filtre l'huile après quelques jours de repos. Le liquide qui s'écoule de la presse forme deux couches : l'une supérieure, est une dissolution alcoolique d'huile et de résine ; l'autre, inférieure est de l'huile que l'alcool n'a pu dissoudre, et qui se mêle avec les matières solubles dans l'alcool, après que celui-ci a été retiré par la distillation.

Le produit par l'alcool est une huile colorée d'un brun jaunâtre, plus épaisse que celle que l'on obtient par simple expression. Elle laisse déposer au bout de quelques jours une matière épaisse : alors on la filtre ; mais elle reste encore plus épaisse et plus colorée que l'huile fournie par simple expression. Elle est aussi plus active. A la même dose (un scrupule à ¹/₂ gros, 1,3 à 2 grammes) elle produit plus de nausées et de coliques, et des évacuations plus abondantes.

Pour extraire l'huile d'épurge par l'éther, on réduit les semences en poudre ; on les introduit dans l'entonnoir de M. Robiquet, et l'on y fait passer de l'éther ; on chasse les dernières parties d'éther au moyen de l'eau. On distille les liqueurs éthérées. Elles laissent un résidu d'huile, que l'on filtre après quelques jours de repos. Cette huile est plus épaisse et plus colorée que celle qui est fournie par l'expression ; mais elle est moins colorée que celle donnée par l'alcool.

M. Martin Solon a reconnu qu'elle purge comme l'huile obtenue par l'alcool, mais qu'elle ne donne pas autant de nausées ; à une dose beaucoup plus forte (1 gros ¹/₂, 6 grammes) seulement, elle est éméto-cathartique et hydragogue.

Le Codex a adopté l'huile obtenue par simple expression ; le médecin qui voudrait en employer une autre, devrait la prescrire d'une manière spéciale.

L'huile d'épurge s'administre facilement seule, ou incorporée dans une potion gommeuse.

TABLETTES D'HUILE D'EUPHORBIA LATHYRIS.

Pr.: Chocolat à la vanille, deux gros.	8 grammes.
Sucre, un gros.	4
Amidon, un scrupule.	1,3
Poudre de cannelle, dix grains.	0,55
Huile d'épurge, trente gouttes.	30 gutt.

On broye l'huile avec le sucre et l'amidon, et on incorpore le tout au chocolat fondu ; on divise en 30 pilules, que l'on aplatit en tablettes sur une feuille de fer-blanc chauffée. Chaque pastille contient une goutte d'huile d'épurge.

RICINS.

(Ricinus communis.)

Les semences de Ricins contiennent une huile fort remarquable par ses propriétés chimiques. Elle est blanche, visqueuse ; elle a une odeur et une saveur faibles, désagréables ; elle est soluble en toutes proportions dans l'alcool à 95° ; l'alcool à 90° en dissout les $^3/_8$ de son poids. Elle fournit à la saponification, suivant les observations de MM. Bussy et Lecanu, trois acides différents ; les acides ricinique, élaïodique et margaritique. Ce dernier offre peu d'intérêt, mais les deux autres sont remarquables par leur excessive âcreté. L'acide ricinique est solide ; l'acide élaïodique est liquide. Tous deux sont très solubles dans l'alcool et dans l'éther. Plusieurs des sels qu'ils peuvent former avec les bases sont solubles dans l'alcool.

La composition chimique de l'huile de ricin est mal connue. Quelques personnes croient qu'elle est purgative par elle-même, s'appuyant sur ce que cette huile, si différente des autres par ses caractères chimiques, peut bien en différer par ses propriétés médicales ; mais s'il est vrai que l'huile de ricin soit composée pour la presque totalité de la matière huileuse qui se convertit en acide élaïodique et margaritique, il n'est pas moins vrai que sa composition, pour être mal connue, n'en est pas moins plus composée. J'en avais retiré, il y a quelques années, par un procédé fort long et peu susceptible d'une grande exactitude, une matière que j'avais considérée comme une sorte d'huile résineuse molle, analogue à la résine de l'huile d'épurge ; mais c'était évidemment un produit complexe. M. Boutron a observé, il y a quelques années, dans l'huile de ricin, une espèce de stéarine. Depuis, en traitant une dissolution alcoolique d'huile de ricin par une dissolution alcoolique d'acétate de plomb, et abandonnant au repos, j'ai obtenu un dépôt qui, lavé à plusieurs reprises par l'alcool bouillant et décomposé au milieu de l'alcool par un courant d'hydrogène sulfuré, m'a donné, par évaporation, un mélange d'une matière solide, facilement fusible, avec une autre matière beaucoup plus soluble dans l'alcool, et ayant à un haut degré l'odeur et la saveur caractéristiques de l'huile de ricin. J'ai retiré aussi d'un dépôt formé par l'huile de ricin, et à l'aide de dissolutions multipliées dans l'alcool, une matière blanche solide, un peu poisseuse, qui n'entre en fusion qu'à une température supérieure à 100 degrés. La petite quantité de ces produits m'a empêché de les étudier davantage ; mais ils suffisent pour montrer que l'huile de ricin est un mélange de plusieurs substances différentes. C'est un sujet de recherches qui n'est pas sans intérêt, mais qui ne donnera des résultats un peu positifs qu'autant qu'on aura pu opérer sur de très grandes masses.

PRÉPARATION DE L'HUILE DE RICIN.

On monde les ricins des corps étrangers qui peuvent y être mêlés ; on les réduit en poudre pâteuse en les passant au moulin, et on les soumet à la presse dans des toiles de coutil. L'essentiel est d'exprimer avec beaucoup de lenteur, parce que l'huile est très visqueuse, qu'elle ne peut s'écouler que lentement, et qu'en voulant aller vite l'on crèverait immanquablement les toiles. L'huile qui s'écoule n'est pas transparente ; on la filtre au papier, à la chaleur de l'étuve, qui diminue la viscosité de l'huile et qui lui permet de filtrer.

Quand on pulvérise les ricins avec leur enveloppe, on obtient de l'huile qui a une couleur légèrement citrine. On peut l'avoir tout à fait blanche en mondant les graines, une à une, de l'enveloppe testacée qui les recouvre.

L'expression des semences de ricin à froid est la seule méthode d'extraction que l'on doive employer. On a proposé d'en extraire l'huile par l'ébullition dans l'eau (procédé américain, procédé de Charlard), par l'intermède de l'alcool (procédé de Faguer) ; mais dans tous les procédés où l'on est obligé d'avoir recours à la chaleur, il se fait une certaine quantité des acides gras du ricin, qui communiquent à l'huile une âcreté qu'il est important d'éviter. L'expression à froid est sans contredit le meilleur procédé dont on puisse faire usage. Il n'a d'autre inconvénient que de demander beaucoup de temps, inconvénient qui ne peut être mis en balance avec l'avantage d'avoir un produit de bonne qualité.

L'huile de ricin est moins purgative que les semences qui l'ont fournie ; c'est que l'huile qui s'écoule sous la presse entraîne comparativement moins de résine qu'il n'en reste dans le marc. Cette observation paraît être commune aux semences du Ricin, des *Jatropha* et de l'*Euphorbia lathyris*.

L'huile de ricin s'emploie comme un purgatif doux à la dose de 1 à 2 onces (32 à 64 grammes). On l'administre dans du bouillon aux herbes ou dans du bouillon de viande chaud qui a été dégraissé. Quelquefois on la réduit en émulsion. Il faut alors donner la préférence au jaune d'œuf sur la gomme, parce qu'il n'augmente pas autant la consistance de la potion.

POTION PURGATIVE.

Pr. : Huile de ricin, une once....................	32 grammes.
Eau de menthe, une once...................	32
Eau commune, deux onces................	64
Jaune d'œufs...........................	N° 1.

EUPHORBE.

L'Euphorbe est le suc propre épaissi des *Euphorbia antiquorum*, *canariensis et officinarum*. C'est une matière extrêmement âcre, qui n'est guère employée qu'à l'extérieur et comme rubéfiant et épispastique. A l'intérieur, l'euphorbe produit une inflammation locale très vive qui peut déterminer la mort.

L'euphorbe a été analysé par MM. Braconnot, Pelletier et Brandes. Il est formé de :

Résine; cire; malate de chaux; malate de potasse; ligneux; bassorine; huile volatile.

Il ne contient pas de gomme soluble dans l'eau.

La résine d'euphorbe est d'un brun rougeâtre. Elle a une très faible odeur; sa saveur est brûlante. Elle est fusible; elle est soluble dans l'alcool et dans les huiles grasses. Elle se dissout mal dans les alcalis, et se dissout au contraire assez bien dans les acides sulfurique et nitrique. Quand on traite par l'alcool froid de la résine d'euphorbe obtenue à chaud, il reste un résidu d'une résine qui n'est soluble que dans l'alcool chaud, et qui cristallise par le refroidissement. Elle a à peine de l'âcreté. Elle est isomérique avec la sous-résine élémi.

POUDRE D'EUPHORBE.

On obtient cette substance par trituration; mais il faut prendre toute espèce de précautions pour se garantir du contact de la poudre, qui, par son âcreté, peut donner lieu aux accidents les plus graves.

TEINTURE D'EUPHORBE.

Pr. : Euphorbe.. 1
Alcool à 80° (31° Cart.). 4

Faites macérer pendant quelques jours ; filtrez.

HUILE D'EUPHORBE.

Pr. : Euphorbe.. 1
Huile d'olives.. 10

Dissolvez l'euphorbe dans l'huile par digestion à une douce chaleur, et filtrez à chaud.

EMPLATRE D'EUPHORBE.

Pr. : Poix blanche, quatre onces. .... 125 grammes.
Térébenthine, six gros. 24
Euphorbe en poudre, une once............. 32

On fait liquéfier la poix blanche ; on ajoute la térébenthine ; on passe le mélange s'il contient des impuretés, et l'on ajoute peu à peu l'euphorbe en poudre. On agite jusqu'à refroidissement.

TAPIOKA, MOUSSACHE.

Le Tapioka et la Moussache sont la fécule de la racine du *Jatropha manihot*. Le suc de la plante laisse déposer une fécule blanche, fine, qui, après avoir été bien lavée et séchée, constitue la moussache. Elle est formée de grains arrondis qui présentent à leur centre un point noir, quand on les examine au microscope. Les grains sont d'une égalité de volume remarquable. La densité de la moussache est à celle de l'arrow-root comme 14 : 16.

Quand on fait sécher la moussache sur des plaques chaudes, une partie des grains se crèvent, et la fécule s'agglomère en petites masses irrégulières. Elle prend alors le nom de Tapioka.

On fait un chocolat au tapioka en incorporant une ½ once (16 grammes) de tapioka en poudre fine, dans 1 livre (500 grammes) de chocolat ordinaire.

On emploie le tapioka et la moussache comme analeptiques, à la manière des autres fécules.

DES URTICÉES.

Les Urticées proprement dites sont généralement des plantes amères; cependant quelques espèces sont à peu près inertes, comme notre pariétaire (*Parietaria officinalis*) et le *Forskalea angustifolia* de Ténériffe, qui est employé aux mêmes usages.

Les houblons et les chanvres paraissent empreints d'un principe narcotique, très prononcé dans le houblon et dans le chanvre des pays chauds. On fait usage dans l'Inde du *Cannabis indica* pour se procurer des rêves agréables; les nègres du Brésil et les Hottentots en font le même usage; il est la base de la composition enivrante nommée Haschisch. Notre chanvre ordinaire a une action analogue, suivant M. Ratier, et le danger qu'il y a, dit-on, à s'endormir dans les champs plantés de chanvre ne paraît pas être sans fondement. Cette action sur le système nerveux est prononcée dans le houblon, où l'on a reconnu qu'elle est due à une sorte d'huile essentielle.

Les orties sont remarquables par les piqûres douloureuses qu'elles causent à la peau, caractère qui paraît appartenir à toutes les espèces, et qui est surtout à redouter dans les orties des pays chauds. Il en est une espèce non décrite, de Timor, qui y porte le nom de *Daoun setan*, qui peut même causer la mort, si les piqûres sont nombreuses; cependant on mange les orties encore jeunes dans les pays du Nord, et en France on administre leur suc comme diurétique à la dose de plusieurs onces. M. Fiard a rapporté l'exemple d'un empoisonnement remarquable par l'infusion d'ortie, dans lequel la malade fut en proie à des douleurs très vives, à une enflure remarquable de la moitié supérieure du corps, pendant laquelle les urines furent suspendues, tandis que la sécrétion du lait fut établie.

Les urticées sont remarquables par la ténacité de leurs fibres; on connaît l'usage du chanvre pour cet objet; toutes les espèces d'orties partagent cette propriété et elles pourraient être utilisées sous ce rapport. L'*Urtica tenacissima* de l'Inde fournit une filasse encore plus tenace que celle du chanvre.

Les semences des urticées sont émulsives, on emploie celle du chanvre (chènevis) en émulsions adoucissantes. En Égypte on retire de l'huile des graines de l'*Urtica dioica*. Au Japon on emploie au même usage celles de l'*U. nivea*, dont l'écorce textile sert aussi à fabriquer des tissus.

HOUBLON.

(Humulus lupulus.)

Le houblon fournit à la médecine ses racines, qui sont un diurétique peu usité, et ses cônes dont la médecine et surtout les arts consomment d'énormes quantités.

On emploie ces derniers comme fondants et dépuratifs dans le traitement de la cachexie, des scrofules, du rachitisme.

Les cônes du houblon sont formés par la réunion de bractées qui, à leurs aisselles, portent les fleurs femelles. Ces fleurs et la base des bractées sont chargées d'une multitude de petites glandes sous la forme de points jaunes d'une odeur alliacée, qui ont été nommées lupulin. Les bractées elles-mêmes contiennent une petite quantité de matière astringente âpre, une matière colorante inerte, de la chlorophylle, de la gomme et quelques sels. Elles ont à peine des propriétés médicales.

Le lupulin, suivant l'analyse de MM. Payen et Chevalier, contient :

Huile volatile; lupuline; résine; gomme; matière extractive; osmazôme (traces); matière grasse; acide malique; malate de chaux; sels.

L'huile volatile de houblon a une couleur jaunâtre; son odeur est alliacée; sa saveur est âcre et elle prend à la gorge. Elle est assez soluble dans l'eau et se dissout mieux dans l'alcool et l'éther. Le lupulin en contient environ 2 pour 100; mais, à mesure qu'il vieillit, la proportion d'huile y diminue. Elle agit sur l'économie animale à la manière des narcotiques. Le houblon doit à cette matière une propriété sédative qui ne se manifeste que lorsqu'on l'emploie à haute dose. Les médecins anglais combattent quelquefois l'insomnie avec succès en faisant coucher les malades sur un oreiller rempli de houblon odorant.

La lupuline est incristallisable, sa couleur est le blanc jaunâtre; sa saveur est très amère. Elle n'a rien des propriétés narcotiques de l'huile volatile; mais elle paraît diminuer beaucoup les facultés digestives.

La lupuline est peu soluble dans l'eau, qui en dissout 5 p. 100

de son poids; la liqueur a la couleur de la bière et elle mousse par l'agitation; la dissolution n'est précipitée ni par la noix de galle, ni par l'acétate neutre ou l'acétate tribasique de plomb. Quand on la chauffe pour l'évaporer, elle se couvre d'une pellicule qui se ramasse en une masse, laquelle, portée par le mouvement du liquide sur les bords des vases, y fond et y coule comme une résine fondue.

La lupuline est très soluble dans l'alcool et peu soluble dans l'éther; elle ne contient pas d'azote.

On l'obtient en traitant par de l'alcool l'extrait aqueux de lupulin, qui a été mêlé à un peu de chaux. On évapore l'alcool à siccité et on reprend par l'eau; on évapore la solution aqueuse à siccité; le produit lavé avec de l'éther est la lupuline.

La résine de houblon est d'un jaune d'or; elle passe au jaune orangé par son exposition à l'air.

LUPULIN.

On l'obtient en froissant dans un tamis de crin les cônes de houblon. Le lupulin se sépare des bractées et passe à travers le tamis; on le vanne pour le purifier. On l'emploie contre les maladies nerveuses. Il diminue la fréquence du pouls; à haute dose il cause des nausées, de la céphalalgie, des étourdissements; M. Magendie a donné les formules suivantes pour son emploi médical.

POUDRE DE LUPULIN.

Pr.: Lupulin. 1
Sucre. 2

Mêlez.

TEINTURE DE LUPULIN.

Pr.: Lupulin. 1
Alcool à 88ᶜ (34° Cart.). 3

Faites macérer pendant quelques jours; passez avec expression et filtrez.

SIROP DE LUPULIN.

Pr.: Teinture alcoolique de lupulin. 1
Sirop de sucre. 7

Mêlez.

II.

POMMADE DE LUPULIN DE FREAKE.

Pr. : Lupulin...................................... 1
      Axonge...................................... 3

Faites digérer à une douce chaleur et passez.

EAU DISTILLÉE DE HOUBLON.

Pr. : Houblon..................................... 4
      Alcool à 80ᶜ (31° Cart.)..................... 1/2
      Eau... S. Q.

Retirez 6 parties d'eau à la distillation.

TISANE DE HOUBLON.

Pr. : Houblon, demi-once...................... 16 grammes.
      Eau bouillante, deux livres.............. 1000

Faites infuser et passez.

L'infusion de houblon est limpide ; elle contient de la lupuline et de l'huile volatile ; elle est en même temps amère et aromatique.

Si l'on avait recours à la décoction, la liqueur serait trouble, parce qu'une portion de résine serait entraînée en suspension.

TEINTURE ALCOOLIQUE DE HOUBLON.

Pr. : Fleurs de houblon.......................... 1
      Alcool à 56ᶜ (21° Cart.)................... 8

F. S. A. (Pharm. Édimbourg).

Cette teinture contient la lupuline, l'huile volatile et la résine. On l'emploie comme narcotique.

EXTRAIT DE HOUBLON.

Pr. : Fleurs de houblon........................ Q. V.
      Alcool à 56ᶜ (21° Cart.)................. S. Q

On sèche le houblon et on le réduit en poudre grossière en le frottant sur un crible de fer ; on humecte cette poudre avec la moitié de son poids d'alcool à 56ᶜ ; douze heures après, on la tasse fortement dans l'appareil à lixiviation et on la traite par 3 nouvelles parties d'alcool à 56°. On déplace l'alcool par de l'eau, et aussitôt que le liquide qui coule produit un louche dans les premières liqueurs, on arrête l'opération. On distille les liqueurs et on les évapore en consistance d'extrait.

POMMADE DE HOUBLON.

Pr. : Houblon très odorant...................... 1
Axonge........................... 10

Faites digérer et passez avec expression. Cette pommade a été employée pour calmer les douleurs lancinantes du cancer (Swediaur). Il faut lui préférer la pommade de lupulin.

DES ARTOCARPÉES.

Dans les Artocarpées, les fruits sont ordinairement petits et secs; quelquefois cependant ils deviennent charnus; ils sont portés sur un réceptacle commun de forme très variable, qui grossit beaucoup et devient succulent après la floraison, et qui masque complétement la structure véritable du fruit. Dans l'arbre à pain (*Artocarpus incisa*), la partie alimentaire est formée par le réceptacle, qui prend le volume de la tête d'un enfant, et qui enveloppe les graines. Il forme la principale nourriture des habitants de plusieurs archipels de la mer du Sud. Dans une variété cultivée, les fruits avortent même entièrement et le réceptacle reste seul. On mange aussi les fruits du Jaquier (*A. integrifolia*) et des *A. hirsuta* et *brasiliensis*. A la Jamaïque, on mange bouillis ou rôtis les fruits du *Brosimum alicastrum*, noix-pain ou *Bread'nutz* des Anglais.

Dans les figuiers proprement dits, c'est encore le réceptacle du fruit dont on fait usage comme aliment; on mange celui de plusieurs espèces; dans les mûriers, c'est le fruit lui-même qui est charnu : il est formé par la réunion sur un réceptacle peu développé, de plusieurs petits fruits charnus, à pulpe acidulée et sucrée, et qui se sont soudés entre eux.

Il y a parmi les Artocarpées des arbres à suc laiteux plus ou moins âcre et caustique; ce suc laiteux se rencontre dans toutes les espèces de figuier et dans le figuier commun; cette âcreté le fait employer pour détruire les verrues. Suivant une analyse de MM. Geiger et Reimann, ce suc contient 2 résines solubles dans l'alcool et l'éther, une résine soluble dans l'éther seulement, de l'albumine, de la gomme, de l'extractif. On admet également le caoutchouc dans ce suc; il a été retrouvé dans le suc d'un grand nombre d'espèces, dans l'arbre à pain, le *Brosimum alicastrum*, etc. L'âcreté est surtout développée à un haut degré dans l'*Anthiaris toxicaria, Upas antiar* de Java, qui agit à la manière des narcotico-âcres. MM. Pelletier et Caventou, qui ont fait quelques recherches sur cette substance, y ont trouvé une résine élastique, une gomme peu soluble et une matière amère qu'ils n'ont pu étudier, mais qu'ils soupçonnent appartenir à la série des alcalis végétaux.

Par une exception bien remarquable, le *Galactodendron utile* fournit un suc blanc laiteux, sans âcreté et qui sert d'aliment. Il en a reçu le nom d'arbre de la vache. M. Boussingault a trouvé dans ce suc beaucoup de cire et une sorte de matière fibrineuse.

La racine des Artocarpées est toujours plus ou moins âcre et excitante. On emploie comme stimulantes, sous le nom de contrayerva, celles de plusieurs espèces de *Dorstenia*, savoir : *D. contrayerva, drakena, houstoni, brasiliensis, opifera*. Leur saveur est âcre et aromatique, leur odeur est analogue à celle des feuilles du figuier.

FIGUES.

(Ficus carica.)

La figue ou fruit du figuier, est formée de petits fruits secs réunis en grand nombre sur un réceptacle qui devient charnu et succulent et qui est la partie utile du fruit. La figue est sucrée et mucilagineuse. Elle compte au nombre des fruits pectoraux. On en fait par décoction une boisson employée contre les rhumes ; souvent on l'associe aux jujubes, aux dattes et aux raisins secs.

CONSERVE DE FIGUES.

(Pâte de figues de Cadet.)

Pr.: Figues...................................... Q. V.

Réduisez les fruits en pulpe, sans coction, en les pilant dans un mortier et en les pulpant à travers un tamis de crin. Mêlez cette pulpe avec 4 fois son poids de sucre et faites une pâte que vous étendrez avec un rouleau jusqu'à ce qu'elle ait 5 à 6 millimètres d'épaisseur. Exposez cette tablette de pâte à l'étuve pendant 24 heures, et coupez-la avec des ciseaux en carrés ou en losanges.

On peut si l'on veut, recouvrir cette pâte de candi (Cadet Gassicourt).

MÛRES.

(Morus nigra.)

Les mûres sont les fruits du mûrier. Ils contiennent de l'acide (l'acide tartrique, dit-on), de la pectine, du sucre. On ne s'en sert en médecine que sous la·forme de sirop. C'est un léger excitant mucilagineux, que l'on emploie en gargarismes contre les angines muqueuses.

SIROP DE MÛRES.

Pr. : Mûres un peu avant leur maturité......... Q. V.
    Sucre blanc............................ Q. S.

On écrase les mûres avec les mains, on laisse fermenter en cet état pendant 2 à 3 jours, et l'on met à la presse pour obtenir le suc. On conserve celui-ci pour faire le sirop au moment du besoin, ou bien on le convertit de suite en sirop, en y faisant dissoudre le double de son poids de sucre.

Un procédé plus connu pour la préparation du sirop de mûres est le suivant :

On met dans une bassine de cuivre les mûres et le sucre cassé par morceaux, on place le tout sur un feu doux ; la chaleur fait crever les mûres dont le suc s'écoule et dissout le sucre. Quand le sirop bouillant marque 30° à l'aréomètre, on le verse sur un blanchet où on laisse égoutter les fruits.

Ce procédé fait perdre beaucoup de sucre, qui reste dans les mûres ; en outre, le sirop ainsi préparé a le défaut de laisser déposer à la longue une grande quantité de flocons. Si on le décante alors ou qu'on le passe au blanchet, il a pris une couleur lie de vin en même temps qu'il a perdu une partie de son acidité. L'altération est plus prompte si le fruit dont on s'est servi est plus mûr.

DES AMENTACÉES.

Les écorces des Amentacées sont la partie la plus importante de ces plantes sous le point de vue médical. Elles sont en général chargées de tannin, qui les fait employer comme astringent, et de principes amers qui les font rechercher comme fébrifuges. On sait l'énorme consommation qui se fait pour tanner les cuirs, sous le nom de tan, de l'écorce du chêne commun et de beaucoup d'autres espèces. On l'emploie aussi en médecine comme un astringent énergique. Aux États-Unis, on se sert au même usage de l'écorce du *Comptonia aspleniifolia*; l'écorce du bouleau et de l'aune ont des propriétés pareilles.

Les écorces des saules et des peupliers sont plutôt fébrifuges qu'astringentes. Elles ont été étudiées par plusieurs chimistes, et il résulte de leurs expériences que ces écorces contiennent souvent et peut-être toujours une matière amère cristallisable qui a pris le nom de salicine, du nom de l'écorce qui la première en a fourni (*Voyez*, pour ses propriétés, Saule, page 72).

La salicine a été trouvée dans les

Salix	*Alba,*	*Salix*	*Amygdalina,*
	Hastata,		*Helix,*
	Præcox,	*Populus*	*Tremula,*
	Monandra,		*Tremuloides,*
	Incana,		*Græca,*
	Vitellina,		*Alba.*
	Fissa,		

Il est très présumable qu'elle existe dans beaucoup d'autres espèces; mais on a vainement tenté de l'extraire de plusieurs d'entre elles. Peut-être est-elle engagée dans quelque combinaison particulière, ou plutôt est-elle noyée au milieu d'une masse d'autres principes qui rendent son extraction plus difficile. Ce qui le ferait croire, c'est que quelques chimistes, par des procédés particuliers, en ont retiré d'écorces qui, en d'autres mains, avaient refusé d'en fournir.

M. Braconnot a retiré de l'écorce et des feuilles de plusieurs peupliers une matière qui a beaucoup d'analogie avec la salicine, mais qui en diffère par plusieurs caractères. Il l'a nommée populine. Il l'obtient en versant, dans la décoction de l'écorce, du sous-acétate de plomb qui forme un précipité jaune. Il filtre et évapore en sirop. La populine cristallise. Il la purifie en la faisant dissoudre dans l'eau bouillante, et en blanchissant la liqueur par le charbon.

La populine est d'un blanc de neige; sa saveur est sucrée et comparable à celle de la réglisse. Il faut au moins 2000 parties d'eau froide pour a dissoudre. Elle est soluble dans 70 parties d'eau bouillante; l'alcool la dissout mieux. Elle donne à la distillation une huile qui laisse déposer de l'acide benzoïque. Elle se rapproche de la salicine par les caractères suivants. Les acides minéraux les transforment toutes deux en une poudre blanche, résineuse; l'acide sulfurique concentré les change en rutiline; l'acide nitrique à chaud les convertit en acide carbazotique.

Les écorces des saules et des peupliers sont amères. Elles contiennent, en outre de la matière amère, du tannin, de l'acide pectique, de la gomme, une matière grasse, et sans doute quelque matière colorante extractive.

C'est dans ces écorces que M. Braconnot a découvert une matière qui paraît être commune à presque toutes les écorces ligneuses des végétaux, et que pour cette raison il a appelé Corticine. Elle a la plus grande analogie avec le rouge cinchonique, qui paraît en être une variété, modifiée peut-être par une matière colorante étrangère.

La corticine a une couleur fauve; elle n'a ni odeur ni saveur. Elle est à peine soluble dans l'eau, qu'elle colore en jaune rougeâtre. L'alcool la dissout parfaitement, et la dissolution n'est pas précipitée par l'eau. Elle est également très soluble dans l'acide acétique concentré; mais l'eau la précipite de cette dissolution.

Elle se dissout parfaitement dans les alcalis, mais elle ne les sature pas. Les carbonates alcalins sont sans action sur elle. L'eau de chaux et l'eau de baryte à l'ébullition forment un composé insoluble que les alcalis caustiques ne dissolvent pas. L'acide sulfurique la dissout sans l'altérer. Elle est précipitée par un grand nombre de sels métalliques.

Le fruit des Amentacées est sec; mais les semences ont des cotylédons charnus, huileux ou amylacés. Quelques-unes contiennent en même temps un principe amer et astringent qui leur donne une saveur désagréable; mais on observe des passages entre toutes ces espèces. On sait que le gland du chêne a mauvais goût, tandis que ceux des *Quercus suberosa, ilex, ballota,* sont bons à manger. Les fruits du châtaignier (*Castanea vesca*) sont la base de l'alimentation dans plusieurs pays : ils sont doux, sucrés et pleins de fécule; on mange également les fruits des autres espèces du genre; les noisettes (*Coryllus avellana*); les faînes du hêtre (*Fagus sylvatica*) contiennent au contraire une abondante quantité d'huile douce qu'on en extrait avec avantage.

Dans le genre *Myrica*, les fruits sont couverts d'une espèce de cire que l'on exploite; à la Louisiane, c'est le *M. cerifera*; au Cap, le *M. cordifolia*; au Brésil, une autre espèce encore.

La famille des Amentacées fournit quelques produits résineux. L'écorce du bouleau en particulier est très chargée d'une couche résineuse pulvérulente. On la sépare en chauffant l'écorce, jusqu'à ce qu'elle prenne une couleur brune; il se volatilise une sorte de résine (*Betuline* de Lowitz) en végétations lanugineuses, soluble dans l'alcool, plus à chaud qu'à froid, soluble également dans l'éther et dans les huiles, mais qui ne se dissout pas dans les liqueurs alcalines.

La famille des Amentacées fournit le Liquidambar, qui découle du *Liquidambar styraciflua* du Mexique. Le *L. orientale* fournit également un baume résineux. Le *Populus balsamifera* donne une qualité inférieure de Tacamaque.

SAULE.

Les écorces de différentes espèces de Saule sont employées comme fébrifuge. On les administre sous forme d'extrait ou sous forme de poudre.

Fontana, et depuis Buchner, ont donné le nom de *Salicin* à une matière amère qu'ils ont retirée de l'écorce du saule. M. Leroux, pharmacien à Vitry-le-Français, est parvenu le premier à l'obtenir à l'état de pureté. Il l'a appelée Salicine.

L'écorce de saule contient, d'après l'analyse de Bartholdi et celle de MM. Pelletier et Caventou :

Matière grasse verte; matière colorante jaune amère; tannin; extrait résineux; matière gommeuse; sel magnésique à acide organique.

C'est dans la matière jaune amère que résident les propriétés du saule. Elle est de nature extractive, et contient de la salicine à l'état de mélange ou de combinaison. L'extrait résineux paraît être la même substance que M. Braconnot a nommée corticine.

La salicine est formée de petites lames rectangulaires dont les bords paraissent taillés en biseau. Si les cristaux se sont formés plus vite, ils sont plus petits et leur aspect est nacré.

Elle est formée de 21 pp. de carbone (55,42); 14 pp. d'hydrogène (6,39), et 11 pp. d'oxigène (38,19). Sur cette quantité 2 pp. d'oxigène et autant d'hydrogène existent à l'état d'eau, et peuvent être séparées quand la salicine vient à se combiner à l'oxide de plomb.

La salicine pure est inodore; sa saveur est très amère. Elle fond à quelques degrés au-dessus de + 100°, sans perdre d'eau, et elle se prend par le refroidissement en une masse cristalline.

L'eau à + 17 dissout environ 6 p. 100 de salicine. L'eau bouillante la dissout en toutes proportions. L'alcool en dissout à peu près autant. Elle est insoluble dans l'éther et dans les huiles volatiles. L'acide hydrochlorique la dissout et la laisse par évaporation; l'acide nitrique la dissout mieux que l'eau, et si l'on sature l'acide, on retrouve la salicine non altérée; mais à chaud, l'acide nitrique la change en acide benzoïque et en acide carbazotique.

La salicine cristallise dans l'acide sulfurique faible en gros prismes tétraèdres qui croquent sous la dent. Tous les acides étendus changent la salicine en une sorte de poudre résineuse (saliretine) et en sucre de raisin. L'acide sulfurique concentré et froid donne une liqueur rouge, qui laisse déposer, lorsqu'on l'étend d'eau, un sédiment rouge (*Rutiline* de Braconnot), insoluble dans l'alcool, dont la couleur devient d'un rouge vif par les acides, et d'un violet foncé par les alcalis. Les acides lui rendent sa couleur rouge.

L'acide acétique dissout la salicine; l'eau rend le mélange lactiforme. La salicine n'est pas précipitée de ses dissolutions par l'acétate de plomb; ni la noix de galle ni les sels de platine et d'argent n'ont d'action sur elle. Les sels de mercure troublent à peine sa dissolution.

Suivant M. Berzélius, le meilleur procédé pour obtenir la salicine est celui de Nées d'Eseinbeck. Il fait bouillir l'écorce (de préférence celle du *Salix helix*) dans l'eau; il ajoute à la liqueur de l'hydrate de chaux qui précipite le tannin à l'état de sous-sel calcaire; il filtre la liqueur et l'évapore en sirop; il ajoute assez d'alcool pour précipiter la gomme, et par l'évaporation il obtient de la salicine impure. L'eau-mère donne par évaporation une nouvelle quantité de salicine. La dernière eau mère brune est précipitée par le sous-acétate de plomb, et la liqueur fournit une nouvelle quantité de produit.

Toutes les salicines impures fournies par cette opération sont dissoutes dans l'eau bouillante ; on ajoute du charbon animal ; on filtre bouillant, et l'on fait cristalliser.

La salicine conserve ordinairement la saveur aromatique des saules ; en cet état, MM. Herberger et Buchner la considèrent comme une combinaison saline formée de salicine et d'un acide volatil odorant. Ces expériences ont besoin d'être reprises.

La salicine est employée en médecine comme fébrifuge, avec des succès divers, à la dose de 18 à 30 grains (1 à 1,6 grammes).

Quelques personnes pensent que l'extrait de saule est plus efficace que la salicine, et que son effet est augmenté par les matières qui s'y trouvent associées à la salicine.

On prépare l'extrait de saule en traitant l'écorce de saule par lixiviation avec de l'eau à 20°.

PEUPLIER.

(Populus nigra.)

Les bourgeons du peuplier sont employés à cause de la matière résineuse qui y est contenue. M. Pellerin, qui les a analysés, y a trouvé :

Huile essentielle odorante ; résine jaune verdâtre, d'une saveur forte ; extrait gommeux ; acide gallique ; acide malique ; matière grasse, ayant beaucoup de rapport avec la cire ; albumine ; acétate et hydrochlorate d'ammoniaque.

TEINTURE ALCOOLIQUE DE BOURGEONS DE PEUPLIER.

Pr. : Bourgeons de peuplier frais. 1
      Alcool à 80° (31° Cart.). 6

Faites macérer pendant 15 jours ; passez avec expression ; filtrez.

POMMADE DE BOURGEONS DE PEUPLIER.

Pr. : Bourgeons secs de peuplier................,...... 1
      Axonge................................... 4

Faites digérer au bain-marie ou sur un feu doux ; passez avec expression et séparez les fèces.

Conseillée contre les hémorrhoïdes.

Pr.: Bourgeons secs de peuplier.   3
     Feuilles vertes de pavots.   2
     — —   belladone.   2
     — —   jusquiame.   2
     — —   morelle.   2
     Axonge.   16

Pilez ces plantes ; mettez-les avec la graisse dans une bassine ;
faites cuire jusqu'à consomption de l'humidité ; ajoutez alors les
bourgeons de peuplier concassés ; faites digérer pendant 24 heures ;
passez avec expression ; laissez déposer et refroidir, et grattez la
pommade par couches pour séparer les fèces.

M. Henry, au lieu d'opérer ainsi, employait les bourgeons frais ;
il faisait chauffer les bourgeons dans la graisse pour dissiper leur
eau de végétation, et il les conservait en cet état jusqu'au moment
où il pouvait se procurer les plantes nécessaires pour terminer la
pommade. M. Boullay faisait une première pommade avec les
bourgeons, et s'en servait comme d'excipient pour dissoudre les
parties médicamenteuses des plantes narcotiques.

Ces deux procédés avaient été proposés pour remplacer un
procédé vicieux qui consistait à mettre les bourgeons frais dans
la graisse et à conserver le mélange jusqu'au moment où l'on pouvait se procurer les autres plantes. Ils moisissaient et faisaient
rancir la graisse. Le premier procédé que nous avons décrit est le
plus commode.

CHÊNE.

(Quercus robur.)

L'écorce de Chêne est fort astringente, et elle paraît devoir ses
principales propriétés au tannin qu'elle contient ; on l'emploie
surtout comme astringente et styptique, soit à l'intérieur, soit en
injections. Elle a eu aussi des succès comme fébrifuge, et elle a
paru plus efficace quand on l'a associée à quelque amer aromatique, comme la racine de gentiane.

D'après les essais de M. Braconnot, l'écorce de chêne contient :

*Tannin ; acide gallique ; sucre incristallisable ; pectine ; tan-
nates de chaux, de magnésie, de potasse, etc.*

Le tannin de l'écorce de chêne n'a pas été examiné à l'état de pureté. Il paraît être uni, en outre de l'acide gallique, à quelque autre matière en un état de combinaison inexaminé. M. Braconnot a fait remarquer que l'écorce de chêne ne dépose pas d'apothème par des évaporations et dissolutions successives; ce qui ne manque pas d'arriver avec les autres substances tannantes. Ce chimiste n'a pas non plus trouvé de corticine dans l'écorce du chêne.

POUDRE D'ÉCORCE DE CHÊNE.

On écorce pour le besoin des arts les branches du chêne qui ont douze à quinze ans. On sèche les écorces, et on les réduit en poudre grossière au moulin. Cette poudre porte le nom de tan. Elle peut servir directement à faire des infusions ou des décoctions; mais quand on la destine à servir sous la forme de poudre, on doit achever de la pulvériser et la passer à travers un tamis de soie. En cet état, elle porte quelquefois le nom de fleur de tan.

INJECTION DE TAN.

Pr. : Tan en poudre grossière, deux onces. . . . . .   64 grammes.
Eau bouillante, deux livres.   1000

Faites infuser.

GLANDS DE CHÊNE.

Une analyse de Lœvig a fait reconnaître dans les glands de chêne :

Huile grasse, 43; *résine,* 52; *gomme,* 64; *tannin,* 90; *extractif amer,* 52; *amidon,* 385; *ligneux,* 319; *sels de potasse et de chaux.*

On a employé les glands de chêne en décoction contre les diarrhées muqueuses, et l'association naturelle de l'amidon avec une substance tonique doit en effet leur assurer souvent des succès; mais on fait plus d'usage des glands torréfiés. Ce médicament, à la dose de 1 gros à 2 gros (4 à 8 grammes) par tasse d'infusion, a donné de bons résultats, employé comme stomachique et tonique. On s'en est servi surtout avec succès contre le rachitisme, la consomption, le marasme et les obstructions du mésentère.

Suivant M. Bourlet, on emploie en Turquie les glands comme analeptiques; on les tient enfouis dans la terre pendant quelque temps pour leur faire perdre leur amertume; puis on les sèche et on les torréfie. Leur poudre, mêlée à du sucre et des aromates, constitue le palamoud des Turcs et le racahout des Arabes. C'est un aliment d'une facile digestion ; on lui substitue habituellement un mélange dans lequel le gland de chêne est remplacé par du cacao et des fécules.

STYRAX LIQUIDE.

L'origine du Styrax liquide n'est pas bien connue.

Le styrax liquide paraît être constitué par un mélange de matières résineuses. Son odeur est tout à fait pareille à celle du liquidambar ; mais le styrax liquide a une origine différente. Sa dissolution alcoolique, faite à chaud, laisse déposer des aiguilles que M. Bonastre a appelées styracine. Celle-ci est insoluble dans l'eau et dans l'alcool froid ; mais elle se dissout bien dans l'alcool bouillant, qui la laisse cristalliser par le refroidissement. Elle appartient à la classe des résines cristallisables.

Le styrax liquide offre, selon M. L'héritier, les mêmes avantages que le Baume de copahu dans le traitement de la blennorrhée et de la leucorrhée, et il ne dégoûte pas autant les malades. Aussi propose-t-il de combattre, par les préparations suivantes, les maladies contre lesquelles le baume de copahu est indiqué.

PILULES DE STYRAX.

Pr. : Styrax liquide purifié...................... Q. V.
Poudre de réglisse........................ Q. S.

Pour des bols de 6 à 8 grains : six par jour, trois le matin et trois le soir ; on augmente jusqu'à douze.

SIROP DE STYRAX.

Pr. : Styrax liquide, deux onces.............. 64 grammes.
Eau simple, deux livres................. 1000
Sucre, environ quatre livres.......... 2000

Pour un sirop que l'on prépare comme celui de Tolu : six cuillerées par jour.

ONGUENT DE STYRAX.

Pr. : Colophane............................... 4
Résine élémi............................ 2
Cire jaune.............................. 2
Styrax liquide.......................... 2
Huile de noix........................... 3

On met la colophane, la résine élémi et la cire dans une bassine, et on les fait fondre sur un feu doux ; on ajoute alors le styrax liquide, mais avec précaution, pour éviter les effets du bouillonnement trop fort que produirait la vaporisation de l'eau du styrax, si le mélange résineux était trop chaud. Quand le styrax est fondu, on ajoute l'huile de noix ; on passe à travers une toile, et l'on remue l'onguent jusqu'à ce qu'il soit presque refroidi.

Il se fait à la surface de l'onguent de styrax une espèce de croûte qui est due à l'épaississement de l'huile de noix dans les couches superficielles, à raison de la propriété siccative de cette huile. On sépare cette couche quand on veut se servir de l'onguent.

DES CONIFÈRES.

La famille des Conifères est très naturelle, et les plantes qui la composent présentent une extrême analogie dans leurs propriétés. Les conifères sont chargées dans toutes leurs parties d'huile volatile et de résine, mais en des proportions qui varient et avec l'espèce et avec les organes qui les contiennent.

Les conifères fournissent naturellement, ou par des incisions faites à leur tronc, une grande quantité de produits résineux ; ces produits contiennent des proportions variables d'huile essentielle et de résine ; si la résine abonde, l'huile volatile se dissipe presque totalement au contact de l'air, et l'on a des résines sèches comme la sandaraque et l'encens des thuya. Si la quantité d'huile essentielle est plus grande, la déperdition qui s'en fait à l'air ne suffit pas pour donner au produit de la solidité, et l'on a des térébenthines molles ; d'autres fois l'huile essentielle est en plus grande quantité que la résine, par exemple, dans les genévriers.

Les produits résineux les plus importants qui découlent des conifères sont :

La Térébenthine de Bordeaux,   des *Pinus maritima*
                                    et sylvestris.
            de Venise,   du *Pinus picea* (*Abies*
                                    taxifolia).
            ordinaire,   du *Pinus Larix* (*La-*
                                    rix europæa).

La Térébenthine de Boston,   du *Pinus australis*.
                  d'Amérique,   du *Pinus strobus*.
                  de Hongrie,   du *Pinus mughos*.
                  des monts Carpathes,   du *Pinus cimbra*.
Le baume du Canada, de l'*Abies balsamea*.
La résine de Dammar, du *Pinus dammara* (*Dammara alba*).
La poix blanche,   du *Pinus abies* (*Abies excelsa*).
La sandaraque,   du *Thuya articulata*.
L'encens d'Afrique,   du *Juniperus lycia*.
Le galipot,   des divers pins et sapins.

Comme produits secondaires, les pins fournissent :

        L'essence de térébenthine,
        La colophane,
        La résine de pin,
        La poix noire,
        Le brai,
        Le goudron.

Les feuilles du pin sont chargées de principe résineux comme la
tige ; on emploie les bourgeons de plusieurs espèces comme excitants, diurétiques et antiscorbutiques. On se sert principalement
de ceux des sapins *Abies excelsa* et *taxifolia*, et de ceux de l'*Abies
alba*, ou sapinette blanche du Canada. (La tisane de bourgeons
de sapin se fait avec : bourgeons de sapin 5 gros (20 grammes),
eau bouillante 1 litre. Faites infuser pendant 2 heures et passez).
Deux plantes sont connues, et d'autres peut-être sont dans le
même cas, qui ont des propriétés spéciales opposées à celles du
reste de la famille : ce sont l'If (*Taxus baccata*), dont les feuilles
sont narcotiques et donnent des nausées, et la Sabine (*Juniperus
sabina*), qui a une extrême âcreté, qui produit une action vive
sur le système nerveux et une excitation générale, d'où résultent
de graves accidents si on ne l'emploie avec prudence.
Les fruits des conifères sont des cônes secs. Ceux des géné-
vriers sont charnus ; ils ont une saveur sucrée et résineuse. On
mange, bien que peu agréables, les fruits charnus de l'*Ephedra
distachia*, ou raisin de mer ; de l'*E. monostachia*, et de quelques
autres espèces. Les fruits de l'If sont adoucissants et laxatifs. Ils
contiennent une matière sucrée, incristallisable, et de l'acide

malique. Ils ne sont pas vénéneux comme on l'a prétendu. On mange les semences du *Pinus pinea*, sous le nom de Pignon doux. Elles sont émulsives, et elles ont une saveur agréable.

BAIES DE GENIÈVRE.

(Juniperus communis.)

Les baies, ou, pour parler plus exactement, les cônes charnus du genévrier contiennent :

Huile volatile ; cire ; résine ; matière extractive ; matière sucrée ; gomme ; sels de chaux et de potasse.

La matière sucrée, suivant Trommsdorf, est cristallisable et analogue au sucre de raisin. Elle est de la nature de la mélasse, suivant M. Nicolet. Ce chimiste a obtenu cristallisée la résine de ces fruits. A cet effet, il a repris l'extrait aqueux de genièvre par l'alcool bouillant, qui a laissé déposer de la cire par le refroidissement. La liqueur alcoolique évaporée a fourni un extrait qui, ayant été étendu d'un peu d'alcool, a laissé précipiter la résine après quelques jours.

L'huile essentielle de genièvre est incolore ; sa densité est de 0,911 ; elle est peu soluble dans l'alcool. Elle est isomérique avec l'essence de térébenthine, suivant M. Dumas. Nous avons reconnu, M. Capitaine et moi, qu'elle peut se combiner à l'acide chlorhydrique.

Trommsdorf a observé que l'huile volatile domine dans les baies avant leur maturité ; que, dans les baies parfaitement mûres et qui ont pris une couleur bleu foncé, déjà une partie de cette huile a été changée en résine, et que la conversion est complète dans les baies plus mûres, qui ont pris une couleur noire ; en même temps le sucre a presque tout à fait disparu.

C'est en raison de l'huile volatile et de la résine qui s'y trouvent que les baies de genièvre sont employées en fumigations excitantes ; souvent on les met dans une bassinoire garnie de feu dont on se sert pour chauffer le lit des malades.

TISANE DE GENIÈVRE.

Pr. : Baies de genièvre brisées, deux gros. . . . .   8 grammes.
Eau bouillante, deux livres.   1000

Faites infuser pendant 2 heures.

Cette tisane est donnée aux hydropiques, elle agit comme un excitant de tout le système et en même temps comme un diurétique efficace.

EAU DISTILLÉE DE BAIES DE GENIÈVRE.

Pr. : Baies de genièvre concassées............ Q. V.

Distillez à la vapeur pour retirer 4 parties de produit.

EXTRAIT DE GENIÈVRE.

Pr. : Baies de genièvre légèrement concassées........   1
     Eau à 25°...................................   3

On laisse l'eau et les baies de genièvre en contact pendant 24 heures ; on passe avec expression et l'on évapore en consistance d'extrait. On a conseillé de laisser les baies entières, mais on aurait tort de le faire; on obtient beaucoup plus d'extrait avec les baies concassées, et je me suis assuré qu'il n'était nullement inférieur à l'extrait obtenu avec les baies entières. Il en serait tout autrement si l'on opérait à l'ébullition : il se dissoudrait une assez grande quantité de résine qui donnerait au produit de l'âcreté.

L'extrait de genièvre est employé comme tonique à la dose de 1 à 2 gros (4 à 8 grammes).

SABINE.

(Juniperus sabina.)

La Sabine contient, suivant l'analyse de Gardes, beaucoup de résine et de l'huile volatile, de l'acide gallique, de l'extractif, de la chrorophylle. C'est une plante extrêmement âcre, qui peut produire une inflammation sur la peau, et qui, pour cette raison, est quelquefois appliquée sur les plaies pour ronger des productions charnues ou pour déterger de vieux ulcères. A l'intérieur, elle peut déterminer un empoisonnement, par inflammation de l'estomac; à une dose ménagée, c'est un excitant fort énergique. Elle porte son action sur la matrice et détermine l'apparition des règles quand elles ont manqué par suite de l'état d'atonie des tissus. On l'emploie à la dose de 12 à 15 grains (0,6 à 0,75 grammes) en poudre, ou de 1 gros (4 grammes) en infusion. On se sert rarement de l'extrait; on prépare celui-ci avec de l'alcool à 56°.

L'huile essentielle de sabine, d'après l'analyse de M. Dumas, a la même composition que celles de genièvre et de térébenthine.

TEINTURE DE SABINE.

Pr. : Feuilles de sabine.   1
Alcool à 80c (31° Cart.).   4

Faites macérer pendant 15 jours; passez avec expression et filtrez.

POTION AVEC L'HUILE DE SABINE.

Pr. : Huile essentielle de sabine, une à six gouttes.   1 à 6 gutt.
Sirop d'armoise, une once. . . . .   32 grammes.
Eau de fleurs d'oranger, quatre onces.   125

Pesez le sirop dans une fiole; ajoutez l'huile essentielle; mélangez par l'agitation; ajoutez peu à peu l'eau distillée.

CÉRAT DE SABINE.

Pr. : Poudre de sabine.   1
Cérat sans eau.   6

Mêlez.

Employé comme épispastique.

TÉRÉBENTHINE.

Les espèces de térébenthine commerciales en France sont les suivantes : 1° térébenthine de Venise, fine d'Alsace, ou térébenthine au eitron, fournie par l'*Abies pectinata*; 2° térébenthine ordinaire, fournie par le *Larix europœa*; 3° térébenthine des Vosges, fournie par le même arbre; 4° térébenthine de Bordeaux, fournie par les *Pinus sylvestris et maritima*.

	Tér. de Bordeaux.	T. de Venise.	T. ordinaire.	T. des Vosges.
Huile volatile.	12	18 à 25	33,5	32
Acide succinique et matière				
extractive	»	»	0,85	1,22
Acide pinique	»	»	} 46,39	45,37
— sylvique	»	»		
Résine indifférente	»	»	6,20	7,42
Abiétine	0	0	10,85	11,47
Perte portant surtout sur				
l'huile	»	»	2,21	2,5
	Unverdorben.	Unverdorben.	Caillot.	Caillot.

L'acide pinique ressemble à la colophane. Il appartient aux résines médiocrement électro-négatives. Il est soluble en toutes proportions dans l'alcool, l'éther et les huiles de térébenthine et de pétrole. Il se combine très bien aux bases. Les pinates de potasse et de soude s'obtiennent directement, et les pinates terreux et métalliques qui sont insolubles, par double décomposition. L'acide pinique est composé, suivant l'analyse de M. Rose, de : 40 pp. carbone; 32 pp. hydrogène; 4 pp. oxigène.

Dans les pinates, l'oxigène de la base est le $^1/_4$ de l'oxigène de l'acide.

L'acide sylvique cristallise en prismes quadrilatères, qui sont ordinairement si larges qu'ils ressemblent à des tables. Il ne fond qu'au-dessus de + 100. Il est soluble dans l'alcool anhydre et dans l'éther. L'alcool à 72° ne le dissout qu'à l'ébullition; il se dépose presque en totalité par le refroidissement. Il est également soluble dans les huiles grasses et dans les huiles volatiles et l'huile de pétrole ; mais il n'y cristallise pas.

Les combinaisons de l'acide sylvique avec les bases ressemblent beaucoup aux pinates, mais les sylvates sont plus solubles dans l'éther. Le sylvate de magnésie est même soluble en toutes proportions dans l'alcool à 72°, ce qui donne le moyen d'extraire séparément l'acide pinique et l'acide sylvique. Ce dernier a absolument la même composition et la même capacité de saturation non seulement que l'acide pinique, mais encore que la résine de copahu ; on peut se représenter ces acides de la térébenthine comme des oxides de l'essence.

La résine indifférente du pin s'y trouve en petite quantité. Elle est insoluble dans l'alcool froid et dans l'huile de pétrole. Elle ne se combine pas aux bases.

L'Abiétine, qui a été découverte par M. Caillot, est, suivant lui, particulière aux térébenthines fournies par les Abies. C'est une résine cristallisée en prismes allongés presque rectangulaires. Elle est inodore et presque insipide. Elle est si fusible qu'elle se ramollit déjà aux rayons du soleil ; fondue, elle est incolore, limpide et de consistance d'huile grasse. Elle est soluble en toutes proportions à l'ébullition dans l'alcool à 72°. Elle est soluble dans l'éther, l'huile de pétrole et l'acide acétique concentré. Elle ne se combine pas aux alcalis.

En outre de ces résines, la térébenthine qui est restée exposée à l'air, contient d'autres résines qui paraissent provenir de l'altération de l'huile volatile ou de celle des résines précédentes.

EAU TÉRÉBENTHINÉE.

Pr. : Térébenthine de Venise. 1
Eau de rivière. 6

Triturez dans un mortier pendant une demi-heure et laissez déposer.

Cette eau est employée dans les maladies des voies urinaires et respiratoires, et dans quelques affections de la peau.

ALCOOLAT DE TÉRÉBENTHINE COMPOSÉ.

(Baume de Fioraventi,)

Pr. : Térébenthine, une livre. . . . . 500 grammes.
Résine élémi, trois onces. 96
Tacamahaca, trois onces. 96
Succin, trois onces. 96
Galbanum, trois onces. 96
Myrrhe, trois onces. 96
Styrax liquide, trois onces. 96
Aloès, une once. 32
Baies de laurier, quatre onces. 125
Galanga, une once et demie. 48
Zédoaire, une once et demie. 48
Gingembre, une once et demie. 48
Cannelle, une once et demie. 48
Girofles, une once et demie. 48
Noix muscades, une once et demie. 48
Feuilles de dictame de Crète, une once. 32
Alcool à 80° (31° Cart.), six livres. 3000

Faites macérer dans une cornue de verre ou dans le bain-marie d'un alambic pendant six jours et distillez au bain-marie pour obtenir 5 livres (2,500 grammes) d'alcoolat.

Le résidu, distillé dans une cornue au bain de sable, donne un produit de couleur citrine qui ne contient pas d'alcool, mais des huiles volatiles un peu épaisses. On le nommait autrefois Baume de Fioraventi huileux. En poussant davantage le feu, on obtenait une liqueur noire contenant de l'eau et de l'huile brune. Celle-ci était le Baume de Fioraventi noir. Il n'est plus d'usage, non plus que le Baume huileux. Ce dernier était formé d'huiles volatiles déjà altérées ; l'autre était presque entièrement composé d'huile empyreumatique.

Le Baume de Fioraventi est surtout employé à l'extérieur en

frictions excitantes contre les douleurs rhumatismales. On s'en sert aussi comme collyre en en versant un peu dans la main que l'on tient rapprochée des yeux, pour faire une sorte de fumigation fortifiante.

PILULES DE TÉRÉBENTHINE.

Les pilules de térébenthine sont de plusieurs sortes : les pilules qui contiennent la résine privée d'huile volatile, ou pilules de térébenthine cuite ; et les pilules contenant l'essence, qui peuvent être officinales ou magistrales.

PILULES DE TÉRÉBENTHINE CUITE.

On prend une quantité voulue de térébenthine de Venise ; on la met dans une bassine avec de l'eau que l'on entretient bouillante, jusqu'à ce qu'en versant un peu de la résine dans l'eau froide elle y prenne une consistance solide. Alors on retire la résine ; on la malaxe en la tirant dans les mains en tous les sens, et on finit par la diviser en pilules de quatre grains que l'on conserve dans l'eau froide. Pour mettre facilement en pilules la térébenthine cuite, on la tient dans l'eau tiède, qui l'entretient dans un état de mollesse suffisant.

La coction que l'on fait éprouver à la térébenthine a pour objet d'en séparer l'huile volatile, et de ne conserver que la résine : elle retient cependant un peu d'huile essentielle.

La nature de la matière résineuse est aussi changée. Il se fait une proportion assez considérable d'une résine très acide qu'Unverdorben a nommée acide colopholique.

PILULES DE TÉRÉBENTHINE OFFICINALES.

Pr. : Térébenthine de Bordeaux..................... 28
    Magnésie calcinée........................... 1

On fait le mélange, et au bout de 12 heures la masse a acquis une consistance pilulaire. On divise en pilules pendant que la masse a encore assez de mollesse et on les conserve dans du lycopode. Si on tarde à diviser en pilules, il faut ramollir la masse avec de l'eau chaude pour la diviser ; alors les pilules ont moins de transparence.

Cette formule est de M. Fauré, de Bordeaux. Elle ne réussit pas avec de la térébenthine ordinaire ou la térébenthine de Venise, ce qu'il faut attribuer à ce qu'elles contiennent plus d'huile essentielle. Il y a en effet combinaison de la magnésie avec les résines acides, et les sels qui se forment peuvent absorber plus d'huile volatile que la résine elle-même ; de là, la solidification ; mais si la quantité d'huile essentielle est par trop considérable, la solidification ne peut pas avoir lieu ; la forte proportion de résine neutre que contient la térébenthine de Bordeaux peut concourir encore à ce résultat.

PILULES DE TÉRÉBENTHINE MAGISTRALES.

Pr. : Térébenthine de Venise................... 1
Magnésie blanche......................... 1

F. S. A.

Cette formule a été donnée par M. Mouchon fils, qui a reconnu que la magnésie blanche donnait instantanément plus de solidité à la térébenthine que la magnésie calcinée. Il faudrait trois fois autant de cette dernière pour produire le même effet.

Si on se sert de la térébenthine de Bordeaux, il faut un peu moins de magnésie pour donner la consistance.

Je dois faire remarquer que ces doses ne peuvent jamais être déterminées avec une rigoureuse exactitude, parce que les térébenthines, même quand elles proviennent du même arbre, ne sont jamais absolument semblables à elles-mêmes, et qu'elles changent encore avec le temps ; mais les proportions que j'ai données réussissent presque constamment.

DIGESTIF.

Pr. : Térébenthine...................... 2
Jaune d'œuf.......................... 1
Huile d'hypericum.................... S. Q.

On mêle la térébenthine et le jaune d'œuf par trituration, et l'on ajoute l'huile d'hypericum pour faire un onguent à moitié liquide.

DIGESTIF ANIMÉ.

Pr. : Digestif simple.................... 1
Styrax liquide....................... 1

Mêlez.

DIGESTIF OPIACÉ.

Pr. : Digestif simple.................... 8
Laudanum liquide 1

Mêlez.

ESSENCE DE TÉRÉBENTHINE.

L'essence de térébenthine est liquide et incolore. Elle bout à 156,8. Elle est peu soluble dans l'alcool aqueux; 100 parties d'alcool à 88° ne dissolvent, à la température de 22°, que 13,5 parties d'essence de térébenthine.

Quand on refroidit l'essence de térébenthine à — 17, elle laisse déposer un stéaroptène qui se liquéfie à — 7.

Quand l'huile essentielle est vieille et qu'elle a été distillée avec de l'eau, elle donne en outre une matière cristalline qui a été observée pour la première fois par M. Tingry. Elle est représentée dans sa composition par 1 proportion d'essence et 6 proportions d'eau.

L'essence de térébenthine du commerce a besoin d'être rectifiée, car elle contient une portion d'acide et de résine. A cet effet, on la redistille avec de l'eau; si on voulait l'avoir chimiquement pure, il faudrait la distiller une première fois sur de la chaux, et une seconde fois sur du chlorure de calcium.

L'essence de térébenthine rectifiée ou Térébène, est composée de carbone et d'hydrogène dans le rapport de

20 proportions de carbone,   88,5
16 proportions d'hydrogène,   11,5

Quand on la traite par l'acide chlorhydrique, elle s'y combine et donne naissance à un composé solide d'odeur de camphre qui porte le nom de Camphre artificiel (chlorhydrate de térébène). En même temps une autre portion d'huile éprouve un changement moléculaire, et forme avec l'acide chlorhydrique un autre composé qui conserve toujours l'état liquide, et qui a la même composition chimique que le précédent: c'est le camphre liquide de térébenthine (chlorhydrate de peucylène). En décomposant ces camphres par la chaux, chacun d'eux forme un corps nouveau qui a la même composition chimique que l'essence, avec une constitution moléculaire différente. Ils peuvent se combiner à l'acide chlorhydrique en reformant des camphres solides et liquides, mais sans perdre la constitution moléculaire qui les différencie de l'essence de térébenthine.

L'essence de térébenthine est employée en médecine comme un puissant excitant. On l'emploie à forte dose pour expulser le ténia sans qu'il en résulte d'accidents, parce que les intestins qu ne peuvent la supporter la rejettent au bout d'une demi-heure ou d'une heure. C'est également à forte dose qu'elle est administrée contre les névralgies. On l'emploie encore sous forme de pommade ou d'injection pour ranimer les ulcères indolents.

ALCOOLAT D'ESSENCE DE TÉRÉBENTHINE.

(Esprit antihictérique.)

Pr. : Essence de térébenthine.   3
Alcool rectifié.   16

Distillez et séparez la liqueur alcoolique de l'huile qu'elle surnage.

ÉTHER TÉRÉBENTHINÉ.

Pr. : Essence de térébenthine, deux gros. . . . .   8 grammes.
Éther sulfurique, trois gros.   12

Mêlez.
C'est la mixture de Durande pour expulser les calculs biliaires.

HUILE ANTHELMINTIQUE.

Pr. : Huile de térébenthine.   4
—   de corne de cerf.   1

Mêlez.
On a employé ce médicament avec succès contre le ténia. La dose est de 1 à 2 cuillerées à café matin et soir, ou de 2 cuillerées à café en lavement.

MIEL TÉRÉBENTHINÉ.

Pr. : Miel blanc, une once.   32
Essence de térébenthine, deux gros.   8

Mêlez.
Ce médicament a été recommandé par Home contre le lombago, et par M. Récamier contre les névralgies.

GARGARISME DE GEDDINGS.

Pr. : Huile volatile de térébenthine, deux gros. . . . .   8 grammes.
Mucilage de gomme adragante, huit onces. . .   250

Mêlez.
Il est conseillé pour arrêter la salivation mercurielle.

POTION CONTRE LE TÉNIA.

Pr.: Essence de térébenthine, trois onces. . . . . 96 grammes.
    Miel, six gros. 24
    Eau de menthe, trois onces. 96

A prendre en 3 fois.

POTION VERMIFUGE.

Pr.: Essence de térébenthine, deux à cinq gros.   8 à 20 grammes.
    Huile de noix, deux à trois onces. . . . . 64 à 96

Mêlez.
A prendre en 1 fois, contre le ténia.

LOOCH TÉRÉBENTHINÉ.

Pr.: Essence de térébenthine, trois gros. . . . . 12 grammes.
    Jaunes d'œufs. . . . . No 2.
    Sirop de menthe, deux onces. 64
    — de fleurs d'oranger, une once. 32
    — d'éther, une once. 32
    Teinture de cannelle, demi-gros. 2

Cette potion a été recommandée par M. Récamier contre les névralgies, à la dose de 3 cuillerées par jour.

LAVEMENT TÉRÉBENTHINÉ.

Pr.: Essence de térébenthine, une once. . . . . 32 grammes.
    Jaune d'œuf. . . . . No 1.
    Eau, une livre. 500

F. S. A.
Employé par Cross contre les ascarides vermiculaires, et par M. Récamier contre les névralgies lombaires.

SAVON DE STARKEY.

Pr.: Carbonate de potasse bien sec. 1
    Huile volatile de térébenthine. 1
    Térébenthine de Venise. 1

On triture le carbonate de potasse bien sec dans un mortier de marbre, avec un pilon de verre ; on y mêle d'abord peu à peu l'essence et ensuite la térébenthine ; on broie le mélange sur un porphyre jusqu'à ce qu'il ait acquis la consistance d'un miel épais, et on le conserve dans un pot de faïence. On obtient ainsi un tout homogène qui ne se sépare pas avec le temps.

POIX DE BOURGOGNE.

(Abies excelsa.)

La Poix de Bourgogne retient encore une certaine quantité d'huile volatile ; elle entre dans la composition de plusieurs préparations onguentaires ou emplastiques. On l'emploie souvent seule sous forme d'emplâtre pour combattre des affections rhumatismales, ou pour produire une dérivation par l'excitation qu'elle détermine à la peau. Au lieu de faire les emplâtres avec de la poix seule, on emploie quelquefois un mélange de poix et de cire jaune, qui est moins actif, mais aussi moins adhérent.

EMPLÂTRE DE POIX DE BOURGOGNE.

Pr.: Poix blanche. 3
    Cire jaune. 1

Faites liquéfier, passez et roulez en magdaléons.

COLOPHANE.

La colophane est la résine qui reste après que l'on a distillé la térébenthine pour en retirer l'essence.

On l'emploie en poudre pour arrêter le sang.

POUDRE HÉMOSTATIQUE DE BONAFOUX.

Pr.: Colophane en poudre. 4
    Gomme arabique. 1
    Charbon. 1

Mêlez.

DES PIPÉRITÉES.

Toutes les parties des Pipéritées et surtout le fruit ont une saveur âcre, piquante et aromatique. Ce sont des excitants plus ou moins énergiques qui peuvent avoir assez d'âcreté pour rubéfier la peau ; à l'intérieur et à des doses convenables, ils agissent comme excitants stomachiques ou sudorifiques.

Plusieurs racines de Pipéritées sont employées comme sialogogues ; au Brésil, les *Piper reticulatum* et *nodosum* ; aux Antilles, le *P. aduncum* ; à Bourbon, le *P. caudatum*. On se sert au Pérou comme fébrifuge des racines du *P. dichotomum;* au Brésil, celle du *P. umbellatum* est employée comme diurétique sous le nom de pariparobo. Les insulaires de la mer du Sud préparent avec la racine d'ava *P. methysticum* une boisson enivrante qui agit peut-être, et par l'âcreté propre à la racine et par un peu d'alcool que la fermentation doit y produire.

On emploie au Pérou comme stomachiques les feuilles des *P. heterophyllum* et *dichotomum;* au Brésil on se sert comme fébrifuges du *P. betle;* les Indous mâchent continuellement les feuilles de cette plante pour soutenir les forces digestives contre l'action débilitante de la chaleur humide de leur pays. Le *P. peltatum,* ou herbe à collier, est un diurétique assez efficace qui sert dans les Antilles au traitement de la gonorrhée; le *P. caudatum* de Bourbon a le même usage.

Les feuilles du *Piper asperifolium* sont employées comme astringentes, pour combattre les hémorrhagies.

C'est surtout par leurs fruits que les poivres sont intéressants. Les espèces employées le plus habituellement sont le poivre blanc, le poivre noir, le poivre à queue et le poivre long. On fait usage au Cap du *P. capense;* au Pérou des *P. carponya* et *peperonica;* à Bourbon du *P. caudatum,* et en Afrique du *P. guineense.* Tous ces fruits sont remarquables par leur âcreté. Ils contiennent de l'huile essentielle, mais ils doivent leur saveur mordicante à une espèce de résine mollasse qui n'est pas volatile.

POIVRE.

(Piper nigrum.)

Le poivre noir est un fruit aromatique, et surtout très âcre, dont on fait une énorme consommation comme condiment. Il convient surtout aux personnes d'un tempérament mou et lymphatique, et dont l'estomac est lent et paresseux. Comme médicament, c'est un excitant et un stomachique puissant; son âcreté est telle qu'à l'extérieur il agit comme rubéfiant.

Le poivre noir a été analysé par M. Pelletier, qui y a trouvé :

Piperin; huile concrète âcre; huile volatile balsamique; matière gommeuse; matière extractive; acide malique; acide tartrique; amidon; bassorine.

Le piperin, suivant l'analyse de M. Liebig, est composé de :

40 proportions carbone, 20 pp. hydrogène, 8 pp. oxigène, 1 pp. azote. Il cristallise en prismes à 4 pans, transparents ; il n'a pas de saveur ; il fond vers 100° ; il est insoluble dans l'eau froide ; l'eau bouillante en dissout un peu ; il est très soluble dans l'alcool, surtout à chaud, et il se sépare en partie par le refroidissement ; il est peu soluble dans l'éther et se dissout très bien dans l'acide acétique. Il ne se combine ni aux acides ni aux alcalis. Quand on veut se le procurer, le meilleur procédé à suivre est celui de M. Poutet. On fait un extrait de poivre par l'alcool et on le reprend par une dissolution de potasse caustique à 20°. On étend d'eau et on filtre. La matière restée sur le filtre est lavée avec soin. On la reprend par l'alcool chaud pour avoir le piperin cristallisé.

Le piperin a été vanté comme un bon fébrifuge à la dose de 6 à 12 grains ; mais l'expérience n'a pas confirmé cette propriété.

La matière concrète âcre du poivre se solidifie à une température voisine de zéro ; elle se liquéfie, au contraire, à une douce chaleur ; sa saveur est extrêmement âcre et piquante ; elle se dissout très bien dans l'éther et dans l'alcool ; elle s'unit facilement à tous les corps gras. C'est en elle que réside toute l'âcreté du poivre.

Quant à l'huile volatile du poivre, elle est peu abondante, et elle est plutôt balsamique qu'elle n'a de l'âcreté. M. Dumas l'a trouvée composée comme l'essence de térébenthine, de 5 pp. carbone, et 8 pp. hydrogène. Nous nous sommes assurés, M. Capitaine et moi, qu'elle se combine à l'acide chlorhydrique.

POUDRE DE POIVRE.

On pulvérise le poivre sans laisser de résidu. Il faut se garantir de l'action de la poudre qui est fort âcre et qui fait violemment éternuer.

POMMADE DE POIVRE.

Pr. : Poivre noir en poudre fine.   1
        Axonge.   4

Mêlez.

Cette pommade est employée comme rubéfiante.

CATAPLASME RUBÉFIANT.

Pr. : Orge légèrement torréfiée et pulvérisée, quatre onces.   125 grammes.
        Vinaigre, une once.   32
        Blancs d'œufs. . . . .   N° 3.
        Eau. . . . .   S. Q.

On fait à froid une pâte que l'on étend sur de la toile et que l'on saupoudre avec :

> Poudre de poivre, une once. . . . . 32 grammes.

TEINTURE DE POIVRE.

> Pr. : Poivre noir. 1
> Alcool à 80º (31º Cart.). 4

Faites macérez pendant 15 jours et filtrez.

POIVRE LONG.

Le poivre long est le chaton du *Piper longum*, recueilli avant la maturité des fruits ; ses propriétés sont celles du poivre noir, mais il est plus rarement employé. Il entre dans quelques formules composées anciennes. M. Dulong, qui l'a analysé, y a trouvé :

Pipérin ; matière grasse concrète très âcre ; un peu d'huile volatile ; matière extractive ; amidon ; bassorine.

On voit par là que sa composition est tout à fait analogue à celle du poivre noir, sauf les acides malique et tartrique, qui se forment dans le poivre noir à mesure que le péricarpe mûrit.

POIVRE CUBÈBE.

(Piper cubeba.)

Le poivre cubèbe, ou poivre à queue, a par sa composition la plus grande analogie avec les précédentes espèces. M. Vauquelin y avait trouvé une huile presque concrète, des résines et de la matière extractive. Ce travail a été repris par M. Monheim qui a reconnu les corps suivants :

Huile volatile ; cubébin ; résine balsamique molle et âcre ; extractif.

L'huile volatile de cubèbe s'obtient en distillant le cubèbe avec de l'eau. Il faut se garder d'ajouter du sel marin, car j'ai reconnu qu'il retarde le passage de l'huile volatile. Si l'on veut retirer toute l'huile, il faut distiller à feu nu et à grande eau, et de temps en temps reverser l'eau distillée dans la cucurbite ; on continue ainsi l'opération jusqu'à ce que l'on s'aperçoive qu'il ne passe plus d'huile volatile.

L'huile de cubèbe rectifiée avec de l'eau laisse un résidu abondant, formé par une masse molle et résineuse. L'huile rectifiée est blanche ou légèrement citrine; elle a beaucoup de fluidité.

L'huile volatile de cubèbe rectifiée a une densité égale à 0,929. Elle bout entre 250 à 260 degrés, mais on ne peut la distiller seule sans qu'elle s'altère en partie; sa distillation est accompagnée d'un phénomène remarquable; il se sépare une certaine quantité d'eau qui provient évidemment de ce que l'huile tient en dissolution un véritable hydrate, dont la chaleur désunit les éléments.

L'huile volatile de cubèbe est formée de 15 pp. de carbone et 12 pp. d'hydrogène. Elle se combine à l'acide chlorhydrique, et forme un camphre artificiel cristallisé en longues aiguilles prismatiques (Soubeiran et Capitaine).

M. Muller a vu qu'en la laissant abandonnée à elle-même, elle laissait déposer une matière blanche cristalline, qui cristallise parfaitement par l'évaporation spontanée de sa dissolution alcoolique. M. Winkler a repris depuis l'examen de ce stéaroptène, sous le nom de camphre de cubèbe. Il est en cristaux rhomboïdaux, incolores, brillants, presque transparents; son odeur est extrêmement faible et paraît être due à ce qu'il retient un peu d'huile volatile; sa saveur, qui rappelle celle des cubèbes, peut-être par la même raison, finit par être fraîche. Il fond de 55 à 56°; il est insoluble dans l'eau; il est soluble dans l'alcool, dans l'éther, dans les huiles fixes et volatiles. Il est volatil assez difficilement; quand on veut le distiller avec de l'eau, il ne passe pas à la distillation. Peut-être est-il un produit d'altération.

La matière désignée par M. Monheim, sous le non de Cubébin, paraît être un véritable stéaroptène. Le cubébin a été découvert par M. Capitaine et moi; c'est un corps neutre, dont l'ensemble des caractères est celui des résines cristallisables; il n'a ni odeur ni saveur, il est insoluble dans l'eau; il est soluble dans l'alcool et l'éther. Il rougit par l'acide sulfurique; il ne contient pas d'azote, ce qui le distingue du pipérin. On l'obtient par le même procédé que celui-ci.

POUDRE DE CUBÈBE.

On pulvérise le poivre de cubèbe sans laisser de résidu.

La poudre de cubèbe est employée dans le traitement de la gonorrhée. On la donne à la dose de 2 gros à 1 once (8 à 32 grammes) par jour et plus, divisée en plusieurs prises.

INJECTION DE CUBÈBE.

Pr.: Cubèbe concassé, une once.............. 32 grammes.
    Eau bouillante, une livre. 500

Faites infuser. Dans les gonorrhées douloureuses, on ajoute un scrupule (1,3 grammes) d'extrait de belladone.

LAVEMENT DE CUBÈBE.

Pr.: Poudre de cubèbe, deux gros à une once... 8 à 32 grammes.
    Décoction mucilagineuse, huit onces...... 250

Mêlez (Velpeau).

EXTRAIT OLÉO-RÉSINEUX DE CUBÈBE.

On distille 6 livres de poivre cubèbe avec 12 litres d'eau, de manière à retirer 6 livres de produit ; on sépare l'huile volatile qui s'est formée, et on remet l'eau distillée dans la cucurbite ; on ajoute 6 autres livres de cubèbe et on fait une nouvelle distillation. L'huile obtenue est ajoutée à la première.

Le marc resté dans la cucurbite est fortement exprimé, et il est épuisé par l'alcool ; on distille les teintures alcooliques et on évapore le résidu en consistance de miel ; on en obtient 12 onces que l'on mélange avec l'huile volatile.

C'est ce mélange que M. Dublanc a nommé Extrait oléo-résineux de cubèbe. Son odeur est aromatique et agréable : sa saveur est chaude ; il laisse dans la bouche un sentiment de fraîcheur pareil à celui que produit la menthe poivrée ; il contient tous les principes actifs du cubèbe et il est d'une administration plus facile. On le prend enveloppé dans un morceau de pain azyme ou réduit en pilules.

Cet extrait représente 8 fois son poids de poivre cubèbe.

ESSENCE CONCENTRÉE DE CUBÈBE.

Pr.: Alcool à 80c (31º Cart.). 3
    Extrait oléo-résineux de cubèbe............. 1

M. S. A.

MIXTURE OU ÉMULSION DE CUBÈBE.

Pr. : Essence concentrée de cubèbe............. 1
      Mucilage de gomme arabique............... 1

Mêlez.

Cette mixture se mêle bien à l'eau et peut se garder plusieurs jours. On en prend une cuillerée à café 3 à 4 fois par jour, délayée avec quelques cuillerées d'eau.

DES ORCHIDÉES.

La famille des Orchidées est remarquable par les racines tuberculeuses charnues d'un grand nombre de ses espèces, qui peuvent indifféremment servir à la préparation du salep. Elles doivent leur propriété à une espèce de mucilage insoluble; on y trouve quelquefois un peu d'amidon; mais il paraît qu'il n'y existe pas à toutes les époques de la végétation.

Quelques orchidées sont odorantes; à l'île Bourbon, on se sert comme stomachique et sudorifique des feuilles de Faam ou Faham (*Angræcum fragrans*).

La vanille est le fruit d'une espèce de la famille qui vit sur les arbres au Mexique. D'autres espèces du même genre sont analogues par leurs propriétés.

SALEP.

(**Orchis mascula.**)

Le Salep est le bulbe de l'*Orchis mascula*, mais un grand nombre d'autres espèces peuvent lui être substituées. Le salep dit de Perse vient de l'Asie mineure et de la Turquie; mais les pharmaciens, qui sont placés convenablement, peuvent le remplacer par les bulbes des orchis qui croissent dans les prés de leurs environs. L'époque la plus favorable pour les recueillir, suivant M. Mathieu de Dombasle et Beissenhirte, est le moment où la végétation extérieure de l'année cesse. Le bulbe ancien est alors presque entièrement flétri, mais l'autre bulbe est dans le meilleur état de succulence ; il est le seul que l'on récolte. On monde les bulbes de leurs radicelles, on les lave et on les enfile en forme de chapelets ; l'on fait bouillir ces chapelets à grande eau jusqu'à ce que l'on s'aperçoive que quelques bulbes commencent à se résoudre en pâte mucilagineuse ; on les retire du feu ; on les fait sécher au soleil ou à l'étuve. La décoction a pour objet de rendre les bulbes diaphanes, et de leur faire perdre leur odeur.

Le salep, d'après l'analyse qu'en a faite M. Caventou, est composé de :

Beaucoup de bassorine ; un peu d'amidon ; un peu d'une gomme soluble ; du sel marin ; du phosphate de chaux.

De cette composition, il résulte que le salep se gonfle et se divise dans l'eau bien plutôt qu'il ne s'y dissout. La partie mucilagineuse du salep de Perse est encore plus insoluble que celle du salep de nos climats.

M. Baudrimont pense que la matière prise pour de la bassorine est de l'amidon, mais avec cette particularité que les grains sont très gros et que la proportion de matière soluble y est très petite.

Le salep est employé comme un analeptique léger. On en met 24 ou 30 grains (1,3 à 1,6 grammes) dans un bouillon ou dans du lait ; on l'emploie encore comme mucilagineux contre la diarrhée, la dyssenterie, les toux sèches et inflammatoires, etc.

POUDRE DE SALEP.

On fait tremper le salep dans l'eau froide pendant 12 heures, on l'essuie avec un linge rude, et on le pile dans un mortier de fer de manière à le concasser ; on le fait alors sécher à l'étuve et on achève de le pulvériser par contusion ; on passe à travers un tamis très fin.

L'eau, en pénétrant le salep, détruit son état d'agrégation et la pulvérisation se fait un peu plus facilement ; on peut cependant, sans grand inconvénient, supprimer cette manipulation ; mais alors il faut mettre à part la première portion de poudre qui passe et qui est un peu colorée.

TISANE DE SALEP.

Pr. : Salep pulvérisé, un gros.......................... 4 grammes.
Eau, une livre............................ 500

Faites bouillir pendant quelques minutes; passez avec expression.

Cette boisson est employée contre les affections inflammatoires des intestins.

GELÉE DE SALEP.

Pr. : Salep en poudre, quatre gros................. 16 grammes.
  Sucre, quatre onces........................ 125
  Eau..............;.................. S. Q.

F. S. A. une livre de gelée que vous aromatiserez à volonté.

CHOCOLAT AU SALEP.

Pr. : Chocolat de santé, une livre................ 500 grammes.
  Salep en poudre fine, demi-once.......... 16

On ramollit le chocolat dans un mortier de fer chauffé; on incorpore la poudre de salep, et on remet en moule à la manière ordinaire.

VANILLE.

(Vanilla aromatica. Swartz.)

La vanille est un fruit employé comme un tonique et un excitant énergique; mais dont on se sert plutôt comme aromate que comme médicament. La vanille contient, suivant Bucholz :

Huile grasse; résine molle; extrait un peu amer; extrait particulier; apothème; sucre; substance amyloïde; acide benzoïque; fibre.

L'huile grasse de la vanille a une saveur rance et une odeur désagréable; la résine est molle et elle répand, quand on la chauffe, une faible odeur de vanille. L'extractif particulier se rapproche beaucoup du tannin; il précipite les sels de fer en vert; il trouble l'émétique, mais il ne précipite pas la gélatine. Quant à l'acide benzoïque, les cristaux que l'on considère comme tels ne sont pas acides.

Bucholz dit que la vanille ne donne pas d'huile volatile à la distillation; il est certain toutefois qu'elle en contient.

POUDRE DE VANILLE.

Pr. : Vanille............................... 1
  Sucre. 4

On coupe la vanille en petits morceaux et on la pile dans un mortier en fer, avec une portion du sucre ; on passe au tamis de soie, on pile le résidu avec une nouvelle portion de sucre et ainsi de suite ; on mélange les poudres entre elles. Les quantités de sucre nécessaires pour faire l'opération peuvent varier suivant l'état de sécheresse ou de succulence de la vanille. Cette poudre est commode pour aromatiser à la vanille différentes préparations culinaires ou médicamenteuses.

TABLETTES DE VANILLE.

Pr. : Vanille, une once. . . . .   32 grammes.
Sucre, sept onces.   220
Gomme adragante, demi-gros.   2
Eau commune. . . . .   S. Q.

Faites selon l'art des pastilles de 8 grains ; chaque pastille contient 1 grain de vanille.

TEINTURE DE VANILLE.

Pr. : Vanille.   1
Alcool à 80ᶜ (31° Cart.).   8

Faites macérer pendant 8 jours ; passez avec expression, et filtrez.

ALCOOLAT DE VANILLE.

Pr. : Vanille.   1
Carbonate de potasse. 1/4
Alcool à 80ᶜ (31° Cart.).   16
Eau.   16

On fait macérer pendant 24 heures la vanille et le carbonate de potasse dans l'alcool ; l'on ajoute l'eau et l'on retire 15 parties de liqueur à la distillation (Ph. Batave).

—

DES AMOMÉES.

La famille des Amomées est remarquable par l'analogie de propriétés que l'on observe entre les différentes plantes qui la composent. Les tiges souterraines et les fruits sont toutefois les seules parties connues et qui soient employées.

7*

Parmi les tiges souterraines, improprement appelées racines, plusieurs ont été analysées; on leur a trouvé à toutes une composition presque semblable. Elles ont une odeur aromatique et une saveur extrêmement âcre. L'analyse y a fait reconnaître une résine âcre, de l'huile volatile, de la gomme, une matière azotée, de l'amidon et une matière extractive. Ce sont du moins les produits qui ont été retirés du gingembre, du *Canarium commune* des Moluques, du Galanga (*Amomum galanga*), de la Zédoaire (*Amomum zedoaria et kæmpferia rotunda*); les caractères physiques des autres racines ne laissent pas douter que leur composition soit la même. Les racines des baliziers (*Canna*) sont, de toutes, les moins âcres et les moins aromatiques; celles du *Curcuma* contiennent une matière colorante jaune particulière, dont la saveur est âcre, dont les caractères se rapprochent beaucoup de ceux des résines et qui a une grande analogie avec la résine molle et âcre des autres racines d'Amomées. On obtient cette matière colorante en épuisant d'abord la racine par l'eau, traitant le marc par l'alcool, et l'extrait alcoolique par l'éther qui ne dissout que la matière colorante. Suivant MM. Pelletier et Vogel, la matière colorante du curcuma a les caractères suivants : couleur brun rougeâtre en masse, jaune quand elle est divisée; saveur d'abord nulle, puis âcre; fusibilité à + 40°; peu soluble dans l'eau froide; très soluble dans l'alcool, dans l'éther et dans les huiles; soluble dans les alcalis qui font passer sa couleur au rouge brun; précipitable par plusieurs sels en combinaisons jaunes ou rougeâtres; se combinant aux tissus, donnant des nuances très riches, mais sans solidité.

L'amidon est assez abondant dans ces racines pour qu'elles puissent être exploitées avec avantage. On retire la fécule connue sous le nom d'arrow-root, du *Maranta arundinacea*, du *Maranta indica*, du *Curcuma angustifolia*, et sans doute d'autres espèces.

Les capsules des Amomées sont sèches et peu odorantes, mais les semences qu'elles renferment sont extrêmement âcres et aromatiques. Elles sont chargées d'huile essentielle mêlée à de l'huile grasse qui paraît s'opposer en partie à sa déperdition. On emploie, en médecine et comme aromates, les semences de l'amome en grappes, des grand, petit et moyen cardamomes et la graine de paradis.

GINGEMBRE.

(Zinziber officinale.)

Le Gingembre est le rhyzome du *Zinziber officinale* de l'Inde. C'est une racine très âcre et très excitante. MM. Morin et Bucholz y ont trouvé :

Résine molle ; sous-résine ; huile volatile ; matière extractive ; gomme ; amidon ; matière azotée.

La résine molle est la partie active de la racine. On l'obtient en traitant celle-ci par l'éther. On a pour produit une matière molle, d'une odeur de gingembre, d'une saveur mordicante, que M. Béral a proposé d'appeler pipéroïde de gingembre : il en a fait, sous ce nom, la base de plusieurs préparations pharmaceutiques, qui ne sont pas employées.

POUDRE DE GINGEMBRE.

On pulvérise le gingembre sans laisser de résidu.

TABLETTES DE GINGEMBRE.

Pr. : Gingembre en poudre. 1
    Sucre blanc. 7
    Mucilage de gomme adragante. . . . . S. Q.

Faites selon l'art des tablettes de 16 grains (9 décigrammes). Chaque pastille contient 2 grains de gingembre (1 décigramme).

SIROP DE GINGEMBRE.

Pr. : Gingembre. 1
    Eau bouillante. 16
    Sucre. . . . . S. Q.

On fait infuser le gingembre dans l'eau ; on passe ; on ajoute à la liqueur le double de son poids de sucre et l'on fait un sirop par simple solution.

Chaque once de sirop contient la substance soluble dans l'eau de 12 grains (6 décigrammes) de gingembre. Elle est loin d'équivaloir pour l'activité à 12 grains (6 décigrammes) de poudre.

TEINTURE DE GINGEMBRE.

Pr. : Racine de gingembre. 1
    Alcool à 80ᶜ (31º Cart.). 4

Faites macérer pendant 15 jours ; passez et filtrez.

On obtiendrait des préparations pareilles avec les racines de galanga, de zédoaire et de curcuma.

CARDAMOME.

On emploie en médecine les capsules de :

L'amome en grappes, attribué à l'*Amomum racemosum*.

Le grand cardamome
Le moyen cardamome   } qui proviennent d'espèces d'*Amomum* mal déterminées.
Le petit cardamome

Les graines de paradis ou maniguette, fournies par l'*Amomum grana paradisii*.

La plupart de ces matières ne sont employées qu'associées à d'autres substances, dans des médicaments composés. Quand on se sert des fruits capsulaires, on rejette les valves sèches du fruit comme inutiles, et l'on vanne les semences pour en séparer les cloisons minces qui y restent mêlées.

Trommsdorf a analysé le petit cardamome ; il y a trouvé :

Huile volatile ; huile grasse ; fécule ; matière colorante ; mucilage et matière azotée.

La graine fournit 4,5 pour 100 d'huile volatile. Celle-ci est incolore, d'une odeur agréable et pénétrante ; sa saveur est brûlante ; elle est plus légère que l'eau ; elle se dissout très bien dans l'alcool, l'éther, les huiles et l'acide acétique ; elle est insoluble dans la potasse ; elle perd en vieillissant de son odeur et de sa saveur, en même temps elle s'épaissit ; elle laisse déposer à la longue un stéaroptène cristallisé, qui a la même composition que l'hydrate d'essence de térébenthine.

L'huile grasse du petit cardamome est jaune et peu épaisse ; sa saveur est légèrement amère ; elle est très soluble dans l'alcool, l'éther et les huiles ; elle se dissout dans la potasse et elle en est séparée par les acides ; elle n'est pas acide elle-même.

TEINTURE DE PETIT CARDAMOME.

Pr. : Petit cardamome............................ 1
Alcool à 80° (31° Cart.)...................... 4

Faites macérer pendant 15 jours ; passez avec expression ; filtrez.

ARROW-ROOT.

L'arrow-root est une fécule fournie par plusieurs espèces de racines de la famille des Amomées, et retirée principalement dans l'Inde de la racine du *Curcuma angustifolia*. L'arrow-root a tous les caractères généraux des fécules, mais il possède quelques caractères spéciaux qui semblent susceptibles de varier en lui, sans doute parce que les plantes diverses qui le produisent ne le donnent pas absolument identique; souvent aussi, peut-être, parce qu'il a été mêlé frauduleusement à d'autres fécules.

L'arrow-root est moins blanc que l'amidon; mais il est plus fin et plus doux au toucher; il conserve l'impression des doigts quand on le tasse; il est formé de grains transparents, nacrés, beaucoup plus éclatants que ceux de l'amidon; ils sont plus gros que ceux du blé.

Suivant MM. Guibourt et Pfaff, l'arrow-root donne un mucilage plus clair que celui des autres fécules. MM. Buntren et Stonly-Walsh disent qu'il est plus épais, et ils attribuent la formation d'un mucilage plus clair, quand il se fait, à un mélange de l'arrow-root avec de la fécule de manioc.

On fait un chocolat à l'arrow-root en incorporant $\frac{1}{2}$ once (16 grammes) d'arrow-root dans une livre (500 grammes) de pâte de chocolat.

DES IRIDÉES.

Chez les Iridées, l'organe le plus remarquable par ses propriétés médicales est le rhyzome, ou tige souterraine, que l'on désigne habituellement sous le nom de racine. On emploie dans la médecine européenne la racine de l'Iris de Florence, celles de l'*Iris fœtidissima*, de l'*Iris pseudoacorus*, de l'*Iris germanica*, du *gladiolus communis*; aux États-Unis d'Amérique on se sert des *I. verna, versicolor*; au Brésil des *Ferraria purgans* et *cathartica*, du *Sisyrinchium galaxioïdes*; à la Chine de l'*ixia chinensis*.

Toutes ces racines sont âcres, et la plupart sont employées comme purgatives; nos paysans emploient comme telles celles de l'*Iris germanica* et de l'*Iris pseudo-acorus*; l'une ou l'autre entre dans la préparation du mellite purgatif de mercuriale composé. M. Récamier a obtenu des succès de l'emploi de l'*Iris fœtida* contre l'hydropisie ; l'iris de Florence, quoique plus faible, a des propriétés analogues.

Nous connaissons assez mal la nature du principe âcre auquel il faut rapporter les propriétés des racines d'iris de Florence ; Vogel y a observé deux matières qui toutes deux peuvent concourir à l'action médicale, savoir : une matière extractive amère, et une espèce d'huile âcre, dont il est disposé à admettre la présence dans tous les iris ; M. Lecanu a retiré aussi de la racine de l'iris fétide une matière résineuse âcre et une substance amère soluble dans l'eau. Il croit cependant (à tort je pense) que c'est l'huile volatile âcre qui les accompagne qui est le principe actif.

Dans la racine d'*Iris pseudo-acorus*, il n'y a pas d'huile volatile, mais de la résine.

Les fleurs de la plupart des Iridées sont sans emploi ; mais les stigmates du *Crocus sativus* constituent la matière aromatique et colorante si estimée sous le nom de safran.

IRIS DE FLORENCE.

(Iris florentina.)

L'Iris de Florence est composé, suivant Vogel, de :

Huile grasse très âcre et très amère ; huile volatile ; matière âcre jaune, soluble dans l'eau ; gomme ; amidon.

L'huile volatile d'iris est solide, nacrée, lamelleuse, d'odeur de violette ; elle est composée, suivant M. Dumas, de : 4 proportions carbone, 8 pp. hydrogène, 1 pp. oxigène.

Le carbone et l'hydrogène y sont dans les mêmes proportions que dans le gaz hydrogène carboné.

L'iris de Florence, à cause de son odeur de violette, entre dans plusieurs préparations à titre de parfum. Son âcreté le fait employer à la préparation de pois sphériques destinés à faciliter la suppuration des cautères ; on s'en sert aussi comme matière médicamenteuse à l'intérieur ; à haute dose il serait vomitif ; mais, à la dose de quelques grains, il agit comme un léger stimulant sur le poumon, et facilite l'expectoration à la fin des catarrhes chroniques.

POUDRE D'IRIS.

On pulvérise l'iris sans laisser de résidu.

POUDRE D'IRIS COMPOSÉE.

Pr.: Iris de Florence pulvérisé. 1
Sucre. 4

Mêlez.

TABLETTES D'IRIS.

Pr.: Poudre d'iris. 1
Sucre blanc. 17
Mucilage de gomme adragante. . . . . S. Q.

F. S. A. des tablettes de 18 grains.

TEINTURE D'IRIS.

(Eau de violettes.)

Pr. : Iris de Florence pulvérisé. 1
Alcool à 88c (34° Cart.). 8

Faites macérer pendant 15 jours et filtrez.

Cette teinture est employée comme parfum ; elle perdrait de son odeur par la distillation.

RÉSINOIDE D'IRIS.

Pr. : Poudre d'iris de Florence. 1
Éther sulfurique. . . . . S. Q.

On traite par la lixiviation et l'on évapore spontanément la liqueur éthérée. La poudre d'iris fournit 0,04 de son poids d'une matière blanchâtre, de consistance de miel, que l'on emploie comme aromate ; une partie représente pour l'effet 25 parties de poudre d'iris.

SAFRAN.

(Crocus sativus.)

Le Safran est formé par les stigmates du *Crocus sativus*. C'est un médicament précieux, que l'on emploie comme tonique et stomachique à la dose de quelques grains ; à plus haute dose c'est un excitant énergique ; il paraît avoir une action très marquée sur le système nerveux, aussi est-il employé dans le traitement de quelques affections des nerfs.

Le safran contient de l'huile volatile, une matière colorante particulière, beaucoup de mucilage et de l'albumine végétale. L'huile volatile paraît être le véritable principe auquel il faut rapporter l'action médicinale. La matière colorante a reçu de MM. Bouillon-Lagrange et Vogel le nom de polychroïte. Sa poudre a une couleur rouge écarlate; sa saveur est amère; elle colore la salive en jaune; elle est très peu soluble dans l'eau froide, et bien plus soluble dans l'eau chaude; l'alcool et les huiles fixes ou volatiles la dissolvent bien; elle est moins soluble dans l'éther; l'acide sulfurique fait passer sa couleur au bleu, puis au lilas; l'acide nitrique la colore en vert pré; ces colorations disparaissent si l'on étend les dissolutions.

POUDRE DE SAFRAN.

On fait sécher le safran à l'étuve et on le pulvérise sans laisser de résidu.

INFUSION DE SAFRAN.

Pr. : Safran , demi-gros. . . . .   2 grammes.
      Eau, deux livres. 1000

Faites infuser pendant 1 heure; passez.

L'eau se charge très bien des parties colorantes et odorantes du safran.

ALCOOLAT DE SAFRAN.

Pr. : Safran.   1
      Alcool à 88° (34° Cart.). 16
      Eau commune.   4

On fait infuser le safran dans l'alcool; on ajoute l'eau, et l'on retire à la distillation 16 parties d'alcoolat.

TEINTURE DE SAFRAN.

Pr. : Safran.   1
      Alcool à 80° (31° Cart.).   4

Faites macérer pendant 15 jours; passez avec forte expression et filtrez.

On emploie de l'alcool fort à la préparation de cette teinture, bien que l'alcool plus faible épuise également le safran; mais on a remarqué que la couleur était plus stable quand la liqueur était plus spiritueuse. A la longue, une partie de la matière colorante se dépose toujours.

EXTRAIT DE SAFRAN.

Pr.: Safran. 1
Alcool à 56º (21º Cart.).................... S. Q.

Traitez le safran successivement par 2 macérations dans l'alcool; distillez les liqueurs pour retirer toute la partie spiritueuse; évaporez le résidu jusqu'en consistance d'extrait.

1 partie d'extrait représente deux parties de safran.

SIROP DE SAFRAN.

Pr.: Safran................................... 1
Vin de Malaga. 16
Sucre. 24

On fait macérer le safran dans le vin; on passe avec expression; l'on filtre et l'on fait fondre le sucre au bain-marie couvert.

Chaque once de sirop représente 15 grains (0,75 grammes) de safran.

DES AMARYLLIDÉES.

Les Amaryllidées sont des plantes recherchées dans nos parterres à cause de la beauté de leurs fleurs; mais leurs propriétés médicales sont mal connues, le narcisse des prés étant la seule espèce dont on fasse usage en médecine. On sait pourtant que les bulbes des *Pancratium* sont amers et vomitifs; on leur attribue des propriétés diurétiques analogues à celles de la scille.

Il en est de même des bulbes du *Galantus nivalis*, du *Crinum asiaticum*, de l'*Hœmantus coccineus*. L'oignon de l'*Amaryllis punicea* des Antilles est âcre et vénéneux; les Hottentots empoisonnent leurs flèches en les trempant dans le suc de l'*Amaryllis disticha* : la plante porte le nom de poison enragé, et les feuilles elles-mêmes sont vénéneuses pour les bestiaux.

Les fleurs de plusieurs amaryllidées ont une odeur suave et pénétrante; elle est due à une huile volatile que l'on ne peut en extraire par la distillation. M. Robiquet est parvenu à la retirer de la jonquille au moyen de l'éther.

NARCISSE DES PRÉS.

(Narcissus pseudo-narcissus.)

Le Narcisse des prés fournit à la médecine ses fleurs, ses feuilles et ses racines; ordinairement les premières seules sont employées. Elles contiennent, suivant M. Charpentier :

Acide gallique; mucilage; tannin; extractif; résine; muriate de chaux.

M. Caventou a étudié leur matière colorante, qui est jaune, odorante et de la nature des corps gras.

Le narcisse des prés en poudre a été employé avec succès par M. Delongchamps pour combattre des diarrhées; il employait 1 à 2 gros (4 à 8 grammes) de poudre délayée dans 6 à 8 onces (192 à 250 grammes) d'une eau aromatique.

EXTRAIT DE NARCISSE.

On prépare cet extrait en humectant les fleurs sèches de narcisse avec la moitié de leur poids d'alcool à 56° (21° Cart.). On lessive avec 3 nouvelles parties d'alcool; on déplace l'alcool par de l'eau et on évapore en consistance d'extrait.

SIROP DE NARCISSE DES PRÉS.

Pr.: Fleurs récentes de narcisse des prés............ 1
Eau bouillante. 2
Sucre. .... S. Q.

On fait infuser les fleurs, on ajoute à l'infusion le double de son poids de sucre et on fait un sirop par simple solution. Ce sirop est employé contre la coqueluche des enfants.

VINAIGRE DE NARCISSE DES PRÉS.

Pr. : Fleurs fraîches de narcisse des prés. 1
Vinaigre blanc............................... 8

Faites macérer pendant quelques jours; passez et filtrez.

OXIMEL DE NARCISSE DES PRÉS.

Pr. : Vinaigre de narcisse....................... 1
Miel blanc................................... 4

Faites cuire en consistance de sirop (Van Mons).

DES ASPARAGINÉES.

La salsepareille est la racine la plus importante de cette famille. Elle est fournie par plusieurs espèces du genre Smilax ; on leur attribue à toutes des propriétés sudorifiques et dépuratives importantes ; les mêmes propriétés sont accordées aux racines des *Smilax china* (squine des boutiques) et *glauca*, aux *Herreria stellata* du Pérou, et *H. salsaparilla* du Brésil, au *Lapageria rosea* du Pérou.

Les racines d'asperges passent pour un bon diurétique : celles du petit houx (*Ruscus aculeatus*) ont la même réputation. On dit que les racines du sceau de Salomon (*Convallaria polygonata*) sont émétiques ; on en dit autant du tamier (*Tamus communis*) et de la parisette (*Paris quadrifolia*).

Les propriétés des feuilles des Asparaginées ne sont pas connues. On sait que l'on fait usage, comme aliment, des jeunes pousses de l'asperge et du tamier. Les premières sont un diurétique fort employé ; on leur attribue encore la propriété de modérer les mouvements du cœur.

Les fleurs du muguet (*Convallaria majalis*) sont émétiques et purgatives à l'intérieur, on ne les emploie jamais que comme sternutatoire.

Les propriétés des fruits des Asparaginées ne sont pas connues ; les baies d'asperges sont fades ; on mange au Pérou celles du *Lapageria rosea*.

SALSEPAREILLE.

(Smilax salsaparilla.)

La Salsepareille est la racine du *Smilax salsaparilla* et sans doute d'autres espèces voisines. Elle a été étudiée successivement par plusieurs chimistes, Canobio, Pallota et Folchi en Italie ; MM. Thubœuf et Poggiale en France. Cette racine contient :

Huile volatile; salseparine; résine âcre amère; matière huileuse; matière extractive; amidon; albumine.

L'huile volatile n'existe qu'en petite quantité dans la racine.

La salseparine a été obtenue pour la première fois par Pallota, qui lui donna le nom de parigline ; Folchi l'obtint par un autre procédé ; il la crut différente et la nomma smilacine. M. Batka la prit pour un acide et l'appela acide parillinique ; enfin M. Thubœuf le premier, puis M. Poggiale, ont prouvé que ces trois corps sont une seule et même substance obtenue par des méthodes différentes, et lui ont donné le nom de salseparine.

La salseparine est solide, inodore et incolore. Elle est cristallisable et ses cristaux se réunissent en groupes rayonnés. La salseparine est neutre ; elle ne s'unit ni aux acides ni aux alcalis. La salseparine a beaucoup de rapport avec la saponine. Elle en diffère en ce qu'elle n'est pas acide, en ce qu'elle cristallise, en ce que sa saveur est d'abord nulle, et n'est bien prononcée qu'en dissolution ; en ce que l'eau froide la dissout à peine ; en ce qu'elle ne donne ni résine jaune ni acide mucique par l'acide nitrique ; en ce que l'acide hydrochlorique ne la change pas en acide esculique.

Quand elle est sèche, elle a à peine de la saveur ; mais quand elle est en dissolution, sa saveur est âcre et un peu amère.

La salseparine est un peu soluble dans l'eau froide, elle est plus soluble dans l'eau chaude ; sa dissolution jouit à un haut degré de la propriété de mousser par l'agitation. C'est à sa présence que les infusions de salsepareille doivent le même caractère.

L'alcool la dissout bien ; elle y est plus soluble à chaud et elle cristallise par le refroidissement de la liqueur.

Elle est insoluble dans l'éther. L'iode donne à sa dissolution aqueuse une couleur safranée. Elle n'est pas volatile quand elle est seule ; mais, suivant l'observation de M. Béral, elle se volatilise dans la vapeur d'eau.

M. Thubœuf, qui a donné le premier un bon procédé pour extraire cette substance, fait une teinture alcoolique de salsepareille avec l'alcool à 85°, et il la distille aux ⁷/₈. Le 8ᵉ restant est porté à l'ébullition avec du charbon et filtré ; au bout de 24 à 48 heures, il se dépose une assez grande quantité de salseparine ; quelquefois même tout le liquide est pris en masse ; on fait égoutter et on purifie par des dissolutions dans l'alcool et par l'emploi du charbon. Les eaux mères évaporées au bain-marie sont reprises par l'eau qui laisse des matières grasses et résineuses. On évapore à siccité et l'on purifie par de nouveaux traitements alcooliques.

Ce procédé a le défaut de faire perdre une portion de salseparine qui reste dans les eaux mères. J'ai obtenu un peu plus de cette substance, et plus commodément, en opérant ainsi qu'il suit : je verse dans la teinture alcoolique de salsepareille de l'acétate de plomb jusqu'à ce qu'il cesse de se faire un précipité ; s'il y a un excès de plomb, je le précipite par quelques gouttes d'acide sulfurique; alors je filtre et je distille. Les liqueurs sont en grande partie décolorées par la précipitation; elles sont moins visqueuses; la salseparine s'en dépose avec plus de facilité; mais ici encore il y a une déperdition de cette substance qui reste dans les dernières eaux mères; on peut en précipiter une partie, mais non la totalité, en saturant les dernières liqueurs avec du sel marin.

La salsepareille est, comme l'on sait, un médicament qui jouit d'une grande réputation pour le traitement des maladies vénériennes, réputation du reste assez contestée. Le docteur Hancock, qui en a fait usage dans son pays natal, lui attribue la propriété spéciale de restaurer les malades, de refaire, en quelque sorte, leur constitution. Il assure qu'à haute dose, elle donne des nausées, qu'elle ralentit le pouls et qu'elle met le malade dans un état de faiblesse passagère; il rapporte qu'un nègre à qui il en avait administré une forte dose, montrait la plus grande répugnance à se lever, disant qu'il était faible comme un mort et rompu dans tous les os. Il est remarquable que Pallota a attribué absolument la même action à la salseparine.

Quand on veut traiter la salsepareille par un véhicule, on est dans l'habitude de la fendre; à cet effet, on la met à la cave pendant 24 heures; elle s'y gonfle un peu et peut alors être fendue dans sa longueur, au moyen d'un couteau, avec la plus grande facilité; on la coupe ensuite en petits tronçons avec le couteau à racine, et on la fait sécher si elle doit être conservée en cet état.

Il est bon encore, au moment de l'employer, de la contuser avec un pilon de bois, car le corps ligneux, qui est compacte et difficilement pénétré par l'eau, contient de la salseparine, bien qu'en plus petite proportion que la partie corticale; mais le meilleur moyen de diviser la salsepareille est la meule, ou même le moulin à noix, qui la réduit en une espèce de filasse, que les véhicules pénètrent facilement dans toutes ses parties.

§ I. PRÉPARATIONS QUI CONTIENNENT TOUTE LA SUBSTANCE DE LA SALSEPAREILLE.

POUDRE DE SALSEPAREILLE.

On divise la salsepareille ainsi que nous venons de le dire, on la sèche à l'étuve, et on la pile dans un mortier de fer par contusion, sans laisser de résidu.

La salsepareille n'est jamais employée en poudre ; si on la pulvérise, c'est pour faciliter l'action dissolvante des véhicules ; c'est pour cette raison qu'on pulvérise sans laisser de residu.

§ II. PRODUITS PAR L'EAU.

HYDROLÉ DE SALSEPAREILLE.

Dans le traitement de la salsepareille par l'eau, il faut tenir compte de l'état de division de la racine et de la température du véhicule.

Si on prend de la salsepareille divisée par le moulin ou qui ait été pulvérisée, et qu'on la traite par l'eau à 40°, on l'épuise à peu près complétement de tous ses principes solubles ; il est à remarquer que, pour y parvenir, il faut employer des quantités d'eau assez considérables.

Si la racine n'est pas ainsi divisée, l'eau la pénètre difficilement, et après plusieurs traitements avec l'eau à 40°, elle retient encore des matières solubles qui ont échappé à l'action du véhicule.

Avec la salsepareille en poudre, l'infusion faite à 100° n'est pas nécessaire pour le traitement ; elle dissoudrait d'ailleurs une assez forte quantité d'amidon ; mais quand la salsepareille est mal divisée, l'infusion donne plus de produit que la macération ne peut le faire, parce que l'eau chaude pénètre plus facilement la racine ; il y a toujours dans ce cas une partie d'amidon qui se dissout.

La décoction de la salsepareille dans l'eau, quand cette racine est très divisée, ne serait pas avantageuse ; l'amidon se dissoudrait tout entier, et l'on aurait pour produit un liquide visqueux d'un détestable emploi.

Plusieurs praticiens recommandables conseillent de préférence la décoction de la racine fendue et contusée. La meilleure raison qu'ils puissent en donner, c'est que la salsepareille a toujours été employée de cette manière, et que la méthode doit être bonne, puisque ce médicament a pu fonder sa réputation médicale quand on y avait exclusivement recours ; mais de ce que la décoction de salsepareille a des propriétés utiles, il n'en résulte pas que l'infusion ou la macération n'en ait pas davantage.

L'infusion de salsepareille, qui est odorante et sapide, perd son odeur et sa saveur quand on l'a fait bouillir pendant quelques instants ; ces changements parlent peu en faveur de la décoction, et on sait, d'autre part, que les parties fibreuses des végétaux donnent toujours moins de matières solubles à l'eau quand on les traite par la décoction, et si on ajoute que la salsepareille est complétement épuisée par l'eau chaude, on ne voit pas trop quels avantages pourraient rester à la décoction sur les autres méthodes. Il y en a un pourtant, c'est que quelques malades ne supportent pas l'infusion de salsepareille; la décoction est plus douce, et parce qu'elle ne contient pas autant de matière âcre, et parce que l'amidon masque un peu cette âcreté.

Quant à la cause qui diminue la proportion de salseparine, elle me paraît résider : 1° dans la formation d'un composé triple insoluble, analogue à celui que donne la racine de polygala dans les mêmes circonstances; 2° dans une propriété de la salseparine, observée par M. Béral, celle de se volatiliser à la faveur de la vapeur d'eau.

On n'éprouve pas de difficultés à épuiser la salsepareille quand on peut sans inconvénient employer une grande quantité d'eau, comme dans la préparation de la tisane de salsepareille; mais lorsque l'on veut avoir des solutions aqueuses concentrées, il n'est pas alors indifférent de se servir de l'une ou de l'autre méthode. Quand on traite la salsepareille par l'eau, on la dépouille toujours promptement de toutes ses parties extractives, et si l'on s'en rapportait à la coloration des liqueurs, la racine serait bientôt jugée épuisée; mais à cette époque elle fournit encore des solutions très savonneuses, parce qu'elle retient de la salseparine, qui ne s'est pas dissoute aussi facilement que les autres principes; cette circonstance fait que, pour épuiser la salsepareille, on est forcé d'employer des quantités assez considérables de liquide; sous ce rapport, la méthode de déplacement ne présente pas d'avantages pour le traitement de la salsepareille. Lorsque l'on veut avoir des solutions concentrées, il faut avoir recours à l'eau chaude, qui dissout la salseparine beaucoup mieux que l'eau froide. Dans ce cas, j'adopte tout à fait l'avis donné par M. Guibourt, de traiter la racine par digestion au bain-marie.

TISANE DE SALSEPAREILLE.

Pr.: Salsepareille, deux onces. . . . .   64 grammes.
      Eau, deux livres.   1000

On fend la salsepareille, on la contuse, on verse dessus l'eau bouillante et on fait infuser pendant 4 à 5 heures.

Si l'on a à sa disposition de la salsepareille en mousse divisée, il faut verser l'eau tiède sur la racine et passer après quelques heures. En été, surtout, il ne faut pas trop prolonger le contact, car, en raison de l'amidon que contient la racine, la fermentation se mettrait bientôt dans la masse. La salsepareille divisée cède d'ailleurs très facilement à l'eau ses principes solubles. On peut avoir recours à la décoction ; le produit, comme je l'ai déjà dit, est différent.

M. Béral a donné la formule suivante :

> Pr.: Extrait alcoolique de salsepareille, un gros. ...   4 grammes.
> Eau, une livre.   500

Faites dissoudre et filtrez. Un gros d'extrait équivaut à une once de racine. La saveur de cette liqueur est bien plus âcre et désagréable que celle de l'infusion de salsepareille.

TISANE SUDORIFIQUE.

> Pr.: Bois de gayac râpé, deux onces. . . . .   64 grammes.
> Racine de salsepareille, une once.   32
>   — de sassafras, deux gros.   8
>   — de réglisse, trois gros.   12
> Eau. . . . .   S. Q.

On fait bouillir le gayac et la salsepareille pendant une heure, de manière à ce qu'il reste environ deux livres de liquide. On ajoute le sassafras et la racine de réglisse, et l'on fait infuser ; on passe, on laisse déposer et l'on décante.

Si l'on se contente de faire infuser la salsepareille, la tisane est plus sapide, et peut-être aussi trop sapide pour être supportée ; c'est ce qui me fait conserver l'ancien mode de préparation.

TISANE SUDORIFIQUE LAXATIVE.

> Pr.: Tisane sudorifique, une livre. . . . .   500 grammes.
> Séné, demi-once.   16

Faites infuser.

Cette tisane est employée dans le traitement de la colique saturnine.

TISANE DE FELTZ.

Pr. : Salsepareille, deux onces	64 grammes.
Colle de poisson, deux gros et demi........	10
Sulfure d'antimoine pulvérisé, deux onces 1/2.	80
Eau, quatre livres....................	2000

On fait bouillir le sulfure d'antimoine dans un litre d'eau pendant une demi-heure ; on rejette cette eau. Alors on enferme le sulfure d'antimoine dans un nouet, on le met avec la salsepareille incisée et la colle de poisson dans la quantité d'eau prescrite ; l'on fait cuire à petit feu, jusqu'à réduction de 2 livres. Feltz faisait l'opération dans un pot de terre, et la coction durait six heures.

L'effet chimique que peut avoir le sulfure d'antimoine dans cette préparation ne me paraît pas avoir été suffisamment étudié. Quand il est chargé de sulfure d'arsenic, celui-ci, suivant les expériences de M. Guibourt, décompose l'eau, dégage de l'hydrogène sulfuré, et laisse dans la liqueur de l'acide arsénieux. La quantité en est très variable, parce que le sulfure d'antimoine n'est pas toujours arsenical, et ensuite parce que l'action de l'eau ne s'exerçant qu'à la surface, il n'y a jamais qu'une petite partie de sulfure attaquée. Je ne suis pas convaincu que ce soit là le seul rôle du sulfure d'antimoine. Ne se pourrait-il pas que quelques sels alcalins ou acides donnassent lieu à sa décomposition et à la dissolution de quelques parties antimoniales ?

SIROP DE SALSEPAREILLE.

Pr. : Salsepareille, trois livres.................	1500 grammes.
Sucre, huit livres........................	4000

On fend la salsepareille, on la coupe par tronçons, et on la contuse dans un mortier de fer ; ou la met dans le bain-marie d'un alambic avec douze litres d'eau pure, et l'on entretient pendant six heures à la chaleur du bain-marie bouillant. On passe sur un linge clair, et l'on soumet la salsepareille à deux nouveaux traitements pareils. Toutes ces liqueurs sont décantées avec soin et évaporées jusqu'à ce qu'il n'en reste que quatre à cinq litres. On les laisse refroidir, on les décante, et on les passe à travers un molleton de laine. On ajoute le sucre ; quand il est fondu, on fait cuire à 25° aréométriques. A ce moment, on ajoute 4 blancs d'œufs battus dans deux litres d'eau, on fait jeter un bouillon et l'on verse le sirop sur une chausse ; on le remet sur le feu, et on le fait cuire jusqu'à ce qu'il marque 31° bouillant.

Le mode de préparation que je viens de décrire a été donné par M. Guibourt. La digestion est ici nécessaire pour épuiser la liqueur avec la moindre quantité d'eau. La clarification du sirop, avant sa parfaite cuisson, est aussi nécessaire pour qu'il puisse passer à travers la chausse ; car la grande quantité de salseparine qu'il contient, lui donne une viscosité qui s'opposerait à ce qu'il filtrât lorsqu'il serait plus concentré.

Ce sirop n'est pas le sirop du Codex. Celui-ci est préparé avec l'extrait alcoolique. Il est fort différent (*Voyez* page 117).

SIROP DE SALSEPAREILLE COMPOSÉ.

(Sirop de Cuisinier.)

Pr. : Salsepareille....................................	16
Fleurs de bourrache.........................	1
— de roses blanches.....................	1
Feuilles de séné............................	1
Anis.....................................	1
Miel blanc...............................	16
Sucre...................................	16

On fait digérer la salsepareille à trois reprises dans huit litres d'eau, en opérant ainsi qu'il a été dit pour le sirop de salsepareille simple. La deuxième et la troisième liqueurs sont portées à l'ébullition, et elles servent à faire infuser les autres ingredients du sirop ; on laisse déposer toutes les liqueurs, on les passe à travers une étoffe de laine, on les concentre ; on y ajoute le sucre et le miel ; on clarifie le sirop avec le blanc d'œuf ; quand il marque 25°, on le passe, et on achève de le cuire jusqu'à 32° bouillant.

Le Codex a conservé la décoction comme traitement de la salsepareille. A-t-il eu tort ou raison ? La concentration que l'on est obligé de faire subir aux liqueurs, fait qu'ici la différence des résultats est peu sensible.

Le sirop de salsepareille composé est l'un de ceux auquel on peut appliquer le mieux la clarification *per descensum*.

§ III. PRODUITS PAR L'ALCOOL.

L'alcool a 56° dépouille parfaitement la salsepareille de toutes ses parties actives ; la salseparine, qui concourt certainement aux effets médicamenteux de la racine, est facilement soluble dans l'alcool, tandis que nous avons vu qu'il fallait beaucoup d'eau pour épuiser la racine de tout ce qu'elle en contient.

TEINTURE ALCOOLIQUE DE SALSEPAREILLE.

Pr.: Salsepareille divisée........................ 1
    Alcool à 56ᵣ (21° Cart.)..................... 4

Faites macérer pendant 15 jours ; passez avec forte expression ; filtrez.

EXTRAIT DE SALSEPAREILLE.

Pr.: Salsepareille divisée........................ 1
    Alcool à 56ᵣ (21° Cart.).................... Q S.

On humecte la racine avec la moitié de son poids d'alcool ; on la tasse dans l'appareil à lixiviation et on lessive avec 3 parties d'alcool ; on déplace en grande partie celui-ci par de l'eau et l'on distille les liqueurs alcooliques. Le résidu de la distillation est évaporé en consistance d'extrait.

Cet extrait a été adopté par le Codex.

On comprend facilement que tout ce qu'il y a de parties utiles dans la salsepareille étant soluble dans une assez faible quantité d'alcool, il y a avantage à préférer ce véhicule à l'eau ; tous les principes sont dissous ; en outre, l'évaporation est moins longue. Aussi l'extrait fait avec l'alcool est-il plus actif que celui que l'on obtient par l'action de l'eau sur la racine. En conséquence, ce dernier ne doit être donné que sur une prescription spéciale.

Huit parties de racine de salsepareille donnent une partie d'extrait alcoolique.

SIROP DE SALSEPAREILLE.

Pr.: Extrait alcoolique de salsepareille, six gros... 24 grammes.
    Eau, huit onces......................... 250
    Sucre, seize onces...................... 500

On fait dissoudre l'extrait dans l'eau à la chaleur du bain-marie ; on filtre la liqueur bouillante, on ajoute le sucre, et l'on fait un sirop par solution.

Ce sirop, qui a été adopté par le Codex, a été proposé par M. Béral, pour remplacer le sirop fait par l'eau qui est moins constant dans sa composition, à cause de la difficulté d'épuiser complétement la racine et l'altération que les liqueurs éprouvent nécessairement pendant leur concentration.

Ce sirop est beaucoup plus sapide que le sirop ordinaire; il est plus actif et certainement préférable. Je me suis assuré que la dissolution de l'extrait de salsepareille faite à chaud ne laisse pas de salséparine indissoute, mais seulement un peu des matières huileuses et résineuses de la racine. Cette solution, faite dans les proportions indiquées ci-dessus, abandonne, au bout de 24 heures, de la salséparine qui se dépose; mais ce dépôt ne se montre pas dans la préparation du sirop; il s'y fait cependant, à la longue, suivant M. Guibourt.

Le sirop de salsepareille contient par once 18 grains d'extrait (1 gramme), qui correspondent à 2 gros (8 grammes) de racine.

VIN DE SALSEPAREILLE.

Pr. : Vin d'Espagne........................... 15
Extrait alcoolique de salsepareille........... 1

Faites dissoudre et filtrez (Béral). Chaque once de vin représente une demi-once de racine.

TISANE PORTATIVE.

Pr. : Extrait alcoolique de salsepareille. 1
Vin généreux............................... 3

Faites dissoudre et filtrez.

On délaie ce vin dans l'eau pour faire extemporanément une tisane de salsepareille. Chaque once de vin représente deux onces de racine (Béral).

ESSENCE CONCENTRÉE DE SALSEPAREILLE.

Pr. : Salsepareille........................... 4
Squine..................................... 1
Réglisse. 1
Gayac...................................... 1
Sassafras. 1
Alcool à 56° (21° Cart.).................... 64

Faites un extrait selon l'art. Son poids est ordinairement de 1 partie.

Pour faire l'essence concentrée de salsepareille, on prend :

>   Extrait précédent, quatre onces..............   125 grammes.
>   Vin généreux, une livre douze onces........   875
>   Essence de sassafras, seize gouttes..........   16 gutt.

On fait dissoudre et on filtre (Béral).

Les espèces qui entrent dans cette préparation portent le nom d'espèces sudorifiques du docteur Smith, du nom du médecin qui les a composées.

ASPERGE.

(Asparagus officinalis.)

L'Asperge fournit à la médecine ses racines et ses jeunes pousses. Celles-ci, comme on le sait, sont un aliment fort usité.

Le suc des jeunes pousses de l'asperge contient, suivant l'analyse qu'en a faite M. Robiquet :

Chlorophylle; asparagine; albumine végétale; résine visqueuse de saveur âcre; substance amyliforme; extractif; matière colorante; acétate et phosphate de potasse; phosphate de chaux.

L'asparagine est une matière qui a été retrouvée depuis dans d'autres plantes. Elle contient beaucoup d'azote; elle est incolore et inodore; elle a une saveur fraîche et nauséabonde; elle cristallise en prismes et en octaèdres. L'eau ne la dissout que médiocrement; l'alcool ne la dissout pas; elle n'est ni acide ni alcaline. A l'ébullition dans l'eau pure ou sous l'influence des matières alcalines, elle se change en ammoniaque et en un acide particulier (acide aspartique). L'asparagine ne paraît pas avoir d'influence sur les propriétés du suc d'asperges.

EXTRAIT DE POINTES D'ASPERGES.

Pr. : Suc d'asperges clarifié à chaud...........   Q. V.

Evaporez à une douce chaleur. Le suc d'asperges fournit de 4 à 5 p. 100 de son poids d'extrait.

SIROP DE POINTES D'ASPERGES.

Pr. : Pointes d'asperges......................   Q. V.
      Sucre blanc.............................   S. Q.

On enlève et on rejette toute la partie blanche des asperges ; on pile la partie verte et on en exprime le suc ; on chauffe celui-ci pour coaguler l'albumine et le clarifier ; on passe à la chausse ; on ajoute à ce suc le double de son poids de sucre et l'on fait un sirop par simple solution.

M. Salle dit que si au lieu de prendre le suc clarifié, on le coagule en présence du sucre, le sirop est plus sapide. Je n'ai pu saisir aucune différence entre les deux produits.

On peut, si l'on veut, traiter le suc d'asperges par le procédé d'Appert. Il se garde bien ; alors on ne prépare le sirop qu'à mesure du besoin.

RACINE D'ASPERGE.

La racine d'Asperge est employée en tisane comme diurétique, à la dose de 1 once (32 grammes) par litre ; on la traite par infusion ; elle fait partie des cinq racines apéritives.

M. Dulong d'Astafort a trouvé dans la racine d'asperge :

Albumine végétale ; matière gommeuse ; résine ; matière sucrée ; malate acide, hydrochlorate, acétate et phosphate de potasse et de chaux ; matière amère extractive.

EXTRAIT DE RACINES D'ASPERGE.

Pr. : Griffes d'asperge fraîche. . . . . Q. V.

On monde les griffes d'asperge, et on les lave avec soin. On les pile et on y ajoute assez d'eau pour les bien immerger ; on exprime, on passe à la chausse et on fait évaporer à l'étuve sur des assiettes.

J'ai rapporté ce procédé tel qu'il a été donné par M. Vaudin, parce que M. Gendrin, qui s'est servi de cet extrait, l'a trouvé fort efficace comme diurétique ; M. Vaudin assure que si l'on n'a pas le soin de délayer dans l'eau les racines pilées, l'extrait contient de l'acide nitreux. Le fait paraîtra au moins fort singulier.

Dix livres de griffes fraîches d'asperge m'ont fourni 13 onces d'extrait de consistance pilulaire.

DES ASPHODÉLÉES.

Les Asphodélées forment une série de végétaux actifs. Considérée dans son ensemble, cette famille dément la théorie des analogies médicales, car les produits les plus différents sont fournis par des plantes de cette famille; mais en ne comparant entre elles que les espèces d'un même genre, l'analogie de propriétés se retrouve d'une manière très prononcée.

Les ails se ressemblent tous; toutes leurs parties ont une odeur forte et analogue. On la retrouve dans les tiges et les feuilles : plusieurs servent de condiment : tels sont la civette (*Allium schœnoprasum*), le poireau (*A. porum*). Ce sont surtout les bulbes dont on fait usage; ils sont charnus, sucrés, féculents, mucilagineux; ils contiennent tous une huile volatile fort âcre, qui présente des variétés d'odeur suivant les espèces, mais qui ne s'écarte jamais d'un type commun. Quelquefois cette huile est assez abondante pour donner au bulbe une propriété rubéfiante marquée; toujours elle lui communique une propriété excitante. On emploie l'ail (*A. sativum*), l'oignon (*A. cepa*), la ciboule (*A. fistulosum*), l'échalotte (*A. ascalonicum*), la rocambole (*A. scorodoprasum*); on fait usage des bulbilles que portent les fleurs de cette dernière espèce.

Les scilles, et surtout la scille maritime, sont des médicaments excitants comme les ails. Elles contiennent aussi un principe volatil; mais il s'y trouve une matière fixe, amère, encore mal étudiée, qui fait de la scille un des agents les plus précieux de la matière médicale. C'est comme diurétique que l'on s'en sert de préférence; mais on l'utilise encore comme incisif; à plus forte dose elle ferait vomir. L'âcreté des scilles se retrouve dans la tubéreuse (*Polyanthes tuberosa*), et dans l'*anthericum bicolor* de Gascogne, qui servent comme purgatifs. L'*Aletris farinosa* de l'Amérique septentrionale n'est plus employée que comme béchique, et, dans les Asphodèles, l'âcreté est si faible que leurs bulbes comptaient au nombre des aliments des anciens.

Les aloès contiennent tous un suc amer purgatif. L'aloès du commerce est produit par plusieurs espèces différentes, parmi lesquelles on compte l'*Aloe soccotorina* de l'île de Soccotora;

l'*A. spicata* et l'*A. dichotoma* du Cap; l'*A. perfoliata* de la Jamaïque; l'*A. vulgaris* de la Barbade.

SCILLE.

La Scille est le bulbe du *Scilla maritima*. Elle a été analysée par M. Vogel et par M. Tilloy. Elle contient :

Matière volatile; scillitine; résine; gomme; tannin; citrate de chaux; matière sucrée; matière grasse.

La matière volatile de la scille n'a pas été étudiée, mais on la connaît bien par ses effets; quand on monde les oignons de la scille, elle fait naître des démangeaisons très vives aux mains et à toutes les parties du corps qui peuvent être atteintes par le suc de la plante.

La scillitine est incristallisable, sa saveur est âcre et amère. Elle est soluble dans l'alcool, dans l'eau et l'alcool éthéré; elle est insoluble dans l'éther pur; son action sur les animaux est très grande : un grain suffit pour donner la mort à un chien.

Pour obtenir la scillitine, suivant M. Tilloy, on fait une teinture de scille avec de l'alcool à 85°, on la distille et l'on évapore à consistance d'extrait mou; on délaie cet extrait dans de l'alcool à 88°; il se sépare une matière d'apparence extractive et de saveur sucrée; on évapore l'alcool pour amener la liqueur en consistance d'extrait, et l'on reprend par l'éther, qui enlève une matière grasse d'un jaune foncé et d'une saveur amère.

Le résidu insoluble dans l'éther est traité par l'eau, qui sépare beaucoup de résine amère sous forme de poudre jaune clair que l'on reçoit sur un filtre.

La liqueur aqueuse, concentrée, dissoute dans l'alcool et mêlée avec l'éther, donne un dépôt de matière sucrée et une dissolution de scillitine dans l'alcool éthéré, dont on retire la scillitine par l'évaporation.

La scille est un excitant qui a une action spéciale sur les reins et sur les poumons. C'est un excellent diurétique; aussi jouit-elle d'une réputation méritée pour combattre les infiltrations cellulaires et diverses hydropisies. On l'emploie également avec succès contre l'asthme et contre les catarrhes chroniques; elle facilite l'expectoration.

DESSICCATION.

On prend de préférence les oignons de scille rouge ; on rejette toutes les squammes extérieures qui sont en partie desséchées et altérées ; on rejette également toutes celles du centre dont les sucs ne sont pas suffisamment élaborés ; les squammes intermédiaires sont coupées par tranches minces, en long ou en travers ; on les étale sur des claies et on les fait sécher à l'étuve. Elles perdent plus des $^4/_5$ de leurs poids par la dessiccation.

On doit se garantir autant que possible de l'action de la matière âcre, et se garder, surtout, de porter au visage les mains qui ont touché à la scille.

POUDRE DE SCILLE.

On fait sécher la scille à l'étuve et on la pulvérise sans laisser de résidu.

La poudre de scille attire fortement l'humidité de l'air. Elle doit être conservée dans des vases bien fermés. On ne peut éviter qu'elle se prenne en masse quelque temps après sa préparation ; aussi faut-il n'en préparer que peu à la fois.

POUDRE DE SCILLE COMPOSÉE,

(Poudre incisive.)

Pr. : Poudre de scille............................ 1
Soufre lavé.................................. 2
Sucre..................................... 3

Mêlez.

Cette poudre est employée contre l'asthme à la dose de 18 à 30 grains (1 à 1,6 grammes).

PILULES SCILLITIQUES.

Pr. : Poudre de scille......................... 3
Gomme ammoniaque...................... 1
Oximel scillitique......................... S. Q.

Faites selon l'art des pilules de 4 grains (2 décigrammes).

MIEL SCILLITIQUE.

Pr. : Scille sèche. 1
Eau bouillante............................. 16
Miel blanc. 12

On fait infuser la scille, on passe, on ajoute le miel et l'on fait cuire en consistance de sirop.

TEINTURE DE SCILLE.

Pr. : Scille sèche.. 1
Alcool à 56° (21° Cart.)............................ 4

Faites macérer pendant 15 jours ; passez avec expression, et filtrez.

EXTRAIT DE SCILLE.

Pr. : Scille sèche..................................... 1
Alcool à 56° (21° Cart.).......................... 6

Faites macérer pendant quelques jours la scille avec les deux tiers de l'alcool ; passez avec expression ; ajoutez le reste de l'alcool ; faites une nouvelle macération ; passez de nouveau, filtrez les teintures, distillez-les, et évaporez le résidu en consistance d'extrait.

VIN SCILLITIQUE.

Pr. : Scille sèche. 1
Vin de Malaga..................................... 16

Faites macérer pendant 12 jours ; passez avec expression ; filtrez.

Il faut employer du vin de liqueur pour la préparation du vin scillitique. Quand il est fait avec le vin ordinaire il ne se conserve pas.

VINAIGRE SCILLITIQUE.

Pr. : Scille sèche................................... 1
Vinaigre fort...................................... 12

Faites macérer pendant quelques jours ; passez avec expression, filtrez.

OXIMEL SCILLIQUE.

Pr. : Vinaigre scillitique........................... 1
Miel. 2

Faites cuire en consistance de sirop.

Si l'on n'emploie pas du miel très beau, l'oximel scillitique n'est pas parfaitement clair. On l'obtient fort transparent si l'on a recours au sirop de miel clarifié par la craie ou la magnésie (*Voy.* t. I, p. 261).

AIL.

(Allium sativum.)

L'Ail contient :

Huile volatile âcre ; fécule ; albumine ; matière sucrée.

L'huile volatile d'ail est très âcre ; elle produit une douleur vive quand on l'applique sur la peau ; elle a une couleur jaune ; son odeur est très pénétrante ; elle est plus dense que l'eau ; elle est très soluble dans l'alcool. Elle contient du soufre ; aussi, en brûlant, elle forme de l'acide sulfureux. Suivant Cadet, 20 livres d'ail donnent 6 gros d'huile essentielle.

L'ail, à l'intérieur, agit comme excitant ; on l'a employé comme vermifuge. A l'extérieur, il produit une rubéfaction sur la peau ; il peut même produire une vésication.

PULPE D'AIL.

On pile les bulbes d'ail dans un mortier. On mêle cette pulpe aux sinapismes pour en augmenter l'activité. On pourrait l'employer seule ; mais la moutarde est préférable, parce que l'ail forme des ulcérations souvent difficiles à guérir.

VINAIGRE D'AIL.

Pr. : Ail 1
    Vinaigre fort. 12

Faites macérer pendant huit jours.

OXIMEL D'AIL.

Pr. : Vinaigre d'ail. 1
    Miel blanc. 2

Faites cuire en consistance de sirop.

SIROP D'AIL.

Pr. : Ail. 1
    Eau bouillante. 8
    Sucre blanc, environ. 16

On fait infuser l'ail, on passe ; on ajoute à la liqueur le double de son poids de sucre et on fait un sirop par solution au bain-marie. Ce sirop est employé comme vermifuge.

OIGNON.

(Alium cepa.)

L'Oignon contient, suivant Fourcroy et Vauquelin :

Huile volatile ; sucre incristallisable ; gomme ; matière animale ; acides phosphorique et acétique ; phosphate de chaux ; citrate calcaire.

L'huile volatile d'oignon est âcre et piquante ; elle contient du soufre comme celle d'ail, mais elle n'est pas colorée.

Le suc d'oignon est incolore, il se colore en rose à l'air ; abandonné à lui-même, il n'éprouve pas la fermentation alcoolique, il s'y fait d'acide acétique et de la mannite.

L'oignon a une propriété excitante diurétique prononcée, et on retrouve cette propriété dans toutes les préparations de l'oignon qui n'ont pas été chauffées. Ex. : apozème, vin. Quand l'oignon a été soumis à la coction, l'huile volatile s'est dissipée et le produit n'est plus excitant ; par exemple, la pulpe d'oignon cuite et le sirop d'oignon.

PULPE D'OIGNON.

On fait cuire les oignons par décoction dans l'eau ou par exposition à la vapeur, et on les pulpe quand ils sont ramollis.

Cette pulpe est employée en cataplasmes maturatifs. On y associe souvent d'autres plantes ou des farines émollientes.

APOZÈME DIURÉTIQUE.

Pr.: Oignon............................... N° 1.
Cresson. .... 1 pincée.
Petit-lait clarifié, vingt onces. .... 625 grammes.

Versez le petit-lait bouillant sur l'oignon coupé par tranches et sur le cresson incisé ; laissez infuser et passez.

VIN DIURÉTIQUE.

Pr.: Oignons.............................. N° 2.
Vin blanc, deux livres................... 1000 grammes.

Faites macérer et passez. C'est un remède populaire qui est employé avec succès comme diurétique.

BAUME ACOUSTIQUE.

Pr. : Suc d'oignons. 1
Baume tranquille........................... 1
— du Pérou noir. 1/2

On dissout le baume du Pérou dans le baume tranquille; on ajoute le suc d'oignon; on agite le mélange au moment de s'en servir. Il y a d'autres formules beaucoup plus compliquées; mais ce médicament, comme tous ceux vantés contre la surdité, est peu usité maintenant.

SIROP D'OIGNONS.

Pr. : Oignons blancs........................... 2
Sucre blanc............................... 5

On fait cuire les oignons dans 4 fois leur poids d'eau et l'on fait avec la décoction et le sucre un sirop par coction et clarification. On peut, si l'on veut, mêler la décoction d'oignon à du sirop de sucre et faire cuire en consistance convenable. Ce sirop est visqueux, et on l'emploie comme adoucissant contre les rhumes; peut-être doit-il une partie de son action à quelque principe fixe analogue à la scillitine.

ALOÈS.

L'Aloès est un suc végétal fourni par plusieurs espèces du genre *Aloe;* on l'attribue principalement aux *A. perfoliata, elongata* et *spicata.*

On distingue plusieurs variétés d'aloès dans le commerce, mais l'aloès succotrin est le seul employé en médecine.

MM. Bouillon-Lagrange et Vogel ont considéré l'aloès comme un mélange de résine et de matière extractive; M. Braconnot l'a regardé comme un principe particulier. Il est pourtant certain que l'aloès est un mélange ou une combinaison de plusieurs principes. Pour connaître sa nature chimique, il est nécessaire de le soumettre à de nouvelles recherches. Cette analyse est du reste plus importante sous le rapport chimique que pour la médecine, car l'aloès est une substance assez énergique par elle-même pour que l'on ait peu d'intérêt à chercher à concentrer davantage ses parties actives.

L'aloès se dissout bien dans l'alcool; il se dissout aussi entièrement dans l'eau bouillante, mais par le refroidissement il s'en précipite une partie. La partie précipitée peut être transformée, par plusieurs ébullitions successives, en une matière tout à fait insoluble dans l'eau.

L'aloès est un médicament important; à petite dose, il agit comme stomachique; à une dose plus forte, il purge. Il a une action spéciale sur le rectum, et, pour cette raison, il est préféré aux autres purgatifs quand il s'agit de produire une dérivation qui doive être longtemps continuée.

§ I. PRÉPARATIONS QUI CONTIENNENT TOUTE LA SUBSTANCE DE L'ALOÈS.

POUDRE D'ALOÈS.

On pulvérise l'aloès par trituration; sa poudre est d'un jaune d'or. Elle est presque inusitée seule, à cause de son excessive amertume; mais elle est la base de beaucoup de préparations aloétiques. Il faut en préparer peu à la fois.

PILULES D'ALOÈS.

Pr.: Aloès en poudre...................... Q. V.
　　　Miel blanc........................... S. Q.

Faites des pilules de 2 grains.

La forme pilulaire est la plus favorable à l'administration de l'aloès, en ce qu'elle évite au malade le dégoût qui accompagne nécessairement l'ingestion d'une matière d'une aussi forte amertume.

Les anciens ont employé un grand nombre de formules de pilules composées, dont l'aloès était la base, ou du moins l'un des agents les plus énergiques. Quelques-unes de ces préparations sont restées dans le domaine de la médecine, et sont encore prescrites avec succès par les praticiens; telles sont les pilules antécibum, les pilules d'Anderson, les pilules angéliques, les grains de santé : ceux-ci, dont la formule est secrète, paraissent consister en un mélange de suc de réglisse et d'aloès dissous par l'eau, et évaporés en consistance convenable.

PILULES ANTÉCIBUM.

Pr. : Aloès.. 6
    Extrait de quinquina........................ 3
    Cannelle.................................... 1
    Sirop d'absinthe............................ S. Q.

Faites des pilules de 4 grains (2 décigrammes).

Chaque pilule contient à peu près 2 grains (10 centigrammes) d'aloès.

Ces pilules sont employées comme toniques et digestives.

PILULES D'ANDERSON.

(Pilules écossaises.)

Pr. : Poudre d'aloès........................... 6
   —   gomme gutte......................... 6
    Essence d'anis.............................. 1
    Sirop simple................................ S. Q.

F. S. A. des pilules de 4 grains (2 décigrammes). Leur usage est le même que celui des précédentes. Chaque pilule contient un peu moins de 2 grains (1 décigramme) d'aloès et autant de gomme gutte.

PILULES HYDRAGOGUES DE BONTIUS.

Pr. : Aloès...................................... 1
    Gomme gutte............................... 1
    Gomme ammoniaque........................ 1
    Vinaigre fort............................... 6

Dissolvez l'aloès et les gommes-résines dans le vinaigre à chaud ; passez ; faites évaporer en consistance convenable. Divisez, à mesure du besoin, en pilules de 4 grains.

PILULES D'ALOÈS ET DE SAVON.

Pr. : Aloès, quatre gros....................... 16 grammes.
    Savon médicinal, six gros.................. 24
    Huile volatile d'anis, huit gouttes.......... 8 gutt.

F. S. A. des pilules de 4 grains. Chaque pilule contient 1 grain $^1/_3$ d'aloès (7 centigrammes).

PILULES DE RUFUS.

Pr. : Aloès... 4
     Myrrhe... 2
     Safran... 1
     Sirop d'absinthe................................... S. Q.

Divisez en pilules de 4 grains. Chaque pilule contient 1 grain $\frac{1}{5}$ d'aloès (7 centigrammes).

ÉLECTUAIRE D'ALOÈS.

(Hiera picra.)

Pr. : Aloès, quatre onces...................... 125 grammes.
     Cannelle, deux gros....................... 8
     Macis, deux gros.......................... 8
     Racine de cabaret, deux gros.............. 8
     Safran, deux gros......................... 8
     Mastic, deux gros......................... 8
     Miel, une livre........................... 500

Mêlez.

LAVEMENT D'ALOÈS.

Pr. : Aloès, demi-gros à deux gros............. 2 à 8 grammes.
     Jaune d'œuf............................... Nº 1.
     Eau tiède, une livre...................... 500

F. S. A.

INJECTION D'ALOÈS DE BORIES.

Pr. : Aloès, dix grains........................ 0,55 grammes.
     Sel ammoniac, quatre grains............... 0,2
     Miel rosat, une once...................... 32
     Eau de fenouil, six onces................. 192

F. S. A.
Employée contre les écoulements chroniques de l'urètre.

POMMADE D'ALOÈS.

Pr. : Aloès.................................... 1
     Axonge.. 4

Mêlez.
Employée en frictions comme vermifuge.

§ II. ALOÈS ET ALCOOL.

Comme l'aloès est complétement soluble dans l'alcool, on le retrouve tout entier dans les teintures alcooliques.

TEINTURE D'ALOÈS.

Pr.: Aloès.   1
    Alcool à 86ᶜ (34° Cart.).   4

Faites dissoudre par macération ; filtrez.

ÉLIXIR DE LONGUE VIE.

Pr.: Aloès, neuf gros. . . . .   36 grammes.
    Agaric blanc, un gros.   4
    Racine de gentiane, un gros.   4
    — de rhubarbe, un gros.   4
    Safran, un gros.   4
    Cannelle, un gros.   4
    Zédoaire, un gros.   4
    Thériaque, un gros.   4
    Sucre, une once.   32
    Alcool à 56ᶜ (21° Cart.), trois livres six onces.   1692

On prépare une teinture par macération. On emploie l'alcool en deux fois pour obtenir successivement deux teintures que l'on mélange et que l'on clarifie par la filtration. Chaque once d'élixir de longue vie contient 12 grains (6 décigrammes) d'aloès.

Cet élixir est employé comme stomachique et légèrement purgatif, à la dose de 2 gros à 1 once (8 à 32 grammes).

ÉLIXIR DE PROPRIÉTÉ DE PARACELSE.

Pr.: Teinture de myrrhe.   4
    — de safran.   3
    — d'aloès.   3

Mêlez.

C'est la formule généralement employée. Paracelse, qui est l'inventeur de cette composition, y faisait entrer l'esprit de soufre. L'on est arrivé à distinguer plusieurs élixirs de propriété : l'élixir ordinaire, dont nous venons de donner la formule, et l'élixir

9*

acide ; c'était celui de Paracelse ; mais on y a remplacé l'esprit de soufre par l'acide sulfurique, à des doses très variées ; Boerhaave employait le vinaigre ; enfin on en a fait un élixir alcalin en remplaçant l'acide par du carbonate de potasse. Toutes ces préparations sont inusitées.

§ III. ALOÈS ET VIN.

VIN D'ALOÈS.

(Teinture sacrée.)

Pr. : Aloès, une once......................	32 grammes.
Petit cardamone, un gros.	4
Gingembre, un gros......................	4
Vin d'Espagne, deux livres..............	1000

Les formules de ce vin varient à l'infini, et pour les proportions de vin et pour la nature et la quantité des aromates. Chaque once de la teinture précédente contient 18 grains d'aloès (1 gramme).

COLLYRE DE BRUN.

Pr. : Aloès, un gros.	4 grammes.
Eau de roses, une once et demie.	48
Vin blanc, une once et demie..............	48
Teinture de safran, trente gouttes.	30 gutt.

Ce collyre est employé pour déterger les petits ulcères des paupières.

§ IV. PRODUITS PAR L'EAU.

Nous rappellerons que si l'aloès est complétement soluble dans l'eau bouillante, l'eau froide le partage en une partie soluble et une autre insoluble. La nature relative de ces deux parties nous est mal connue. Toutefois, comme les médecins trouvent que l'extrait d'aloès est beaucoup plus doux dans ses effets que l'aloès entier, il est certain que les principes purgatifs se trouvent concentrés en plus grande proportion dans la matière que l'eau n'a pas dissoute.

EXTRAIT D'ALOÈS.

Pr. : Aloès...................................... Q. V.

On met l'aloès cassé par morceaux sur un diaphragme que l'on tient plongé dans l'eau froide ; quand il est tout à fait divisé, on passe les liqueurs et on les évapores en consistance d'extrait.

§ V. PRODUITS PAR DISTILLATION.

ÉLIXIR DE GARUS.

Pr. : Aloès succotrin, une once.	32 grammes.
Myrrhe, demi-once.	16
Safran, une once.	32
Cannelle, demi-once.	16
Girofles, demi-once.	16
Noix muscades, demi-once.	16
Alcool à 56° (21° Cart.), seize livres.	8000
Eau de fleurs d'oranger, une livre.	500

Laissez macérer pendant deux jours et distillez pour retirer :

Liqueur alcoolique, huit livres.	4000 grammes.

C'est l'alcoolat de Garus.

Pour avoir l'élixir de Garus, on ajoute à la liqueur

Sirop de capillaire, dix livres.	5000 grammes.

et l'on colore avec S. Q. de safran que l'on fait macérer dans

Eau de fleurs d'oranger, huit onces.	250 grammes.

Chaque pharmacien a en quelque sorte sa formule d'élixir de Garus. En voici une qui donne une liqueur très agréable : elle m'a été communiquée par M. Thierry.

Pr. : Aloès, deux gros.	8 grammes.
Myrrhe, deux gros.	8
Safran, deux gros.	8
Cannelle, une once.	32
Girofles, une once.	32
Muscades, demi-once.	16
Alcool à 80° (31° Cart.), onze livres.	5500

On prépare, suivant l'art, 10 livres (5000 grammes) d'alcoolat.

On ajoute au résidu de la distillation 8 livres (4000 grammes) d'eau de roses. On distille avec précaution pour retirer 5 livres

(2500 grammes) d'une liqueur aromatique dont on ajoute à l'alcoolat précédent une quantité suffisante pour le ramener à 67° (25° Cart.). On prend alors :

Liqueur aromatique précédente, neuf livres....	4500 grammes.
Sirop de sucre blanc, douze livres............	6000
Teinture de vanille (au 8e), quatre onces......	125
— de zestes frais d'oranges, quatre onces.	125
— de safran.....................	S. Q.
Lait frais, une livre...................	500

On mélange toutes les liqueurs et l'on filtre après 2 jours de repos.

—

DES COLCHICACÉES.

Les plantes de la famille des colchicacées sont généralement dangereuses. MM. Pelletier et Caventou, qui ont analysé les bulbes de colchique et l'ellébore blanc, ont trouvé que leurs propriétés âcres et vomitives proviennent de la présence dans l'un et dans l'autre d'une base alcaline végétale fort vénéneuse, la vératrine. Le *Veratrum nigrum* a les mêmes propriétés que l'ellébore blanc, et sans doute aussi la même composition. La racine du *V. luteum* des États-Unis paraît être moins active ; suivant le docteur Dana, elle y sert de vomitif ordinaire. Les *Erythronium americanum et indicum* ont aussi des bulbes émétiques ; mais on ne sait rien sur leur composition. Pallas assure qu'en Sibérie on mange les bulbes de l'*E. dens canis*.

La vératrine a été retrouvée dans les semences du *Veratrum sabadilla*, par MM. Pelletier et Caventou ; elles ont en effet les mêmes propriétés que l'ellébore blanc et que les bulbes de colchique ; dans les semences de colchique, il y a un alcali végétal différent de la vératrine.

Les feuilles des colchicacées, au moins celles du colchique, participent de l'âcreté des autres parties, car elles sont dangereuses pour les bestiaux. Les fleurs du colchique ont une propriété analogue aux bulbes ; et elles leur ont été préférées par quelques médecins comme étant d'un effet plus doux.

VÉRATRINE.

La Vératrine a été découverte par MM. Pelletier et Caventou. Elle est composée, suivant l'analyse qu'en a faite M. Couerbe, de carbone 34 pp. (71,25) ; azote 1 pp. (4,85) ; hydrogène 22,5 pp. (7,51) ; oxigène 6 pp. (16,39) ; elle a l'apparence résineuse ; elle est blanche, pulvérulente et incristallisable. Sa saveur est d'une excessive âcreté. La plus petite quantité portée sur la membrane nasale provoque des éternuements violents. A petite dose à l'intérieur, elle provoque d'affreux vomissements. Employée en frictions sur la peau, elle produit de la chaleur sans éruption ni vésication, puis une sensation toute particulière que le docteur Turnbull, qui l'a observée, a comparée à celle de l'électricité. L'action est toute locale.

Le docteur Turnbull l'a employée à l'intérieur contre les maladies nerveuses. Elle produit de la chaleur, une sorte de mouvement nerveux dans les doigts, puis un sentiment de fraîcheur générale sur tout le corps.

La vératrine fond à $+115^\circ$. Elle n'est pas volatile. L'eau, même bouillante, en dissout très peu. Elle est extrêmement soluble dans l'alcool ; l'éther la dissout un peu moins bien. Elle sature les acides, et elle forme des sels cristallisables, au moins avec les acides chlorhydrique et sulfurique.

Pour obtenir la vératrine, on prend de préférence la Cévadille ; on la pulvérise grossièrement, et on la traite à trois reprises à chaud par de l'alcool à 36°. On distille les teintures pour enlever l'alcool, et l'on achève d'évaporer à la chaleur du bain-marie en consistance d'extrait. On fait bouillir l'extrait alcoolique dans l'eau, et l'on passe à travers une étamine. On fait une seconde décoction avec l'eau pure, puis une troisième et une quatrième décoctions avec de l'eau acidulée. Toutes les liqueurs réunies sont chauffées avec du charbon animal ; on les filtre et on les concentre. On les traite à froid par de la magnésie caustique, qui précipite la vératrine. Le précipité est recueilli et exprimé. Les eaux mères sont concentrées de nouveau et traitées encore par la magnésie. On réunit le second précipité magnésien au premier.

Le précipité magnésien est séché, puis épuisé par l'alcool. La liqueur alcoolique est évaporée à siccité ; on fait bouillir l'extrait qui en résulte avec de l'eau acidulée ; on ajoute du charbon animal et l'on filtre ; enfin, on concentre et on précipite les liqueurs concentrées par l'ammoniaque.

Le procédé du Codex diffère de celui-ci, que l'on doit à M. Couerbe, en ce que l'on y emploie de l'eau, seulement pour traiter l'extrait alcoolique, et en ce que la liqueur est d'abord précipitée par l'acétate de plomb ; les liqueurs sont ensuite précipitées par l'ammoniaque et le précipité repris par l'alcool. La liqueur alcoolique étant évaporée à siccité, le résidu est repris par l'éther qui dissout la vératrine et laisse des matières résineuses. On blanchit du reste la vératrine par une nouvelle dissolution dans l'acide sulfurique et l'emploi du charbon animal.

En traitant par l'éther la vératrine obtenue par le procédé de M. Couerbe, on arriverait au même résultat.

La vératrine ainsi obtenue n'est pas pure ; c'est la vératrine médicinale. Elle contient une matière noire poisseuse, un alcali cristallisable, insoluble dans l'eau et dans l'éther (la Sabadilline) ; une espèce de résine brune insoluble dans l'éther, ayant quelques propriétés alcalines (vératrin) et une autre substance soluble dans l'eau, solide, incristallisable, alcaline aussi (résino-gomme de Sabadilline). *Voyez* le mémoire de M. Couerbe, *Journ. de Pharm.*, T. 19, page 527.

La vératrine est employée à l'intérieur, plus souvent à l'extérieur, pour combattre les maladies nerveuses. Ses sels lui sont préférés quand il s'agit de produire la transpiration, dans le traitement du rhumatisme. On fait avec ces sels des préparations correspondantes à celles qui ont la vératrine pour base.

TEINTURE ALCOOLIQUE DE VÉRATRINE.

Pr. : Vératrine, quatre grains................ 0,2 grammes.
Alcool à 88° (34° Cart.), une once. 32

Faites dissoudre (Magendie).

Proposée pour remplacer la teinture alcoolique de colchique, à la dose de quelques gouttes.

Le docteur Turnbull qui emploie la teinture alcoolique de vératrine en frictions, sous le nom d'embrocation de vératrine, la prépare avec 1 partie de vératrine et 16 parties d'alcool. Sous le nom de Gouttes de vératrine, il introduit dans l'oreille une dissolution de 5 grains de vératrine dans 4 gros d'alcool rectifié.

PILULES DE VÉRATRINE.

Pr.: Vératrine, un grain..................... 0,05 grammes.
Gomme arabique........................ S. Q.
Sirop de gomme........................ S. Q.

F. S. A. 12 pilules (Magendie).

Proposées comme purgatives à la dose de trois pilules par jour. Les pilules employées par le docteur Turnbull contre les maladies nerveuses, se composent de : vératrine 1 grain, extrait de jusquiame 10 grains, divisés en 10 pilules.

SOLUTION DE VÉRATRINE.

Pr.: Sulfate de vératrine, un grain............ 0,05 grammes.
Eau distillée, deux onces............... 64

Faites dissoudre.

Proposée pour remplacer l'eau de Husson ; à prendre par cuillerées à café.

POMMADE DE VÉRATRINE.

Pr.: Vératrine en poudre, quatre grains........ 0,2 grammes.
Axonge, une once. 32

Mêlez.

Cette pommade a été recommandée en frictions par M. Magendie contre l'anasarque et la goutte.

LINIMENT DE VÉRATRINE.

Pr.: Vératrine, demi-gros.................... 2 grammes.
Huile d'olives, un gros.................. 4
Axonge, huit gros. 32

Mêlez. Employé en frictions contre les affections nerveuses, le rhumatisme (Docteur Turnbull). Si on mélange à la graisse la vératrine dissoute préalablement dans un peu d'alcool ou d'éther, son action est plus assurée suivant l'observation judicieuse du docteur Cunier.

LINIMENT DE VÉRATRINE IODURÉ.

Pr.: Vératrine, vingt-quatre grains. .... 1,3 grammes.
Iodure de potassium, trente-six grains...... 2
Axonge, huit gros. 32

Mêlez. Employé en frictions contre le rhumatisme, l'angine de poitrine, l'hypertrophie du cœur (Docteur Turnbull).

LINIMENT DE VÉRATRINE ET DE MERCURE.

Pr. : Onguent mercuriel double, huit gros......... 32 grammes.
Vératrine, demi-gros...................... 2

Mêlez. Employé comme les précédents.

CÉVADILLE.

(Veratrum sabadilla.)

La cévadille est le fruit du *Veratrum sabadilla* du Mexique. Suivant MM. Pelletier et Caventou elle contient :

Matière grasse ; acide cévadique ; cire ; gallate acide de vératrine ; matière colorante jaune ; gomme.

L'acide cévadique est blanc ; il cristallise en aiguilles nacrées ; il a une odeur faible ; il fond à 20° ; il est volatil.

Merck a trouvé un autre acide particulier, qu'il a nommé acide vératrique.

POUDRE DE CÉVADILLE.

Il faut prendre beaucoup de précautions pendant la pulvérisation de la cévadille. En raison de la vératrine qu'elle contient, les plus petites quantités de poudre causent des éternuements violents. La poudre de cévadille est connue sous le nom de poudre des Capucins. Elle sert à faire périr les poux.

LAVEMENT DE CÉVADILLE.

Pr. : Cévadille, deux gros..................... 8 grammes.
Eau, dix onces. 320
Lait, huit onces........................ 250

On fait bouillir la cévadille dans l'eau de manière à obtenir 7 onces de colature. On passe ; on ajoute le lait.

Ce lavement est employé pour tuer les ascarides.

TEINTURE DE CÉVADILLE.

Pr. : Cévadille, une once..................... 32 grammes.
Alcool rectifié, deux onces. 64

Faites macérer pendant 8 jours ; passez. Cette formule est celle du docteur Turnbull; il l'emploie dans les mêmes cas que les préparations de vératrine.

EXTRAIT DE CÉVADILLE.

Pr.: Teinture de cévadille.................... Q. S.

Évaporez en extrait. Employé en pilules à la dose de $\frac{1}{6}$ de grain contre les névralgies (Docteur Turnbull).

COLCHIQUE.

(Colchicum autumnale.)

Les bulbes de Colchique ont fourni à l'analyse de MM. Pelletier et Caventou :

Matière grasse ; acide volatil ; gallate de vératrine ; gomme ; amidon ; inuline ; ligneux.

Les bulbes de colchique sont un médicament actif qui est usité contre l'hydropisie et contre la goutte.

Les préparations de colchique éloignent les accès de goutte ; mais elles ont, dit-on, l'inconvénient de rendre plus tard les accès plus fréquents. La vératrine, avec autant d'avantages comme moyen de guérison, n'aurait pas, suivant le docteur Turnbull, le même inconvénient.

RÉCOLTE.

Les bulbes de colchique sont différents d'énergie, suivant l'époque à laquelle ils ont été récoltés, et leur récolte dans le moment le plus favorable est presque impossible à effectuer : au mois d'août le bulbe est en pleine vigueur; alors il naît sur le côté un petit bulbe qui prend de l'accroissement jusqu'à l'automne, époque à laquelle apparaissent les fleurs et les graines. Ce petit bulbe vit aux dépens de l'ancien, qui perd de sa succulence à mesure que le jeune bulbe prend du développement ; au printemps le bulbe nouveau porte les feuilles, et à cette époque, le vieux bulbe achève de s'épuiser complétement. On voit que du moment où le jeune bulbe naît, la végétation se fait aux dépens du vieux bulbe, qui s'épuise de plus en plus. L'époque la plus favorable à la récolte du colchique serait donc le mois d'août, quand le jeune bulbe ne fait que de naître ; mais il n'y a alors extérieurement aucun signe qui puisse faire reconnaître sa présence : le bulbe est profondément enfoncé dans la terre, et il n'y a ni feuilles ni fleurs à la surface. Ne pouvant faire la récolte à ce moment, force est d'attendre celui où les fleurs apparaissent; le bulbe a déjà perdu, par la nourriture qu'il a dû fournir pour le développement du jeune bulbe et des fleurs; mais il est encore très charnu. Plus tard, le développement des fruits et des graines l'appauvrirait davantage. Au printemps, le bulbe nouveau n'a pas encore acquis tout son développement; il a besoin, pour y arriver, des changements qui résultent pour lui de la végétation des feuilles. Les différences qui ont été observées dans l'emploi médical des bulbes de colchique, tiennent certainement à ce qu'il n'est pas récolté dans le moment convenable; les pharmaciens des grandes villes ne peuvent songer à le récolter eux-mêmes; le commerce le leur fournit à l'état sec, et l'on peut croire qu'une bien grande attention n'est pas apportée dans le choix de l'époque où la récolte en est faite.

MIEL COLCHIQUE.

Pr. : Bulbes secs de colchique. 1
    Eau à 60°. 16
    Miel blanc. 12

Faites infuser les bubes de colchique divisés pendant 12 heures; passez; laissez déposer; ajoutez le miel et cuisez en consistance de sirop.

TEINTURE DE COLCHIQUE.

Pr. : Bulbes secs de colchique. 1
    Alcool à 56° (21° Cart.). 4

Faites macérer pendant quelques jours; passez et filtrez.

L'eau médicinale de Husson, célèbre contre la goutte, est faite avec 1 partie de bulbes frais et 2 parties d'alcool à 36°. La dose est de 5 à 6 gouttes dans une cuillerée d'eau.

EXTRAIT DE COLCHIQUE.

Pr. : Bulbes secs de colchique. . . . . Q. V.
    Alcool à 56° (21° Cart.). . . . . S. Q.

On réduit les bulbes en poudre demi-fine; on les humecte avec la moitié de leur poids d'alcool; après 24 heures de contact, on les lessive avec 3 nouvelles parties d'alcool; on déplace celui-ci par de l'eau; on distille les liqueurs alcooliques et l'on évapore le résidu en consistance d'extrait.

VIN DE COLCHIQUE.

    Pr. : Bulbes secs...................................... 1
          Vin de Malaga................................ 16

Faites macérer pendant 12 jours; passez avec expression; filtrez.

Niemann, dans la Pharmacopée Batave, prescrit : 2 onces bulbes frais, 4 onces vin de Malaga.

La formule du docteur Locher Balber, de Suisse, se rapproche beaucoup de celle de Niemann; elle doit donner un médicament plus puissant; la voici :

    Pr. : Bulbes de colchique frais................... 24
          Vin.. 12
          Alcool....................................... 2

Faites macérer 8 jours.

Il est de la plus grande importance que ces médicaments ne soient pas substitués les uns aux autres. Le médecin doit spécifier avec grand soin la formule dont il entend faire emploi.

VINAIGRE COLCHIQUE.

    Pr. : Colchique sec................................ 1
          Vinaigre fort.............................. 12

C'est la formule du Codex.

    Pr. : Bulbes récents............................. 1
          Vinaigre fort.............................. 12

C'est la formule de Storck.
F. S. A.

OXIMEL COLCHIQUE.

    Pr. : Vinaigre colchique........................ 1
          Miel.. 2

Faites cuire en consistance de sirop.

SEMENCES DE COLCHIQUE.

Les semences de colchique sont préférées aux bulbes par quelques personnes, et la constance de leurs effets leur mérite sans doute cette préférence. Il est de fait qu'elles peuvent être récoltées facilement en temps convenable et que l'on ne doit observer dans leur effet que ces variations entre des limites peu étendues en plus ou en moins, que l'on retrouve dans tous les végétaux. On s'accorde à leur attribuer des effets tout à fait analogues à ceux des bulbes; cependant, des observations publiées récemment par MM. Geiger et Hesse, feraient penser que leur partie active est de nature différente. C'est un alcali végétal, la colchicine, qui se distingue de la vératrine par des caractères assez tranchés.

La colchicine de MM. Geiger et Hesse est une substance qui possède les propriétés générales des alcalis végétaux. Elle cristallise en aiguilles déliées et inodores. Sa saveur est âpre et amère, mais elle est loin de présenter l'âcreté de la vératrine; elle ne possède pas non plus cette action si vive sur la membrane pituitaire, que quelques parcelles de vératrine exercent avec tant de violence.

La colchicine se dissout un peu dans l'eau, tandis que la vératrine y est insoluble; elle se dissout aussi dans l'alcool; elle sature les acides et forme avec eux des sels cristallisables, dont la saveur est âpre et amère.

La colchicine est très vénéneuse. Elle cause une inflammation violente de l'estomac et des intestins, mais elle paraît être moins active que la vératrine.............................

VIN DE SEMENCES DE COLCHIQUE.

Pr. : Semences de colchique................................ 1
     Vin de Malaga..................................... 16

Divisez les semences; faites-les macérer dans le vin pendant 8 jours; passez avec expression; filtrez.

Les effets du vin de semences de colchique sont, dit-on, plus doux et plus sûrs que ceux du vin de bulbes. On en donne matin et soir 8 à 10 gouttes dans une tasse de thé; on augmente successivement la dose. ....

ELLÉBORE BLANC.

(Veratrum album.)

L'ellébore blanc est la souche radicale du *Veratrum album*. Il a les mêmes propriétés que les bulbes de colchique. Suivant M. Pelletier et Caventou, il contient les mêmes principes,

M. Edwards Simon y admet en outre une base organique différente, la Jervine. Elle serait assez peu soluble dans l'alcool et formerait avec les acides sulfurique, nitrique et chlorhydrique des sels fort peu solubles, même dans un excès d'acide. M. Simon a profité de la grande différence de solubilité des sulfates de vératrine et de jervine pour séparer ces deux bases l'une de l'autre.

POUDRE D'ELLÉBORE BLANC.

On pulvérise l'ellébore blanc sans laisser de résidu; on mélange les produits.

POMMADE D'ELLÉBORE BLANC.

Pr. : Poudre d'ellébore blanc, un gros............ 4 grammes.
  Axonge, huit gros....................... 32
  Essence de citrons, trois gouttes............ 3 gutt.

Mêlez.

Cette pommade a été employée par M. Biett contre quelques maladies cutanées.

LOTION D'ELLÉBORE.

Pr. : Ellébore blanc........................... 1
  Eau................................... 22

Faites bouillir pour réduire à 32.
Ajoutez :

  Alcool à 80c (31° Cart.)..................... 2

Recommandée par Swédiaur contre le prurigo, la teigne.

TEINTURE D'ELLÉBORE BLANC.

Pr. : Racine sèche d'ellébore blanc............... 1
  Alcool à 56° (21° Cart.).................... 4

Faites macérer pendant 8 jours; passez avec expression; filtrez.

VIN D'ELLÉBORE BLANC.

Pr. : Ellébore blanc........................... 1 grammes.
  Vin blanc.............................. 15
  Alcool à 56c (21° Cart.) 1

Versez l'alcool dans l'ellébore; après 24 heures, ajoutez le vin; laissez macérer pendant quelques jours; filtrez.

PALMIERS.

Les palmiers appartiennent aux régions éloignées les plus chaudes du globe ; aussi, les renseignements que nous avons sur leurs produits sont encore incomplets.

Les fruits des palmiers se présentent avec des propriétés différentes. Il en est qui sont comestibles, comme la datte (*Phœnix dactylifera*), les fruits du *Chamœrops humilis*, de l'*Elais butyracea* d'Amérique, du *Corypha pumos* du Mexique, des *Areca humilis* et *lutescens*.

La pulpe du fruit est remplie de matière grasse, dans l'*Elais guineensis*, qui habite toute la côte ouest d'Afrique : l'*Areca oleracea* donne un produit analogue ; l'*Alfonsia oleifera* de la Nouvelle-Grenade fournit une huile liquide qui sert pour l'éclairage.

La pulpe du fruit est astringente dans le *Cycas circinnalis*, dans le latanier (*Latania borbonica*), dans les *Calamus rotang et halaca*. Elle est si âcre dans le *Caryota urens* de l'Inde, qu'elle corrode les lèvres.

Les semences ne présentent pas moins de différences que le fruit ; elles sont oléagineuses et comestibles dans le coco (*Cocos nucifera*), dans le *Mauritia flexuosa* des bords de l'Orénoque, dans le *Lodoicea Sechellarum* ou coco des Maldives, dans les *Elais butyracea* et *guineensis*. Les graines de ce dernier palmier fournissent l'huile de Palme par ébullition dans l'eau. Dans le *Calamus draco*, le fruit est chargé d'une matière résineuse, qui fournit, à ce que l'on croit, une partie du sangdragon du commerce.

Dans la noix d'arec il y a du tannin et de l'acide gallique ; les Indiens la mâchent comme topique après l'avoir mêlée au bétel ; dans le *Cycas circinnalis* et dans le latanier les semences sont amères et purgatives.

La plupart des tiges de palmiers fournissent par incision une sève sucrée qui donne une liqueur vineuse par la fermentation ; beaucoup aussi, dans leur vieillesse, se chargent d'amidon. On sait que le sagou est fourni par un grand nombre d'espèces : le *Sagus farinifera*, et surtout le *S. genuina* en fournissent le plus. On fabrique une espèce de pain avec la moelle des *Cycas cafra et circinnalis*. Contrairement aux faits précédents, le *Ceroxylon andicola* des Andes, et le *Corypha cerifera* de Martius exsudent une matière résineuse. Dans le *Corypha umbraculifera*, la spathe coupée laisse écouler une liqueur vomitive dont les négresses se servent, dit-on, pour se faire avorter.

La sommité des palmiers présente un bourgeon tendre et mucilagineux, que l'on mange sous le nom de chou palmiste; mais il faut sacrifier l'arbre. L'*Areca oleracea* est le palmier qui fournit le plus gros chou.

DATTES.

(Phœnix dactylifera.)

Les dattes sont les fruits du palmier. D'après l'analyse qu'en a faite M. Bonastre elles contiennent :

Mucilage; gomme analogue à celle de la gomme arabique; sucre cristallisable; sucre incristallisable; albumine; parenchyme.

L'abondance des matières gommeuses et sucrées fait employer les dattes avec succès comme béchiques et adoucissantes. Elles sont comptées au nombre des fruits pectoraux.

PULPE DE DATTES.

Pr. : Dattes.............................. Q. V.

Faites cuire les dattes à la vapeur, enlevez les noyaux et pulpez.

PATE DE DATTES.

Pr. : Dattes sans les noyaux. 3
Gomme de Sénégal blanche................. 12
Sucre blanc. 10
Eau de fleurs d'oranger..................... 1

On coupe les dattes, et après avoir rejeté les noyaux, on les fait cuire dans 12 parties d'eau; on passe avec expression; on ajoute le sucre et quelques blancs d'œufs; on chauffe, on écume et on passe à travers un molleton de laine.

D'autre part on lave la gomme, et on la fait dissoudre à froid dans 8 parties d'eau froide; on passe sans expression à travers une étoffe de laine.

On fait cuire la décoction sucrée de dattes en consistance de sirop; on ajoute la solution de gomme et l'on continue à évaporer, en menant l'opération comme pour la préparation de la pâte jujubes. A la fin, on aromatise avec l'eau de fleurs d'oranger.

SAGOU.

Le sagou est une fécule fournie par plusieurs espèces de palmiers, entre autres par les *Sagus rumphii, farinifera* et *genuina.*

Le sagou est une fécule composée de grains entiers. Dans une seule espèce, le sagou blanc, une partie des grains ont été crevés, et la matière gommeuse qui en provient peut être dissoute par la seule action de l'eau froide.

Toutes les autres espèces, suivant les observations de M. Planche, ne cèdent à l'eau froide qu'une quantité extrêmement minime d'extrait et de sel marin ; elles s'y gonflent seulement en prenant un volume à peu près double de celui qu'elles avaient primitivement.

On emploie le sagou comme analeptique. On le fait cuire dans du lait ou du bouillon. Il conserve sa forme, mais il augmente de volume. On reconnaît qu'il est cuit à ce qu'il est devenu transparent.

GELÉE DE SAGOU.

Pr. : Sagou en poudre, quatre gros. .... 16 grammes.
Sucre, une once et demie. .... 48.
Eau. .... S. Q.

Faites cuire en consistance requise, pour 8 onces de gelée.

———

DES GRAMINÉES.

Les Graminées forment l'une des plus nombreuses et des plus utiles familles du règne végétal. Leurs semences contiennent un périsperme farineux qui forme la principale nourriture de l'homme. En Europe et dans une partie de l'Afrique et de l'Asie, c'est le blé dont on fait usage. Dans l'Asie, l'Afrique méridionale et une partie de l'Amérique, on se sert du riz et du maïs.

Les différences que présentent entre elles les semences des diverses graminées proviennent des quantités d'amidon qui s'y trouvent, de la quantité et de la nature du gluten qui l'accompagne. Quand le gluten est abondant, la semence peut être convertie en pain ; elle ne le peut être quand ce principe n'existe qu'en petite quantité. Les différences que nous présentent, sous le rapport de la panification, les diverses espèces de graminées, s'expliquent par les différences que le gluten lui-même nous offre dans sa composition, et par la variété que l'on observe même dans les éléments qui le composent.

Le gluten peut être séparé par l'alcool en deux matières différentes : l'une soluble dans l'alcool, c'est le gluten pur (gélatine végétale, gliadine de Taddey) ; l'autre est l'albumine végétale (glutine ou zimôme). Ces deux matières semblent être combinées plus ou moins intimement dans le gluten, et elles ne sont pas toujours séparées parfaitement l'une de l'autre dans les procédés d'analyse.

Le gluten, suivant Raspail, constitue les cellules du périsperme. Ces cellules, dans leur état entier, ne se collent pas entre elles ; mais, si on les déchire, les bords des lambeaux se soudent à la manière du caoutchouc. C'est le but que l'on doit atteindre dans l'extraction du gluten. Le meilleur moyen de rapprocher les cellules élastiques est de rouler la pâte de farine sur elle-même.

Les cellules du froment ne sont pas élastiques avant la maturité ; or, puisque l'élasticité varie avec l'âge, et probablement aussi sous l'influence du climat et de la culture (*), le gluten pourra se présenter avec un assez grand nombre de variations, même dans une seule espèce de grain. Si, comme l'admet Payen, le gluten n'est pas la cellule même, mais est contenu dans les cellules, des différences dont sa proportion et sa composition expliquent tout aussi bien les faits.

L'analyse du froment y a fait reconnaître :

Amidon, 57 à 65 ; gluten, 7 à 14 ; matière gommo-glutineuse, 3 à 5 ; matière sucrée, 4 à 5 ; gomme (celle de la fécule) ; résine jaune ; acide acétique ; acide phosphorique ; phosphate de chaux ; phosphate de potasse.

M. Boussingault prétend qu'il y existe jusqu'à 33 pour 100 de gluten, ce qui me semble fort douteux.

(*) Le blé d'Odessa donne plus de gluten que le blé de France, et le blé dur plus que le blé tendre.

La matière gommo-glutineuse est du gluten qui se dissout dans l'eau froide à la faveur des acides ; quand on chauffe, il se fait un coagulum. Peut-être ce gluten diffère-t-il du gluten insoluble par une plus forte proportion de matière albumineuse. Il se trouve mêlé, dans les eaux de lavage de la farine, avec la matière sucrée, la gomme et des phosphates.

L'expérience n'y a pas indiqué la gélatine végétale ; mais il est évident qu'on l'y trouverait par une manipulation pareille à celle qu'Einhof a employée pour le seigle, puisque cette gélatine existe dans le gluten de blé.

Einhof, analysant la farine de seigle, y a trouvé

Amidon, 61,09 ; *sucre*, 3,27 ; *mucilage*, 11,09 ; *gluten non séché*, 9,48 ; *albumine*, 3,27 ; *enveloppes*, 6,38 ; *perte*, 5,42.

L'amidon est ici un peu moins abondant que dans le blé.

Einhof a trouvé l'albumine et la gliadine dans la liqueur aqueuse : 1° par coagulation ; 2° par l'alcool qui dissout le sucre et la gliadine et qui laisse la gomme. L'alcool étant distillé, la gliadine se dépose mêlée d'albumine.

Le sucre de seigle est un extrait jaune soluble dans l'eau, dans l'alcool et dans l'éther.

Le mucilage est sans doute de la gomme soluble d'amidon.

La petite proportion de gluten est ce qu'il faut observer principalement dans cette semence, en outre que ce gluten est moins tenace et plus soluble, car il est presque tout entier dissous à la faveur du principe gommeux, dit Einhof, mais plutôt, je crois, à la faveur des acides. Ceci nous explique pourquoi le pain de seigle est moins levé et plus visqueux. Cela tient sans doute et à la nature plus molle du gluten, et à ce qu'il est ramolli plus que celui du blé par l'acide acétique qu'a développé la fermentation.

La farine d'orge est formée, suivant Einhof, de

Amidon, 60 ; *sucre*, 5 ; *gluten sec*, 3,5 ; *albumine*, 1 ; *enveloppe*, 19,3 ; *eau*, 11,2.

Elle contient, suivant Proust :

Amidon, 32 ; *sucre*, 5 ; *gomme*, 4 ; *gluten sec*, 3 ; *hordéine*, 55 ; *résine jaune*, 1.

Le sucre, l'albumine et la gliadine sont démontrés comme pour le seigle.

La matière âcre huileuse a été observée également par Thomson.

Il y a de l'acide acétique et des phosphates, et une partie de gluten se dissout dans l'eau froide, comme cela a lieu pour toutes les céréales.

Il est évident que l'amidon d'Einhof contient à l'état de mélange, l'hordéine de Proust. Cette hordéine est formée principalement par les cellules non élastiques et les débris des enveloppes. Raspail a observé que, dans l'orge, les cellules du pourtour ne sont pas élastiques, mais seulement celles du centre ; d'une autre part, l'enveloppe de l'orge formée par la soudure du spermoderme et du péricarpe est très friable. Elle ne se détache pas en lames minces comme celle du blé, mais elle se pulvérise sous la meule et se mélange à la farine.

L'orge contient donc moins d'amidon que le blé ; quant au gluten, le rapport entre lui et l'amidon est le même que dans le blé : c'est donc à l'hordéine que l'orge doit ses qualités inférieures.

La farine d'avoine est composée, suivant Vogel, de :

Amidon, 59 ; *principe amer et sucré*, 8,25 ; *gomme*, 2,5 ; *matière plus voisine de l'albumine que du gluten*, 4,3 ; *huile grasse jaune verdâtre*, 2 ; *perte et humidité*, 23,75.

La matière désignée par Vogel sous le nom d'albumine n'est ni membraneuse, ni élastique, ni transparente comme le gluten ; il l'a séparée en délayant la farine d'avoine dans l'eau. L'amidon se dépose le premier, et, par la lévigation, on obtient la matière animalisée.

Cette matière est un gluten de fort mauvaise qualité, et, d'autre part, elle est en faible proportion, proportionnellement à l'amidon.

L'enveloppe de l'avoine contient un principe odorant qui sent la vanille ; il a été trouvé par M. Journet. On peut s'en servir pour aromatiser des liqueurs. Ce n'est pas une exception que la présence de cette matière, car la base persistante du péricarpe de l'orge contient une matière âcre extractive, et sans doute on retrouverait les analogues dans le péricarpe des autres céréales.

Le riz est composé, suivant l'analyse de M. Braconnot, de :

Eau, 5 ; amidon, 85 ; parenchyme, 4,8 ; matière végéto-animale, 3,6 ; sucre incristallisable, 2,90 ; gomme, 0,71 ; huile, sels, soufre, 0,13.

Le riz se fait remarquer par l'énorme proportion de matière amylacée qu'il contient. Le gluten y est en fort petite proportion. Les eaux de lavage à froid du riz paraissent analogues à celles des autres farines ; elles sont acides. M. Braconnot a observé que la matière gommeuse qui s'y trouve a tous les caractères de la matière soluble de l'amidon, et sans doute il en est de même pour toutes les farines.

En chauffant à l'ébullition avec de l'acide sulfurique affaibli la farine de riz épuisée par l'eau, la liqueur filtrée abandonna le parenchyme sur la toile, et laissa déposer une matière sous la forme de gelée demi-transparente. Cette matière séchée était transparente et cornée ; elle contenait du soufre, car, chauffée avec de la potasse dans un vase d'argent, elle le noircissait. Elle était moins chargée d'azote que le gluten et l'albumine, mais évidemment ce n'était pas une matière pure.

Le riz paraît être analogue aux autres céréales. Il ne peut être transformé en pain à cause de la petite proportion de matière animale. La quantité indiquée par M. Braconnot est très faible ; encore n'a-t-elle été obtenue que mélangée avec beaucoup de matière étrangère.

Le maïs est formé de :

	Lespis.	Gorham.		Bizio.
Humidité,	12	9		»
Matière sucrée,	4,5	1,45		»
— mucilag.,	2,5	1,75		2,283
Albumine,	3	2,05	*zumine,*	0,945
Son,	3,25	»		»
Fécule,	75,35	77		80,920
Perte,	2,10	»		»
Zéine,	»	»		5,758
Matière extractive,	»	0,8		1,092
Épiderme et fibre,	»	0,3	*hordéine,*	7,710

La zéine paraît être un mélange d'un principe résineux particulier, avec une matière animalisée. Il y a d'ailleurs fort peu de cette dernière substance. C'est de l'albumine suivant Lespès et Gorham, de la zumine suivant Bizio; évidemment c'est une modification du gluten.

Un fait remarquable, c'est que Parmentier n'a trouvé qu'une once de fécule par livre de maïs; la raison en est que, dans cette graine, les grains de fécule étant très comprimés, beaucoup d'entre eux ont été déchirés pendant la végétation même, ou se déchirent sous la meule. L'eau dissout la matière gommeuse et les téguments seuls restent suspendus (Raspail).

On peut signaler dans les semences des graminées quelques exceptions à l'analogie qu'elles présentent entre elles. La plus remarquable est fournie par l'ivraie, qui exerce sur le système nerveux une action particulière, qui se manifeste par des vertiges, et surtout par un tremblement général du corps. Cette action qui avait été révoquée en doute, se trouve parfaitement confirmée par les expériences de Sieger. On en dit autant de la graine du *festuca quadridentata* du Pérou.

Les tiges des graminées contiennent du sucre quand on les prend avant la maturation des graines; il disparaît ensuite petit à petit. Il est surtout abondant dans les sorghos, dans le maïs, mais dans aucune autre espèce autant que dans la canne à sucre, *Saccharum officinale*. M. Péligot a trouvé que la canne à sucre fraîche contient 18 p. 100 de son poids de sucre. Le suc de canne ou vesou contient : sucre cristallisable, 20 ; sels minéraux et albumine végétale, 1,5 ; eau, 78,5. C'est presque de l'eau sucrée. Ces tiges de graminées sont généralement inodores; quelques-unes se font cependant remarquer par leurs propriétés aromatiques; par exemple, le jonc odorant des boutiques ou schénante (*Andropogon schœnanthus*), l'*Anthoxantum odoratum*, les *A. nardus et citratus*. M. Vogel a retiré de l'acide benzoïque de l'*Holcus odoratus* et de l'*Anthoxantum odoratum*, et il pense que les graminées aromatiques pourraient bien être l'origine de l'acide benzoïque, que l'on retrouve dans les urines des herbivores. L'odeur de ces plantes n'est pas due toutefois à l'acide benzoïque, qui est inodore, mais à quelque huile essentielle, qui lui est associée dans la plante.

Une exception plus remarquable est celle que nous présentent le *Saccharum fatuum* d'Otahiti et le *Bromus catharticus* du Pérou, dont les sommités sont employées à enivrer le poisson.

Les racines des graminées sont employées quelquefois en médecine. La plupart sont inodores ; elles ne fournissent à l'eau qu'un peu de sucre et de principe gommeux. Les principales sont : la fausse salsepareille (*Carex arenaria*), le chiendent (*Triticum repens et Panicum dactylon*), la racine de canne (*Arundo donax*). Le sucre de chiendent, suivant Pfaff, se rapprocherait du sucre de canne par sa solubilité dans l'eau et sa solubilité bornée dans l'alcool. Il en différerait en ce qu'il cristallise en aiguilles flexibles.

Quelques racines de graminées sont aromatiques ; telle est celle du vétiver (*Vetiveria odorata*), dans laquelle M. Henry a trouvé une résine d'odeur de myrrhe, qui contient bien certainement de l'huile volatile dans un état d'union intime. La racine du *Vetiveria alliacea* du Brésil, y est employée comme un sudorifique puissant.

EMPLOI MÉDICAL DES GRAMINÉES.

Les semences des Graminées fournissent à la décoction dans l'eau une boisson mucilagineuse, par suite de la dissolution de l'amidon ; pour que cet effet se produise, il faut continuer l'ébullition des semences jusqu'à ce qu'elles soient crevées, c'est-à-dire jusqu'à ce que tout le tissu ait été déchiré ; c'est une preuve que l'eau a pénétré toute la graine et a pu se charger des principes solubles de l'intérieur. En outre de l'amidon, la décoction des graines de céréales contient le sucre, et la partie de gluten qui se dissout à la faveur des acides acétique et phosphorique. On emploie à la préparation des tisanes le riz, le gruau d'avoine, l'orge perlé ou mondé, et l'orge entière suivant la formule suivante :

Pr. Orge perlé, demi-once. . . . . 16 grammes.
Eau. . . . . S. Q.

Pour un litre de tisane. Si l'on se sert de l'orge entière, on la soumet à une première décoction légère, pour séparer la matière extractive âcre qui se trouve dans les enveloppes extérieures, opération qui du reste n'est pas très nécessaire.

On emploie quelquefois aussi l'orge germée ou malt, pour préparer une tisane (1 à 2 onces par litre). On met le malt dans l'eau froide ; l'on porte peu à peu à l'ébullition ; on entretient celle-ci pendant un quart d'heure.

Cette boisson contient du sucre de raisin, de la dextrine, de l'amidon et du gluten. (*Voy.* t. I, p. 95.)

La racine de canne et le chiendent servent à la préparation de boissons rafraîchissantes.

Pr. : Racine de chiendent, une once............. 32 grammes.
     Eau................................... S. Q.

On enlève les écailles du chiendent, on le lave à l'eau froide, on le contuse dans un mortier de marbre et on le fait bouillir pendant un quart d'heure pour obtenir un litre de tisane.

On prépare aussi quelquefois un extrait de chiendent, en traitant cette racine par dixiviation.

L'amidon est aussi la base d'un petit nombre de préparations.

LAVEMENT D'AMIDON.

Pr. : Amidon, une once....................... 32 grammes.
     Infusion de têtes de pavot, une livre......... 500

On délaie l'amidon dans l'infusion chaude, mais on ne le fait pas cuire; une partie des grains de fécule fournissent de la matière gommeuse; les autres, en plus grand nombre, sont seulement tenus en suspension.

Si l'on voulait faire cuire l'amidon, il faudrait n'en employer que 2 gros; on aurait alors un liquide mucilagineux analogue à tous les autres.

LOOCH D'AMIDON.

Pr. : Blanc d'œuf, une once................... 32 grammes.
     Sirop de Tolu, une once.................. 32
     Amidon, deux gros...................... 8
     Cachou, un gros........................ 4

Mêlez. Employé contre les diarrhées rebelles.

LAVEMENT DE SON.

Pr. : Son, deux onces....................... 64 grammes.
     Eau................................... S. Q.

Faites bouillir pendant quelques minutes, dans une quantité d'eau suffisante, pour avoir une livre de liqueur; passez avec expression.

BAIN DE SON.

Pr. : Son, quatre à huit livres............. 2000 à 4000 grammes.
     Eau................................... S. Q.

Faites bouillir pendant un quart d'heure, passez avec expression, et mélangez avec l'eau destinée au bain.

GLUTEN.

Le gluten de blé entre comme excipient dans les pilules avec le sublimé corrosif. Pour l'obtenir, on fait avec de la farine de blé et de l'eau froide une pâte que l'on roule et que l'on pétrit bien sur elle-même. On la pétrit ensuite dans les mains sous un filet d'eau froide, mais avec la précaution de ne pas faire tomber directement l'eau sur la pâte; vers la fin de l'opération, quand la matière a pris plus de ténacité, elle ne risque plus de se délayer dans l'eau et on peut la laver directement.

Le gluten ainsi obtenu forme une pâte grise, élastique, collante; par la dessiccation il devient cassant; les alcalis le dissolvent sensiblement. Il en est de même de l'acide acétique, des acides phosphorique et hydrochlorique. Il se décompose quand il est humide; il devient acide; en même temps il se réduit en une pâte filante sans odeur infecte, et il se dégage de l'acide carbonique et de l'hydrogène pur. Plus tard il se fait des produits fétides, analogues à ceux que fournit la putréfaction de la matière caséeuse.

Le gluten est insoluble dans l'eau; l'alcool bouillant le partage en deux principes différents : l'un que l'alcool ne dissout pas; c'est la glutine ou albumine végétale, le zimôme de Taddei; l'autre, que l'on obtient par l'évaporation de l'alcool, c'est la gliadine, gluten pur ou gélatine végétale. La gliadine est une matière jaune transparente, d'une saveur douceâtre et d'une odeur particulière, qui se rapproche de celle des rayons de miel; elle est visqueuse et très élastique; l'eau la ramollit; elle est un peu soluble dans l'eau chaude et elle se précipite par le refroidissement; elle est soluble dans l'alcool chaud; elle se dissout dans l'acide acétique et l'acide tartrique; elle forme avec les acides minéraux, de même que l'albumine, des combinaisons avec excès d'acide, qui sont insolubles et qui acquièrent de la solubilité par le lavage à l'eau, qui entraîne l'excès d'acide. Elle se combine aux alcalis caustiques et fournit des dissolutions qui n'ont plus la saveur alcaline.

Le gluten s'unit au sublimé corrosif; la combinaison est insoluble dans l'eau, mais elle se dissout dans un excès d'albumine; elle n'a pas l'âcreté corrosive du sublimé; mais elle est efficace parce que la nouvelle combinaison est facilement absorbée et se dissout dans les liquides animaux à la faveur de l'albumine qu'ils contiennent (*Voyez* OEufs et Sublimé corrosif).

PAIN.

Lorsque, pour fabriquer du pain, on mêle de la levure de bière ou de la pâte ancienne (levain) à la pâte de farine, la fermentation s'établit promptement. Le ferment détermine la décomposition du sucre de la farine; de là de l'alcool et de l'acide carbonique. Le gluten transforme l'amidon en matière sucrée que le ferment change à mesure en alcool et en acide carbonique; mais, au milieu de cette masse chargée de ferment, une partie de l'alcool passe bientôt à l'état d'acide acétique. Le gluten de la pâte forme une sorte de réseau élastique qui est distendu par le gaz. Cet effet se trouve augmenté par le travail du boulanger qui introduit de l'air dans la pâte pendant le pétrissage, et par la dilatation que tous ces gaz éprouvent par la chaleur du four. Celle-ci arrête la fermentation en même temps qu'elle rend soluble une partie des cellules amylaires, de sorte que le pain est beaucoup plus soluble dans l'eau froide que la farine. Cet effet est plus marqué dans la croûte, qui a subi une torréfaction plus forte. Le pain pèse plus que la farine qui a servi à le former, parce qu'il retient de l'eau. Il est acide parce que la fermentation y a développé de l'acide acétique.

Le pain de froment, suivant l'analyse de Vogel, contient du sucre, de la fécule torréfiée, de la fécule intacte, du gluten, de l'acide carbonique, des sels; il faut ajouter, de l'acide acétique, un peu d'acétate d'ammoniaque, suivant Proust. Quand on traite le pain par l'eau froide, on dissout le sucre, la fécule soluble, les sels et sans doute du gluten à la faveur de l'acide acétique. L'eau bouillante dissout en outre la fécule que l'eau froide eût laissée intacte.

EAU PANÉE.

Pr.: Pain de froment, deux onces................ 64 grammes.
Eau.. S. Q.

Faites bouillir pendant une heure; passez avec une légère expression à travers une étamine claire, pour avoir 1 litre de tisane.

DÉCOCTION BLANCHE DE SYDENHAM.

Pr. : Corne de cerf calcinée et porphyrisée, deux gros.   8 grammes.
Mie de pain blanc, six gros.   24
Gomme arabique concassée, deux gros.   8
Sucre, une once.   32
Eau de fleurs d'oranger, quatre gros.   16
Eau commune, quantité suffisante. . . . .   S. Q.

On triture la corne de cerf dans un mortier de marbre pour la bien diviser; on ajoute la mie de pain, et l'on triture encore. On met le mélange sur le feu avec un peu plus d'un litre d'eau et la gomme; on fait bouillir pendant une demi-heure dans un vase couvert; on passe avec une légère expression à travers une étamine peu serrée. On fait dissoudre le sucre, et l'on aromatise avec l'eau de fleurs d'oranger. On doit obtenir un litre de boisson.

Quelques praticiens substituent la gomme arabique (1 once) à la mie de pain, dont la nature est variable et qui donne un produit plus disposé à s'aigrir; mais, ainsi préparée, la décoction blanche est moins épaisse. La mie de pain, par l'acide qu'elle contient, dissout une partie du phosphate de chaux qui n'est peut-être pas sans influence sur les propriétés médicamenteuses de ce remède. S'il est avantageux d'employer la gomme, c'est en petite quantité et sans retrancher la mie de pain. La boisson en est plus blanche, et dépose plus difficilement.

Plusieurs pharmacopées substituent à la corne de cerf calcinée, les râpures de corne de cerf qui peuvent céder à l'eau de la gélatine. C'est changer la nature du médicament; si cette substitution est utile quelquefois, c'est au médecin à la prescrire.

CATAPLASME DE MIE DE PAIN.

Pr. : Mie de pain. . . . .   Q. V.
Eau. . . . .   S. Q.

Faites cuire en remuant continuellement pour empêcher la matière de brûler au fond des vases.

On se sert souvent du lait pour la préparation de ce cataplasme; on emploie 1 partie de pain et 3 parties de lait. On émiette la mie entre les mains, on l'ajoute au lait et l'on fait cuire en consistance de cataplasme.

Il arrive presque toujours que le lait tourne pendant la préparation, effet qui est produit par les acides du pain, et qui, du reste, ne change pas les propriétés émollientes du cataplasme. On a conseillé de cuire d'abord le pain avec de l'eau pour chasser l'acide acétique du pain; mais cette précaution ne suffit pas. Si on veut empêcher le lait de tourner, il faut y ajouter, avant de mettre le pain, quelques grains de bi-carbonate de potasse ou de soude, qui saturent les acides du pain, et les empêchent de se porter sur la matière caséeuse.

DES FOUGÈRES.

Le feuillage de plusieurs espèces de fougères est employé comme pectoral. Il contient généralement du mucilage, un principe légèrement astringent et une matière aromatique. Les espèces dont on se sert ordinairement sont : le capillaire du Canada (*Adianthum pedatum*), celui de Montpellier (*Adianthum capillus Veneris*), le capillaire noir (*Asplenium adianthum nigrum*), le capillaire polytric (*Asplenium trichomanes*), la sauve-vie, ou rue des murailles (*Asplenium ruta muraria*), et la scolopendre (*Scolopendrium officinale*). Au cap de Bonne-Espérance, on emploie aux mêmes usages l'*Adianthum œthiopicum*.

La doradille (*Ceterach officinarum*) est employée dans les maladies des voies urinaires, dans les coliques néphrétiques et les rétentions d'urine. On fait une infusion d'une once de feuilles sèches dans un litre d'eau bouillante. Le *Polypodium suspensum* des États-Unis est vanté contre les maladies du foie; l'*Aspidium fragrans* de Sibérie est employé contre la goutte.

Le rhyzome des fougères contient de l'amidon, et c'est à ce principe que le *Pteris esculenta* doit d'être employé comme alimentaire par les habitants de la Nouvelle-Zélande et de la Nouvelle-Galles du sud. Dans la plupart des fougères se trouvent, alliées à ce principe, une huile grasse et une huile volatile qui leur donnent des propriétés vermifuges. On y trouve également du tannin, qui abonde surtout dans la racine du Calaguala (*Polypodium calaguala*, Rniz). Il a été trouvé dans la fougère mâle; il existe certainement dans l'agneau de Scythie (*Aspidium barometz*), dans les *Polypodium repandum et simile* de Chine qui sont employés comme astringents, et probablement dans toutes les autres espèces de la famille. Le *Polypodium vulgare* contient une matière sucrée qui a quelque analogie avec le sucre de réglisse, mais qui en diffère, suivant M. Berzélius, en ce qu'elle est singulièrement altérable. On peut bien la précipiter par différents agents ; mais quand on cherche à la retirer de ces nouvelles combinaisons, on ne l'obtient plus qu'altérée. L'analyse a fait reconnaître une matière sucrée dans la fougère mâle, dans la racine de calaguala ; nous ne savons pas si elle est analogue au sucre du polypode.

La fougère royale (*Osmunda regalis*) a une racine qui est recommandée pour son action sur les viscères du bas-ventre. Elle purge doucement, augmente la sécrétion de la bile et les forces digestives ; elle a été proposée par le docteur Aubert, de Genève, dans le traitement du carreau.

CAPILLAIRE.

On se sert ordinairement du capillaire de Montpellier et du capillaire du Canada. Celui-ci est préféré parce qu'il a une odeur aromatique agréable. On les emploie en infusions réputées pectorales ; on en prépare un sirop.

La tisane de capillaire se fait avec 3 gros (12 grammes) de capillaire par litre. On opère par infusion. On prépare de même les tisanes avec les autres capillaires et la scolopendre.

SIROP DE CAPILLAIRE.

Pr. : Capillaire du Canada, six onces.................... 192
    Eau, six livres...................................... 3000
    Sucre, quatre livres................................ 2000

On fait une infusion des deux tiers du capillaire ; on la passe ; on ajoute le sucre et l'on fait par coction et clarification un sirop que l'on verse bouillant sur les deux onces restantes de capillaire. On laisse en contact quelques heures et l'on passe.

On est assez dans l'usage d'aromatiser ce sirop avec 1 once d'eau de fleurs d'oranger.

Le procédé que nous venons de décrire, et qui est celui du Codex, donne un sirop qui possède, à un degré très prononcé, la saveur et l'odeur du capillaire ; il est véritablement médicamenteux ; mais, quand on veut se servir du sirop de capillaire comme d'un sirop d'agrément, le sirop du Codex n'a plus le même avantage. On peut dans ce cas recourir à la formule suivante ; c'est celle de Baumé, avec une légère modification :

> Pr. : Capillaire du Canada, une once.............. 32 grammes.
> Sirop simple, quatre livres................. 2000
> Eau de fleurs d'oranger, une once......... 32

On fait infuser le capillaire dans une livre d'eau ; on filtre l'infusion, on y ajoute l'eau de fleurs d'oranger ; on pèse le mélange ; on l'ajoute au sirop de sucre, après que celui-ci a perdu par l'évaporation un poids égal à celui de la liqueur aromatique.

FOUGÈRE MÂLE.
(Aspidium filis mas.)

La fougère mâle fournit à la médecine son rhyzome souterrain et quelquefois ses bourgeons.

Suivant l'analyse qu'en a faite M. Morin, la racine de fougère mâle contient :

Huile volatile ; matière grasse ; acides gallique et acétique ; sucre incristallisable ; tannin ; amidon ; matière gélatineuse insoluble dans l'eau et l'alcool ; ligneux.

Cette souche de fougère a une propriété vermifuge, qu'elle paraît devoir surtout à l'huile grasse chargée d'huile essentielle ; on l'emploie contre le ténia. Elle chasse le botryocéphale à anneaux longs ; mais le plus souvent elle échoue contre le botryocéphale à anneaux courts.

Les bourgeons de fougère, suivant l'analyse de M. Peschier de Genève, contiennent :

Huile volatile ; résine brune ; huile grasse ; matière grasse solide ; principe colorant vert ; principe brun rougeâtre ; extractif.

Ici encore c'est le mélange des corps gras et de la résine avec l'huile volatile, qui peut être considéré comme possédant la propriété vermifuge.

RÉCOLTE.

La racine de fougère mâle doit être récoltée en hiver. On reconnaît sa bonne qualité à sa couleur verte ; celle qui a une teinte pâle, suivant le docteur Mayor, a peu d'effet ; il faut, du reste, la renouveler souvent ; dans les vieilles racines, l'huile volatile a disparu. On assure que la racine de fougère est plus active fraîche qu'après avoir été desséchée.

Les bourgeons de fougère doivent être récoltés au printemps, au moment même où ils commencent à se dérouler.

POUDRE DE FOUGÈRE MÂLE.

On coupe la souche de fougère par tranches, on la secoue dans un van de manière à séparer les écailles foliacées, on la fait sécher à l'étuve, et on pulvérise sans laisser de résidu.

M. Guibourt a reproché au Codex d'avoir fait pulvériser la fougère mâle sans résidu : or, voici ce qu'il arrive quand on pulvérise la fougère mâle après l'avoir coupée et vannée. Quand les trois quarts de la racine ont été pulvérisés, le résidu ne paraît pas différer de la racine elle-même ; en continuant à piler, on voit que les derniers produits sont plus foncés en couleur ; la saveur sucrée et oléo-nauséeuse y est moindre ; mais, en revanche, la saveur astringente y est plus prononcée. Le Codex a donc eu raison de faire mélanger les derniers produits avec les premiers.

La poudre de fougère est donnée contre le ténia à la dose de 3 à 4 gros (12 à 16 grammes). On en administre une dose le soir et l'autre le lendemain matin ; on fait prendre ensuite au malade de l'huile de ricins.

TISANE DE FOUGÈRE MÂLE.

Pr. : Fougère mâle, une once. .... 32 grammes.
    Eau. .... S. Q.

On soumet la fougère à la décoction en vases clos pour avoir une livre de liqueur (½ litre). La liqueur que l'on obtient est peu odorante et peu sapide, mais l'infusion l'est encore moins.

EXTRAIT DE FOUGÈRE.

Pr. : Souches sèches de fougère mâle............... Q. V.
    Alcool à 80° (31° Cart.)....................... Q. S.

Le docteur Ebers vante l'emploi de cet extrait, comme un des moyens les plus sûrs contre le ténia.

HUILE DE FOUGÈRE.

Pr. : Souches de fougère mâle.................... Q. V.

On réduit les souches en poudre demi-fine et on les épuise par l'éther dans l'entonnoir de M. Robiquet; on chasse par d'eau la portion d'éther qui reste dans le marc. On distille les liqueurs éthérées.

Une livre de fougère mâle m'a fourni 1 once ½ d'huile épaisse, noire, d'une odeur aromatique de fougère. On l'administre à la dose de ½ gros à 1 gros (2 à 4 grammes); une heure après, on donne 1 once à 1 once ½ (32 à 48 grammes) d'huile de ricins.

M. Peschier recommande de préparer cette huile de fougère avec les bourgeons; il pense qu'elle est plus active; il la désigne sous le nom d'oléo-résine de fougère. On l'administre sous forme d'électuaire, d'émulsion ou de pilules; mais dans ce dernier cas elle est moins active. Il faut donner un purgatif quelque temps après l'huile de fougère.

TEINTURE DE BOURGEONS DE FOUGÈRE.

Pr. : Bourgeons de fougère,........................ 1
Éther sulfurique,........................ 8

Opérez par la méthode de déplacement.

DES LICHENS.

On distingue dans les Lichens deux grands ordres de propriétés, les propriétés tinctoriales et les propriétés médicinales. Les premières n'appartiennent pas à tous les lichens. Elles sont mises à profit dans plusieurs espèces, entre autres dans l'orseille que l'on prépare aux Canaries avec le *Roccella tinctoria*, dans l'orseille d'Auvergne, ou Parelle qui provient du *Canorea parella*, dans le tournesol, qui résulte d'une préparation que l'on fait subir à la même plante.

Les propriétés médicinales des Lichens sont les seules dont nous devions nous occuper. Elles résident surtout dans un principe qui se rapproche beaucoup de la fécule par ses propriétés et qui n'a encore été bien étudié que dans le lichen d'Islande. Les mêmes propriétés paraissent se retrouver plus ou moins développées dans tous les lichens foliacés, qui sont aussi les seuls dont on se serve en médecine, et telle est l'analogie de leur composition, que l'on pourrait, sans grand inconvénient, les employer tous au même usage. On s'est servi du lichen pulmonaire (*Lobaria pulmonaria*), du lichen de Rennes (*Cladonia rangiferina*), du lichen des chiens (*Peltigera canina*), du lichen pixidé (*Scyphophorus pixidatus*), etc. Dans les pays pauvres du Nord, les lichens sont employés comme matière alimentaire.

LICHEN D'ISLANDE.

(Cetraria islandica.)

Le lichen d'Islande est employé avec succès dans les affections de poitrine, les catarrhes, l'hémoptysie, à la fin des dyssenteries et des diarrhées chroniques.

Berzélius, qui l'a analysé, y a trouvé :

Amidon particulier ; matière amère (cétrarine) ; sucre incristallisable ; gomme ; cire verte ; matière colorante extractive (apothème) ; squelette amylacé ; tartrate et lichenate de potasse ; tartrate, phosphate et lichenate de chaux.

La matière amère ou cétrarine a été étudiée par M. Berzélius, et depuis par M. Herberger. Elle est solide, inodore et incolore. Elle se présente sous la forme d'une poudre blanche ou de granulations ; elle est excessivement amère ; elle est imparfaitement fusible ; elle est un peu soluble dans l'eau froide ; elle se dissout mieux, mais encore fort mal, dans l'eau bouillante. Quand on évapore la dissolution à une douce chaleur, la cétrarine n'éprouve pas d'altération ; mais à l'ébullition elle est détruite ; il se produit une matière brune insoluble (apothème). La cétrarine est plus soluble dans l'alcool que dans l'eau ; encore ne s'y dissout-elle qu'en faibles proportions. L'alcool absolu en dissout plus que l'alcool aqueux ; l'éther et l'éther acétique la dissolvent aussi en petite quantité ; l'acide hydrochlorique liquide la colore en bleu. Elle s'unit aux alcalis et forme avec eux des combinaisons peu examinées. On sait qu'elle se dissout avec facilité dans les carbonates alcalins ; la dissolution montre une grande disposition à se changer en ulmine, et alors l'amer est détruit.

L'amidon du lichen a une couleur brune par la matière extractive qui y reste mêlée. Il est insipide ; il a une légère odeur de lichen. Dans l'eau froide il se gonfle, mais il se dissout à peine ; il se dissout dans l'eau bouillante et la liqueur se prend en gelée si elle est assez concentrée. Il perd cette propriété par une ébullition trop prolongée. D'après M. Berzélius 1 partie d'amidon sec dissoute dans 23 parties d'eau donne une gelée consistante.

L'amidon du lichen est insoluble dans l'alcool et dans l'éther. L'iode le colore en brun verdâtre. Les acides étendus lui font perdre la propriété de se prendre en gelée. En prolongeant l'ébullition, il se fait d'abord de la gomme, puis du sucre; il ne donne pas d'acide mucique avec l'acide nitrique; il se dissout dans la potasse.

John avait trouvé de l'inuline dans le lichen et il considérait le principe amylacé de Berzélius comme de l'inuline modifiée. M. Payen a vu plus récemment qu'en traitant la gelée du lichen par la diastase, cet amidon de lichen se change en dextrine et en sucre, comme le fait l'amidon ordinaire, et en laissant déposer une matière blanche; or cette matière blanche est de l'inuline. Il devenait donc très probable que la matière du lichen n'est qu'un mélange d'amidon et d'inuline, et, en effet, en colorant le tissu de lichen par l'iode, on aperçoit, au microscope, une multitude de granulations très tenues, colorées d'une magnifique teinte bleue.

Le squelette du lichen jouit à peu près des mêmes propriétés que le tissu cellulaire; il se dissout par ébullition dans l'acide acétique; il est même soluble dans l'eau, si on opère dans la machine de Papin.

POUDRE DE LICHEN.

On monde le lichen des matières étrangères, on le fait sécher dans une étuve et on le pile dans un mortier en fer. La poudre est difficile à obtenir, à cause de la ténacité membraneuse du lichen : son emploi est sans avantage, la partie mucilagineuse ayant besoin du secours de l'eau bouillante pour se développer.

Avant de pulvériser le lichen, on le prive ordinairement de son principe amer, en le faisant macérer dans de l'eau que l'on renouvelle à plusieurs reprises.

HYDROLÉ DE LICHEN.

Toutes les préparations médicinales du lichen ont pour base le traitement de la plante par l'eau, si l'on en excepte la poudre dont nous venons de parler et un extrait de lichen qui est obtenu au moyen de l'alcool; celui-ci est purement amer tonique et à peu près inusité.

L'action de l'eau froide ou tiède sur le lichen a pour effet de dissoudre le principe amer et quelques parties gommeuses amères et sucrées. La liqueur amère qui en résulte peut être employée comme tonique; mais il ne faut pas y rechercher les effets du principe gélatineux, qui n'a pas été dissous en proportion sensible.

Quand on soumet le lichen à la décoction, on dissout la cétrarine et le principe amylacé; l'on obtient une liqueur mucilagineuse en même temps qu'amère, qui peut être employée de préférence dans certains cas, comme, par exemple, vers la fin des diarrhées chroniques. Cette décoction n'est pas cependant aussi amère que l'infusion du lichen, parce que l'amertume est en partie masquée par le mucilage et parce qu'une partie du principe amer a été détruite par la décoction.

Quand on veut n'avoir en dissolution que le principe mucilagineux du lichen, on commence par débarrasser celui-ci de son principe amer, et l'on y parvient par l'une des trois méthodes suivantes :

1º Procédé de M. Berzélius.

On hache le lichen et on le met tremper, pour chaque livre, dans 18 livres d'eau froide auxquelles on ajoute 1 once de potasse du commerce. Au bout de 24 heures, l'alcali a dissous le principe amer; l'on verse sur un linge pour faire égoutter; on lave le lichen par macération à plusieurs reprises tant que l'eau paraît amère et alcaline. Il ne faut pas exprimer le lichen, ni l'agiter fortement dans l'eau, car une assez grande quantité de lichen se séparerait en petits grumeaux transparents et serait entraînée. Le lichen, par cette méthode, est entièrement dépouillé de principe amer; il a été attendri et il se dissout dans l'eau bouillante avec une grande facilité.

2º Procédé de M. Robinet.

On met le lichen à tremper dans l'eau froide, et toutes les six heures, on la renouvelle en continuant ainsi pendant trois jours.

3º Procédé de M. Coldefi Dorly.

On met le lichen dans une bassine avec de l'eau froide et l'on chauffe à 60º. On verse sur un tamis et l'on fait encore deux et même trois opérations pareilles.

Les deux derniers procédés sont également bons. Le temps dont on peut disposer pourrait seul faire donner la préférence à l'un sur l'autre. Ils ne dépouillent pas le lichen du principe amer aussi parfaitement que le procédé de M. Berzélius ; mais pour l'usage médical, cette séparation parfaite de la cétrarine n'est pas nécessaire. Le lichen n'est pas non plus si attendri que par l'action de l'eau alcaline ; aussi je regarde le procédé de M. Berzélius comme préférable, quand le lichen est destiné à l'usage alimentaire.

TISANE DE LICHEN.

Pr. : Lichen d'Islande, deux gros....................... 8 grammes.
Eau, quantité suffisante....................... Q. S.

On dépouille le lichen de la majeure partie du principe amer par une première infusion ; on le fait bouillir ensuite pendant une heure dans une quantité d'eau suffisante pour avoir 1 litre de tisane.

Si le médecin veut conserver le principe amer, il doit le prescrire positivement.

GÉLATINE SÈCHE DE LICHEN.

Procédé de M. Berzélius.

On prend du lichen dépouillé du principe amer par l'eau alcaline ; on le fait bouillir dans 9 fois son poids d'eau jusqu'à réduction d'un tiers ; on passe avec expression. La liqueur filtrée finit par se prendre en gelée. On la met alors sur une toile ; elle ne tarde pas à se séparer, le liquide s'écoule et la matière gélatineuse reste seule ; on la fait sécher ; elle devient noire et cassante.

Procédé de M. Coldefi.

On épuise du lichen préparé, dépouillé de matière amère, par deux décoctions d'une heure chacune ; on passe avec expression et l'on fait évaporer, en remuant continuellement, jusqu'à ce que la liqueur soit assez concentrée pour se prendre en gelée.

On prend 6 à 8 onces de cette gelée, on la met dans une bassine plate, on l'épaissit un peu et l'on fait tourner la bassine sur le fourneau, en l'inclinant en sens divers de manière à étaler la gelée en couches minces. Quand elle est sèche, on l'enlève et on achève la dessiccation à l'étuve. On se sert de deux bassines, et, tandis que l'on rafraîchit l'une en la tenant plongée le fond dans l'eau, on évapore de la gelée dans l'autre.

Procédé de M. Zier.

On fait bouillir dans l'eau du lichen dépouillé de matière amère, à deux ou trois reprises, et l'on passe sans expression. On évapore à grand feu, de manière à ce qu'il ne reste de liqueur que 5 à 6 fois le poids du lichen; on laisse refroidir un peu, mais pas assez pour que la matière puisse se prendre en gelée, et alors on ajoute de l'alcool, jusqu'à ce qu'il cesse de faire naître un précipité; on laisse égoutter ce précipité, on l'exprime et on le fait sécher.

Le procédé de M. Berzélius donne le principe gélatineux presque pur, parce que la gomme et le sucre de lichen qui sont en dissolution s'écoulent en même temps que le liquide.

Dans le procédé de M. Zier, la gomme est précipitée en même temps que la matière gommeuse. Ce procédé n'est pas économique à cause de l'alcool, dont on perd toujours une partie.

Le procédé de M. Coldefy donne une gélatine qui contient toutes les parties solubles du lichen, gomme, sucre, et principe amylacé; ce qui est sans inconvénient pour l'usage médical. En suivant la manipulation décrite par M. Coldefy, on obtient le principe gélatineux du lichen en petites feuilles minces et transparentes.

Le principe gélatineux du lichen n'est jamais employé seul. M. Coldefy a conseillé de s'en servir pour la préparation de la gelée.

SACCHAROLÉ DE LICHEN.

(Gelée sèche de lichen d'Islande.)

Pr. Lichen. 1
Sucre. 1

On prive le lichen de son principe amer pendant une heure ensuite on le fait bouillir dans l'eau, on passe avec expression, on ajoute le sucre et l'on fait évaporer en remuant continuellement jusqu'à ce que la matière soit tout à fait desséchée; on la pile et on la passe au tamis. On peut également mettre la matière à l'étuve quand elle est assez consistante pour se prendre en une masse sèche; on achève la dessiccation à l'étuve, et l'on réduit en poudre.

Ce procédé est de M. Robinet; il donne un très bon résultat. M. Béral a adopté une autre méthode. Il précipite la décoction de lichen par l'alcool, suivant la méthode de M. Zier; il verse le coagulum sur un tamis et l'exprime à la main dans un linge. Il contient en cet état le quart de son poids de principe gélatineux sec. M. Béral fait mêler une partie de gélatine alcoolique avec le double de son poids de sucre; il fait sécher à l'étuve et il pulvérise. Le procédé de M. Robinet est plus économique et tout aussi avantageux.

Le saccharolé de lichen est un très bon médicament que les malades prennent avec plaisir et qui peut servir de base à toutes les autres préparations de lichen.

GELÉE DE LICHEN.

Pr. : Lichen, deux onces..................... 64 grammes.
Sucre, quatre onces..................... 125

On fait bouillir le lichen dans S. Q. d'eau pendant une heure, après l'avoir privé de son principe amer, si la demande en a été faite spécialement par le médecin.

On passe avec expression; on met la liqueur sur le feu avec le sucre; on agite jusqu'à ce qu'elle entre en ébullition : à cette époque, on cesse d'agiter et l'on entretient un feu doux, qui maintienne une ébullition modérée, jusqu'à ce que la matière soit assez consistante pour se prendre en une gelée ferme par le refroidissement; on enlève alors la pellicule qui s'est formée à la surface, et l'on coule la gelée dans un pot, dans lequel on a mis quelques gouttes de teinture d'écorces fraîches de citrons ou d'oranges. On obtient 8 onces de gelée.

La gelée se clarifie d'elle-même; le mouvement produit par une ébullition régulière finit par ramener à la surface toutes les parties qui n'étaient que suspendues.

Le Codex et beaucoup de pharmaciens ajoutent à cette formule 1 gros de colle de poisson pour que la gelée se sépare moins vite; cette addition a peu d'inconvénients; si l'on n'y a pas recours, il faut donner à la gelée une consistance plus ferme.

Si l'on remplace le sucre par 6 onces de sirop de quinquina, on a la gelée de lichen au quinquina.

M. Coldefy fait employer :

Gélatine sèche de lichen, deux gros............. 8 grammes.
Sucre, quatre onces..................... 125
Eau, six onces..................... 192

On fait bouillir quelques instants dans l'eau pour avoir 8 onces de gelée. L'avantage de ce procédé est de permettre de préparer la gelée de lichen en un espace de temps très court. On peut aussi employer avec avantage le saccharolé de lichen qui présente le principe gélatineux dans un état de division qui le rend plus facilement dissoluble.

> Pr. : Saccharolé de lichen, dix gros............ 40 grammes.
> Sucre, trois onces....................... 96
> Eau, six onces....................... 192

Faites bouillir pour réduire à 8 onces, coulez et aromatisez à volonté.

SIROP DE LICHEN.

> Pr. : Lichen d'Islande....................... 1
> Sirop de sucre....................... 32

On prive le lichen de son principe amer et on le soumet à une décoction prolongée ; on passe sans expression, on ajoute le sirop de sucre et l'on fait cuire à 30 degrés. Ce sirop se conserve mal.

PATE DE LICHEN.

> Lichen d'Islande, une livre............ 500 grammes.
> Gomme arabique, cinq livres............ 2500
> Sucre, quatre livres................... 2000
> Eau de fleurs d'oranger, quatre onces...... 125

On se sert de lichen privé d'amertume par l'eau ; on le traite par décoction, et dans la décoction que l'on a obtenue, on fait fondre la gomme concassée et ensuite le sucre ; on passe au blanchet avec une légère expression, et l'on fait évaporer en remuant continuellement jusqu'en consistance de pâte ferme ; on ajoute vers la fin l'eau de fleurs d'oranger. On coule la pâte sur un marbre légèrement huilé.

M. Guibourt a fait remarquer qu'en faisant prédominer la gomme sur le sucre la pâte n'a pas l'inconvénient de candir, reproche que l'on fait à celle qui a été faite avec parties égales des deux substances. En ajoutant à la pâte, vers la fin de sa préparation, 1 gros (4 grammes) d'extrait d'opium, ou ½ grain par once, on a la pâte de lichen opiacée.

TABLETTES DE LICHEN.

> Pr. : Saccharolé de lichen....................... 1
> Sucre blanc....................... 2

Faites avec S. Q. d'eau une pâte que vous diviserez en tablettes de 18 grains.

On ajoute quelquefois une mucilage fait avec une demi-once
de gomme par livre : il est inutile ; les tablettes se font bien sans
son secours, et elles sont plus agréables.

CHOCOLAT AU LICHEN.

Pr. : Saccharolé de lichen. 1
Chocolat préparé avec 1/3 de sucre de moins. . . . 6

On ramollit le chocolat dans un mortier, on ajoute le saccharolé et l'on broie sur la pierre pour l'incorporer complétement.

Voici le rapport entre les différentes préparations de lichen.
Les données qui ont servi de bases, sont les suivantes : 100
parties de lichen épuisées par des décoctions dans l'eau distillée
ont fourni 54 parties de gélatine sèche : 16 parties de lichen et
16 parties de sucre transformées en saccharolé suivant la formule ;
et ce saccharolé étant bien séché a donné 22,25 de produit ; le
saccharolé contient donc, suivant ce résultat, 28 p. 100 de
principe gélatineux.

1 partie lichen d'Islande équivaut à : . . . . 0,54 gélatine sèche.
                                               2   saccharolé.
                                              16   gelée.
                                               6   tablettes.
                                              14   chocolat.
1 partie gélatine sèche de lichen équivaut : 1,8 lichen.
                                               3,6 saccharolé.
                                              30   gelée.
                                              11   tablettes.
                                              25   chocolat.
1 partie de saccharolé équivaut à : . . . . 0,50 lichen.
                                            0,28 gélatine.
                                               9 gelée.
                                               3 tablettes.
                                               7 chocolat.

DES CHAMPIGNONS.

Les Champignons nous présentent des espèces vénéneuses et
des espèces comestibles ; mais les unes et les autres se trouvent
si irrégulièrement distribuées dans la famille, qu'il est presque

impossible d'établir aucun rapport entre les genres et les espèces botaniques et les espèces alimentaires ou malfaisantes. En outre, les caractères qui séparent les espèces les unes des autres ne sont pas toujours faciles à saisir, parce que ces plantes changent d'aspect à mesure de leur développement. De là a résulté cette multitude d'empoisonnements par les champignons, provenant le plus souvent de la confiance que de prétendus connaisseurs avaient en leur savoir. Nous n'avons malheureusement aucun autre moyen certain de distinguer avec assurance les bons champignons des mauvais que la connaissance exacte des espèces botaniques, qui n'appartient malheureusement qu'à un petit nombre de personnes. On a même quelque raison de croire que tel champignon, qui est bon à une époque de sa vie, peut être vénéneux à une autre époque; le genre de préparations culinaires que l'on fait subir aux champignons peut aussi détruire ou diminuer leurs propriétés malfaisantes. Il est même des observateurs qui vont jusqu'à dire que tous les champignons peuvent être mangés. M. Bory de Saint-Vincent assure avoir mangé de presque toutes les espèces sans en avoir été incommodé, et Schwaegrichen assure qu'en Saxe on mange tous les champignons indifféremment, et que lui-même a suivi cet exemple sans le moindre inconvénient. Il n'en est pas moins fort sage de ne manger que les espèces bien connues par leur innocuité.

En général, il faut rejeter tous les champignons qui sont remplis d'un suc laiteux, le plus souvent âcre, tous ceux qui ont des couleurs tristes, éclatantes ou bigarrées, qui ont la chair pesante, coriace ou filandreuse ou très molle; ceux qui viennent à l'obscurité, dans les caves ou sur les vieux troncs, dont la chair cassée se colore à l'air, et dont l'odeur est vireuse, ou ceux que les insectes ont mordus puis abandonnés. L'action produite par les champignons vénéneux est variable suivant les espèces; ordinairement elle consiste en nausées et vomissements, puis surviennent des défaillances, des anxiétés, un état de stupeur, et souvent la mort au milieu des convulsions. Il faut déterminer des vomissements abondants pour expulser les champignons et donner ensuite des émollients. Les convalescences sont ordinairement fort longues.

Nous n'avons que bien peu de lumières sur la composition des champignons dangereux. M. Letellier a cependant retiré de quelques agarics à volva constituant le genre Amanita une substance très vénéneuse qu'il a nommée amanite, qui fait périr les animaux en produisant un coma profond.

On a cherché à mettre à profit pour la médecine les propriétés délétères des champignons ; mais l'on n'a encore que des données peu étendues sur ce sujet. L'oreille de Judas (*Peziza auricula*) a été proposée contre la rage ; l'*amanita muscaria* a été vanté par Reinhart pour combattre les toux opiniâtres ; on l'a encore employé contre la teigne et pour panser les ulcères cancéreux, ou les tumeurs glanduleuses indolentes. On se sert avec succès, pour hâter les accouchements laborieux, de l'ergot de seigle ; on emploie encore comme purgatif l'agaric blanc.

Toutes les grosses espèces vivaces de champignons sont employées indistinctement pour la préparation de l'amadou ; par exemple, les *Boletus igniarius*, *ungulatus*, *ribis*, *torulosus*, *fomentarius*.

Les analyses que M. Vauquelin et M. Braconnot ont faites de plusieurs espèces de champignons, ont établi que leur tissu est formé par un corps particulier (fongine) qui a tous les caractères du ligneux, mais qui en diffère en ce qu'il est azoté. M. Payen n'admet pas ces résultats, et regarde la matière azotée comme accidentelle et due à des matières dont on n'a pu débarrasser le ligneux. Un grand nombre d'espèces de champignons contiennent aussi de la mannite. Presque toujours aussi une partie des bases minérales (chaux et potasse) sont combinées avec un acide particulier (fongique) qui fournit des sels solubles avec presque toutes les bases.

SEIGLE ERGOTÉ.

Le seigle ergoté est considéré par beaucoup de naturalistes comme un champignon ; M. De Candolle l'appelle *Sclerotium clavus*. D'après l'analyse de M. Wiggers, il contient :

Huile grasse particulière ; matière grasse cristallisée particulière ; cérine ; ergotine ; osmazome ; mannite ; matière gommeuse extractive avec matière colorante ; albumine ; fongine ; phosphate acide de potasse ; chaux.

La matière huileuse est épaisse comme l'huile de ricins ; elle est insipide et inodore ; elle est soluble dans l'éther, soluble dans l'alcool à chaud seulement ; elle n'est pas saponifiable.

L'ergotine est une poudre rougeâtre, d'une odeur nauséabonde, d'une saveur amère, légèrement âcre. Elle n'est ni acide, ni alcaline ; elle est insoluble dans l'eau et dans l'éther ; elle est soluble dans l'alcool ; elle se dissout dans la potasse caustique et non dans les alcalis carbonatés ; elle se dissout aussi dans l'acide acétique. Cette matière a beaucoup de rapports de propriétés avec le rouge cinchonique. M. Wiggers la considère comme la partie active du seigle ergoté. Pour obtenir l'ergotine, on épuise le seigle ergoté par l'éther, qui enlève les matières grasses. On traite ensuite par l'alcool bouillant ; on évapore en extrait et on reprend par l'eau. L'ergotine reste indissoute.

M. Vauquelin avait attribué l'action du seigle ergoté à une huile grasse, molle, âcre, d'odeur de poisson.

L'action du seigle ergoté est de solliciter des contractions de la matrice, dans les accouchements laborieux, par inertie de cet organe.

CONSERVATION.

Le seigle ergoté s'altère facilement, si on ne le renferme bien sec dans des vases également bien secs et bouchés exactement. M. Wislin a conseillé de se servir du procédé d'Appert. On partage le seigle ergoté en petites bouteilles, de 1 à 2 onces de capacité.

POUDRE DE SEIGLE ERGOTÉ.

On fait sécher le seigle ergoté à l'étuve, et on le pulvérise sans résidu.

La poudre de seigle ergoté doit être préparée en très petite quantité à la fois ; il faut la conserver dans un flacon parfaitement bouché. Mieux vaut encore ne la faire qu'à mesure du besoin.

Les praticiens s'accordent généralement à considérer la poudre de seigle ergoté comme la préparation la plus active. On l'administre à la dose de 18 à 30 grains (1 à 1,6 grammes), qu'on répète 1 ou 2 fois s'il est nécessaire.

POTION DE SEIGLE ERGOTÉ.

1º Thé noisei des sages-femmes américaines.

Pr. : Seigle ergoté pulvérisé, trente-six à cinquante-
quatre grains.......................... 2 à 3 grammes.
Eau bouillante, quatre onces. 125

Faites infuser, passez, ajoutez :

  Sirop de sucre, une once et demie........ 48 grammes.

A prendre par cuillerée.

En général, on emploie le seigle ergoté en infusion ou en décoction, quand l'estomac est malade ; autrement on préfère la poudre récente.

2° Decoctum parturiens.

  Pr. : Seigle ergoté, cinquante-quatre à soixante-
   douze grains........................ 3 à 4 grammes.
  Eau, quantité suffisante.............. Q. S.

Faites bouillir pour avoir 6 onces de liqueur ; passez, ajoutez :

  Sirop de sucre, une once............. 32 grammes.

A prendre par cuillerée.

Plusieurs praticiens pensent que la décoction est plus active que l'infusion. Cette opinion est en rapport avec celle que M. Wiggers s'est faite de la composition chimique du seigle ergoté.

3° Décoction de Stearns.

  Pr. : Seigle ergoté, trente grains.......... 1,6 grammes.
   Eau, huit onces.................... 250

Faites bouillir quelques minutes et passez.

4° Potion de seigle ergoté.

  Pr. : Poudre de seigle ergoté, demi-gros. .... 2 grammes.
   Sirop de sucre blanc, demi-once. 16
   Eau de menthe, une once.............. 32

Mêlez.

A prendre en trois fois, de 20 à 30 minutes de distance.

SIROP DE SEIGLE ERGOTÉ.

(Sirop de Calcar.)

  Pr. : Seigle ergoté pulvérisé, une once et demie.... 48 grammes.
   Vin blanc, onze onces................ 350
   Sucre, une livre.................... 500

Faites macérer le seigle ergoté dans le vin pendant 8 jours, passez avec expression, filtrez ; préparez avec la liqueur et le sucre un sirop par solution. La dose est 1 once 1/2 à 3 onces (48 à 96 grammes). Chaque once de sirop représente 1/2 gros (2 grammes) de seigle ergoté.

AGARIC BLANC.

(Boletus Laricis.)

L'Agaric blanc, d'après une ancienne analyse de M. Braconnot, s'est montré composé de :

Résine particulière, 72 ; *extractif amer*, 2 ; *fongine*, 26.

La résine d'agaric est blanche, opaque, granuleuse et à peine sapide. L'eau froide a peu d'action sur elle et forme un liquide épais, visqueux, filant et mousseux par l'ébullition ; elle est soluble dans l'éther chaud et dans l'essence de térébenthine ; les alcalis s'y unissent ; l'acide nitrique l'attaque à peine ; elle rougit le tournesol. Cette résine mérite un nouvel examen. L'agaric est un purgatif drastique ; on l'emploie encore contre les sueurs nocturnes, en en donnant 4 grains (2 décigrammes) en une fois, le soir, dans un mucilage ou dans un extrait amer.

POUDRE D'AGARIC.

On coupe l'agaric en tranches minces, on le fait sécher à l'étuve, et on le pulvérise dans un mortier couvert.

Quand l'agaric est tendre, on peut le pulvériser par le frottement sur un tamis de crin ; on passe ensuite la poudre au tamis de soie.

EXTRAIT D'AGARIC.

Pr. : Agaric.............................. Q. V.

On traite par quatre parties d'eau froide ; on passe avec expression ; on fait une nouvelle macération avec 2 parties d'eau ; on passe de nouveau ; on réunit les liqueurs et l'on évapore en consistance d'extrait.

DES ALGUES.

Les Algues se recommandent à l'attention par leurs propriétés alimentaires et médicinales et par leur emploi dans les arts.

On les a employés contre les scrofules, et la découverte de l'iode, que l'on y a faite depuis, permet de croire à la réalité des résultats qui ont été annoncés. *Le Fucus vesiculosus* a été employé de préférence, après avoir été soumis à la torréfaction, sous le nom d'éthiops végétal ; différents *Fucus*, et surtout, suivant M. Guibourt, l'*Hutchinsia atrorubescens*, dans le même état, seraient la base de la poudre de Sancy.

L'emploi le plus ordinaire des algues est comme vermifuge ; presque toutes les espèces marines pourraient servir à cet usage. M. de Candolle a montré que la mousse de Corse du commerce est un mélange du vrai *Fucus helminthocortos* de Linné avec une vingtaine d'espèces appartenant aux genres *Fucus, Conferva, Ulva, Ceramium*. Cette propriété des algues est bien constatée, et l'analogie qu'elles nous présentent sous ce rapport est fort remarquable.

On emploie et l'on peut employer comme aliment toutes les espèces à tissu tendre et à consistance gélatineuse. On les mange après les avoir lavées avec le plus grand soin. Je citerai les *Fucus amansii, bracteatus, ciliatus, dulcis, edulis, esculentus, palmatus, saccharinus*, etc. C'est au genre *Gelidium* qu'appartient l'algue dont les hirondelles salanganes se servent pour faire leurs nids : dans leur vieillesse ces plantes se transforment en une gelée dont l'hirondelle s'empare. On rencontre ces nids surtout à Java, dans des cavernes profondes ; les Asiatiques en sont très friands et les paient au poids de l'or.

Le *Fucus crispus* de Linné est employé sous le nom de *Carragaheen* (*Pearl moss* des Anglais) comme analeptique pour les phthisiques, dans la débilité générale qui survient après la dyssenterie, et contre les diarrhées chroniques. Il est presque inodore et insipide ; on l'emploie sous forme de boisson et de gelée.

Quelques fucus se recouvrent d'une efflorescence blanche et sucrée ; c'est de la mannite. Les usages industriels des fucus sont de servir à la fabrication de la colle et de la soude. En Chine on en retire une espèce de gélatine très tenace ; sur une partie de la côte de l'Océan, on brûle les algues et l'on en obtient une soude qui est connue sous le nom de soude de varechs. Elle est peu riche en soude ; toute sa valeur réside dans les hydriodates qu'elle renferme et dont on extrait l'iode.

MOUSSE DE CORSE.

La mousse de Corse ou helminthocorton est un mélange du *Fucus helminthocortos* avec plusieurs autres espèces d'algues.

L'analyse que M. Bouvier a faite de la mousse de Corse nous la montre composée de :

Gélatine ; squelette ; sulfate de chaux ; sel marin ; carbonate de chaux ; fer, magnésie, phosphate de chaux.

La nature de la matière gélatineuse est mal connue.

La mousse de Corse est employée pour faire périr les vers intestinaux.

POUDRE DE MOUSSE DE CORSE.

On bat la mousse de Corse sur une table avec une spatule de bois pour détacher les parties terreuses ; on la crible ; on la bat de nouveau ; on la crible encore ; on la sèche et on la pulvérise.

INFUSION DE MOUSSE DE CORSE.

Pr. : Mousse de Corse, demi-once............ 16 grammes.
Eau, cinq onces...................... 160

Faites infuser et passez.

On traite la mousse de Corse tantôt par macération, tantôt par infusion, tantôt par décoction. L'infusion et la macération sont plus aromatiques que la décoction.

SIROP DE MOUSSE DE CORSE.

Pr. : Mousse de Corse, six onces............ 192 grammes.
Sirop de sucre, deux livres. 1000

On verse sur la mousse de Corse 12 onces (375 grammes) d'eau tiède.

On laisse macérer pendant 24 heures, on met à la presse et l'on filtre ; on verse sur le résidu de mousse de Corse 12 nouvelles onces d'eau, et après 24 heures on passe avec forte expression et l'on filtre encore.

On mêle cette seconde liqueur à 2 livres de sirop de sucre, et quand le tout a été assez concentré pour que le sirop employé ait perdu par évaporation un poids égal à celui du premier liquide, on ajoute brusquement celui-ci et l'on passe. Le sirop que l'on obtient est très clair et très aromatique. C'est le sirop du Codex.

Si l'on préférait traiter la mousse de Corse par décoction (quelques praticiens pensent que la liqueur est plus active), il faudrait mêler la décoction bien décantée avec le sirop de sucre et clarifier au papier suivant la méthode de M. Desmaretz. Le sirop serait moins limpide et moins aromatique que le précédent.

GELÉE DE MOUSSE DE CORSE.

Pr.: Mousse de Corse, une once................ 32 grammes.
     Sucre, deux onces......................... 64
     Vin blanc, deux onces.................... 64
     Colle de poisson, un gros. 4

On fait bouillir la mousse de Corse pendant une heure, on passe avec expression, on laisse déposer, on décante; on ajoute le vin blanc, la colle de poisson et le sucre, et l'on fait cuire en consistance de gelée.

La colle de poisson est ici nécessaire : la gelée, sans cette addition, n'aurait qu'une consistance mucilagineuse.

M. Recluz conseille de la remplacer par la mousse perlée (*Caragaheen*), qu'il emploie à partie égale avec la mousse de Corse, et qu'il fait bouillir en même temps dans l'eau, en opérant du reste comme il a été dit.

Pr.: Sirop de mousse de Corse, six onces........ 192 grammes.
     Gelée d'ichtyocolle, trois onces............ 96

On fait réduire à 8 onces par évaporation (Béral).

SACCHAROLÉ DE MOUSSE DE CORSE.

Pr.: Mousse de Corse. 4
     Sucre. 8
     Eau de fleurs d'oranger................... 1

Faites bouillir la mousse de Corse pendant 2 heures, passez, décantez, évaporez : vers la fin ajoutez le sucre et l'eau aromatique; achevez la dessiccation à une chaleur douce ou à l'étuve (Deschamps).

TABLETTES DE MOUSSE DE CORSE.

Pr. : Saccharolé de mousse de Corse. 15
Gomme arabique pulvérisée. 1
Mucilage de gomme adragante au citron....... S. Q.

Faites des tablettes de 20 grains ; conservez en vases bien clos (Deschamps).

LIVRE III.

DES MÉDICAMENTS TIRÉS DU RÈGNE ANIMAL.

DES VERTÉBRÉS.

MAMMIFÈRES.

Les médicaments actuellement employés en médecine qui sont fournis par les mammifères sont : la chair musculaire, la graisse, les os, la corne de cerf, le mou de veau, le castoréum, le musc, l'ambre gris, le blanc de baleine, le lait et l'urée.

La chair des mammifères sert à la préparation des bouillons ; c'est celle du veau que l'on emploie plus souvent comme médicinale. La graisse de plusieurs animaux est employée en médecine et s'extrait par les procédés qui ont été décrits (tome Ier, page 88). Les os sont brûlés pour obtenir le phosphate de chaux qu'ils contiennent (*Voir* PHOSPHATE DE CHAUX), ou calcinés pour être convertis en noir animal. Le lait de vache surtout et celui d'ânesse sont employés ; la bile de bœuf est convertie en un extrait amer ; on retire de l'urine une matière particulière qui porte le nom d'urée. Enfin, le castor, le musc fournissent des humeurs sécrétées odorantes, qui sont des médicaments efficaces.

Nous allons successivement étudier les préparations pharmaceutiques qui ont pour but les substances ci-dessus désignées.

VEAU.

(Bos taurus.)

Le veau est le *Bos taurus* dans son jeune âge; on emploie sa chair ou ses poumons pour la préparation d'un bouillon rafraîchissant : les poumons sont la base d'un sirop pectoral.

BOUILLON DE VEAU.

Pr.: Rouelle de veau, quatre onces............... 125 grammes.
    Eau de rivière, deux livres............... 1000

Faites cuire à une douce chaleur, dans un vase couvert, pendant deux heures. Passez le bouillon quand il sera refroidi. On prépare de même le bouillon de mou de veau.

SIROP DE MOU DE VEAU.

Pr.: Mou de veau, deux livres............... 1000 grammes.
    Dattes, cinq onces............... 160
    Jujubes, cinq onces et demie............... 176
    Raisins secs, cinq onces et demie......... 176
    Racine de réglisse, une once............... 32
    — de consoude, une once............ 32
    Feuilles de pulmonaire, cinq onces et demie.. 176
    Sucre, quatre livres............... 2000
    Eau de rivière, deux livres et demie......... 1250

On coupe par morceaux les poumons de veau, et on les lave à l'eau froide; on les met avec les autres substances et l'eau dans un bain-marie couvert; l'on tient en digestion pendant six heures; on passe avec expression; on décante la liqueur; on y ajoute le sucre, et l'on fait un sirop que l'on clarifie avec les blancs d'œufs.

Ce sirop est employé comme pectoral.

CORNE DE CERF.

La Corne de cerf est fournie par le *Cervus elaphus*. Elle est composée d'un tissu organique qui se transforme en gélatine par l'action de l'eau bouillante et d'une partie osseuse formée principalement de phosphate de chaux.

Autrefois on calcinait la corne de cerf pour détruire la matière animale et obtenir le phosphate calcaire; mais depuis que l'on sait que la calcination des os donne un produit identique, on n'a plus recours à la calcination de la corne de cerf, dont le prix est plus élevé.

DÉCOCTION DE CORNE DE CERF.

Pr.: Corne de cerf râpée, une once. . . . . 32 grammes.
      Eau, quatre livres. 2000

On lave la corne de cerf et on fait réduire par décoction à 2 livres. On obtient une boisson en même temps émolliente et nutritive, que l'on peut édulcorer à volonté.

GELÉE DE CORNE DE CERF.

Pr.: Corne de cerf râpée, huit onces. . . . . 250 grammes.
      Sucre, quatre onces. 125
      Suc de citron. . . . . N° 1
      Blanc d'œuf. . . . . N° 1
      Eau, quatre livres. 2000

On lave la corne de cerf à l'eau tiède, on la fait cuire avec l'eau dans un vase couvert pendant une heure, de manière à obtenir environ une livre de liqueur ; on passe avec expression ; on ajoute le sucre, le blanc d'œuf et le suc de citron ; on écume quand l'albumine s'est coagulée ; on passe et on évapore pour obtenir 8 onces de gelée ; on aromatise avec un peu de teinture d'écorce fraîche de citrons.

L'acide du citron est nécessaire pour avoir une gelée transparente. Par une cause ou par une autre, celle-ci reste louche, si on ne l'a pas acidulée d'une manière quelconque.

M. Ferrez fait malaxer la corne de cerf avec le double de son poids d'eau acidulée avec un peu d'acide hydrochlorique. Au bout de 10 minutes il la lave à grande eau. Une demi-heure d'ébullition suffit alors à la dissolution de la matière gélatineuse, et il est inutile de clarifier au blanc d'œuf, sans doute parce que l'acide a dépouillé la corne de cerf des portions peu adhérentes de phosphate de chaux qui auraient été détachées par l'ébullition.

Le procédé de M. Ferrez réussit très bien.

BLANC MANGER.

Pr. : Gelée de corne de cerf, huit onces.......... 250 grammes.
  Amandes douces, une once................ 32
  Sucre, demi-once....................... 16
  Eau de fleurs d'oranger, une once......... 32
  Teinture d'écorce fraîche de citrons, douze
   gouttes.............................. 12 gutt.

On fait une pâte fine avec le sucre, les amandes et l'eau de fleurs d'oranger ; on la délaie dans la gelée chaude et l'on passe à l'étamine ; on aromatise et l'on coule dans des pots.

On peut avantageusement, dans cette préparation, substituer la grénétine à la corne de cerf.

———

On emploie à l'extérieur la gélatine extraite des os ou des membranes des animaux. L'espèce connue sous le nom de colle de Flandre, est ordinairement prescrite. Elle a une odeur et une saveur désagréables qui la rendraient tout à fait impropre à l'usage interne.

BAIN GÉLATINEUX.

Pr. : Colle de Flandre, deux livres............. 1000 grammes.
  Eau, vingt livres..................... 10000

Faites dissoudre à chaud, et mélangez avec l'eau du bain (Hôp. de Paris).

DU LAIT.

Le lait des animaux est un liquide émulsif composé d'une dissolution mucilagineuse qui tient suspendue une matière grasse, divisée sous la forme de très petits globules sphériques.

Le lait de vache a la composition suivante :

	LAIT ÉCRÉMÉ. Berzélius.	LAIT PUR. Henry et Chevalier.
Beurre,	un peu	31,3
Caséum,	28	44,8
Sucre de lait,	35	47,7
Muriate de potasse,	1,7	
Phosphate de potasse,	0,25	
Phosphates terreux,	0,6	6,60
Acét. de pot. et traces d'acét. de fer,	0,5	
Eau,	938,75	870

Un litre de lait non écrémé, sur la bonne qualité duquel je ne pouvais conserver aucun doute, coagulé par un acide, m'a fourni de 35 à 36 de caséum sec privé de matière grasse, et 27 à 28 de beurre; mais ces quantités sont un peu susceptibles de varier.

La matière caséeuse du lait est jaunâtre, transparente; elle ressemble à de la gomme arabique; elle n'a pas d'odeur et sa saveur est très faible; elle est formée de carbone, d'oxigène, d'hydrogène et d'azote dans des rapports qui sont encore mal connus.

La matière caséeuse est soluble dans l'eau; quand on fait bouillir sa dissolution au contact de l'air, elle se couvre d'une pellicule blanche insoluble dans l'eau, et qui paraît être de la matière caséeuse dans un état de cohésion particulier; de sorte qu'il existe deux espèces de matière caséeuse comme deux espèces d'albumine.

La matière caséeuse est un peu soluble dans l'alcool; elle se dissout mieux dans l'alcool affaibli; l'éther ne la dissout pas; les alcalis et même les carbonates alcalins dissolvent facilement celle qui est coagulée; tous les acides, même l'acide acétique, se combinent à la matière caséeuse; quand il y a peu d'acide, le composé est soluble, mais une proportion un peu considérable d'acide donne lieu à un composé plus acide et insoluble.

Le beurre ou matière grasse du lait, est composé de trois corps gras différents : de l'oléine, de la stéarine et de la butyrine; celle-ci est une graisse liquide, d'une odeur de beurre très prononcée et qui donne par la saponification trois acides gras volatils : les acides butyrique, caprique et caproïque. Ces acides existent en petite quantité dans le beurre et concourent à lui donner de l'odeur. M. Chevreul a vu que de l'axonge mêlée avec de l'acide butyrique prenait par cette addition l'odeur et la saveur du beurre, mais que ces caractères se perdaient par l'exposition à l'air.

Le sucre de lait ou sel de lait (Lactine) est solide, d'une saveur sucrée. Il n'a pas d'odeur ; il craque sous la dent ; il cristallise en prismes réguliers ; il est formé de :

5	proportions	carbone,	45,94;
4	—	hydrogène,	6,00;
4	—	oxigène,	48,06;

à l'état d'isolement il contient 1 proportion d'eau ou 12 p. 100 ; il n'est pas soluble dans l'alcool ; il ne peut, dans les circonstances ordinaires, éprouver la fermentation alcoolique.

L'eau en dissout le 9e de son poids à la température ordinaire. Il est beaucoup plus soluble dans l'eau bouillante et surtout plus soluble dans le lait.

L'acide sulfurique étendu le change en sucre de raisin ; l'acide nitrique le décompose et donne, entre autres produits, de l'acide mucique.

Il se combine avec les bases alcalines à la manière des acides.

Le lait, au sortir de la mamelle, est un liquide opaque, plus épais que l'eau ; le plus ordinairement alcalin, quelquefois neutre, quelquefois un peu acide.

Il a une odeur faible, qui se dissipe par la chaleur.

Quand on chauffe le lait, il se recouvre de pellicules qui se renouvellent à mesure qu'on les enlève. On pourrait ainsi transformer le lait en sérum, ainsi que l'ont fait MM. Deyeux et Parmentier.

Quand on abandonne le lait à lui-même, sa surface se couvre d'une couche épaisse et onctueuse jaunâtre : c'est la crème. Au-dessous se trouve un liquide d'un blanc mat : c'est le lait écrémé.

La densité de la crème est peu différente de celle du lait ; c'est pourquoi elle se sépare avec lenteur. Elle est formée de la matière butyreuse, mêlée avec du lait. En l'agitant vivement dans une baratte, le beurre se sépare, à ce qu'il paraît par un simple effet mécanique. Le liquide qui reste est nommé lait de beurre. Il contient tous les principes du lait, mais peu de matière caséeuse, et une proportion assez forte d'acide butyrique.

Le lait écrémé ne contient plus que peu de beurre. Si on l'abandonne à lui-même, il s'y développe des acides acétique et lactique, qui se combinent à la matière caséeuse et qui la coagulent. Il s'en sépare un liquide d'un jaune clair d'une saveur sucrée ; c'est le petit-lait. Il contient tous les sels du lait, le sucre, et un peu de matière caséeuse.

Les acides très étendus ne coagulent pas le lait à froid ; mais à chaud la coagulation a lieu parce que l'acide se combine à la matière caséeuse.

L'alcool, le sucre, la gomme, à fortes doses, le coagulent également.

Un grand nombre de sels le coagulent aussi en s'unissant à la matière caséeuse.

Les alcalis ne coagulent pas le lait ; bien plus , ils rendent au lait caillé ses propriétés premières. M. Braconnot a profité de cette propriété pour obtenir le lait sous une forme très concentrée.

Le lait peut éprouver la fermentation alcoolique. L'alcool formé provient de la décomposition du sucre de lait ; mais elle ne se fait qu'après que le lait s'est aigri. Sans doute l'acide du lait favorise la transformation du sucre de lait en sucre de raisin , et le caséum sert de ferment. L'acide carbonique paraît également n'être pas sans influence sur cette transformation.

Les Tartares profitent de cette propriété pour convertir le lait de leurs animaux en une liqueur alcoolique.

PETIT-LAIT.

L'objet que l'on se propose en préparant le petit-lait est de séparer du lait la matière caséeuse et la matière butyreuse, pour n'y conserver que le sucre de lait, ainsi que les sels et les acides qui l'accompagnent dans le sérum. A cet effet, on verse sur le lait chaud un acide qui forme une combinaison insoluble avec la matière caséeuse. Ce nouveau composé se sépare en entraînant la matière butyreuse du lait. Peu importe quel acide on emploie pour la coagulation ; car il n'en reste pas dans la liqueur, à moins que l'on n'en ait mis un excès.

On fait employer le plus ordinairement le vinaigre ; mais la dissolution d'acide tartrique est préférable, le vinaigre communiquant toujours au petit-lait une saveur désagréable qui est due aux matières fixes et aux matières odorantes que cet acide contient.

Pour faire du petit-lait, on porte le lait à l'ébullition, et l'on y ajoute une quantité suffisante d'une dissolution étendue d'acide tartrique (eau 8, acide 1). On arrive assez exactement à employer la quantité d'acide nécessaire, en l'ajoutant petit à petit jusqu'à ce que le coagulum soit bien tranché, et qu'il nage dans une liqueur claire. Un excès d'acide s'opposerait à la clarification, en dissolvant imparfaitement une portion de matière caséeuse.

Le lait étant coagulé, on le passe sans expression à travers une étamine claire.

D'autre part, on bat, dans un poêlon, un blanc d'œuf avec un peu d'eau froide, de manière à le dissoudre ; on y mêle le sérum portions par portions, et l'on porte à l'ébullition pour coaguler l'albumine. Elle entraîne avec elle toutes les parties de caséum qui étaient tenues en suspension. On jette, sur le liquide bouillant, un filet d'eau froide pour faciliter la séparation de l'écume ; on passe à travers un papier non collé, et qui a été lavé d'abord avec de l'eau bouillante, pour qu'il ne puisse communiquer aucun mauvais goût au produit.

On prescrit quelquefois d'ajouter un peu de crème de tartre au blanc d'œuf lors de la clarification du petit-lait ; ce procédé a l'inconvénient de donner au petit-lait la propriété de se troubler quelques heures après sa préparation. Ce trouble est dû à la précipitation d'un peu de tartrate de chaux.

Au lieu de coaguler le lait par un acide, quand on a du temps devant soi, on emploie avec avantage la présure ; le petit-lait est alors plus sapide et plus coloré. A cet effet, on délaie environ 1 gramme de présure dans une ou deux cuillerées d'eau, que l'on mêle à un litre de lait ; on tient ce mélange sur les cendres chaudes, jusqu'à ce qu'il soit complétement coagulé ; on clarifie le sérum à la manière ordinaire.

Ce qu'on appelle présure est le lait caillé que l'on trouve dans l'estomac des jeunes veaux ; on regarde comme plus efficace celle qui provient des chevreaux. On sale cette présure, et on la fait sécher dans l'estomac même. L'acide qu'elle contient détermine la coagulation du lait ; cependant M. Berzélius a reconnu que la membrane même de l'estomac des veaux, après avoir été débarrassée par des lavages de tout acide, jouit encore à un haut degré de la propriété de coaguler le lait, et dans ce phénomène elle ne perd rien de son poids. M. Berzélius croit que, par un mode d'action inconnu, cette membrane fait subir à la matière caséeuse un changement isomérique. Ses molécules constituantes se combinent d'une autre manière, et de matière caséeuse soluble elle devient matière caséeuse insoluble.

Cependant M. Frémy ayant observé que plusieurs membranes, et surtout la membrane de l'estomac, changent avec une merveilleuse facilité le sucre en acide lactique ; il se pourrait que la coagulation du lait fût due à la transformatiou du sucre de lait en acide lactique, et à la combinaison de cet acide avec la matière caséeuse ; en ce cas, le coagulum serait un lactate et nón de la matière caséeuse isomérique.

Il y a plusieurs manières de préparer la présure pour la conserver. Le plus ordinairement on se contente de la saler et de la laisser sécher à l'air. M. Wislin a donné la recette suivante, qui réussit bien.

<pre>
Pr. : Présure récente.   6
      Sel marin.   1
      Alcool à 80° (31° Cart.).   1
      Vin blanc.   32
</pre>

On fait digérer pendant un jour à froid, et on filtre. Une cuillerée à café de liqueur suffit pour cailler un litre de lait.

Quand le petit-lait artificiel a été bien préparé, il est préférable au petit-lait naturel, c'est-à-dire à celui qui s'est formé par la coagulation spontanée du lait, en ce qu'il est moins acide.

HYDROGALA.

<pre>
Pr. : Lait de vache, huit onces. . . . .   250 grammes.
      Eau de fontaine, une livre et demie.   750
</pre>

Mêlez et édulcorez à volonté.

SIROP DE LAIT.

<pre>
Pr. : Lait, vingt-quatre livres. . . . .   12000 grammes.
      Sucre, dix-huit livres.   9000
      Eau de laurier-cerise, six onces.   192
</pre>

On met le lait dans une terrine que l'on porte dans un lieu frais ; au bout de six heures, on enlève avec soin la crème qui ne doit pas entrer dans le sirop. Le lait écrémé est placé sur le feu dans une terrine vernissée que l'on a soin de tarer ; on le réduit à 12 livres par évaporation ; on y ajoute le sucre cassé par morceaux, on le fait dissoudre et on passe. Quand le sirop est tiède on l'aromatise avec l'eau distillée.

L'opération doit être faite avec du lait récent (Robinet).

URÉE.

L'Urée est la matière la plus remarquable de tous les éléments qui composent l'urine. Elle est blanche ; elle n'a pas d'odeur, sa saveur est fraîche et un peu piquante ; elle cristallise en longs prismes quadrilatères aplatis et transparents. L'urée est soluble dans l'eau et dans l'alcool ; la dissolution aqueuse d'urée bien pure peut se conserver assez longtemps sans altération. La dissolution d'urée pure n'est pas décomposée par l'ébullition ; mais, une fois que l'eau a été évaporée, quand la température s'élève un peu au-dessus de 140°, l'urée se décompose en donnant d'abord du cyanate d'ammoniaque, qu'un peu plus de chaleur change en ammoniaque et en acide cyanurique, lequel se décompose à son tour en acide cyanique hydraté, en azote et en acide carbonique.

L'urée est formée de 2 pp. carbone (20,2); 2 pp. oxigène (26,4); 4 pp. hydrogène (6,6); 2 pp. d'azote (46,8). C'est le même rapport d'éléments que dans le cyanate d'ammoniaque avec 1 pp. d'eau ; mais le cyanate d'ammoniaque n'est pas de l'urée.

L'urine se combine très bien aux acides et forme avec plusieurs d'entre eux des combinaisons cristallisables. C'est à l'état de lactate que l'urée existe dans l'urine humaine, et à l'état d'hippurate qu'elle se trouve dans l'urine du cheval (Cap et Henry). Sa combinaison avec l'acide nitrique est remarquable ; elle se précipite aussitôt que l'on ajoute de l'acide nitrique dans une dissolution concentrée d'urée.

Pour obtenir l'urée, on évapore l'urine en consistance de sirop clair, et l'on mêle celui-ci froid avec 1 fois ½ son poids d'acide nitrique à 24° ; on tient la matière plongée dans la glace pour faciliter la séparation de la plus grande partie du nitrate d'urée. Il est important de se servir d'acide nitrique qui ait été porté à l'ébullition, pour qu'il ne contienne pas d'acide nitreux, qui décomposerait instantanément l'urée.

On reçoit le nitrate d'urée sur une toile ; on le lave avec de l'eau à zéro, et on le soumet à la presse. On le dissout dans l'eau chaude, on le sursature par du carbonate de plomb et l'on évapore à siccité, au bain-marie. La matière sèche est reprise à froid par de l'alcool à 40°, qui dissout l'urée et laisse le nitrate. On obtient l'urée par la concentration de la liqueur alcoolique ; on la purifie, s'il est nécessaire, par une nouvelle dissolution et par le charbon animal.

M. Berzélius fait traiter l'urine concentrée par une dissolution saturée d'acide oxalique. Il se précipite de l'oxalate d'urée, que l'on décolore par du charbon de bois et que l'on décompose par digestion avec de la craie en poudre.

L'urée est employée en médecine comme diurétique.

BILE DE BŒUF.

La Bile de Bœuf est un véritable savon, dont la base est la soude et dont l'acide est l'acide choléique. Elle contient en outre du margarate de soude et 4 à 5 p. 100 de mucus (Demarçay).

L'acide choléique est jauné, spongieux, friable, hygrométrique. Sa saveur est amère et âcre. Il est assez soluble dans l'eau, plus soluble dans l'alcool et fort peu soluble dans l'éther. Il fond vers 120°. Il se combine aux bases; le choléate de soude obtenu directement a toutes les propriétés de la bile.

L'acide choléique est formé de 41 pp. carbone, 33 pp. hydrogène, 1 pp. azote, 12 pp. oxigène. Les acides sulfurique, phosphorique, hydrochlorique le décomposent en formant un nouvel acide (acide choloïdique) et une matière cristalline (la taurine). L'action prolongée des alcalis sur la bile, donnent naissance à un acide différent (acide cholique).

Les acides faibles qui agissent sur la bile en précipitent l'acide choléique; l'acétate de plomb précipite du choléate de plomb. Une partie reste dissoute dans la bile à la faveur de l'excès de sel plombique.

La bile de bœuf est employée sous forme d'extrait.

EXTRAIT DE FIEL DE BŒUF.

Pr.: Vésicule biliaire pleine de bile............ Q. V.

Ouvrez chaque vésicule avec des ciseaux et faites couler le liquide sur une étoffe de laine, pour séparer le mucus et quelque dépôt. Faites évaporer la liqueur à la chaleur du bain-marie jusqu'en consistance d'extrait.

CASTORÉUM.

Le *Castoréum* est un organe sécréteur qui appartient au *Castor fiber*, animal de la famille des rongeurs.

Le castoréum a été analysé successivement par MM. Bouillon-Lagrange et Laugier, par Brandes, John et Pfaff. Il contient :

Huile volatile; castorine; résine; albumine; matière grasse; mucus; carbonate d'ammoniaque; sels de soude et de potasse (entre autres *urate, benzoate, sulfate*).

La castorine a été découverte par Brandes. Elle cristallise en longs prismes diaphanes et fasciculés. Sa saveur est cuivreuse; son odeur est la même que celle du Castoréum. Elle est insoluble dans l'eau et dans l'alcool froid. Elle est soluble dans l'alcool bouillant et dans les huiles volatiles. Elle n'est ni acide ni alcaline. Pour l'obtenir, on traite le Castoréum par l'alcool bouillant. La castorine se dépose à la longue; on la purifie par un lavage à l'alcool froid. Brandes dit que c'est à cette matière que le Castoréum doit ses propriétés. Il me paraît bien plus probable qu'il faille les rapporter à l'huile volatile.

Le Castoréum est toujours employé comme anti-spasmodique. On en donne depuis quelques grains jusqu'à 2 gros. On l'administre en pilules, en lavements; on le fait entrer dans des potions.

TEINTURE DE CASTORÉUM.

Pr.: Castoréum.   1
    Alcool à 80° (31° Cart.).   4

Faites macérer pendant 8 jours et passez.

Quand on introduit cette teinture dans une potion, il faut d'abord la mêler au sirop, parce que la matière grasse et la résine se sépareraient dans l'eau, sous forme de grumeaux.

TEINTURE ÉTHÉRÉE DE CASTORÉUM.

Pr.: Castoréum.   1
    Éther sulfurique.   4

Divisez le castoréum; mettez-le dans un flacon avec l'éther; faites macérer pendant 8 jours; décantez.

MUSC.

Le Musc est un organe glanduleux qui provient d'un animal de la famille des ruminants, le Musc, *Moschus moschiferus*. Il est composé d'une poche dans l'intérieur de laquelle se trouve le musc proprement dit. C'est un médicament fort énergique, un puissant excitant, dont on fait surtout usage pour combattre les maladies nerveuses. La dose est de quelques grains ; mais généralement on ne la porte pas assez haut pour obtenir des effets marqués.

D'après l'analyse de MM. Blondeau et Guibourt, le musc contient :

Ammoniaque; huile volatile; stéarine ; oléine ; cholestérine ; huile acide unie à l'ammoniaque ; gélatine ; albumine ; fibrine ; matière soluble dans l'eau, insoluble dans l'alcool ; muriate d'ammoniaque ; sels divers.

On emploie le musc sous forme de pilules, de potions.

TEINTURE DE MUSC.

Pr. : Musc hors vessie. 1
    Alcool à 80° (31° Cart.). 4

Faites macérer pendant 8 jours ; passez.

AMBRE GRIS.

L'Ambre gris paraît être une espèce de calcul qui prend naissance dans le corps du Cachalot (*Physeter macrocephalus*).

D'après John, l'ambre gris contient :

Ambréine, 85 ; matière balsamique, 2,5 ; matière soluble, mêlée d'acide benzoïque et de sel marin, 1,5.

La matière balsamique est douce, acidule, soluble dans l'eau et dans l'alcool ; elle paraît contenir de l'acide benzoïque.

L'ambréine a été découverte par MM. Pelletier et Caventou. Elle a la plus grande analogie avec la cholestérine par ses propriétés. On la prépare en traitant l'ambre par l'alcool bouillant ; l'ambréine cristallise par le refroidissement des liqueurs.

L'ambréine est blanche, insipide; son odeur est suave, sans doute parce qu'elle retient un peu d'huile volatile. Elle est insoluble dans l'eau ; elle est soluble dans l'éther et l'alcool. Elle fond vers 30°. Elle n'est pas saponifiable. L'acide nitrique à chaud la change en un acide gras qui ressemble beaucoup à l'acide cholestérique, mais qui en diffère en ce qu'il fond à plus de 100°, au lieu de fondre à 58°.

L'ambre est maintenant peu employé comme médicament; il a une vertu stimulante peu prononcée.

TEINTURE D'AMBRE.

Pr.: Ambre gris. 1
Alcool à 88ᶜ (34° Cart.). 24

On met l'ambre et l'alcool dans un matras ; on fait macérer pendant quelques jours ; puis l'on porte l'alcool à l'ébullition ; on laisse refroidir et l'on filtre.

Cette teinture est peu odorante, car l'odeur de l'ambre ne se développe bien qu'avec d'autres parfums.

En ajoutant, pendant la macération, un peu de carbonate de potasse, l'odeur est plus vive ; sans doute, parce que quelque sel ammoniacal est décomposé, et que l'ammoniaque sert de véhicule à l'odeur de l'ambre.

ESSENCE ROYALE.

Pr. : Ambre gris, deux gros. . . . . 8 grammes.
Musc, un gros. 4
Civette, trente grains. 1,6
Huile volatile de cannelle, dix-huit grains. . 1
—   de roses, douze grains. 0,6
—   bois de Rhodes, douze grains. 0,6
—   fleurs d'oranger, douze grains. 0,6
Sel de tartre, demi-gros. 2
Alcool à 86ᶜ (34° Cart.), neuf onces. 280

F. S. A. par digestion. On laisse la liqueur sur le marc, et l'on en tire une partie par décantation à mesure du besoin.

BLANC DE BALEINE.

Le Blanc de baleine est une matière grasse qui se dépose par le refroidissement de l'huile qui remplit les vastes cavités de la tête énorme du cachalot.

M. Chevreul, qui l'a analysé avec soin, l'a trouvé presque entièrement formé d'une espèce particulière de corps gras, la cétine, et d'une petite quantité d'une huile fluide et d'un principe jaunâtre. La cétine est blanche, douce au toucher, cristalline, d'une consistance ferme. Elle fond à 45°. Elle est insoluble dans l'eau, soluble dans l'alcool, bien plus à chaud qu'à froid, et soluble dans l'éther. Les alcalis la saponifient, en la transformant en acides oléique et margarique, et en une matière grasse neutre qui a reçu le nom d'Éthal.

Suivant les recherches de MM. Dumas et Péligot, le blanc de baleine serait formé de 2 proportions d'acide margarique, 1 proportion d'acide oléique, 3 proportions de cétène faisant les fonctions de base, et de 3 proportions d'eau. Le cétène se sépare par les alcalis retenant l'eau en combinaison, et constituant l'éthal de M. Chevreul.

LOOCH ADOUCISSANT DE GAUBIUS.

Pr. : Blanc de baleine, deux gros.....................   8 grammes.
    Gomme arabique, deux gros......................   8
    Sucre, six gros............................... 24
    Eau de roses, deux onces...................... 64

Triturez le blanc de baleine avec la gomme et le sucre pendant longtemps, jusqu'à ce qu'il soit parfaitement divisé; ajoutez un peu d'eau de roses; triturez pendant 10 minutes, puis mélangez peu à peu le reste de l'eau.

Quand on fait entrer le blanc de baleine dans une potion, il est préférable de se servir de jaune d'œuf. On triture celui-ci avec le blanc de baleine, qu'il ramollit par l'huile qu'il contient, et qu'il rend plus facile à émulsionner.

POMMADE DE CÉTINE.

Pr. : Blanc de baleine.........................   3
    Cire blanche.............................   1
    Huile d'amandes douces...................   8

Faites liquéfier à une douce chaleur; versez dans un mortier échauffé par l'eau bouillante, et triturez jusqu'à refroidissement.

POMMADE EN CRÈME POUR LE TEINT.

Pr. : Cire blanche..........................   1
    Blanc de baleine........................   1
    Huile d'amandes douces.................. 16
    Eau de roses............................ 12

On fait liquéfier la cire et le blanc de baleine dans l'huile, à une douce chaleur; on verse dans un mortier échauffé, et l'on agite vivement. On incorpore peu à peu l'eau de roses.

OISEAUX.

POULET.

(Gallus domesticus.)

BOUILLON DE POULET.

Pr.: Poulet maigre, quatre onces.............: 125 grammes.
  Eau, deux livres. 1000

Faites cuire, sur un feu doux, dans un vase couvert, pendant 2 heures; passez le bouillon refroidi.

ŒUFS.

L'œuf de la poule (*Gallus domesticus*) est celui dont on fait habituellement usage; ceux des autres oiseaux ont une composition semblable.

L'œuf est composé de la coquille, de la membrane interne, du blanc et du jaune.

La coquille contient une matière animale, du carbonate de chaux, un peu de carbonate de magnésie et de phosphate de chaux, et quelques traces d'oxide de fer. La matière animale contient le soufre au nombre de ses éléments; il se dégage à l'état d'hydrogène sulfuré, quand on traite par les acides les coquilles d'œufs qui ont été calcinées. Elles n'en donnent pas si elles n'ont pas subi la calcination.

M. Vauquelin pensait que la membrane interne était de nature albumineuse. Elle se dissout facilement dans la potasse, sans donner de l'ammoniaque. Elle contient le soufre au nombre de ses éléments.

Le blanc d'œuf est formé par des cellules lâches, pleines d'un liquide albumineux, dont la densité n'est pas la même dans toutes les couches; c'est une dissolution d'albumine contenant quelques sels et probablement de la soude libre.

Le blanc d'œuf se dissout complétement dans l'eau froide ou tiède, en laissant seulement indissoutes quelques parties membraneuses; dans l'eau bouillante, il se prend en masse compacte, par la coagulation de la forte proportion d'albumine qu'il contient.

Le jaune d'œuf, suivant une analyse de Prout, contient 54 p. d'eau, 29 p. d'huile et 17 p. d'albumine.

Bostock y a reconnu une huile jaune fixe, une matière gélatineuse, de l'albumine, une matière brune soluble dans l'alcool, et qui n'est pas de nature grasse; M. Lecanu y a trouvé de la cholestérine. Les expériences de M. Chevreul feraient penser que les jaunes d'œufs contiennent deux matières colorantes, l'une rougeâtre et l'autre jaune, celle-ci ayant beaucoup d'analogie avec la matière colorante de la bile.

Les œufs s'altèrent de plus en plus à mesure que l'on s'éloigne de l'époque à laquelle ils ont été pondus. La coquille est poreuse et permet l'évaporation de l'eau intérieure; sans doute aussi elle est perméable à l'air, qui peut hâter la putréfaction de la matière albumineuse. On conserve les œufs frais pendant toute l'année, par une méthode que l'on doit à Cadet-Gassicourt. On dispose les œufs par lits peu épais, afin qu'ils ne s'écrasent pas par leur propre poids, et l'on y verse de l'eau de chaux qui contient un petit excès de chaux pulvérulente, de manière à les tenir couverts de 5 à 6 pouces d'eau.

Dans les pharmacies où l'on emploie souvent séparément les jaunes d'œufs à la préparation de quelques liqueurs émulsives, les blancs s'altéreraient si l'on ne prenait certaines précautions pour les conserver; on peut ou les dessécher en couches minces sur des assiettes à une chaleur assez douce pour ne pas coaguler l'albumine, et alors on les redissout dans l'eau froide au moment d'en faire emploi; ou mieux encore on les mêle avec un excès de sucre en poudre, et l'on se sert de ce mélange pour la clarification des sirops.

Les blancs d'œufs servent à la clarification d'un grand nombre de liqueurs et en particulier des sirops. Le jaune entre dans la composition du digestif; il sert d'excipient pour émulsionner les résines, les gommes-résines et les huiles volatiles; délayé dans l'eau chaude, à laquelle on ajoute du sucre et de l'eau de fleurs d'oranger, il constitue le lait de poule, remède d'un usage populaire comme pectoral.

EAU ALBUMINEUSE.

Pr. : Blancs d'œufs. . . . . No 2.
Eau froide, deux livres. 1000

On bat les blancs d'œufs, au moyen d'un fouet d'osier, avec une petite quantité d'eau; on ajoute le reste du liquide, et l'on passe à travers une étamine.

13*

Cette liqueur peut être utile pour combattre les accidents inflammatoires. L'usage le plus habituel de l'eau albumineuse est de servir de contre-poison au sublimé corrosif. L'albumine précipite ce sel en un composé insoluble presque inoffensif; mais il ne faut pas continuer l'usage de l'eau albumineuse trop longtemps, car elle peut redissoudre le précipité formé, et lui donner une action assez marquée, quoique toujours bien moindre que celle du sublimé corrosif lui-même.

M. Mondier a obtenu de grands succès de l'emploi de l'eau albumineuse contre la dyssenterie à la dose de 4 à 5 bouteilles par jour. Il aide son action par des lavements faits avec 2 ou 3 blancs d'œufs et répétés 3 fois par jour.

SIROP D'ŒUFS.

    Pr.: OEufs N° 10, une livre...................   500 grammes:
        Sucre en poudre, une livre dix onces........   820
        Sel marin, demi-once....................   16
        Eau de fleurs d'oranger, six gros.   24

On bat les œufs, blancs et jaunes, avec 1 once $\frac{1}{2}$ d'eau jusqu'à ce qu'ils soient bien divisés. On passe à travers une étamine claire qui retient les germes; on ajoute le sucre, le sel et l'eau de fleurs d'oranger, on fait fondre le tout à la température ordinaire en agitant de temps en temps ; on passe.

Ce sirop est employé comme analeptique et d'une digestion très facile chez les sujets affaiblis par de longues maladies. La formule en est due à M. Payen qui a d'abord employé ce sirop avec succès sur lui-même.

HUILE D'ŒUFS.

On prend des jaunes d'œufs; on les fait cuire au bain-marie en agitant pour les diviser et pour favoriser l'évaporation; on les tient sur le feu jusqu'à ce que, l'huile commençant à s'en séparer, ils aient pris l'apparence d'une bouillie; on les laisse refroidir; on les met dans un flacon avec de l'éther, et après 24 heures on verse dans un appareil de déplacement; on laisse égoutter, et l'on épuise par de nouvel éther ; on distille les liqueurs éthérées : on trouve pour produit une huile jaune mêlée d'une matière visqueuse; on fait chauffer pour coaguler cette matière, qui finit par s'isoler ; on passe au travers d'un linge fin ou l'on filtre à chaud.

L'huile ainsi préparée est très douce, pourvu que l'on ait eu le soin de se servir d'éther bien rectifié. Comme elle rancit très facilement, on la renferme dans des bouteilles d'une petite capacité, que l'on bouche exactement et que l'on tient à la cave.

M. Henry avait conseillé le procédé suivant :

On prend des jaunes d'œufs récents, on les fait évaporer dans un poêlon d'argent, en agitant sans cesse jusqu'à ce qu'en exprimant la matière entre les doigts on voie l'huile ressortir; alors on l'enferme dans un sac de coutil, et l'on exprime promptement entre des plaques chauffées; on filtre à chaud.

MM. Mialhe et Walmé ont donné le procédé ci-après, qui donne près de 2 fois autant de produit que celui de M. Henry.

On prend 2 livres de jaunes d'œufs frais; on les délaie dans 5 livres d'eau; on introduit la liqueur dans un flacon usé à l'émeri et l'on verse dessus 1 livre 1/2 d'éther sulfurique; on agite vivement de temps à autre pendant 7 à 8 heures. Par le repos, l'éther chargé de l'huile vient nager à la surface; on le décante et on le distille; le résidu de la distillation retient un peu d'éther et de matière animale. On traite par l'alcool concentré bouillant, et l'on filtre; on distille l'alcool, et pour achever d'en chasser les dernières parties, ainsi que l'eau et l'éther, on maintient l'huile fondue au bain-marie; on la filtre à chaud; elle est douce et d'une couleur jaune.

Si la dissolution éthérique d'huile ne se séparait pas bien du reste du liquide, il suffirait d'une très douce chaleur pour déterminer sa séparation.

M. Thubœuf a conseillé de remplacer les jaunes d'œufs frais par des jaunes d'œufs durcis. Je n'ai trouvé aucun avantage à cette substitution.

M. Guibourt fait agir directement de l'éther bien rectifié sur les jaunes d'œufs crus. Le procédé que j'ai décrit d'abord m'a paru le plus avantageux de tous.

L'huile d'œufs est employée le plus habituellement pour panser les gerçures aux seins.

POMMADE POUR LA BRULURE.

Pr. : Jaune d'œuf durci.......................... N° 1.
    Cire jaune , demi-once...................... 16 grammes.
    Huile d'amandes douces, une once et demie....... 48

On fait un cérat avec l'huile et la cire, et l'on y incorpore le jaune d'œuf.

REPTILES.

TORTUE.

(Testudo europæa et græca.)

La Tortue ne sert en médecine que pour la préparation d'un bouillon que l'on prescrit dans les maladies de poitrine.

BOUILLON DE TORTUE.

Pr. : Chair de tortue, quatre onces................. 125 grammes.
    Eau, deux livres........................... 1000

On coupe la tête de la tortue, on sépare la carapace du plastron, on enlève les intestins et l'on retire la chair et le sang ; on les met avec l'eau dans un pot couvert et l'on fait cuire sur un feu doux ou au bain-marie ; on passe le bouillon quand il est refroidi.

VIPÈRE.

(Vipera berus.)

La Vipère est maintenant peu employée en médecine. On faisait autrefois avec sa chair des bouillons qui sont maintenant inusités ; mais elle entre encore dans la préparation de la thériaque.

On saisit les vipères avec précaution au moyen de pinces près de la tête, pour qu'elles ne puissent pas mordre ; on leur coupe la tête avec des ciseaux et on la reçoit dans de l'alcool, si mieux on n'aime la brûler tout de suite. Il faut se méfier de cette tête coupée, qui peut mordre encore et causer les mêmes accidents que l'animal vivant.

On dépouille le corps de la vipère de sa peau et l'on rejette les intestins ; on le fait sécher à l'étuve. Autrefois on conservait à part le foie et le cœur, qui constituaient le bézoard animal.

Comme la chair de vipère est membraneuse, tenace et difficile à pulvériser, on l'associait avec de la gomme pour faciliter sa pulvérisation ; mais comme la chair de la vipère n'entre plus que dans la thériaque, on la pile en même temps que les autres substances sèches qui l'accompagnent dans cette préparation ; elles facilitent sa pulvérisation.

GRENOUILLE.

(Rana esculenta.)

La grenouille est quelquefois employée à la préparation de

bouillons que l'on considère comme adoucissants et que l'on prescrit encore dans les maladies de poitrine.

BOUILLON DE GRENOUILLES.

Pr. : Chair de grenouilles, quatre onces......... 125 grammes.
       Eau, deux livres...................... 1000

On coupe les grenouilles avec des ciseaux au-dessous des membres antérieurs ; on fend la peau sur le dos et l'on dépouille entièrement l'animal ; on rejette les intestins et l'on fait cuire au bain-marie. On passe le bouillon quand il est refroidi.

POISSONS.

COLLE DE POISSONS.

(Ichtyocolle.)

L'Ichtyocolle ou colle de poisson est la vessie natatoire du grand esturgeon (*Accipenser huso*) et de l'esturgeon commun (*Accipenser sturio*).

Elle est formée presque entièrement par une matière animale qui se transforme en gélatine avec facilité.

La colle de poisson est la base d'une grande partie des gelées animales (*Voyez* GELÉES). Elle sert à la clarification des vins blancs (*Voyez* VINS MÉDICINAUX).

SIROP DE GÉLATINE.

Pr. : Colle de poisson, un gros.................. 4 grammes.
       Eau, deux onces........................ 64
       Sirop de sucre, une livre............... 500

On coupe la colle de poisson par petits morceaux, et, après l'avoir fait macérer dans l'eau pendant 12 heures, on la fait dissoudre à la chaleur du bain-marie ; on passe la dissolution chaude à travers un linge fin et on l'ajoute au sirop de sucre bouillant.

Ce sirop est plus agréable quand il est fait avec la grénétine, mais il faut doubler la dose de matière gélatineuse.

GELÉE ALCOOLIQUE D'ICHTYOCOLLE.

Voir GELÉES, tome 1ᵉʳ, p. 265.

TAFFETAS AGGLUTINATIF.

Pr. : Colle de poisson......................... Q. V.
       Alcool à 56° (21° Cart.) .... Q. S.

Après avoir divisé la colle de poisson, on y ajoute assez d'alcool, et l'on fait dissoudre par digestion au bain-marie; on passe et l'on met au frais. Il doit en résulter une gelée assez ferme pour résister à l'impression du doigt.

On fait liquéfier cette gelée et on l'étale sur des bandelettes de toile cirée. Ce sparadrap sert au pansement connu en Écosse sous le nom de pansement à l'eau.

Un taffetas analogue fait avec la gomme arabique m'a été présenté pour en fabriquer un pareil. J'ai réussi facilement en étendant avec un pinceau sur une toile fine une dissolution de 4 parties de gomme arabique dans 5 parties d'eau, à laquelle j'avais ajouté 1 partie de sirop de gomme.

TAFFETAS D'ANGLETERRE.

(Sparadrap de colle de poisson.)

Pr. : Colle de poisson...........................	1
Eau..	8
Alcool à 56° (21° Cart.)....................	8

On divise la colle de poisson et on la laisse macérer dans l'eau pendant 24 heures ; on ajoute l'alcool et l'on fait dissoudre à la chaleur du bain-marie. On passe à travers un linge.

On prend une bande de taffetas que l'on tend sur un châssis ; on la recouvre au moyen d'un pinceau d'une couche de la liqueur précédente. On laisse sécher et l'on met de la même manière plusieurs couches successives. On applique une couche avec une teinture concentrée de baume de Tolu, et quand elle est sèche, on la recouvre avec une dernière couche de gélatine; on laisse sécher, et l'on coupe par petits carrés.

HUILE DE FOIE DE MORUE.

On retire l'huile de foie de morue en Hollande, et dans le Nord du foie de diverses espèces de poissons appartenant au genre *Gadus* et en particulier du *Gadus merlucius*; à Anvers, on emploie le foie de la *Raja pastinaca*. On expose au soleil des vessies contenant les foies, et l'on décante la partie huileuse à mesure qu'elle se sépare; on l'extrait aussi à l'aide de la chaleur.

L'huile de foie de morue est colorée en jaune brun. Son odeur forte rappelle celle de l'anchois préparé ; elle a une saveur fade qui laisse dans la bouche un goût désagréable de poisson. Cependant les enfants la prennent sans répugnance. On l'emploie contre le rachitisme, le plus souvent seule, à la dose d'une demi-cuillerée à une cuillerée à café, matin et soir.

SIROP D'HUILE DE FOIE DE MORUE.

Pr. : Huile de foie de morue. 8
    Gomme arabique pulvérisée. 5
    Eau. 12
    Sirop de sucre. 4
    Sucre. 24
    Eau de fleurs d'oranger. 2

Faites avec le sirop, la gomme, l'huile et l'eau une émulsion dans laquelle vous ferez dissoudre le sucre à une douce chaleur ; passez et ajoutez l'eau aromatique (Duclou).

POMMADE D'HUILE DE FOIE DE MORUE.

Pr. : Extrait de suie. 2
    Onguent citrin. 1
    Huile de foie de morue. 2
    Moelle de bœuf fondue. 48

F. S. A. Employée par le docteur Carron de Villards, contre l'affection chronique appelée vulgairement Yeux bordés de rouge.

DES MOLLUSQUES.

LIMAÇONS.

L'espèce la plus employée du genre limaçon est le gros limaçon de vigne (*Helix pomatia*) ; mais on peut au besoin se servir du limaçon commun (*H. hortensis*), et même de toutes les autres espèces, en tenant compte, non plus du nombre de ces animaux, mais du poids de leur chair. 100 limaçons de vigne, qui avec leur coquille pèsent 4 livres, fournissent à peu près 1 livre 3 onces de chair musculaire, quand ils ont été séparés de leur coquille et des intestins ; 100 limaçons de jardin, de moyenne grosseur, ne m'ont donné que 10 onces de produit.

Les limaçons contiennent un principe mucilagineux, animalisé, mal connu dans sa nature chimique, mais que quelques personnes emploient avec confiance dans les maladies de poitrine ; quelquefois on fait avaler les limaçons crus ; sous cette forme, c'est un remède dégoûtant. L'intention est d'éviter les changements que la coction entraîne dans la nature du principe mucilagineux ; on peut y parvenir, tout en évitant aux malades la répugnance que ne manquent pas de leur inspirer les limaçons entiers. M. Mouchon a donné dans ce sens plusieurs formules qui peuvent être adoptées.

BOUILLON DE LIMAÇONS.

Pr. : Chair de limaçons, quatre onces..........	125 grammes.
Eau, deux livres......................	1000
Capillaire du Canada, deux gros............	8

On brise les coquilles d'escargots par un léger coup, on sépare les intestins qui forment la partie noire postérieure du corps de l'animal ; on les lave légèrement ; on pèse la chair et on la fait cuire dans l'eau pendant 2 heures, à la chaleur du bain-marie ; on ajoute sur la fin le capillaire, et l'on passe.

MUCILAGE DE LIMAÇONS.

Pr. : Limaçons de vigne.......................	No 4.
Sirop de sucre, sept gros..................	28 grammes.
Eau de fleurs d'oranger, deux gros.........	8
Eau de fontaine, trois onces..............	96

On prépare les limaçons, comme nous l'avons dit en parlant du bouillon ; ensuite on coupe la chair par petits morceaux et on la bat vivement pendant un quart-d'heure, au moyen d'un balai d'osier, dans la quantité d'eau prescrite ; on passe la liqueur avec expression à travers un linge clair ; on ajoute le sirop et l'eau de fleurs d'oranger.

SIROP DE LIMAÇONS.

Pr. : Chair de limaçons mondée, huit onces.......	250 grammes.
Eau de rivière, une livre quatre onces.......	625
Sirop de sucre, trois livres...............	1500
Eau de fleurs d'oranger, une once.	32

On prépare un mucilage de limaçons comme il a été dit ; on le pèse, on évapore le sirop de sucre d'un poids égal à celui du mucilage et de l'eau aromatique ; tandis qu'il est bouillant, on le décuit avec le mucilage ; on l'aromatise avec l'eau de fleurs d'oranger quand il est en partie refroidi.

Cette formule, qui est, à quelque différence près dans les doses, celle de M. Mouchon, donne un sirop visqueux, filant ; qui a tous les caractères que l'on s'attend à trouver dans un médicament de ce genre. Il contient peu de matière animale sèche.

MM. Henry et Guibourt donnent la formule suivante :

Pr. : Limaçons de vigne. .... Nᵒ 33.
Sucre, deux livres. .... 1000 grammes.

On jette les limaçons dans l'eau bouillante et on les y laisse jusqu'à ce qu'ils soient morts ; ce que l'on reconnaît aisément à ce qu'on peut les tirer aisément de leurs coquilles ; on les en sort ; on rejette les intestins, on les lave à l'eau tiède ; on les coupe par morceaux et on les soumet à une décoction un peu prolongée ; on passe et on exprime ; on ajoute le sucre et l'on fait, par coction et clarification, un sirop que l'on aromatise avec l'eau de fleurs d'oranger.

Ce sirop contient un peu plus de matière animale que celui de M. Mouchon, mais elle n'est pas de même nature ; le produit n'a pas ce caractère de viscosité que j'ai signalé dans le sirop fait suivant la première formule.

SACCHAROLÉ DE LIMAÇONS.

(Sucre hélicié de Mouchon.)

Pr. : Chair de limaçon débarrassée des intestins. 3
Sucre en poudre. 8
Eau de fontaine........................... 8

On prépare un mucilage de limaçons comme il a été dit ; on ajoute le sucre, et l'on évapore à une douce chaleur. Chaque once de saccharolé contient le produit de 2 limaçons de vigne.

On doit bien sécher cette préparation, et la tenir renfermée dans un flacon bouché exactement.

POMMADE DE LIMAÇONS.

Pr. : Limaçons de vigne.................... Nᵒ 50.
Cire blanche, une livre................. 500 grammes.
Huile d'amandes douces, quatre livres...... 2000
Essence de roses, deux gouttes........... 2 gutt.

On pulpe dans un mortier la chair de limaçons ; d'autre part on fait un cérat avec la cire et l'huile, et on y incorpore la pulpe de limaçons ; à la fin on ajoute l'essence (Rivière).

Employée contre les gerçures des lèvres et des mamelles.

—

COLÉOPTÈRES.

CANTHARIDE.

(Meloe vesicatorius.)

La cantharide appartient à la famille des épispastiques. Elle vit principalement sur les lilas, sur les frênes et les troènes.

Les cantharides ont fourni à l'analyse :

Cantharidine ; huile grasse jaune ; huile concrète verte ; substance jaune visqueuse; substance noire; osmazôme; acide urique; acide acétique; acide phosphorique ; phosphates de chaux et de magnésie ; chitine.

La cantharidine est le principe vésicant des cantharides; elle a été découverte par M. Robiquet. Elle est composée, suivant l'analyse de M. Regnaud, de carbone 61,68 ; hydrogène 6,04 ; oxigène 32,28. La cantharidine est blanche, cristallisée; elle est excessivement âcre ; appliquée sur la peau elle fait naître très rapidement des ampoules ; à l'intérieur c'est un affreux poison ; elle fond à 210° ; elle est très volatile, et même elle se dissipe complétement à l'air, à la température ordinaire. L'eau ne la dissout pas; elle est soluble dans l'alcool plus à chaud qu'à froid; l'éther la dissout ; les alcalis la dissolvent sans l'altérer ; elle est soluble à chaud dans les huiles fixes et volatiles. Pour l'obtenir, le procédé le meilleur que nous connaissions est celui que M. Thierry a publié dans le *Journal de Pharmacie*.

On fait macérer les cantharides pulvérisées dans de l'alcool à 86° ; on verse la teinture dans l'appareil de déplacement ; on laisse écouler le liquide et on fait passer de nouvel alcool, jusqu'à ce que les liqueurs sortent à peine colorées. Les teintures alcooliques sont distillées pour retirer tout l'alcool; on abandonne assez longtemps au repos le résidu de la distillation, pour que la cantharidine puisse cristalliser.

La cantharidine ainsi obtenue n'est pas encore blanche ; on la purifie d'abord en la lavant sur un filtre avec un peu d'alcool froid qui ne dissout que de bien faibles quantités de cantharidine et qui entraîne l'huile verte.

On achève de purifier la cantharidine en la dissolvant dans l'alcool bouillant, auquel on ajoute un peu de charbon animal.

L'huile verte au milieu de laquelle la cantharidine a cristallisé contient encore un peu de cantharidine. Elle s'en dépouille à la longue en totalité. L'alcool qui a servi au lavage de la cantharidine en fournit aussi un peu quand on abandonne au repos l'huile qu'il laisse après son évaporation.

L'huile grasse jaune des cantharides a les propriétés ordinaires des corps gras; elle n'est pas vésicante; l'alcool la dissout à peine.

L'huile verte est insoluble dans l'eau, mais elle se dissout très bien dans l'alcool.

La matière jaune visqueuse est soluble dans l'eau et dans l'alcool; c'est elle qui facilite la dissolution de la cantharidine dans l'eau, quand on traite les cantharides par ce véhicule.

La matière noire est soluble dans l'eau et dans l'alcool faible, mais non dans l'alcool rectifié.

Ce qu'on a appelé l'osmazôme est un mélange de plusieurs substances : quant à la chitine, c'est le squelette même de l'animal tel qu'on l'on retrouve dans tous les insectes.

CONSERVATION DES CANTHARIDES.

Les cantharides conservées, même dans des vases fermés, deviennent la proie de divers insectes; elles sont attaquées par la mite (*Acarus domesticus*) et les larves des *Dermestes*, des *Ptinus* ou de l'*Anthrenes museorum*. On a cherché différents moyens pour les préserver de leurs atteintes. Le camphre, qui réussit bien pour les mites, n'a pas la même propriété pour les anthrènes ; on dit qu'un peu de mercure placé au fond des vases est un excellent moyen de conservation. M. Wislin conseille, avec raison, de traiter les cantharides par le procédé d'Appert. M. Duméril pense que la cantharidine n'est pas mangée par les insectes. Il en résulterait que la vermoulure des cantharides devrait être plus active que les insectes entiers, et cependant il n'en est rien; parce que les insectes rongeurs et leurs débris qui restent mêlés aux cantharides n'ont pas la propriété vésicante, et parce que les cantharides attaquées sont presque toujours anciennes et qu'elles ont perdu par la vétusté une partie de leur principe vésicant.

§ I. PRÉPARATIONS QUI CONTIENNENT TOUTE LA SUBSTANCE DES CANTHARIDES.

POUDRE DE CANTHARIDES.

On pulvérise les cantharides sans laisser de résidu ; on les réduit en poudre très fine. Pendant la pulvérisation des cantharides, il faut apporter le plus grand soin à couvrir le mortier et le tamis pour se préserver des effets fâcheux de la poudre. Le tamis qui sert à cette préparation doit être étiqueté avec soin et mis de côté, de manière à ce qu'il ne soit jamais employé à d'autres usages.

Les cantharides que l'on veut pulvériser doivent être soumises à une dessiccation préalable, mais il ne faut la faire durer que le temps absolument nécessaire pour les sécher, surtout si l'on opère à l'étuve ; M. Thierry s'est assuré que, dans des cantharides qui avaient séjourné à l'étuve, presque toute la cantharidine avait été dissipée.

La poudre de cantharides s'altère promptement : il faut en préparer peu à la fois et la renouveler souvent.

POMMADE ÉPISPASTIQUE VERTE.

(Pommade de cantharides.)

Pr. : Poudre de cantharides...................... 1
    Cire blanche............................. 4
    Populeum................................ 28

On liquéfie le populeum et la cire, et l'on y incorpore la poudre de cantharides.

EMPLATRE VÉSICATOIRE.

(Emplâtre de cantharides.)

Pr. : Poix-résine............................. 1
    Axonge................................. 1
    Cire jaune. 1
    Poudre de cantharides.................. 1

Faites liquéfier la résine, la cire et l'axonge, et ajoutez la poudre de cantharides.

En été, cette composition serait trop molle. Il faut remplacer un quart de graisse par une même quantité de cire.

EMPLATRE VÉSICATOIRE ANGLAIS.

Pr.: Cire blanche........................... 3
  Axonge............................... 7
  Suif................................. 3
  Poix blanche. 1
  Poudre de cantharides................. 7

On fait liquéfier sur un feu doux la poix blanche, la cire et les corps gras ; on passe à travers un linge et l'on incorpore la poudre de cantharides.

Cet emplâtre contient le tiers de son poids de cantharides ; comme en outre l'excipient a beaucoup de fusibilité, il agit plus vivement sur la peau que l'emplâtre ordinaire ; et, comme il y adhère peu, il fait moins souffrir le malade au moment où on lève l'appareil.

MOUCHES DE MILAN.

Pr.: Poix-résine, huit onces.................. 250 grammes.
  Cire jaune, huit onces.................. 250
  Axonge, huit onces..................... 250
  Poudre de cantharides, huit onces........... 250
  Térébenthine, deux onces. 64
  Essence de lavande, un gros.............. 4
  — de thym, un gros................. 4

On fait liquéfier la résine, la cire et l'axonge, on ajoute les cantharides ; on fait digérer pendant deux heures ; alors on ajoute la térébenthine et l'on agite jusqu'à refroidissement en aromatisant, vers la fin, avec les essences.

Cette formule, donnée par M. Mouchon, est fort bonne. Elle constitue une excellente masse vésicante. Pour s'en servir comme mouches de Milan, on l'étend sur du taffetas noir. On l'emploie comme dérivatif contre les fluxions, les douleurs de tête, les maux d'yeux, les rhumatismes. On place sur l'endroit désigné une ou plusieurs mouches que l'on recouvre d'une compresse. On n'enlève les mouches que lorsqu'elles cessent de produire une sécrétion de sérosité et qu'elles se détachent d'elles-mêmes. On les renouvelle au besoin.

VÉSICATOIRE MAGISTRAL.

Pr.: Poudre de cantharides, demi-once........... 16 grammes.
  Farine de froment, demi-once. 16
  Vinaigre............................... S. Q.

Mêlez pour avoir une masse molle que l'on applique sur la peau et qui agit promptement.

§ II. PRODUITS PAR L'EAU.

L'eau se charge de la cantharidine, bien que cette matière ne soit pas, par elle-même, soluble dans l'eau ; c'est à la faveur des autres principes, et surtout de la matière visqueuse que cette dissolution a lieu.

HYDROLÉ DE CANTHARIDES.

Pr. : Poudre de cantharides, vingt-quatre grains.   1,3 grammes.
Eau, quatre onces..................... 125

Faites infuser selon l'art (Pharmacopée de Hambourg).

On ne doit jamais employer cette sorte de remède qu'avec la plus grande circonspection.

On emploie quelquefois à l'intérieur, sous forme de potion, l'huile de cantharides divisée par un mucilage, ou la teinture alcoolique étendue dans un véhicule adoucissant ; l'addition d'une matière mucilagineuse a pour objet de préserver les parois du canal intestinal de l'irritation qui pourrait résulter de préparations plus concentrées. Il faut éviter surtout l'emploi de la poudre de cantharides à l'intérieur, parce que, malgré l'extrême division que l'on pourrait lui donner, on aurait toujours à craindre qu'elle ne se déposât sur quelque point du canal alimentaire, et qu'elle ne déterminât de graves accidents.

§ III. PRODUITS PAR L'ALCOOL.

L'alcool, en agissant sur les cantharides, dissout la cantharidine, l'huile verte, un peu d'huile grasse, de la matière noire, de l'osmazôme.

TEINTURE ALCOOLIQUE DE CANTHARIDES.

Pr. : Cantharides. 1
Alcool à 56° (21° Cart.)................. 8

Faites macérer pendant 15 jours ; passez avec expression ; filtrez.

VIN DE CANTHARIDES.

Pr. : Teinture de cantharides, huit grains .... 0,4 grammes.
Vin blanc généreux, une once. 32

Mélangez.

LITHONTRIPTIQUE DE TULP.

Pr. : Cantharides. 1
Petit cardamome............................ 1
Alcool à 80c (31° Cart.) 8
Acide nitrique. 4

Faites macérer et filtrez.

EXTRAIT DE CANTHARIDES.

Pr. : Poudre de cantharides. .... Q. V.
Alcool à 56c (21° Cart.)................. Q. S.

Épuisez les cantharides par 2 ou trois macérations dans l'alcool ; distillez et évaporez les liqueurs en consistance d'extrait.

L'alcool qui a servi à cette préparation doit être mis à part pour être employé plus tard au même usage.

POMMADE DE DUPUYTREN.

Pr. : Moelle de bœuf, une once................. 32 grammes.
Baume nerval, une once................. 32
Huile rosat, un gros. 4
Extrait alcoolique de cantharides, huit grains. 0,4

On dissout l'extrait dans une très petite quantité d'alcool et on l'incorpore aux corps gras liquéfiés.

Cette pommade est employée comme un excitant du bulbe chevelu et pour activer la pousse des cheveux. On en prend gros comme une noisette, et l'on en frictionne la tête matin et soir.

§ IV. PRODUITS PAR L'ÉTHER.

TEINTURE ÉTHÉRÉE DE CANTHARIDES.

Pr. : Cantharides pulvérisées.................... 1
Éther acétique................................ 8

Faites macérer pendant 8 jours, dans un flacon bien bouché; passez avec expression, filtrez. Cette teinture est un rubéfiant énergique.

TAFFETAS VÉSICANT.

Pr. : Cantharides. .... Q. V.
  Éther sulfurique............................ Q. S.

On fait une teinture éthérée dont on retire l'éther par la distillation ; on chauffe le résidu au bain-marie jusqu'à ce que toute ébullition ait cessé ; il reste une masse huileuse que l'on fond avec le double de son poids de cire et que l'on étend sur de la toile cirée très mince. Cette formule, adoptée par le Codex, est de MM. Henry et Guibourt. Elle a, sur toutes celles où l'on fait entrer de l'euphorbe, l'avantage d'opérer plus vite et surtout d'agir sans causer au malade des douleurs aussi cuisantes et aussi persistantes. La guérison arrive aussi plus vite.

Ce taffetas vésicant se remplit souvent de petites aiguilles cristallines de cantharidine. Il faut le conserver dans un vase fermé et n'en préparer que peu à la fois. Il est important aussi de le faire sur une toile cirée mince pour qu'elle puisse s'appliquer exactement sur la peau.

Je rapporte en outre une bonne formule de taffetas avec les cantharides et l'euphorbe ; c'est celle de M. Thierry.

Pr. : Euphorbe en poudre...................... Q. V.
  Alcool à 80° (31° Cart.).................... Q. S.

On fait une teinture saturée, on en étend sur une toile cirée quatre couches successives, en ayant soin de laisser sécher chacune d'elles avant d'en appliquer une nouvelle ; ensuite :

Pr. : Baume de Tolu........................... 1
  Cantharides en poudre..................... 2
  Éther sulfurique.......................... 8

On fait une teinture dont on applique successivement deux couches sur les couches d'euphorbe.

Pour assurer l'effet de ce taffetas, avant de l'appliquer, on l'humecte avec une petite quantité d'alcool.

§ V. PRODUITS PAR LES CORPS GRAS.

HUILE DE CANTHARIDES.

Pr.: Cantharides pulvérisées...................... 1
Huile d'olives........................... 8

On fait digérer au bain-marie pendant 6 heures, on passe avec expression, on laisse déposer, on décante ou l'on filtre.

Cette huile est très irritante. Elle contient la cantharidine, les matières grasses, jaune et verte. Bien que la cantharidine pure se dépose en entier de sa dissolution dans les huiles, elle persiste en dissolution dans l'huile de cantharides où elle se trouve accompagnée des autres principes de l'insecte.

POMMADE DE CANTHARIDINE.

Pr.: Cantharidine, un grain................ 0,05 grammes.
Axonge, sept gros..................... 28
Cire blanche, un gros.............. 4

On triture la cantharidine avec un peu d'alcool; on ajoute l'excipient gras et l'on triture longtemps pour avoir un mélange exact.

POMMADE ÉPISPASTIQUE JAUNE.

(Pommade de cantharides douce.)

Pr.: Cantharides en poudre grossière, deux onces. 64 grammes.
Axonge, une livre onze onces............... 850
Cire jaune, quatre onces.................125
Curcuma en poudre, un gros............... 4
Huile volatile de citrons, un gros............ 4

Faites digérer les cantharides dans l'axonge au bain-marie pendant quatre heures; passez avec forte expression; faites liquéfier de nouveau; ajoutez le curcuma; laissez digérer; ajoutez la cire; et quand elle sera fondue, passez à travers une étoffe de laine; remuez la pommade jusqu'à ce qu'elle soit en grande partie refroidie; aromatisez-la alors avec l'essence de citrons.

La préparation de cette pommade varie presque dans chaque pharmacie. MM. Henry et Guibourt donnent la formule suivante :

Pr.: Cantharides pulvérisées.................... 1
Axonge.......................... 21
Cire............................. 3
Baume nerval.................... 1/2

Faites digérer les cantharides dans l'axonge au bain-marie ; passez avec expression ; filtrez ; ajoutez la cire et le baume nerval.

PAPIER ET TAFFETAS ÉPISPASTIQUE.

	Nº 1.	Nº 2.
Pr. : Cire blanche................	5	3 3/4
Huile d'olives................	3	2 1/4
Beurre de cacao.	4	3
Spermaceti................	3	2 1/4
Térébenthine...............	1	» 3/4
	16	12
Cantharides.	1	1
Eau commune.	8	8

On met dans une bassine d'argent ou dans une terrine de terre la masse emplastique, les cantharides et l'eau ; on fait bouillonner doucement pendant deux heures ; on laisse reposer hors du feu ; on passe le mélange gras à travers une étoffe de laine.

Veut-on faire du taffetas nº 1 ou nº 2, on fait liquéfier l'une ou l'autre composition ; on y plonge des bandes de taffetas blanc que l'on retire en les faisant passer à travers deux règles de bois ; on peut remplacer le taffetas par de la toile fine.

Si l'on veut avoir du papier épispastique, on étend le mélange sur des bandes de papier vélin au moyen du sparadrapier ; si l'on veut recouvrir les deux surfaces, on étend la matière sur des feuilles de papier non collé que l'on tient au-dessus d'un réchaud, pour maintenir la matière fondue aussi longtemps qu'il est nécessaire pour qu'elle s'étende uniformément (Béral).

Ces différentes préparations servent pour le pansement des vésicatoires.

HYMÉNOPTÈRES.

ABEILLE.

L'Abeille (*Apis mellifica*) fournit à la médecine la cire, le miel et la propolis.

CIRE.

On distingue deux espèces de cire dans le commerce, la blanche et la jaune. Elles diffèrent en ce que cette dernière contient un principe odorant particulier et une matière jaune colorante.

La cire, d'après l'analyse de John, est composée de deux principes particuliers, qui ont été depuis étudiés par MM. Boudet et Persoz, savoir : la cérine et la myricine. La cérine forme au moins les $^{7}/_{10}$ du mélange. Elle possède à peu près les propriétés de la cire. Elle fond à 62°. Elle se dissout dans l'alcool bouillant, elle se dissout aussi facilement dans l'essence de térébenthine chaude. La potasse la saponifie, en formant de l'acide margarique, extrêmement peu d'acide oléique, et une quantité considérable d'une matière grasse non saponifiable (*Céraïne*), qui ne fond qu'à 70°.

La myricine est blanche, insipide, inodore. Elle fond à environ 65°. Elle est fort peu soluble dans l'alcool, même bouillant. Elle n'est pas saponifiée par les alcalis.

La cire est une des bases des médicaments connus sous le nom de cérats ; elle fait partie d'un grand nombre de préparations onguentaires et emplastiques. On la fait entrer dans quelques préparations médicinales employées contre la dyssenterie, et quelques maladies des intestins avec excoriations.

ÉMULSION DE CIRE.

Pr. : Gomme arabique, six gros.................... 24 grammes.
Cire jaune, six gros.............................. 24
Sirop de sucre, six onces........................ 192
Eau, huit onces.................................. 250

On fait un mucilage clair avec la gomme et 1 once $^{1}/_{2}$ d'eau bouillante dans un mortier échauffé ; on ajoute la cire fondue, et on remue bien. On ajoute, en continuant de triturer, le sirop de sucre et le reste de l'eau.

La cire, dans cette préparation, est divisée en poudre fine ; elle reste en suspension dans la liqueur mucilagineuse.

Pr. : Cire jaune, six gros........................ 24 grammes.
Huile d'amandes douces, six gros................. 24
Jaunes d'œufs.................................... N° 6.
Eau d'orge, deux livres.......................... 1000

On fait liquéfier la cire dans l'huile ; on délaie le jaune d'œuf avec un peu d'eau chaude, dans un mortier échauffé ; on ajoute brusquement le mélange gras et l'on bat vivement ; peu à peu on délaie avec la décoction d'orge. La difficulté consiste à saisir la température convenable ; si le mélange gras est trop chaud, il coagule le jaune d'œuf, et l'opération se fait mal ; s'il est trop peu chaud, il se solidifie en grumeaux et il ne peut plus être divisé.

ÉLECTUAIRE DE CIRE.

Pr. : Cire jaune....................................... 4
    Gomme arabique............................... 1
    Eau bouillante................................ 1
    Sirop de framboises........................... 1

On fait le mucilage de gomme dans un mortier échauffé ; on ajoute la cire fondue, puis le sirop.

ÉMULSION DE CIRE POUR LAVEMENT.

Pr. : Cire jaune, six gros....................... 24
    Savon de soude, un gros...................... 4
    Eau, deux onces.............................. 64
    Sirop de sucre, deux onces................... 64
    Décoction de guimauve, douze onces.......... 375

On fait chauffer sur un feu doux l'eau, le savon et la cire ; quand le mélange est intime, on le verse dans un mortier, et on y ajoute par trituration le sirop et la décoction de guimauve.

CÉROMEL.

Pr. : Miel.. 2
    Cire... 1

Faites liquéfier sur un feu doux et mêlez. Employé au pansement des ulcères sanieux que l'on veut dessécher (Dr Aitken).

PROPOLIS.

La Propolis est une matière dont les abeilles se servent pour boucher les fentes de leurs ruches. M. Vauquelin y a trouvé de la résine, de la cire, des débris de végétaux et d'insectes, de l'acide gallique et de l'acide benzoïque.

On lui fait subir une purification qui consiste à la faire fondre avec deux fois son poids d'eau et à passer avec expression. Quand la propolis est solidifiée, on la sépare de l'eau et des fèces qui se sont précipitées.

POMMADE DE PROPOLIS.

Pr. : Propolis purifiée... 1
Huile d'olives... 1 1/2

Faites liquéfier à une douce chaleur. Employée contre les hémorrhoïdes et les vieux ulcères.

NOIX DE GALLE.

La Noix de galle est une excroissance qui vient sur le *Quercus tinctoria* du Levant, à la suite de la piqûre d'un insecte, le *Cynips quercus tinctoriæ*.

La noix de galle est composée, suivant l'analyse de M. Berzélius, de :

Tannin; un peu d'acide gallique; extractif ou tannin altéré; composé d'acide pectique et de tannin, insoluble dans l'eau froide; tannate et gallate de potasse et de chaux.

Le tannin de la noix de galle a été étudié avec beaucoup de soin par M. Pelouze. Il est formé de 18 pp. de carbone, 5 pp. d'hydrogène, et 9 pp. d'oxigène. Il contient en outre 3 pp. d'eau. Il absorbe l'oxigène de l'air et se transforme en acide carbonique, en acide gallique et en eau. Il est incolore, inodore et incristallisable ; sa saveur est très astringente et non amère. Il rougit le tournesol. Il a les propriétés des acides et se combine aux bases ; aussi porte-t-il également le nom d'acide tannique. Il décompose même les carbonates en dissolution, avec effervescence ; il précipite la plupart des dissolutions métalliques en formant des tannates ; les sels de protoxide de fer ne sont pas précipités ; ceux de peroxide donnent un précipité bleu foncé. La plupart des acides minéraux précipitent la dissolution concentrée de tannin en une combinaison peu soluble d'acide et de tannin. La gélatine forme un précipité blanc dans la dissolution de tannin ; un morceau de peau, s'il est assez volumineux, peut le séparer complétement de sa dissolution.

La dissolution de tannin se conserve indéfiniment à l'abri du contact de l'air, autrement elle se transforme en partie en acide gallique. L'oxigène de l'air est absorbé, et il se produit un volume d'acide carbonique égal à l'oxigène absorbé.

Pour obtenir le tannin, on met de la noix de galle en poudre fine dans l'appareil à déplacement de M. Robiquet, on comprime très légèrement cette poudre et l'on en remplit ainsi la moitié de la capacité de l'allonge; on achève de remplir celle-ci avec de l'éther sulfurique du commerce; on bouche imparfaitement l'appareil et on l'abandonne à lui-même.

Le lendemain on trouve dans la carafe deux couches de liquide, l'une très fluide, supérieure, l'autre inférieure sirupeuse. On ajoute de nouvel éther jusqu'à ce que cette dernière couche ne paraisse plus augmenter; on verse alors les deux liqueurs dans un entonnoir dont on tient le bec bouché avec le doigt; on attend quelques instants, et, lorsque les deux couches se sont séparées de nouveau, on laisse tomber la plus pesante dans une capsule; l'autre sert à retirer l'éther.

On lave à plusieurs reprises le liquide dense avec de l'éther pur, et on le porte dans une étuve, ou on le chauffe sur un poêle. Il s'en dégage d'abondantes vapeurs d'éther et un peu de vapeur d'eau. La matière augmente considérablement de volume, et laisse un résidu léger, comme cristallin, quelquefois incolore, plus souvent légèrement jaunâtre (Pelouze).

Il arrive quelquefois que la liqueur éthérée ne laisse déposer qu'une petite quantité de matière sirupeuse; il faut alors, suivant M. Liebig, agiter avec un peu d'eau : le tannin s'hydrate et se sépare.

M. Leconnet a donné le procédé suivant qui donne plus de produit :

On prend un bocal à large ouverture, on y adapte un bouchon de bon liége, et qui puisse le fermer hermétiquement, on y place la noix de galle finement pulvérisée, l'on verse dessus la quantité d'éther strictement nécessaire pour mouiller la poudre, on remue avec une spatule de bois, et l'on tasse le tout avec le dos de la main; on bouche ensuite le bocal, on lute les jointures avec du lut à la colle, et on laisse le tout en contact pendant 24 heures. Au bout de ce temps, on dispose un morceau de toile forte, en coutil par exemple, et pas plus grand qu'il ne faut pour envelopper la noix de galle, on débouche le flacon, on en détache la poudre, dont les particules ont pris entre elles un certain liant, et à l'aide de la toile on forme un pain le plus égal possible, que l'on soumet aussitôt à la presse. Il sort une certaine quantité de matière dont la consistance varie depuis celle du miel jusqu'à celle d'un sirop épais, ce qui dépend de la plus ou moins grande quantité d'éther que l'on a versée sur la poudre. On retire le pain de la presse, on en gratte l'extérieur à l'aide d'un morceau de carte en corne, pour enlever le tannin qui y est resté adhérent; on pulvérise la noix de galle entre les doigts, on l'introduit de nouveau dans la conserve avec une nouvelle quantité d'éther, l'on place par-dessus la carte et le linge, et on lute de nouveau; au bout de 24 heures on recommence à exprimer, et ainsi de suite. Il est essentiel de prendre un vase plus grand que ne l'exige la quantité de noix de galle sur laquelle on opère, parce qu'il est indispensable d'y renfermer le linge qui a servi. Ainsi placé, il conserve sa flexibilité, et ne perd pas l'éther dont il s'est imprégné.

La quantité de tannin qu'on obtient à chaque traitement va en diminuant, et il arrive un point où elle est si petite, qu'il ne devient plus économique de chercher à pousser plus loin l'opération.

Le tannin pur est un astringent très puissant dont on peut attendre les effets les plus énergiques. On l'emploie depuis quelques grains jusqu'à 1 à 2 gros. C'est sous forme de pilules que l'on s'en sert à l'intérieur; à l'extérieur, on l'emploie en dissolution dans l'eau.

GARGARISME DE NOIX DE GALLE.

Pr. : Noix de galle, un à deux gros............... 4 à 8 grammes.
　　 Eau bouillante, une livre...................... 500

Faites infuser.

Ce gargarisme est employé pour arrêter les salivations provenant d'un traitement mercuriel.

INJECTION DU DOCTEUR GIBERT.

Pr. : Noix de galle en poudre grossière............. 4
　　 Eau commune.................................. 16

Faites bouillir jusqu'à réduction de ~~2 livres~~, passez avec expression et ajoutez :

　　 Alcool rectifié................................. 8
　　 Eau de Cologne................................

Filtrez.

Le produit, qui a reçu le nom de Teinture de noix de galle composée, est étendu de 6 à 10 fois son poids d'eau et est employé

sous cet état en injections contre la leucorrhée et la blennorrhée.

POMMADE ANTIHÉMORRHOIDALE DE CULLEN.

Pr.: Noix de galle pulvérisée..............................1
      Axonge..8

Mêlez.

DES ANIMAUX RAYONNÉS.

CORAIL ROUGE.

(Corallium rubrum.)

Le Corail est la partie intérieure d'un polypier que l'on trouve
dans la mer.

D'après l'analyse de M. Vogel, le corail rouge est formé de:

*Carbonate de chaux; carbonate de magnésie; oxide de fer; eau;
matière animale; sulfate de chaux; sel marin; matière colorante.*

Le carbonate de chaux forme les deux tiers de la masse; la matière colorante est insoluble dans l'eau et l'alcool; les acides la
font disparaître; le chlore ne la détruit pas.

Le corail pulvérisé et passé dans un tamis est lavé à l'eau
chaude à plusieurs reprises, puis il est porphyrisé; en cet état, il
entre dans quelques poudres dentifrices; c'est là son seul usage
médicinal actuel.

CORALLINE BLANCHE.

(Corallina officinalis).

La Coralline est un petit polypier que l'on pêche dans la Médi-
terranée. Elle est formée de carbonate de chaux et de matière
animale; celle-ci est plus abondante que dans le corail. La coralline blanche est employée comme vermifuge, et elle doit sans
doute cette propriété à son odeur marécageuse; on ne l'emploie
qu'en poudre à la dose de 18 grains à ½ gros (1 à 2 grammes).
Elle est peu usitée.

ÉPONGE.

(Spongia officinalis.)

L'Éponge est un polypier qui habite les fleuves, des lacs et la mer ; on la pêche surtout autour des îles de l'Archipel grec. On en distingue deux espèces, les éponges fines et les éponges communes ; les premières seules sont employées comme médicament.

L'éponge est composée d'une matière animale que l'on a comparée à l'albumine coagulée et au mucus. Elle contient une huile grasse et un composé iodique. L'éponge cède à l'eau une petite quantité d'iode qui est sans doute à l'état d'iodure alcalin ; mais elle en retient une partie que les lavages ne peuvent pas lui enlever. On a assuré dans ces derniers temps qu'elle contenait aussi du brome ; on a trouvé encore dans l'éponge beaucoup de carbonate et de phosphate de chaux, du sel marin, des traces de soufre, de silice, de magnésie et d'alumine.

ÉPONGE À LA CIRE.

On prend des éponges fines, on les bat pour en détacher le sable et les débris de coquilles qui y adhèrent, on les lave avec soin et on les fait sécher, on les coupe par tranches ; on les plonge dans de la cire jaune fondue et on les y laisse jusqu'à ce que toute l'humidité soit bien dissipée ; on soumet alors à la presse chaque morceau séparé des autres entre deux plaques de fer chauffées, et on les laisse en presse jusqu'à ce qu'ils soient refroidis.

Les éponges ainsi préparées servent à dilater les plaies ; on en introduit dans la plaie un petit morceau ; l'humidité gonfle l'éponge qui exerce alors une compression dans tous les sens.

ÉPONGES À LA FICELLE.

On prend des éponges fines, on les nettoie par le battage et par le lavage, de la manière qui a été décrite ci-dessus ; on enveloppe l'éponge humide de tours serrés d'une cordelette de chanvre (fouet) de manière à lui faire occuper le plus petit volume possible. A cet effet, la corde étant attachée par l'une de ses extrémités, on commence par faire quelques tours à l'extrémité de l'éponge, et, tenant la corde bien tendue, on se rapproche successivement en tournant l'éponge sur elle-même et en ayant soin que les divers tours du fouet ne laissent pas d'intervalle entre eux ; quand on est arrivé à l'autre bout de l'éponge, on arrête solidement la cordelette.

Les éponges ainsi préparées sont mises à l'étuve pour sécher.

Quand on veut s'en servir, on détache la ficelle par un bout, on met à nu la quantité d'éponge dont on a besoin et on fait un nouveau nœud pour empêcher la ficelle de se dérouler davantage.

L'éponge à la ficelle a le même emploi que l'éponge cirée; on la préfère généralement parce qu'elle se gonfle plus promptement et plus également dans les plaies.

ÉPONGES CALCINÉES.

On prend des éponges, on les divise par morceaux, on les bat et on les secoue pour en séparer les matières adhérentes, mais on ne les lave pas; on met ces morceaux d'éponges dans un brûloir à café et on les torréfie jusqu'à ce qu'ils aient pris une couleur brune noirâtre; on les pulvérise et on les conserve dans un flacon bouché.

Autrefois on calcinait plus fortement les éponges, mais M. Guibourt a prouvé qu'on dissipait alors la presque totalité de l'iode qu'elles contiennent. M. Guibourt, en étudiant l'effet de la calcination sur les éponges, a reconnu qu'après sa calcination, l'éponge contient de l'iodure de calcium qu'elle ne contenait pas avant. Il pense que, lors de la calcination, l'iode, qui fait partie de l'éponge, réagit sur le carbonate de chaux et forme un iodure alcalin qui persiste tant que la température n'est pas portée au rouge; car, à cette température, l'air en chasse l'iode et reconstitue de la chaux.

L'éponge brûlée est un médicament dès longtemps célèbre pour la guérison des goîtres. Il doit certainement ses propriétés à l'iode qui s'y trouve contenu.

TABLETTES D'ÉPONGES BRÛLÉES.

Pr. : Éponges torréfiées et porphyrisées, quatre onces.   125 grammes.
Sucre pulvérisé, douze onces.   375
Gomme adragante, un gros quarante-huit grains.   6,6
Eau de cannelle, quatorze gros   56

F. S. A. des pastilles de 12 grains.

Ces tablettes doivent être renouvelées souvent. On les emploie contre les goîtres.

LIVRE IV.

DES MÉDICAMENTS PLUS SPÉCIALEMENT CHIMIQUES.

CONSIDÉRATIONS GÉNÉRALES.

On considère les corps comme formés de petites parties qui ont reçu le nom d'atomes, de molécules ou particules. Quand plusieurs atomes de même nature sont réunis de manière à former une masse appréciable à nos sens, nous appelons celle-ci un corps simple ; si cette masse résulte de la réunion d'atomes d'une nature différente elle prend le nom de corps composé.

La cause inconnue qui réunit les particules des corps porte le nom général d'attraction ; quand elle s'exerce sur des atomes de même nature, on l'appelle cohésion ; quand elle réunit des atomes de nature différente, on l'appelle affinité. On nomme combinaison les résultats de l'affinité.

La combinaison chimique est soumise à des lois remarquables. Un corps ne se combine pas avec un autre corps en toute espèce de proportions ; mais seulement il forme avec lui un certain nombre de composés dont les éléments sont toujours, relativement les uns aux autres, en des quantités invariables. Il y a dans ces proportions des combinaisons, des limites de *maxima* et de *minima*, qui ne peuvent être franchies. Ainsi 177 parties en poids d'azote ne se combinent jamais à moins de 100 parties en poids d'oxigène, et elles peuvent en prendre jusqu'à 500 parties. Entre ces deux extrêmes, il se fait d'autres composés : 177 azote peuvent s'unir encore à 200, 300, 400 parties d'oxigène, mais non pas avec des quantités intermédiaires entre celles-là. La différence dans la composition des corps formés des mêmes éléments se fait par sauts brusques et jamais par un accroissement ou un décroissement insensible.

Cette loi de la combinaison chimique ne souffre pas d'exception ; elle est connue sous le nom de théorie des proportions définies ; elle est confirmée par une multitude d'analyses ; elle est fortement appuyée par une découverte de M. Gay-Lussac, savoir que lorsque des matières gazeuses se combinent chimiquement avec d'autres matières gazeuses , c'est toujours par volumes entiers et non par fractions de volume.

Un corps simple qui s'unit à un autre corps simple prend des quantités différentes de chacun d'eux ; ainsi 395 de cuivre se combinent à 100 d'oxigène ; 442 de chlore ; 201 de soufre ; 196 de phosphore.

Tous ces corps , dans les quantités sus-indiquées, remplissent le même objet par rapport au cuivre , et peuvent se remplacer mutuellement ; aussi chacun de ces nombres a-t-il reçu le nom d'équivalent chimique ou de proportion ; d'équivalent parce qu'ils ont une même valeur pour produire la combinaison ; de proportion parce qu'ils indiquent les proportions relatives de chacun des corps nécessaires pour produire une combinaison. Une proportion ou un équivalent chimique est donc la quantité d'un corps qui est nécessaire pour former un composé chimique avec un autre corps. On prend l'oxigène pour terme de comparaison , et son nombre proportionnel est représenté par 10 ou 100. Les nombres proportionnels des autres corps sont les quantités de chacun d'eux qui seraient nécessaires pour remplacer l'oxigène dans la combinaison.

Ainsi , un métal qui prend 10 d'oxigène , prend 44,2 de chlore pour faire un chlorure , 20,1 de soufre pour faire un sulfure , 23,3 de fluor pour faire un fluorure. Ces nombres, 44,2 ; 20,1 ; 23,3 sont les nombres proportionnels ou les équivalents du chlore, du soufre ou du fluor. Ils expriment également la quantité de ces corps qui se combineraient avec l'oxigène , et , comme les combinaisons oxigénées sont , en général , mieux connues que les autres , on arrive plus facilement à trouver les nombres proportionnels en recherchant quelle est la quantité d'un corps nécessaire pour former un composé chimique avec 10 d'oxigène , et cette quantité exprime le nombre proportionnel de ce corps : ainsi , 10 d'oxigène s'unissent à 29 de sodium ; 29 est par conséquent le nombre proportionnel du sodium.

Quand un corps est susceptible de former plusieurs combinaisons, on pourrait être embarrassé dans le choix du nombre proportionnel. Par exemple, deux oxides de potassium sont formés de :

$$49 \text{ potassium} + 10 \text{ oxigène,} = \text{protoxide,}$$
$$16,3 \quad - \quad + 10 \quad - \quad = \text{peroxide,}$$

Il n'y a pas de raison pour choisir l'un de ces nombres plutôt que l'autre pour l'équivalent chimique ; mais on est convenu de donner la préférence au nombre fourni par le premier degré d'oxigénation.

Dans le cas précédent, on exprime les combinaisons en disant que le protoxide de potassium est formé d'une proportion de potassium et d'une proportion d'oxigène, et le peroxide d'une proportion de potassium et trois proportions d'oxigène, et chacun de ces corps constitue une proportion composée dont le nombre proportionnel est exprimé par les nombres qui appartiennent à ses éléments : $49 + 10 = 59$, nombre proportionnnel de l'oxide de potassium.

Il est des corps dont on ne connaît qu'un certain nombre de combinaisons avec l'oxigène, et dont les propriétés chimiques forcent à admettre qu'ils forment nécessairement d'autres composés moins oxigénés. Dans ce cas on ne prend pas pour équivalent le nombre que donnerait la combinaison connue la moins oxigénée, mais bien celui qui serait fourni par un composé hypothétique qui serait le premier degré d'oxidation et dont on est forcé d'admettre l'existence, bien que la science ne nous ait pas encore appris à le former. C'est d'après ce principe que les nombres proportionnels du bore, du silicium, du chrome, de l'arsenic, du phosphore, du tantale, du titane, de l'antimoine, du tungstène, ne sont pas ceux qui seraient fournis par leurs combinaisons oxigénées connues. Nous reviendrons plus tard sur cette question.

La loi des équivalents chimiques n'est pas bornée aux combinaisons des corps simples entre eux.

Une proportion d'un corps composé s'unit à une ou plusieurs proportions d'un autre corps composé. Ainsi, une proportion d'acide sulfurique s'unit à une proportion de potasse, de soude, d'oxide de fer ; une proportion de potasse s'unit à 1, 2, 3, 4 proportions d'acide oxalique.

Quand deux corps composés viennent à s'unir chimiquement, le nombre proportionnel du nouveau composé est formé de la

réunion des deux nombres proportionnels des composants. Ex. :
1 proportion oxide de fer est formée de 1 proportion de fer (33),
1 proportion d'oxigène (10) = 43.

Une proportion d'acide sulfurique est formée de 1 proportion
soufre (20), 3 proportions oxigène (30) = 50.

Une proportion de sulfate de fer est formée de 1 proportion
oxide de fer (43), 1 proportion d'acide sulfurique (50) = nombre
proportionnel du sulfate de fer, 93.

La théorie des proportions, basée toute entière sur l'expérience, est d'une grande utilité en chimie ; mais il est évident que
si elle nous représente réellement les quantités pondérables entre
lesquelles s'effectue la combinaison, elle ne nous dit rien sur le
nombre réel des atomes qui constituent les composés chimiques.
On s'est beaucoup occupé de ces recherches, mais les considérations par lesquelles on arrive à déterminer la compositon ato-
mique des corps seraient tout à fait déplacées ici.

Au moment où des atomes hétérogènes se réunissent pour
former un composé chimique, il y a toujours production de
chaleur. Si la combinaison se fait avec lenteur, ou sur une très
petite quantité de particules à la fois, la chaleur est faible, parce
qu'elle est enlevée à mesure par les corps environnants. Mais
quand la combinaison se fait à la fois sur une grande masse, une
plus forte quantité de chaleur est concentrée sur un seul point ;
et si la température s'élève à 500 ou 600 degrés, il y a production de lumière, parce qu'à cette température tous les corps
sont lumineux. C'est ce phénomène qui porte le nom de combustion ; mais on voit qu'il ne diffère pas, à proprement parler,
du phénomène de combinaison avec simple production de chaleur,
puisque, dans chaque cas, la réaction est la même et varie seulement d'intensité.

Depuis quelques années, les chimistes paraissent assez disposés
à rapporter à des phénomènes électriques la chaleur qui se développe au moment de la combinaison.

Au moment où deux corps différents seraient mis en contact,
l'un se chargerait d'une sorte d'électricité, et l'autre d'une autre
sorte. Leur charge électrique, c'est-à-dire, la quantité de fluide
vitré ou positif dans l'un, de fluide résineux ou négatif dans l'autre,
irait en augmentant à mesure que l'on élèverait la température,
sans toutefois que les deux fluides électriques se réunissent, jusqu'à

une certaine époque où l'électricité positive de l'un des corps s'unirait à l'électricité résineuse de l'autre pour reformer du fluide naturel, phénomène qui est toujours accompagné de chaleur et de lumière.

On dit des corps qui prennent l'électricité positive avant la combinaison, qu'ils sont électro-positifs, et par opposition l'on nomme électro-négatifs ceux qui prennent l'électricité négative. Mais il est loin d'être démontré que l'observation précédente soit exacte, et il est beaucoup plus certain d'établir cette division des corps sur les phénomènes qu'ils présentent lors de leur décomposition par la pile voltaïque. Alors les particules du composé chimique se désunissent ; les unes se portent au pôle positif, et les autres au pôle négatif de la pile ; et comme on suppose que les particules, au moment de leur désunion, sont chargées d'une électricité contraire à celle du pôle qui les attire, on nomme électronégatif celui des corps qui se porte au pôle positif lors de la décomposition, et électro-positif celui qui est attiré par le pôle négatif.

Les corps, dans leurs rapports chimiques mutuels, peuvent donc être divisés en deux classes, les électro-négatifs et les électropositifs. Il faut observer que ce n'est pas chez eux une propriété absolue, mais relative ; c'est-à-dire, que tel corps qui est électropositif par rapport à un autre, peut être électro-négatif par rapport à un troisième.

Le tableau suivant indique, autant que nos connaissances nous le permettent, les rapports électro-chimiques des corps simples les plus communs.

Corps simples.	Nombre proportionnel.	Corps simples.	Nombre proportionnel.
Oxigène,	10	Hydrogène,	1,24
Chlore,	44,26	Or,	248,6
Iode,	157,95	Mercure,	126,8
Soufre,	20,11	Argent,	135,16
Azote,	17,7	Cuivre,	89,56
Phosphore,	39,22	Bismuth,	88,69
Arsenic,	94	Étain,	73,52
Bore,	13,6	Plomb,	12,944
Carbone,	7,64	Fer,	33,92
Antimoine,	161,29	Zinc,	40,32

Corps simples.	Nombre proportionnel.	Corps simples.	Nombre proportionnel.
Manganèse,	34,58	Baryum,	85,68
Aluminium,	11,4	Sodium,	29,08
Magnésium,	15,83	Potassium,	48,99
Calcium,	25,60		

L'oxigène est électro-négatif par rapport à tous les corps. Le potassium est toujours électro-positif; mais en prenant un autre corps quelconque dans la série, on le verra alternativement être électro-positif par rapport à tous les corps qui le précèdent, et électro-négatif par rapport à ceux qui le suivent. Ainsi, l'or est électro-positif, comparé à l'oxigène, au chlore, à l'iode, etc.; il est électro-négatif, comparé au mercure, à l'argent, au potassium, etc., etc.

Cette faculté des corps simples d'être électro-négatifs ou électro-positifs appartient également aux corps composés : on l'exprime en disant qu'ils sont acides ou basiques. Un acide, dans l'acception ordinaire de ce mot, est un corps d'une saveur aigre; mais son véritable caractère chimique est de s'unir avec les corps basiques, qui lui font perdre ses propriétés acides. L'expérience fait voir que, lors de la décomposition par la pile voltaïque d'un pareil composé, l'acide se porte au pôle positif et la base au pôle négatif; ce qui conduit à dire que la propriété d'être acide ou base dans les corps composés est la même que celle d'être électro-négatif ou électro-positif dans les corps simples.

Tout composé chimique est donc formé d'un acide et d'une base, tantôt simples et tantôt composés, dont le premier se porte au pôle positif lors de la décomposition par la pile voltaïque, et la seconde se porte au pôle négatif. Mais cette propriété n'est pas plus absolue dans les corps composés que dans les corps simples. Tel corps est un acide par rapport à une base, qui est une base par rapport à un autre acide. Ainsi, l'oxide d'antimoine s'unit comme acide à la potasse, et comme base à l'acide sulfurique. Le corps qui fait les fonctions basiques dans une combinaison, a le plus d'influence sur les propriétés générales du composé. Le potassium, qui est un électro-positif, forme des bases composées en s'unissant à l'oxigène, au soufre, au chlore; le soufre, qui est électro-négatif, forme des acides avec l'oxigène, le brome, l'iode; mais les corps dont les propriétés sont moins absolues, forment plus généralement et des acides et des bases composés, la plus acide des combinaisons étant toujours celle qui contient la plus grande proportion du corps simple électro-négatif. Par exemple, la combinaison la moins oxigénée du molybdène avec l'oxigène est une base ; celle qui contient plus d'oxigène est un acide. Le manganèse forme trois combinaisons oxigénées qui s'unissent aux acides ; la moins chargée d'oxigène est la plus manifestement basique. Il existe deux autres composés de manganèse plus oxigénés que les précédents ; ils sont manifestement acides.

Les corps simples ont été divisés en deux grandes classes, les métaux et les métalloïdes. Les métaux réfléchissent vivement la lumière, ce qui leur donne un éclat particulier qui a pris le nom d'éclat métallique ; ils conduisent parfaitement le calorique et l'électricité. Les métalloïdes se distinguent par l'absence des caractères précédents. Ces deux classes ne sont pas tellement distinctes l'une de l'autre qu'on ne soit souvent indécis sur la place que certains corps doivent occuper ; ainsi le carbone a quelquefois l'éclat métallique et conduit l'électricité. Le sélénium fondu a l'éclat métallique. L'aluminium, qui ne conduit pas l'électricité quand il est en poudre, devient bon conducteur quand il a été fortement pressé. Il est douteux que l'arsenic appartienne réellement à la classe des métaux.

Les métalloïdes unis à l'oxigène sont remarquables par leurs propriétés acides et la grande tendance qu'ils ont à se combiner avec les oxides des métaux. Leurs oxides, au contraire, ont peu de disposition à former des combinaisons avec les acides.

Les métaux, après leur combinaison avec l'oxigène, montrent une grande tendance à s'unir aux composés acides des métalloïdes ; quelques-uns d'entre eux forment des oxides et des acides, et ces derniers servent à lier ensemble ces deux grandes séries des corps chimiques.

L'oxigène se combine aux métalloïdes ou aux métaux. L'étude des combinaisons oxigénées constitue en grande partie l'étude de la chimie, parce que ces combinaisons constituent la grande masse des matières qui composent la terre, et parce que l'oxigène concourt activement à la plupart des phénomènes qui se passent à la surface de notre globe.

Les combinaisons de l'oxigène avec les corps simples sont appelées oxides ou acides : acides quand, étant solubles, elles rougissent le papier bleu de tournesol, et qu'elles ont une saveur aigre, et comme caractère essentiel lorsqu'elles saturent les bases; oxides quand elles ne possèdent pas ces caractères.

Les oxides peuvent se combiner avec les acides et donner un nouveau genre de composés qui portent le nom de sels ; mais de même qu'il n'y a pas de limite tranchée entre les acides et les oxides, il n'y en a pas non plus entre les sels tels que nous venons de les définir et les combinaisons des acides entre eux ou des oxides les uns avec les autres ; d'où il résulte que le nom de sel doit s'appliquer à toute combinaison de deux corps oxigénés, l'un d'eux remplissant les fonctions de base ou d'oxide basique, et l'autre les fonctions d'acide.

Quand un oxide et un acide se combinent, il arrive souvent que leurs propriétés disparaissent, et que le sel qui en résulte a des caractères souvent très différents de ceux de ses composants. On dit alors qu'il y a eu neutralisation, et l'on appelle neutre le sel qui s'est formé. Si, au contraire, les propriétés de l'acide ne sont pas tout à fait masquées, on dit qu'il s'est fait un sel acide ou un sur-sel. Si ce sont les propriétés de l'oxide qui se font voir, on dit que le sel est basique ou que c'est un sous-sel. Il est extrê-mement difficile de déterminer si un sel est véritablement neutre.

Pendant longtemps on s'est contenté d'essayer l'action du sel sur la teinture bleue de tournesol, qui est rougie par les acides, sur cette teinture rougie, qui est ramenée au bleu par les alcalis, ou bien sur le curcuma, que les alcalis font passer du jaune au rouge brun, ou bien encore sur le sirop de violettes, que les acides ren-dent rouge et que les alcalis font virer au vert. Ces moyens ne mènent pas à résoudre la question, et il est facile de comprendre pourquoi. Quand une couleur est changée par un acide ou un alcali, c'est à raison de l'action chimique qu'elle exerce sur ce corps ; quand on expérimentera sur un sel dont les éléments sont liés par une affinité puissante, la couleur ne sera pas changée; mais il suffira, pour que le changement de couleur ait lieu, que l'action du réactif soit assez énergique pour l'emporter sur celle de l'un des éléments du sel, ou même que le sel puisse agir sur la matière sans se détruire lui-même.

C'est dans les lois qui président à la composition des sels que l'on trouve le moyen d'apprécier leur état de neutralité.

Quand un acide se combine avec un oxide pour former une espèce de sel, c'est toujours dans les mêmes proportions ; ainsi, 100 parties d'acide prennent toujours la même quantité d'oxide pour faire du sulfate de soude, par exemple. Une conséquence de ce fait, c'est que l'oxigène de l'oxide dans un sel est dans un rapport constant avec la quantité d'acide, et, par suite, avec l'oxigène de l'acide. On appelle capacité de saturation d'un acide la faculté qu'il a de se combiner avec une certaine quantité de base, et on la mesure par le rapport entre l'oxigène de la base et l'oxigène de l'acide. Ainsi, si 100 parties d'acide sulfurique saturent une quantité de soude qui contient 20 d'oxigène, on représente par 20 sa capacité de saturation. Or, cette faculté ne change pas dans l'acide, elle est la même par rapport à tous les oxides, c'est-à-dire que, quel que soit l'oxide que l'on combine à l'acide sulfurique, 100 parties de celui-ci satureront toujours une quantité de base contenant 20 d'oxigène. Ce que nous venons de dire de l'acide sulfurique, nous pouvons le dire de chaque acide en particulier ; seulement la capacité de saturation de chaque acide est différente.

Nous pouvons établir que, dans un même genre de sel, l'oxigène de l'oxide est à l'oxigène de l'acide dans un rapport constamment le même. Ce principe une fois posé, on le fait servir à reconnaître l'état de neutralité des sels. On choisit un des sels du genre comme type, et l'on considère comme neutres tous ceux qui ont une composition semblable. Aussi, le sulfate neutre de soude étant pris pour type, on considérera comme sulfates neutres tous ceux dans lesquels l'oxigène de l'oxide sera à l'oxigène de l'acide dans le même rapport que dans le sulfate de soude, c'est-à-dire :: 1 : 3. Le carbonate de chaux étant considéré comme le type du genre carbonate, on regardera comme neutres tous les carbonates qui auront la même composition, c'est-à-dire, dont l'oxigène de l'oxide sera à l'oxigène de l'acide :: 1 : 2.

Les expériences de Richter démontrent que non seulement chaque base prend une quantité constante d'un acide pour être saturée, mais encore que des doses différentes d'acides différents sont nécessaires pour produire la neutralisation d'une quantité constante de base. Ces quantités d'acides qui produisent le même effet, qui saturent de la même manière les bases, sont les équivalents chimiques ou les proportions composées. Un sel neutre est donc composé d'un équivalent de base et d'un équivalent d'acide, chacun de ses équivalents étant lui-même composé d'oxigène et d'un radical en des proportions diverses. Cette diversité dans la composition des éléments constituants des sels ne doit avoir aucune influence sur le choix du nombre proportionnel ; il faut de toute nécessité prendre celui qui est indiqué par le phénomène de la neutralisation ; aussi, dans la composition des équivalents acides, on est souvent forcé d'admettre des demi-proportions. L'équivalent basique, contenant une proportion d'oxigène ou 10, est neutralisé par une proportion d'acide qui contient 10, ou un multiple de 10 d'oxigène dans le plus grand nombre de cas, mais qui, quelquefois, contient seulement une fraction de ce nombre. Ainsi, dans les phosphates et les arséniates, l'oxigène de la base étant représenté par une proportion ou 10, l'oxigène de l'acide est 25 ou 2 proportions $\frac{1}{2}$; d'où l'on est forcé d'admettre pour l'acide un équivalent formé de 1 proportion de radical et 2 proportions $\frac{1}{2}$ d'oxigène.

Les oxides à 1 proportion d'oxigène, qui sont les plus nombreux et qui saturent le mieux les bases, sont toujours pris comme type pour établir le nombre proportionnel.

La composition des sels avec excès d'acide est soumise à cette loi, que la quantité d'acide est 1 fois $\frac{1}{2}$, 2 fois, 3 fois, 4 fois aussi grande que dans le sel neutre. On l'exprime en ajoutant devant le nom générique du sel l'une des particules, sesqui, bi, tri, quadri, pour exprimer qu'il contient 1 fois $\frac{1}{2}$, 2 fois, 3 fois, 4 fois autant d'acide que le sel neutre. Ex. : Sesqui-sulfate de soude, bi-carbonate de potasse, tri-phosphate de chaux.

Dans les sels basiques, on observe presque toujours la même loi, avec cette différence que c'est la proportion de base qui est augmentée ; la particule numérique est alors placée devant le nom de la base. Aussi l'on dit : carbonate bi-basique de chaux, sulfate tri-basique de cuivre, sesqui-basique de plomb, ou carbonate bicalcique, sulfate tri-cuivrique, sesqui-plombique, etc.

Des sels peuvent à leur tour se combiner entre eux, et il en résulte ce que l'on appelle des sels doubles.

Quand deux sels se combinent ensemble, il arrive qu'ils appartiennent au même genre ou à des genres différents. Le premier cas est le plus commun. Alors chacun des sels a un acide commun et une base différente. Plus rarement, la combinaison se fait entre deux sels ayant une base commune et un acide différent. Plus rarement encore, il y a deux acides et deux bases ; on n'en a guère d'exemples que dans quelques composés naturels.

Les sels doubles sont soumis dans leur composition à cette loi générale, que l'oxigène dans l'une des bases est un multiple de l'oxigène dans l'autre.

En étudiant comparativement les combinaisons oxigénées, on voit d'abord des composés binaires d'oxigène et des corps simples, puis des combinaisons de ces composés binaires entre eux, que l'on désigne sous le nom générique de sels ; enfin, des combinaisons résultant de l'union chimique des sels avec les sels eux-mêmes, et l'on voit encore quelques-uns de ces sels doubles se combiner avec une certaine proportion d'eau de cristallisation. Chacune de ces combinaisons a cela de particulier, que là où deux éléments sont unis, l'oxigène est toujours l'élément électro-négatif, et que lorsque la combinaison se fait entre des éléments plus composés, chacun d'eux est encore un corps oxigéné dont l'un remplit les fonctions d'acide ou électro-négatives, et l'autre les fonctions de base ou électro-positives.

En suivant la série électro-négative des corps, et prenant chaque corps négatif pour type d'une nouvelle classe, on a des groupes nombreux semblables à ceux qui viennent d'être étudiés, et qui en diffèrent en ceci seulement, que ce n'est plus l'oxigène, mais un autre corps qui est l'élément électro-négatif commun. L'histoire de ces composés est beaucoup plus courte que celle des corps oxigénés, parce que l'attention des chimistes s'est portée plus tard vers cette partie de la science ; sans contredit, parce que ces sortes de composés sont plus rares dans la nature, et qu'au contraire les corps oxigénés qui y abondent se sont présentés les premiers à l'étude.

Quand un corps électro-négatif se combine avec des corps plus électro-positifs que lui, il en résulte des composés que l'on peut comparer aux oxides et aux acides, avec cette différence qu'un élément, autre que l'oxigène, est le principe négatif de la combinaison. On exprime généralement ces combinaisons en donnant à l'élément électro-négatif la terminaison en ure, et le faisant suivre du nom de l'autre composant. Ainsi on dit : chlorure de soufre, carbure de fer, iodure de zinc, arséniure de cobalt, etc. Du reste, on exprime les divers degrés de saturation par les particules proto, deuto, per, bi, tri, quadri, etc.

M. Berzélius a proposé de distinguer par des désinences différentes ceux de ces composés qui sont basiques et ceux qui jouent le rôle d'acide. En généralisant ce que ce chimiste a appliqué seulement à quelques cas particuliers, une terminaison en ide serait réservée pour ceux de ces composés qui jouent le rôle d'acide, et la terminaison en ure pour ceux qui font les fonctions de base ; les premiers correspondant par leurs propriétés aux corps acides oxigénés, et les seconds aux oxides. Du reste, chaque degré de combinaison serait exprimé par la désinence de l'élément basique et par des particules. On aurait des noms tels que les suivants, qui s'entendent sans difficulté : sulfure de fer, chloride de soufre, chlorure mercureux, chlorure mercurique, sulfide arsénieux , sulfide arsénique , sulfide hypo - arsénieux, etc.

Quand deux composés ayant un élément électro-négatif commun viennent à se combiner, il en résulte un nouveau corps comparable aux sels oxigénés. L'un des deux composants est la base, et l'autre est l'acide. On donne à l'élément positif ou l'acide la terminaison en ite ou en ate, et on le fait précéder du nom abrégé du principe négatif commun ; quant à la base, on l'exprime seulement en énonçant l'élément positif qui la constitue. Ainsi, sulfo-arséniate ou sulfarséniate de fer exprime la combinaison du persulfure d'arsenic (sulfide arsénique) avec le sulfure de fer ; sulfarsenite de potassium indique un composé de deuto-sulfure d'arsenic (sulfide arsénieux) avec le sulfure de potassium. Je citerai encore les dénominations suivantes : chloro-phosphate de mercure, iodo-hydrargyrate de zinc, sulfhydrate de potassium, sulfo-carbonate de fer, chloro-sulfate de cuivre, etc.

Chacun des sels précédents peut se combiner de manière à former des sels doubles. Les exemples connus en sont encore rares.

1 proportion	sodium,	}	= Chlorure de sodium.
1 —	chlore,		
1 —	or,	}	= Chloride d'or.
3 —	chlore,		
1 —	chlorure de sodium,	}	= Chloro-aurate de so-
1 —	chlorure d'or,		dium.

1 proportion	potassium,	}	= Iodure de potassium.
1 —	iode,		
1 —	mercure,	}	= Iodide de mercure.
2 —	iode,		
1 —	iodure de potassium,	}	= Iodo-hydrargyrate de
1 —	iodure de mercure,		potassium.
1 —	potassium,	}	= Sulfure de potassium.
1 —	soufre,		
1 —	arsenic,	}	= Sulfide arsenique.
2,5 —	soufre,		
1 —	sulfure de potassium,	}	= Sulfarséniate de potas-
1 —	sulfide arsenique,		sium.

Les matières organiques sont formées par la réunion d'un petit nombre d'éléments qui appartiennent à la matière inorganique; mais, ce qui est remarquable, c'est que quelques-unes seulement des matières simples peuvent devenir principes constituants des êtres organisés. Le plus grand nombre des matières organiques sont formées d'oxigène, d'hydrogène et de carbone. Quelques-unes contiennent en outre de l'azote. On en connaît qui ne comptent que le carbone et l'hydrogène au nombre de leurs éléments; le soufre, le phosphore y ont été aussi rencontrés.

Il résulte de cette composition que la différence dans la nature même des éléments, qui était le caractère le plus distinctif des corps non organisés, ne peut plus être appliquée que rarement à la distinction des produits végétaux. C'est dans les proportions des principes élémentaires que résideront les différences; et encore existe-t-il des corps formés des mêmes éléments unis dans des proportions semblables et constituant cependant des substances très différentes, de sorte que le mode de combinaison est encore une autre circonstance qui a la plus haute importance dans l'étude des matières organiques.

Quel que soit le mode de combinaison qui constitue les substances organiques, elles montrent en général une grande tendance à se détruire et à se changer en d'autres composés, au nombre desquels se trouve une partie de ceux qui appartiennent à la chimie des corps bruts, de telle sorte que les substances minérales qui concourent puissamment à la nutrition des êtres organisés, sont rendues par ceux-ci à la nature brute, lorsque la vie de l'individu est terminée, et elles servent à l'alimentation de nouvelles générations.

Cette facile décomposition des matières organisées rend leur étude beaucoup plus difficile que celle des substances minérales. Toute réaction un peu énergique est une cause de destruction : presque toujours de nouveaux produits sont formés, tous différents de ceux qui préexistaient, et avec lesquels il est impossible de refaire ce qui s'était organisé sous l'influence de la vie.

L'opinion la plus accréditée consiste à admettre qu'aucune loi particulière ne préside à la combinaison organique, et que les matériaux immédiats fournis par les plantes ou les animaux sont toujours des combinaisons binaires, formées rarement par la combinaison de deux corps simples, plus souvent par l'union d'un corps simple avec un composé binaire ou ternaire, ou par l'union de composés binaires ou ternaires entre eux. Il est certain que plusieurs substances organiques peuvent être représentées de cette manière dans leur composition. Les travaux faits dans ces derniers temps l'ont même démontré avec une évidence presque complète pour plusieurs corps ; mais souvent aussi cette théorie a été appliquée sur des données purement théoriques, que l'expérience était loin de confirmer. Il faut se rappeler toujours que les théories sont plutôt un moyen commode de lier les faits que la représentation exacte de la composition des corps.

DES ACIDES.

ACIDES DU SOUFRE.

L'acide sulfurique et l'acide sulfureux sont les seules des combinaisons du soufre avec l'oxigène dont on se serve en médecine.

L'acide sulfurique est formé de :

Soufre, 1 pp. (40,14) ; oxigène, 3 pp. (59,86).

L'acide sulfureux est formé de :

Soufre, 1 pp. (50,15) ; oxigène, 2 pp. (49,85).

ACIDE SULFURIQUE.

(Huile de vitriol.)

L'acide sulfurique que l'on emploie en médecine est l'acide hydraté formé de 1 prop. d'acide anhydre (81,67) et de 1 proportion d'eau (18,33); l'oxigène de l'eau est le tiers de l'oxigène de l'acide; c'est un liquide sans odeur, d'une consistance huileuse, d'une densité de 1,842 à + 20°, qui marque 66° au pèse-acide; il bout à 310°, est décomposé, par une forte chaleur, en oxigène et en acide sulfureux; est très caustique; attaque tous les tissus organiques; agit à froid ou à l'aide de la chaleur sur la plupart des corps simples; est, comme agent chimique, le plus utile et le plus puissant des acides. Il a pour l'eau une affinité puissante et développe beaucoup de chaleur quand on le mélange avec elle. Quand on concentre de l'acide sulfurique étendu à une température qui ne dépasse pas 193,3, il ne se perd pas la moindre quantité d'acide, et le produit se concentre jusqu'à ce qu'il soit exactement formé de 1 pp. d'acide et de 2 pp. d'eau. Vers 200° cet hydrate commence à se décomposer; alors une portion de l'acide distille avec l'eau.

L'acide sulfurique est préparé en grand dans les arts par la réaction de l'air et de l'eau, sur les produits de la combustion d'un mélange de nitre et de soufre.

L'acide sulfurique du commerce contient souvent de l'acide nitrique; on reconnaît sa présence par l'un des deux procédés suivants :

1° On projette dans l'acide un peu de proto-sulfate de fer pulvérisé; la liqueur prend une belle couleur pourpre ou même lie de vin foncée (Desbassins).

2° On met dans un verre de montre quelques grains de narcotine, et on ajoute de l'acide sulfurique; il se colore s'il contient de l'acide nitrique (Couerbe).

On se débarrasse de cet acide hyponitrique qui passerait à la distillation, en chauffant l'acide sulfurique avec ½ gros à 1 gros de soufre par kilogramme d'acide, jusqu'à ce que celui-ci ne se colore plus par le sulfate de fer; on le laisse déposer, on le décante et on le soumet alors à la distillation.

L'acide sulfurique du commerce contient toujours du sulfate de plomb; on le purifie par la distillation; mais cette opération est fort difficile à faire, parce que l'ébullition de l'acide est accompagnée de violents soubresauts qui font souvent briser les appareils. Il arrive souvent aussi que les vapeurs qui se condensent et qui donnent un liquide fort chaud, font briser les récipients dans lesquels on les reçoit. L'opération marche cependant assez bien en prenant toutes les précautions que nous allons indiquer.

On prend une cornue de verre pouvant contenir 10 à 12 litres. On y introduit un litre environ d'acide sulfurique concentré du commerce à 66°; on place en outre dans l'acide quelques fragments de verre ou encore mieux de platine qui facilitent la formation des vapeurs; d'un autre côté on fait à un triangle ordinaire en fer une sorte de fond conique avec du fil de fer; on pose sur ce fond la cornue, qui ne doit pas toucher aux barres plus dures qui forment le triangle; autrement, le choc qui résulterait d'un soubresaut un peu violent la casserait presque immanquablement. Celle-ci étant posée sur le fond de fil de fer, on la fixe fortement avec de nouveaux fils de fer qui viennent passer sur son col et sur sa voûte et s'attachent au triangle, de manière à ce que la cornue ne puisse obéir au mouvement d'impulsion que l'ébullition du liquide pourrait lui donner. Alors on place le laboratoire du fourneau, puis le dôme; seulement le col de la cornue ne doit toucher par aucun point les parois du passage que lui livrent ces deux pièces du fourneau; en outre, ce passage doit rester ouvert; au besoin même on diminue le tirage par en haut en bouchant en tout ou en partie la cheminée du dôme. Cette pratique a pour effet de permettre à la chaleur de circuler tout autour du col de la cornue et de l'échauffer à une certaine distance; c'est afin d'éviter que l'acide chaud qui pourrait s'y condenser ne le fasse casser.

Le meilleur moyen de condensation dont on puisse faire usage est celui qui nous a été donné par le docteur Ure. Il consiste à adapter à la cornue un tube de verre d'un mètre de long, et de 4 à 5 centimètres de diamètre, qui reçoit par l'une de ses extrémités le col de la cornue, et qui verse par l'autre dans un flacon l'acide qui s'est condensé. On ne refroidit aucune partie de l'appareil.

Je me suis bien trouvé d'interposer entre ce tube et la cornue une allonge ordinaire en verre, dont l'extrémité la plus mince avait été coupée de manière à présenter un orifice large, et, par suite, capable de présenter un passage facile aux bouffées de vapeur. Cette allonge en verre mince résiste mieux au premier effet de l'acide que les tubes, qui sont sujets à se fendre dans leur longueur.

Quand on se sert d'acide sulfurique qui ne marque pas 66°, les premières portions d'acide sont plus faibles, parce que l'acide sulfurique commence par se concentrer avant de distiller. On met alors ces premiers produits à part. Gmelin a observé que, pendant la distillation de l'acide, on pouvait séparer dans le récipient en même temps de l'acide anhydre et de l'acide plus faible que celui de la cornue, de sorte que l'acide se partage en deux parties dont l'une cède son eau à l'autre; mais ces deux produits se confondent dans la distillation ordinaire.

L'acide sulfurique pur est un caustique violent; étendu d'eau il devient simplement astringent. A cet état il est encore tous les jours prescrit sous forme de boisson rafraîchissante, et légèrement astringente et pour combattre la colique de plomb; on l'emploie en gargarismes astringents et détersifs, en potions astringentes, en collyres, en lavements astringents. On lui préfère généralement l'alcool sulfurique qui est plus facile à manier.

ACIDE SULFUREUX.

L'acide sulfureux est gazeux, incolore; il a une odeur vive et piquante; il devient liquide sous une forte pression et par un grand froid; il est soluble dans l'eau, qui en dissout 37 fois son volume, suivant M. Thénard, et 43 fois, suivant M. de Saussure. Sa densité est 1,053; il marque 7° à l'aréomètre. Sa dissolution est liquide, incolore, d'une odeur piquante; elle absorbe facilement l'oxigène de l'air et l'acide sulfureux passe à l'état d'acide sulfurique; aussi l'acide sulfureux liquide doit-il être conservé dans des vases de petite capacité et bien bouchés.

L'acide sulfureux est employé en médecine à l'état de gaz dans le traitement de la gale et des maladies dartreuses; alors on l'obtient par la combustion du soufre au contact de l'air et l'on expose le malade à l'action du gaz qui se forme, au moyen d'appareils disposés de manière à ce qu'il ne puisse en respirer.

L'acide sulfureux liquide est employé le plus ordinairement sous forme de potions ou de boissons, comme acidule, astringent et rafraîchissant dans les fièvres aiguës, à la dose de quelques gouttes. Pour se le procurer, on décompose l'acide sulfurique par le mercure. On met dans une cornue de grès lutée 4 livres de mercure et 6 livres d'acide sulfurique concentré; on place cette cornue dans un fourneau à réverbère et l'on y adapte la série de flacons de l'appareil de Woulf, en ayant soin d'établir la communication entre la cornue et le premier flacon par un tube à boule de Welter; ce premier flacon doit contenir une faible couche d'eau; elle est destinée à retenir l'acide sulfurique qui peut passer à la distillation; les autres flacons contiennent chacun 1 litre d'eau distillée; ils sont tenus refroidis pendant tout le cours de l'opération pour faciliter la dissolution du gaz. On chauffe graduellement la cornue, et ce n'est que vers l'ébullition que le mercure est attaqué; il s'oxide aux dépens de l'acide sulfurique, forme de l'oxide de mercure, et par suite, du sulfate, tandis que l'acide sulfureux se produit. C'est le dégagement de celui-ci qui sert de guide pendant l'opération; s'il est trop lent, on augmente le feu; on le diminue si le gaz se dégage trop vite. L'opération est terminée quand le gaz cesse de se produire. Il faut avoir soin, toutefois, de ne pas élever beaucoup la température, de peur de décomposer le sulfate de mercure qui s'est formé.

On rejette l'acide du premier flacon comme impur; on conserve, dans des bouteilles de petite capacité et bien remplies, celui qui se trouve dans les flacons suivants:

On pourrait obtenir l'acide sulfureux plus économiquement en chauffant des boulettes faites avec de la sciure de bois et de l'acide sulfurique, etc., ou bien encore en distillant un mélange de soufre sublimé (1 partie), et de peroxide de manganèse (5 parties), ou en faisant bouillir l'acide sulfurique (6 parties), sur le soufre sublimé (1 partie). Mais dans nos laboratoires, où la consommation d'acide sulfureux est peu considérable, le premier procédé est plus économique, vu que le sulfate de mercure qui en résulte sert ensuite à la préparation du sublimé corrosif.

SULFITE DE SOUDE.

On prépare ce sel en remplaçant l'eau dans l'opération précédente par une dissolution de carbonate de soude cristallisé faite dans la proportion de 1 partie de carbonate et 2 d'eau; on fait passer un excès d'acide sulfureux, et l'on ne refroidit pas les flacons. Il se fait par le refroidissement des cristaux d'un sulfite qui contient 2 fois autant d'acide sulfureux que le sel neutre. C'est du bi-sulfite de soude qui a la saveur sulfureuse piquante propre à tous les sels de ce genre.

L'eau mère, soumise à l'évaporation dans une cornue, à l'abri du contact de l'air, fournit une nouvelle quantité de sulfite.

Si on voulait avoir le sulfite neutre de soude, il faudrait ajouter du carbonate de soude à la liqueur qui résulte de la première opération, jusqu'à ce qu'elle ait pris une réaction alcaline; le sulfite neutre cristalliserait par le refroidissement; mais comme ces sels ne sont employés que pour muter les sucs végétaux, celui des deux qui contient le plus d'acide sulfureux sous le même poids est le meilleur.

On doit conserver le sulfite de soude dans des vases bien fermés, car il se transforme en sulfate par l'action de l'air.

SULFITE DE CHAUX.

Pour préparer le sulfite de chaux, on ne conserve que le premier flacon de l'appareil de Woulf, destiné au lavage de gaz, et on reçoit celui-ci dans un vase qui contient du lait de chaux, en opérant d'ailleurs comme il a été dit pour l'acide sulfureux. On continue à faire passer du gaz sulfureux, jusqu'à ce que la liqueur soit manifestement acide et conserve l'odeur piquante d'acide sulfureux après l'agitation avec le dépôt; c'est la preuve que la chaux a été saturée d'acide. On décante la liqueur que l'on rejette; on reçoit le dépôt sur une toile; on le soumet à la presse, et on le fait sécher promptement; on le conserve dans des vases fermés.

Au lieu de délayer la craie dans l'eau, on préfère l'humecter en la plongeant quelques instants dans l'eau et la diviser en petits fragments dont l'on remplit un vase, au fond duquel arrive le tube qui amène le gaz sulfureux; on a soin de mettre un excès de craie, et quand l'opération est finie, on distingue facilement le sulfite de chaux de la craie non attaquée en ce qu'il a beaucoup de cohésion et une couleur jaunâtre, tandis que la craie reste peu cohérente et d'un blanc mat.

Le sulfite de chaux sert à muter les sucs végétaux. Il est blanc ou légèrement jaunâtre, presque insipide, soluble seulement dans 800 parties d'eau. Il est décomposé par la plupart des acides qui mettent l'acide sulfureux en liberté. Il se convertit lentement en sulfate de chaux à l'air; c'est pourquoi il faut le conserver dans des vases fermés.

HYPOSULFITE DE SOUDE.

(Sulfite sulfuré de soude.)

En faisant bouillir le sulfite neutre de soude avec le soufre, il se dissout une quantité de soufre égale à celle qui se trouvait dans l'acide sulfureux. Il en résulte un nouvel acide formé de 2 pp. soufre (66,8) et 2 pp. d'oxigène (33,2) qui reste combiné à la soude; le sel prend le nom d'hyposulfite de soude. Il est formé de 39,36 de soude, et de 60,64 d'acide hyposulfureux.

Pour préparer l'hyposulfite de soude, on prend :

Carbonate de soude cristallisé..................	8
Eau distillée..................................	16
Soufre sublimé...............................	1

On fait dissoudre dans l'eau le carbonate alcalin, et on délaie le soufre dans la liqueur; on fait alors passer un courant d'acide sulfureux qui chasse l'acide carbonique, formé du sulfite de soude qui à son tour dissout le soufre et le change en hyposulfite; on fait bouillir la liqueur pendant quelques instants pour chasser l'excès d'acide sulfureux et l'on filtre; on évapore les $^2/_3$ environ et on laisse cristalliser.

Ce sel est peu employé. Il était recommandé par Chaussier, à la dose de $^1/_2$ à 1 gros (2 à 4 grammes), contre les exanthèmes chroniques, les engorgements des viscères.

ACIDES DE L'AZOTE.

L'azote forme avec l'oxigène deux acides différents; savoir : l'acide nitreux et l'acide nitrique; le premier est formé de :

2 vol. azote = 1 prop., 37,11 ; 3 vol. oxigène = 3 prop., 62,89.

L'acide nitrique est formé de :

2 vol. azote = 1 prop., 26,15 ; 5 vol. oxigène = 5 prop., 73,85.

Il est un autre acide de l'azote qui est désigné sous le nom d'acide hyponitrique : c'est une combinaison d'une proportion d'acide nitrique et d'une proportion d'acide nitreux.

L'acide nitrique est le seul acide de l'azote en usage en médecine.

ACIDE NITRIQUE.

(Acide azotique, Esprit de nitre, Eau forte.)

L'acide nitrique n'est connu qu'en combinaison avec l'eau. Dans un grand état de concentration, c'est un liquide incolore, d'une odeur forte particulière, d'une saveur excessivement caustique, qui forme sur la peau une tache jaune qui ne disparaît que quand l'épiderme vient à tomber. C'est un poison caustique des plus énergiques. Il est volatil, décomposable par la chaleur, et par tous les corps qui ont quelque affinité pour l'oxigène.

    Pr. : Nitrate de potasse....................... 1
          Acide sulfurique concentré. 1

On réduit le nitrate de potasse en poudre; on l'introduit dans une cornue de verre; on introduit ensuite dans la cornue l'acide sulfurique, soit par la tubulure, soit, si la cornue n'est pas tubulée, à l'aide d'un tube qui pénètre jusque dans la panse.

La cornue étant posée sur un triangle dans un fourneau de réverbère, on y adapte une allonge et un ballon tubulé, à la tubulure duquel on place un long tube droit qui sert de passage aux gaz incoercibles, et va les porter dans la partie supérieure de la hotte du laboratoire. On lute toutes les jointures avec un lut gras très ferme, que l'on recouvre de bandelettes couvertes de blanc d'œuf et de chaux. On refroidit le ballon par un courant d'eau froide pendant tout le temps que dure l'opération.

L'appareil étant monté, on place quelques charbons sous la cornue, et l'on élève peu à peu la température; le feu doit être conduit de manière que l'acide distille goutte à goutte; si l'on chauffait plus fort, on courrait le risque de faire passer toute la matière dans le récipient; l'opération est terminée lorsque, la cornue étant bien chaude, il ne passe plus rien à la distillation.

Dans cette opération, l'acide sulfurique décompose le nitrate de potasse, et met l'acide nitrique en liberté. Celui-ci s'empare d'une partie de l'eau que l'acide sulfurique abandonne à mesure qu'il se combine à la potasse, et il passe à la distillation. Il reste dans la cornue du bi-sulfate de potasse. Au commencement de l'opération, il se fait une quantité assez grande d'acide nitreux, parce que les premières parties d'acide nitrique qui sont mises en liberté rencontrent beaucoup d'acide sulfurique qui, ayant une puissante affinité pour l'eau, la retient avec force; l'acide nitrique, qui ne peut exister sans eau, se change alors en oxigène et en vapeurs hyponitriques; mais bientôt la masse, dans la cornue, entre en fusion, la décomposition s'opère sur tous les points, et alors la proportion d'acide nitreux qui se produit est peu considérable. Autrefois, on n'employait que la quantité d'acide sulfurique nécessaire pour former du sulfate neutre de potasse; alors une partie du nitrate n'était pas décomposée, et il se formait beaucoup plus de vapeurs hyponitriques; on espérait obtenir ainsi un acide plus fort; mais on arrive au même résultat, en doublant la dose d'acide sulfurique, comme l'a conseillé M. Thénard, pourvu que vers la fin de l'opération on ne chauffe pas trop; une partie de l'eau est alors retenue par le bi-sulfate de potasse; elle en serait chassée par une chaleur plus élevée.

Dans l'opération précédente, chaque kilogramme de nitrate de potasse fournit de 6 à 700 grammes d'acide nitrique fumant marquant de 47 à 50 degrés, et d'une densité d'environ 1,5. Cet acide contient une assez forte proportion d'acide nitreux. Quand on n'a pas besoin d'acide fort, on trouve avantage à couper, avec un poids d'eau égal au sien, l'acide sulfurique qui sert à la décomposition du nitre; il se fait alors fort peu d'acide nitreux. L'acide est d'autant plus fort que l'opération approche davantage de sa fin. En opérant sur 3 parties de nitrate j'ai obtenu 4 parties d'acide. La première partie marquait 13°, la seconde 22°, la troisième 30°, et la quatrième 36°. Le mélange de ces acides marquait 28°.

L'acide nitrique obtenu par une première opération n'est pas pur. Il contient un peu de chlore, d'acide hyponitrique et d'acide sulfurique; pour séparer celui-ci, on distille de nouveau l'acide nitrique dans une cornue de verre, après avoir ajouté une once de nitrate de potasse par livre. Pour le priver de l'acide hyponitrique et du chlore, on emploie deux procédés différents. Le premier consiste à distiller en partie l'acide à une douce chaleur dans une cornue, de manière à en chasser l'acide hyponitrique et le chlore; on obtient un acide distillé, impur, et il reste dans la cornue un acide très fort, encore un peu coloré, dont la densité est de 1,5 à 1,51.

Quand on n'a pas besoin d'un acide aussi fort, on emploie pour sa purification un procédé différent; on étend l'acide avec de l'eau distillée jusqu'à ce qu'il marque 35° à l'aréomètre de Baumé et on le soumet à l'ébullition dans une cornue de verre; on conseille ordinairement de faire l'opération dans un matras; mais il vaut mieux recueillir les produits qui se volatilisent et qui méritent la peine d'être conservés. Le premier effet de l'ébullition est de volatiliser l'acide hyponitrique et le chlore; le second résultat est la concentration de l'acide. On croit que, lorsque l'on chauffe de l'acide nitrique affaibli, il se concentre sans perdre sensiblement d'acide par une simple évaporation de l'eau jusqu'à ce qu'il soit arrivé à avoir une densité de 1,42, époque à laquelle il marque 42,6 à l'aréomètre, bout à 120°, et contient 4 pp. d'eau; et qu'alors seulement l'eau et l'acide passent en même temps à la distillation; mais il n'en est rien. Il est seulement vrai que, jusque là, l'acide perd proportionnellement plus d'eau que d'acide. De l'acide nitrique traité de cette manière m'a fourni un premier liquide marquant 15°, l'acide de la cornue marquait alors 35°. Le deuxième produit distillé marquait 29°, l'acide de la cornue 41,52°, enfin le troisième produit marquait 40°, et le résidu d'acide dans la cornue marquait 44°.

On pousse ordinairement cette concentration de l'acide jusqu'à ce qu'il marque 42,6° à l'aréomètre; quand on n'a pas besoin d'acide aussi fort, il est avantageux d'arrêter l'opération plus tôt.

Au lieu de préparer l'acide nitrique de toutes pièces, on se contente plus souvent de purifier celui du commerce; à cet effet on ajoute peu à peu à l'acide nitrique une dissolution concentrée de nitrate d'argent jusqu'à ce qu'elle cesse d'y faire naître un précipité; comme le chlorure d'argent qui s'est formé ne se dépose qu'avec lenteur, il faut, vers la fin, filtrer une petite quantité de l'acide sur du verre en poudre et l'essayer par la dissolution d'argent; aussitôt qu'il cesse de précipiter, on le porte dans un endroit obscur et on l'abandonne à lui-même jusqu'à ce que tout le chlorure d'argent soit déposé, ce qui est fort long; on place alors sur la tubulure du flacon qui contient l'acide un bouchon percé de deux ouvertures; par l'une passe la branche la plus courte d'un siphon qui s'enfonce jusqu'à une petite distance du précipité de chlorure d'argent; par l'autre passe un petit tube qui n'arrive pas jusqu'à la surface de l'acide; en soufflant par ce tube, on augmente la pression intérieure, et l'on force l'acide à s'élever dans le siphon; quant à la portion d'acide qui reste mêlée au dépôt de chlorure d'argent, on la sépare en la filtrant sur du verre en poudre.

Tout le chlore de l'acide nitrique a été précipité; mais l'acide nitrique tient en dissolution du sulfate d'argent et l'excès de nitrate d'argent dont on s'est servi; il faut le distiller; l'opération se fait dans une cornue de verre, à feu nu, dans un fourneau de réverbère; on distille presqu'à siccité; on peut, en fractionnant les produits, obtenir de l'acide à différents degrés de concentration; l'acide qui passe le premier marque 20°; sa force augmente, à mesure que l'opération avance, depuis 20 jusqu'à 42° de l'aréomètre de Baumé.

Si l'on voulait obtenir de l'acide plus fort, il faudrait, suivant le procédé de M. Gay-Lussac, le distiller à deux reprises avec 4 parties d'acide sulfurique; mais il vaut mieux alors recourir à la décomposition du nitre par l'acide sulfurique concentré. On ne sait pas exactement la quantité d'eau qui est contenue dans l'acide le plus concentré (D. 1,51). Voici, d'après M. Thénard, la composition des acides plus faibles :

Densité,	1,376	Acide réel pour 100 p.,	52
	1,422		62
	1,435		63
	1,478		73
	1,498		84

FUMIGATIONS DE SMITH.

Pr.: Nitrate de potasse pur, demi-once.............. 16 grammes.
Acide sulfurique, demi-once.................... 16
Eau, demi-once............................ 16

On mêle l'eau à l'acide; et quand le mélange est encore modérément chaud, on place le vase qui le contient sur les cendres chaudes, et l'on y verse un peu de nitre. Dès que le dégagement des vapeurs nitreuses cesse, on ajoute une nouvelle quantité de nitre et ainsi de suite, jusqu'à ce que tout le nitre ait été détruit. Le produit de cette décomposition est un mélange de vapeurs d'acide nitrique et d'acide hyponitrique.

La dose précédente est recommandée pour désinfecter un espace de 120 mètres cubes.

LIMONADE NITRIQUE.

Pr. : Acide nitrique, un gros............................. 4 grammes.
    Eau, une livre douze onces......................... 875
    Sirop de sucre, quatre onces....................... 125

M.

Cette tisane a été recommandée dans le traitement des maladies de la peau et des maladies syphilitiques. On la boit avec un chalumeau, car elle attaque fortement les dents.

LOTION NITRIQUE.

Pr. : Acide nitrique, un gros............................. 4 grammes.
    Eau, une livre.................................... 500

M.

Cette liqueur a été recommandée pour laver les ulcères fétides.

POMMADE NITRIQUE OU OXIGÉNÉE.

Voy. t. Ier, p. 300.

ACIDES DU PHOSPHORE.

L'acide phosphorique est le seul des acides du phosphore qui soit employé en médecine. Il est formé de :

Phosphore, 1 proportion, 43,96 ; oxigène, 2 proportions $\frac{1}{2}$, 56,04.

L'acide phosphorique est solide, incolore, inodore ; d'une saveur excessivement aigre, fusible, et même volatil à une très haute température ; beaucoup moins caustique que les acides nitrique et sulfurique ; soluble en toutes proportions dans l'eau, et la retenant avec ténacité, même à une très haute température.

Pour l'usage médical, on emploie l'acide phosphorique liquide, d'une densité de 1,45 et marquant 45° à l'aréomètre.

<pre>
Pr.: Phosphore........................... 1
     Acide nitrique fumant............... 4
     Eau................................. 8
</pre>

L'appareil dont on se sert se compose d'un bain de sable, d'une cornue tubulée, d'une allonge, d'un ballon à deux tubulures, dont l'une reçoit l'extrémité de l'allonge et l'autre un tube droit très long qui va porter les gaz incoercibles dans les parties supérieures de la hotte de la cheminée; les jointures sont lutées avec du lut gras, recouvert de bandes de lut de chaux. Pendant tout le temps que dure l'opération, on refroidit par un courant d'eau froide l'allonge et le ballon.

On introduit d'abord dans la cornue le mélange d'eau et d'acide, puis le phosphore; on élève ensuite la température pour entretenir la réaction. Celle-ci est modérée, parce que l'acide n'a pas un fort degré de concentration; elle est accompagnée d'un fort dégagement de vapeurs rutilantes qui se condensent en grande partie dans le ballon; on continue à entretenir l'opération jusqu'à ce qu'une grande partie de l'acide soit passée dans le ballon; on reverse cet acide dans la cornue, et l'on continue le feu jusqu'à ce que le phospore soit dissous entièrement. A cette époque, on reverse encore une fois dans la cornue l'acide du récipient, parce qu'il contient une certaine quantité d'acide du phosphore, et on procède à la concentration dans la cornue même jusqu'à ce que l'acide phosphorique soit concentré et qu'il n'ait plus du tout d'odeur d'acide nitrique; on le retire, on l'étend d'eau jusqu'à ce qu'il marque 45° à l'aréomètre. C'est l'acide médicinal.

Il arrive quelquefois, si la distillation de l'acide nitrique a été prompte, ou si l'on n'a pas assez tôt reversé dans la cornue l'acide du récipient, que le phosphore vient à nager à la surface du liquide et y brûle: le remède est de verser dans la cornue l'acide nitrique déjà distillé qui diminue la densité de la liqueur et entraîne la précipitation du phosphore.

Sur la fin de la concentration dans la cornue, il arrive un moment où il se dégage tout à coup d'abondantes vapeurs nitreuses; si l'ébullition était poussée vivement, et la masse sur laquelle on opère considérable, il pourrait en résulter un détonation dangereuse qui briserait les vases et pourrait blesser l'opérateur; pour éviter les accidents, il faut conduire le feu doucement quand on est arrivé vers ce moment de l'opération. La cause de ce dégagement subit de gaz a été peu appréciée. M. Guibourt l'attribue à ce que, à un certain degré de concentration, l'acide phosphorique s'emparerait de l'eau de l'acide nitrique et le décomposerait en oxigène et en gaz nitreux.

Les proportions de matières que j'ai données pour la préparation du phosphore, sont celles qui ont été indiquées par M. Berzélius; elles réussissent parfaitement. L'acide nitrique étant suffisamment étendu, la réaction est modérée et l'opération marche avec régularité. Les auteurs, en général, font employer de l'acide nitrique marquant de 30 à 35°; ils conseillent de le porter à l'ébullition, et d'ajouter le phosphore peu à peu et par fragments séparés, en attendant que la réaction soit opérée sur l'un avant d'en introduire un autre; ils tiennent dans de l'eau le phosphore qui doit servir à l'opération, en saisissent chaque fragment avec des pinces, et l'introduisent dans la cornue par la tubulure. Cette manipulation est exigée par l'action très vive que l'acide nitrique concentré exerce sur le phosphore; mais elle n'est pas sans danger, et je lui préfère celle qui a été décrite auparavant.

On obtient encore l'acide phosphorique en décomposant le phosphate d'ammoniaque à la chaleur rouge, dans un creuset de platine. L'acide retient un peu d'ammoniaque; si on porte au rouge blanc pour le chasser, l'hydrogène de l'ammoniaque réduit une partie de phosphore, et le creuset est percé.

On peut encore dissoudre le phosphate de baryte dans l'acide nitrique, précipiter la baryte par l'acide sulfurique, et chasser l'acide nitrique par la concentration. On peut aussi décomposer directement le phosphate de plomb par l'acide sulfurique; mais l'action directe du phosphore sur l'acide nitrique est le procédé le plus commode.

L'acide phosphorique est quelquefois employé, en médecine, dans les maladies des os, soit à l'intérieur, soit à l'extérieur; on en fait des limonades, des potions, des solutions pour lotions ou injections.

SIROP D'ACIDE PHOSPHORIQUE.

Pr. : Acide phosphorique médicinal, demi-once....   16 grammes.
Sirop de framboises, deux livres............ 1000

M.

ONGUENT D'ACIDE PHOSPHORIQUE.

Pr. : Acide phosphorique à 45 degrés. 1
Axonge................................ 8

Cette pommade a été vantée en frictions contre les tumeurs osseuses des rachitiques.

ACIDE BORIQUE.

(Acide boracique, sel sédatif d'Homberg.)

L'acide borique est la seule combinaison connue de l'oxigène avec le bore. Il est composé de :

1 proportion bore, 31,22 ; 3 proportions oxigène, 68,78.

C'est un acide blanc, inodore, peu sapide, fusible et parfaitement fixe ; insoluble dans 26 parties d'eau à la température ordinaire, et dans moins de 3 parties à l'ébullition ; soluble dans l'alcool. Cristallisé, il contient 3 proportions d'eau, ou 43,62 p. 100.

Pr. : Borax cristallisé, deux livres................ 1000 grammes.
Eau distillée, dix livres..................... 5000
Acide sulfurique à 66 degrés, dix onces....... 320

On fait dissoudre le borax dans l'eau à l'ébullition ; on passe la liqueur bouillante, et on la reçoit dans une terrine de grès ; on y verse alors l'acide sulfurique petit à petit, et en agitant continuellement ; on laisse déposer pendant 24 heures, et l'on fait écouler l'eau mère en inclinant les terrines ; quand l'acide est bien égoutté, on l'arrose avec de l'eau froide au moyen d'un arrosoir, et on le fait égoutter de nouveau ; ensuite on le sèche à l'étuve ou au soleil.

Les eaux mères et les eaux de lavage sont réunies, et par la concentration, on en retire une nouvelle quantité d'acide que l'on purifie en le faisant dissoudre de nouveau et en le faisant cristalliser.

La préparation de l'acide borique est fondée sur la propriété que possède l'acide sulfurique, de chasser cet acide de sa combinaison avec la soude : tant que la liqueur est chaude, il ne se montre aucune séparation, tout reste dissous; mais à mesure que le refroidissement s'opère, on voit l'acide borique se déposer peu à peu sous formes de paillettes, et la liqueur finit par se prendre en masse. La quantité d'acide sulfurique employée est plus que suffisante pour saturer la soude; mais cette condition doit être remplie; autrement il se déposerait beaucoup moins d'acide; sans doute alors il se ferait du borate acide de soude qui resterait en dissolution.

Quand on ajoute l'acide sulfurique dans la dissolution bouillante de soude, il faut le faire avec précaution, car la température s'élève beaucoup; d'abord, parce que le liquide est déjà à une température voisine de 100°; ensuite, parce que l'acide sulfurique et l'eau, au moment du contact, donnent beaucoup de chaleur, et ensuite, parce qu'il en résulte une nouvelle quantité de la réaction chimique qui détermine la formation du sulfate de soude.

Les lavages sont destinés à séparer le sulfate de soude; celui-ci est à l'état acide et très soluble. Il est facilement entraîné. Cependant, l'acide borique ainsi obtenu retient toujours un peu d'acide sulfurique, dont on ne pourrait le priver qu'en portant la température au rouge; mais il est suffisamment pur pour l'usage médical.

La séparation de l'acide borique qui se trouve dans les eaux mères s'obtient difficilement, parce que cet acide et le sulfate de soude finissent par cristalliser en même temps. Pour éviter cet inconvénient, M. Girardin, de Rouen, remplace l'acide sulfurique par l'acide hydrochlorique; on l'ajoute à la dissolution chaude de borax jusqu'à ce que la liqueur rougisse fortement par le tournesol; comme le sel marin est à peu près également soluble à froid et à chaud, l'acide borique cristallise seul après l'évaporation des eaux mères. Ce procédé réussit bien.

On peut aussi préparer l'acide borique en purifiant l'acide borique impur de Toscane que l'on trouve dans le commerce. L'opération doit consister dans des dissolutions et cristillisations plusieurs fois répétées.

L'acide borique pur a la forme de petits prismes; mais l'acide médicinal a la forme de larges écailles nacrées; cette différence dans la cristallisation tient à la présence d'une matière grasse qui existe en abondance dans le borax brut, qui se retrouve dans le borax purifié, et qui accompagne l'acide borique dans sa précipitation. Quand on opère avec les borax purifiés de l'Inde, on arrive tout naturellement à avoir cette cristallisation en écailles ; mais elle est peu prononcée, quand on opère sur des borax provenant de la fabrication directe avec l'acide borique de Toscane. Si l'on tient à avoir un acide borique bien feuilleté, il faut clarifier la dissolution de borax à chaud par deux ou trois blancs d'œufs. Il arrive alors qu'au moment où l'on verse l'acide sulfurique, il se fait un précipité floconneux par la combinaison de l'acide avec l'albumine restée en dissolution ; on s'en débarrasse en passant aussitôt la liqueur à travers une étoffe de laine ; l'acide borique cristallise en belles écailles par le refroidissement.

ACIDE CARBONIQUE.

L'acide carbonique est gazeux, incolore ; il a une saveur aigrelette ; il asphyxie les animaux. L'eau en dissout environ son volume à la température ordinaire ; elle peut se charger d'une bien plus grande quantité de ce gaz sous une forte pression. L'acide carbonique est composé de :

1 proportion carbone, 72,35 ; 2 proport. oxigène, 27,65.

Pour préparer l'acide carbonique, on prend un flacon à deux tubulures ; on adapte à l'une d'elles un tube droit qui plonge jusqu'au fond du flacon, et à l'autre un tube recourbé propre à porter l'acide dans un liquide ou sous une cloche.

On met dans le flacon des fragments de marbre dont on le remplit aux trois quarts, puis assez d'eau pour que l'extrémité du tube droit plonge de un à deux pouces ; alors on verse par l'extrémité du tube droit de l'acide hydrochlorique du commerce : il en résulte aussitôt une effervescence qui dure tant que l'acide n'a pas été saturé, et que l'on renouvelle à volonté par une nouvelle affusion d'acide ; on laisse perdre les premières parties de gaz qui sont mêlées d'air, et l'on recueille les autres à volonté.

L'acide hydrochlorique décompose le carbonate de chaux, met l'acide carbonique en liberté en même temps qu'il forme de l'hydrochlorate de chaux qui reste en dissolution.

(*Voir*, pour plus de détails, la préparation des eaux minérales acidules, à la fin de ce volume.)

ACIDE HYDROCHLORIQUE.

(Acide chlorhydrique, Acide muriatique, Esprit de sel.)

L'acide hydrochlorique est gazeux, d'une densité de 1,26. Sa saveur est très aigre, son odeur très piquante. Il se liquéfie sous une pression de 40 atmosphères. Il est excessivement soluble dans l'eau, qui en dissout à zéro 480 fois son volume, ou environ les 2/4 de son poids. L'acide hydrochlorique est composé de

Chlore, 2 vol. ou 1 prop. 97,26; hydrogène, 2 vol. ou 1 prop. 2,74.

      Pr. : Sel marin décrépité................................. 3
            Acide sulfurique à 66 degrés...................... 3
            Eau... 1

L'appareil dont on se sert est celui de Woulf; la décomposition s'opère dans un matras ou dans une cornue, placée sur un bain de sable, munie d'un tube en S. Le premier flacon ne contient qu'une petite quantité d'eau destinée au lavage du gaz; on ne le refroidit pas pendant l'opération; les autres contiennent une quantité d'eau qui doit être de 700 grammes, si l'on a employé 1 kilog. de sel; ils ne doivent être remplis qu'aux 2/3. On les refroidit avec grand soin pendant tout le temps que le dégagement du gaz a lieu, parce que la dissolution est accompagnée de chaleur, et que l'eau dissout d'autant plus de gaz hydrochlorique que la température est moins élevée. Les tubes qui amènent le gaz hydrochlorique doivent plonger à peine dans l'eau; si on les enfonce davantage, on augmente sans utilité la pression intérieure, d'autant plus qu'à mesure que l'opération avance, le volume du liquide s'élève par l'augmentation de volume qui résulte de l'absorption du gaz. D'ailleurs, à mesure que l'acide arrive dans l'eau, il forme une dissolution dense qui, à raison même de cette densité, gagne toujours le fond des vases.

On mêle l'acide sulfurique avec l'eau prescrite, on l'introduit par portions au moyen du tube en S., et on laisse l'action s'opérer à froid, tant que tout l'acide sulfurique n'a pas été introduit; il en résulte un dégagement lent et régulier de gaz; quand l'opération ne marche plus à froid, on chauffe modérément pour faciliter la décomposition; l'opération est terminée quand il ne se dégage plus de gaz.

On emploie du sel marin décrépité. L'opération qu'on lui a fait subir a eu pour but de détruire une matière organique qu'il contient, et surtout les nitrates terreux qui s'y trouvent, qui seraient décomposés par l'acide sulfurique et fourniraient de l'acide nitrique. Celui-ci, réagissant sur l'acide hydrochlorique, formerait du chlore et de l'acide nitreux qui resteraient mélangés au produit et qui altéreraient sa pureté.

La formation de l'acide hydrochlorique dans l'action de l'acide sulfurique sur le sel marin résulte de la décomposition de l'eau; son oxigène se combine au sodium et forme de la soude qui s'unit à l'acide sulfurique; l'hydrogène de l'eau se combine au chlore du sel marin, et constitue l'acide hydrochlorique.

L'acide hydrochlorique obtenu par ce procédé est incolore; il fume à l'air. Sa densité est voisine de 1,17. Il marque ordinairement 22 degrés à l'aréomètre de Baumé.

On obtient beaucoup plus économiquement de l'acide hydrochlorique incolore en purifiant l'acide du commerce par la distillation; le produit peut à la vérité contenir un peu de chlore; ce qui est sans inconvénient pour un grand nombre d'opérations. Si l'acide du commerce était chargé d'acide sulfureux, on y ferait passer un peu de chlore pour le détruire. L'oxigène de l'eau ferait passer l'acide sulfureux à l'état d'acide sulfurique, et son hydrogène ferait passer le chlore à l'état d'acide hydrochlorique.

On introduit dans une cornue de verre, soit 4 kilogrammes d'acide hydrochlorique du commerce, et l'on ajoute quelques fragments de verre pour faciliter l'ébullition; on place cette cornue sur un triangle dans un fourneau de reverbère; on adapte à cette cornue un ballon, et à la suite de ce ballon deux flacons de l'appareil de Woulf dans chacun desquels on met 500 grammes d'eau; on refroidit avec soin les flacons pendant tout le temps de l'opération; quant au ballon, on le plonge à moitié dans une terrine pleine d'eau froide. On porte alors l'acide à l'ébullition, et on l'entretient jusqu'à ce que les ⁹/₁₀ de l'acide aient été distillés. Il ne se dégage presque d'abord que du gaz hydrochlorique; plus tard il passe en même temps du gaz et de l'eau. L'acide dans la cornue va en s'affaiblissant de plus en plus, jusqu'à ce qu'il ait une densité telle qu'il marque 14 degrés à l'aréomètre ; à cette époque, il distille sans changer de degré de concentration.

Quand l'opération est terminée, on trouve dans le ballon de l'acide marquant de 15 à 16 degrés, et dans les flacons de l'acide fumant. L'acide faible peut être employé en cet état, ou bien, dans une autre opération, on le met dans les flacons pour le saturer.

L'acide hydrochlorique concentré est caustique ; convenablement étendu, on l'emploie à l'intérieur comme antiseptique et diurétique.

LIMONADE MURIATIQUE

(ou hydrochlorique.)

Pr. : Sirop de sucre, quatre onces.....................	125 grammes.
Eau, une livre douze onces.....................	875
Acide hydrochlorique.....................	S. Q.

On ajoute assez d'acide pour donner à la boisson une saveur aigrelette.

SIROP HYDROCHLORIQUE.

Pr. : Acide hydrochlorique pur, deux gros	8 grammes.
Sirop de sucre, une livre...................	500

M.

GARGARISME HYDROCHLORIQUE.

Pr. : Décoction d'orge, une livre...................	500 grammes.
Acide hydrochlorique, demi-gros.............	2
Miel rosat, deux onces,...................	64

Mêlez.

Employé comme détersif.

ALCOOL MURIATIQUE.

(Acide hydrochlorique alcoolisé.)

Pr. : Acide hydrochlorique...................	1
Alcool à 88° (34° Cart.)...................	3

M.

A la longue, il se fait quelques traces d'éther.

PÉDILUVE HYDROCHLORIQUE.

Pr. : Acide hydrochlorique du commerce, quatre
à huit onces...................... 125 à 250 gramm.
Eau .... S. Q.

M.

BAIN ACIDE.

Pr. : Acide muriatique du commerce, deux livres... 1000 grammes.
Eau, trois cents litres................... 300 litres.

M.

ACIDE NITRO-MURIATIQUE.

(Eau régale, acide hydrochloronitrique.)

Pr. : Acide hydrochlorique. 3
— nitrique à 35 degrés................. 1

M.

Au moment du mélange des deux acides, il y a coloration en
jaune. Elle est due à une formation de chlore et d'acide nitreux
qui restent en dissolution ; l'oxigène d'une partie de l'acide nitrique et l'hydrogène d'une partie de l'acide hydrochlorique forment de l'eau. Le chlore de l'acide hydrochlorique est mis en
liberté en même temps que l'acide nitreux qui provient de la
désoxigénation partielle de l'acide nitrique. La décomposition
des deux acides n'est jamais complète. Une fois que la liqueur est
saturée de chlore, la réaction cesse ; de sorte que l'eau régale est
un mélange d'acide nitrique, d'acide hydrochlorique, de chlore,
d'acide nitreux et d'eau.

L'eau régale a été employée à l'intérieur comme antisyphilitique. A l'extérieur, on s'en sert en pédiluves excitants ou en bains
contre les engorgements du foie et quelques affections de la peau.

PÉDILUVE NITRO-MURIATIQUE.

Pr. : Eau régale, quatre à huit onces............ 125 à 250 gramm.
Eau............................... S. Q.

M.

BAIN NITRO-MURIATIQUE.

Pr. : Eau régale, quatre à seize onces.......... 125 à 500 gramm.
Eau, trois cents litres................ 300 litres.

Mêlez.

FUMIGATIONS DE GAUB.

Pr. Nitrate de potasse.............................. 19
Sel marin...................................... 11
Oxide de manganèse........................... 14
Acide sulfurique............................... 20
Eau.. 3

On mêle l'eau et l'acide, et on les verse par parties sur le mélange des autres matières, tant qu'il se dégage des vapeurs.

ACIDE ACÉTIQUE.

L'acide acétique est formé de :

4 pp. carbone (47,54), 3 pp. oxigène (46,64), 3 pp. hydrogène (5,82).

En cet état, c'est l'acide acétique sec, tel qu'il existe dans les acétates; mais on n'a pu l'obtenir isolé à l'état anhydre; on ne le connaît que combiné à une certaine quantité d'eau; le plus fort que l'on connaisse est formé de :

1 pp. acide, 85,11 ; 1 pp. eau, 14,89,
Sa densité est 1,063 (8,5° aréom.).

En y ajoutant de l'eau, sa densité augmente jusqu'à ce qu'elle soit devenue 1,079 (10,5° aréom.); alors l'eau forme presque exactement le tiers du poids de l'acide; si l'on ajoute de nouvelle eau, sa densité diminue de plus en plus.

L'acide acétique est solide jusqu'à + 17°; il est blanc, d'une odeur très forte et agréable quand il est suffisamment étendu; concentré, il est assez caustique pour brûler la peau; il est volatil; il bout à 120°. S'il est étendu d'eau, la dissolution fournit plus de vapeurs d'eau que de vapeurs d'acide, et se concentre par l'ébullition. Il est soluble dans l'eau et dans l'alcool en toutes proportions.

L'acide acétique est employé en médecine sous plusieurs états: 1° à l'état de vinaigre; 2° à l'état de vinaigre distillé; 3° à l'état de vinaigre radical; 4° à l'état de pureté.

Le vinaigre et le vinaigre distillé ont été étudiés (t. I, page 156); ils constituent l'acide acétique impur, car le vinaigre distillé lui-même contient une matière organique autre que l'acide, dont la présence se fait reconnaître par la coloration que prennent à l'évaporation les acétates que l'on peut former avec cet acide.

VINAIGRE RADICAL.

On prend de l'acétate de cuivre cristallisé bien sec; on l'introduit dans une cornue de grès; on y adapte une allonge et un ballon surmonté d'un long tube; on lute les jointures au lut gras, que l'on recouvre de lut de blanc d'œufs et de chaux; on distille au fourneau à réverbère, en même temps que l'on tient le récipient refroidi par un courant d'eau.

On élève peu à peu la température de la cornue, que l'on augmente à mesure que l'opération avance; à la fin on chauffe fortement; l'opération est terminée quand il ne se dégage plus rien. Le produit de cette première opération est de l'acide acétique qui contient de l'acétate de cuivre, qui le colore en vert; on le rectifie par une nouvelle distillation faite dans une cornue de verre.

Les premiers produits que l'on obtient par la distillation de l'acétate de cuivre contiennent beaucoup d'eau, parce que l'eau de cristallisation du sel se sépare la première; puis l'acide acétique devient plus abondant, puis il se trouve dans les derniers produits une quantité plus considérable d'un corps particulier qui est désigné sous le nom d'esprit pyro-acétique ou d'acétone. Il se fait en même temps de l'eau, de l'acide carbonique et quelques produits empyreumatiques. Il reste dans la cornue du cuivre très divisé mêlé de charbon.

La chaleur facilite la décomposition d'une partie de l'acide acétique par l'oxide de cuivre, d'où résulte du cuivre, de l'acide carbonique et de l'eau; mais comme une petite portion d'acide suffit à cette réaction, le reste de l'acide séparé de sa base prend l'état de vapeurs et vient se condenser dans le récipient; il arrive cependant qu'une partie est détruite par le feu; de là les produits empyreumatiques au nombre desquels est l'acétone, qui paraît résulter d'une réaction particulière entre les éléments de l'acide acétique. Si en effet on forme, avec les ²/₃ de l'oxigène de l'acide et une quantité correspondante de son carbone, de l'acide carbonique; les autres éléments seront en proportions convenables pour faire de l'acétone. Celui-ci est formé de :

Carbone, 3 proportions; hydrogène, 3; oxigène, 1, qui représentent l'acide acétique moins 1 proportion d'acide carbonique.

M. Kane le croit analogue avec l'alcool par le mode d'union de ses éléments, et le nomme hydrate d'oxide de mésytile.

Cet acétone est un liquide incolore, très fluide, d'une odeur aromatique particulière, d'une densité de 0,79, qui bout à 56°; aussi les premiers produits de la rectification du vinaigre radical en sont-ils plus chargés que les autres. La présence de cette matière dans le vinaigre radical modifie son odeur et en fait une préparation particulière.

La coloration en vert qui se produit pendant la distillation du verdet est due à ce qu'il se sublime pendant l'opération une certaine quantité d'acétate de protoxide de cuivre, qui s'attache à la voûte de la cornue sous la forme de petits cristaux. Il est entraîné par l'acide acétique qui distille, et il se change en deuto-acétate au contact de l'air. On s'en débarrasse entièrement par la rectification de l'acide.

Le vinaigre radical n'est employé que comme excitant à l'extérieur; on le fait respirer en cas de syncope pour ranimer les sens; on le met dans des petits flacons de verre, que l'on a préalablement remplis de fragments de cristaux de sulfate de potasse. Ce sel n'est là que pour tenir de la place; c'est afin d'employer moins d'acide et pour éviter aussi qu'il ne se verse sur les vêtements. Ce mélange porte le nom de sel de vinaigre; on l'aromatise souvent avec quelque essence de bonne odeur.

VINAIGRE AROMATIQUE ANGLAIS.

Pr.: Acide acétique concentré ou vinaigre radical,
    vingt onces........................... 625 grammes.
Camphre, deux onces..................... 64
Huile volatile de lavande, neuf grains........ 0,5
   —   de girofles, trente-six grains.... 2
   —   de cannelle, vingt grains....... 1,1

On divise le camphre dans un mortier de verre à l'aide d'un peu d'acide acétique; on l'introduit dans un flacon bouchant à l'émeri avec le reste de l'acide et les essences, et au bout de 15 jours l'on décante, et l'on conserve pour l'usage.

ACIDE ACÉTIQUE PUR.

Cet acide est fourni maintenant par le commerce. Il provient de la distillation du bois, ou plutôt de la décomposition des acétates qui résultent de la saturation de l'acide pyro-ligneux. On peut en obtenir par le procédé suivant :

<pre>
Pr. : Acétate de plomb cristallisé. 16
      Acide sulfurique. 9
</pre>

On met de l'acétate de plomb dans une cornue tubulée que l'on place sur un bain de sable et à laquelle on adapte une allonge et un ballon muni d'un tube droit; on verse l'acide sulfurique par la tubulure, on fait un mélange intime en remuant avec une baguette de verre, et l'on procède à la distillation à une douce chaleur, jusqu'à ce qu'il ne passe plus d'acide acétique.

On mêle le produit de cette distillation avec 1 partie de peroxide de manganèse réduit en poudre fine ; on laisse en contact pendant 24 heures et on rectifie par une distillation faite au bain de sable presque à siccité.

Dans la première partie de l'opération, l'acide sulfurique s'empare de l'oxide de plomb, et met l'acide acétique en liberté. Celui-ci s'unit à une certaine quantité d'eau et passe à la distillation. Il y a toujours formation d'acide sulfureux qui résulte de la décomposition d'une petite quantité d'acide sulfurique par l'hydrogène et le carbone de l'acide acétique. La rectification sur le manganèse a pour effet de détruire cet acide sulfureux, et en même temps de débarrasser l'acide acétique de l'acide sulfurique qui a pu être entraîné à la première distillation. L'acide sulfureux enlève de l'oxigène à l'oxide de manganèse, et forme du sulfate de manganèse qui reste dans la cornue.

L'acide ainsi obtenu a une densité de 1,07.

ACIDE ACÉTIQUE CRISTALLISÉ.

Le procédé que je vais rapporter est celui qui a été donné par M. Sebille-Auger.

<pre>
Pr. : Acétate de soude desséché, six livres....... 3000 grammes.
      Acide sulfurique concentré, dix-neuf livres
      six onces. 9692
</pre>

On porte l'acide sulfurique à l'ébullition pendant quelques instants pour chasser l'acide nitreux qu'il peut contenir.

On dessèche l'acétate de soude dans une chaudière de fonte en prenant garde qu'il ne fonde; on le pile; on achève de le sécher, et on l'introduit dans une cornue de 6 litres au moins.

On fixe la cornue sur un triangle de fer, et on y ajoute une allonge et un ballon tubulé à pointe que l'on fixe également. La pointe du ballon est introduite dans un flacon que l'on change à volonté. Il n'est pas nécessaire de refroidir; toutes les jointures sont d'ailleurs lutées avec soin.

La cornue est placée dans un fourneau à réverbère et l'on préserve le col de la chaleur à l'aide d'une plaque de tôle. Les charbons ne doivent pas toucher la cornue. La réaction s'opère sur-le-champ, il se dégage beaucoup de chaleur; un tiers de l'acide distille sans feu. Quand l'opération se ralentit, on chauffe peu à peu, en évitant de produire des soubresauts. L'opération est terminée quand la masse est fondue; on essaie de temps en temps s'il ne passe pas d'acide sulfurique.

On purifie le produit en le distillant avec les mêmes précautions sur de l'acétate de soude. Vers la fin de l'opération, il se fait beaucoup de soubresauts.

Les premiers produits sont les plus faibles; les derniers sont de l'acide concret. Pour avoir l'acide à 1 atome d'eau, il faut égoutter l'acide concret, le liquéfier, le congeler de nouveau et l'égoutter encore une fois.

On pourrait prendre l'acide pyro-acétique du commerce, le distiller de manière à séparer la première moitié du produit qui est plus faible, et distiller de nouveau la seconde moitié, qui est beaucoup plus riche en acide; en fractionnant les produits, on les trouve d'autant plus riches en acide et cristallisables, qu'ils ont été obtenus vers la fin de la rectification.

VINAIGRE.

Voyez pour l'histoire du Vinaigre, t. I, p. 156.

OXYCRAT.

Pr.: Vinaigre blanc, une once................ 32 grammes.
Eau commune, trente onces................. 936
Sirop de sucre, deux onces................. 64

Mêlez.

Employé en boissons rafraîchissantes dans les fièvres, les phlegmasies.

LOTIONS AVEC LE VINAIGRE.

Pr. : Vinaigre blanc, huit onces.............. 250 grammes.
Eau froide, deux livres.................. 1000

Mêlez. Employé en lotions légèrement stimulantes.

VINAIGRE FRAMBOISÉ.

Pr. : Framboises. 3
Vinaigre rouge très fort..................... 2

Faites macérer pendant 15 jours dans un vase de verre ou de
grès ; coulez avec une légère expression et filtrez.

On doit employer les framboises séparées du calice et du réceptacle commun qui porte les ovaires.

SIROP DE VINAIGRE FRAMBOISÉ.

Pr. : Vinaigre framboisé....................... 16
Sucre blanc. 30

Faites un sirop par simple solution.

OXIMEL SIMPLE.

Pr. : Miel blanc............................. 2
Vinaigre blanc............................ 1

Mêlez. Faites cuire à 31° bouillant et passez.

Quand on n'emploie pas de très beau miel à la préparation
de l'oximel, il arrive souvent qu'il a un aspect un peu louche.
On l'obtient toujours d'une transparence parfaite si l'on se sert de
sirop de miel clarifié par la craie, suivant le conseil de M. Thierry ;
on y ajoute le vinaigre, et l'on fait cuire en sirop.

GARGARISME OXIMELLÉ.

Pr. : Orge entière, deux gros.................... 8 grammes.
Oximel simple, une once................... 32
Eau commune, quantité suffisante.......... Q. S.

Préparez selon l'art huit onces d'eau d'orge, à laquelle vous
mélangerez l'oximel simple (Hôp. de Paris).

ACIDE LACTIQUE.

L'acide lactique pur est solide, inodore, d'une saveur très acide; il est soluble dans l'eau et dans l'alcool en toutes proportions; il dissout le phosphate de chaux des os avec une grande facilité; il est composé de : carbone, 6 pp. (50,50); hydrogène, 4 pp. (5,60); oxigène, 4 pp. (43,90). A l'état liquide il contient 2 proportions d'eau.

On retire l'acide lactique de l'eau sure des amidonniers, du jus de betteraves aigri ou du petit-lait aigri; on commence par transformer l'acide qui s'y trouve en lactate de chaux, que l'on décompose ensuite pour avoir l'acide lactique. M. Corriol conseille d'opérer de la manière suivante : on concentre la liqueur acide en consistance sirupeuse, on y ajoute un excès de chaux délitée et on traite ce magma par de l'alcool à 36 degrés bouillant. Le lactate de chaux dissous par l'alcool passe à travers le filtre tandis que les matières étrangères restent indissoutes. On distille l'alcool en totalité; on fait dissoudre le résidu de la distillation dans l'eau; on filtre et l'on abandonne pendant quelques jours, dans un lieu froid, cette dissolution aqueuse qui laisse déposer du lactate de chaux impur; on le soumet à la presse, et l'on parvient ensuite à le purifier complétement en le redissolvant plusieurs fois dans l'alcool : celui-ci, à froid, en dissout d'autant moins que la masse saline devient plus pure.

En dernier lieu, on fait dissoudre et cristalliser le lactate dans l'eau; il se présente alors sous forme d'une masse composée de petites houppes très blanches formées par des aiguilles très courtes.

Le lactate de chaux obtenu bien pur est ensuite dissous à chaud dans l'eau distillée; puis on y verse, par petites quantités à la fois, une dissolution d'acide oxalique pur jusqu'à ce qu'il ne se forme plus de précipité, et, si l'on avait outre-passé le point de décomposition, on enlèverait l'excès d'acide oxalique au moyen d'un peu de dissolution de lactate de chaux mise de côté à cet effet; on sépare par filtration l'oxalate de chaux qui s'est formé, puis on évapore la liqueur acide au bain-marie presque en consistance sirupeuse; elle prend alors une couleur légèrement ambrée; c'est dans cet état de concentration que cet acide est indiqué dans le formulaire de M. Magendie; c'est l'acide lactique médicinal.

On peut remplacer l'acide oxalique par l'acide sulfurique.

On peut retirer l'acide lactique des noix vomiques épuisées, en les laissant fermenter dans l'eau. On n'a pas besoin de se servir de lait de chaux; le lactate y est tout formé; pour l'isoler on fait évaporer en extrait, puis on traite par l'alcool bouillant pour précipiter les matières amylacées de cet extrait aqueux, et, après avoir retiré par la distillation tout l'alcool, on verse de l'eau froide sur le résidu restant dans le bain-marie, pour précipiter une matière grasse, visqueuse. C'est dans cette liqueur, abandonnée à elle-même pendant quelques jours, que se dépose le lactate de chaux que l'on purifie ensuite par le moyen indiqué plus haut.

M. Magendie a employé l'acide lactique avec succès dans les cas de dispepsie ou de simple affaiblissement des organes digestifs. Il a donné les deux formules suivantes :

LIMONADE LACTIQUE.

Pr. : Acide lactique, un à quatre gros.........	4 à 16 grammes.
Eau commune, trente onces.............	936
Sirop de sucre, deux onces..............	64

Mêlez.

TABLETTES D'ACIDE LACTIQUE.

Pr. : Acide lactique, deux gros..............	8 grammes.
Sucre pulvérisé, une once..............	32
Gomme adragante, quantité suffisante........	Q. S.
Vanille, dix-huit grains................	1

F. S. A. des tablettes de $\frac{1}{2}$ gros que vous conserverez dans un vase bien bouché.

ACIDE OXALIQUE.

L'acide oxalique est un acide très puissant. Il est solide, cristallisé en prismes quadrilatères à sommets dièdres; inodore, d'une saveur extrêmement acide; soluble dans 8 parties d'eau froide, très soluble aussi dans l'alcool; à $+115°$, il se décompose en dégageant de l'acide carbonique et de l'oxide de carbone, en même temps qu'il se sublime un acide oxalique peu aqueux. On le distingue facilement des autres acides végétaux qui lui ressemblent, en ce qu'il précipite la chaux de toutes ses dissolutions et qu'il réduit le chlorure d'or.

L'acide oxalique est formé de :

2 pp. carbone, 33,77 ; 3 pp. oxigène, 66,23 ;

mais on ne le connaît pas à l'état d'isolement. Desséché ou sublimé, il est uni à 1 pp. d'eau, ou 19,9 p. 100 ; cristallisé, il contient 3 pp. d'eau ou 42,7 p. 100.

Premier procédé.

Pr. : Sucre en poudre. 3
Acide nitrique à 32 degrés. 6

On met le sucre dans une grande cornue tubulée, que l'on place sur un bain de sable ; on y adapte une allonge et un récipient muni d'un long tube droit ; on verse alors sur le sucre la moitié de l'acide ou 3 parties, et l'on chauffe modérément ; dès que l'effervescence a cessé, on concentre et on laisse refroidir ; il se fait des cristaux d'acide oxalique que l'on enlève. On verse alors l'eau mère dans la cornue ; on ajoute le reste de l'acide ; on chauffe de nouveau, et l'on met à cristalliser. On réunit les produits des deux cristallisations ; on les fait dissoudre dans l'eau bouillante, et on les laisse cristalliser.

L'acide oxalique se fait dans cette opération par la combustion, au moyen de l'oxigène de l'acide nitrique d'une partie de l'hydrogène et du carbone du sucre. Il se fait de l'eau, de l'acide carbonique, et des oxides d'azote qui se dégagent ; il se condense dans le récipient de l'acide nitrique, mêlé d'acide nitreux.

En même temps que l'acide oxalique, il se fait un peu d'acide acétique et d'acide tartrique incristallisable, tel que celui que l'on obtient par l'exposition de l'acide tartrique à une chaleur capable de le fondre sans le décomposer. Comme il est incristallisable, il reste dans les eaux mères ; dans la seconde partie de l'opération, il est transformé en une nouvelle quantité d'acide oxalique.

Si l'on fait agir l'acide nitrique en deux fois, c'est que l'acide oxalique lui-même serait détruit en présence d'une grande quantité d'acide nitrique ; il se convertirait entièrement en acide carbonique ; on ne peut même éviter que cet effet ne se produise en partie ; aussi obtient-on toujours beaucoup moins de produit que la théorie ne le ferait présumer.

L'acide oxalique, obtenu par l'acide nitrique, retient un peu de cet acide. Pour l'en priver, il faudrait laisser tomber les cristaux en efflorescence à l'étuve. La plus grande partie de l'acide nitrique se dissiperait avec l'eau de cristallisation. On le ferait cristalliser de nouveau; mais il faudrait répéter plusieurs fois l'efflorescence et la cristallisation pour l'avoir tout à fait pur; tant qu'il contient de l'acide nitrique, il jaunit les bouchons de liége des bocaux qui le renferment.

Deuxième procédé.

Pr. : Amidon 1
     Acide nitrique à 33 degrés 3

Laissez agir à froid dans une cornue; quand l'action est terminée on ajoute :

     Acide nitrique 1

On chauffe légèrement pour produire une nouvelle réaction; quand les vapeurs nitreuses cessent, on fait cristalliser.

On ajoute aux eaux mères une nouvelle partie d'acide nitrique en plusieurs fois, et l'on fait cristalliser de nouveau. On réitère jusqu'à trois ou quatre nouvelles fois le traitement des eaux mères par l'acide, et l'on obtient des cristaux jusqu'à la fin.

L'addition de l'acide nitrique à plusieurs reprises a pour but d'éviter qu'il ne détruise l'acide oxalique formé.

Ce procédé, tel qu'il vient d'être décrit, est de M. Robiquet.

Troisième procédé.

On fait dissoudre dans une bassine d'argent, soit 4 livres de sel d'oseille du commerce.

On le précipite par l'acétate de plomb; celui-ci doit être ajouté en dissolution jusqu'à ce qu'il cesse de précipiter la solution d'oxalate. On lave le précipité d'oxalate de plomb à l'eau chaude; on le fait égoutter, on le pèse, et on en fait sécher une petite partie afin de connaître quel serait le poids total du précipité à l'état sec. Cela fait, pour 100 parties d'oxalate de plomb supposé sec, on emploie 33 parties d'acide sulfurique que l'on étend de 10 parties d'eau. On laisse digérer le tout pendant 24 heures dans une bassine de plomb, en ayant l'attention de remuer souvent; on enlève une petite partie de la liqueur, on l'étend d'eau, et on y ajoute de la baryte pour savoir si elle retient de l'acide sulfurique; dans ce cas il faut continuer la digestion, ou mieux, faire digérer la liqueur avec une nouvelle quantité d'oxalate de plomb.

On sépare les liqueurs du précipité, et on lave celui-ci avec de l'eau chaude que l'on réunit aux premières liqueurs; on fait concentrer et cristalliser. Les eaux mères donnent un nouvel acide que l'on purifie en le faisant cristalliser de nouveau.

L'acide oxalique obtenu par ce procédé est plus pur que celui obtenu par l'acide nitrique, vu la difficulté que l'on éprouve à débarrasser de l'acide nitrique l'acide oxalique qui a été obtenu au moyen du sucre ou de l'amidon. Il est sujet cependant à retenir un peu d'acide sulfurique.

TABLETTES D'ACIDE OXALIQUE.

Pr.: Acide oxalique porphyrisé, un gros. . . . . 4 grammes.
    Sucre, huit onces. 250
    Essence de citrons, huit gouttes. . . . . 8 gutt.
    Mucilage de gomme adragante, quantité suffisante. . . . . Q. S.

F. S. A. des pastilles de 12 grains.

Ces pastilles attirent l'humidité; on leur préfère celles faites avec le suroxalate de potasse.

ACIDE TARTRIQUE.

(Acide tartareux, acide tartarique.)

L'acide tartrique est blanc, solide, cristallisé en prismes hexagonaux terminés par une base oblique modifiée par de petites facettes latérales. Il est inaltérable à l'air; il est soluble dans la moitié de son poids d'eau bouillante, très soluble dans l'eau froide, soluble dans l'alcool; il précipite la chaux des sels végétaux solubles et non des sels minéraux, ce qui le distingue de l'acide oxalique; d'ailleurs le précipité est soluble dans un excès d'acide.

L'acide tartrique est composé, à l'état anhydre, de : carbone, 4 pp. (36,81); oxigène, 5 pp. (60,18); hydrogène, 2 pp. (3,01). Cristallisé, il contient 1 pp. d'eau ou 12 pour 100.

Pr.: Tartrate acide de potasse. 4
    Craie pulvérisée S. Q., environ. 1 1/4

On met dans une grande bassine étamée de l'eau que l'on porte à l'ébullition, on y projette successivement la crême de tartre et la craie; quand tout le mélange est introduit, on fait digérer pendant quelques heures; puis on laisse déposer. Si les liqueurs n'étaient pas neutres, on y ajouterait une nouvelle quantité de craie pour les saturer; si elles n'ont pas d'action sur le papier de tournesol, on reçoit d'un côté la liqueur et de l'autre le précipité de tartrate de chaux; on lave celui-ci une fois avec de l'eau chaude, et l'on réunit cette eau de lavage à la première liqueur.

On verse alors dans ces liqueurs une dissolution de muriate de chaux jusqu'à ce qu'il cesse de former un précipité; on réunit ce précipité au premier; on les lave avec grand soin, et on les fait égoutter sur une toile.

Au moment où la craie et la crême de tartre agissent l'une sur l'autre, il se fait une vive effervescence due au dégagement de l'acide carbonique du carbonate de chaux, ce qui oblige à ne faire la décomposition des matières que successivement. La moitié de l'acide tartrique se combine à la chaux et forme du tartrate de chaux insoluble qui se précipite, tandis que la crême de tartre, ramenée à l'état de tartrate neutre de potasse, reste en dissolution. C'est pour obtenir l'acide de cette portion de sel que l'on mêle aux liqueurs l'hydro-chlorate de chaux; il y a double décomposition, formation d'hydro-chlorate de potasse, que l'on rejette, et de tartrate de chaux, qui pèse autant que le premier précipité et que l'on y ajoute pour les traiter en commun.

On délaie le tartrate de chaux dans une quantité d'eau suffisante pour en faire une pâte très liquide, et l'on y ajoute peu à peu, et en remuant continuellement, 2 parties ½ d'acide sulfurique concentré *. On laisse le tout en contact pendant 8 jours, en ayant soin de remuer de temps en temps (on peut même chauffer doucement dans une bassine de plomb); alors on étend d'eau, on laisse déposer, on décante et on lave le résidu jusqu'à ce que les eaux ne soient plus que faiblement acides.

On évapore les liqueurs à l'ébullition dans une chaudière de plomb, jusqu'à ce qu'elles marquent 25° bouillant à l'aréomètre;

____

(*) Le plus sûr est d'employer une quantité d'acide double de la quantité de craie dont on s'est servi; comme la craie n'est pas du carbonate de chaux pur, il y a un petit excès d'acide sulfurique : mais cet excès favorise la cristallisation.

on laisse refroidir et l'on passe sur une toile pour retirer le sulfate de chaux qui s'est déposé ; on continue alors l'évaporation dans des bassines de plomb au bain-marie jusqu'à 40° ; on laisse refroidir et cristalliser. Au bout de 2 à 3 jours on retire l'eau mère que l'on fait concentrer jusqu'à 50° ; par de nouvelles concentrations des eaux mères on retire de nouveaux cristaux de plus en plus colorés. Les dernières eaux mères abandonnées dans des cruches finissent à la longue par y cristalliser encore.

Le Codex dit de faire cristalliser les eaux mères à l'étuve.

La première cristallisation de l'acide tartrique est souvent assez pure, mais les autres ont besoin d'être purifiées ; on y parvient en dissolvant dans l'eau, filtrant et faisant cristalliser de nouveau.

Une excellente amélioration a été apportée par Wittsler ; elle consiste à ajouter aux liqueurs que l'on veut décolorer un peu de chlorate de potasse ; l'acide sulfurique le décompose, et l'oxide de chlore qui se forme, détruit les matières colorantes.

Dans la préparation de l'acide tartrique, l'acide sulfurique, en agissant sur le tartrate de chaux, le décompose, forme du sulfate de chaux et met l'acide tartrique en liberté. Une partie du sulfate de chaux se dissout à la faveur de l'excès d'acide des liqueurs, mais il est précipité presque en entier lors de la première concentration.

Il reste un excès d'acide sulfurique dans les liqueurs, mais cet excès est nécessaire pour que les cristaux se forment nettement ; un excès de tartrate de chaux aurait au contraire l'inconvénient de gêner la cristallisation. Les dernières eaux mères ne cristallisent plus ; on les abandonne à elles-mêmes dans des vases de grès où elles laissent déposer à la longue une nouvelle cristallisation d'acide tartrique qui a besoin d'être purifiée.

L'acide que l'on obtient contient de l'acide sulfurique. Le meilleur moyen de le purifier est de le faire cristalliser à plusieurs reprises. Quand il est pur, sa dissolution ne doit pas précipiter par le muriate de baryte.

On pourrait encore ajouter à la dissolution de l'acide du carbonate de plomb qui formerait du sulfate de plomb insoluble que l'on séparerait par la filtration ; il resterait du tartrate acide de plomb en dissolution ; on le précipiterait par l'hydrogène sulfuré ; on filtrerait de nouveau et l'on ferait évaporer pour avoir des cristaux ;

mais ce grand degré de pureté n'est pas nécessaire pour l'acide médicinal.

SIROP TARTRIQUE.

Pr. : Acide tartrique, cinq gros. .... 20 grammes.
     Eau, dix gros. 40
     Sirop de sucre, deux livres............... 1000

On fait dissoudre l'acide dans l'eau, on filtre et l'on ajoute la solution au sirop bouillant.

LIMONADE TARTRIQUE.

Pr. : Sirop tartrique, deux onces............... 64 grammes.
     Eau, deux livres....................... 1000

Mêlez.

ACIDE CITRIQUE.

L'acide citrique est solide, blanc, incolore, inodore, d'une saveur excessivement aigre. Il cristallise en prismes rhomboïdaux, terminés par quatre faces trapézoïdales; se dissout dans les $^3/_4$ de son poids d'eau froide et la moitié de son poids d'eau bouillante; est soluble dans l'alcool; il précipite la baryte et non la chaux de ses dissolutions, ce qui le distingue de l'acide tartrique; en outre, les bi-citrates des alcalis sont très solubles, tandis que les bi-tartrates le sont fort peu.

L'acide citrique anhydre, tel qu'il existe dans ces combinaisons, est formé de : 12 pp. carbone, 5 pp. hydrogène, 11 pp. oxigène.

L'acide citrique cristallisé du commerce ou médicinal contient 1 pp. d'acide et 5 pp. d'eau ou 21,3 p. 100 de celle-ci; mais l'acide citrique peut former avec l'eau deux autres combinaisons en des proportions différentes.

Pour obtenir l'acide citrique on commence par préparer du citrate de chaux; à cet effet on met, dans un vase en grès ou dans un baquet de bois blanc, si l'on opère sur des masses considérables, du suc de citron clarifié par la fermentation; on y fait tomber de la craie en poudre, qui donne lieu à une effervescence très vive, et à la formation de citrate de chaux insoluble. Quand la liqueur est presque saturée, on achève la saturation avec de la chaux vive, parce qu'on éprouverait quelque difficulté à la terminer avec la craie. On pourrait faire l'opération à chaud et la terminer avec la craie; alors il faudrait opérer dans une bassine d'argent ou de plomb.

On sépare le liquide qui surnage le citrate de chaux et on lave celui-ci à l'eau bouillante à plusieurs reprises et avec le plus grand soin, jusqu'à ce que l'eau en sorte incolore et limpide ; c'est une condition essentielle pour réussir dans les opérations ultérieures.

Le citrate de chaux bien lavé et encore humide est brassé dans un vase en plomb avec de l'acide sulfurique concentré étendu de 6 parties d'eau. Les proportions sont de 9 parties d'acide sulfurique pour chaque 10 parties de craie qui ont été employées à la saturation (ce sont les proportions employées par les fabricants anglais). On verse sur le citrate le mélange d'acide sulfurique et d'eau, au moment où il vient d'être fait, pour profiter de la chaleur qui résulte de la réaction de l'eau sur l'acide; on peut même chauffer directement si on le veut. Il est important, quand on ajoute l'acide, de brasser fortement, car il pourrait arriver que le citrate de chaux se prît en grumeaux durs que l'acide ne pourrait pas pénétrer.

Au bout d'une dizaine de jours, l'acide citrique est tout entier éliminé ; on étend d'eau chaude, on sépare les liqueurs par décantation ; on lave le précipité à l'eau chaude à plusieurs reprises. On commence l'évaporation à feu nu dans des bassines de plomb jusqu'à ce que la liqueur marque 25° ; on laisse refroidir, et l'on passe sur un linge pour séparer le sulfate de chaux qui s'est déposé; on le lave avec une petite quantité d'eau froide que l'on ajoute aux autres liqueurs ; on continue l'évaporation au bain-marie jusqu'à ce qu'il se fasse une pellicule à la surface. On laisse cristalliser dans la bassine même, ou bien l'on porte à cristalliser à l'étuve dans des cristallisoirs de faïence.

On purifie l'acide en le faisant dissoudre de nouveau et le faisant cristalliser à plusieurs reprises.

Les eaux mères fournissent des cristaux par la concentration ; mais une fois qu'elles sont fortement colorée, il vaut mieux les étendre d'eau, et les transformer de nouveau par la craie en citrate calcaire.

Quand les liqueurs d'acide citrique contiennent du citrate de chaux en dissolution, il les empêche de cristalliser. L'acide sulfurique doit être en léger excès. On reconnaît sa présence dans l'acide citrique par le muriate de baryte, qui forme un précipité insoluble dans un excès d'acide.

SIROP D'ACIDE CITRIQUE.

Pr. : Sirop simple blanc, deux livres. . . . . 1000 grammes.
Acide citrique, cinq gros. 20
Eau, dix gros. 40
Teinture de zestes récents de citrons, un gros. 4

On fait dissoudre l'acide citrique dans l'eau ; on mêle la dissolution au sirop chaud, et quand il est refroidi, on aromatise avec la teinture de citron.

LIMONADE CITRIQUE.

Pr. : Acide citrique, dix-huit grains. . . . . 1 gramme.
Sirop de sucre, deux onces. 64
Eau, trente onces. 936
Alcoolat de citrons, quantité suffisante. . . . . . . S. Q.

F. S. A.

LIMONADE SÈCHE.

Pr. : Acide citrique, un gros. . . . . 4 grammes.
Sucre, quatre onces. 125
Essence de citrons, huit gouttes. . . . . 8 gutt.

Mêlez.

On met une cuillerée de cette poudre dans un verre d'eau. On prépare une orangeade sèche, en substituant l'essence d'oranges à celle de citrons. On remplace quelquefois l'acide citrique par l'acide tartrique, mais la saveur de la boisson est alors moins agréable.

ACIDE BENZOÏQUE.

L'acide benzoïque est blanc, cristallisable en longues aiguilles, d'une saveur acidule et âcre, inodore à l'état de pureté ; fusible à 120°, volatil à 145°. Ses vapeurs se condensent en longues aiguilles satinées. Il est à peine soluble dans l'eau froide ; soluble dans 12 parties d'eau bouillante ; beaucoup plus soluble dans l'alcool et dans l'essence de térébenthine ; inattaquable par l'acide nitrique.

L'acide benzoïque est composé de : 14 pp. carbone (74,7) ;

5 pp. hydrogène (4,3); 3 pp. oxigène, (24). C'est l'acide anhydre, mais cristallisé, il contient 1 proportion d'eau, ou 7,29
pour 100.

On peut considérer l'acide benzoïque comme formé d'oxigène
et d'un radical ternaire (benzoyle) dont la composition serait :
14 pp. carbone, 10 pp. hydrogène, 2 pp. d'oxigène (*Voy.* T. Ier,
p. 512, Huile d'amandes amères).

ACIDE BENZOÏQUE SUBLIMÉ.
(Fleurs de benjoin.)

On réduit en poudre une livre de benjoin, on le mêle avec
autant de sable pour donner de la porosité à la masse, et on met
le mélange dans une terrine de terre. On recouvre avec un long
cône en carton, dont l'extrémité est bouchée seulement avec un
cornet de papier ; on lute les jointures du cône et de la terrine
avec une bande de papier collé.

On place la terrine sur un feu doux et l'on chauffe modérément. L'acide benzoïque se sublime et s'attache en partie dans
le cône ; on laisse refroidir après une heure de feu, et l'on recueille l'acide qui s'est sublimé ; on recommence alors l'opération
de la même manière, en pulvérisant le résidu et le chauffant de
nouveau, tant qu'il se produit de l'acide benzoïque peu coloré.
Il est important de chauffer modérément, sans quoi les vapeurs
d'acide benzoïque se perdraient en partie ; l'acide serait d'ailleurs
souillé par des produits empyreumatiques.

M. Mohr a fait à ce procédé quelques modifications fort
heureuses. Il supprime le sable comme plus nuisible qu'utile.
Il se sert d'un vase en fonte ou en tôle, de 8 à 9 pouces de
diamètre et de 2 pouces de hauteur. Il y répand uniformément
une livre de benjoin en poudre grossière ; puis il tend et colle sur
l'ouverture de ce vase, une feuille de papier non collé d'un tissu
peu serré. Il place alors au-dessus un chapeau en papier épais,
de la forme et de la grandeur d'un chapeau d'homme, qui s'a-
dapte assez exactement sur le bord du pot, y est fixé avec une
corde et n'a d'ouverture en aucun endroit.

Pour obtenir une répartition uniforme de la chaleur, M. Mohr
place une grande plaque métallique sur un trépied, y jette un
peu de sable et y pose l'appareil sublimatoire. Il entretient ensuite pendant 3 à 4 heures un feu de charbon doux. La plaque, en

même temps qu'elle sert à répartir plus également la chaleur, empêche le courant ascendant d'air chaud de toucher le chapeau de papier.

L'avantage essentiel de ce mode d'opération réside dans la feuille de papier qui forme un filtre à travers lequel les vapeurs d'acide benzoïque peuvent pénétrer, et où reste déposée complétement l'huile fétide et colorante. En outre le papier empêche les fleurs sublimées de retomber sur le benjoin. Ce procédé m'a très bien réussi et m'a donné de suite des fleurs de benjoin parfaitement blanches.

L'acide benzoïque obtenu par sublimation n'est pas de l'acide pur. Il contient une huile volatile à laquelle il doit peut-être toutes les propriétés que l'on recherche dans cet acide lors de son usage en médecine. Il était connu, et doit être désigné encore sous le nom de fleurs de benjoin. On le prescrit surtout dans les affections chroniques des poumons. Il est maintenant peu employé.

ACIDE BENZOÏQUE PAR PRÉCIPITATION.

Pr. : Benjoin en poudre........................... 4
    Chaux éteinte.............................. 1
    Eau. 32

On mêle la chaux et le benjoin ; on les délaie peu à peu dans l'eau, et l'on fait bouillir pendant une demi-heure en remuant continuellement ; on filtre la liqueur sur une toile ; on délaie le marc dans une nouvelle quantité d'eau, on fait bouillir et l'on passe encore ; on fait une troisième opération pareille. Pendant l'ébullition, l'acide benzoïque du benjoin se combine à la chaux et forme un benzoate soluble ; en même temps, une partie de la résine se combine également à la chaux ; mais comme le résinate est peu soluble, la liqueur n'en contient qu'une petite partie ; c'est ce qui donne l'avantage à la chaux sur les autres alcalis dans ce genre de traitement.

On évapore les liqueurs filtrées au quart de leur volume, et on y ajoute de l'acide hydro-chlorique jusqu'à les rendre légèrement acidules ; il se fait de l'hydro-chlorate de chaux qui reste en dissolution, tandis que l'acide benzoïque et la résine se déposent. On les purifie en les lavant avec un peu d'eau froide ; on met à la presse, et l'on fait sécher ; on prend la matière sèche, et l'on en sépare l'acide benzoïque en le sublimant.

Quelques personnes font passer un courant d'acide carbonique dans la liqueur avant de la précipiter par l'acide hydrochlorique. L'acide carbonique précipite la chaux du résinate et en même temps la résine, tandis qu'il est sans action sur le benzoate de chaux ; on filtre, on concentre, et l'on précipite alors par l'acide hydro-chlorique.

On peut encore obtenir l'acide benzoïque en remplaçant la chaux par du carbonate de soude et suivant une manipulation à peu près semblable.

L'acide benzoïque obtenu par tous ces procédés différents n'est pas pur. Pour l'avoir en cet état, on le fait chauffer avec de l'acide nitrique qui est sans action sur lui, et qui détruit les matières huileuses et résineuses qui l'accompagnent ; on peut encore, suivant M. Righini, faire bouillir l'acide benzoïque avec l'acide sulfurique étendu de 4 à 5 parties d'eau. L'acide benzoïque pur est sans usage en médecine.

—

DES ALCALIS.

On désignait autrefois, sous le nom d'alcalis, des matières ayant une saveur lixivielle plus ou moins prononcée, sensiblement solubles dans l'eau, verdissant fortement la couleur bleue de la violette, et rougissant la teinture jaune de curcuma ; possédant en outre la propriété de saturer complétement les acides. Le mot alcali fut d'abord appliqué seulement à la potasse, à la soude et à l'ammoniaque ; on leur associa plus tard la baryte, la strontiane, la chaux et la magnésie, qui furent désignées sous le nom de terres alcalines ; maintenant le mot alcali est employé d'une manière plus générale.

Nous ferons dans ce chapitre l'histoire des anciens alcalis, ainsi que celle des carbonates de soude, de potasse et d'ammoniaque, dont les propriétés médicinales sont tout à fait analogues à celles des bases qui les constituent.

POTASSE.

(Protoxide de potassium, oxide potassique.)

La potasse est le premier degré d'oxidation du potassium. Elle est formée de : 1 pp. potassium, 83,01 ; 1 pp. oxigène, 15,96.

C'est un oxide blanc, excessivement caustique, que l'on ne peut obtenir que par l'action directe de l'air ou de l'oxigène sur le potassium, avec des précautions toutes particulières. Dans son état de pureté, il est tout à fait inusité en médecine. On y emploie, sous le nom de potasse, la combinaison de cet oxide avec l'eau.

HYDRATE DE POTASSE.

L'hydrate de potasse est blanc, inodore, d'une saveur excessivement caustique; fusible au-dessous de la chaleur rouge; indécomposable par le feu; excessivement soluble dans l'eau; s'humectant rapidement à l'air, et se résolvant d'abord en une dissolution d'hydrate, puis en carbonate également déliquescent; l'hydrate de potasse est soluble dans l'alcool.

L'hydrate de potasse est formé de :

1 pp. potasse, 84; 1 pp. eau, 16.

POTASSE A L'ALCOOL.

Pr. : Carbonate de potasse pur................... 5
     Chaux vive............................... 2
     Eau, au moins........................... 30

On met l'eau et la potasse dans une bassine de fonte; on fait dissoudre, et l'on porte à l'ébullition.

D'autre part, on éteint la chaux, et on la réduit en bouillie claire avec une suffisante quantité d'eau.

La liqueur de potasse étant bouillante, on y verse le lait de chaux par petites parties, de manière à ne pas interrompre le bouillon, en ayant soin de ne pas laisser baisser le niveau de l'eau dans la chaudière. Quand toute la chaux a été introduite, on fait bouillir quelques instants; on laisse refroidir une petite quantité de liqueur trouble que l'on étend de son poids d'eau, on filtre et l'on y verse de l'eau de chaux; s'il ne s'y fait pas de précipité, l'opération est terminée. Dans le cas contraire, il faut continuer l'ébullition en ajoutant, s'il est nécessaire, un peu d'eau pour remplacer celle qui s'est évaporée; quand la liqueur ne précipite plus par l'eau de chaux, on retire le feu, on couvre la chaudière et on laisse reposer.

Dans l'opération précédente, la chaux enlève l'acide carbonique à la potasse; il se fait de la chaux carbonatée qui se dépose et de l'hydrate de potasse qui reste en dissolution. Pour que cet effet se produise, il faut, suivant l'observation de Descroizilles, que les liqueurs ne soient pas trop concentrées, autrement la décomposition n'aurait pas lieu : bien plus, la potasse pourrait enlever l'acide carbonique au carbonate de chaux. L'essai par l'eau de chaux sert à prouver que la potasse a été entièrement privée d'acide carbonique; car tant qu'il y a du carbonate de potasse dans les liqueurs, l'eau de chaux y fait naître un dépôt de carbonate calcaire. Il peut arriver toutefois que l'eau de chaux forme un précipité dans de l'hydrate de potasse pur, alors c'est de la chaux qui se précipite. La potasse en dissolution concentrée enlève l'eau à la chaux et la précipite; mais, dans ce cas, l'eau redissout le précipité. Pour éviter cette complication dans l'essai, il vaut mieux étendre d'eau la liqueur de potasse avant de l'essayer.

Au lieu de mêler tout d'abord le lait de chaux à la potasse, nous conseillons, suivant la méthode de M. Berzélius, de l'ajouter par petites parties sans interrompre l'ébullition. Alors, au lieu d'un précipité floconneux et volumineux, on a un dépôt grenu de carbonate calcaire qui se dépose plus vite et retient moins de liqueur prisonnière.

Quand la liqueur de potasse est bien déposée, on la tire à clair au moyen d'un siphon que l'on a rempli de cette liqueur ou d'eau pure; le dépôt est versé dans une forme à sucre dont le fond a été garni d'un peu de paille; on le laisse égoutter, puis on le lave en faisant passer de l'eau au travers; on arrête les lavages quand l'eau de lavage n'est plus que faiblement alcalisée.

On procède à l'évaporation des liqueurs dans une bassine de fonte; on commence par l'évaporation des liqueurs les plus faibles; on termine par les liqueurs les plus concentrées. L'ébullition doit être entretenue très rapide, afin qu'elle dure le moins long-temps possible, pour éviter que la potasse ne se transforme à l'air en carbonate de potasse. On continue l'évaporation jusqu'à siccité; on pulvérise le produit et on le met dans un flacon avec de l'alcool à 88°; on remue de temps en temps pendant un ou deux jours; puis l'on abandonne au repos. On enlève, au moyen d'un siphon rempli d'alcool, la couche supérieure de liquide qui s'est formée, et qui est une dissolution de potasse caustique dans l'alcool; elle est colorée par des produits qui résultent de la réaction de l'al-

cali sur des matières étrangères à l'alcool, ou sur l'alcool lui-
même. On traite le résidu par une nouvelle quantité de ce véhicule. Dans cette partie de l'opération, on précipite le carbonate
de potasse qui s'est formé pendant l'évaporation (et si l'on s'est
servi de potasse du commerce, le sulfate de potasse et le chlorure
de potassium) ; une petite quantité de ce dernier sel se redissout
et voilà pourquoi il vaut mieux opérer avec du carbonate de potasse pur.

On met les liqueurs alcooliques dans une cornue de verre, et on
les distille au bain de sable jusqu'à ce qu'elles soient réduites au
quart de leur volume ; on ne peut mener l'opération plus loin, car
le verre serait attaqué. Alors on verse ces liqueurs dans une
bassine d'argent, et l'on évapore jusqu'à ce qu'il ne se dégage plus
de vapeurs aqueuses ; on donne un coup de feu un peu vif pour
faire éprouver à la potasse la fusion ignée, et on la coule sur
une plaque. On l'enferme promptement dans des vases bien
fermés.

Pendant que la potasse éprouve la fusion ignée, elle se couvre
d'une pellicule noire qui est due à la carbonisation des dernières
portions d'alcool ou de matières organiques. Cette pellicule brûle
en partie aux dépens de l'air ; on l'enlève avec une écumoire
d'argent, ou on l'empêche de tomber au moment ou l'on coule la
potasse fondue.

POTASSE LIQUIDE.

L'opération se fait absolument comme pour la première partie
de la préparation de la potasse à l'alcool, seulement on se sert de
potasse du commerce et l'on arrête l'évaporation des liqueurs
quand elles marquent 36° bouillant à l'aréomètre ; abandonnée à
elle-même pendant quelques jours, cette liqueur laisse déposer du
sulfate de potasse et du chlorure de potassium, que l'on en sépare
par décantation.

La potasse liquide contient presque exactement le tiers de son
poids d'hydrate de potasse sec.

POTASSE A LA CHAUX.

(Pierre à cautères.)

L'opération se fait avec la potasse du commerce, et l'évaporation est poussée de suite jusqu'à la fusion de la matière. Le produit est moins caustique que la potasse à l'alcool, parce qu'il contient, à l'état de mélange, le carbonate de potasse ainsi que le sulfate de potasse et le chlorure de potassium, qui faisaient partie de la potasse impure qui a servi à le préparer.

On coule la potasse à la chaux dans une bassine d'argent légèrement chauffée et on l'étale en couches minces; il est plus commode encore de la couler en pastilles. A cet effet on fait fondre la potasse dans un creuset, on y plonge un tube de verre creux ouvert par les deux bouts; on ferme l'ouverture supérieure avec le pouce, puis, enlevant rapidement le tube et lâchant à propos le pouce, la potasse s'écoule en gouttes qui se figent en hémisphères.

M. Henry, ainsi que les pharmacopées de Londres, de Dublin et d'autres, conseillent d'ajouter à la potasse, avant de la couler, une certaine quantité de chaux vive en poudre; alors elle s'étale moins sur la peau, et il est plus facile de circonscrire son action. Cette addition n'est pas d'usage.

Quand on veut préparer un écusson destiné à ouvrir un cautère avec la potasse caustique, on coupe un morceau de sparadrap de diachylon gommé de 2 à 3 pouces de diamètre; on fait au centre une échancrure ronde, de la grandeur dont on veut faire l'escarre; on applique cet écusson sur la peau; on place le morceau de potasse caustique en contact avec la peau sur le point central ouvert de l'écusson, et on le fixe en appliquant audessus un morceau de diachylon gommé plus petit que le premier, qui recouvre le morceau de potasse, et adhère tout autour du premier emplâtre.

On reproche à la pierre à cautère de couler sur la peau et de produire souvent une escarre plus étendue que l'on n'a voulu l'obtenir. La poudre de Vienne, destinée au même usage, n'a pas cet inconvénient.

POUDRE DE VIENNE.

Pr. : Potasse à la chaux......................... 1
    Chaux vive en poudre....................... 1

On broie rapidement la potasse dans un mortier de fer échauffé, et l'on y mêle exactement la chaux; la poudre que l'on obtient est renfermée très promptement dans un flacon bouchant à l'émeri.

Quand on veut établir un cautère, on délaie une petite quantité de cette poudre avec de l'alcool, de manière à faire une pâte liquide, que l'on place sur la peau de la même manière que la pierre à cautère, et que l'on recouvre également avec un second morceau de sparadrap. L'avantage de ce mode, c'est que l'action est vive, ne dure qu'une demi-heure, et surtout que la potasse n'agit que sur une partie de la peau parfaitement circonscrite.

INJECTION DE GIRTANNER.

Pr. : Potasse à la chaux, demi-gros. ....   2 grammes.
      Eau distillée, six onces.   192

Faites dissoudre, filtrez et conservez dans une bouteille bien bouchée. Recommandée dans le début de la gonorrhée.

COLLYRE DE GIMBERNAT.

Pr. : Potasse à la chaux, un à deux grains. . 0,05 à 0,1 grammes.
      Eau distillée, une once.   32

F. S. A.

On fait pénétrer quelques gouttes de ce collyre dans l'œil, pour détruire les taies ; on lave ensuite avec une eau mucilagineuse.

CARBONATE DE POTASSE.

Deux carbonates de potasse sont employés en médecine ; le carbonate neutre et le bi-carbonate ; on fait usage, en outre, de la potasse du commerce qui est un produit impur.

Le carbonate neutre de potasse est formé de : potasse, 1 pp. (68,09), acide, 1 pp. (31,91).

Le bi-carbonate de potasse est formé de : potasse, 1 pp. (51,72), acide, 2 pp. (48,28).

On emploie ce dernier sel cristallisé, et, sous cette forme, il contient 1 pp. d'eau ou 8,97 pour 100.

Enfin la potasse du commerce est du carbonate neutre de potasse impur, contenant souvent un peu de potasse caustique et toujours du sulfate de potasse, du chlorure de potassium, de l'alumine, de la silice, de la chaux, des oxides de fer et de manganèse. Elle est diversement chargée d'alcali suivant son origine.

§ I. CARBONATE NEUTRE DE POTASSE.

(Sous-carbonate de potasse.)

Ce sel est blanc, âcre, non caustique, très déliquescent à l'air et par conséquent très soluble dans l'eau, ne s'obtenant que difficilement cristallisé; aussi l'emploie-t-on toujours à l'état sec; il est insoluble dans l'alcool; verdit fortement le sirop de violettes; s'obtient à l'état de pureté en chauffant du bi-carbonate de potasse pour en chasser l'eau et l'acide carbonique à une chaleur un peu inférieure au rouge; on redissout dans l'eau, qui précipite l'acide silicique insoluble et l'on évapore. Si l'on chauffait au rouge, la silice se combinerait à l'alcali et le sel contiendrait du silicate de potasse. Le carbonate de potasse à ce grand degré de pureté n'est pas employé en médecine. Celui dont on fait usage est obtenu par divers procédés que nous allons examiner successivement.

SEL DE TARTRE.

On prend du tartre brut; on le chauffe dans une chaudière de fonte rougie jusqu'à ce qu'il cesse de se dégager de la fumée; on dissout le résidu dans l'eau froide, on filtre et l'on fait évaporer à siccité dans une bassine d'argent.

Un autre procédé consiste à prendre du tartre brut, à le réduire en poudre grossière et à en remplir des cornets de papier; on les trempe dans l'eau et on les dispose sur un lit de charbon, dans un fourneau, en ayant soin de placer du charbon entre chaque cornet; on achève de remplir le fourneau avec un mélange de charbon et de cornets; on allume le charbon par sa partie inférieure, et, quand tout est brûlé, on retire le résidu laissé par le tartre; on le dissout dans l'eau; on filtre, l'on évapore à siccité, et on le calcine. Ce dernier mode d'opération est presque abandonné, parce qu'il demande quelque soin pour la conduite du feu; si l'on ne chauffe pas suffisamment, il reste du tartre indécomposé; si l'on chauffe trop, l'alcali entre en fusion, coule dans le cendrier et souvent même se combine à une partie de la silice des cendres. C'est pour éviter ces inconvénients que Rouelle le premier a conseillé de brûler le tartre dans une chaudière de fonte : on est plus maître de son opération.

Le carbonate de potasse, retiré du tartre par la calcination, est presque pur. Il le serait davantage encore si l'on substituait la crème de tartre purifiée au tartre brut, qui contient plus souvent des sels étrangers.

La production du carbonate de potasse dans l'opération précédente est due à la décomposition de l'acide tartrique, dont les éléments sont dissociés et se combinent d'une autre manière ; au nombre des réactions est celle d'une partie de l'oxigène et du carbone de l'acide l'un sur l'autre ; d'où résulte de l'acide carbonique qui reste combiné à l'alcali.

NITRE FIXÉ PAR LES CHARBONS.

On met du nitrate de potasse dans un creuset de terre, et quand il est fondu, on y projette du charbon en poudre par petites cuillerées, jusqu'à ce que toute action cesse de se manifester ; les premières portions de charbon donnent lieu à une véritable détonation ; plus tard, il y a seulement déflagration ; quand le charbon ne paraît plus agir, on donne un bon coup de feu ; on laisse refroidir, on dissout dans l'eau, on filtre et l'on fait évaporer.

Ce procédé est fort mauvais ; le charbon, à la vérité, décompose l'acide nitrique, dégage de l'azote et des oxides d'azote, et se change en acide carbonique qui reste combiné à l'alcali ; mais il y a toujours une forte proportion de nitrate qui échappe à une décomposition aussi profonde, et qui se convertit seulement en nitrite de potasse ; aussi le produit contient toujours une énorme proportion de ce dernier sel, mêlé au carbonate alcalin ; on ne viendrait à bout de se débarrasser du nitrite que par une calcination très longue ; et à la température nécessaire pour le détruire, l'alcali attaquerait fortement les creusets, et se chargerait de beaucoup de silice et d'alumine.

NITRE FIXÉ PAR LE TARTRE.

(Alcali extemporané.)

On fait un mélange de 1 partie de nitrate de potasse et 3 parties de crème de tartre, tous deux pulvérisés ; on les projette par portions dans une chaudière de fonte, dont le fond est à peine rouge. Il se fait une déflagration remarquable, et quand elle est terminée, on projette une nouvelle quantité de mélange, jusqu'à ce que tout ait été décomposé. On se contente quelquefois d'allumer

le mélange des deux sels avec un charbon incandescent; mais la
décomposition complète est moins assurée. Le produit de l'opération est dissous dans l'eau; la dissolution est filtrée; on l'évapore à siccité, et l'on chauffe au rouge le sel obtenu.

Le produit de cette décomposition est du carbonate de potasse
à peu près pur. La base a été fournie et par le nitre et par la
crème de tartre; l'acide carbonique résulte de la combustion du
carbone de l'acide tartrique par l'oxigène de l'acide nitrique. En
même temps qu'il se produit du carbonate de potasse, il se dégage de l'azote et des oxides d'azote provenant de la décomposition de l'acide du nitre; et de l'eau et de l'acide carbonique,
provenant de la réaction du nitre sur l'acide tartrique.

M. Guibourt a fait remarquer l'utilité d'opérer à une température qui ne soit pas trop élevée; par exemple, d'allumer le
mélange ou de le projeter dans une chaudière à peine rouge, au
lieu d'opérer dans un creuset fortement rougi. Dans ce cas, il se
ferait du cyanure de potassium, dont le cyanogène puiserait ses
éléments, savoir l'azote dans l'acide nitrique, le carbone dans
l'acide tartrique. Le fait est exact; mais la proportion de cyanure
formé est souvent très faible; elle varie d'ailleurs avec la grandeur du creuset et sa température plus ou moins élevée.

Une autre circonstance remarquable, c'est l'utilité d'un excès
de tartre dans le mélange; quand on emploie parties égales des
deux corps, comme il est indiqué par plusieurs auteurs, le nitre
se trouve en excès, et le carbonate de potasse que l'on obtient
contient toujours du nitrite à l'état de mélange; alors le produit
de la déflagration est incolore, parce que tout le carbone a été
brûlé; en employant trois parties de tartre, le carbone est en
excès, et il ne reste aucune portion de nitrite dans le produit.

PURIFICATION DE LA POTASSE DU COMMERCE.

On prend de la potasse blanche du commerce, et on la distribue en morceaux dans des entonnoirs de verre dont la douille
a été garnie de quelques morceaux de verre qui s'opposent à la
sortie du sel alcalin; on couvre ces entonnoirs de papier, et on
les porte à la cave sur des récipients. Peu à peu il s'écoule un
liquide sirupeux; quand il cesse de s'en produire, on évapore ce
liquide à siccité dans une bassine d'argent.

La purification de la potasse est basée ici sur ce que le carbonate de potasse, que contient la potasse du commerce, est déliquescent, tandis que le sulfate de potasse et le chlorure de potassium ne le sont pas. Le liquide qui s'écoule forme une liqueur très dense (1,57° D ; 52,33° aréom.) : c'était l'huile de tartre par défaillance des anciens chimistes. Elle contient plus de la moitié de son poids de carbonate de potasse, quelques traces de chlorure de potassium, et pas la moindre quantité de sulfate de potasse.

On arrive plus promptement au même résultat, en mettant la potasse blanche en contact avec son poids d'eau froide, décantant la liqueur après 24 ou 48 heures de contact, et la faisant évaporer; on peut même, si l'on veut, filtrer la liqueur au papier.

Enfin, on peut faire dissoudre la potasse du commerce dans l'eau; on filtre la dissolution, et on l'évapore dans une bassine d'argent, jusqu'à ce qu'elle ait une densité de 1,5 (50 D. ar. environ), puis on l'abandonne à elle-même dans un endroit frais. Les sels étrangers se déposent presque en totalité.

La potasse provenant de la purification de la potasse du commerce contient toujours un peu de silicate alcalin soluble dans l'eau.

TISANE DE MASCAGNI.

Pr.: Carbonate de potasse, deux gros............　8 grammes.
Eau commune, deux livres...............　1000

On l'administre par cuillérées, mêlée avec un sirop mucilagineux, dans la pneumonie chronique.

Le carbonate de potasse, en boisson plus ou moins concentrée, est encore employé pour dissoudre les calculs d'acide urique et contre quelques cas de dyssenterie; on l'a vanté contre le rachitisme.

PÉDILUVE ALCALIN.

Pr.: Carbonate de potasse, quatre à huit onces.　125 à 250 grammes.
Eau chaude, quantité suffisante............　Q. S.

Faites dissoudre.

LOTION ALCALINE.

Pr.: Carbonate de potasse, quatre onces........　125 grammes.
Eau, deux livres......................　1000.

Faites dissoudre et filtrez.

LINIMENT ALCALIN.

Pr. Huile de tartre, une once.......................... 32 grammes.
Huile d'olives, deux onces...................... 64
Jaune d'œuf.............................. N° 1.

Mêlez. Plenck a employé ce mélange contre les rhagades.

§ II. BI-CARBONATE DE POTASSE.

Le bi-carbonate de potasse (anciennement nommé carbonate neutre) est cristallisé en prismes rhomboïdaux. Il a une saveur alcaline sans âcreté, verdit les couleurs bleues végétales, est soluble dans 4 parties d'eau froide ; sa dissolution se partage à l'ébullition en acide carbonique qui reprend l'état de gaz, et en sesqui-carbonate qui reste dissous. Si l'ébullition se prolonge longtemps, il peut cependant perdre une plus grande quantité d'acide carbonique.

On prépare ce sel en faisant passer du gaz acide carbonique dans une dissolution de carbonate de potasse ordinaire ; mais comme l'absorption se fait lentement, que l'opération est fort longue, et que toujours une assez grande quantité de gaz traverse la liqueur alcaline sans être absorbé, M. Welter a imaginé un appareil dans lequel le gaz acide ne se forme qu'à mesure qu'il est absorbé.

Mais cet appareil a lui-même un inconvénient assez grave qui y a fait renoncer : c'est que le tube qui plonge dans l'alcali s'y obstrue bientôt par le dépôt des cristaux de bi-carbonate, et oblige fréquemment à tout démonter. Je l'ai remplacé par la disposition suivante, dans laquelle la partie essentielle de l'appareil de Welter est conservée.

A est un flacon tubulé destiné à contenir de l'acide hydro-chlorique ou de l'acide sulfurique.

B est une bonbonne en grès, dans laquelle on met un lait formé avec 1 partie de craie et 4 parties d'eau. L'acide y est introduit peu à peu et à volonté au moyen du robinet de communication R.

V est un bâton maintenu par une vessie et qui sert d'agitateur.

C est un flacon rempli de fragments de craie mouillée, destinée à absorber les acides étrangers qui pourraient accompagner l'acide carbonique. Ce flacon communique par le tube 1 avec la bonbonne, et par le tube 2 avec le flacon à l'acide. Cette dernière communication a pour objet d'établir une égalité de pression dans ces diverses parties de l'appareil.

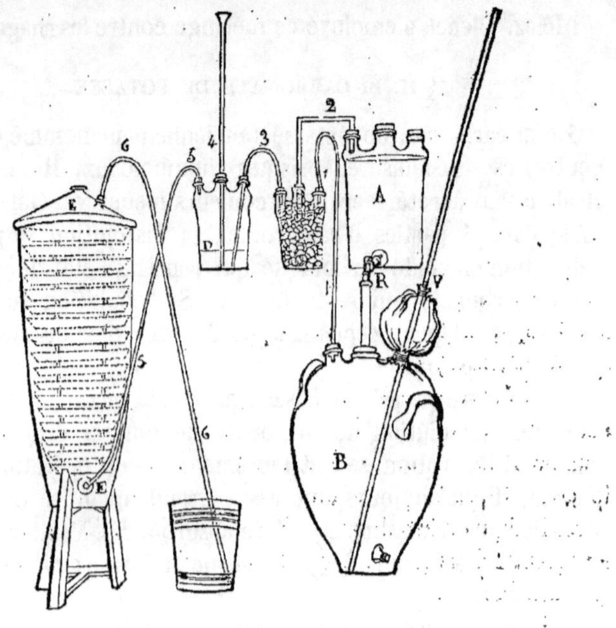

D est un flacon contenant un peu d'eau; il sert surtout de régulateur; la vitesse avec laquelle les bulles d'acide carbonique le traversent indiquent à chaque instant s'il faut entretenir, ralentir ou activer l'écoulement de l'acide sur la craie; en outre, le tube droit 4 fait connaître la pression intérieure par la quantité dont le liquide s'y élève. D communique avec C par le tube 3.

E est une fontaine en grès destinée à servir de récipient. Le tube 5 en plomb y pénètre par le bas; elle est fermée par un couvercle qui s'y trouve luté avec un peu de lut maigre. De ce couvercle part un tube en plomb 6, qui plonge dans l'eau, pour s'opposer à la libre sortie du gaz.

La fontaine E est remplie avec des vases en faïence plats, disposés les uns au-dessus des autres, et séparés par de petites baguettes qui établissent un intervalle entre chacun d'eux. Dans chacun de ces vases, on met une couche de quelques lignes d'une dissolution de carbonate de potasse marquant 30° à l'aréomètre.

Tout étant ainsi disposé, et le tube 6 étant hors de l'eau, on fait tomber de l'acide sur la craie, de manière à établir un courant rapide d'acide carbonique, qui déplace au moins en grande partie l'air de l'appareil; alors on plonge dans l'eau l'extrémité du tube 6, et l'on produit un courant ménagé de gaz, de manière à entretenir une pression de quelques pouces d'eau au plus, ce que l'on mesure par la hauteur de la colonne liquide dans le tube 4. Quand on s'aperçoit que l'absorption ne se fait plus, on démonte l'appareil, on retire les cristaux formés, et l'on soumet les eaux mères à une nouvelle opération. Enfin, les dernières eaux mères, évaporées à la chaleur de l'étuve, fournissent de nouveaux cristaux.

M. Woëhler conseille de préparer le bi-carbonate de potasse en exposant à un courant d'acide carbonique la masse charbonneuse qui résulte de la calcination du tartre dans un creuset couvert, toutefois, après l'avoir humectée; l'absorption du gaz carbonique est singulièrement facilitée par la porosité de la matière; on lessive le produit avec de l'eau à 30 ou 40°, et la majeure partie du bi-carbonate cristallise par le refroidissement. Pendant l'absorption du gaz carbonique, la matière s'échauffe beaucoup, et il faut tenir le vase dans l'eau froide. C'est un inconvénient assez grave, qui, joint à l'obligation de redissoudre les produits, rend le procédé peu avantageux dès qu'on opère sur des quantités un peu considérables.

La théorie de la formation du bi-carbonate est très simple : c'est du carbonate neutre qui passe à l'état de bi-carbonate à mesure que l'acide carbonique est absorbé, et, comme la dissolution de carbonate neutre est très concentrée, et que le bi-carbonate est moins soluble, il cristallise en grande partie contre les parois de l'appareil. En même temps il se fait un dépôt gélatineux de silice, mais on le sépare facilement par le lavage des cristaux.

On prépare encore le bi-carbonate de potasse en chauffant ensemble du carbonate d'ammoniaque, du carbonate de potasse et de l'eau.

On fait dissoudre 5 parties de carbonate de potasse pur dans 10 parties d'eau, on filtre la dissolution et on la fait chauffer au bain-marie; on ajoute peu à peu le carbonate d'ammoniaque, et on laisse sur le feu en agitant continuellement tant qu'il se dégage une quantité un peu considérable d'ammoniaque, ce que l'on reconnaît à l'odeur ; on filtre la liqueur et on la laisse cristalliser lentement.

Dans cette opération l'ammoniaque est dégagée, tandis que l'acide carbonique qui y était uni se porte sur le carbonate de potasse. Cette manipulation ne vaut pas la précédente. Elle donne presque toujours du sesqui-carbonate de potasse, et non du bi-carbonate.

SOUDE.

(Protoxide de sodium, oxide sodique.)

La soude est le premier degré d'oxidation du sodium ; elle est formée de : sodium, 1 pp., 74,42 ; oxigène, 1 pp., 25,58. Ses caractères ont la plus grande analogie avec ceux de la potasse. Elle est blanche, caustique ; elle est inusitée dans son état de pureté.

HYDRATE DE SOUDE.

L'hydrate de soude a la plus grande analogie de propriétés avec celui de potasse. Il s'en distingue en ce que, par l'exposition à l'air, il se liquéfie d'abord, puis, plus tard, s'effleurit en une poudre blanche formée de carbonate de soude.

L'hydrate de soude est composé de : 1 pp. soude (77,65), 1 pp. eau (22,35).

SOUDE A L'ALCOOL.

La soude à l'alcool s'obtient absolument de la même manière que l'hydrate de potasse. On emploie : carbonate de soude sec, 1 partie ; eau, au moins 8 parties ; chaux, 0,8 parties.

SOUDE LIQUIDE.

(Lessive des savonniers.)

On l'obtient comme la potasse liquide, avec les proportions indiquées ci-dessus pour la soude à l'alcool.

Si l'on veut avoir de la lessive de soude parfaitement blanche, il faut évaporer les liqueurs à siccité, faire éprouver à la soude la fusion ignée, puis la faire redissoudre dans l'eau froide, de manière à avoir une dissolution qui marque 36 degrés.

La lessive des savonniers laisse déposer à la longue les sels étrangers à l'hydrate de soude.

La lessive des savonniers contient un peu moins du tiers de son poids d'hydrate de soude sec.

SOUDE A LA CHAUX.

S'obtient comme la potasse à la chaux ; est rarement employée.

CARBONATE DE SOUDE.

On emploie en médecine deux espèces de carbonate de soude, le carbonate neutre et le bi-carbonate ; on se sert aussi du sel de soude du commerce, qui est un carbonate impur.

Le carbonate neutre de soude est formé de : soude, 1 pp., 58,58 ; acide, 1 pp. ; 41,42. Cristallisé il contient 10 proportions ou 62,9 d'eau pour cent.

Le bi-carbonate de soude est composé de : soude, 1 pp., 41,42; acide, 2 pp., 58,58. Cristallisé il contient 1 proportion d'eau ou 10,74 pour cent.

§ 1. CARBONATE NEUTRE DE SOUDE.

(Sous-carbonate de soude, carbonate sodique, sel de soude.)

Le carbonate de soude est cristallisé en octaèdres à base rhombe, tronqués au sommet. Il a une saveur âcre et urineuse; s'effleurit à l'air en perdant les ⁵/₄ de son eau de cristallisation, est soluble dans 2 parties d'eau froide, ou 1 partie d'eau bouillante, est insoluble dans l'alcool, verdit le sirop de violettes.

Pour obtenir le carbonate de soude, on prend le sel de soude du commerce; on le fait dissoudre à chaud dans l'eau dans une bassine de fonte ; on filtre la liqueur toute bouillante à travers du papier, et, s'il est nécessaire, on reporte la liqueur sur le feu dans la bassine de fonte, pour la concentrer à pellicule; on la laisse cristalliser dans la bassine même ou dans des bassines plus petites.

L'eau mère évaporée fournit de nouveaux cristaux ordinairement colorés qui ont besoin d'être purifiés par une nouvelle cristallisation.

Je prescris de faire la dissolution et la cristallisation dans des vases en fonte, parce que ceux-ci ne sont nullement attaqués, et, tant qu'ils sont mouillés par la liqueur alcaline, ils ne s'oxident pas et ne tachent pas les cristaux. On peut se servir de terrines de grès pour faire les cristallisations, mais elles sont pénétrées par la soude et ne peuvent plus servir à plusieurs autres usages.

Le carbonate de soude, tel qu'on l'obtient par une première cristallisation, contient du sulfate de soude et du sel marin. On le purifie en le faisant cristalliser plusieurs fois. On reconnaît que les cristaux sont purs à ce que leur dissolution sursaturée par de l'acide nitrique pur, ne précipite ni par le nitrate d'argent, ni par le muriate de baryte.

M. Gay-Lussac a donné le procédé suivant, pour purifier le sel de soude.

On prend du carbonate de soude cristallisé ; on le lave et on le fait dissoudre à chaud. On agite sans cesse la dissolution pendant qu'elle se refroidit, pour n'obtenir que des cristaux arénacés. On peut accélérer le refroidissement en tenant plongé dans l'eau froide le vase qui contient la dissolution saline.

Quelquefois la dissolution tarde à cristalliser, puis tout à coup elle s'y détermine. On peut prévenir ce long retard en versant dans la dissolution une pincée de cristaux au moment où elle commence à être sursaturée.

Les cristaux obtenus, on en remplit un entonnoir, dans lequel on met un peu d'étoupe ou du coton. On les laisse égoutter, puis on les arrose avec de petites quantités d'eau distillée, attendant pour chaque nouvel arrosage que le précédent soit écoulé. On essaie de temps en temps l'eau de lavage par le nitrate acide d'argent.

On obtient ainsi, par une première opération, plus de la moitié du carbonate de soude à l'état de pureté ; l'eau mère et les eaux de lavage peuvent être évaporées et êtré traitées à leur tour.

Si on voulait obtenir le sel de soude de la soude brute artificielle, il faudrait la lessiver à froid, pour ne pas attaquer le sulfure de calcium qu'elle contient et qui est insoluble à cette température ; on concentrerait les dissolutions pour les faire cristalliser. Il arrive souvent alors que les eaux mères donnent des cristaux qui ne blanchissent pas par des dissolutions nouvelles ; le mieux à faire est d'évaporer à siccité, de chauffer au rouge, et de redissoudre dans l'eau. Cette fois on obtient des cristaux incolores, parce que la matière organique qui colorait les premiers a été détruite par le feu.

Le carbonate de soude, en raison de ses propriétés alcalines, est employé contre la gravelle; on s'en sert pour faciliter les digestions; mais pour ces usages on lui préfère le bi-carbonate. On l'associe aux amers dans le traitement des scrofules; on l'emploie à l'extérieur contre quelques affections cutanées.

BAIN ALCALIN.

Pr.: Sel de soude du commerce, demi-livre
    à une livre...................... 250 à 500 grammes.
    Eau, trois cents litres. .... 300 kilogr.

On prend le bain à la température de 28 à 30°.

POMMADE ALCALINE.

Pr.: Carbonate de soude, deux gros. .... 8 grammes.
    Laudanum de Sydenham, un gros............ 4
    Axonge, une once. 32

Mêlez.

§ II. BI-CARBONATE DE SOUDE.
(Carbonate de soude saturé.)

Le bi-carbonate de soude cristallise en prismes rectangulaires; mais il se présente ordinairement sous forme d'agglomérations opaques composées d'une multitude de petits cristaux transparents; sa saveur est faiblement alcaline. L'eau froide n'en dissout que le 13e de son poids; l'eau bouillante le transforme en sesquicarbonate et en acide carbonique; par une ébullition longtemps prolongée, il repasserait tout entier à l'état de carbonate simple.

La préparation de ce sel est fort simple; il s'agit de soumettre du carbonate de soude ordinaire cristallisé à l'action d'une atmosphère d'acide carbonique. Ce procédé, indiqué par R. Smith, est le meilleur que l'on puisse employer.

Je me sers avec avantage de l'appareil que j'ai décrit pour la préparation de bi-carbonate de potasse. La seule différence est que la fontaine E porte à quelques pouces de son fond un diaphragme percé ou un grillage; le tube qui amène le gaz carbonique doit s'élever jusque vers ce diaphragme, afin qu'il ne puisse être obstrué par le liquide qui s'écoule des cristaux et va gagner le fond du vase. On place sur le diaphragme le carbonate de soude cristallisé, cassé par morceaux ; on en remplit entièrement la fontaine ; on ferme l'appareil et l'on fait arriver l'acide carbonique. Il est bon ici encore d'établir d'abord un courant rapide qui chasse des vases tout l'air atmosphérique ; on fait arriver de l'acide carbonique jusqu'à ce qu'il cesse d'être absorbé. Alors on ouvre l'appareil et l'on fait sécher le sel.

L'acide carbonique pénètre jusqu'au centre des cristaux, et les convertit en bi-carbonate sans changer en apparence leur forme première ; seulement ils deviennent opaques. S'il restait dans l'intérieur quelque partie qui eût conservé sa transparence, ce serait une preuve que l'action du gaz carbonique n'aurait pas été continuée assez longtemps.

Comme le carbonate que l'on emploie contient beaucoup plus d'eau que le bi-carbonate qui se forme, cette eau s'écoule, à mesure de la transformation, en une dissolution saturée qui vient occuper le fond des vases. Voilà pourquoi on place le sel sur un diaphragme percé et soutenu à une certaine hauteur. Ce qu'il y a encore d'avantageux dans cette opération, c'est qu'en se servant d'un sel de soude souillé de sulfate de soude et de sel marin, on obtient cependant un bi-carbonate pur, parce que ces sels étrangers sont entraînés avec l'eau de cristallisation.

On s'est servi d'un procédé pareil à celui que j'ai décrit pour le bi-carbonate de potasse, en employant toutefois les proportions suivantes : carbonate de soude cristallisé, 6 parties ; eau, 4 ; carbonate d'ammoniaque, 2.

On évapore presqu'à siccité, on enlève le sel qui s'est formé. Ce sel est du sesqui-carbonate et non du bi-carbonate de soude.

Le bi-carbonate de soude est très employé comme propre à faciliter les digestions et dissoudre les calculs d'acide urique. Il entre dans la composition d'un grand nombre d'eaux minérales.

TABLETTES DIGESTIVES DE D'ARCET.

(Pastilles de Vichy.)

Bi-carbonate de soude, une once.........	32 grammes.
Sucre, dix-neuf onces.	596
Baume de Tolu, deux gros.	8
Alcool à 86ᶜ (34° Cart.), quatre gros......	16
Gomme adragante, quatre scrupules.......	5,3
Eau, une once trois gros.................	44

On fait dissoudre le baume de Tolu dans l'alcool, dans une fiole à médecine ; on ajoute l'eau, on chauffe un instant et l'on filtre ; on se sert de cette liqueur pour préparer le mucilage ; on fait des tablettes de 20 grains qui contiennent chacune 1 grain de bi-carbonate de soude.

On aromatise ces tablettes de différentes manières ; M. D'Arcet avait recommandé l'essence de menthe. Elle a, ainsi que toutes les huiles essentielles, l'inconvénient de faire prendre aux pastilles, après quelque temps, une saveur savonneuse.

BARYTE.

(Protoxide de barium.)

La baryte est d'un blanc grisâtre, caustique, très difficilement fusible ; elle absorbe l'acide carbonique de l'air à la température ordinaire, est très avide d'eau et forme un hydrate cristallisé ; se dissout dans 30 parties d'eau froide et 10 parties d'eau bouillante ; est composée de : 1 pp. barium (89,55) ; 1 pp. oxigène (10,45) ; on l'obtient en décomposant le nitrate de baryte par le feu.

La baryte est à peine employée en médecine. Elle a été vantée contre quelques dartres, suivant la formule ci-après :

LINIMENT BARYTIQUE.

Pr. : Eau de baryte saturée à froid................ 1
Huile d'olives. 6

Mêlez.

CARBONATE DE BARYTE.

Il est blanc, insoluble dans l'eau ; on l'obtient par double décomposition du nitrate ou du muriate de baryte par le carbonate de soude. Il est composé de : 1 pp. baryte, 1 pp. acide.

On dit qu'il est vénéneux. Il est donné comme la base d'un traitement antidartreux tenu secret, et qui consiste réellement dans l'emploi du chlorure de barium.

CHAUX

(Oxide de calcium, oxide calcique.)

La chaux est le premier degré d'oxidation du calcium. Elle

est formée de : calcium 1 pp. (71,91) ; oxigène , 1 pp. (28,09).

La chaux est blanche , inodore , âcre , très avide d'eau , mais peu soluble dans ce liquide ; elle est moins soluble à chaud qu'à froid, aussi l'eau de chaux que l'on fait bouillir se trouble-t-elle par la précipitation d'une partie de la chaux ; suivant Wollaston , il faudrait 778 parties d'eau froide et 1270 parties d'eau bouillante pour dissoudre 1 partie de chaux.

On obtient la chaux par la décomposition du carbonate de chaux au moyen de la chaleur. On se sert ordinairement de la chaux fournie par le commerce. Si on voulait la préparer il faudrait prendre du marbre blanc, le casser par morceaux et les placer dans un fourneau à réverbère alternativement avec des charbons et allumer le feu par en bas. La décomposition se fait avec facilité ; il est vrai qu'un peu de cendre reste attaché à la surface des morceaux de chaux ; mais on l'enlève facilement en nettoyant cette surface. Si la chaux a été bien calcinée , après avoir été délayée dans l'eau , elle ne doit pas faire effervescence par les acides. On recommande ordinairement de faire la calcination dans une cornue ou un creuset ; mais alors la décomposition est plus difficile à produire, elle exige une chaleur plus considérable ; cela tient à ce que , dans le premier cas , la vapeur d'eau qui provient du combustible facilite la séparation de l'acide carbonique ; il se fait un hydrate qui est ensuite décomposé plus facilement par la chaleur que ne l'aurait été le carbonate lui-même.

On conserve la chaux dans des vases bien fermés , parce qu'elle attire l'humidité et l'acide carbonique de l'air, et se convertit successivement en hydrate et en carbonate. Elle est peu employée en médecine ; à la dose de 24 à 36 grains (1,3 à 2 grammes), c'est le spécifique antifébrile de Croll.

HYDRATE DE CHAUX.

L'hydrate de chaux est blanc , d'une saveur âcre , inodore , décomposable par la chaleur. Il se convertit en carbonate de chaux par l'exposition à l'air.

L'hydrate de chaux est formé de : 1 pp. de chaux (76) ; 1 pp. d'eau (24).

CHAUX ÉTEINTE.

On prend de la chaux vive, on la plonge, morceau par morceau, dans l'eau, jusqu'à ce que celle-ci cesse d'être absorbée, puis on l'abandonne à elle-même, ou bien on arrose la chaux avec de l'eau dans une terrine de grès. Bientôt la chaux s'échauffe considérablement, il se dégage de la vapeur aqueuse qui a une odeur de lessive ; la chaux se brise et se réduit en poudre. Si l'on s'apercevait que la quantité d'eau ajoutée ne fût pas assez considérable et que la chaux restât en fragments au lieu de tomber en poussière, il faudrait en ajouter une nouvelle quantité.

La chaleur qui se produit pendant l'extinction de la chaux provient en même temps de deux causes : l'une est la combinaison qui s'effectue entre la chaux et l'eau, et qui, comme toute combinaison chimique, donne lieu à un dégagement de calorique ; l'autre est la solidification de l'eau qui, employée à l'état liquide, devient solide dans la combinaison et perd toute la portion de chaleur latente qui la constituait à l'état de liquidité. La chaleur produite s'élève à plus de 300 degrés. Si la chaux est brisée et réduite en poudre fine, c'est que la vapeur d'eau qui se forme dans l'intérieur des masses, écarte, par sa force élastique, les particules de chaux et les sépare les unes des autres.

Il arrive souvent que la chaux éteinte est un mélange de chaux vive et d'hydrate de chaux ; c'est lorsque l'on n'a pas employé assez d'eau ou qu'il s'en est trop vaporisé pendant l'opération. 100 parties de bonne chaux doivent produire 131 parties d'hydrate ; si le rendement en chaux éteinte était moindre, il faudrait ajouter à celle-ci la quantité d'eau qui manque pour le produire ; cette eau serait peu à peu absorbée par la portion de chaux restée à l'état caustique.

LAIT DE CHAUX.

C'est de l'hydrate de chaux qui a été délayé dans l'eau, de manière à former une bouillie très claire.

EAU DE CHAUX.

Pr. : Hydrate de chaux. 1
Eau de rivière. 100

On délaie la chaux dans l'eau, on laisse en contact dans un

vase fermé en agitant de temps en temps; au bout de quelques heures, on laisse reposer, on décante et l'on filtre. On ajoute de nouvelle eau sur le marc, qui peut fournir de nouveau produit.

L'eau de chaux doit être conservée dans des vases fermés, car l'acide carbonique de l'air se combine à la chaux, et la transforme en carbonate. C'est ce sel qui forme la pellicule qui se montre à la surface de l'eau de chaux qui est restée exposée à l'air.

On doit rejeter la première solution de chaux. Elle est plus alcaline que les autres, parce que le carbonate de potasse provenant des cendres qui salissent toujours la chaux du commerce, est décomposé et transformé en alcali caustique, qui se dissout le premier : voilà pourquoi on prescrit ordinairement l'eau de chaux seconde. Ce médicament ne cesse plus d'être toujours identique, une fois que la potasse a été soustraite par un premier lavage.

L'eau de chaux ne contient pas un grain de chaux vive par once; cependant c'est un médicament actif que beaucoup de malades ne peuvent supporter qu'après qu'il a été étendu. On emploie l'eau de chaux à l'intérieur dans les maladies du poumon, le scorbut, certaines diarrhées; à l'extérieur, on s'en sert pour déterger quelques ulcères; contre la teigne; en injections contre l'uréthrite chronique.

CARBONATE DU CHAUX.

(Carbonate calcique, sous-carbonate de chaux.)

Le carbonate de chaux est un sel blanc, insipide, inodore, extrêmement peu soluble dans l'eau, dont tous les acides un peu forts séparent l'acide carbonique avec effervescence. On le trouve en abondance dans la nature, et les matières connues sous le nom de corail, nacre de perles, coquilles d'huîtres, coquilles d'œufs, yeux d'écrevisse, et que l'on emploie quelquefois en médecine comme absorbants, en sont presque entièrement formées. Le carbonate de chaux est formé de : chaux, 1 pp. (56,29); acide, 1 pp. (43,71).

Le carbonate de chaux est employé comme absorbant. Quand on le destine à l'usage médical, on le prépare par double décomposition.

On prend une dissolution très étendue de chlorure de calcium pur, et l'on y verse une autre dissolution également étendue de carbonate de soude cristallisé, jusqu'à ce qu'il cesse
de se faire un précipité; on laisse déposer; on rejette la liqueur
qui contient du sel marin en dissolution, et on lave le précipité calcaire à plusieurs reprises; on le met ensuite à égoutter sur une toile, et on le réduit en trochisques pour le faire
sécher.

La précipitation doit être faite avec des dissolutions froides;
c'est le moyen d'avoir un carbonate de chaux en poudre très
fine; si l'on opérait à chaud, le précipité serait grenu et plus
compacte.

MAGNÉSIE.

(Oxide magnésique, magnésie calcinée.)

La magnésie est l'oxide de magnésium. Elle est blanche, insipide, infusible; elle verdit le sirop de violettes. L'eau en dissout
excessivement peu; à l'air, elle absorbe l'acide carbonique avec
facilité. La magnésie est composée de : 1 pp. magnésium (61,29);
1 pp. oxigène (38,71).

Elle est employée en médecine sous les noms de *magnésie calcinée, magnésie pure*.

Pour l'obtenir, on prend de la magnésie blanche du commerce;
on la réduit en poudre, en la frottant sur un tamis; on en remplit des pots de terre, et on la calcine pendant deux heures à la
chaleur rouge. Les vases les plus commodes à employer pour
faire cette opération sont les pots en terre ou camions dont se
servent les peintres; on les lie avec un fil de fer, afin que s'ils
viennent à casser pendant l'opération, la magnésie ne se perde
pas. Si on opère sur une petite quantité, on se contente de
recouvrir un de ces camions plein de magnésie blanche avec un
autre camion qui en est également rempli; si on opère sur une
plus grande quantité, on réunit un plus grand nombre de ces
pots; quand la calcination a été bien faite, la magnésie, délayée
dans un peu d'eau, ne doit pas faire effervescence avec les
acides.

On désire que la magnésie soit très légère. M. Planche nous a
fait savoir que, pour arriver à l'avoir telle, il fallait la calciner en
poudre et sans la tasser. Alors, pour monter commodément l'ap-

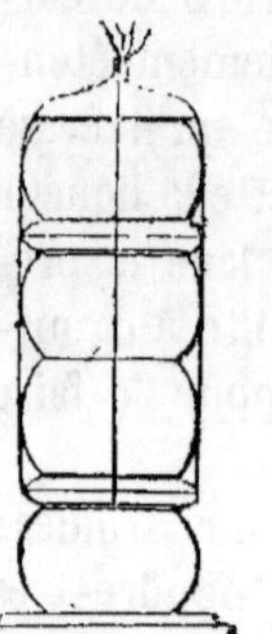

pareil de calcination, on dispose les pots ainsi qu'il est indiqué dans la figure, après avoir usé leurs bords avec du sablon, s'il est nécessaire, pour qu'ils s'adaptent exactement les uns sur les autres. A l'exception du pot inférieur, tous les autres sont percés d'une large ouverture à leur fond ; elle permet de les remplir commodément de magnésie, et elle ouvre une large voie au dégagement de l'acide carbonique et de la vapeur d'eau.

On vend dans le commerce, sous le nom de magnésie anglaise de Henry, une magnésie qui est très recherchée par quelques personnes. Elle est très dense et elle ne se dissout pas à froid dans les acides étendus. Ces propriétés sont attribuées à la haute température à laquelle cette magnésie a été exposée, soit que cet effet résulte de la seule action d'une haute température sur la magnésie, soit que la silice et l'alumine, que la potasse abandonne lors de la double décomposition, qui se mêlent à la magnésie, contractent, à une haute température, avec la magnésie une combinaison moins soluble et plus dense que la magnésie pure.

M. Durand a fait connaître le procédé suivant pour avoir de la magnésie pareille à la magnésie anglaise. On prépare le carbonate de magnésie avec du sulfate très pur, et du carbonate de soude ; avant qu'il soit tout à fait sec, on le tasse fortement dans un moule, de manière à lui donner de la compacité ; on le chauffe ensuite à la chaleur blanche au moins pendant six à huit heures.

Cette magnésie anglaise ne vaut certainement pas la magnésie ordinaire ; car sa grande cohésion, qui la rend insoluble à froid dans les acides faibles, doit diminuer certainement son efficacité médicamenteuse.

La magnésie n'est parfaitement pure qu'autant qu'elle a été calcinée dans des vases exempts de fer ; une très petite quantité de ce métal suffit pour que la magnésie soit pénétrée d'oxide de fer jusque dans le centre de sa masse.

On conserve la magnésie calcinée dans des flacons bien fermés, car elle absorbe l'acide carbonique de l'air.

La magnésie calcinée est employée comme absorbante contre les aigreurs d'estomac ; à haute dose elle est purgative.

(**Poudre de magnésie composée.**)

Pr.: Magnésie. 1
    Sucre. 1

Mêlez et renfermez dans un flacon bien fermé.

TABLETTES DE MAGNÉSIE.

Pr.: Magnésie pure, trois onces. ....   96 grammes.
    Sucre, treize onces.......................   407
    Mucilage de gomme adragante , suffisante
    quantité. ....   Q. S.

F. S. A. des tablettes de 16 grains; chaque tablette contiendra
3 grains de magnésie.

CARBONATE DE MAGNÉSIE.

On connaît trois carbonates de magnésie : un carbonate neutre qui n'est pas employé par les médecins, un bi-carbonate
qui fait partie de la composition de plusieurs eaux minérales ;
un carbonate basique que l'on emploie ordinairement sous les
noms de magnésie blanche, carbonate, sous-carbonate de magnésie.

La magnésie blanche est composée de : 4 pp. magnésie,
(44,75); 3 pp. acide carbonique (37,77), et 4 pp. eau (19,48). On la
considère comme une combinaison de : 1 pp. hydrate de magnésie
(1 pp. Mg. + 1 pp. Aq.) ; 3 pp. carbonate de magnésie (3 pp.
Mg. + 3 pp. C. + 3 pp. Aq.).

La magnésie blanche est insipide, inodore, inaltérable à l'air,
presque complétement insoluble dans l'eau, facilement soluble
dans l'acide hydrochlorique avec effervescence. Le commerce
nous la procure à l'état de pureté ; si elle contenait du carbonate
de chaux à l'état de mélange, on le reconnaîtrait en en saturant de l'acide hydrochlorique étendu : la dissolution, traitée par
l'oxalate d'ammoniaque, formerait immédiatement un précipité
blanc d'oxalate de chaux.

AMMONIAQUE.

(**Alcali volatil.**)

L'ammoniaque est formée par la combinaison de 2 volumes

d'azote avec 6 volumes d'hydrogène condensés en 4 volumes, ou

1 pp. azote, 82,54 ; 3 pp. hydrogène, 17,46.

L'ammoniaque est un gaz sans couleur, d'une odeur vive et suffocante, caustique, d'une densité de 0,591, verdissant le sirop de violettes, que Guyton Morveau est parvenu à liquéfier par un froid de —43° ; excessivement soluble dans l'eau, qui peut en dissoudre jusqu'à 670 fois son volume, suivant Davy ; ayant une puissance alcaline pareille à celle de la magnésie.

AMMONIAQUE LIQUIDE.

(Alcali volatil fluor ou seulement ammoniaque.)

C'est la dissolution du gaz ammoniac dans l'eau ; elle a toutes les propriétés de l'ammoniaque gazeuse. A l'air, elle laisse dégager continuellement du gaz ammoniac ; à l'ébullition, elle perd tout le gaz qu'elle contient. Son odeur est insupportable ; sa saveur est caustique.

On obtient l'ammoniaque liquide par la décomposition du sulfate ou de l'hydrochlorate d'ammoniaque, au moyen de la chaux. La chaux se combine à l'acide sulfurique ou hydrochlorique, et l'ammoniaque, qui est mise en liberté, est reçue dans des flacons qui contiennent de l'eau.

On emploie parties égales de sel ammoniac et d'hydrate de chaux.

L'opération se fait dans l'appareil de Woulf. On emploie une cornue de grès quand on opère sur une petite quantité de mélange, et une chaudière en fonte quand on veut opérer sur de plus grandes quantités. Une ouverture assez large, située au centre de la chaudière, se ferme avec un couvercle en fer que l'on assujettit fortement avec une barre, en ayant la précaution d'introduire un peu de lut maigre entre le couvercle et la paroi de la chaudière sur laquelle il s'appuie. Une tubulure latérale reçoit le tube qui porte l'ammoniaque dans les flacons.

Le premier flacon est de moyenne grandeur et ne contient que peu d'eau ; on ne le refroidit pas pendant l'opération. Il est destiné à arrêter les portions de sels calcaire ou ammoniacal qui pourraient être entraînés ; les deux flacons qui suivent contiennent un poids d'eau égal à celui du sel ammoniac que l'on a employé. Ces flacons ne doivent être remplis qu'à moitié, parce que le volume du liquide augmente beaucoup par la combinaison du gaz ammoniac, comme cette combinaison est accompagnée d'un développement de chaleur, et que le gaz ammoniac est d'autant plus soluble que la température est moins élevée, on refroidit ces flacons par un courant d'eau froide autant de temps que dure l'opération ; l'appareil est terminé par un quatrième flacon qui arrête les bulles de gaz qui pourraient s'échapper des deux premiers.

Le sel ammoniac et l'hydrate de chaux sont mélangés rapidement dans une terrine, et introduits aussitôt dans le vase distillatoire. La décomposition commence à la température ordinaire. Quand on opère dans une marmite, on ajoute encore une certaine quantité d'eau, et de préférence, on prend l'eau ammoniacale impure que, dans une opération précédente, l'on a pu recueillir dans le flacon de lavage. La présence de l'eau rend la décomposition plus facile ; dans ce cas, il passe à la distillation une assez grande quantité d'eau qui reste dans le flacon de lavage, et dans le flacon intermédiaire, qui est destiné à remplacer le tube de Welter dans les appareils de Woulf de grande dimension (*Voy.* t. Ier, p. 181).

On commence l'opération à une douce chaleur, que l'on élève peu à peu, jusqu'à ce qu'il cesse de se produire du gaz ammoniac.

L'ammoniaque que l'on obtient marque environ 22° et contient le 5e de son poids d'alcali réel.

On peut remplacer le sel ammoniac par le sulfate d'ammoniaque, qui est à meilleur marché. Les proportions sont de : 1 partie de sulfate et 3 d'hydrate de chaux.

Ici l'addition de l'eau est encore plus nécessaire pour faciliter la réaction. Il faut dire que le sulfate d'ammoniaque du commerce, ordinairement mal purifié, donne une ammoniaque liquide d'odeur empyreumatique.

SACHET RÉSOLUTIF.

Pr.: Sel ammoniac. 1
Chaux éteinte. 1

On mélange ces matières ; on les place entre deux couches de coton, et l'on enveloppe le tout d'une mousseline que l'on pique.

Le gaz ammoniac se produit longtemps et agit sur la peau. On renouvelle le mélange quand il cesse de répandre l'odeur d'ammoniaque.

Le *Collier de Morand* contre les goîtres se fait avec parties égales de sel ammoniac, de sel marin décrépité et d'éponges calcinées. Les matières calcaires de l'éponge dégagent un peu d'ammoniaque.

POUDRE DE LEAYSON.

(Collyre sec ammoniacal.)

Pr. : Chaux éteinte	32
Sel ammoniac	4
Charbon végétal	1
Cannelle pulvérisée	1
Girofles en poudre	1
Bol d'Arménie	2

On met dans le fond d'un flacon bouchant à l'émeri une couche de chaux mêlée avec une partie de charbon, puis le sel ammoniac par couches successives avec la chaux colorée par le reste du charbon ; puis les aromates, et enfin le reste de la chaux avec le bol d'Arménie. On arrose avec un peu d'eau ; on bouche exactement.

Le charbon et le bol d'Arménie n'ont été mis là que pour masquer la nature du mélange ; chaque flacon est, à proprement parler, un petit appareil qui fournit du gaz ammoniac rendu odorant par les huiles volatiles.

POTION AMMONIACALE DE CHEVALLIER.

Pr. : Eau distillée, cinq onces	150	grammes.
— de menthe, quatre gros	16	
Ammoniaque liquide, trois gouttes	3	gutt.

Mêlez.

A prendre en deux fois, contre les rapports acides.

ALCOOL AMMONIACAL.

(Liqueur d'ammoniaque vineuse.)

Pr. : Ammoniaque liquide, à 56° (21° Cart.)	1
Alcool à 86$_c$ (34° Cart.)	2

Mêlez.

Cette formule est la plus suivie; en y ajoutant quelque huile volatile, soit d'anis, de girofles ou de citrons, on a l'Alcool ammoniacal anisé, caryophyllé, etc.

On se sert quelquefois de cet alcool ammoniacal pour préparer des teintures avec l'assa-fœtida, la valériane, etc.

EAU DE LUCE.

Pr.: Huile de succin rectifiée, deux gros............. 8 grammes.
  Savon blanc, un gros.................... 4
  Baume de la Mecque, un gros.............. 4
  Alcool à 86e (34° Cart.), six onces......... 192

Faites macérer pendant 8 jours, filtrez et conservez pour l'usage. On prépare l'eau de Luce en ajoutant 1 partie de la teinture précédente à 16 parties d'ammoniaque liquide.

Le savon n'entre pas dans toutes les formules d'eau de Luce; il donne plus de fixité au mélange laiteux.

L'eau de Luce est employée contre les syncopes, la piqûre des animaux venimeux; on la fait respirer dans les défaillances.

ÉTHER AMMONIACAL.

Pr.: Ammoniaque à 22°........................ 1
  Éther sulfurique. 1

Mêlez.

LINIMENT VOLATIL OU AMMONIACAL.

Pr.: Huile d'olives, quatre onces................. 125 grammes.
  Ammoniaque liquide à 22°, quatre gros....... 16

On fait le mélange dans une fiole que l'on tient bien bouchée; c'est une espèce de savon ammoniacal imparfait.

Le liniment volatil est un excitant très actif, qui rougit fortement la peau et peut même produire une vésication. Quand on veut avoir une action plus douce, on diminue la dose d'ammoniaque. On associe ce liniment à des alcoolats, au camphre, à l'opium, etc., etc.

Si avant d'ajouter l'ammoniaque on fait dissoudre deux gros de camphre dans l'huile, on a le *Liniment volatil camphré*.

BIBLIOTHÈQUE DE L'ARSENAL

BAUME OPODELDOCH.

Pr. : Savon de graisse de veau, une once............ 32 grammes.
 Camphre, six gros...................... 24
 Ammoniaque liquide, deux gros............ 8
 Essence de romarin, un gros et demi........ 6
 — thym, un gros.............. 4
 Alcool à 86° (34° Cart.), huit onces......... 250

On dissout les essences dans l'alcool et l'on distille au bain-marie à siccité ; on met cet alcoolat dans un matras avec le savon bien râpé, on fait dissoudre à la chaleur du bain-marie, on ajoute le camphre, et, quand il est dissous, on ajoute l'ammoniaque ; on filtre à chaud et l'on reçoit le liquide dans de petits flacons allongés à large ouverture ; on les ferme aussitôt avec un bouchon qui a été trempé dans la cire, ou mieux encore qui a été enveloppé dans une feuille d'étain.

La distillation de l'alcool avec les essences, suivant le conseil de Plisson, a pour effet de donner un produit plus blanc. L'enveloppe que l'on met au bouchon est destinée à le préserver de l'action de l'ammoniaque et des essences qui colorent le liége.

Le baume opodeldoch laisse former quelquefois des cristallisations arborisées de stéarate de soude, que quelques personnes recherchent, mais qui sont tout au moins inutiles.

Le baume opodeldoch est usité en frictions excitantes.

POMMADE DE GONDRET.

Pr. : Suif 1
 Axonge................................ 1
 Ammoniaque à 25°..................... 2

On fond le suif et l'axonge à la chaleur du bain-marie, dans un flacon à large ouverture bouchant à l'émeri ; quand ils sont en grande partie refroidis, on ajoute l'ammoniaque, on bouche le flacon ; on l'agite vivement et on le tient plongé dans l'eau froide jusqu'à ce que la pommade soit solidifiée.

La pommade de Gondret est très active ; en l'étendant sur la peau et en recouvrant d'une compresse en plusieurs doubles, elle produit une vésication en quelques instants.

CARBONATE D'AMMONIAQUE.

Le carbonate d'ammoniaque médicinal est un sel avec excès

d'acide qui répand cependant à l'air une odeur d'ammoniaque très forte. Il a été connu sous les noms d'*alcali volatil concret, sel volatil d'Angleterre, sous-carbonate d'ammoniaque, sesqui-carbonate d'ammoniaque.* Il est composé de ammoniaque, 2 pp. (28,9); acide carbonique, 3 pp. (55,9); eau, 2 pp. (15,75).

Le sesqui-carbonate d'ammoniaque est blanc, il a une odeur ammoniacale très forte, il verdit puissamment la couleur de la violette; il est soluble dans le double de son poids d'eau froide.

Si l'on fait cristalliser sa dissolution, le sel qui se dépose contient 3 pp. d'eau de cristallisation, en tout 5 pp. d'eau (30,69 pour 100).

Dans l'eau chaude, le carbonate d'ammoniaque laisse dégager des bulles d'acide carbonique, et se change en carbonate neutre, qui à son tour se volatilise tout entier avant l'ébullition.

Quand on veut sublimer ce sel, il se décompose toujours en grande partie; il se dégage de l'acide carbonique et il se fait deux sels différents : l'un plus volatil qui contient 2 pp. d'ammoniaque, 2 pp. d'acide carbonique et 1 pp. d'eau; l'autre qui est moins volatil et qui contient un peu plus d'acide carbonique. On trouve dans le commerce un carbonate d'ammoniaque qui contient : 4 pp. ammoniaque; 5 pp. acide carbonique; 5 pp. d'eau; il provient d'un sesqui-carbonate qui a été soumis à une seconde sublimation (H. Rose).

Le sesqui-carbonate d'ammoniaque exposé dans des flacons mal fermés, perd le quart de l'ammoniaque qu'il contient et se change en bi-carbonate.

Pour préparer le carbonate d'ammoniaque, on décompose le sel ammoniac par le carbonate de chaux.

Pr. : Sel ammoniac pulvérisé et séché à l'étuve....... 1
Craie séchée à l'étuve..................... 1

On fait le mélange des deux sels, on en remplit aux trois quarts une cornue de grès, on la place dans un fourneau à réverbère; on y adapte un récipient muni d'un long tube, et l'on distille lentement en entretenant un feu modéré autant de temps que le récipient s'échauffe par la condensation des vapeurs. On le tient du reste rafraîchi pendant tout le cours de l'opération.

M. Henry a fait établir à la Pharmacie centrale des hôpitaux, un appareil qui permet d'opérer sur des quantités plus considérables : il se compose d'une chaudière en fonte C, recouverte d'un couvercle en plomb C', qui s'adapte à un récipient en plomb R, que l'on arrose continuellement avec de l'eau froide.

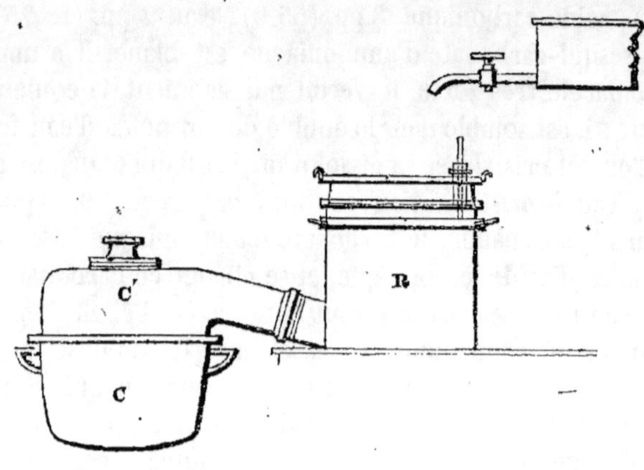

Le carbonate de chaux et l'hydrochlorate d'ammoniaque, tous deux sels à l'état neutre, se décomposent mutuellement en formant du chlorure de calcium, de l'eau, plus de l'acide carbonique et de l'ammoniaque dans les proportions convenables pour se neutraliser, c'est-à-dire pour former un sel correspondant aux carbonates neutres alcalins ; mais ce sel ne se produit pas et ne peut se produire. On sait en effet que la seule méthode possible pour obtenir directement le carbonate d'ammoniaque neutre consiste à faire arriver en même temps dans un vase bien sec le gaz ammoniac et l'acide carbonique à l'état de siccité complète, et que la présence de l'eau a pour effet inévitable de déterminer la formation du sesqui-carbonate d'ammoniaque et la séparation d'une partie du gaz alcalin ; or, c'est précisément ce qui arrive dans l'opération que nous avons examinée, où se trouvent réunis en même temps les trois corps, ammoniaque, acide carbonique et vapeur d'eau. Une partie de l'eau qui résulte de l'action de l'acide hydrochlorique sur la chaux, n'entre pas dans la composition du carbonate d'ammoniaque ; il vient mouiller une partie du sel dans le récipient ; cela a peu d'inconvénient dans les laboratoires des pharmacies : ces parties humides y sont mises à part, et elles servent à la préparation de l'acétate d'ammoniaque.

SEL VOLATIL ANGLAIS.

Pr. : Sel ammoniac pulvérisé. 2
Carbonate de potasse sec pulyérisé. 3

On mélange promptement les deux poudres et on les introduit dans un flacon bouchant à l'émeri.

On préfère souvent remplacer ce mélange par le sesqui-carbonate ordinaire, que l'on enferme dans un flacon et auquel on ajoute quelques gouttes d'une huile volatile d'odeur agréable. L'emploi de ces flacons est préféré par quelques personnes à l'ammoniaque liquide, parce que le dégagement de gaz est toujours modéré et que l'on n'a pas à craindre d'en aspirer à la fois une grande quantité.

GOUTTES CÉPHALIQUES ANGLAISES.

Pr. : Esprit de soie crue, quatre onces. .... 125 grammes.
Essence de lavande, un gros. 4
Alcool à 86° (34° Cart.), quatre gros........ 16

On met toutes les matières dans une cornue et l'on distille à siccité.

L'Esprit de soie crue est le liquide chargé de carbonate, d'acétate, d'hydrocyanate d'ammoniaque et d'huile empyreumatique que l'on obtient par la distillation de la soie. Il est très fétide.

ALCOOLAT AROMATIQUE AMMONIACAL.

(Esprit volatil aromatique huileux de Sylvius.)

Pr. : Zestes récents de citrons, six gros............ 24 grammes.
—   oranges, six gros............ 24
Vanille, deux gros........................ 8
Girofles, demi-gros....................... 2
Cannelle, un gros. 4
Sel ammoniac, quatre onces............... 125
Carbonate de potasse, quatre onces. 125
Eau de cannelle, quatre onces. 125
Alcool rectifié, quatre onces. 125

On introduit toutes les substances végétales dans une cornue assez grande pour contenir au moins le double de matière, et à col bien large; on verse dessus l'alcool et l'eau de cannelle, et on laisse en macération pendant huit jours; au bout de ce temps, on ajoute dans la cornue le sel ammoniac et le carbonate de potasse, on adapte une allonge et un récipient, on lute les jointures avec du papier collé, et l'on procède à la distillation à une douce chaleur au bain-marie ou au bain de sable pour retirer 4 onces (125 grammes) de produit.

Il se fait dans cette opération du carbonate d'ammoniaque et du chlorure de potassium par la double décomposition des deux sels; le chlorure de potassium reste dans la cornue, mais le carbonate d'ammoniaque passe dans le récipient. D'abord il se condense sec, ferme, solide, et il obstruerait le col de la cornue si l'on n'avait eu le soin de le choisir large; l'alcool distille ensuite, chargé de carbonate d'ammoniaque et d'huile volatile. Il redissout à mesure le carbonate ammoniacal, mais il y en a une partie qui ne se dissout pas; ce sel chargé d'une petite quantité d'huile essentielle, était appelé autrefois sel volatil de Sylvius.

L'alcoolat de Sylvius se colore très promptement à la lumière. Pour le conserver, il faut le mettre dans de petits flacons bouchés à l'émeri, que l'on recouvre de papier noir. Cette précaution n'assure sa conservation que pour un certain temps; aussi n'en doit-on préparer que de petites quantités à la fois.

CÉRAT DE RÉCHOUX.

Pr. : Cérat sans eau............................. 8
   Carbonate d'ammoniaque.................. 1

Mêlez.

Il a été employé en frictions sur le cou, contre le croup.

DES PRÉPARATIONS DU CHLORE.

CHLORE.

Le chlore est un corps simple dont le nom dérive de χλωρος, vert, à cause de sa couleur jaune verdâtre. Il est gazeux; mais il peut être liquéfié par un abaissement de température ou une forte compression; son odeur et sa saveur sont fortes et caractéristiques ; il ne peut être respiré, même mélangé avec beaucoup d'air ; il produit un sentiment de strangulation et un resserrement à la poitrine, souvent accompagnés de toux, quelquefois de crachement de sang ; sa densité est 2,5.

Comme élément chimique, le chlore est l'un des corps les plus remarquables que nous connaissions, par la puissance de ses affinités. Il se rapproche tout à fait de l'oxigène par ses caractères électro-négatifs ; souvent même il paraît l'emporter sur lui, par exemple dans ses combinaisons avec la plupart des métaux. Le nombre proportionnel du chlore est 44,265. Il forme avec l'oxigène quatre combinaisons : l'acide hypo-chloreux, l'acide hypo-chlorique, l'acide chlorique et l'acide perchlorique. Deux volumes de chlore y sont combinés à 1, 4, 5 et 7 volumes d'oxigène.

On obtient le chlore par la réaction de l'acide chlorhydrique sur le peroxide de manganèse. Il se fait de l'eau, du proto-chlorure de manganèse et du chlore ; on peut admettre que l'oxide de manganèse qui contient deux proportions d'oxigène, forme de l'eau avec deux proportions ou quatre volumes d'hydrogène provenant de l'acide chlorhydrique, tandis que le manganèse métal se combine au chlore ; mais le chlorure de manganèse qui se produit ne contenant qu'une proportion de chlore, tandis que les deux proportions d'hydrogène étaient combinées à deux proportions, la proportion excédante de chlore passe dans les récipients. On peut admettre aussi que la moitié seulement de l'acide chlorhydrique est décomposée, pour former de l'eau avec une seule des proportions d'oxigène de l'oxide, et que celui-ci ramené au premier degré d'oxidation se combine à l'acide chlorhydrique et constitue un chlorhydrate.

Quand l'acide sulfurique est à bas prix, et que l'acide chlorhydrique est cher, on se sert pour obtenir le chlore, d'un mélange de sel marin, de peroxide de manganèse et d'acide sulfurique mêlé d'eau. La réaction consiste dans la transformation du sel marin en acide chlorhydrique et en soude par la décomposition de l'eau. La soude se combine à l'acide sulfurique, tandis que l'acide chlorhydrique réagit sur le manganèse comme nous l'avons dit ; seulement tout l'acide chlorhydrique est changé en chlore, parce que ce n'est plus lui, mais l'acide sulfurique qui sature le protoxide de manganèse formé. On admet encore que le sodium du sel marin enlève l'oxigène au peroxide de manganèse, d'où résulte du chlore et de la soude ; ou bien encore que le sodium s'oxidant par l'oxigène de l'eau, l'hydrogène de celle-ci réduit le peroxide de manganèse à l'état de protoxide en même temps que le chlore est mis en liberté ; la première des trois hypothèses est la plus vraisemblable.

On peut encore faire agir sur le peroxide de manganèse un mélange d'acide sulfurique à 66 et d'acide chlorhydrique ; ici encore tout l'acide chlorhydrique est changé en chlore, parce que l'acide sulfurique sature le protoxide de manganèse qui est formé.

La préférence à donner à l'une ou l'autre de ces méthodes, est une question de temps et d'économie ; c'est la valeur commerciale relative des acides sulfurique, chlorhydrique et du sel marin qui doit décider du choix.

Les proportions à employer sont les suivantes : peroxide de manganèse, 1 ; acide chlorhydrique à 22 degrés, 4. Il y a un excès de manganèse, mais suivant l'observation de Swarz et de Labillardière, il vaut mieux qu'il en soit ainsi ; on retire par des lavages le peroxide qui n'a pas été attaqué ; il sert pour d'autres opérations.

Si on emploie l'acide chlorhydrique mêlé d'acide sulfurique, les proportions sont : peroxide de manganèse, 1 ; acide chlorhydrique, 2 ; acide sulfurique, 1.

On commence par mêler peu à peu l'acide sulfurique et l'acide chlorhydrique, que l'on tient plongé dans l'eau froide pour éviter que le mélange ne s'échauffe ; à chaque affusion d'acide sulfurique, il y a production de chaleur par la combinaison de cet acide avec l'eau, et si le mélange ne se faisait pas lentement, on perdrait beaucoup de gaz chlorhydrique.

Il ne faut pas, comme le conseillent quelques personnes, faire une première décomposition avec l'acide chlorhydrique, puis ajouter l'acide sulfurique dans le vase distillatoire, même par petites portions ; il en résulterait que le chlore qui se dégagerait serait mêlé d'une forte proportion de gaz chlorhydrique.

Quand on emploie le sel marin, les proportions sont : sel marin décrépité, 2 1/2 ; acide sulfurique à 66, 4 ; eau, 3 ; peroxide de manganèse, 2.

On mêle l'acide sulfurique à l'eau, et on laisse refroidir le mélange; d'un autre côté, on réduit en poudre le peroxide et le sel marin, on les mélange intimement avant de les soumettre à l'action de l'acide sulfurique.

CHLORE LIQUIDE.

L'eau dissout deux fois son volume de chlore.

Pour obtenir le chlore liquide, on fait passer dans l'eau distillée le chlore qui se produit dans l'une des opérations indiquées précédemment. On se sert d'un matras, ou si l'on opère sur des quantités plus fortes, d'une cornue de grès que l'on chauffe au bain de sable pour produire le chlore, et de l'appareil de Woulf (t. I, p. 177) pour faciliter sa dissolution; le premier vase ne doit contenir qu'une petite quantité d'eau destinée à retenir l'acide chlorhydrique qui est toujours entraîné en partie à la distillation. On met dans la cornue 1 partie de peroxide de manganèse pour 120 à 160 parties d'eau dans les flacons. On lute toutes les jointures, et l'on abrite les flacons de la lumière, en les couvrant de papier noir. Cela fait, on introduit l'acide chlorhydrique, et on laisse l'opération marcher pendant un jour ou deux sans le secours de chaleur étrangère; quand le dégagement du gaz cesse, alors on élève la température et on s'arrête aussitôt que les bulles ne se dégagent plus, ou qu'elles ne se succèdent qu'à des intervalles très éloignés.

Il faut munir le dernier flacon d'un tube droit qui va porter l'excédant de chlore dans la cheminée du laboratoire; ou bien ajouter un quatrième flacon dans lequel on met un lait de chaux.

Toutes les jointures de l'appareil doivent être lutées avec le plus grand soin; les bouchons doivent être choisis, les trous qui doivent livrer passage au tube doivent être bien ronds et les tubes doivent y entrer à frottement; on recouvre chaque bouchon d'un lut de pâte d'amandes, sur lequel on met encore des bandelettes enduites de lut de chaux et d'œufs, et que l'on assujettit avec plusieurs tours de ficelle. Le chlore se fait aisément passage, et, si l'on n'a pas eu le soin de lui ôter tout moyen de sortir, il est fort difficile de l'arrêter une fois que l'opération est en train.

Le chlore liquide doit être préparé en petites quantités à la fois; il faut le conserver dans des flacons bien bouchés que l'on tient dans un lieu frais et obscur. Pour plus de précautions, on les recouvre de papier noir. Les rayons lumineux déterminent une décomposition de l'eau, il se dégage de l'oxigène et il se fait des acides chlorhydrique et chlorique.

Le chlore liquide est employé comme désinfectant ; on a essayé de son emploi dans quelques maladies putrides ; M. Gannal a proposé de le faire respirer aux phthisiques à l'état de mélange avec beaucoup d'air et de vapeur aqueuse.

POTION CHLORÉE.

Pr. : Chlore liquide, quinze à vingt gouttes. . . . . 15 à 20 gutt.
Eau, quatre onces. . . . . 125 grammes.
Sirop simple, une once. 32

Mêlez.

POMMADE CHLORÉE.

Pr. : Chlore liquide. 1
Axonge. 4

Mêlez.

Recommandée contre les dartres, la gale, la teigne. On doit la préparer au moment de l'emploi.

FUMIGATION DÉSINFECTANTE.

(Fumigations de Guyton-Morveau.)

Pr. : Chlorure de sodium. 2 1/2
Peroxide de manganèse. 2
Eau. 3
Acide sulfurique. 4

On peut également faire ces fumigations avec le peroxide de manganèse et l'acide muriatique. Elles consistent en un dégagement de chlore.

L'opération se fait dans une petite terrine de terre que l'on place sur des cendres chaudes. On se sert aussi à cet effet d'appareils particuliers : ce sont des flacons en verre très épais, dont le bord supérieur a été usé pour le polir. Après y avoir introduit les matières propres à produire le chlore, on les ferme au moyen d'une plaque de verre poli qui vient s'ajuster sur l'ouverture du flacon, et s'y trouve serrée à l'aide d'une vis. Par ce moyen, on peut à volonté permettre au gaz de se répandre, ou s'opposer à sa sortie.

Les fumigations de chlore gazeux ont été conseillées dans le traitement des maladies chroniques du foie. Le malade doit être placé la tête en dehors dans un appareil fumigatoire. On s'en sert avec avantage pour rappeler à la vie les asphyxiés par l'hydrogène sulfuré ou par le gaz des fosses d'aisance ; mais il faut n'en faire respirer que peu à la fois. Voici l'expédient conseillé par M. Mialhe :

On prend un mouchoir ou une grande compresse de toile, on la plie en quatre et on la trempe dans du vinaigre ordinaire ; après quoi on place au milieu du carré une petite poignée de chlorure de chaux, et on replie le linge en serviette ; cela fait, on place la compresse chloro-vinaigrée sous le nez du malade, en ayant soin d'activer de temps en temps le dégagement de chlore en comprimant le petit appareil avec le pouce. On obtient par ce moyen un dégagement mixte de chlore et d'acide acétique des plus salutaires. Aussitôt qu'on s'aperçoit que le patient commence à faire quelques inspirations, ce qu'on reconnaît à de légers mouvements, comme spasmodiques, que laisse apercevoir sa figure, et qui sont surtout perceptibles aux ailes du nez, il faut enlever de suite la compresse et ne la replacer sous son nez qu'à d'assez longs intervalles, afin de permettre la libre inspiration de l'air atmosphérique.

DES CHLORURES D'OXIDES.

Quand on fait passer du chlore dans une dissolution étendue de potasse ou de soude ou dans un lait de chaux, le chlore est absorbé et se combine à l'oxide alcalin. Il en résulte une nouvelle combinaison qui correspond aux suroxides des métaux alcaligènes ; seulement l'excédant d'oxigène est remplacé par du chlore. Ainsi, le suroxide de potassium est formé de 1 pp. de potassium, 3 pp. d'oxigène ; le chorure de potasse est formé de 1 pp. potassium, 1 pp. oxigène, plus 2 pp. chlore. Les suroxides de calcium et de sodium contiennent 2 pp. d'oxigène ; dans les chlorures de ces oxides, l'une des pp. d'oxigène de l'oxide est remplacée par 1 pp. de chlore (Millon).

Les chlorures d'oxides ont une odeur et une saveur toutes particulières. Ils blanchissent et détruisent les couleurs végétales, soit parce que le chlore enlève de l'hydrogène à la matière végétale, forme de l'acide chlorhydrique qui change à son tour l'oxide du chlorure d'oxide en eau et en chlorure métallique; soit que l'eau étant décomposée, fournisse l'hydrogène au chlore, tandis que son oxigène agit sur la matière colorante; soit, dans une théorie plus simple, que le chlore se combine directement au métal, tandis que l'oxigène séparé détruit la matière colorante organique. C'est par une action pareille que les chlorures d'oxides agissent comme désinfectants.

Tous les acides, même l'acide carbonique, décomposent les chlorures d'oxides en mettant le chlore en liberté.

On exprime le degré de puissance d'un chlorure d'oxide par la force de décoloration qu'il possède, et qui n'est elle-même que la conséquence de la quantité réelle de chlorure, contenue dans la masse que l'on examine. La base dont on est longtemps parti pour apprécier la valeur de ces composés, était la comparaison de leur pouvoir décolorant avec celui du chlore pur, s'exerçant sur une dissolution d'indigo, ayant un degré de concentration déterminé; mais ce mode d'essai n'est pas susceptible d'une grande précision, parce que la dissolution d'indigo est essentiellement altérable, et parce qu'il est difficile de saisir avec précision le moment où l'action décolorante a fini de s'exercer. M. Gay-Lussac a remplacé l'action décolorante sur l'indigo par l'action oxigénante sur l'acide arsénieux qui permet de reconnaître avec une extrême exactitude la valeur des chlorures.

M. Gay-Lussac a pris pour unité de force l'action d'un volume de chlore sec, à la température de zéro, et sous la pression de 0^m,76, dissous dans un égal volume d'eau; cette unité est divisée en 100 parties égales ou degrés. 1 degré chlorométrique représente donc 1 centième de volume de chlore.

On prépare une dissolution de chlore contenant son volume de chlore, et une dissolution arsénieuse telle que, sous le même volume, les deux dissolutions se détruisent mutuellement d'une manière complète.

La réaction consiste en ceci que l'eau est décomposée; son oxigène se combine à l'acide arsénieux, tandis que l'hydrogène s'unit au chlore et forme de l'acide chlorhydrique dont le pouvoir décolorant est nul.

1 pp. arsénic qui pèse 94, plus 3 pp. d'oxigène qui pèsent 30, constituent 1 pp. d'acide arsénieux qui pèse 124.

1 pp. ou 124 d'acide arsénieux prendront à l'eau 2 pp. oxi-

gène pour devenir acide arsénique; l'hydrogène correspondant, savoir, 2 pp. changeront 2 pp. de chlore, soit 88,5 en acide chlorhydrique; le rapport entre l'acide arsénieux et le chlore qui seront détruits sera donc 124 à 88,5.

Maintenant, soit un litre d'eau tenant en dissolution 1 litre de chlore, ce chlore pèse 3,15 grammes; si l'on dissout dans 1 litre d'eau une quantité d'acide arsénieux dont le poids soit à 3,15 comme 124 est à 88,5, savoir, 4,41; cette dissolution d'acide arsénieux, à volume égal, détruira complétement le chlore, en même temps que l'acide arsénieux qu'elle contient sera changé tout entier en acide arsénique.

On conçoit maintenant que si, prenant 1 volume de la dissolution arsénieuse, on le mélange avec une solution de chlore dont la force n'est pas connue, on pourra juger par la quantité de dissolution arsénieuse nécessaire pour détruire ce chlore, de la quantité de celui-ci; soit, par exemple, qu'il faille 1 volume de liqueur arsénieuse pour 1 volume de dissolution chlorée; c'est que celle-ci contient 1 volume de chlore : soit qu'il faille $\frac{1}{2}$ de liqueur arsénieuse; c'est qu'il n'y a qu'un $\frac{1}{2}$ volume de chlore dans la dissolution chlorée : soit qu'il faille 2 volumes de liqueur arsénieuse; c'est que la dissolution chlorée contient 2 volumes de chlore.

Ceci posé, voici comment on mesurera la force ou le titre d'un chlorure, celui de chaux, par exemple : soit 10 grammes le poids du chlorure de chaux soumis à l'essai; on le dissout dans l'eau, de manière que le volume total de la dissolution soit égal à un litre, dépôt compris.

Si l'on prend un volume constant de cette dissolution, 10 centimètres cubes, par exemple, divisés en 100 parties égales, et qu'on y verse peu à peu la dissolution arsénieuse, mesurée en mêmes parties, jusqu'à ce que le chlore soit détruit, la force du chlorure sera proportionnelle au nombre de parties de la dissolution arsénieuse que le chlorure aura exigées. Le chlorure a-t-il détruit 100 parties de dissolution arsénieuse ? le chlorure sera au titre normal de 100° : s'il a détruit seulement 80 parties de dissolution arsénieuse, il sera au titre de 80°, etc.

Cette manière d'opérer est assurément très simple, mais elle est peu praticable, parce que la dissolution arsénieuse, qui est très acide, dégage du chlore en abondance, et l'essai est rendu par là très inexact.

Si l'on verse, au contraire, la dissolution de chlorure de chaux dans la dissolution arsénieuse, cet inconvénient n'a pas lieu, le chlore trouvant toujours de l'acide arsénieux sur lequel il agit, à quelque degré de dilution qu'ils soient l'un et l'autre ; mais alors le titre du chlorure n'est pas donné immédiatement ; car il est en raison inverse du nombre de parties qu'il aura fallu en employer pour détruire la mesure de dissolution arsénieuse. S'il a fallu 50 parties de chlorure, le titre sera $100 \times \frac{100}{50} = 200$° ; s'il en a fallu 200, le titre sera $100 \times \frac{100}{200} = 50$°, etc. Néanmoins cet inconvénient n'est pas très grave, puisqu'il se réduit à consulter une table dans laquelle on trouve le titre correspondant à chaque volume de chlorure employé pour détruire la mesure constante de dissolution arsénieuse. Voici cette table :

Chlorure employé.	Titre correspondant.	Chlorure employé.	Titre correspondant.	Chlorure employé.	Titre correspondant.	Chlorure employé.	Titre correspondant.
10°	1000	40	250	70	143	100	100
11	909	41	244	71	141	101	99
12	833	42	238	72	139	102	98
13	769	43	233	73	137	103	97,1
14	714	44	227	74	135	104	96,1
15	667	45	222	75	133	105	95,2
16	625	46	217	76	131	106	94,3
17	588	47	213	77	130	107	93,4
18	555	48	208	78	128	108	92,6
19	526	49	204	79	127	109	91,7
20	500	50	200	80	125	110	90,9
21	476	51	196	81	123	111	90,1
22	454	52	192	82	122	112	89,3
23	435	53	189	83	120	113	88,5
24	417	54	185	84	119	114	87,7
25	400	55	182	85	118	115	86,9
26	385	56	179	86	116	116	86,2
27	370	57	175	87	115	117	85,5
28	357	58	172	88	114	118	84,7
29	345	59	169	89	112	119	84,0
30	333	60	167	90	111	120	83,3
31	323	61	164	91	110	121	82,6
32	312	62	161	92	109	122	82,0
33	303	63	159	93	107	123	81,3
34	294	64	156	94	106	124	80,6
35	286	65	154	95	105	125	80,0
36	278	66	151	96	104	126	79,4
37	271	67	149	97	103	127	78,7
38	263	68	147	98	102	128	78,1
39	256	69	145	99	101	129	77,5

Chlorure employé.	Titre correspondant.	Chlorure employé.	Titre correspondant.	Chlorure employé.	Titre correspondant.	Chlorure employé.	Titre correspondant.
130	76,9	160	62,5	190	52,6	120	45,5
131	76,3	161	62,1	191	52,4	221	45,2
132	75,7	162	61,7	192	52,1	222	45,0
133	75,2	163	61,4	193	61,8	123	44,8
134	74,6	164	61,0	194	51,5	224	44,6
135	74,1	165	60,6	195	51,3	225	44,4
136	73,5	166	60,2	196	51,0	226	44,2
137	73,0	167	59,9	197	50,8	227	44,0
138	72,5	168	59,5	198	50,5	228	43,8
139	71,9	169	59,1	199	50,3	229	43,6
140	71,4	170	58,8	200	50,0	230	43,5
141	70,9	171	58,5	201	49,7	231	43,3
142	70,4	172	58,1	202	49,5	232	43,1
143	69,9	173	57,8	203	49,3	233	42,9
144	69,4	174	57,5	204	49,0	234	42,7
145	69,0	175	57,1	205	48,8	235	42,5
146	68,5	176	56,8	206	48,5	236	42,4
147	68,0	177	56,5	207	48,3	237	42,2
148	67,6	178	56,2	208	48,1	238	42,0
149	67,1	179	55,9	209	47,8	239	41,8
150	66,7	180	55,5	210	47,6	240	41,7
151	66,2	181	55,3	211	47,4	241	41,5
152	65,8	182	54,9	212	47,1	242	41,3
153	65,4	183	54,6	213	46,9	243	41,1
154	64,9	184	54,3	214	46,7	244	41,0
155	64,5	185	54,1	215	46,5	245	40,8
156	64,1	186	53,8	216	46,3	246	40,6
157	63,7	187	53,5	217	46,1	247	40,5
158	63,3	188	53,2	218	45,9	248	40,3
159	62,9	189	52,9	219	45,7	149	40,2
						250	40,0

Pour préparer la dissolution arsénieuse chlorométrique :

Pr.: Acide arsénieux pur, un gros huit grains..... 4,4 grammes.
— chlorhydrique pur, une once......... 32
Eau distillée, quantité suffisante........... Q. S.

On porphyrise l'acide arsénieux; on le sèche et on le pèse; on l'introduit dans un matras avec l'acide chlorhydrique que l'on étend de la moitié de son volume d'eau; on fait dissoudre sur un feu doux et l'on étend la liqueur avec de l'eau distillée, de manière à en obtenir exactement un litre.

Une pareille liqueur détruit un volume égal au sien d'une dissolution de chlore contenant 1 volume de ce gaz; c'est-à-dire que dans leur mélange tout l'acide arsénieux est changé en acide arsénique en même temps que tout le chlore passe à l'état d'acide chlorhydrique.

Il est indispensable que la dissolution arsénieuse soit faite avec un acide, et même qu'elle en conserve un excès après son mélange avec la dissolution de chlorure dont on veut déterminer le titre, car autrement la réaction entre l'acide arsénieux et le chlorure resterait incomplète. Cette réaction est alors instantanée ; l'acide arsénieux paraît même attaqué de préférence à l'indigo. Si, en effet, on colore légèrement en bleu avec la dissolution sulfurique d'indigo la liqueur arsénieuse, et que l'on y verse peu à peu le chlorure, la couleur bleue persistera très longtemps, et ne sera successivement détruite que là où tombe le chlorure, par l'excès de chlore qui reste après la transformation de l'acide arsénieux en acide arsénique.

Cette persistance de la couleur de l'indigo, au milieu de la dissolution arsénieuse, fournit un moyen aussi simple que sûr de reconnaître les progrès de l'opération, et le moment précis où elle arrive à son terme ; car aussitôt que l'acide arsénieux est entièrement détruit, la couleur bleue s'évanouit instantanément par le plus léger excès de chlorure, et le liquide devient transparent et limpide comme l'eau.

Il s'agit maintenant de décrire les instruments et les manipulations, ou à proprement parler, de donner la description du nouveau chloromètre.

G, bocal destiné au mélange de la dissolution arsénieuse et de celle du chlorure. Il doit être à fond plat et avoir environ 7 centimètres de diamètre sur 12 de hauteur.

H, pipette contenant jusqu'au trait a un volume d'eau de 10 centimètres cubes, ou un poids de 10 grammes. Le trait, placé à la hauteur de l'œil, doit être tangent à la convexité du liquide. On emplit la pipette par aspiration ou par immersion.

M, burette dont 100 divisions sont égales à 10 centimètres cubes, soit à la mesure H, qui vient d'être décrite. Elle doit avoir à peu près le même diamètre

M que cette mesure, et porter de 180 à 200 divisions. Les traits qui forment les divisions seraient trop rapprochés si on les traçait tous. On se borne à n'en tracer qu'un sur deux, et par conséquent chaque division vaut 2 centièmes, mais à l'œil nu on en prend facilement la moitié. Comme la plus petite quantité de liquide qu'on puisse verser de la burette est une goutte, il est nécessaire d'en connaître la valeur par rapport à une division de la burette. On y parvient en comptant le nombre de gouttes que donne la burette pour un nombre connu de divisions. Si, par exemple, on a obtenu 15 gouttes de 0° à 10°, chaque goutte vaudra $^{10}/_{15}$ ou $^{2}/_{3}$ de degré. Il est à remarquer que, pour empêcher la burette de baver, on doit enduire le bec d'un peu de cire; ce qui se fait aisément en le chauffant assez pour que, frotté sur la cire, il en détermine la fusion.

P, flacon contenant de la dissolution sulfurique d'indigo, à un tel degré de dilution qu'il faille seulement une goutte de chlorure à 100°, pour en détruire 6 à 8 de dissolution. Le flacon est fermé par un bouchon de liège que traverse un tube plein de 3 à 4 millimètres de diamètre plongeant intérieurement dans l'indigo. Quand on veut colorer en bleu la dissolution arsénieuse, on retire le tube, et, par une légère secousse, on fait tomber la goutte d'indigo qui lui est resté adhérente.

Tels sont les instruments nécessaires pour les opérations de la chlorométrie.

Décrivons maintenant avec soin l'essai des chlorures, en prenant pour exemple le chlorure de chaux.

La dissolution normale arsénieuse étant préparée, l'essai du chlorure ne présente aucune difficulté.

Après avoir prélevé symétriquement des échantillons dans la masse du chlorure de chaux qu'on se propose de titrer, on en composera un échantillon moyen dont on prendra 10 grammes. Le chlorure sera broyé dans un mortier de porcelaine ou de verre, avec un peu d'eau, puis on ajoutera une nouvelle quantité de ce liquide, et on décantera. Le résidu, broyé encore, sera traité par l'eau, et celle-ci décantée comme la première. Après quelques opérations semblables, le chlorure sera épuisé; le volume de la dissolution sera porté à 1 litre, et on l'agitera pour le rendre homogène dans toutes ses parties. Afin de mesurer exactement le litre, on se sert avec avantage d'un matras d'une capacité telle, qu'ayant reçu un litre de liquide, le niveau de celui-ci arrive jusque dans le col du matras; on marque ce niveau d'un trait sur le verre, pour s'éviter de mesurer à chaque nouvelle opération.

Cette opération terminée, on remplira la burette M de dissolution de chlorure de chaux jusqu'à la première division, zéro. D'une autre part, on mettra dans le bocal G une mesure H de dissolution arsénieuse colorée faiblement avec de l'indigo; et pendant qu'on tiendra le bocal d'une main, dans un mouvement giratoire continu, on y fera tomber peu à peu le chlorure de la burette, que l'on tiendra de l'autre main. Lorsque la couleur bleue se sera affaiblie au point de n'être presque plus sensible, on la rehaussera par l'addition d'une goutte de dissolution d'indigo. Dès ce moment, on se tiendra sur ses gardes; on ne versera le chlorure que lentement, par gouttes; car, au terme même de l'opération, la dissolution arsénieuse se décolore instantanément, et ressemble à de l'eau. Supposons qu'il ait fallu 108 divisions de chlorure pour détruire la mesure de dissolution arsénieuse, le titre de ce chlorure sera égal, d'après la table, à 92,6 degrés.

Ce titre peut être regardé comme suffisamment exact, puisqu'on n'a ajouté que deux gouttes d'indigo, équivalent à environ $\frac{1}{5}$ de degré; mais si l'on veut un plus grand degré de précision, on recommencera l'essai sans colorer la dissolution arsénieuse; on y versera 106 à 107 divisions de chlorure de chaux, et on y ajoutera une seule goutte d'indigo, qui suffira pour terminer l'opération.

Supposons toujours qu'il ait fallu 108 divisions de chlorure de chaux pour détruire la mesure de la dissolution arsénieuse : la dernière goutte ajoutée était nécessaire, mais en partie seulement, puisqu'une autre goutte n'aurait produit aucun effet; il est donc naturel de la diviser en deux parties égales, l'une qui a été employée, l'autre qui ne l'a pas été. Or, une goutte de la burette étant égale à $\frac{2}{5}$ de division de la même burette, la moitié, $\frac{1}{5}$

devra être retranchée de 108 ; ce qui réduira ce nombre à 107 $^2/_3$, et le titre 92°,6 à 92°,4.

D'un autre côté, deux gouttes d'indigo peuvent bien exiger environ $^1/_3$ de goutte de chlorure, un peu plus ou un peu moins, qui sera conséquemment employée de trop. Ainsi, puisqu'il faut, d'une part, retrancher une demi-goutte de chlorure qui n'a pas été utilisée, et que, de l'autre, la seconde moitié peut être considérée comme ayant servi à décolorer l'indigo, on ne doit pas tenir compte de la dernière goutte de chlorure qui a produit la décoloration. Le chlorure employé serait dans ce cas égal à 107 divisions $^1/_3$, et son titre à 93°,1.

Ces détails sont minutieux pour un essai de commerce; ils n'ont été produits que pour fixer le degré de précision du procédé.

On doit se rappeler que le titre du chlorure de chaux est pris en opérant sur 10 grammes, qui font la centième partie du kilogramme. Ainsi le titre de 95°, par exemple, ayant été trouvé pour 10 grammes de chlorure, 1 kilogramme ou cent fois plus de ce chlorure contiendra 9500°.

D'après la graduation qui a été adoptée, 1 degré est équivalent à 1 centième de litre ; conséquemment, 95° pour 10 grammes de chlorure de chaux, représente 0 lit., 95.

Pour 100 grammes, c'est 9 lit., 5, et pour 1 kilogramme 95 litres. Ainsi, en rapportant par la pensée le titre au kilogramme de chlorure de chaux, le nombre de degrés exprimés par le titre représentera un égal nombre de litres de chlore sec, à zéro de température et à 0,76 de pression, contenu dans un kilogramme de chlorure de chaux.

Un litre de chlore, dans cette circonstance, pèse 3,1689 gram. On aura donc, pour 1 kilogramme de chlorure, ce poids répété autant de fois qu'il y aura de degrés dans le titre. Si, par exemple, le titre du chlorure est 108°, 1 kilogramme de chlorure contiendra :

$$3{,}1689 \text{ gr.} \times 108 = 342 \text{ gr.}, 2 \text{ de chlore.}$$

L'essai du chlorure de chaux liquide, des chlorures de soude ou de potasse, se fait de la même manière. Une dissolution de l'un de ces chlorures étant donnée, on l'emploie pour détruire la solution d'acide arsénieux, et l'on juge du degré par la quantité qui a été nécessaire. Soit qu'il ait fallu 100 volumes de ce chlorure pour détruire 100 volumes de dissolution arsénieuse, le chlorure est à 100 degrés. On consultera d'ailleurs la table comme il a été dit.

Je dois faire remarquer que le degré chlorométrique d'une liqueur a longtemps représenté $1/_{10}$ de volume de chlore. M. Gay-Lussac a préféré le degré qui ne représente que $1/_{100}$ de volume de chlore, parce que c'est là la division qui a été adoptée dans les arts ; et comme il est bon de n'avoir qu'un seul langage pour exprimer une même chose, on l'a adopté également pour l'usage médical.

Dans les essais précédents, la force chlorométrique des chlorures d'oxides est assimilée à celle du chlore ; c'est qu'en effet, dans l'essai, le chlore est mis à nu, et c'est lui qui agit.

CHLORURE DE CHAUX.

(Chlorite, hypo-chlorite de chaux.)

On connaît deux espèces de chlorures de chaux : l'un est soluble ; il contient une proportion de chaux et une proportion de chlore ; il correspond au peroxide de calcium. L'autre contient deux proportions de chaux pour 1 pp. de chlore ; on l'a appelé chlorure de chaux sec, sous-chlorure de chaux. Quand on le met en contact avec l'eau, la moitié de la chaux se sépare et le chlorure soluble se dissout.

On exprime le degré du chlorure de chaux sec en disant qu'il a 70, 80, 90 degrés ; cela veut dire qu'il démontre à l'essai, par kilogramme, 70, 80, 90 litres de chlore. En effet, rappelons que, pour essayer le chlorure de chaux sec, on en délaie 10 grammes dans un litre d'eau et l'on détermine le degré : soit 80 degrés. Il est clair que 100 grammes dans la même quantité d'eau auraient donné 800 degrés, et que 1000 grammes en auraient donné 8000. Or, comme chaque degré équivaut à $1/_{100}$ de volume de chlore, un litre de liqueur à 8000 degrés contient 80 litres de chlore ; et, puisque ce litre a été obtenu avec un kilogramme de chlorure de chaux sec, un kilogramme de chlorure sec contient donc 80 litres de chlore ; ainsi, dire qu'un chlorure de chaux sec a 80 degrés, ou dire que chaque kilogramme équivaut à 80 litres de chlore, c'est absolument dire la même chose. Un kilogramme de chlorure sec et pur fournirait 101,21 litres de chlore.

Chlorure de chaux sec.

On l'obtient en faisant arriver du chlore gazeux sur l'hydrate de chaux en poudre fine, jusqu'à ce que celui-ci refuse d'en prendre davantage. Les proportions ne peuvent être établies d'une manière bien fixe, parce que les oxides de manganèse du commerce sont très variables dans leur composition ; on doit, du reste, essayer le chlorure qui s'est produit, et si on ne le trouve pas assez concentré, le charger d'une nouvelle quantité de chlore.

```
Pr. : Péroxide de manganèse....................  2
      Acide chlorhydrique. .....................  4
      Chaux vive...............................  1
```

Le chlore est produit dans l'appareil ordinaire ; on le lave avant de l'amener sur la chaux, afin de le débarrasser du gaz chlorhydrique.

La chaux doit être parfaitement hydratée, car le chlore, à la température ordinaire, est sans action sur la chaux sèche. Il faut l'éteindre à la manière ordinaire, puis peser l'hydrate ; si son poids n'a pas augmenté dans le rapport de 3 à 4, c'est-à-dire, si 1 partie de chaux n'a pas donné 1 partie $^1/_3$ d'hydrate, il faut y ajouter la quantité d'eau nécessaire pour le compléter. L'hydrate étant formé, on le passe au crible pour s'assurer qu'il est très divisé ; on l'étale ensuite en couches minces sur des tablettes de bois, (ces tablettes sont placées les unes au-dessus des autres, mais laissant un espace entre elles), de manière à en remplir une petite chambre revêtue bien exactement en plâtre fin. On ferme la chambre avec une porte de bois garnie en plomb, et les jointures sont lutées avec de l'argile. Les tubes qui amènent le chlore arrivent par le toit supérieur dans la partie vide de la chambre.

Il est important, pour la réussite de l'opération, que le chlore arrive lentement ; car si la température s'élevait, une portion du chlorure de chaux serait décomposée en chlorure métallique et en chlorate. Pour cette raison, si l'appareil dont on se sert n'a pas une grande capacité, il faut mettre plusieurs jours à effectuer la saturation de la chaux. L'opération est terminée théoriquement, quand on a fait rendre dans la chambre tout le chlore des appareils ; mais plus exactement, quand celui-ci cesse d'être absorbé.

Dans les laboratoires, où l'on ne prépare à la fois qu'une petite quantité de chlorure de chaux, on fait arriver le tube qui amène le chlore au fond d'un *Pot à beurre* long et étroit ; pour que la chaux ne l'obstrue pas, on l'entoure avec du sable demi-gros ou du sel marin entier, qui livre passage au chlore en même temps qu'il l'oblige à se diviser ; on remplit ensuite cette espèce de récipient avec de la chaux éteinte ; mais c'est là un fort mauvais appareil : la chaux étant réunie en trop grande quantité sur un même point, la chaleur qui s'y accumule détermine la décomposition d'une grande partie du chlorure d'oxide. On peut très bien opérer en petit dans une boîte de bois enduite de plâtre, ou dans un pot à beurre ordinaire, en y introduisant un petit guéridon en bois dont on recouvre les nombreuses tablettes avec de la chaux hydratée.

Quand le chlorure de chaux est fait, il faut toujours l'essayer pour déterminer sa force chlorométrique.

Chlorure de chaux liquide.

Il y a 2 procédés pour préparer le chlorure de chaux liquide :

1° Pr. : Peroxide de manganèse......................	1
Acide chlorhydrique.	4
Chaux éteinte.	1
Eau............................	50

On délaie la chaux dans l'eau, et l'on y fait arriver le chlore en ayant soin de remuer de temps en temps pour que la chaux reste en suspension. Le produit doit marquer 200° ; s'il est plus chargé, on le coupe avec de l'eau pour le ramener à cet état de concentration.

2° Pr. : Chlorure de chaux à 90°....................	1
Eau............................	50

On triture le chlorure dans un mortier avec un peu d'eau pour le diviser, puis on le délaie dans une plus grande quantité d'eau ; les parties mal divisées qui se déposent sont broyées avec de nouvelle eau, et toutes les liqueurs mélangées sont abandonnées au repos ou sont filtrées : elles ont 200° chlorométriques. Si le chlorure sec n'était pas à 90 degrés, il faudrait calculer la proportion d'eau en conséquence.

Lorsque l'on a la consommation d'une grande quantité de chlorure de chaux liquide, il vaut mieux le préparer directement par la voie humide ; l'opération est plus simple et plus commode ; autrement il est préférable de le faire à mesure du besoin avec le chlorure sec. En effet, la dissolution de chlorure de chaux s'altère spontanément, même en vases clos ; il s'en dégage de l'oxigène, et en même temps le chlorure d'oxide est changé en chlorure métallique et en chlorate. Cette altération marche plus vite quand la température est chaude ; aussi est-il avantageux de conserver la liqueur dans un lieu frais, surtout pendant les chaleurs de l'été.

Le chlorure de chaux s'emploie pour le pansement des plaies ; alors le médecin doit déterminer exactement le degré auquel il veut l'employer : c'est ordinairement de 20 à 120 degrés. Il agit sur les matières organiques, et par là il est changé en chlorure simple métallique. C'est par un mode d'action semblable que le chlorure de chaux est désinfectant au contact des matières en putréfaction. Quelquefois on s'en sert comme moyen de purifier l'air ; alors on expose sa dissolution au milieu de l'atmosphère que l'on veut purifier ; l'acide carbonique de l'air s'unit à la chaux et met le chlore en liberté. Quand le chlorure de chaux est mêlé avec un excès de chaux, cette décomposition n'a pas lieu, parce que l'acide carbonique porte de préférence son action sur la portion de chaux qui est hors de combinaison.

POMMADE ANTIDARTREUSE DE CHEVALLIER.

Pr. : Chlorure de chaux sec........................	3
Turbith minéral...........................	2
Huile d'amandes douces....................	6
Axonge...............................	16

Mêlez.

CHLORURE DE SOUDE.

(**Chlorite, hypo-chlorite de soude, Liqueur de Labarraque**).

Le chlorure de soude est toujours employé à l'état liquide.

21*

Il est formé de 1 proportion de soude et de 1 proportion de chlore.

On l'essaie comme le chlorure de chaux; on le conserve comme lui, et pour les mêmes raisons, dans des vases bien bouchés et à l'abri de l'air.

On prépare le chlorure de soude par double décomposition du chlorure de chaux par le carbonate de soude. Il se fait du carbonate de chaux qui se dépose, et du chlorure de soude qui reste en dissolution. On emploie toujours un petit excès de carbonate de soude pour assurer la double décomposition, et parce que l'excès d'alcali donne de la stabilité au produit.

Pr.: Chlorure de chaux à 90°..................... 1

Carbonate de soude cristallisé. 2

Eau..................................... 50

On délaie le chlorure de chaux peu à peu dans 20 parties d'eau; quand il est parfaitement divisé, on laisse déposer pendant 2 ou 3 heures, et l'on tire à clair; on filtre la liqueur s'il est nécessaire; on jette le marc sur le même filtre, et on le lave avec 10 parties d'eau ajoutées en plusieurs fois.

D'autre part, on fait dissoudre le carbonate de soude à chaud dans 20 parties d'eau, et quand la liqueur est refroidie, on la mêle à la solution de chlorure; il se fait aussitôt un abondant précipité de carbonate de chaux, et il reste en solution du chlorure de soude; on laisse déposer, et l'on tire à clair ou l'on filtre.

Si le chlorure de chaux n'avait pas 90°, il faudrait en augmenter la proportion pour satisfaire à ce nombre. Si, par exemple, le chlorure de chaux n'avait que 80°, il ne contiendrait que 80 litres de chlorure au lieu de 90 par kilog.; il faudrait employer 1 kilog. 100 gram. de ce chlorure, au lieu de 1 kilog.

Le chlorure de soude ainsi préparé marque environ 200°.

M. Labarraque faisait préparer le chlorure de soude par le procédé suivant:

Pr.: Peroxide de manganèse.................... 2

Acide chlorhydrique. 8

Sel de soude cristallisé. 15

Eau.................................... 60

On fait dissoudre le sel de soude dans l'eau; on filtre la dissolution, et l'on y fait arriver le chlore.

Le chlorure de soude préparé par cette méthode contient toujours du bi-carbonate de soude; il est aussi moins égal dans sa composition que celui qui provient de la double décomposition ; aussi celui-ci doit-il être préféré.

Le chlorure de soude est préféré au chlorure de chaux pour le pansement des plaies, parce que son impression est plus douce ; il n'est pas également sujet à racornir les tissus. Sa force chlorométrique doit en être réglée par le médecin suivant le besoin. On s'en sert pour le pansement des ulcères et des plaies de mauvais caractères. M. Lisfranc l'emploie avec succès contre les brûlures. Il recouvre la petite brûlure avec une compresse fenestrée enduite de cérat ; dessus il applique une couche de charpie de 3 pouces d'épaisseur, et il arrose 3 à 4 fois par jour avec du chlorure de soude marquant le plus ordinairement 3 degrés.

DES PRÉPARATIONS DU BROME.

BROME.

Le Brome est un corps simple qui a été découvert par Balard en 1826. Il se rapproche singulièrement du chlore et de l'iode par l'ensemble de ses propriétés. Le chlore est un agent plus puissant que le brome et l'iode qu'il déplace de leurs combinaisons, et le brome a le même effet par rapport à l'iode.

Le brome est un liquide d'un rouge noirâtre quand il est vu en masse, et d'un rouge hyacinthe quand on l'interpose en couches minces entre l'œil et la lumière ; son odeur est forte et désagréable et ressemble à celle du chlore ; sa saveur est des plus fortes, il tache la peau en jaune, et la couleur disparaît d'elle-même, à moins que le contact n'ait été trop prolongé ; sa densité est de 2,966°. Il se solidifie par un froid de — 20°. Il répand à l'air des vapeurs rutilantes très foncées. Cette propriété est cause que l'on perd beaucoup de brome, chaque fois que l'on débouche un flacon qui en contient. Il bout à 47°. Il est peu soluble dans l'eau.

Pour préparer le brome, après avoir séparé l'iode qui se trouve dans les eaux mères de la soude de Varechs, on distille ces eaux mères avec de l'acide sulfurique et du peroxide de manganèse ; le bromure de magnésium est décomposé, et le brome se sépare par une réaction toute pareille à celle qui fournit le chlore.

Le brome et ses préparations ont une action médicale tout à fait analogue à celle de l'iode. On s'en est servi avec quelques succès contre les maladies scrofuleuses. M. Pourché a employé intérieurement, à la dose de 5 à 6 gouttes, une dissolution de 1 partie de brome dans 40 parties d'eau distillée ; il s'est servi, en lotions ou sur des cataplasmes, d'une solution de brome 4 fois plus concentrée.

BROMURE DE POTASSIUM.

(Hydrobromate, Brombydrate de potasse.)

Le bromure de potassium cristallise en prismes rectangulaires ou en cubes ; sa saveur est âcre. Il ne contient pas d'eau de cristallisation : il est formé de 1 pp. de potassium (33,37), 1 pp. de brome (66,63). Il est très soluble dans l'eau et un peu soluble dans l'alcool.

On prépare le bromure de potassium en faisant agir le brome sur la potasse caustique. On fait dissoudre la potasse dans environ 15 fois son poids d'eau ; on place la solution dans un vase étroit ; au moyen d'un entonnoir effilé, on fait arriver le brome dans les couches inférieures, on agite légèrement pour mélanger les deux liquides ; quand la liqueur reste légèrement colorée par un excès de brome, on évapore à siccité, et l'on fait chauffer la matière au rouge. On la redissout dans l'eau, et l'on fait cristalliser.

Dans l'action de la potasse sur le brome, il se fait du bromure de potassium et du bromate de potasse. La chaleur rouge décompose le dernier sel, chasse l'oxigène de la base et de l'acide, et le change en bromure métallique.

Le bromure de potassium est employé en solution dans l'eau à l'intérieur et à l'extérieur. On s'en sert le plus ordinairement sous forme de pilules et sous forme de pommade.

POMMADE DE BROMURE DE POTASSIUM.

Pr. : Bromure de potassium, un gros. . . . .   4 grammes.
Axonge, une once.   32

Mêlez (Dr Pourché).

POMMADE BROMURÉE.

Pr. : Bromure de potassium, vingt-quatre grains.   1,3 grammes.
Bromé, six gouttes.......................   6 gutt.
Axonge, une once. ....   32 grammes.

Mêlez (Magendie).

DES PRÉPARATIONS DE L'IODE.

DE L'IODE.

L'Iode est un corps simple dont le nom dérive du grec, ιώδης, à cause de la belle couleur violette de sa vapeur. Il est solide, ordinairement sous formes de lames amincies ; il cristallise en octaèdres aigus à base rhombe. Je l'ai observé en dodécaèdres triangulaires et en cristaux rhomboédriques. L'iode a l'éclat métallique, une odeur forte caractéristique qui se rapproche de celle du chlore, une saveur très âcre et fort désagréable. Il tache la peau en jaune ; la tache disparaît à l'air par l'évaporation de l'iode ; il fond à 107°, et bout à 175°. Sa vapeur est d'une couleur violette magnifique. Il est extrêmement peu soluble dans l'eau, qui acquiert, en le dissolvant, une couleur rousse ; il est très soluble dans l'alcool et dans l'éther. Son nombre proportionnel est de 157,95.

L'iode se rapproche singulièrement du chlore et du brome par ses propriétés ; il arrive un peu après eux dans la série électronégative. Aussi, tous les composés dans lesquels l'iode est l'élément négatif, sont décomposés par le chlore et par le brome qui mettent l'iode en liberté ; de même, aussi, tous les composés où le chlore et le brome sont positifs, sont décomposés par l'iode qui, à son tour, élimine le chlore et le brome.

L'iode est fourni par le commerce, mais il est quelquefois mêlé de matières étrangères.

Il faut s'assurer de sa pureté en le dissolvant dans l'alcool et en le sublimant ; dans l'un et l'autre cas, l'iode pur ne doit pas laisser de résidu.

L'iode, à l'état isolé, n'est pas employé en médecine, mais il est la base d'un grand nombre de préparations.

On s'en est servi d'abord contre les goitres ; puis il a été appliqué avec succès au traitement des maladies scrofuleuses et des affections tuberculeuses. Il est aussi un puissant emménagogue.

TEINTURE D'IODE.

Pr. : Iode.................................... 1
Alcool rectifié............................. 12

Faites dissoudre à une douce chaleur et filtrez.

On doit préparer cette teinture par petites quantités, parce que l'iode enlève de l'hydrogène à l'alcool, et se convertit peu à peu en acide hydriodique ioduré.

ÉTHER SULFURIQUE IODURÉ.

Pr. : Iode.................................... 1
Éther..................................... 12

S. (Magendie).

POMMADE D'IODE.

Pr. : Iode.................................... 1
Axonge.................................... 16

Mêlez sur un porphyre, et renfermez dans un flacon à large ouverture. Cette pommade se décolore à l'air par la volatilisation de l'iode.

ACIDE IODIQUE.

Les combinaisons de l'iode avec l'oxigène sont encore mal déterminées. Quelques chimistes admettent un oxide d'iode et un acide iodeux, dont l'existence me paraît encore hypothétique. Il existe un acide iodique et un acide hyperiodique. Ils contiennent, pour 1 proportion d'iode, 5 et 7 proportions d'oxigène.

L'acide iodique contient, sur 100 parties, 75,96 iode, et 24,04 oxigène. Il est solide, incolore, inodore ; sa saveur est très acide, sa densité est plus grande que celle de l'acide sulfurique. Il est décomposable par la chaleur en oxigène et en iode ; il est très soluble dans l'eau, et même il est déliquescent à l'air humide ;

il est peu soluble dans l'alcool; il attaque presque tous les métaux, même l'or. Il se combine aux bases, et forme des sels dans lesquels l'oxigène de la base est à l'oxigène de l'acide : : 1 à 5.

L'acide iodique n'est pas employé en médecine; mais comme il sert à la préparation de l'iodate de strychnine qui est usité, nous allons décrire sa préparation.

De tous les procédés donnés pour la préparation de l'acide iodique, un seul m'a bien réussi, c'est celui de M. Liebig. Il consiste dans la décomposition de l'iodate de baryte par l'acide sulfurique.

On prend l'iodate de baryte récemment précipité et lavé (on l'obtient par double décomposition d'une solution d'iodate de potasse par le chlorure de barium ou le nitrate de baryte). Sur 9 parties de précipité supposé sec, on prend 2 parties d'acide sulfurique que l'on a étendu de 10 à 12 fois son poids d'eau; on fait bouillir pendant une demi-heure et l'on sépare par le filtre le sulfate de baryte qui s'est formé. La liqueur est une dissolution d'acide iodique; on l'évapore en consistance de sirop clair et on la porte à l'étuve où elle donne, au bout de quelques jours, des cristaux d'acide. Les eaux mères concentrées à l'étuve continuent d'en fournir jusqu'à leur évaporation complète.

IODURES MÉTALLIQUES.

L'iode a été combiné à la plupart des métaux, et il est probable qu'il s'unit à tous. Les iodures correspondent aux oxides métalliques par leur composition. Chaque proportion d'oxigène dans un oxide est remplacée par une proportion d'iode dans un iodure. Les iodures sont caractérisés chimiquement par la propriété suivante : le chlore et l'acide nitrique séparent de l'iode de leur dissolution : si la quantité d'iodure est faible, on ajoute d'abord un peu d'empois d'amidon, qui prend une couleur bleue aussitôt que l'iode est mis en liberté; si les iodures sont solides, on les chauffe avec du bi-sulfate de potasse, il s'en dégage de l'acide sulfureux et de la vapeur d'iode.

L'iode communique à ses composés les propriétés médicales qui lui appartiennent; elles s'unissent souvent aux propriétés qui appartiennent en propre à la base de l'iodure.

IODURE DE POTASSIUM.

(Iodure potassique, Hydriodate de potasse, Iodhydrate de potasse.)

L'iode et le potassium forment trois combinaisons, savoir :

L'iodure de potassium, composé de 1 pp. potassium (23,67), 1 pp. iode (76,33).

Le biodure, composé de 1 pp. potassium, 2 pp. iode.

Le triodure composé de 1 pp. potassium, 3 pp. iode.

Les deux derniers s'obtiennent en surajoutant de l'iode à une dissolution d'iodure ordinaire.

L'iodure de potassium (iodure potassique) est blanc; il cristallise en cubes qui ne contiennent pas d'eau; sa saveur est âcre; il est déliquescent et extrêmement soluble dans l'eau. 100 parties d'eau à + 18 dissolvent 143 parties d'iodure de potassium; il se dissout aussi dans l'alcool : il en faut environ 5 fois son poids.

Pour préparer l'iodure de potassium, on prend une dissolution de potasse caustique marquant 30°; on y ajoute de l'iode en agitant continuellement jusqu'à ce que la liqueur reste colorée par un petit excès d'iode, alors on ajoute un petit excès de potasse caustique qui amène la décoloration complète de la liqueur et l'on évapore à siccité. On met le résidu dans un creuset et on le calcine avec précaution jusqu'à ce qu'il ne donne plus de gaz et soit en fusion tranquille; à ce moment, on laisse refroidir; on fait redissoudre dans 4 à 5 parties d'eau; on filtre et l'on évapore dans une capsule de porcelaine; on met la capsule sur un bain de sable et l'on y concentre les liqueurs en ayant soin de remplacer la perte qui résulte de l'évaporation par une nouvelle quantité de dissolution; quand les liqueurs sont très concentrées, on laisse refroidir la capsule sur le bain de sable même. On obtient de fort beaux cristaux cubiques d'iodure de potassium.

Les eaux mères fournissent, par des évaporations et des cristallisations successives, de nouveaux cristaux dont les derniers ont besoin d'être soumis à une nouvelle cristallisation.

Dans l'opération précédente, l'iode, en agissant sur la potasse, la change en iodure de potassium et en iodate de potasse. La réaction a lieu entre 6 pp. d'iode et 6 pp. de potasse.

5 pp. iode + 5 pp. potassium forment 5 pp. iodure de potassium.

5 pp. oxigène provenant de la potasse et 1 pp. iode constituent de l'acide iodique qui s'unit à la proportion de potasse qui n'a pas été décomposée.

La calcination du sel a pour objet de décomposer l'iodate de potasse qui perd l'oxigène de sa base et de son acide et qui se change en iodure de potassium.

On est dans l'usage d'employer un petit excès d'alcali caustique; le sel cristallise mieux et les cristaux ont une opacité que l'on est habitué à leur trouver dans le commerce.

MM. Baup et Caillot ont donné le procédé suivant qui a été longtemps suivi de préférence. On lui reproche avec raison de donner plus difficilement de l'iodure blanc à cause du fer qui y est retenu fortement, et surtout de faire perdre une portion d'iode qui reste obstinément attachée au précipité qui résulte de la décomposition de l'iodure de fer par le carbonate alcalin. Voici ce procédé:

<pre>
Pr.: Iode 32
     Limaille de fer 10
     Carbonate de potasse pur, environ 26
</pre>

On met dans une chaudière de fonte, environ 10 parties d'eau froide; on y ajoute successivement l'iode et le fer, et l'on agite avec une spatule de fer, jusqu'à ce que la liqueur soit en grande partie décolorée; on chauffe alors pour achever la décoloration; quand au contraire on opère sur des masses considérables, il est bon de n'ajouter l'iode que par portions, car la chaleur qui résulte de sa combinaison avec le fer pourrait en volatiliser beaucoup.

La liqueur est d'abord très foncée, parce qu'il se fait un iodure de fer ioduré, puis elle se décolore, parce que le fer métallique s'empare de cet excès d'iode; on reconnaît que la réaction est terminée à ce que la liqueur est décolorée ou du moins n'a plus que la légère teinte verte propre aux proto-sels de fer. Alors on filtre et on lave l'excès de fer avec de l'eau que l'on ajoute à la première liqueur. On a une dissolution d'iodure de fer.

On verse dans cette dissolution un petit excès de carbonate de potasse, de manière à ce qu'il cesse de s'y former un précipité. Il se fait de l'iodure de potassium qui reste en dissolution, et du carbonate de fer, que l'on sépare par le repos et qu'on lave à plusieurs reprises à l'eau bouillante. Toutes les liqueurs sont réunies et on les évapore à siccité dans une chaudière de fonte ; le produit est de l'iodure de potassium mélangé d'un peu de fer ; on le fait redissoudre dans 4 à 5 parties d'eau ; on filtre et l'on évapore pour faire cristalliser.

SOLUTION D'IODURE DE POTASSIUM.

Pr. : Iodure de potassium...................... 1
Eau distillée.............................. 16

S. (Magendie.)

SOLUTION ATROPHIQUE.

Pr. : Eau de laitue, huit onces................ 250 grammes.
—   menthe, deux gros................. 8
Iodure de potassium, quatre gros........... 16
Sirop de guimauve, une once.............. 32

Conseillée par M. Magendie contre l'hypertrophie du cœur chez les jeunes sujets ; il lui associe souvent la teinture de digitale. La dose est de 1 à 2 petites cuillerées par jour.

POMMADE HYDRIODATÉE.

Pr. : Iodure de potassium....................... 1
Axonge récente. 8

Mêlez sur un porphyre.

Quand la graisse que l'on emploie est récente, la pommade est blanche au moment où elle vient d'être préparée, mais elle se colore peu à peu à l'air ; quand l'hydriodate est légèrement alcalin, la pommade est blanche encore et se conserve longtemps en cet état, parce qu'il ne s'établit aucune réaction entre la graisse et le sel.

Cette pommade est colorée même au moment où l'on vient de la préparer si la graisse n'est pas très fraîche. C'est que, sous l'influence de la graisse acide, le potassium s'oxide et l'iode est mis en liberté et colore la pommade.

EAU MINÉRALE IODURÉE.

Pr. : Iode très pur, quatre grains............. 0,2 grammes.
Iodure de potassium, huit grains........ 0,4
Eau distillée, deux livres. 1000

Faites dissoudre (Lugol).

Cette formule est celle adoptée en dernier lieu par M. Lugol; elle est fort commode pour l'emploi et l'usage; chaque décilitre contient $2/3$ de grain d'iode, chaque demi-décilitre en contient $1/3$ de grain. Dans cette préparation comme dans toutes celles qui suivent, la matière médicamenteuse que l'on emploie est un mélange d'iodure et de biodure de potassium.

Les premières formules d'eaux iodurées consistaient dans une dissolution d'iode dans l'eau chargée d'un peu de sel marin; puis M. Lugol a donné la préférence à l'iodure de potassium, suivant les formules ci-après :

	N. 1.	N. 2.	N. 3.
Iode................	3/4 grain.	1 grain.	1 1/4 grain.
Iodure de potassium..	1 1/2	2	2 1/2
Eau distillée........	8 onces.	8 onces.	8 onces.

Il préfère maintenant la première formule, qui entraîne avec elle moins de chances d'erreurs.

SOLUTION IODURÉE RUBÉFIANTE.

Pr.: Iode................................... 1
Iodure de potassium..................... 8
Eau distillée............................ 12

Faites dissoudre (Lugol).

On conserve la solution dans un flacon bouché à l'émeri. Elle sert à exciter les ulcères scrofuleux et l'orifice extérieur des trajets fistuleux; on l'emploie aussi pour faire des cataplasmes iodurés; on l'ajoute quand les cataplasmes sont suffisamment refroidis.

IODE CAUSTIQUE.

Pr.: Iode................................... 1
Iodure de potassium..................... 1
Eau distillée........................... 2

Faites dissoudre (Lugol).

Cette solution forme des escarres sur les parties qu'elle touche; on l'emploie quand la solution rubéfiante n'a plus d'effet, et pour châtier la peau qui borde certains ulcères tuberculeux,

BAINS IODURÉS.

Pr. : Iode, deux gros. .... 8 grammes.
  Iodure de potassium, quatre gros. 16
  Eau, six décilitres........................ 600

Faites dissoudre (Lugol).

Cette dose est la dose ordinaire pour un bain, mais elle peut facilement être augmentée ou diminuée d'une manière exacte. En effet, chaque décilitre contient 1 scrupule, ou 24 grains (1,3 grammes) d'iode et le double d'iodure de potassium.

Les bains iodurés doivent être pris dans des baignoires de bois, car l'iode attaque fortement tous les métaux.

COLLYRE IODURÉ.

Pr. : Iode, un à deux grains. .... 0,05 à 0,1 grammes.
  Iodure de potassium, vingt-quatre grains. 1,3
  Eau de roses, six onces............... 192

F. S. A. (Magendie). Contre les ophthalmies scrofuleuses.

POMMADE IODURÉE.

Pr. : Iode. 1
  Iodure de potassium.................... 3
  Axonge....................... 24

Mêlez sur un porphyre.

M. Lugol emploie les formules suivantes :

	N. 1.	N. 2.	N. 3.	N. 4.
Iode..............	12 grains.	18 grains.	21 grains.	24 grains.
Iodure de potassium.	24 grains.	2 gros.	2 gros 1/2.	2 gros 1/2.
Axonge..........	2 onces.	2 onces.	2 onces.	2 onces.

Ces pommades ont une couleur d'acajou. Elles sont employées en frictions, mais surtout au pansement des ulcères scrofuleux.

IODURE DE BARIUM.

(Iodure barytique, Hydriodate de baryte, Iodhydrate de baryte.)

L'iodure de barium est un sel blanc d'une saveur âcre, qui cristallise en petites aiguilles ; il est déliquescent et très soluble dans l'eau ; sa dissolution se décompose promptement au contact de l'air; il se sépare du carbonate de baryte, et il se fait une solution colorée d'iodure de barium ioduré. L'iodure de barium a été employé par M. Lugol contre quelques engorgements scrofuleux.

Il est composé de : barium, 1 pp. (35,17); iode, 1 pp. (64,83).

Pour l'obtenir, on peut employer un procédé analogue à celui qui sert à la préparation de l'iodure de potassium, c'est-à-dire précipiter la dissolution d'iodure de fer par la baryte, mais ce procédé n'est pas très bon; la baryte ne précipitant qu'incomplétement l'oxide de fer, il faut évaporer à siccité et reprendre par l'eau, et évaporer de nouveau à plusieurs reprises, ce qui ne suffit pas encore pour purifier le sel.

M. Henry fils a donné un procédé qui est préférable. On prend le sulfure de barium qui résulte de la calcination du sulfate de baryte avec le charbon (*Voyez* Sulfure de barium). On le dissout dans l'eau, et on filtre pour séparer le sulfate de baryte indécomposé et l'excès de charbon; on verse peu à peu dans cette dissolution de sulfure de barium une dissolution concentrée d'iode dans l'alcool, aussi longtemps qu'il se fait un précipité blanc. L'iode se combine au barium, et le soufre précipité est séparé par le filtre; on évapore les liqueurs presqu'à siccité, on reprend par un peu d'eau, et on filtre; l'on évapore rapidement à siccité dans une fiole, de manière à préserver l'iodure de la décomposition par l'air; on casse la fiole, on retire le produit et on le conserve dans des vases bien bouchés.

POMMADE D'IODURE DE BARIUM.

Pr. : Iodure de barium, quatre grains............ 0,2 grammes.
    Axonge, une once....................... 32

Mêlez.

HYDRIODATE D'AMMONIAQUE.

(Iodhydrate d'ammoniaque.)

L'hydriodate d'ammoniaque cristallise en cubes; il est volatil, déliquescent, très soluble dans l'eau; il s'altère très promptement à l'air, parce que l'oxigène brûle une partie de l'hydrogène de l'acide hydriodique, et met à nu de l'iode, qui se combine à l'hydriodate d'ammoniaque et qui le colore. Il est composé de : 1 pp.

d'ammoniaque, 1 pp. d'acide hydriodique. Il est quelquefois employé dans le traitement des scrofules et des maladies de la peau. On le prépare de la manière suivante:

On prépare une solution d'iodure de fer, ainsi qu'il a été dit à l'article iodure de potassium, et l'on précipite cette dissolution par le carbonate d'ammoniaque, au lieu de la précipiter par le carbonate de potasse; la liqueur filtrée est évaporée très rapidement jusqu'à forte pellicule, et on fait cristalliser.

La difficulté est d'obtenir un sel blanc, à cause de l'altération que le contact de l'air lui fait promptement éprouver. Il faut, pendant l'évaporation, entretenir la liqueur légèrement ammoniacale, en y ajoutant de temps en temps un peu d'ammoniaque caustique; c'est surtout au moment où la cristallisation va se faire, qu'il est important de tenir les liqueurs un peu alcalines.

On fait égoutter le sel, et s'il est coloré on le lave dans un entonnoir avec une eau légèrement ammoniacale.

IODURE DE FER.

Voyez PRÉPARATIONS DU FER.

IODURE DE PLOMB.

(Iodure plombique.)

L'iodure de plomb est d'un beau jaune citron. Il est soluble dans 1235 parties d'eau froide. Il est un peu plus soluble dans l'eau bouillante ($1/_{192}$), et il se précipite par le refroidissement en paillettes qui ont un vif éclat. Il perd une partie de cet éclat en séchant; il se ternit encore plus par son exposition à la lumière. Il est formé de : 1 pp. plomb (45,04); 1 pp. iode (54,96).

On l'obtient en versant une dissolution neutre d'iodure de potassium dans une dissolution d'acétate de plomb, jusqu'à ce qu'il ne se fasse plus de précipité; on lave celui-ci à plusieurs eaux, et on le fait sécher.

On préfère verser l'iodure dans l'acétate, parce que l'iodure de plomb formé en premier se redissoudrait dans l'iodure de potassium. En opérant comme nous l'avons dit, il y a un petit excès d'iodure de potassium dans les liqueurs; on peut par économie le précipiter par un peu d'acétate de plomb, de manière à ce que ce soit ce dernier sel qui domine dans les liqueurs.

Avant de précipiter la dissolution d'acétate de plomb, il faut y ajouter un peu d'acide acétique ; c'est pour le ramener à l'état de sel neutre en saturant un petit excès de base qu'il contient toujours, le sel qui doit être précipité par l'iodure de potassium ne devant pas être basique. On est sûr qu'il en est ainsi, quand la dissolution de l'acétate de plomb n'est plus troublée par l'acide carbonique. Un petit excès d'acide acétique ne nuit pas à l'opération ; mais un excès de base fait que le précipité contient de l'oxido-iodure de plomb, dont la teinte est très pâle (Denot).

POMMADE D'IODURE DE PLOMB.

Pr. : Iodure de plomb, un à deux gros.......... 4 à 8 grammes.
     Axonge, une once. 32

Mêlez.

IODURE DE SOUFRE.

(Sulfure d'iode.)

L'iodure de soufre résulte de la combinaison du soufre avec l'iode. Il existe certainement plusieurs degrés de combinaison de ces deux corps ; mais ils ont été fort mal étudiés. L'iodure de soufre médicinal est composé, à très peu près, de : 1 pp. iode (79,70) ; 2 pp. soufre (20,30).

Il forme un masse brune, à texture cristalline.

On obtient l'iodure de soufre par la combinaison directe de l'iode et du soufre ; la réaction est vive et même dangereuse quand on opère sur des masses un peu considérables. Il faut opérer de la manière suivante :

On broie ensemble 4 parties d'iode et 1 partie de soufre dans un mortier de marbre ; on introduit la poudre dans une cornue de verre, et on place celle-ci sur une grille ou sur un triangle dans un fourneau de réverbère ; on met au-dessous quelques petits charbons allumés, de manière à élever très peu la température. On voit peu à peu la couleur du mélange se foncer à partir du fond ; ce changement gagne peu à peu jusqu'à la surface ; il est le résultat de la réaction chimique qui s'exerce entre les deux corps ; on augmente alors un peu le feu, de manière à porter à la fusion.

Au lieu de déterminer une action lente, si l'on chauffait de suite le mélange un peu plus fort, la combinaison se ferait avec une sorte d'explosion, dont le moindre inconvénient serait de faire perdre une partie de la matière. En suivant le procédé que j'ai donné, cet inconvénient ne se présente jamais. On ne peut éviter que pendant la fusion il y ait une portion d'iode volatilisée ; mais quand la masse est fondue, on incline la cornue de manière à incorporer de nouveau à la masse toutes les portions d'iode qui s'étaient attachées contre les parois supérieures. On laisse refroidir, et l'on casse la cornue pour enlever l'iodure. On le conserve dans des vases bien fermés.

POMMADE D'IODURE DE SOUFRE.

Pr. : Iodure de soufre, vingt-quatre à trente-six
      grains............................ 1,3 à 2 grammes.
      Axonge. 32

Mêlez.
Employée par M. Biett contre quelques affections cutanées.

— •

DES PRÉPARATIONS DU SOUFRE.

SOUFRE.

Le soufre est un corps simple ; il est solide, d'une couleur citrine, sans saveur ; il prend une légère odeur par le frottement, il entre en fusion entre 107 et 109 ; il est alors très liquide et d'une couleur jaune ; vers 160° il commence à s'épaissir et à prendre une couleur rougeâtre. Ce phénomène augmente de plus en plus jusque vers 250° ; si on refroidit brusquement le soufre ainsi coloré, il reste mou pendant quelque temps. Le soufre fondu bout et se volatilise à 316°. Quand il est fondu, il brûle au contact de l'air avec une flamme bleue, en formant des vapeurs piquantes d'acide sulfureux. Il est insoluble dans l'eau ; l'alcool en dissout très peu ; les huiles fixes et volatiles en dissolvent, l'altèrent peut-être, et le laissent déposer cristallisé par le refroidissement. Le nombre proportionnel du soufre est 20,11.

Le soufre est l'un des médicaments précieux que possède la matière médicale. A l'intérieur on l'emploie comme dépuratif fondant et expectorant ; il agit sur le système lymphatique et cutané, et il augmente les sécrétions des membranes muqueuses ; à haute dose il est purgatif : mais c'est surtout dans le traitement des maladies cutanées que le soufre est employé journellement et avec succès, pour la guérison des dartres, de la gale. Il communique toutes ses propriétés à certains composés chimiques dont il fait partie.

Le soufre est fourni par le commerce sous deux états, en bâtons cylindriques, c'est le soufre en canons ; sous forme de poussière jaune, c'est le soufre sublimé ou les fleurs de soufre ; on purifie les fleurs de soufre, mais on prépare aussi pour la médecine du soufre très divisé par voie de précipitation.

SOUFRE LAVÉ.

Pr. : Fleurs de soufre du commerce............ Q. V.

On délaie peu à peu les fleurs de soufre dans l'eau bouillante, de manière à en faire d'abord une pâte homogène, dans laquelle toutes les surfaces du soufre aient été mouillées par l'eau ; on achève alors de délayer cette poudre dans l'eau bouillante ; on laisse déposer, on décante et on lave ainsi à plusieurs reprises ; quand l'eau qui surnage le soufre n'a plus aucune action sur le papier de tournesol, on met le soufre à égoutter sur des toiles et on le fait sécher.

Le but que l'on se propose dans cette opération est de débarrasser le soufre de l'acide sulfurique qu'il contient. Pendant la sublimation du soufre, il s'est fait de l'acide sulfureux, qui est resté adhérent aux particules soufrées, et qui, par l'action de l'air humide, s'est changé en acide sulfurique ; les lavages en débarrassent tout à fait le soufre. Ceci est surtout nécessaire quand le soufre doit faire partie de quelque préparation destinée à l'usage interne.

22*

SOUFRE PRÉCIPITÉ.

(Magistère de soufre.)

Pr. : Persulfure de chaux et de potasse......... Q. V.
Acide hydrochlorique du commerce....... Q. S.

On se sert pour cette opération du sulfure de potasse liquide ou du sulfure de chaux liquide, que l'on a obtenus par la voie humide et qui sont saturés de soufre; mais il faut les préparer dans des vases non métalliques. On les étend de 40 à 50 fois leur poids d'eau au moins et on y verse par petites parties l'acide hydrochlorique, en agitant continuellement jusqu'à ce que les liqueurs soient devenues assez fortement acides et qu'il cesse de se déposer du soufre; on laisse déposer, on décante et l'on rejette les liqueurs surnageantes; on lave le soufre à plusieurs reprises jusqu'à ce que les eaux de lavage soient sans action sur le papier de tournesol; on le fait égoutter sur une toile et on le fait sécher à l'air libre.

La décomposition du sulfure alcalin par l'acide doit être faite en plein air et même dans un courant d'air; l'opérateur doit se placer du côté d'où le courant d'air arrive, pour se mettre tout à fait à l'abri du danger. Il se dégage en effet une abondante quantité d'hydrogène sulfuré qu'il serait dangereux de respirer; il est même convenable d'enflammer ce gaz à mesure qu'il s'échappe de la liqueur (*Voir*, pour la théorie de l'opération, p. 346). Le soufre précipité contient en combinaison une certaine quantité d'hydrogène sulfuré. Il paraît être beaucoup plus actif que le soufre lavé.

Le soufre s'administre à l'intérieur, soit seul, soit mêlé à des matières qui rendent son administration plus facile, ou qui ajoutent à son action. C'est ainsi qu'on l'associe au sucre, à la magnésie, à la scille, au camphre, au nitre, etc.; les formulaires regorgent de recettes de ce genre. Le médecin fait mieux de prescrire et de doser lui-même suivant le besoin.

TABLETTES DE SOUFRE.

Pr. : Soufre lavé, deux onces.................. 64 grammes.
Sucre en poudre, seize onces............. 500
Gomme adragante, un gros vingt-quatre
grains............................. 5,3
Eau de roses, une once................. 32

On fait un mucilage avec l'eau de rose et la gomme à la manière ordinaire, et l'on prépare des tablettes de 18 grains.

La poudre qui sert à préparer ces tablettes a peu de liant, et, pour cette raison, il faut forcer la proportion de gomme un peu plus que pour les autres tablettes.

TABLETTES DE SOUFRE COMPOSÉES.

Pr.: Soufre lavé, six gros.................... 24 grammes.
    Fleurs de benjoin, demi-gros............. 2
    Iris de Florence, un gros trente grains. 5,6
    Huile d'anis, vingt grains. 1,1
    Sucre, une livre...................... 500
    Mucilage de gomme adragante........... S. Q.

F. S. A.

CÉRAT SOUFRÉ.

Pr. : Fleurs de soufre. 2
    Cérat de Galien....................... 7
    Huile d'amandes douces................. 1

On triture le soufre avec le cérat, et quand le mélange est bien exact, on ajoute l'huile que l'on mêle à son tour, en agitant encore quelques instants.

POMMADE SOUFRÉE.

Pr. : Fleurs de soufre....................... 1
    Axonge. 3

Mêlez.

POMMADE ANTIPSORIQUE.

Pr.: Fleurs de soufre....................... 16
    Sel ammoniac. 1
    Alun.............................. 1
    Axonge............................ 32

On réduit les sels en poudre fine, et on les incorpore à l'axonge en même temps que le soufre.

POMMADE D'HELMERICH.

(Pommade sulfo-alcaline.)

Pr. : Fleurs de soufre. 2
    Carbonate de potasse sec. 1
    Axonge. 8

Mêlez.

POMMADE SULFO-SAVONNEUSE.

Pr. : Savon blanc. 1
    Eau. 3
    Soufre. 1

On divise le savon dans l'eau à l'aide d'une douce chaleur, dans un vase d'argent ou de porcelaine, et l'on ajoute le soufre.

HYDROGÈNE SULFURÉ.

(Acide hydrosulfurique, acide sulfhydrique.)

L'hydrogène sulfuré est gazeux, incolore; il a une odeur fétide qui ressemble tout à fait à celle des œufs pourris. Sa densité est de 1,19. Il est extrêmement vénéneux; il est soluble dans l'eau. L'air le décompose lentement en brûlant l'hydrogène et en séparant le soufre. Il noircit la plupart des métaux, et précipite un grand nombre de dissolutions salines en formant des sulfures métalliques.

Il est composé de :

1 pp. soufre, 94,16; 1 pp. hydrogène, 5,84.

Il contient 1 volume d'hydrogène égal au sien.

On ne l'emploie en médecine que sous forme de dissolution aqueuse. Il entre dans la composition de plusieurs eaux minérales. On le prépare par différents procédés.

1° Pr. : Sulfure d'antimoine en poudre. 1
     Acide hydrochlorique du commerce. 4

On opère dans une fiole, dans un matras ou dans une cornue en grès, suivant la quantité de matière que l'on emploie. On verse l'acide hydrochlorique sur le sulfure métallique, et l'on aide l'action d'une douce chaleur, que l'on continue à faire agir, tant qu'il se dégage de l'hydrogène sulfuré. La réaction consiste dans la décomposition mutuelle de l'acide et du sulfure. Le chlore de l'acide hydrochlorique se combine à l'antimoine et constitue du chlorure d'antimoine, en même temps que l'hydrogène de l'acide se combine au soufre et forme de l'hydrogène sulfuré. Il reste dans le vase distillatoire du chlorure d'antimoine qui est tenu en dissolution dans l'eau de l'acide à la faveur de la portion de cet acide qui n'a pas été altérée.

    2° Pr. : Sulfure de fer. 2
              Acide hydrochlorique. 3

Il faut verser l'acide par portions sur le sulfure de fer, car ici la décomposition est bien plus vive qu'avec le sulfure d'antimoine. La réaction est du même genre ; il se fait du chlorure de fer et de l'acide hydrosulfurique. On active la décomposition à l'aide d'une douce chaleur. On peut remplacer l'acide hydrochlorique par l'acide sulfurique étendu de deux et trois fois son poids d'eau ; le résultat est le même, bien que le mode d'action soit changé. Alors l'eau est décomposée ; son oxigène fait passer le fer à l'état de protoxide, lequel se combine à l'acide sulfurique, tandis que l'hydrogène se combine au soufre et produit l'hydrogène sulfuré.

    3° Pr. : Limaille de fer. 2
            Soufre. 1

On mélange les deux corps ; on les met dans un matras, et on y ajoute assez d'eau pour faire une bouillie. On chauffe un peu le matras pour faciliter la réaction ; elle se manifeste par un grand dégagement de chaleur et par la couleur noire que prend la masse. Quand elle est arrivée à ce point, on adapte au matras un bouchon et les tubes convenables, et l'on introduit par parties de l'acide sulfurique étendu ou de l'acide hydrochlorique qui dégage du gaz hydrogène sulfuré.

L'opération consiste ici à faire le sulfure de fer au moment même de l'opération, on évite ainsi l'embarras qui accompagne la fabrication du sulfure de fer, et l'on obtient en quelques instants une matière que son grand état de division rend facilement attaquable et qui donne de l'hydrogène sulfuré avec la plus grande facilité ; aussi, cette méthode, qui a été donnée par M. Gay-

Lussac, est-elle très commode dans les laboratoires. Elle est fondée sur la facilité avec laquelle le fer et le soufre se combinent avec l'aide de l'eau et d'une douce chaleur. La masse noire qui se produit est un sulfure de fer hydraté (hydrosulfate de fer de quelques chimistes).

Les pharmaciens dans leurs laboratoires donneront habituellement la préférence au traitement du sulfure d'antimoine, parce que cette opération, plus coûteuse en apparence, est cependant plus économique pour eux; le résidu de l'opération trouvant facilement son emploi pour la préparation du chlorure d'antimoine ou celle de l'émétique. Le traitement par le sulfure d'antimoine est aussi préférable pour les chimistes qui ont besoin d'hydrogène sulfuré exempt d'hydrogène; car, dans le traitement du sulfure de fer artificiel, on ne saurait répondre que quelques parties de fer n'aient échappé à l'action du soufre et ne donnent de l'hydrogène par le contact de l'acide.

EAU HYDROSULFURÉE.

On introduit dans un matras ou dans une cornue du sulfure d'antimoine, et l'on y ajoute quatre fois son poids d'acide hydrochlorique du commerce (on pourrait recourir à l'emploi du sulfure de fer, mais alors il ne faudrait verser l'acide que par parties). On adapte un appareil de Woulf, composé d'un premier flacon contenant peu d'eau, et destiné à retenir l'acide hydrochlorique qui pourrait passer à la distillation. Il est suivi d'une série de flacons presque entièrement remplis d'eau distillée récemment préparée, ou que l'on a fait bouillir pour en chasser l'air; on fait plonger le tube qui termine l'appareil dans un lait de chaux pour absorber le gaz hydrogène sulfuré qui arrive jusque là; on fait marcher l'opération jusqu'à ce que l'eau du dernier flacon refuse absolument d'absorber le gaz, et que, par conséquent, il arrive tout entier dans le lait de chaux; alors on démonte l'appareil, et l'on distribue rapidement l'eau hydrosulfurée dans des bouteilles que l'on bouche aussitôt, et dont on goudronne le bouchon; c'est qu'en effet l'eau hydrosulfurée se trouble très rapidement au contact de l'air, parce que l'oxigène brûle l'hydrogène en formant de l'eau; le soufre se dépose à mesure.

L'eau hydrosulfurée contient deux fois son volume de gaz; elle sert à la préparation de quelques eaux minérales; on l'emploie aussi comme réactif.

SULFURES DES MÉTAUX ALCALIGÈNES,
ou sulfures alcalins.

Le soufre, qui se combine à tous les métaux, souvent en plusieurs proportions, forme avec les métaux alcaligènes des composés nombreux qui sont remarquables par leur solubilité, leur odeur hépathique, et par l'action médicale énergique qu'ils peuvent exercer. Ils constituent un ordre de médicaments précieux, qui à l'intérieur sont employés comme expectorants, stimulants dans l'asthme, le croup, les catarrhes anciens, mais qui rendent des services bien plus signalés à l'extérieur pour le traitement des maladies cutanées, des scrofules, des plaies anciennes.

Je rapporte les caractères les plus essentiels de ces corps :

Chaque métal forme avec le soufre un premier degré de combinaison ; c'est le proto-sulfure que l'on distingue le plus ordinairement par la dénomination plus simple de sulfure. Ce proto-sulfure correspond au protoxide; il est formé d'une proportion de métal et d'une proportion de soufre. Les deux éléments sont dans les mêmes proportions que dans le sulfate neutre, de sorte qu'en fournissant au métal et au soufre la quantité d'oxigène nécessaire pour changer, l'un en protoxide, et l'autre en acide sulfurique, il en résulterait un sulfate neutre ; de même, en désoxigénant le sulfate neutre, il en résulterait un sulfure correspondant au premier degré d'oxidation.

Un sulfure ou proto-sulfure alcalin peut se combiner avec 1 fois, 2, 3, 4 fois autant de soufre qu'il en contient déjà ; la combinaison se fait surtout facilement par la voie humide ; il en résulte un sulfure plus sulfuré, bi, tri, quadri ou quinti-sulfure ; jusqu'à présent on n'a pu obtenir une combinaison plus riche en soufre. Tandis que la dissolution de proto-sulfure est incolore, celle des autres est colorée en jaune brun d'autant plus foncé que la proportion de soufre y est plus grande.

Quand on verse un acide hydraté sur un proto-sulfure, ou dans une dissolution de ce proto-sulfure, l'eau est décomposée; 1 pp. d'oxigène s'unit à 1 pp. de métal pour faire un protoxide alcalin qui s'unit à l'acide, tandis que la proportion d'hydrogène correspondante se combine avec 1 pp. de soufre, et forme du gaz hydrogène sulfuré. Ainsi, un proto-sulfure est changé complétement par un acide hydraté en un sel alcalin et en gaz hydrogène sulfuré sans autre produit.

Si l'on se sert d'un sulfure plus sulfuré, la décomposition de l'eau est encore la même, et donne naissance aux mêmes produits, mais tout l'excédant de soufre est précipité : soit le persulfure de potassium qui contient 5 pp. de soufre, le métal s'oxidera en prenant 1 pp. d'oxigène, et la pp. d'hydrogène correspondante se combinera avec 1 pp. de soufre, tandis que les 4 pp. de soufre restantes se déposeront. Les phénomènes sont différents quand on verse le sulfure peu à peu dans l'acide, il se dégage à peine de l'hydrogène sulfuré, il se dépose un composé liquide formé d'hydrogène et de soufre qui est un persulfure d'hydrogène, et qui a été désigné pendant quelque temps sous le nom de soufre hydrogéné.

Cette différence dans la réaction tient aux circonstances dans lesquelles on opère. Un acide versé dans un persulfure donne toujours du soufre hydrogéné; mais comme celui-ci n'est stable qu'en présence des liqueurs acides, et que sa décomposition est même facilitée par la présence des sulfures, il se décompose spontanément en gaz sulfhydrique qui se dégage, et en soufre qui se dépose (Thénard); en outre, suivant l'observation de M. Berzélius, l'hydrogène sulfuré qui devient libre réagit sur la portion de poly-sulfure alcalin non décomposée, précipite 4 atomes de soufre, le ramène à l'état de proto-sulfure, et se combine à celui-ci, constituant une combinaison de proto-sulfure de potassium et d'hydrogène sulfuré. Au contraire, en versant le sulfure par petites parties dans l'acide, ce sulfure est décomposé en entier dans le moment même, et le persulfure d'hydrogène qui se sépare subsiste en présence de la liqueur acide.

Quand on laisse à l'air une dissolution de proto-sulfure alcalin, elle se colore peu à peu, et prend une teinte jaune brunâtre qui va toujours en se fonçant de plus en plus ; puis une fois le maximum de coloration obtenu, la liqueur se décolore peu à peu, et finit par devenir tout à fait incolore.

La coloration de la liqueur est le résultat de la transformation du sulfure au premier degré en sulfure de plus en plus sulfuré ;

jusqu'à ce qu'enfin il y ait saturation, et alors la liqueur a acquis le maximum de son intensité de coloration. Cet effet est produit par l'absorption de l'oxigène de l'air qui se porte sur le potassium et qui l'oxide, de telle sorte qu'une même quantité de soufre se trouve combinée à une proportion toujours décroissante de métal, jusqu'à ce que tout soit converti en quinti-sulfure et en oxide alcalin ; à cette époque l'oxigène de l'air est encore absorbé, mais il brûle en même temps le soufre et le métal, et il se fait un hyposulfite. Comme celui-ci est incolore, la liqueur se décolore peu à peu à mesure qu'il se forme jusqu'à ce qu'enfin tout le sulfure ait été détruit.

En même temps que ces phénomènes se produisent, il y a absorption d'une quantité variable de l'acide carbonique de l'air, et il se fait des proportions variables de carbonate.

Les proto-sulfures alcalins peuvent se combiner avec l'hydrogène sulfuré, et donner naissance à des composés dans lesquels le sulfure d'hydrogène et le sulfure métallique contiennent tous deux la même quantité de soufre ; ce sont des sels dans lesquels le sulfure d'hydrogène est l'acide, et le sulfure alcalin est la base ; de là ces dénominations : sulfhydrate de potassium, de sodium, etc. Ces composés donnent par les acides deux fois autant d'hydrogène sulfuré que les sulfures simples, mais pas de dépôt de soufre ; ils sont décomposés par le soufre, qui chasse le sulfure d'hydrogène et se dissout en donnant un sulfure sulfuré.

On peut se représenter les proto-sulfures alcalins dissous comme une combinaison d'hydrogène sulfuré et d'oxide ; de là le nom d'hydrosulfates qu'ils ont porté. Dans cette hypothèse, ces hydrosulfates seraient des sels neutres ; tandis que les sulfhydrates seraient des sels avec excès d'acide, la proportion d'hydrogène sulfuré qui s'y trouve étant le double de celle qui existe dans les hydrosulfates simples ; de là le nom de bi-hydrosulfates. On obtient ces sels en faisant passer un excès d'hydrogène sulfuré dans une dissolution alcaline.

SULFURE DE POTASSIUM.

Les sulfures de potassium sont ainsi composés :

	Potassium.	Soufre.
Sulfure,	70,9	29,1
Bi-sulfure,	54,9	45,1

	Potassium.	Soufre.
Tri-sulfure,	44,8	55,2
Quadri-sulfure,	37,8	62,2
Quinti-sulfure,	32,75	67,25

Aucun d'eux n'est employé en médecine à l'état de pureté. Les sulfures sulfurés font partie des composés connus sous les noms de foie de soufre et de sulfure de potasse.

FOIE DE SOUFRE.

(Sulfure de potasse, poly-sulfure de potassium.)

SULFURE DE POTASSE SEC.

Pr. : Soufre sublimé........................... 2
Carbonate de potasse pur, desséché........... 3,4

On mélange exactement les deux matières ; on les introduit dans un matras à fond plat, et l'on chauffe graduellement au bain de sable, jusqu'à ce que la matière soit en fusion tranquille. On laisse refroidir ; on casse le matras pour avoir le produit, que l'on enferme dans des vases bien bouchés.

Dans cette opération, l'acide carbonique du carbonate de potasse est éliminé, et l'on s'aperçoit qu'il l'a été entièrement lorsque la masse du sulfure cesse de se boursoufler : le soufre réagit sur la potasse ; sur 4 pp. de potasse, 3 cèdent leur oxigène au soufre ; il en résulte 1 pp. d'acide sulfurique qui s'unit à la proportion de potasse indécomposée pour constituer du sulfate de potasse ; les 3 pp. de potassium mises à nu s'unissent au soufre et forment du tri-sulfure de potassium. On voit que la réaction a lieu entre 4 pp. de carbonate de potasse et 10 pp. de soufre ; et les quantités théoriques de matière qu'il faut employer pour arriver à ce résultat sont celles que nous avons données. Si l'on employait plus de soufre, il se ferait une portion d'un sulfure plus sulfuré ; si on augmentait la quantité de potasse, comme l'a fait le Codex (1 p. soufre, 2 p. carbonate), il resterait du carbonate alcalin à l'état de mélange ; ce n'est qu'à la chaleur rouge blanc que le soufre du tri-sulfure agirait sur lui, en se changeant lui-même en bi-sulfure de potassium. Le foie de soufre de nos pharmacies est donc un mélange de 1 pp. de sulfate de potasse et de 3 pp. de tri-sulfure de potassium.

Il faut préparer dans un matras de verre et avec du carbonate de potasse pur le sulfure de potasse destiné à l'usage interne ; quand on le destine à la préparation des bains, on agit alors sur des masses considérables, et l'on opère dans une chaudière de fonte, que l'on couvre pendant l'opération ; on remplace aussi le sel de potasse pur par la potasse perlasse du commerce, et comme celle-ci contient des sels étrangers, on augmente la quantité d'alcali. On emploie alors 2 p. potasse, 1 p. de soufre ; du reste, on opère comme nous l'avons dit ; quand la matière est en fonte tranquille, on la coule sur des plaques de tôle.

FOIE DE SOUFRE LIQUIDE.

(Sulfure de potasse liquide.)

On obtient le foie de soufre liquide par deux procédés différents ; par la dissolution du sulfure de potasse sec dans l'eau, ou par l'ébullition du soufre avec une dissolution de potasse caustique ; la nature du produit n'est pas la même suivant l'une ou l'autre opération.

POLY-SULFURE DE POTASSIUM LIQUIDE DU CODEX.

(Foie de soufre liquide.)

Pr. : Sulfure de potasse sec........................... 1
Eau. .... S. Q.

Faites dissoudre et filtrez. La liqueur doit marquer 30 degrés à l'aréomètre de Baumé.

Quand on fait la solution avec du sulfure de potasse pur, tel que celui que l'on obtient avec du carbonate de potasse à l'état de pureté, il faut presque exactement 2 parties d'eau pour 1 de sulfure ; mais quand on se sert du sulfure de potasse préparé avec la potasse du commerce, on ne peut préciser aussi exactement la quantité d'eau, parce que la composition du sulfure est plus sujette à varier. Cependant on s'éloigne peu du rapport de 1 à 2, et le sulfure liquide qui est employé pour bain est dosé pour l'effet médical d'une manière suffisamment exacte en partant de cette donnée ; il contient le tiers de son poids de sulfure de potasse réel.

La formule du sulfure de potasse liquide que je viens de rapporter fournit le sulfure liquide qui est employé dans les hôpitaux de Paris, et en particulier à l'hôpital Saint-Louis, où l'on fait une si énorme consommation de bains sulfureux ; ce sera sans doute pour les praticiens une raison de l'adopter de préférence. Le sulfure préparé par la voie humide a une composition fort différente.

PERSULFURE DE POTASSIUM DU CODEX.

(Foie de soufre saturé.)

Pr. : Fleur de soufre. 1
Potasse caustique liquide à 35°.............. 3

On délaie le soufre dans la dissolution alcaline, et on le fait dissoudre soit dans un matras, soit dans une bassine de fonte ; on conserve le produit dans des vases bien bouchés.

La réaction qui se produit ici consiste bien encore dans l'oxidation du soufre aux dépens de la potasse ; mais la nature des produits est modifiée. A cette température peu élevée, ce n'est plus de l'acide sulfurique, mais de l'acide hypo-sulfureux qui se forme, et le métal alcalin se sature aisément de soufre. La réaction s'établit entre 8 pp. de potasse (oxide supposé sec) et 36 pp. de soufre. 6 pp. de potasse sont désoxidées, et les 6 pp. de potassium qui en résultent se combinent à 30 pp. de soufre pour constituer du quinti-sulfure de potassium. Les 6 pp. d'oxigène provenant de la potasse se combinent à 6 pp. de soufre pour constituer 3 pp. d'acide hypo-sulfureux, qui s'unissent aux 2 pp. de potasse indécomposée, et constituent de l'hypo-sulfite de potasse. Cet hypo-sulfite a cela de remarquable, que l'oxigène de l'oxide est le tiers de l'oxigène de l'acide, ce qui n'est pas la loi ordinaire de composition de ce genre de sels.

La dissolution de foie de soufre liquide a une couleur très foncée ; elle peut dissoudre un excès de soufre que l'eau en précipite. Elle se conserve sans altération dans un vase clos ; mais à l'air elle se trouble rapidement, parce qu'il se forme un hyposulfite et qu'il se dépose du soufre. Obtenue ainsi qu'il vient d'être dit, elle marque 42° à l'aréomètre. C'est la formule qui a été adoptée par MM. Henry et Guibourt, et depuis par le Codex ; en cet état, le sulfure contient près de moitié de son poids d'un foie de soufre saturé de soufre.

La dissolution de foie de soufre obtenue par la voie humide

diffère toujours de celle que donnerait le sulfure sec en se dissolvant dans l'eau, en ce qu'elle contient de l'hypo-sulfite et non du sulfate de potasse, ce qui a peu d'influence sur l'effet médical, et en ce qu'elle contient du sulfure saturé de soufre et non du tri-sulfure, ce qui peut modifier ses effets.

SIROP DE SULFURE DE POTASSE.

(Sirop de foie de soufre.)

Pr. : Sulfure de potasse sec, huit grains......... 0,45 grammes.
Eau distillée, seize grains. 0,90
Sirop simple blanc, une once............ 32

Faites dissoudre le sulfure dans l'eau et mêlez la solution au sirop.

On préparait autrefois ce sirop en faisant fondre le sucre dans la solution filtrée du sulfure de potasse.

MM. Planche et Boullay ont fait remarquer l'avantage qu'aurait une formule qui permettrait de préparer ce sirop au moment même du besoin, car il est singulièrement altérable.

Le sulfure de potasse, qui doit servir à la préparation du sirop, est le sulfure de potasse obtenu par la voie sèche avec le carbonate de potasse pur ; il se dissout entièrement dans l'eau. Il est important pour cette préparation, qui est destinée à l'usage interne, que le sulfure soit dosé avec la plus grande exactitude, ce qu'il serait impossible de faire en employant le sulfure commun.

MM. Henry et Guibourt font préparer ce sirop en ajoutant au sirop le sulfure de potasse liquide obtenu avec la potasse liquide à 35° ; mais c'est le sulfure de potasse sec, contenant le tri-sulfure de potassium que M. Chaussier a fait originairement entrer dans le sirop de sulfure de potasse. En outre le sulfure de potasse liquide se conserve bien plus difficilement en bon état que le sulfure sec. La dissolution de celui-ci dans l'eau se fait si promptement, que la préparation reste magistrale, et c'est le but que l'on voulait atteindre en modifiant la formule primitive.

BAINS SULFUREUX.

On prépare les bains sulfureux en faisant dissoudre dans l'eau du sulfure de potasse sec ou en y mêlant du sulfure de potasse liquide ; la dose doit varier avec la quantité d'eau que l'on emploie, et la force que l'on veut donner au bain. La dose ordinaire est de 2 à 4 onces (64 à 125 grammes) de sulfure sec ou 5 à 10 onces (150 à 320 grammes) de sulfure liquide.

Quelquefois, sur la prescription particulière du médecin, on ajoute au bain un peu d'acide sulfurique, toujours en quantité trop faible pour décomposer tout le sulfure. Il en résulte un dépôt de soufre et une séparation d'hydrogène sulfuré qui reste en partie dans l'eau du bain. Cette addition d'acide n'est pas sans danger, et, quand on fait prendre de pareils bains entiers, il faut couvrir la baignoire de manière à ne laisser passer que la tête du malade; car il pourrait être asphyxié par le gaz hydrogène sulfuré qui est très délétère (*Voyez* BAINS DE BARÈGES, p. 354).

BAIN GÉLATINO-SULFUREUX.

Pr. : Colle de Flandre, deux livres.............. 1000 grammes.
    Sulfure de potasse liquide, cinq onces........ 160
    Eau, quantité suffisante. .... Q. S.

Faites dissoudre la colle de Flandre à chaud dans une suffisante quantité d'eau, et mélangez, en même temps que le sulfure de potasse, avec l'eau destinée au bain (Hôp. de Paris).

LOTION HYDROSULFURÉE DE DUPUYTREN.

Pr. : Sulfure de potasse sec, trois onces........... 96 grammes.
    Eau, une livre............................. 500

Faites dissoudre et filtrez.
Au moment de l'emploi ajoutez,

    Acide sulfurique concentré, un gros......... 4 grammes,

que vous aurez étendu d'une petite quantité d'eau.
Employée en lotions contre la gale.

LINIMENT HYDROSULFURÉ DE JADELOT.

(Pommade de Jadelot.)

Pr. : Huile d'œillette, deux livres............... 1000 grammes.
    Savon blanc, une livre.................... 500
    Sulfure de potasse en poudre, trois onces.. 96

On ramollit le savon au bain-marie avec un peu d'eau, on ajoute l'huile par parties, et enfin le sulfure.
Employé contre la gale.

SULFURE DE SODIUM.

Il existe pour le sodium comme pour le potassium 5 degrés de sulfuration bien déterminés; le proto-sulfure, le tri-sulfure et le quinti-sulfure sont seuls employés en médecine. Ils sont formés, savoir :

	Sodium.	Soufre.
Proto-sulfure ,	59,1	40,9
Tri-sulfure ,	32,5	67,5
Quinti-sulfure ,	22,43	77,57.

PROTO-SULFURE DE SODIUM.

(Hydrosulfate de soude.)

Le proto-sulfure de sodium cristallisé n'a pas de couleur quand il est parfaitement pur ; il est déliquescent et extrêmement soluble dans l'eau ; l'alcool en dissout à peine ; il s'altère très promptement à l'air en se changeant en hypo-sulfite; aussi doit-on le conserver dans des vases de petite capacité que l'on bouche avec grand soin. Ce sel n'est employé en médecine qu'à l'état cristallin. En cet état, suivant l'analyse de M. F. Boudet, il est composé de : 1 pp. sulfure de sodium (32,7); 9 pp. eau (67,3).

Pour l'obtenir, le moyen le plus commode consiste à faire passer un excès d'hydrogène sulfuré dans une dissolution de soude caustique à 25° jusqu'à ce qu'elle cesse d'absorber le gaz. On se sert de l'appareil décrit t. Ier, p. 177 ; seulement la dissolution alcaline doit être mise dans un seul flacon que l'on en remplit aux ³/₄. Elle augmente de volume, et cristallise au bout d'un temps plus ou moins long; on met les cristaux à égoutter sur un entonnoir et on les renferme encore humides dans des flacons bien bouchés.

Il est à remarquer qu'un excès d'acide hydrosulfurique s'oppose à la cristallisation des liqueurs, comme l'a observé M. Gueranger, sans doute parce qu'il se forme un hydrosulfate de sulfure de sodium beaucoup plus soluble ; mais si on met la liqueur sursaturée sur un feu très doux, il se dégagera de l'hydrogène sulfuré, et la liqueur cristallisera par le refroidissement.

L'hydrosulfate de soude n'est employé qu'à la préparation des eaux minérales sulfureuses et des bains sulfureux.

BAINS DE BARÉGES.

Pr. : Sulfure de sodium cristallisé, deux onces.....   64 grammes.
      Carbonate de soude cristallisé, deux onces...   64
      Chlorure de sodium, deux onces..........   64
      Eau pure, dix onces.   320

Faites dissoudre les sels dans l'eau et mettez promptement la dissolution dans une bouteille de verre que vous boucherez avec soin.

Elle servira pour un bain de 300 litres.

Ce bain aura la même composition que l'eau de Baréges artificielle. Ce sont MM. Anglada et F. Boudet qui ont proposé, avec juste raison, de s'en servir quand on veut remplacer l'usage des eaux minérales sulfureuses naturelles des Pyrénées. On obtient une solution incolore, tout à fait différente de la solution de sulfure de potasse que l'on a donnée pendant longtemps sous le nom de bain de Baréges. Celle-ci constitue un médicament particulier, peut-être plus efficace dans certains cas, soit par l'excès d'alcali qu'elle contient, soit par la nature du sulfure plus sulfuré qui la constitue.

SULFURE DE SOUDE.

Le sulfure de soude se prépare tantôt à l'état sec, tantôt à l'état de dissolution.

SULFURE DE SOUDE SEC.

Pr. : Carbonate de soude sec et pur..............   27
      Fleurs de soufre........................   20

Opérez comme pour la préparation du sulfure de potasse ; les phénomènes de l'opération et la théorie sont absolument les mêmes. Il est à remarquer qu'à poids égal, ce sulfure sec contient, comme celui de potasse, à peu près exactement les $^3/_4$ de son poids de trisulfure et $^1/_4$ de sulfate ; mais il contient chimiquement une proportion plus grande de sulfure, parce que la proportion chimique du sodium est plus légère que celle du potassium. Une partie de sulfure sec de potasse représente chimiquement la même quantité de sulfure que 0,8 parties de sulfure sec de soude.

On prépare du sulfure de soude pour bains en opérant dans une bassine de fonte, et en se servant de sel de soude du commerce dont on porte la dose à 30 parties.

SULFURE DE SOUDE LIQUIDE.

Pr. : Sulfure de soude sec.   1
      Eau. ....   S. Q.

Faites dissoudre ; filtrez. La liqueur doit marquer 25°. Quand on a fait le sulfure de soude liquide avec un sulfure sec préparé avec des matériaux purs, le sulfure marquant 25° contient presque exactement le quart de son poids de sulfure sec. La proportion est certainement peu différente quand on opère avec du sulfure préparé avec le sel de soude du commerce, et qu'après avoir séparé les matières insolubles par la filtration, on en a obtenu une liqueur marquant 25°. Cette densité est celle qui est adoptée depuis longtemps pour la solution de sulfure de soude destinée à fournir des bains imitant l'eau de Baréges, et comme c'est là son seul usage, je n'ai pas cru devoir la changer.

On obtiendrait du sulfure de soude par la voie humide, de même que l'on obtient le sulfure de potasse ; la réaction serait la même.

SIROP DE SULFURE DE SOUDE.

Pr. : Sulfure de soude pur, huit grains. .... 0,45 grammes.
Eau, seize grains..................... 0,90
Sirop de sucre blanc, une once........... 32

F. S. A.

Ce que nous avons dit sur le sirop de sulfure de potasse est tout à fait applicable au sirop de sulfure de soude. Chacun de ces sirops contient la même quantité de sulfure alcalin, savoir : 8 grains (2 décigrammes) par once. Il résulte de cette identité de formule que le sirop de sulfure de soude doit être plus actif que l'autre ; il contient, *proportionnellement* parlant, plus de sulfure, parce que la proportion chimique du sodium pèse moins que celle du potassium. Huit grains en poids de sulfure de soude correspondent chimiquement à 10 grains en poids de sulfure de potasse, et 8 grains en poids de sulfure de potasse correspondent à 6 grains ½ de sulfure de soude.

SULFURE DE CALCIUM.

On connaît trois combinaisons du calcium avec le soufre, savoir :

	Calcium.	Soufre.
Proto-sulfure,	56	44
Bi-sulfure,	39	61
Quinti-sulfure,	20,3	79,7

Le proto-sulfure est blanc, opaque, peu soluble dans l'eau ; le bi-sulfure est jaune et très peu soluble ; on ne l'emploie pas en médecine ; le quinti-sulfure n'est connu qu'à l'état liquide ; ainsi que le proto-sulfure, il est employé en médecine.

SULFURE DE CHAUX SEC.

(Foie de soufre calcaire.)

Pr. : Soufre sublimé.   1
     Chaux éteinte.   3
     Eau.   5

On mélange toutes ces matières dans une terrine vernissée, et l'on fait bouilir en agitant, jusqu'à ce qu'une portion de la matière mise à refroidir se prenne en masse par le refroidissement. On coule alors sur un marbre et l'on renferme le sulfure encore chaud dans un vase bien bouché. Il se présente sous la forme d'une masse verdâtre opaque que l'eau dissout en grande partie en se colorant en jaune.

Ce procédé est celui du Codex ; il donne par une opération facile un sulfure de chaux assez chargé de soufre. La théorie de l'opération est celle que nous avons donnée pour le sulfure de potasse par la voie humide ; il se fait de l'hypo-sulfite de chaux et du sulfure de calcium sulfuré.

On trouve dans les ouvrages des procédés fort différents pour la préparation du sulfure de chaux ; il est bon de les apprécier.

1° Pr. : Sulfate de chaux calciné.   8
     Noir de fumée.   3
     Huile. . . . .   S. Q.

On mélange exactement le noir de fumée et le plâtre calciné, à l'aide de la trituration dans un mortier ; on ajoute au mélange un peu d'huile et l'on triture encore ; on introduit dans une cornue de grès lutée la poudre un peu grasse que l'on a ainsi préparée, et l'on chauffe dans un fourneau à réverbère, à un feu bien soutenu pendant 3 à 4 heures. Le charbon enlève l'oxigène à la chaux et au soufre et il se fait du sulfure de calcium ; l'huile a pour objet de rendre le mélange plus intime ; par la chaleur, elle se bour-soufle et entraîne avec elle le noir de fumée dans tous les vides que la poudre de sulfate de chaux peut laisser, de sorte que le mélange est très intime et la réduction plus égale. Celle-ci n'est cependant complète qu'autant que le feu a été entretenu pendant longtemps. Ce procédé est le seul qui donne du proto-sulfure de calcium pur ou presque pur ; mais comme il exige pour sa réussite une chaleur que l'on n'est pas à même de produire dans tous les laboratoires, on a proposé beaucoup d'autres moyens pour obtenir ce médicament.

2o Pr. : Soufre en fleurs......................... 8
       Chaux vive en poudre.................... 14

Mêlez et chauffez, d'abord doucement, puis fortement dans une cornue ; les proportions ci-dessus représentent 4 pp. de chaux vive et 4 pp. de soufre, qui doivent théoriquement se transformer en 1 pp. de sulfate de chaux et 3 pp. de proto-sulfure de calcium, car c'est toujours le proto-sulfure qui se fait à cette température ; mais on obtient réellement un mélange d'une petite quantité de sulfate de chaux et de sulfure de calcium avec beaucoup de chaux indécomposée ; c'est qu'une grande partie du soufre se volatilise sans agir sur la chaux. J'ai tenu au bain de sable un mélange de soufre et de chaux vive fait dans les proportions précédentes ; il s'est séparé en deux couches, l'une inférieure, formée presque entièrement de chaux, l'autre supérieure, contenant plus de soufre ; le tout pulvérisé et chauffé au rouge, ne m'a laissé qu'un mélange très pauvre en sulfure de calcium.

C'est sans doute pour améliorer le produit que plusieurs pharmacopées ont augmenté la proportion de soufre. J'ai tenu au bain de sable pendant deux heures un mélange de 1 partie de chaux et de 1 ½ partie de soufre ; j'ai obtenu une masse qui paraissait assez homogène, mais qui contenait beaucoup de soufre à l'état de simple mélange ; je l'ai chauffée au rouge, et j'ai eu un sulfure plus riche que le précédent ; ainsi il y a avantage à employer un grand excès de soufre ; mais cet excès ne suffit pas encore à la décomposition complète de la chaux.

Quelques pharmacopées remplacent la chaux vive par le carbonate de chaux ; mais l'opération réussit encore plus mal.

Le sulfure de chaux est peu usité en médecine, à cause de son peu de solubilité. Il est employé contre la gale sous le nom de *Poudre de Pyhorel* de la manière suivante : on fait des paquets de sulfure de chaux sec de $\frac{1}{2}$ gros et l'on en frictionne le creux de la main, matin et soir, en le délayant avec un peu d'huile.

On l'associe à 6 ou 8 parties d'axonge pour le traitement des dartres. On l'emploie en bains à la dose de 4 à 8 onces (125 à 250 grammes), associé à un peu de colle de Flandres.

SULFURE DE CHAUX LIQUIDE.

Pr. : Chaux vive.................................... 14
Soufre en fleurs............................. 36
Eau. 150

On éteint la chaux, on la délaie dans l'eau ; l'on ajoute le soufre et l'on fait bouillir pendant une heure au moins en remplaçant à mesure l'eau qui s'évapore ; on filtre ; la liqueur doit marquer 20°.

Les phénomènes qui se passent sont les mêmes que ceux que présente la préparation du sulfure de potasse liquide. La réaction a lieu également entre 8 pp. de chaux et 36 de soufre, et le produit est encore 6 pp. de quinti-sulfure et 2 pp. d'hypo-sulfite ; seulement ici l'ébullition doit être continuée longtemps, car il se fait d'abord du bi-sulfure de calcium, qui se dépose avec la chaux sous la forme d'une poudre jaune, qui n'est que peu soluble, même à chaud, et qui n'est convertie en sulfure saturé très soluble que par une ébullition prolongée.

Le sulfure de chaux liquide est employé, comme les autres sulfures alcalins, pour la préparation des bains sulfureux.

DES PRÉPARATIONS DU PHOSPHORE.

PHOSPHORE.

Le phosphore est un corps simple ; son nombre proportionnel est 39,23. Il est solide, transparent ; il est sans couleur, ou il a une teinte de chair. Sa densité est 1,77. Il répand une odeur faible. Il fond à 35° dans un vase fermé ; mais il se solidifie par l'agitation ; il n'est en véritable fusion qu'à 43°. Il bout à 290°. Il ne brûle pas dans l'oxigène au-dessous de 27°. Si la température est plus élevée, ou que la pression soit plus basse, il s'y enflamme ; la combustion est des plus vives, et il se forme de l'acide phospho-rique; c'est encore de l'acide phosphorique qui se produit quand le phosphore est chauffé dans l'air : il y a combustion très vive; mais quand le phosphore est exposé à l'action de l'air humide, à la température ordinaire, il brûle avec un faible dégagement de lumière, qui n'est sensible que dans l'obscurité, et il se produit une dissolution dans l'eau atmosphérique d'un composé d'acide phosphoreux et d'acide phosphorique (acide phosphatique de M. Dulong); mais pour peu que la température s'élève, l'inflam-mation a lieu, et c'est de l'acide phosphorique qui se forme. L'accumulation sur un point de plusieurs bâtons de phosphore exposés à l'air, ou un léger frottement, suffisent pour déterminer cette combustion vive qui rend le phosphore très dangereux; aussi doit-on manier ce corps avec les plus grandes précautions; c'est aussi à cause de l'action oxigénante que l'air exerce sans cesse sur lui que l'on est obligé de le conserver dans des vases remplis d'eau non aérée.

Quand le phosphore est resté longtemps dans l'eau, on le trouve recouvert d'une croûte blanche, que M. Pelouze a re-connue pour un hydrate de phosphore; il est formé de 1 pp. de phosphore et 1 pp. d'eau; quelquefois le phosphore devient rouge; c'est quand il a été exposé dans des vases mal bouchés aux rayons lumineux; la matière rouge est un oxide de phosphore. Il est formé, suivant M. Pelouze, de 3 pp. de phosphore et 2 pp. d'oxigène. Cependant, suivant M. Vogel, le phosphore peut de-venir rouge par le seul effet des rayons lumineux et sans la pré-sence de corps oxigénants, auxquels cas la matière rouge formée doit être différente de l'oxide, et doit consister en une véritable modification moléculaire du phosphore.

Le phosphore est peu soluble dans l'eau; il se dissout dans l'alcool, dans l'éther, dans les huiles essentielles et dans les corps gras; il y est plus soluble à chaud qu'à froid, et il se précipite en partie par le refroidissement.

Le phosphore est peu employé en médecine; c'est un excitant très actif auquel on a attribué une influence très énergique sur le système nerveux, mais en général ses propriétés médicales sont mal connues.

Un fait qui domine toute l'étude thérapeutique du phosphore, quand on s'occupe de l'introduire dans une préparation et qu'on

veut l'administrer à un malade, c'est sa facile combustibilité ;
quand il est très divisé, il s'enflamme facilement au contact de
l'air ; et quand il est en morceaux, une assez légère élévation de
température suffit pour produire le même effet. Le phosphore
doit être parfaitement divisé, ou mieux encore dissous, et l'on
doit exclure de l'usage médical toutes les préparations où il pourrait se trouver en trop grande proportion ou dans un état de
division incomplet. J'ajouterai que toutes les préparations qui
contiennent du phosphore s'altèrent promptement en absorbant
l'oxigène de l'air et en formant de l'acide phosphatique ; aussi ces
médicaments doivent être préparés en petite quantité, et ils doivent être conservés dans des vases bouchés exactement.

PRÉPARATION DU PHOSPHORE.

Pr. : Os calcinés et pulvérisés.................. 12
      Acide sulfurique à 66°..................... 9
      Eau.................................... S. Q.

On prend de préférence les os de mouton qui sont moins com-
pactes et plus faciles à attaquer.

On fait avec les os pulvérisés et de l'eau, dans un vase en
plomb ou en bois, une bouillie claire, et l'on y ajoute peu à peu
l'acide sulfurique. Il se produit une effervescence très vive ; il se
dégage un gaz très piquant. La matière s'échauffe et s'épaissit ;
on la délaie à mesure avec un peu d'eau pour qu'elle ne prenne
pas trop de consistance, et on l'abandonne à elle-même pendant
24 heures. Alors on l'étend avec de l'eau bouillante, et on filtre
sur une toile. On lave à l'eau bouillante la matière jetée sur le
filtre, et on ajoute la liqueur du lavage aux premières portions
du liquide. On évapore toutes les liqueurs dans une chaudière de
plomb jusqu'aux $^3/_4$, et on sépare le dépôt de sulfate de chaux qui
s'est formé ; on remet sur le feu ; on évapore en consistance de
sirop ; on ajoute au liquide 4 ou 5 fois son volume d'eau, et l'on
filtre. On lave la matière restée sur le filtre avec un peu d'eau que
l'on réunit à la première colature, et l'on évapore le tout dans
une chaudière de fonte jusqu'en consistance de sirop. On y mêle
le $^1/_4$ de son poids de charbon de bois pulvérisé, et on achève la
dessiccation sur le feu. On chauffe jusqu'à ce que le fond de la
bassine soit presque rouge. On remplit alors avec la matière une
excellente cornue de grès bien lutée. On la place dans un four-

neau de réverbère, et l'on y adapte une allonge en cuivre qui va plonger dans un vase en cuivre contenant de l'eau, et dont une

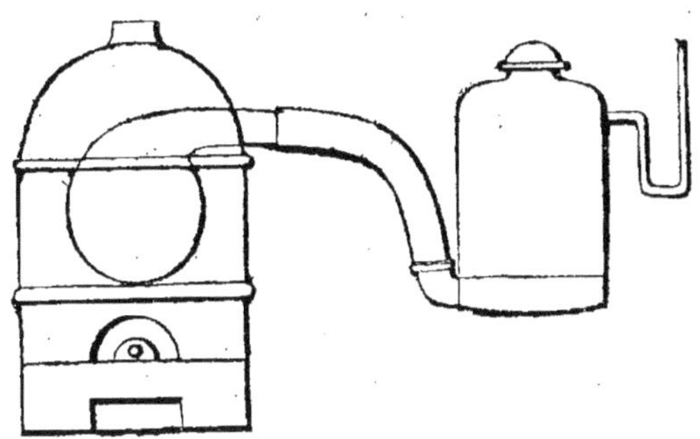

deuxième tubulure porte un tube destiné à porter dans les régions supérieures les gaz produits pendant l'opération. On lute exactement le point où l'allonge en cuivre se joint à la cornue avec du lut gras que l'on recouvre de plâtre gâché. Le niveau de l'eau dans le récipient en cuivre ne doit guère dépasser que de quelques lignes l'ouverture latérale qui reçoit le phosphore ; car une pression, même légère, suffirait pour faire suinter les vapeurs de phosphore à travers les pores de la cornue, et diminuerait de beaucoup la quantité du produit.

Les luts étant bien secs, on porte lentement la cornue au rouge, et à ce moment, de même que pendant toute la durée de l'opération, on a l'attention de ne jamais mettre de charbon noir en contact avec la cornue : une légère variation de température pourrait suffire pour la faire casser. On met deux ou trois heures au plus à porter la cornue au rouge, et à cette époque on entretient bon feu dans le fourneau. Il se dégage pendant longtemps des gaz qui ne s'enflamment pas spontanément ; mais enfin le phosphore commence à paraître, et il est continuellement accompagné d'un dégagement du gaz qui s'enflamme à l'extrémité du tube ; ce dégagement sert même de guide pour conduire le feu ; s'il est trop fort on bouche la porte du cendrier ; s'il se fait avec trop de lenteur, on active le feu en recouvrant le fourneau d'un long tuyau de tôle.

Lorsque le feu étant très vif les gaz cessent de se dégager, c'est une preuve que l'opération est terminée ; on laisse refroidir l'appareil.

Examinons ce qui se passe dans cette opération : les os calcinés sont un mélange de beaucoup de phosphate de chaux basique et d'un peu de carbonate calcaire.

L'acide sulfurique a pour objet de séparer la chaux. Il forme avec elle un sel insoluble qui prend de l'eau de cristallisation, et voilà pourquoi la matière s'épaissit. Sans la précaution que l'on a de la délayer, elle formerait une masse compacte dont on ne parviendrait pas à extraire les parties solubles.

L'effervescence est le résultat de la décomposition du carbonate calcaire ; l'acide carbonique entraîne avec lui de l'acide sulfurique, et voilà pourquoi le gaz qui se dégage est extrêmement piquant.

L'acide sulfurique ne décompose pas en entier le phosphate de chaux, il le transforme seulement en phosphate acide qui reste en dissolution dans l'eau.

Cette liqueur dissout en même temps une portion du sulfate de chaux, qu'il est bien important de séparer, car d'une part il donnerait du soufre qui se mêlerait au phosphore, et d'autre part la chaux qu'il contient formerait avec une portion d'acide phosphorique, du phosphate de chaux neutre ou plutôt du sous-phosphate indécomposable par le charbon, ce qui diminuerait la quantité de phosphore.

On sépare le sulfate de chaux comme nous l'avons dit, par des concentrations. Enfin l'on dessèche fortement le mélange de phosphate et de charbon pour qu'il ne se boursoufle pas dans la cornue.

Les premiers gaz qui se produisent sont de l'hydrogène carboné et du gaz oxide de carbone ; ils proviennent de la combinaison des éléments de l'eau avec le charbon.

Bientôt une autre réaction s'établit, l'acide phosphorique est décomposé par le charbon ; il en résulte du gaz oxide de carbone et du phosphore, mais en même temps l'eau continue à former encore de l'oxide de carbone, du gaz hydrogène carboné, et en outre de l'hydrogène phosphoré ; c'est ce dernier gaz qui s'enflamme spontanément dans l'air, et dont la combustion sert de guide à l'opérateur. Cependant il faut dire que la nature des gaz inflammables est mal connue ; quelques chimistes pensent qu'ils ne contiennent pas de combinaison de phosphore, mais seulement du phosphore à l'état de vapeur ; d'autres pensent qu'il y existe un gaz phosphoré de nature particulière. Ce qu'il y a de certain, c'est qu'une grande partie du phosphore est entraînée à l'état de gaz, ce qui diminue de beaucoup le produit.

Tout l'acide phosphorique du phosphate n'est pas décomposé, il se fait un sous-phosphate de chaux sur lequel le charbon n'a plus d'action. Suivant M. Julien Javal, en se servant des proportions d'acide qui sont ordinairement employées, on diminue la quantité de phosphore que l'on peut retirer des os, parce que la quantité d'acide sulfurique est trop forte; il y a plus d'acide phosphorique séparé, et tout ce qui excède la quantité nécessaire pour faire du bi-phosphate de chaux, se volatilise sans être décomposé par le charbon; les proportions à employer pour changer tout à fait les os en sulfate de chaux et en bi-phosphate, sont de six parties d'acide sulfurique concentré, et de onze parties d'os calcinés. Cependant, dans la préparation ordinaire du phosphore, on n'en perd pas autant que l'indique la théorie, parce qu'en opérant sur de grandes quantités, l'acide des couches inférieures passe en vapeur sur le charbon incandescent des couches plus superficielles, où il est réduit en partie; aussi serait-il avantageux de recouvrir la masse d'une couche de charbon.

Le phosphore passe dans le récipient à raison de sa volatilité, mais son degré de pureté varie aux différentes époques de l'opération; à mesure que celle-ci avance, il devient moins fusible et s'arrête souvent dans le col de l'allonge. Il paraîtrait que c'est à du charbon et à de l'oxide de phosphore qu'il doit cette modification dans ses propriétés.

Le phosphore obtenu comme il vient d'être dit n'est pas pur. On en sépare toutes les parties étrangères en le fondant sous l'eau chaude dans un petit sac de peau de chamois, et en le forçant à le traverser à l'aide de la compression.

Si l'on veut être encore plus sûr de sa pureté, on le distille de nouveau; mais cette opération est dangereuse et demande à être conduite avec la plus grande attention. On n'opère que sur de petites quantités de phosphore; on l'introduit dans une cornue de verre à col très courbé, et l'on fait plonger celui-ci dans l'eau presque bouillante. On procède à la distillation à une chaleur modérée. Vers la fin de l'opération, si l'on craint une absorption, on soulève légèrement le col de la cornue pour laisser rentrer un peu d'air; mais l'on ne doit en introduire que de petites quantités à la fois, car la fracture du vase serait la suite inévitable d'une introduction d'air un peu brusque, par la vive chaleur que produirait la combustion du phosphore.

On conserve ordinairement le phosphore en petits cylindres. On lui donne cette forme en le fondant sous l'eau, y plongeant l'extrémité la plus large d'un tube de verre un peu conique et aspirant par l'autre bout. On ferme alors inférieurement le tube avec l'index, et on le porte dans un seau d'eau froide : le phosphore se solidifie et on le fait sortir du tube. On peut, pour moins de risque, boucher l'extrémité la plus étroite du tube avec un bouchon, y introduire de l'eau et du phosphore, et fondre celui-ci. On peut même faire servir cette opération de moyen de purification : en tenant le phosphore fondu pendant quelque temps, les impuretés s'en séparent et montent à la surface.

ÉTHER PHOSPHORÉ.

```
Pr. : Phosphore........................... Q. V.
      Éther sulfurique pur.................. Q. S.
```

On doit faire cette préparation avec l'éther pur, c'est-à-dire, débarrassé d'abord de l'alcool par un lavage à l'eau, et ensuite de l'eau par une distillation sur le chlorure de calcium. Comme l'alcool dissout le phosphore moins facilement que l'éther, il y a avantage à séparer tout celui que l'éther du commerce contient ordinairement.

Pour rendre le contact du phosphore et de l'éther plus intime, et faciliter la saturation de celui-ci, il convient de se servir de phosphore très divisé ; on y parvient très aisément par la méthode que nous a donnée Casaceca. Voici comment on opère :

Dans un flacon bouché à l'émeri, de grandeur telle qu'il se trouve presque rempli par la quantité d'éther qui doit être employée, on met un morceau de phosphore et de l'alcool concentré ; on fait chauffer au bain-marie, et quand le phosphore est en pleine fusion, on ferme le flacon et on agite vivement jusqu'à ce que le phosphore ait repris l'état solide. Il se présente alors sous forme d'une poudre jaunâtre ; on décante rapidement l'alcool, on lave la poudre de phosphore avec un peu d'éther pur, que l'on sépare à son tour par décantation, et on remplit le flacon avec de nouvel éther ; on le met ensuite à l'obscurité, et l'on a soin d'agiter de temps à autre pendant quelques jours. Au bout de ce temps, on décante l'éther et on le renferme dans des flacons de petite capacité que l'on tient bien bouchés, et dans un endroit obscur; mieux vaut encore les recouvrir d'un papier noir.

J'ai recherché la quantité de phosphore contenue dans l'éther préparé ainsi que je l'ai dit plus haut; j'ai trouvé que 100 parties d'éther phosphoré contiennent presque exactement 0,7 parties de phosphore, ou 4 grains (2 décigrammes) par once.

HUILE PHOSPHORÉE.

Pr. : Phosphore.   1
Huile d'olives.   30

On met l'huile dans un flacon de capacité telle qu'il en soit presque rempli; on introduit le phosphore et l'on chauffe au bain-marie bouillant pendant 15 à 20 minutes, avec l'attention d'agiter vivement de temps en temps. On tient le flacon fermé pour éviter l'oxigénation du phosphore, seulement au commencement on interpose, entre le goulot et le bouchon, un petit morceau de papier qui ouvre une issue à l'air intérieur. Par cette manipulation, l'huile se sature de phosphore à chaud, et par le refroidissement elle en laisse déposer une partie. Quand elle s'est éclaircie par le repos, on la décante dans des vases de petite capacité et que l'on tient bien bouchés. On peut, si l'on veut, aromatiser cette huile avec quelques gouttes d'une huile essentielle d'odeur agréable.

M. Hecht dit qu'une once d'huile dissout 4 grains de phosphore. Je suis arrivé au même résultat, encore à une fraction près, que l'on peut négliger sans inconvénient dans l'usage médical.

POMMADE PHOSPHORÉE.

Pr. : Phosphore.   1
Axonge de porc.   50

On met l'axonge dans un flacon de verre bouché à l'émeri. Ce flacon doit être d'une capacité telle, que l'axonge fondue le remplisse presque entièrement. On fait fondre l'axonge au bain-marie; on ajoute le phosphore, et l'on continue à chauffer avec les précautions que j'ai indiquées pour l'huile phosphorée. On agite vivement de temps à autre, jusqu'à ce que le phosphore soit entièrement dissous ; alors on retire le flacon de l'eau bouillante, et on l'agite jusqu'à parfait refroidissement. Quand la température a baissé sensiblement, on peut de temps en temps plonger le flacon dans l'eau, en continuant à agiter ; on peut même, un peu plus tard, laisser plonger le flacon dans l'eau froide, en même temps qu'on le secoue encore avec la main. Par ce moyen, l'opération est très abrégée. La seule précaution à prendre est de ne pas mettre le flacon dans l'eau tandis qu'il est encore très chaud ; il se casserait presque infailliblement.

Cette manière de préparer la pommade phosphorée que j'ai proposée est préférable à toutes celles qui avaient été employées avant. J'ai fait voir qu'il ne faut pas faire entrer dans la pommade plus de $1/_{50}$ de phosphore, ou 12 grains par once. Le phosphore y est parfaitement divisé, parce qu'ayant été dissous en totalité, à mesure qu'il se sépare, molécule à molécule, par le refroidissement, l'agitation dans laquelle on entretient le liquide ne leur permet pas de se réunir. A la rigueur, on pourrait augmenter la proportion du phosphore en divisant, par une agitation vive, celui qui ne serait pas fondu ; mais, presque chaque fois que j'ai voulu recourir à ce moyen, j'ai trouvé des grains de phosphore isolés. On conçoit que, lorsqu'ils viendraient à être échauffés par le frottement, ils s'enflammeraient par le contact de l'air, et brûleraient profondément le malade. Aussi je ne crois pas prudent de pousser au-delà de $1/_{50}$ la proportion de phosphore ; c'est la quantité que l'axonge peut dissoudre à la température de 100 degrés.

POTION PHOSPHORÉE.

Il est difficile de diviser directement le phosphore pour le tenir en suspension dans une potion. La formule de Hufeland, qui fait triturer ce corps avec un mucilage de gomme arabique, est à peine exécutable, et elle a le double inconvénient de diviser imparfaitement le phosphore, et d'en oxigéner une grande partie.

L'emploi de l'éther phosphoré est plus avantageux, surtout lorsqu'on veut administrer à l'intérieur une faible dose de phosphore ; celui-ci se sépare, à la vérité, mais sous forme de particules très fines qui restent suspendues au milieu du liquide, si celui-ci est un peu visqueux. J'ai parfaitement réussi avec la formule suivante :

Pr.: Sirop de gomme, deux onces.............. 64 grammes.
    Éther phosphoré...................... Q. V.
    Eau de menthe poivrée, deux onces......... 64

On pèse le sirop dans une bouteille munie de son bouchon ; par-dessus on verse et on pèse l'éther : on mêle les deux liquides par l'agitation, et peu à peu on introduit l'eau aromatique par petites parties en agitant à chaque fois.

On introduit facilement par ce moyen 2 gros d'éther phosphoré, ou 1 grain de phosphore dans une potion.

La présence de l'éther peut, dans quelques cas, devenir un inconvénient que l'emploi de l'huile phosphorée permet d'éviter ; on peut, par son moyen, introduire dans une potion depuis les plus faibles doses jusqu'à plusieurs grains de phosphore ; seulement l'huile, destinée à l'intérieur, devra être préparée avec de l'huile d'amandes douces, qui est peu sapide. Le phosphore communique à la potion une saveur alliacée si désagréable, qu'il est inutile d'y ajouter encore par l'emploi d'une huile odorante. Pour la même raison, l'emploi d'une liqueur aromatique est à peu près indispensable pour masquer un peu cette saveur propre du phosphore.

Pr.: Huile phosphorée, deux gros............ 8 grammes.
    Gomme arabique pulvérisée, deux gros....... 8
    Eau de menthe, trois onces. 96
    Sirop de sucre, deux onces................. 64

On fait avec la poudre de gomme et 10 gros d'eau de menthe un mucilage ; on l'introduit dans une bouteille ; on pèse ensuite dans la même bouteille l'huile phosphorée ; on agite vivement pendant plusieurs minutes ; on introduit ensuite par parties et successivement le sirop et le reste de l'eau distillée, en ayant soin d'agiter à chaque fois. On obtient une potion émulsionnée d'un excellent usage pour l'emploi interne du phosphore. Ce corps y est en dissolution dans l'huile, et celle-ci est extrêmement divisée au milieu du liquide, deux circonstances des plus favorables à l'action du médicament et à la sûreté de son administration.

Cette potion, comme toutes les préparations de phosphore, doit être tenue bien bouchée.

J'ai reconnu que l'huile d'amandes douces dissout la même quantité de phosphore que l'huile d'olives. La potion ci-dessus contiendra donc 1 grain de phosphore. Je ferai remarquer que c'est *le modus faciendi* seul que je recommande. J'ignore à quelle dose le phosphore peut être administré à l'intérieur, et ce sera au médecin à la fixer : j'ai voulu seulement recommander cette émulsion phosphorée comme la forme la plus convenable et surtout la plus exempte d'inconvénients à laquelle les médecins puissent avoir recours.

DES PRÉPARATIONS CYANIQUES.

M. Gay-Lussac découvrit en 1814 que les corps connus sous les noms d'acide prussique et de prussiates, contiennent tous un composé particulier d'azote et de carbone, qu'il nomma Cyanogène, pour rappeler qu'il est l'un des éléments constituants du bleu de Prusse, le plus anciennement connu de tous ces composés. Le cyanogène est un corps gazeux formé de 1 volume de vapeur de carbone, et de 1 volume d'azote condensé en un seul volume.

Le point le plus remarquable de l'histoire du cyanogène, est que, sauf quelques circonstances spéciales où ses éléments peuvent être désunis, il forme des combinaisons tout à fait correspondantes à celles qui sont produites par les corps simples électro-négatifs. Il se combine avec quelques-uns de ceux-ci en remplissant les fonctions de corps basique; exemple, chloride, iodide, sulfide de cyanogène; mais avec un plus grand nombre de corps, il remplit les fonctions de principe électro-négatif. Nous avons des cyanures comme nous avons des chlorures et des iodures, de l'acide hydrocyanique comme des acides hydrochlorique et hydriodique; un acide cyanique comme un acide iodique et un acide chlorique. La proportion chimique de cyanogène pèse 32,99; elle est composée de 1 proportion d'azote (17,7), de 2 proportions de carbone (15,39).

ACIDE HYDROCYANIQUE.

(Acide prussique, Acide cyanhydrique, Cyanure d'hydrogène.)

L'acide hydrocyanique est formé de 2 volumes ou 1 proportion cyanogène, (96,36), 2 volumes ou 1 proportion hydrogène (3,64); les deux gaz sont unis sans condensation. La proportion chimique de l'acide hydrocyanique pèse 34,24.

L'acide hydrocyanique pur est un liquide sans couleur, d'une odeur forte, qui a la plus grande analogie avec celle des amandes amères; sa saveur est âcre, mais il ne faut le goûter qu'avec précaution, car il est un des corps les plus délétères connus; sa densité est de 0,705 à $+ 7°$; sa vapeur pèse 0,9476; il entre en ébullition à $+ 26,5$; il est peu soluble dans l'eau; si on l'agite avec de petites quantités de ce liquide, il s'y dissout en petite proportion; le reste de l'acide vient nager à la surface.

L'acide hydrocyanique s'altère par fois en quelques heures, d'autres fois, il se conserve beaucoup plus longtemps sans décomposition; on voit l'acide se colorer peu à peu et finir par déposer une abondante quantité de matière noire. Les produits de cette décomposition sont de l'hydrocyanate d'ammoniaque, et une matière noire que M. P. Boullay a nommée acide azulmique. La décomposition a lieu entre les éléments de 6 proportions d'acide, savoir, 6 proportions azote, 12 proportions carbone, et 6 proportions hydrogène. Les produits sont:

Hydrocyanate d'ammoniaque. $\begin{cases} 1\,\text{pp. azote} + 3 \text{ pp. hydrog.} \\ 1\,\text{pp. azote}; 1\,\text{pp. hydr.}; 2\,\text{pp. carb.} \end{cases}$

Acide azulmique. $\begin{cases} 4 \text{ pp. azote.} \\ 10 \text{ pp. carbone.} \\ 2 \text{ pp. hydrogène.} \end{cases}$

L'acide prussique est employé en médecine comme propre à calmer l'irritabilité de certains organes; on l'a conseillé contre la phthisie pulmonaire commençante, et surtout contre les affections nerveuses; on ne l'emploie jamais à l'état de pureté; l'acide médicinal est un mélange d'acide pur et d'eau.

On prépare l'acide prussique par plusieurs procédés.

1° Procédé de Gay-Lussac.

Pr. : Cyanure de mercure pulvérisé............... 3
Acide hydrochlorique à 22°................ 2

On introduit le cyanure dans une cornue en verre tubulée, et l'on fait communiquer cette cornue avec un long tube de verre, placé horizontalement, et dont le premier tiers, voisin de la cornue, est rempli de fragments de marbre ; les deux autres tiers sont pleins de chlorure de calcium bien desséché. Le tube est fermé à son extrémité par un bouchon à travers lequel passe un petit tube courbé à angle droit qui va plonger dans un flacon. L'appareil étant disposé et la cornue placée sur un fourneau, on entoure de glace le tube et le flacon ; on ajoute l'acide hydrochlorique en une seule fois, on le mélange exactement avec le cyanure, on ferme la tubulure de la cornue et l'on chauffe légèrement. Il se fait du chlorure de mercure et de l'acide hydrocyanique ; celui-ci passe à la distillation, entraînant avec lui de l'eau et du gaz hydrochlorique. Ce gaz est arrêté par le carbonate de chaux, et l'eau est retenue par le chlorure de calcium. Les produits s'arrêtent dans le tube horizontal : quand on s'aperçoit que la quantité de matière déposée dans le tube est un peu considérable, on suspend l'opération : on enlève la glace qui enveloppe le tube, et on le chauffe doucement pour faire passer l'acide hydrocyanique dans le flacon. On recommence alors à chauffer la cornue, et ainsi de suite.

Dans cette opération, le chlore se combine au mercure, et l'hydrogène au cyanogène. Les proportions de cyanure, de mercure et d'acide hydrochlorique que l'on emploie sont à peu près les nombres proportionnels chimiques nécessaires pour que la réaction s'opère sans résidu. Il n'y aurait d'autre inconvénient à mettre un excès de cyanure, que d'augmenter le prix du produit, mais un excès d'acide hydrochlorique aurait des résultats plus fâcheux, car en présence d'un excès d'acide, l'acide hydrocyaniaque et l'eau se décomposeraient mutuellement en formant aux dépens du produit de l'opération de l'acide formique et de l'ammoniaque : c'est ce qui résulte des expériences de M. Pelouze, et ce qui explique très bien une observation ancienne de M. Vauquelin qui avait vu se former un muriate double de mercure et d'ammoniaque, et cet autre résultat de l'expérience que les quantités d'acide prussique obtenues varient avec chaque opération.

La réaction a lieu entre 1 pp. d'acide et 3 pp. d'eau ; il en résulte 1 pp. d'ammoniaque et 1 pp. d'acide formique.

	Carbone.	Hydrogène.	Azote.	Oxigène.
1 pp. acide hydrocyanique.	$= 2$	1	1	»
3 pp. eau.	$=$ »	3	»	3
Les produits sont :				
1 pp. ammoniaque.	»	3	1	»
1 pp. acide formique.	2	1	»	3

ACIDE HYDROCYANIQUE MÉDICINAL.

L'acide obtenu par le procédé de M. Gay-Lussac a besoin d'être étendu d'eau pour devenir un acide médicinal.

Le Codex prescrit :

1 volume acide hydrocyanique anhydre.

6 volumes eau.

On opère le mélange dans un tube gradué.

On peut tout aussi bien avoir recours à la pesée ; alors on pèse successivement dans un flacon :

Eau distillée.   8,5
Acide hydrocyanique anhydre.   1

Cette formule est celle qui a été donnée par M. Magendie, et qui a été adoptée par le Codex, comme représentant l'acide le plus habituellement mis en usage par les médecins.

2° Procédé de Géa Pessina.

Pr. : Prussiate de potasse ferrugineux.   18
Acide sulfurique à 66°.   9
Eau.   12

On étend l'acide sulfurique avec l'eau, et quand il est refroidi, on l'introduit dans une cornue en verre tubulée, que l'on place sur un bain de sable ; on y introduit le prussiate pulvérisé, et l'on agite avec une baguette de verre, de manière à obtenir un mélange exact. On adapte à la cornue une allonge et un récipient, et on lute les jointures avec du papier et de la colle. Après 15 à 16 heures, on entoure le récipient de glace, et l'on distille à une douce chaleur, de manière à retirer la plus grande partie du liquide.

Le procédé précédent est fort avantageux. Il est plus économique que celui de M. Gay-Lussac; mais il donne de l'acide étendu d'eau en des proportions qui varient avec chaque opération. A cause de ces proportions variables d'eau, l'on ne saurait s'en servir sans s'être assuré exactement par l'analyse de sa composition. C'est un inconvénient assez grave, malgré lequel la méthode de Gea Pessina sera préférée à toute autre dans les laboratoires où l'on prépare des quantités assez considérables d'acide prussique; car l'acide obtenu par ce procédé ne se décompose pas spontanément; ce qui a lieu presque constamment pour l'acide obtenu par toute autre méthode, lequel, au bout d'un temps très variable et souvent très court, se colore de plus en plus, et finit par former un dépôt abondant. La précaution que l'on prend de conserver l'acide prussique dans des vases bien bouchés, à l'abri du contact de l'air, ne le préserve qu'incomplétement de ce genre d'altération.

L'analyse de l'acide prussique aqueux se fait d'ailleurs avec la plus grande facilité, en mettant dans un flacon un excès d'une dissolution étendue de nitrate d'argent, le tarant, et y pesant alors une certaine quantité d'acide prussique (soit 1 gramme). On recueille le cyanure d'argent; on le lave, on le sèche, on le pèse, et de son poids l'on conclut la quantité réelle d'acide qui se trouvait dans l'acide employé. Chaque partie de cyanure d'argent représente 0,203 parties d'acide prussique pur. On étend en conséquence l'acide de Pessina.

Dans l'action de l'acide sulfurique sur le cyanure de potassium ferrugineux, 7 pp. de ce sel sont décomposées (7 pp. fer, 7 pp. cyanogène + 14 pp. potassium, et 14 pp. de cyanogène), ainsi que 12 pp. d'eau; 12 pp. d'oxigène forment de la potasse, et 12 pp. d'hydrogène de l'acide hydrocyanique. La potasse se combine à l'acide sulfurique, et l'acide hydrocyanique se dégage. Il reste tout le cyanure de fer, qui, combiné avec les 2 pp. de cyanure de potassium non décomposées, constituent ce même cyanure double qui se dépose par le mélange du ferro-cyanate de potasse avec un sel de protoxide de fer. Théoriquement, 100 parties de cyanoferrate devraient fournir 22,2 d'acide prussique. J'en ai obtenu 19; ce qui est très satisfaisant. J'ai reconnu également que dans cette opération il ne se fait pas d'acide formique, ce qui aurait lieu inévitablement si l'on augmentait la quantité d'acide sulfurique.

On a donné encore bien d'autres procédés pour obtenir l'acide prussique; Scheele, qui a découvert cet acide, le préparait en distillant un mélange de cyanure de mercure, de fer métallique et d'acide sulfurique étendu. M. Vauquelin a proposé la décomposition du cyanure de mercure sec par l'hydrogène sulfuré, procédé qui a été bientôt abandonné à cause de la difficulté d'atteindre le cyanure par l'acide hydrosulfurique au-delà de ses couches les plus extérieures, et par celle tout aussi grande de débarrasser tout à fait l'acide de l'hydrogène sulfuré qu'il retient. M. Proust a modifié le procédé de Vauquelin pour l'appliquer à la préparation de l'acide hydrocyanique liquide, mais ce procédé a l'inconvénient d'être coûteux et d'entraîner la perte de beaucoup d'acide hydrocyanique. M. Gauthier et M. Robiquet ont proposé l'emploi du cyanure de potassium, que l'on décompose par un acide dans un appareil distillatoire, procédé qui réussit très bien, et qui n'a d'autre défaut que d'obliger à préparer du cyanure de potassium, opération coûteuse et difficile.

Le procédé de Gea Pessina est, à mon avis, le meilleur de tous ceux auxquels on puisse avoir recours; il fournit de l'acide hydrocyanique à aussi bon compte que possible, et surtout il le fournit dans un état moléculaire particulier qui met un obstacle à la réaction spontanée des molécules de l'acide les unes sur les autres. M. Liebig attribue cette conservation de l'acide de Pessina, à ce qu'il contiendrait un peu d'acide inorganique étranger; une quantité extrêmement minime de ce dernier suffisant pour amener ce résultat.

SIROP D'ACIDE HYDROCYANIQUE.

Pr.: Acide hydrocyanique médicinal, quatre
    grains et demi..................... 0,25 grammes.
    Sirop simple blanc, une once........... 32

Mêlez.

Cette formule, qui est celle de M. Magendie, a été adoptée par le Codex. Elle a été fortement attaquée par M. Guibourt, parce qu'elle ne présente pas un rapport simple entre la quantité de sirop et celle d'acide hydrocyanique anhydre. Cet honorable pharmacologiste n'a pas fait attention que l'acide hydrocyanique anhydre est médicalement un être de raison, qui n'a jamais été et ne pourra jamais être employé en médecine. La dose la plus habituelle du sirop, que l'on fasse entrer dans une potion (32 grammes ou 1 once), contient exactement un quart de gramme de l'acide prussique médicinal.

POTION PECTORALE DE MAGENDIE

Pr. : Infusion de lierre terrestre, deux onces..... 64 grammes.
Sirop de guimauve, une once..... 32
Acide prussique médicinal, quinze gouttes..... 15 gutt.

A prendre par cuillerées à bouche de 3 en 3 heures, après avoir remué la bouteille.

LOTION HYDROCYANIQUE.

Pr. : Acide hydrocyanique, un à deux gros..... 4 à 8 grammes.
Eau de laitue, deux livres..... 1000

M. (Magendie.)

On applique cette liqueur sur les dartres, les cancers ulcérés. On en fait des injections dans les cas de cancer de l'utérus.

CYANURES MÉTALLIQUES

Les cyanures métalliques sont composés de 1 pp. de radical et d'une quantité de cyanogène correspondante à celle de l'oxigène contenu dans les oxides métalliques; aussi à chaque oxide répond un cyanure contenant une pareille proportion de métal et de cyanogène que l'oxide contient lui-même de métal et d'oxigène; par exemple, le protoxide de fer contient 1 proportion de fer et 1 proportion d'oxigène, et le deutoxide 1 ½ proportion d'oxigène; eh bien! le proto-cyanure de fer contient 1 proportion de cyanogène, et le deuto-cyanure 1 ½ proportion.

Les cyanures alcalins et terreux et celui de mercure sont solubles dans l'eau; tous les autres sont insolubles. Les acides, en présence de l'eau, en décomposent plusieurs; l'oxigène de l'eau s'unit au radical du cyanure et l'oxide, tandis que l'hydrogène se combine au cyanogène; il en résulte un sel et de l'acide hydrocyanique.

CYANURE DE POTASSIUM.

(Hydrocyanate, cyanhydrate, prussiate de potasse.)

Le cyanure de potassium est composé de : 1 pp. de potassium (59,76); 1 pp. cyanogène (40,24).

Le cyanure de potassium cristallise en cubes; il est blanc, inodore; mais il répand à l'air des vapeurs prussiques qui résultent de sa décomposition lente par l'eau et par l'acide carbonique de l'air; sa saveur est âcre, alcaline et amère; son action sur l'économie animale est des plus énergiques. Il est très soluble dans l'eau; il se dissout moins bien dans l'alcool; sa dissolution aqueuse peut être considérée comme contenant le cyanure à l'état d'hydrocyanate, tandis que desséché il ne contient que du potassium et du cyanogène. L'acide carbonique décompose lentement ce sel, en dégageant de l'acide prussique et formant un carbonate alcalin. Quand on évapore sa dissolution, elle se décompose en grande partie; il se dégage de l'ammoniaque et de l'acide prussique, et le résidu contient du cyanure indécomposé, de la potasse caustique, du formiate de potasse et du carbonate de potasse. Si l'évaporation se fait au contact de l'air, il y a en outre du cyanure décomposé par l'acide carbonique, et le résidu contient moins de cyanogène et plus de carbonate de potasse.

Pour préparer le cyanure de potassium, on décompose par le feu le prussiate de potasse ferrugineux (cyanure de fer et de potassium); mais il faut avoir la précaution, avant de le chauffer, de le priver exactement de toute l'eau de cristallisation qu'il contient; autrement les éléments de l'eau et ceux du cyanure de potassium réagiraient les uns sur les autres, et il se dégagerait aux dépens du produit, du carbonate et de l'hydrocyanate d'ammoniaque.

Pr. : Prussiate de potasse ferrugineux.......... Q. V.

On met dans une cornue de grès le cyanure de potassium qui a été effleuri à l'étuve, pour le priver de toute son eau de cristallisation; on place la cornue dans un fourneau à réverbère et l'on y adapte, au moyen d'un bouchon, un tube courbé à angle droit, dont l'extrémité plonge à peine dans l'eau; on amène la cornue au rouge avec lenteur, pour que la matière ne se boursoufle pas, et on la tient à cette température tant qu'il se dégage du gaz, ce dont on s'aperçoit facilement par les bulles qui sortent en déplaçant l'eau à l'extrémité du tube; lorsque, la cornue étant rouge, le dégagement du gaz se ralentit, on donne un bon coup de feu pour pousser la chaleur au blanc. Quand le gaz cesse tout à fait de se produire, on enlève le tube, on bouche exactement la cornue et on laisse refroidir l'appareil; quand il est froid on casse la cornue, et si l'opération a été assez chauffée, on trouve une couche blanche cristalline et compacte de cyanure de potassium, qui est recouverte par une scorie noire qui est formée par un mélange de cyanure alcalin, de fer et de charbon; mais il arrive plus souvent que ces matières ne se sont pas séparées, et que l'on ne trouve dans la cornue qu'une masse noire qui résulte du mélange de tous les produits. On la désigne sous le nom de cyanure de potassium charbonnéux.

L'opération précédente est fort difficile à conduire; si la chaleur n'a pas été assez forte, il y a du prussiate ferrugineux qui n'a pas été décomposé, et alors la matière, en se dissolvant dans l'eau, donne un liquide jaune. Si l'on a trop chauffé, il s'est décomposé du cyanure de potassium, suivant Geiger; alors il s'est fait un composé de potassium et de carbure de fer qui décompose l'eau avec effervescence et dégagement d'hydrogène; cependant cette dernière réaction est bien moins à craindre qu'une décomposition incomplète, parce qu'elle se produit rarement dans les opérations ordinaires. Pour retirer le cyanure de potassium de la matière noire qui forme une partie, et presque toujours la totalité du produit, on la traite par l'eau pour dissoudre le cyanure alcalin, qui est soluble, on filtre les liqueurs, et l'on évapore à siccité; mais ce traitement lui-même est d'une exécution fort difficile. On concasse la matière noire, on la met dans un entonnoir et on l'arrose avec de petites quantités d'eau froide, et cela à plusieurs reprises jusqu'à ce que l'on ait dissous presque toute la matière soluble; on peut encore pulvériser cette matière noire, la mettre en contact avec de l'eau froide à plusieurs reprises; mais cette manipulation réussit moins bien. Ce qui est surtout important, c'est de ne pas chauffer et de prolonger le contact le moins possible; car autrement il se reproduirait du ferrocyanure de potassium.

Les dissolutions obtenues, il se présente une autre difficulté pour les évaporer ; en vases clos elles se décomposent, il se fait de l'ammoniaque et de l'acide formique qui reste combiné à la potasse ; il se dégage, outre l'ammoniaque, de l'acide prussique, de sorte que le résidu est formé de cyanure de potassium, de potasse caustique, de formiate de potasse et de petites quantités de carbonate de potasse en des proportions variables, suivant que les liqueurs ont été plus ou moins étendues, ou que l'évaporation a duré pendant un temps plus long ou plus court. Si l'évaporation se fait à l'air libre, alors il se fait moins d'ammoniaque, mais il se dégage plus d'acide prussique et il se fait une plus forte proportion de carbonate alcalin.

On voit que le traitement du résidu noir charbonneux par l'eau donne un cyanure impur, qui n'est jamais semblable à lui-même. Ses effets sont toujours plus faibles que ceux du cyanure fondu. C'est cependant celui qui est presque toujours employé. Il en résulte dans l'emploi du cyanure de potassium une incertitude qui ne pourra cesser que lorsque l'on aura un procédé pour obtenir constamment ce sel dans l'état de pureté. Cette circonstance appelle la plus grande prudence dans l'emploi de ce médicament dangereux.

On diminue les inconvénients en traitant, suivant le conseil de M. Gay, le cyanure noir par l'alcool à 85° (35° Cart.) bouillant. Une partie de cyanure cristallise par le refroidissement ; on épuise ainsi le cyanure noir par l'alcool ; on distille les liqueurs alcooliques dans une cornue, on achève l'évaporation dans une capsule et on dessèche le cyanure sur le feu. L'évaporation est alors plus prompte et les chances d'altération sont diminuées. M. Liebig conseille l'alcool à 60° (22° Cart.), qui dissout à l'ébullition une grande quantité de cyanure de potassium et l'abandonne presque complètement par le refroidissement.

Le cyanure de potassium est employé dans les mêmes cas que l'acide prussique. Il a été quelquefois administré sous forme de pilules ; mais, d'après la facilité avec laquelle il se décompose, la meilleure forme à employer est la solution aqueuse. M. Magendie a donné quelques formules en ce sens ; il appelle Hydrocyanate de potasse médicinal une dissolution d'une partie de cyanure de potassium dans 8 parties d'eau distillée. Cette dissolution ne peut être préparée à l'avance, car elle s'altère dans des vases qui n'en sont pas tout à fait remplis.

POTION PECTORALE.

Pr. : Eau de laitue, deux onces............... 64 grammes.
    Cyanure de potassium sec, un grain........ 0,05
    Sirop de guimauve, une once............ 32

Mêlez.

On commence par une petite dose de cyanure que l'on augmente peu à peu.

SIROP D'HYDROCYANATE DE POTASSE.

Pr. : Sirop de sucre, une once.............. 32 grammes.
    Cyanure de potassium sec, demi-grain. .. 0,025
    Eau distillée, quatre grains. 0,20

On dissout le cyanure dans l'eau et on mêle la dissolution au sirop (Magendie). Ce sirop contient $\frac{1}{2}$ grain de cyanure de potassium par once, proportion qui est évidemment trop faible.

SOLUTION CALMANTE.

Pr. : Cyanure de potassium, neuf grains. .... 0,5 grammes.
    Eau distillée, une once.................. 32
    Alcool, une once........................ 32
    Éther sulfurique, une once. 32

Mêlez.

Cette solution a été employée avec succès par MM. Trousseau et Bonnet en applications extérieures pour combattre les névralgies, les migraines ; plus souvent on emploie une simple dissolution du cyanure dans l'eau distillée.

CYANURE DE ZINC.

Le cyanure de zinc est composé de : 1 pp. zinc (55); 1 pp. cyanogène (45).

Le cyanure de zinc est blanc et insipide, insoluble dans l'eau. On l'obtient par deux procédés :

1° On mêle avec une dissolution de sulfate de zinc bien exempte de fer une dissolution de cyanure de potassium obtenue directement par l'action de l'eau froide sur le cyanure de potassium charbonneux. Il se précipite du cyanure de zinc insoluble ; on le lave et on le fait sécher.

Pour que cette opération réussisse, il faut se servir de cyanure de potassium provenant d'un prussiate ferrugineux exempt de sulfate; autrement, ce sulfate, réduit par le charbon, se serait changé en sulfure de potassium qui précipiterait une partie de sulfate de zinc à l'état de sulfure hydraté qui se déposerait en même temps que le cyanure. Il est tout aussi important de se servir de sulfate de zinc exempt de fer, autrement il se ferait du bleu de Prusse, qui colorerait le cyanure de zinc en bleu plus ou moins foncé.

2° On prépare de l'hydrate d'oxide de zinc en précipitant une dissolution de chlorure de zinc par un petit excès de potasse caustique et en lavant le précipité avec grand soin; on délaie ce précipité dans de l'eau distillée, et l'on fait passer dans la liqueur de la vapeur d'acide prussique jusqu'à ce qu'elle cesse d'être absorbée. L'acide prussique doit être en excès; il faut que la liqueur, après 24 heures de contact avec la bouillie de zinc, conserve encore l'odeur hydrocyanique. La théorie de l'opération est des plus simples; la réaction consiste dans la décomposition réciproque de l'acide hydrocyanique et de l'oxide de zinc, d'où résulte du cyanure de zinc et de l'eau.

Le cyanure de zinc est employé dans les mêmes cas que le cyanure de potassium. Le docteur Henning l'a vanté beaucoup dans les maladies vermineuses des enfants, et contre les crampes d'estomac.

On emploie le cyanure de zinc à la dose de quelques grains.

POUDRE ANTISPASMODIQUE D'HENNING.

Pr.: Cyanure de zinc, demi-grain. . . . . 0,025 grammes.
Magnésie calcinée, quatre grains. 0,2
Cannelle, trois grains. 0,15

A prendre toutes les 4 heures.

CYANURES DOUBLES.

(Prussiates ferrugineux, ferrocyanures, ferrocyanates, hydroferrocyanates.)

Les cyanures peuvent se combiner entre eux. Dans ces combinaisons, l'un des cyanures fait les fonctions d'acide, l'autre les fonctions de base. On appelle cyano-argentates les combinaisons où le cyanure d'argent est le principe électro-négatif, cyanohydrargirates celles où c'est le cyanure de mercure, cyanoferrates celles où il est remplacé par le cyanure de fer.

Le protocyanure de fer est celui qui fait le plus ordinairement partie de ce genre de combinaison. Il y est toujours en telle proportion, que la quantité de cyanogène qu'il contient est la moitié de la quantité du cyanogène contenue dans l'autre cyanure; de sorte que ces combinaisons sont de véritables cyanures doubles, dans lesquels le cyanure de fer contient une proportion de cyanogène, et l'autre cyanure deux proportions. Ces composés ont été appelés cyanures doubles, exemple : cyanure de fer et de potassium; ferrocyanates, exemple : ferrocyanate de potassium; prussiates ferrugineux, exemple : prussiate ferrugineux de potasse; toutes expressions qui ne désignent qu'un même corps, le cyanure double de fer et de potassium.

Dans une théorie différente, on admet l'existence d'un radical formé des éléments de 3 pp. cyanogène et 1 pp. fer; savoir : 6 pp. carbone; 3 pp. azote; 1 pp. fer : c'est le ferrocyanogène. Il se combine à 2 pp. hydrogène et forme l'acide ferrocyanhydrique (acide ferrocyanique, acide hydroferrocyanique). Cet acide est-il mis en contact avec une base oxigénée, les 2 pp. d'hydrogène forment de l'eau avec 2 pp. oxigène de la base, et il se fait une nouvelle combinaison formé du métal et du ferrocyanogène; c'est le ferrocyanure. Dans ce cas, au lieu de regarder le prussiate de potasse ferrugineux comme un cyanure double de fer et de potassium, on le considère comme un composé binaire formé de potassium et d'un radical composé, le ferrocyanogène.

Les Ferrocyanates sont fort remarquables, car les réactifs n'y accusent pas la présence du fer; ainsi ce métal n'est précipité ni par les alcalis à l'état d'oxide, ni par l'hydrogène sulfuré à l'état de sulfure, ni par la noix de galle à l'état de tannate.

Quand on décompose par l'hydrogène sulfuré la combinaison du cyanure de fer avec le cyanure de plomb et beaucoup d'autres cyanures, le soufre précipite le plomb à l'état de sulfure, et l'hydrogène forme de l'acide prussique avec le cyanogène du cyanure de plomb. Cet acide prussique se combine avec le cyanure de fer, et forme un véritable cyanure double, dans lequel le cyanure d'hydrogène (acide hydrocyanique) contient deux fois autant de cyanogène que le cyanure de fer. On a appelé ce composé acide ferrocyanique, acide hydroferrocyanique, acide ferrocyanhydrique. Au moment où il agit sur les bases, le cyanure d'hydrogène décompose l'oxide, il se fait de l'eau et un cyanure métallique qui s'unit au cyanure de fer, de manière qu'un cyanoferrate est reformé.

Les cyanoferrates alcalins et terreux sont solubles dans l'eau ; presque tous les autres sont insolubles. Plusieurs contiennent de l'eau en combinaison, et alors la proportion en est telle que l'oxigène suffirait à changer en oxide les radicaux des deux cyanures, et l'hydrogène à convertir tout leur cyanogène en acide hydrocyanique. Les ferrocyanates alcalins et terreux perdent leur eau par évaporation dans le vide, ou à une douce chaleur ; mais ceux des autres ferrocyanates qui contiennent de l'eau de cristallisation, ne l'abandonnent qu'à une température élevée, et alors l'eau et le cyanogène se décomposent mutuellement. Les acides forts décomposent les cyanoferrates. Ils dégagent de l'acide hydrocyanique et forment un nouveau sel ; mais le cyanure de fer se sépare toujours indécomposé. L'acide sulfurique paraît contracter avec la plupart de ces cyanures doubles une véritable combinaison.

PRUSSIATE DE POTASSE FERRUGINEUX.

(Cyanoferrate de potassium, ferrocyanure de potassium, hydroferrocyanate de potasse.)

Ce sel est formé de : 1 pp. de cyanure de fer (25,26), 2 pp. de cyanure de potassium (61,92), 3 pp. d'eau (12,82).

Il forme des cristaux jaunes, qui sont des rhomboïdes. Il a une saveur légèrement amère ; il est inodore ; il s'effleurit à l'air à une douce chaleur, ou dans le vide, en perdant toute son eau de cristallisation, et alors il devient blanc. En le chauffant quand il est anhydre, il ne donne que de l'azote et une masse noire formée de cyanure de potassium et de quadri-carbure de fer. Les alcalis sont sans action sur lui. Il précipite un grand nombre de dissolutions salines, et la couleur des précipités qui se forment est souvent caractéristique. Tous ces précipités sont des cyanoferrates insolubles. Celui qui se forme dans les sels de fer protoxidés et qui est incolore, mérite une attention particulière. Pour l'obtenir exempt de mélange, il faut verser le sel de fer dans le cyanoferrate en excès. Le précipité est formé de : 2 pp. de cyanure de potassium, et de 7 pp. de proto-cyanure de fer. Quand on le lave au contact de l'air, il se change en bleu de Prusse, parce que les lavages entraînent du cyanoferrate jaune de potassium ordinaire soluble, et laissent du cyanure ferreux que l'oxigène de l'air change en bleu de Prusse.

On obtient le prussiate de potasse ferrugineux dans les arts en chauffant une matière animale, de préférence le sang desséché, avec de la potasse et des battitures de fer.

Le prussiate de potasse ferrugineux n'est pas employé en médecine ; mais nous avons dû en faire mention à cause de ses usages dans les laboratoires de pharmacie, et pour éclairer d'ailleurs l'histoire du composé suivant :

BLEU DE PRUSSE.

(Cyanoferrate ferrique, ferrocyanure ferrique, cyanure double de fer hydraté.)

Le bleu de Prusse est le premier des composés cyaniques qui ait été connu. On en distingue trois espèces : bleu de Prusse neutre ; bleu de Prusse soluble ; bleu de Prusse basique.

Le *bleu de Prusse neutre* est formé par la combinaison du proto-cyanure de fer avec le deuto-cyanure ; ce dernier contenant dans la combinaison deux fois autant de cyanogène que le protocyanure. Le bleu de Prusse contient aussi de l'eau dont on ne peut le débarrasser entièrement par la chaleur sans qu'il se décompose. Le bleu de Prusse est solide ; il a une belle couleur bleue ; il est insipide et inodore. La chaleur le décompose ; il donne pendant tout le temps que dure sa décomposition, de l'eau, du carbonate et de l'hydrocyanate d'ammoniaque, et il laisse du fer carburé. Le bleu de Prusse est insoluble dans l'eau. Il est également insoluble dans l'alcool et dans l'éther. La potasse et la soude le décomposent en formant du cyanoferrate de potassium. L'oxide de mercure décompose le bleu de Prusse à l'ébullition ; il se fait du cyanure de mercure, et il se dépose de l'oxide de fer.

BLEU DE PRUSSE SOLUBLE.

Quand on verse un sel de peroxide de fer dans une dissolution de cyanoferrate de potassium, et qu'on entretient ce dernier sel en excès, on obtient un précipité qui ne se dissout pas tant que l'eau contient des sels en dissolution, mais qui est soluble dans l'eau pure. Ce bleu de Prusse paraît être composé de 2 pp. de prussiate de potasse ferrugineux, et 3 pp. de bleu de Prusse pur.

BLEU DE PRUSSE BASIQUE.

Quand le cyanure ferreux est exposé à l'air, il devient bleu : l'oxigène de l'air oxide une partie du fer ; le cyanogène qui était combiné à ce fer, se porte sur une autre partie de proto-cyanure, qu'il change en deuto-cyanure ; de là du bleu de Prusse ; mais celui-ci retient en combinaison l'oxide de fer qui s'est formé, de manière que ce bleu de Prusse basique pourrait être considéré comme une combinaison d'hydrocyanate de protoxide de fer avec de l'hydrocyanate de peroxide avec excès de base. Cette combinaison basique a, du reste, les mêmes propriétés que le bleu de Prusse ordinaire.

Le bleu de Prusse s'obtient en grand dans les arts ; on commence par calciner un mélange de sang et de fer, comme pour faire du prussiate ferrugineux ; l'on décompose les liqueurs que donne la masse calcinée, par un mélange de sulfate de fer et d'alun. Le précipité qui se forme est du bleu de Prusse, mêlé d'alumine, mais dont une partie est à l'état de ferrocyanure blanc : celui-ci exige des lavages prolongés, au contact de l'air, pour devenir bleu. Chez quelques fabricants, on se sert pour produire la double décomposition, de sulfate de fer au maximum d'oxidation. Alors le bleu se forme immédiatement. Il résulte de ce qui précède, que tantôt le bleu de Prusse du commerce est un cyanoferrate neutre, et que tantôt il contient du bleu de Prusse basique.

Quand le bleu de Prusse est destiné à être pris comme médicament, on se sert de celui du commerce que l'on purifie ; à cet effet, on le pulvérise, et on le laisse en contact avec de l'acide hydrochlorique ou de l'acide sulfurique étendu ; l'acide dissout l'alumine qui est étrangère au bleu de Prusse, et souvent aussi l'oxide de fer qui y est en excès ; on lave le bleu avec soin et on le fait sécher.

Le bleu de Prusse a été employé en médecine comme fébrifuge à la dose de quelques grains ; on l'a conseillé aussi contre les névroses.

DES SELS DE POTASSE.

CHLORURE DE POTASSIUM.

(Muriate de potasse, hydrochlorate de potasse, chlorhydrate de potasse, sel fébrifuge de Sylvius.)

Le chlorure de potassium est incolore, inodore ; il cristillise en prismes quadrangulaires qui ne contiennent pas d'eau : sa saveur ressemble à celle du sel marin ; mais elle est un peu amère. Suivant M. Gay-Lussac, 100 parties d'eau dissolvent à zéro 29,21 parties de ce sel, et à + 109,60° 59,26 parties. Ce sel est peu soluble dans l'alcool. Il est composé de : 1 pp. de potassium (52,53) ; 1 pp. de chlore, (47,47).

Le chlorure de potassium est considéré comme fondant ; on l'emploie à la dose de 1 à 2 scrupules.

On pourrait l'obtenir directement ; mais l'évaporation des liqueurs qui restent après la précipitation du tartrate de chaux, pendant la préparation de l'acide tartrique, en donne au pharmacién plus qu'il n'en peut consommer.

SULFATE DE POTASSE.

(Sel de duobus, tartre vitriolé.)

Le sulfate de potasse est blanc et inodore ; sa saveur est amère et désagréable ; il cristallise en prismes hexagonaux courts, terminés par un pointement à 6 faces, et qui ne contiennent pas d'eau de cristallisation. Il est peu soluble dans l'eau froide ; 100 parties d'eau en dissolvent 8,36 parties à zéro ; pour chaque degré de plus, cette quantité augmente de 0,1741, de sorte qu'à 100° l'eau en dissout 25,77. Il est tout à fait insoluble dans l'alcool.

Le sulfate de potasse est formé de : potasse 1 pp. (54,07) ; 1 pp. acide, 45,93.

On l'emploie en médecine comme purgatif, à la dose de 2 gros à 1 once. C'est un remède populaire pour faire passer le lait des nourrices.

La sulfate de potasse est fourni par le commerce à l'état de pureté. On pourrait le préparer directement en saturant de l'acide sulfurique étendu par du carbonate de potasse et faisant cristalliser.

CHLORATE DE POTASSE.

(Muriate oxigéné de potasse.)

Le chlorate de potasse est incolore; sa saveur est fraîche et acerbe; il cristallise en lames rhomboïdales. Il ne contient pas d'eau de cristallisation. Il est soluble dans l'eau beaucoup plus à chaud qu'à froid; 100 parties d'eau à $+$ 15,4 en dissolvent 3,3 p.; à $+$ 49,1, 6,9 p.; à $+$ 71, 9,16 p.; à $+$ 104,8, 60,2 p.

Ce sel détonne vivement par le choc quand on l'a mêlé avec des substances combustibles; c'est une propriété qu'il ne faut pas perdre de vue quand on fait entrer le chlorate de potasse dans quelque mélange; il doit être pulvérisé à part et mêlé aux autres substances, sans trituration et surtout sans choc brusque; il en pourrait résulter un détonation funeste à l'opérateur.

Le chlorate de potasse est formé de: potasse 1 pp. (38,49); acide chlorique 1 pp. (61,51).

Ce sel est rarement employé en médecine; on l'a conseillé contre le scorbut, les dartres, les maladies vénériennes; on s'est servi de sa dissolution à l'extérieur pour aviver des ulcères atoniques.

On prépare le chlorate de potasse en faisant passer du chlore dans une dissolution de carbonate de potasse pur, marquant 30° à l'aréomètre; on continue à faire passer du chlore, jusqu'à ce que la liqueur en soit saturée, époque à laquelle elle prend une couleur jaune prononcée. L'appareil se compose, du reste, d'un vase contenant les matières propres à fournir le chlore, d'un flacon qui sert à le laver, et d'un autre flacon qui contient la dissolution alcaline. Le tube qui plonge dans la potasse doit être très large, autrement il s'obstruerait bientôt par le dépôt de chlorate de potasse qui s'y déposerait; on plonge par l'ouverture du flacon une tige de fer recourbée sur elle-même à son extrémité de manière à former deux branches parallèles; la plus longue sort du flacon; on la tient à la main, et elle donne le moyen de guider la branche plus courte, que l'on fait mouvoir dans l'intérieur du tube pour le désobstruer. M. Berzélius conseille, pour le même objet, d'attacher à l'extrémité du tube, au moyen d'un tube de caoutchouc, un entonnoir de verre ; le courant du gaz est assez fort pour détacher continuellement la couche mince de sel qui se forme à la surface de l'entonnoir.

On observe, quand le chlore arrive dans la liqueur, qu'il se fait un dépôt de sel ; c'est du chlorure de potassium mêlé souvent de bi-carbonate de potasse, suivant l'observation de M. Geiger ; plus tard, c'est du chlorate de potasse qui se dépose et qui reste mêlé de chlorure de potassium. Le chlore, en agissant sur le carbonate, en déplace l'acide carbonique qui se porte sur la potasse non décomposée, et constitue du bi-carbonate de potasse ; celui-ci est décomposé à son tour, à mesure que la proportion de chlore augmente dans la liqueur. L'action du chlore sur l'oxide alcalin donne d'abord un chlorure de potasse ; quand la liqueur contient une assez forte proportion de ce chlorure d'oxide, le chlore s'empare du potassium de l'alcali pour former du chlorure de potassium, et l'oxigène de la potasse se combine à une autre partie de chlore, et le fait passer à l'état d'acide chlorique ; c'est au peu de solubilité du chlorate de potasse que l'on attribue cette réaction. Pour chaque proportion de chlorate qui se produit, il y a 5 pp. de potasse décomposées, et 5 pp. de chlorure de potassium formées.

Quand le chlore cesse d'agir, les produits sont un dépôt cristallin qui est un mélange de chlorate de potasse et de chlorure de potassium, une liqueur qui contient beaucoup de chlorure de potasse en dissolution, mêlée d'un peu de chlorate et de beaucoup de chlorure ; on reçoit le dépôt salin sur un entonnoir pour le laisser égoutter, et l'on soumet la liqueur à l'ébullition dans un vase évaporatoire en grès, jusqu'à ce qu'elle ait perdu l'odeur propre aux chlorures d'oxides ; à cette époque on la laisse refroidir ; on recueille le sel qui s'est déposé, et on rejette l'eau mère qui ne contient que des traces de chlorate de potasse. Pendant la concentration, le chlorure de potasse s'est décomposé : il s'est changé en chlorure de potassium et en chlorate de potasse ; mais cette réaction est toujours accompagnée d'un dégagement de gaz oxigène.

Les sels obtenus sont réunis ; on les pèse à l'état humide, et on les fait dissoudre à l'ébullition dans deux fois leur poids d'eau ; le chlorate de potasse se dépose presque pur par le refroidissement ; on le purifie en le faisant dissoudre de nouveau dans l'eau et le laissant cristalliser ; il est pur quand il ne précipite plus la dissolution de nitrate d'argent ; les eaux mères, par de nouvelles cristallisations, peuvent donner encore du chlorate de potasse.

On a proposé de se servir du chlorure de chaux pour la préparation du chlorate de potasse; l'opération consiste à changer le chlorure d'oxide en chlorate par l'action de la chaleur, à dissoudre dans l'eau, et à ajouter du chlorure de potassium ; il en résulte une double décomposition qui donne lieu à la formation du chlorate de potasse ; mais jusqu'à présent ce procédé a été peu avantageux, parce qu'il faudrait, avant tout, éviter la déperdition d'oxigène qui se fait quand on chauffe le chlorure de chaux, et que l'on n'en connaît pas le moyen.

NITRATE DE POTASSE.

(Azotate de potasse, sel de nitre, salpêtre purifié.)

Le nitrate de potasse est blanc ; sa saveur est fraîche, il cristallise en prismes hexagonaux symétriques, terminés par un sommet dièdre ; mais à moins qu'on n'ait fait cristalliser des solutions très étendues, les cristaux s'accolent et se présentent sous la forme de prismes striés. Le nitrate de potasse cristallise sans eau de cristallisation ; il est inaltérable à l'air ; l'eau le dissout beaucoup plus à chaud qu'à froid. Suivant M. Gay-Lussac, 100 parties d'eau dissolvent 13,3 p. de sel à zéro, 29 p. à + 18, 74,6 p. à + 45, et 246 p. à + 100. Il est tout à fait insoluble dans l'alcool absolu, et très peu soluble dans l'alcool qui contient de l'eau.

Le nitrate de potasse est formé de : potasse 1 pp. (46,56) ; acide nitrique 1 pp. (53,44).

Il est fort employé en médecine, à la dose de quelques grains à un scrupule, un demi-gros (1,3 à 2 grammes), comme diurétique et tempérant; à une forte dose (une demi-once, une once, 16 à 32 grammes), il purge. On l'emploie sous une multitude de formes, en boissons, en pilules, etc.

Le commerce nous fournit le nitrate de potasse à l'état de pureté ; quand il est pur, sa dissolution dans l'eau ne doit pas précipiter le nitrate d'argent ; s'il se fait un précipité caillebotté blanc, insoluble dans l'acide nitrique, soluble dans l'ammoniaque, on peut être assuré que c'est du chlorure d'argent , et que le nitrate de potasse est mêlé de sel marin ; il faut le purifier en le faisant cristalliser de nouveau.

SEL DE PRUNELLE OU CRISTAL MINÉRAL.

On fait fondre du nitrate de potasse dans un creuset de Hesse, et on le coule dans une bassine d'argent plate que l'on incline en plusieurs sens pour étaler le sel en couches minces. Ce nitre fondu ne diffère nullement du nitre ordinaire, et l'opération précédente est tout à fait inutile. Les anciens la pratiquaient pour purifier le nitrate de potasse des nitrates terreux qui se décomposent par la chaleur.

Le Codex de 1818 faisait faire cette préparation en ajoutant au nitre $\frac{1}{128}$ de soufre. Il en résultait un peu de sulfate de potasse qui altérait la pureté du nitre, mais qui n'ajoutait rien à ses propriétés.

Le mot Sel de prunelle vient de *Pruna,* charbons allumés.

ACÉTATE DE POTASSE.

(Terre foliée de tartre.)

L'acétate de potasse est blanc ; il a une saveur fraîche, il peut cristalliser en petits prismes aiguillés. Il est très déliquescent ; à peine a-t-il le contact de l'air qu'il en absorbe l'humidité et se fond en gouttelettes ; il est aussi excessivement soluble dans l'eau ; l'alcool le dissout également en grande proportion. Ce sel est composé de : potasse 1 pp. (47,84) ; acide acétique 1 pp. (52,16).

L'acétate de potasse est employé en médecine comme diurétique, mais surtout comme fondant, apéritif ; on le recommande surtout dans l'ictère et les obstructions des viscères du bas ventre ; il faut en porter la dose un peu haut ($\frac{1}{2}$ gros à 1 gros, 2 à 4 grammes, et plus), et le continuer pendant longtemps pour en obtenir de bons effets.

Pour obtenir l'acétate de potasse, on prend du carbonate de potasse purifié, on le fait dissoudre dans l'eau distillée, et l'on verse cette dissolution petit à petit dans de l'acide acétique à 3 ou 4 degrés, en ayant soin de laisser un petit excès d'acide ; on fait évaporer la liqueur à la moitié de son volume dans une bassine d'argent ; ou y ajoute un peu de charbon animal purifié en poudre, on fait bouillir pendant quatre à cinq minutes ; on filtre, on ajoute à la liqueur assez d'acide acétique pour la rendre légèrement acide, et l'on continue l'évaporation. Quand la liqueur est suffisamment concentrée, il se fait à la surface une croûte cristalline sans consistance; au moyen d'une spatule, on la rejette constamment sur le côté jusqu'à ce que tout le liquide ait disparu; alors on laisse encore pendant quelques instants l'acétate de potasse sur le feu en le remuant doucement, pour qu'il achève de sécher, et on l'enferme encore chaud dans des vases parfaitement bouchés.

La théorie de cette opération est des plus simples; l'acide acétique chasse l'acide carbonique et le remplace; le charbon animal enlève en s'y combinant un peu de matière colorante qui se trouve dans la liqueur; la filtration sépare le charbon et en même temps un léger dépôt siliceux qui provient de la silice contenue dans le carbonate alcalin; on acidule légèrement la liqueur, parce que l'acétate de potasse perd un peu d'acide par l'évaporation, et que, sans cette précaution, il resterait alcalin; on évapore à siccité, parce que l'acétate de potasse forme par cristallisation des cristaux sans consistance et que l'on séparerait difficilement de leur eau mère; enfin le mode de dessiccation est choisi de manière à laisser à l'acétate de potasse la forme de feuillets sous laquelle on le recherche.

Autrefois on préparait ce sel, en saturant du vinaigre distillé par du carbonate de potasse; on avait soin de verser le carbonate dans le vinaigre, et non le vinaigre dans le carbonate; car l'alcali de celui-ci aurait pu alors réagir sur la matière organique contenue dans le vinaigre distillé et se colorer; malgré cette précaution, on n'obtenait pas de l'acétate de potasse blanc, mais il était plus feuilleté que celui préparé par l'acide acétique pur. Pour blanchir cet acétate, on lui faisait subir la fusion ignée, à une température assez forte pour carboniser la matière végétale, mais assez faible pour ne pas décomposer l'acétate; cependant celui-ci devenait par là légèrement alcalin; depuis on a blanchi successivement l'acétate de potasse par le charbon de bois, puis par le charbon animal; enfin on a remplacé le vinaigre distillé par le vinaigre de bois.

Le commerce fournit de l'acétate de potasse qui provient de la double décomposition de l'acétate de chaux par le sulfate de potasse, ou par le tartrate de potasse; quelquefois même on emploie l'acétate de plomb; la terre foliée obtenue par ces moyens est rarement pure, elle peut retenir du sulfate ou du tartrate de chaux; on les reconnaît à ce que l'acétate de potasse n'est plus entièrement soluble dans l'eau et dans l'alcool; quant au plomb, sa présence est décelée par l'hydrogène sulfuré qui le précipite à l'état de sulfure de plomb noir; c'est de lui qu'il faut surtout se garantir; le mieux encore est pour le pharmacien de préparer lui-même l'acétate de potasse dont il a la consommation.

ACÉTATE DE POTASSE LIQUIDE.

Pr.: Carbonate de potasse purifié. . . . . Q. V.
Acide acétique de bois. . . . . S. Q.

On fait dissoudre le carbonate de potasse dans une petite quantité d'eau; on sature avec l'acide acétique, et l'on filtre; si la liqueur ne marque pas 25 degrés à l'aréomètre, on l'évapore.

Chaque once de liqueur contient sensiblement 32 grains (1,8 grammes) d'acétate de potasse sec; c'est l'acétate de potasse liquide employé dans les hôpitaux de Paris.

TARTRATE DE POTASSE.

On emploie en médecine deux espèces de tartrate de potasse, le tartrate neutre et le tartrate acide.

BI-TARTRATE DE POTASSE.

(Tartrate acide de potasse, surtartrate de potasse,
crême de tartre.)

Le bi-tartrate de potasse est incolore et inodore; sa saveur est aigre; il craque sous la dent. Ses cristaux se groupent et forment un agrégat confus; ils dérivent d'un prisme rhomboïdal, mais il est toujours très modifié. La crême de tartre est inaltérable à l'air, elle est peu soluble dans l'eau froide, elle en demande 95 parties pour se dissoudre; elle n'exige que 15 parties d'eau bouillante; elle est insoluble dans l'alcool.

Le bi-tartrate de potasse est composé de, potasse, 1 pp. (24,96); acide tartrique 2 pp. (70,28); eau 1 pp. (4,76).

L'eau et la potasse contiennent chacune la même quantité d'oxigène, et comme on ne peut éliminer l'eau qu'en la remplaçant par une autre base, on peut considérer la crême de tartre comme un sel double formé de deux sels au même état de saturation, et contenant chacun la même quantité d'acide ; savoir : le tartrate neutre de potasse et le tartrate hydrique ou tartrate d'eau.

La crême de tartre est employée en médecine à petite dose comme rafraîchissante, à plus haute dose (2 gros à 1 once, 8 à 32 grammes) comme purgative ; elle sert également à préparer plusieurs autres médicaments, comme le carbonate de potasse, le tartrate de potasse et tous les tartrates doubles médicinaux.

Le commerce nous fournit la crême de tartre ; elle est mélangée d'un peu de tartrate de chaux qu'il est impossible d'en séparer, mais qui est sans influence dans son emploi médical ; on la falsifie avec du sable, la fraude se reconnaît aisément en traitant la crême de tartre par l'eau bouillante, qui laisse le sable indissous.

TARTRATE DE POTASSE.

(Tartre tartarisé, sel végétal.)

Le tartrate de potasse est blanc ; sa saveur est amère, désagréable ; il cristallise en prismes rectangulaires, courts, terminés par un sommet dièdre, et qui ne contiennent pas d'eau de cristallisation ; ses cristaux sont inaltérables à l'air. Ce sel est beaucoup plus soluble que le bi-tartrate ; il faut seulement 4 parties d'eau froide pour le dissoudre ; il est soluble presque en toutes proportions dans l'eau bouillante ; sa dissolution est troublée par les acides, qui s'emparent d'une partie de sa base et qui précipitent de la crême de tartre ; aussi dans son emploi médical faut-il éviter de l'associer à des matières acides.

Le sel végétal est composé de : potasse, 1 pp. (41,52) ; acide 1 pp. (58,48).

Il est employé en médecine à la dose de 1 scrupule à 1 gros (1,3 à 4 grammes), comme diurétique et fondant ; à plus haute dose (1/2 once à 1 once, 16 à 32 grammes) on s'en sert comme purgatif.

Pour préparer le tartrate neutre de potasse, on met dans une bassine de l'eau froide que l'on porte à l'ébullition ; on y ajoute le quart de son poids de crème de tartre pulvérisée et l'on ajoute peu à peu du carbonate de potasse jusqu'à ce qu'il y ait saturation, c'est-à-dire jusqu'à ce que la liqueur soit sans action sur le papier de tournesol; on filtre alors pour séparer un dépôt de tartrate de chaux provenant de la crème de tartre et un dépôt siliceux provenant de l'alcali, et l'on évapore à siccité dans une bassine d'argent.

La crème de tartre prend pour se saturer autant de potasse qu'elle en contient déjà; on pourrait obtenir le sel par cristallisation; mais l'opération présente quelques difficultés à cause de la grande solubilité du tartrate de potasse; on ne parviendrait à avoir le sel bien cristallisé qu'autant que la liqueur serait alcaline aux réactifs.

TARTRATE BORICO-POTASSIQUE.

(Crême de tartre soluble.)

La crème de tartre soluble est blanche, d'une saveur extrêmement aigre; elle ne paraît pas susceptible de cristalliser; elle est soluble dans l'eau presque en toutes proportions.

La crème de tartre soluble chimiquement pure et saturée d'acide borique contient, suivant l'analyse que j'en ai faite:

Bi-tartrate de potasse anhydre	1 pp.	83,77
Acide borique	1 pp.	16,23

Ou

Tartrate neutre de potasse	1 pp.	52,86
Tartrate borique	1 pp.	47,14

L'acide borique et la potasse sont combinés à la même quantité d'acide tartrique; l'acide borique contient trois fois autant d'oxigène que la potasse.

La crème de tartre médicinale ne contient jamais à l'état de combinaison une aussi grande proportion d'acide borique, parce que ce n'est que par une digestion prolongée avec un grand excès d'acide borique que l'on parvient à la saturation.

Pour préparer la crème de tartre soluble médicinale,

Pr.: Crème de tartre pulvérisée.	4
Acide borique cristallisé.	1
Eau.	24

On opère la dissolution dans une bassine d'argent à la chaleur de l'ébullition, et l'on entretient la liqueur bouillante jusqu'à ce qu'elle soit en grande partie évaporée. A cette époque, on ménage le feu et l'on agite continuellement la matière jusqu'à ce qu'elle soit devenue très épaisse. Alors on l'enlève en portions que l'on aplatit à la main, que l'on place sur du papier dans une manette et que l'on fait sécher à l'étuve; quand la crème de tartre est sèche, on la pulvérise.

La faible action électro-positive de l'acide borique rend sa combinaison avec l'acide tartrique assez difficile à effectuer. Pour parvenir à les combiner, il faut les présenter l'un à l'autre dans un état de division convenable, et faciliter en outre la réaction, par une élévation de température soutenue et un contact très prolongé. On remplit ces conditions en employant une quantité d'eau telle, que les matières soient tenues en dissolution pendant toute l'opération, et que l'évaporation dure assez de temps pour que toute la crème de tartre puisse entrer en combinaison avec l'acide borique.

Il s'agit ici de remplacer une base plus forte (l'eau) par une base plus faible (l'acide borique), voilà pourquoi la combinaison ne se fait que par un contact intime et à la faveur d'un excès d'acide borique.

La crème de tartre que l'on emploie en médecine n'est pas du tartrate borico-potassique pur; elle contient le plus ordinairement de l'acide borique libre. Tout l'acide borique qui entre dans la formule ne se retrouve pas dans le produit; c'est que lorsque la matière est concentrée, la vapeur d'eau emporte une portion de cet acide; car, s'il est des plus fixes quand il est anhydre, il se volatilise au contraire facilement avec l'eau quand il est en dissolution.

J'ai observé quelquefois que la crème de tartre soluble était tout à fait insoluble dans l'eau froide; c'est un état isomérique particulier; si cela arrivait, il faudrait délayer la crème de tartre soluble dans deux fois son poids d'eau, porter à l'ébullition et évaporer de nouveau; l'eau bouillante détruit l'état moléculaire particulier que la crème de tartre soluble avait pris.

Il est important d'employer à la préparation de la crème de tartre soluble de l'acide borique séparé, par des lavages, de l'acide sulfurique et du sulfate de soude. La présence de ces deux corps nuirait à la bonne qualité du produit ; le sulfate de soude, par la saveur amère et désagréable qui lui est propre, et l'acide sulfurique, en remplaçant l'acidité franche et agréable de la crème de tartre soluble par l'acidité âpre et styptique des acides minéraux.

La crème de tartre soluble est employée comme purgative ; elle a sur la crème de tartre ordinaire l'avantage de donner des solutions complètes, même avec de petites quantités d'eau et à la température ordinaire. La dose de crème de tartre soluble est de ½ once à 1 once (16 à 32 grammes) ; on sucre les liqueurs et on les aromatise à volonté.

On l'emploie aussi à l'extérieur, à la dose de 1 once (32 grammes) par livre d'eau, en lotions sur les ulcères saignants, fongueux ou atoniques.

On préparait autrefois une sorte de crème de tartre soluble en ajoutant du borax à la crème de tartre ; mais ce médicament est totalement inusité maintenant.

OXALATE DE POTASSE.

L'oxalate acide de potasse ou sel d'oseille est seul employé. Celui du commerce est tantôt du bi-oxalate et tantôt du quadroxalate de potasse.

Bi-oxalate de potasse = potasse, 1 pp. (32,23) ; acide, 2 pp. (49,38) ; eau, 3 pp. (18,39).

Quadroxalate de potasse = potasse, 1 pp. (32,23) ; acide, 4 pp. (49,38) ; eau, 7 pp. (24,72).

Le sel d'oseille a une saveur très acide ; il est inaltérable à l'air ; il cristallise en prismes rhomboïdaux ; il est soluble dans 40 parties d'eau froide et 6 parties d'eau bouillante ; l'alcool ne le dissout pas.

TABLETTES ou PASTILLES POUR LA SOIF.

Pr. : Suroxalate de potasse porphyrisé, trois gros...	12 grammes.
Sucre blanc, une livre........................	500
Gomme adragante, environ quatre scrupules..	5
Eau, onze gros............................	44
Essence de citrons, seize gouttes...........	16 gutt.

Faites selon l'art des tablettes de 12 grains, que vous conserverez dans un bocal bien bouché.

DES SELS DE SOUDE.

CHLORURE DE SODIUM.

(Muriate de soude, hydrochlorate de soude, chlorhydrate de soude, sel marin.)

Le sel marin est incolore, inodore; sa saveur est salée et agréable; il cristallise en cubes qui ne contiennent pas d'eau; suivant Fuchs, quand il est pur, il est également soluble dans l'eau à froid et à chaud; 100 parties d'eau dissolvent 37 parties de sel. Cependant, suivant Unger, 100 parties d'eau à $+$ 200 en dissolvent 39,324, et à 1° seulement 36,119. L'alcool anhydre ne le dissout pas, mais il est soluble dans l'esprit de vin ordinaire. Il est composé de : 1 pp. sodium (39,66); 1 pp. de chlore (60,34).

Le sel marin est peu employé à l'intérieur comme médicament; cependant il entre dans la composition d'un grand nombre d'eaux minérales artificielles. A l'extérieur, à la dose de 4 à 8 onces (125 à 150 grammes), on l'emploie en bains de pieds comme légèrement rubéfiant. On emploie 2 livres (1000 grammes) de sel pour un bain entier.

Le commerce nous fournit le sel marin tout préparé; mais on lui fait subir, dans le laboratoire du pharmacien, deux opérations; savoir : la décrépitation et la purification.

SEL MARIN DÉCRÉPITÉ.

Pr. : Sel marin gris........................ Q. V.

Mettez-le dans une bassine de fonte et chauffez, en remuant lentement avec une spatule de fer, jusqu'à ce qu'il n'y ait plus de décrépitation; celle-ci est due à ce que l'eau qui est interposée entre les lames des cristaux les fait éclater avec violence; elle cesse aussitôt que toute cette eau a été chassée; mais la décrépitation a encore pour objet, par l'élévation de température qu'elle nécessite, de détruire une matière organique qui se trouve dans le sel gris, et de décomposer le muriate de magnésie qui mouille les cristaux. Il se dégage de l'acide hydrochlorique et il se sépare de la magnésie.

SEL MARIN PURIFIÉ.

Pr. : Sel marin décrépité................. Q. V.

Faites dissoudre le sel à l'aide de la chaleur dans 3 à 4 fois son poids d'eau, dans une bassine d'argent ou de cuivre étamé; filtrez la dissolution chaude et reportez-la sur le feu pour la faire évaporer. A mesure que l'évaporation se fait, il se dépose du sel marin sous la forme de petits cubes blancs; on l'enlève à mesure avec une écumoire, et on le met égoutter sur une toile; on continue ainsi jusqu'à ce qu'il ne reste plus de liquide. Le sel ainsi obtenu, on le porte à l'étuve ou au soleil pour achever de le sécher.

C'est la propriété que possède le sel marin d'être également soluble à froid et à chaud qui oblige à employer la manipulation précédente. La dissolution saturée à chaud laisserait à peine déposer des cristaux; mais, dès que la liqueur a acquis le point de saturation, toute évaporation subséquente détermine le dépôt d'une quantité correspondante de sel marin.

SULFATE DE SOUDE.

(Sel admirable de Glauber.)

Le sulfate de soude est composé de : soude, 1 pp. (43,82); acide sulfurique, 1 pp. (56,18). Quand il est cristallisé, il contient 55,77 p. 100 d'eau, ou 10 pp. dont l'oxigène est 10 fois l'oxigène de la soude. Ce sel est incolore, inodore; sa saveur est amère et désagréable. Il cristallise en prismes hexagonaux, terminés par des sommets dièdres; mais presque toujours les cristaux s'accolent, et les formes sont confuses. Il s'effleurit à l'air avec la plus grande facilité, en perdant toute l'eau de cristallisation qu'il contient. 100 parties d'eau à zéro dissolvent 5,02 de sel; à + 17,91, 16,73 parties; à + 30,75, 43,05 parties; à + 32,73, 50,65 parties; à + 70,61, 44,35 parties, et à + 103,17, 42,65; de sorte que le sel est plus soluble à 32,73, qu'à toute autre température, même qu'à 100 degrés. Le sulfate de soude n'est pas soluble dans l'alcool.

Le sel de Glauber est employé comme purgatif, à la dose de 2 gros à 2 onces (8 à 64 grammes). On l'associe souvent à d'autres purgatifs.

Le commerce nous fournit le sulfate de soude provenant de l'évaporation des eaux salines, sous le nom de sel d'Epsom de Lorraine. Il est en petits cristaux confus qui imitent le sulfate de magnésie. Il est employé sous cet état; mais on lui fait aussi subir une nouvelle cristallisation pour l'avoir en prismes plus gros ; il prend alors le nom de sel de Glauber.

SEL DE GLAUBER.

Pr. : Sel d'Epsom de Lorraine. . . . . Q. V.
Eau. . . . . S. Q.

On fait dissoudre à l'ébullition dans une bassine de cuivre étamé. La dissolution doit marquer environ 22° à l'aréomètre de Baumé ; on la filtre bouillante, et on la partage dans des assiettes où on la laisse cristalliser. Après 24 heures, on sépare l'eau mère, et aussitôt que l'on s'aperçoit que les cristaux commencent à s'effleurir, on les enferme dans des vases qui bouchent bien.

En opérant la cristallisation dans des assiettes, on se propose d'avoir des cristaux plus nets et plus isolés. Ils seraient plus gros, plus confus, si on laissait cristalliser en masse dans des terrines.

EAU FONDANTE.

Pr. : Sulfate de soude cristallisé, une à deux
    onces. . . . . 32 à 64 grammes.
    Sel de nitre, dix grains. 0,55
    Émétique, demi-grain. 0,025
    Eau, deux livres. 1000

Faites dissoudre et filtrez ; à prendre par verrée comme purgative.

SEL DE GUINDRE.

Pr. : Sulfate de soude effleuri, six gros. . . . . . . 24 grammes.
    Sel de nitre, douze grains. 0,6
    Émétique, demi-grain. 0,025

M.

A prendre dans de l'eau ou du bouillon aux herbes comme purgatif. Les 6 gros de sulfate de soude effleuri équivalent à environ 14 gros de sel cristallisé.

PHOSPHATE DE SOUDE.

(Sous-phosphate de soude.)

Le phosphate de soude est incolore et inodore ; sa saveur est faible ; il cristallise en prismes rhomboïdaux, terminés par un pointement à 4 faces. Les arêtes du prisme sont souvent modifiées par des facettes. Il s'effleurit à l'air, en perdant des quantités d'eau qui varient avec l'état hygrométrique de l'air ; à + 16, il se dissout dans 4 parties d'eau, et à + 100 dans le double de son poids d'eau. Il est insoluble dans l'alcool. Il est composé de : soude, 1 pp. (46,70); acide phosphorique, 1 pp. (53,30).

Cristallisé, il contient 12 pp. d'eau, ou 71,72 p. 100.

Le phosphate de soude est employé en médecine comme purgatif, à la dose de 1 à 2 onces ; sa saveur faible et peu désagréable le fait souvent préférer aux sels purgatifs de soude ou de magnésie. On l'obtient de la manière suivante :

Pr. : Os calcinés. 12
Acide sulfurique. 9
Eau..................................... 36

On délaie les os dans l'eau, et l'on ajoute l'acide sulfurique par parties en remuant avec une spatule de bois. Après quelques jours on délaie la masse dans l'eau bouillante, et l'on filtre sur des toiles ; on lave avec de l'eau bouillante le dépôt resté sur les filtres ; les liqueurs réunies sont évaporées en consistance sirupeuse ; on les étend d'eau, et on passe de nouveau pour séparer le sulfate de chaux qui s'est déposé. La liqueur est une dissolution de phosphate acide de chaux (*Voyez* pour la théorie, préparation du phosphore). On ajoute dans les liqueurs une dissolution de carbonate de soude en excès, jusqu'à ce que la liqueur verdisse fortement la couleur de violettes ; il se dégage de l'acide carbonique avec effervescence, et il se dépose du sous-phosphate de chaux ; on filtre, on lave le dépôt pour en séparer le phosphate de soude qui le mouille, et l'on fait évaporer les liqueurs jusqu'à ce qu'elles marquent 25 degrés. On les met à cristalliser, et l'on purifie les cristaux par une nouvelle cristallisation.

Le carbonate de soude, en agissant sur le phosphate acide de chaux, le partage en sous-phosphate qui se dépose et en acide phosphorique qui se combine à la soude ; l'acide carbonique se dégage, aucune portion n'en reste combinée à la chaux. Les liqueurs doivent verdir la violette, car le phosphate neutre de soude possède cette propriété. Il arrive souvent, qu'après que ce sel a cristallisé, les eaux mères sont acides, elles contiennent alors du phosphate acide de soude ; il faut les sursaturer avec une nouvelle dose de carbonate de soude avant de les concentrer et de faire cristalliser de nouveau.

BI-BORATE DE SOUDE.

(Borax, borate de soude, sous-borate de soude.)

Le bi-borate de soude est un sel incolore et inodore; sa saveur est légèrement alcaline, il verdit le sirop de violettes, il cristallise en prismes hexagonaux aplatis, terminés par un pointement à trois faces. Il n'éprouve à l'air qu'une efflorescence très légère et superficielle. Il se dissout dans 12 parties d'eau froide et dans 2 parties seulement d'eau bouillante. Il est composé de : soude, 1 pp. (30,94;) acide borique, 2 pp. (69,6).

Ce sel cristallisé contient 10 pp. d'eau ou 47,1 pour 100.

Le borate de soude a été employé à l'intérieur comme fondant et emménagogue, on lui a même attribué la propriété de faciliter l'accouchement comme le fait le seigle ergoté; quelques médecins l'emploient encore comme sédatif, à la dose de 12 à 15 grains (0,6 à 0,8 grammes). Son usage le plus ordinaire est pour l'extérieur : on l'emploie en gargarismes ou en collutoire contre les aphthes, en collyre sur la fin des ophthalmies. On l'emploie encore en tisane ou sous forme de pommade contre certaines maladies de la peau, et en particulier dans les éruptions accompagnées de vives démangeaisons.

On s'en est servi avec avantage pour remplacer le bi-carbonate de soude dans le traitement de la gravelle.

Le borax est fourni par le commerce, mais on en trouve deux espèces : l'une est cristallisée en octaèdres, et ne contient que 5 pp. d'eau; l'autre est cristallisée en prismes; c'est celle que nous venons de décrire, c'est la seule qui soit employée en médecine.

GARGARISME BORATÉ.

Pr. : Borate de soude, deux gros. . . . .   8 grammes.
Infusion de feuilles de ronces, huit onces. . . . 250
Miel rosat, une once.   32

Mêlez.

COLLUTOIRE DE BORAX.

Pr. : Borax en poudre, un gros. . . . .   4 grammes.
Miel, une once.   32

Mêlez.

LOTION DE BORAX.

Pr. : Borax, deux gros...................... 8 grammes.
     Eau, une livre........................ 500

S.

POMMADE DE BORAX.

Pr. : Borax en poudre...................... 1
     Axonge 8

Mêlez sur un porphyre.

NITRATE DE SOUDE.

(Azotate de soude, nitre cubique.)

Le nitrate de soude est incolore et inodore ; sa saveur est fraîche et amère ; il cristallise en prismes rhomboïdaux ; 100 parties d'eau en dissolvent 23 parties à + 10, 55 parties à + 16, et 218,5 parties à + 119. Il est soluble dans l'alcool ; il attire puissamment l'humidité de l'air. Il est composé de : soude, 1 pp. (36,6); acide nitrique, 1 pp. (63,4).

Le nitrate de soude est peu employé en médecine, on s'en sert contre la dyssenterie. On le prépare en saturant de l'acide nitrique étendu avec du carbonate de soude, faisant évaporer et cristalliser. Le sel doit être renfermé dans des vases bien fermés, car il attire l'humidité de l'air.

ACÉTATE DE SOUDE.

(Terre foliée minérale.)

L'acétate de soude n'a ni couleur, ni odeur ; sa saveur est piquante et amère, il cristallise en longs prismes striés. Il est soluble dans un peu moins de 3 parties d'eau à la température ordinaire ; il est beaucoup plus soluble dans l'eau bouillante ; l'alcool, qui n'est pas très rectifié, le dissout. Il est composé de : soude 1 pp. (37,8); acide acétique 1 pp. (62,2). Quand il est cristallisé, il contient 6 pp. d'eau ou 39,49 p. 100.

L'acétate de soude est employé en médecine comme fondant et diurétique, à la dose de $\frac{1}{2}$ gros à 2 gros (2 à 8 grammes); à plus haute dose il est purgatif. On le prépare en saturant de l'acide acétique par le carbonate de soude, filtrant la liqueur, la faisant évaporer jusqu'à ce qu'elle marque 32° bouillant, et la laissant cristalliser.

TARTRATE DE POTASSE ET DE SOUDE.

(Sel de Seignette, sel de la Rochelle.)

Le tartrate de potasse et de soude n'a ni couleur, ni odeur ; sa saveur est légèrement amère. Il forme des cristaux très réguliers et très gros. Ces cristaux sont des prismes à 8 ou 10 faces inégales, mais le plus ordinairement le prisme semble avoir été coupé dans la direction de son axe, ce qui a fait dire aux anciens que ce sel cristallisait en tombeaux ; ces cristaux s'effleurissent légèrement à l'air ; le tartrate de potasse et de soude est soluble dans 2 parties ¹/₂ d'eau froide ; il est plus soluble à chaud ; il est insoluble dans l'alcool. Il est formé de 1 pp. tartrate de soude ; 1 pp. tartrate de potasse ; cristallisé, il contient 5 pp. d'eau ou 30 p. 100.

Le sel de Seignette est employé en médecine comme purgatif, à la dose de 1 à 2 onces ; on le prépare de la manière suivante :

```
Pr. : Crème de tartre.........................   4
      Carbonate de soude cristallisé, environ........   3
      Eau.....................................  12
```

On met l'eau dans une bassine, et quand elle est bouillante, on y ajoute par parties, et successivement, la crème de tartre et le sel de soude ; quand tout est ajouté, on essaie la liqueur qui doit être légèrement alcaline ; on y ajoute au besoin un peu de carbonate de soude ; on filtre pour séparer le tartrate de chaux qui s'est déposé, et on évapore pour que les liqueurs arrivent à 40° bouillant ; on met à cristalliser. Les eaux mères fournissent de nouveaux cristaux ; mais il arrive un moment où elles ne donnent plus qu'un sel aiguillé. MM. Henry et Guibourt se sont assurés qu'à ce moment il y a un excès de tartrate de soude dans les liqueurs ; il faut alors tout redissoudre dans l'eau, et ajouter assez de tartrate de potasse pour saturer cet excès de sel sodique ; la dissolution fournit alors de nouveaux cristaux. On purifie d'ailleurs, par de nouvelles dissolutions et cristallisations, tout le sel qui ne s'est pas déposé en cristaux nets et blancs.

DES SELS DE BARYTE.

CHLORURE DE BARIUM.

(Muriate de baryte, chlorhydrate, hydrochlorate de baryte.)

Le chlorure de barium est blanc, sans odeur; sa saveur est âcre; il cristallise en prismes à 4 faces très aplaties. 100 parties d'eau à zéro en dissolvent 32,6 parties et à + 105, 59,58 parties, suivant M. Gay-Lussac. Il est insoluble dans l'alcool. Il est composé de : barium, 1 pp.(65,94); chlore, 1 pp. (34,06).

Cristallisé, il contient 2 pp. d'eau, ou 14,75 p. 100.

Le chlorure de barium est employé en médecine pour combattre les maladies scrofuleuses et les dartres. C'est un poison actif qu'il ne faut administrer qu'avec la plus grande prudence.

On prépare ce sel en décomposant le sulfure de barium par l'acide hydrochlorique, ou en décomposant par la fusion un mélange de sulfate de baryte et de chlorure de calcium.

Premier procédé.

Pr.: Sulfate de baryte.	5
Noir de fumée.	2
Huile.	S. Q.

On réduit le sulfate de baryte en poudre très fine; on le mélange exactement dans un mortier avec le noir de fumée; on ajoute assez d'huile pour humecter légèrement le mélange, et l'on continue à triturer. On introduit la matière dans un creuset qui doit en être en grande partie rempli. On la recouvre d'une couche de charbon; on adapte le couvercle du creuset et on lute; on peut opérer dans une cornue de grès lutée. L'on porte peu à peu le creuset au rouge. La température doit être entretenue pendant 4 à 5 heures, et la chaleur doit être aussi forte que possible. On laisse refroidir; on triture la matière et on la fait dissoudre dans de l'eau distillée chaude; on filtre, et on ajoute dans la dissolution suffisante quantité d'acide hydrochlorique pour saturer la liqueur; on abandonne celle-ci à l'air pendant 24 heures; on la filtre, on l'évapore, et l'on fait cristalliser.

La première partie de l'opération a pour objet de déterminer la transformation du sulfate de baryte en sulfure, par la désoxigénation de la baryte et celle de l'acide sulfurique ; il en résulte du sulfure de barium qui reste mêlé à l'excès de charbon, et la masse se dissout presque complétement dans l'eau ; mais, pour arriver à ce résultat, il faut pouvoir chauffer très fort et très longtemps la matière ; c'est ce qui fait que beaucoup de personnes préfèrent le second procédé de préparation à celui-ci, qui cependant est le meilleur, pourvu que l'on ait un bon fourneau à sa disposition.

La dissolution de sulfure de barium doit être décomposée à l'air libre par l'acide hydrochlorique ; il est bien même de se placer en avant du courant d'air, et pour plus de précautions d'allumer le gaz hydrogène sulfuré à mesure qu'il se dégage. L'acide hydrochlorique fournit au barium le chlore qui est nécessaire pour le changer en chlorure de barium, en même temps que l'hydrogène de l'acide et le soufre du sulfure alcalin se dégagent à l'état de gaz hydrogène sulfuré ; quelquefois il se dépose un peu de soufre; cet effet est produit quand la dissolution du sulfure de barium a absorbé l'oxigène de l'air et s'est changée en partie en sulfure sulfuré.

La dissolution que l'on obtient contient souvent du fer; il y a plusieurs manières de s'en débarrasser ; d'abord, si on évapore à siccité et que l'on calcine, le chlorure de fer est volatilisé en partie et transformé pour une autre partie en oxidochlorure insoluble ; mais on se débarrasse du fer par un procédé plus simple ; il s'agit de filtrer la liqueur avant qu'elle soit complétement saturée par l'acide, ou bien il faut, après sa saturation, y ajouter un peu de la solution de sulfure de barium que l'on a conservée à cet effet; dans l'un et l'autre cas, le fer est précipité à l'état d'hydrosulfate noir ; on le sépare par la filtration, puis l'on achève la saturation des liqueurs par l'acide hydrochlorique.

Deuxième procédé.

Pr. : Sulfate de baryte........................... 2
Chlorure de calcium. 1

On réduit le sulfate de baryte en poudre fine, on pulvérise d'autre part, dans un mortier chauffé, le chlorure de calcium bien desséché, on mélange promptement les deux matières, et on les introduit dans un creuset que l'on couvre. On porte la matière à la chaleur rouge que l'on entretient pendant 2 heures, on laisse refroidir, on pulvérise le produit et on le jette dans l'eau bouillante, on fait bouillir quelques instants seulement, on filtre, on évapore à pellicule et l'on met à cristalliser.

Ce procédé est de M. Bouillon-Lagrange; il est fondé sur la propriété que possèdent le sulfate de baryte et le chlorure de calcium, de se décomposer mutuellement par la fusion, sans doute parce qu'il en résulte deux corps plus fusibles, savoir : le sulfate de chaux et le chlorure de barium; si l'on ne soumet la liqueur qu'à une ébullition légère, c'est que par la voie humide la décomposition inverse se ferait, et qu'il se reproduirait du sulfate de baryte et du chlorure de calcium.

Les eaux mères donnent par l'évaporation de nouveaux cristaux, mais il arrive un moment où elles s'épaississent, à cause de l'abondante quantité de muriate de chaux qu'elles contiennent; on les évapore à siccité et l'on calcine pour faire servir le résidu à une nouvelle opération.

DES SELS DE CHAUX.

CHLORURE DE CALCIUM.

(Muriate de chaux, hydrochlorate de chaux, chlorydrate de chaux.)

Le chlorure de calcium est blanc, inodore, d'une saveur âcre, piquante et amère; il cristallise en prismes hexagonaux terminés par des pointements très aigus. Ce sel à l'état anhydre a une extrême affinité pour l'eau; il attire puissamment l'humidité atmosphérique et il tombe en déliquescence en quelques instants. Il se dissout dans le quart de son poids d'eau à zéro, et il s'y dissout presque en toutes proportions à l'aide de la chaleur. L'eau qui a été saturée de chlorure de calcium n'entre en ébullition qu'à 120 degrés; ce sel est aussi très soluble dans l'alcool. Le chlorure de calcium sec est composé de calcium, 1 pp. (36,64); chlore, 1 pp. (63,36); à l'état de cristaux, il contient 6 pp. d'eau, ou 49,13 pour 100. Exposé dans le vide, au-dessus de l'acide sulfurique, pendant l'été, il perd 4 pp. d'eau, se désagrége et devient opaque et brillant comme du talc.

Le chlorure de calcium est un stimulant que l'on a employé contre les maladies scrofuleuses à la dose de quelques grains par jour ; son principal usage médical est d'entrer dans la composition de certaines eaux minérales artificielles.

On ne prépare pas le chlorure de calcium par une opération spéciale ; on pourrait l'obtenir en mettant de l'acide hydrochlorique du commerce en contact avec un excès de chaux ou de craie, filtrant et évaporant les liqueurs, mais les résidus de la préparation de l'ammoniaque en fournissent plus que l'on ne peut en consommer ; on traite ces résidus par l'eau, on filtre, on évapore les liqueurs jusqu'à ce qu'elles marquent 40 degrés à l'aréomètre ; et on les coule, quand elles sont en partie refroidies, dans un flacon où elles cristallisent.

Quand on veut avoir à l'état anhydre du chlorure de calcium, on l'évapore à siccité, on le met dans un creuset, on lui donne un coup de feu vif qui le fond, et on le coule sur une pierre ; on l'enferme promptement dans des vases qui bouchent hermétiquement.

SULFATE DE CHAUX.

(Gypse, sélénite.)

Le sulfate de chaux est un sel blanc, insipide et inodore, on le trouve fort bien cristallisé dans la nature ; en cet état il contient 2 pp. d'eau ; il est peu soluble dans l'eau, il en faut environ 460 fois son poids pour le dissoudre. Il est composé de chaux, 1 pp. (32,90) ; acide sulfurique, 1 pp. (46,31) ; eau, 2 pp. (20,79) ; à $+ 100$, il ne perd pas d'eau, à $+ 132$, il s'en dépouille complétement et peut la reprendre directement.

Ce sel n'est employé en médecine que parce qu'il entre dans la préparation de plusieurs eaux minérales. Celui que l'on obtient tout naturellement dans la préparation de l'acide tartrique, du phosphore et du phosphate de soude, suffit à cette consommation. La nature nous l'offre d'ailleurs très communément à l'état de pureté.

PHOSPHATE DE CHAUX.

(Os calcinés.)

Le phosphate de chaux que l'on emploie en médecine est celui qui existe naturellement dans les os. Il est remarquable par sa composition ; c'est un phosphate basique, dans lequel l'oxigène de la chaux est à l'oxigène de l'acide phosphorique comme 8 est à 15. Il est blanc, insipide, inodore, à peu près complétement insoluble dans l'eau, mais facilement soluble dans les liqueurs acides; il est associé dans les os à un peu de phosphate de magnésie, à un peu de carbonate de chaux et d'oxide de fer. A l'état de pureté il est composé de chaux, 8 pp. (51,55); acide phosphorique, 6 pp. (48,45).

Les os calcinés entrent dans la préparation de la décoction blanche de Sydenham, et pour ce seul usage on en consomme de très grandes quantités. Pour les obtenir on se sert des os de mouton de préférence, parce qu'ils sont moins durs. On met sur un rang de briques, placées de champ, une grille ordinaire de fourneau; sur les côtés de cette grille, on élève avec de nouvelles briques et un peu de terre une espèce de tour carrée qui sert de fourneau, on place les os sur la grille en ayant le soin de ne pas les tasser trop, et l'on fait du feu au-dessous; bientôt la graisse contenue dans les os s'enflamme et elle continue à brûler, en même temps que la matière animale est détruite. La chaleur se communique successivement aux couches supérieures, et, quand la combustion finit d'elle-même, l'opération est terminée. On trie alors les os avec soin, pour séparer toutes les parties qui sont restées noires, que l'on conserve pour les soumettre à une nouvelle opération; on pulvérise les os calcinés dans un mortier, on passe au tamis de soie, et enfin on broie sur un porphyre, jusqu'à ce que les os soient réduits en poudre impalpable. On fait avec cette pâte de petits trochisques que l'on fait sécher à l'étuve ou à l'air libre.

La porphyrisation des os calcinés est une opération fort longue; on peut arriver à les obtenir très fins en les précipitant de leur dissolution dans l'acide chlorhydrique. Voici le procédé que j'ai employé :

On pile les os et on les passe au tamis; on met alors en contact à froid 5 parties d'os avec 8 parties d'acide hydrochlorique à 22°.

On remue de temps en temps, et quand la matière s'est trop épaissie, on y ajoute un peu d'eau pour lui conserver une consistance de pâte. Après quelques jours on délaie la matière dans l'eau, et l'on clarifie la liqueur par le filtre ou le repos.

On met alors dans une bassine de tôle 12 parties de carbonate

de soude cristallisé dissous dans 40 parties d'eau ; la bassine ne doit
pas être remplie à plus des deux tiers. On porte à l'ébullition ;
alors, entretenant un feu violent sous la bassine, on y verse peu
à peu la dissolution muriatique des os, de manière à ne pas interrompre l'ébullition. Quand touté la liqueur a été introduite, le
liquide de la bassine doit être resté légèrement alcalin ; on laisse déposer, on décante, on lave le précipité à grande eau : on le reçoit
sur une toile, on l'égoutte, on le divise en trochisques à la manière ordinaire.

Au moment du contact du carbonate de soude avec la dissolution des os, l'acide carbonique se dégage et il se fait du sel
marin. Les os n'ayant plus d'acide qui puisse les tenir en dissolution se déposent. Si la décomposition était faite à froid, le précipité d'os serait extrêmement gélatineux, et deviendrait dur et
corné par la dessiccation ; mais à l'ébullition, le phosphate de
chaux, comme tous les précipités de chaux, se contracte et perd
son état gélatineux. Le lavage en est facile, et il ne prend pas de
dureté en séchant.

ACÉTATE DE CHAUX.

L'acétate de chaux est blanc, inodore, d'une saveur amère. Il
cristallise en petits prismes aiguillés, qui ont l'éclat soyeux et qui
contiennent de l'eau ; il est très soluble dans l'eau et peu soluble
dans l'alcool. Il est composé de : chaux, 1 pp. (35,63), acide acétique, 1 pp. (64,37).

L'acétate de chaux est conseillé comme excitant, fondant, contre les scrofules, le carreau. On en fait peu d'usage.

On le prépare par l'action directe de l'acide acétique sur la
chaux ou sur le carbonate de chaux ; on évapore à pellicule et
l'on fait cristalliser.

—

DES SELS D'AMMONIAQUE.

SULFATE D'AMMONIAQUE.

(Sel secret de Glauber.

Le sulfate d'ammoniaque est un sel blanc, inodore, d'une saveur piquante et amère; il cristallise en prismes hexagonaux terminés par un pointement à six faces; il ne s'effleurit que dans un air très chaud en perdant la moitié de l'eau qu'il contient; il est soluble dans 2 parties d'eau froide et 1 seule partie d'eau bouillante; par une ébullition soutenue, il perd 1 partie de sa base et il devient acide. L'alcool ne le dissout pas. Le sulfate d'ammoniaque est composé de : 1 pp. ammoniaque (22,80), 1 pp. acide (53,28), 2 pp. eau (23,92).

Le sulfate d'ammoniaque est peu employé maintenant; on s'en sert comme apéritif à la dose de 24 à 36 grains (1,3 à 2 grammes).

Le commerce fournit ce sel, qui provient de la décomposition du carbonate d'ammoniaque par le sulfate de chaux; on peut le préparer de toutes pièces en saturant de l'acide sulfurique étendu de 7 à 8 fois son poids d'eau, avec de l'ammoniaque ou du carbonate d'ammoniaque, faisant évaporer jusqu'à pellicule et laissant cristalliser. L'opération ne doit pas être faite dans un vase de cuivre, et il faut entretenir un léger excès d'alcali dans la liqueur.

NITRATE D'AMMONIAQUE.

(Azotate d'ammoniaque, nitre inflammable.)

Le nitrate d'ammoniaque est blanc, inodore, d'une saveur amère et piquante; il affecte des formes très variées suivant les circonstances de la cristallisation. A une chaleur de 20 à 38°, et, par un refroidissement lent, il cristallise en prismes à six pans; quand la dissolution a été évaporée à 100°, les cristaux sont cannelés et d'une texture fibreuse; quand il a été plus desséché au feu, il est sous la forme d'une masse blanche compacte. Davy a trouvé dans le premier sel 12 pour 100 d'eau de cristallisation; dans le second 8 pour 100, et près de 6 pour 100 dans le troisième. C'est la première espèce que l'on emploie en médecine. Le nitrate d'ammoniaque est formé de : ammoniaque, 1 pp. (21,36), acide, 1 pp. (67,44), eau, 1 pp. (11,20).

Le nitrate d'ammoniaque est employé en médecine comme diurétique à la dose de quelques grains. On en fait peu d'usage.

On prépare le nitrate d'ammoniaque en saturant avec de l'ammoniaque de l'acide nitrique étendu d'eau, faisant évaporer à pellicule et laissant cristalliser. Ici encore il faut avoir le soin de laisser un petit excès d'alcali.

ACÉTATE D'AMMONIAQUE.

L'acétate d'ammoniaque est blanc, inodore, d'une saveur âcre et fraîche; il cristallise en longues aiguilles; il est très soluble dans l'eau et dans l'alcool. Il est formé de : 1 pp. ammoniaque (22,2), 1 pp. acide (66,3), 1 pp. eau (11,5).

L'acétate d'ammoniaque n'est pas employé en médecine à l'état solide; on l'emploie toujours sous forme liquide. Il sert en médecine comme diurétique et surtout comme diaphorétique.

ACÉTATE D'AMMONIAQUE LIQUIDE.

Pr. : Acide acétique à 3ᵉ degré............... Q. V.
     Carbonate d'ammoniaque................ Q. S.

Il faut à peu près 6 à 7 parties de carbonate d'ammoniaque pour saturer 100 parties d'acide. On opère de la manière suivante : on fait tiédir l'acide acétique dans un matras et on ajoute le carbonate d'ammoniaque jusqu'à ce qu'il soit en léger excès. On filtre et l'on conserve dans un flacon bien fermé; l'acétate d'ammoniaque devient acide à la longue, parce qu'il laisse dégager une partie de sa base. L'acétate d'ammoniaque ainsi préparé marque 5° à l'aréomètre; il contient par once à peu près 44 grains d'acétate d'ammoniaque cristallisé ou $^1/_{15}$ de son poids.

On l'emploie à la dose d'une $^1/_2$ once (16 grammes) à quelques onces; on le fait entrer dans des potions, on le mélange à la tisane dont le malade fait usage.

L'acétate d'ammoniaque liquide est désigné souvent sous le nom d'*Esprit de Mindererus*; mais celui-ci constituait un médicament réellement différent. On employait à sa préparation le vinaigre distillé, avec la précaution de séparer, pendant la distillation, les premiers deux tiers du produit comme trop aqueux; l'ammoniaque dont on se servait était le carbonate d'ammoniaque chargé d'huile empyreumatique tel que le donne la distillation de la corne de cerf. Suivant l'observation judicieuse de M. Chaussier, la présence de l'huile pyrogénée devait rendre ce médicament plus actif; c'est réellement à tort que la formule de cette préparation a été modifiée. L'acétate ainsi préparé ne marque pas 5°, mais on pourrait l'amener à cet état par l'évaporation, en ayant soin d'ajouter de temps en temps un peu de carbonate alcalin.

HYDROCHLORATE D'AMMONIAQUE.

(Chlorhydrate d'ammoniaque, muriate d'ammoniaque, sel ammoniac.)

L'hydrochlorate d'ammoniaque est blanc, inodore, d'une saveur piquante ; il cristallise en cubes ou en octaèdres ; mais le plus souvent les cristaux se réunissent et se disposent les uns à côté des autres sous l'apparence de barbes de plumes. Le sel ammoniac se dissout dans 2,72 parties d'eau à + 15 ; l'eau bouillante en dissout un poids égal au sien ; il est soluble dans 8 parties d'alcool. Il est composé de : ammoniaque, 1 pp. ou 4 vol. (32) ; acide, 1 pp. ou 4 vol. (68).

Le sel ammoniac est fort employé en médecine, à l'intérieur, comme stimulant, fondant, dans l'hydropisie, les maladies scrofuleuses ; on le donne à la dose de 10 à 30 grains (5 à 15 décigrammes) ; à l'extérieur on l'emploie en lotions résolutives à la dose de quelques gros à 1 once dans une livre d'eau, en gargarismes à la dose de quelques grains à 1 gros, en collyres à plus petites doses.

Le sel ammoniac est fourni par le commerce en pains sublimés que l'on peut choisir très blancs. Cependant on le soumet à la cristallisation par la voie humide pour l'avoir moins compact et plus facilement soluble. On prend le sel ammoniac sublimé, on le concasse grossièrement, et on le fait dissoudre à chaud dans une bassine d'argent, dans une quantité d'eau suffisante ; on filtre la dissolution bouillante, et on la laisse cristalliser. Les eaux mères donnent par concentration de nouveau sel ; on le fait sécher à l'étuve.

DES SELS DE MAGNÉSIE.

CHLORURE DE MAGNÉSIUM.

(Muriate de magnésie, chlorhydrate, hydrochlorate de magnésie.)

Le chlorure de magnésium est blanc, inodore ; sa saveur est amère et piquante ; il cristallise en prismes aiguillés qui contiennent beaucoup d'eau de cristallisation. C'est un des sels les plus déliquescents connus. Il se dissout dans 0,66 parties d'eau froide, et dans 0,27 parties seulement d'eau bouillante; l'alcool en dissout la moitié de son poids. Le chlorure de magnésium anhydre est formé de magnésium, 1 pp. (26,35); chlore, 1 pp. (73,65); cristallisé, il contient 6 pp. ou 53 p. 100.

Le chlorure de magnésium sec n'est pas employé en médecine; on l'obtient en faisant agir le chlore ou l'acide hydrochlorique sur la magnésie chauffée au rouge, ou en chauffant un mélange d'hydrochlorate de magnésie et d'hydrochlorate d'ammoniaque; quant au chlorure cristallisé, on le prépare en saturant de l'acide hydrochlorique étendu de 3 à 4 parties d'eau avec de la magnésie blanche, en mettant un petit excès de cette dernière, filtrant les liqueurs, et les faisant concentrer dans une capsule jusqu'à ce qu'elles marquent 40° bouillant à l'aréomètre; on laisse refroidir en partie la dissolution, et on la coule dans un flacon à large ouverture où elle cristallise; on ne pourrait arriver à obtenir ce sel par l'évaporation à siccité, car il y aurait décomposition partielle, dépôt de magnésie et dissipation d'acide hydrochlorique.

Le chlorure de magnésium n'est employé en médecine que parce qu'il entre dans quelques eaux minérales.

SULFATE DE MAGNÉSIE.

(Sel de Seidlitz, sel d'Epsom.)

Le sulfate de magnésie est blanc, inodore, d'une saveur amère. Il cristallise en prismes quadrangulaires terminés par un pointement à quatre faces. Abandonné à l'air il s'effleurit; cependant celui du commerce ne produit pas toujours cet effet, parce qu'il contient un peu de chlorure de magnésium qui est déliquescent. Le sulfate de magnésie cristallisé contient de l'eau de cristallisation. L'eau à zéro en dissout 25,76 parties, et pour chaque degré au-dessus, elle en prend 0,478 parties de plus, de sorte qu'à 100° elle en dissout 73,57; l'alcool ne le dissout pas. Il est composé de : magnésie, 1 pp. (34,02); acide, 1 pp. (65,98). Cristallisé, il contient 7 pp. d'eau ou 51 pour 100. Il s'effleurit incomplètement à l'air; dans le vide sec ou à + 100, il perd 2 pp. d'eau; il en perd encore 1 à 238°.

Le sulfate de magnésie est employé comme purgatif à la dose de 2 gros à 1 once, 1 once ½ (8 à 32 et 48 grammes).

Le commerce nous fournit le sulfate de magnésie sous la forme de petits prismes aiguillés ; on donne souvent pour lui le sulfate de soude ; on distingue ce dernier sel à sa saveur et à ce qu'il ne donne pas un précipité blanc par les carbonates alcalins ; mais quand on doit reconnaître un mélange des deux sels précédents, l'essai devient plus difficile à faire. On fait dissoudre le sulfate de magnésie dans l'eau, et on le précipite à l'ébullition par du carbonate de potasse ; on reçoit le précipité sur un filtre, on le lave et on évapore à siccité les eaux de lavage avec les premières liqueurs ; on obtient un nouveau précipité que l'on mêle au premier, mais il faut observer si les liqueurs qui laissent le second précipité sont alcalines ; si elles ne l'étaient pas, elles retiendraient de la magnésie, il faudrait y ajouter du carbonate alcalin et les évaporer de nouveau. Les précipités magnésiens sont calcinés et on prend le poids de la magnésie caustique. Celle-ci retient bien un peu de silice, mais qu'on peut négliger pour l'essai en question ; 1 partie de magnésie représente presque exactement 6 parties de sulfate de magnésie cristallisé.

M. Liebig a donné un autre procédé plus simple ; on mêle à la dissolution de sulfate de magnésie du sulfure de barium, qui précipite toute la magnésie, en même temps qu'il se dépose du sulfate de baryte ; on ajoute à la liqueur filtrée de l'acide sulfurique en petit excès pour décomposer ce qui reste de sulfure de barium et séparer tout le barium à l'état de sulfate de baryte ; si la magnésie était pure il ne reste en dissolution que de l'acide sulfurique qui se dissipe par l'évaporation ; s'il y avait du sulfate de soude, il reste dans les liqueurs, et on l'obtient pour résidu de leur concentration.

Le sulfate de magnésie du commerce contient presque toujours un peu de muriate de magnésie, la purification est alors inutile ; mais quelquefois aussi il contient du fer ; dans ce cas, il est important de séparer celui-ci ; on y parvient en ajoutant à la dissolution du sulfate un peu d'hydrate de magnésie, et faisant bouillir pendant un quart d'heure ; on filtre, on concentre la liqueur et on la fait cristalliser. Si l'on veut que le sel prenne la forme aiguillée du celui de commerce, il faut agiter légèrement la dissolution pendant que la cristallisation se fait.

DES SELS D'ALUMINE.

SULFATE D'ALUMINE ET DE POTASSE.

(Alun.)

L'alun est incolore et inodore; sa saveur est astringente, il rougit le tournesol; il forme des cristaux en octaèdres réguliers, qui contiennent de l'eau de cristallisation, et qui s'effleurissent légèrement à leur surface; dans une étuve à 65°; il perd les $\frac{3}{4}$ de son eau. Il est soluble dans 18 parties d'eau froide, et dans les $\frac{3}{4}$ de son poids d'eau bouillante; il est tout à fait insoluble dans l'alcool. L'alun est composé de sulfate de potasse 33,8, sulfate d'alumine 66,2; cristallisé il contient 24 pp. d'eau ou 45,47 pour 100.

L'alun du commerce, au lieu de sulfate de potasse, contient quelquefois du sulfate d'ammoniaque; mais plus souvent encore ces deux sels à la fois.

On emploie l'alun en médecine comme astringent; à l'intérieur, on s'en sert principalement contre les hémorrhagies passives, et on l'administre sous forme de potions ou de pilules à la dose de quelques grains; on s'en sert aussi à l'extérieur comme astringent ou comme un léger cathérétique; on l'emploie comme tel, sous forme de collyre, de gargarisme, en lotions contre les hémorrhagies passives ou les flux hémorrhoïdaux immodérés; la dose en est très variable, et doit être réglée par le médecin suivant les circonstances; on l'emploie aussi sous forme de poudre, et on l'insuffle dans la gorge dans quelques cas d'angines; calciné ou privé de son eau de cristallisation, on en saupoudre les chairs baveuses des ulcères et des cautères.

PILULES ALUNÉES D'HELVÉTIUS.

Pr. : Alun.................................... 2
Sangdragon................................ 1
Miel rosat................................. S. Q.

F. S. A. des pilules de six grains. La formule primitive dit de faire fondre l'alun dans son eau de cristallisation, d'y ajouter le sangdragon, et de faire des pilules avec la masse toute chaude, ce qui est très difficile. MM. Henry et Guibourt ont proposé avec raison l'emploi du miel rosat comme excipient.

GARGARISME ASTRINGENT.

Pr. : Roses rouges, deux gros. . . . . 8 grammes.
  Eau bouillante, huit onces. 250
  Miel rosat, une once. 32
  Alun, un gros. 4

Faites infuser les roses rouges dans l'eau pendant une heure; passez avec expression et ajoutez à la liqueur le miel rosat et l'alun (Hôp. de Paris).

GARGARISME DE CAZARRA.

Pr. : Alun, deux gros. . . . . 8 grammes.
  Eau pure, quatre onces. 125

Faites dissoudre. Employé avec succès contre la mauvaise haleine qui prend sa source dans la cavité postérieure de la bouche.

COLLYRE ALUMINEUX.

Pr. : Alun cristallisé, douze à vingt-quatre
  grains. . . . . 0,6 à 1,3 grammes.
  Eau de roses, quatre onces. 125

Faites dissoudre. Employé en lotions contre quelques affections chroniques des paupières.

ALUN CALCINÉ.

(Sulfate d'alumine et de potasse desséché.)

Pr. : Alun du commerce, douze à treize onces. 375 à 405 grammes.

Réduisez l'alun en poudre grossière, et introduisez-le dans un pot de terre (camion des peintres); placez ce pot sur un morceau de brique, posé lui-même au milieu de la grille d'un fourneau, et faites un peu de feu autour; le feu doit être conduit de manière à ce que l'alun fonde dans son eau de cristallisation et à ce que l'évaporation de celle-ci se fasse lentement et d'une manière continue. Les vapeurs d'eau qui se dégagent, boursoufflent beaucoup la masse qui s'élève d'une assez grande quantité en dehors du pot : l'opération est terminée quand le dégagement d'eau cesse.

Dans cette opération, si le feu est bien ménagé, l'eau de l'alun est seule éliminée ; car le sulfate d'alumine combiné à la potasse peut supporter la chaleur rouge naissante sans être détruit, et l'on est loin d'arriver à ce degré de température ; l'alun ammoniacal ne perd même pas sa base dans l'opération. Si l'on chauffait trop, une partie du sulfate d'alumine perdrait son acide et se changerait en sous-sel ; une très forte chaleur pourrait même aller jusqu'à chasser complétement l'acide sulfurique des deux sels, et il resterait une combinaison d'alumine et de potasse.

L'alun calciné, même bien préparé, ne se dissout souvent dans l'eau qu'avec beaucoup de lenteur ; on pourrait croire d'abord qu'il y est insoluble ; mais en le laissant en contact avec l'eau froide, il finit par y disparaître en entier. Cette difficile dissolution dépend d'un état isomérique particulier ; il faut attendre assez longtemps avant de prononcer, de ce que de l'alun calciné ne s'est pas dissous, qu'il a été préparé à une trop forte chaleur, qui l'a décomposé en partie.

On réduit l'alun calciné en poudre, et on le conserve dans un flacon.

DES SELS DE MANGANÈSE.

CHLORURE DE MANGANÈSE.

(Muriate de manganèse, chlorhydrate, hydrochlorate de protoxide de manganèse.)

Le chlorure de manganèse a une couleur rose ; sa saveur est styptique. Il cristallise en lames quadrilatères ; il attire l'humidité de l'air ; cependant, à la température de $+25$, il s'effleurit à l'air. Il est très soluble dans l'eau ; à 50 degrés elle est saturée de ce sel, et n'en dissout pas davantage par une nouvelle élévation de température ; elle en contient alors la moitié de son poids.

Le chlorure de manganèse est très soluble dans l'alcool. Il est composé de : manganèse, 1 pp. (34,25) ; chlore, 1 pp. (65,75).

Cristallisé, il contient, suivant l'analyse de Brandes, 37,24 p. 100 d'eau ou 5 pp.

Le chlorure de manganèse en solution a été vanté pour la guérison des aphthes; on l'a administré à l'intérieur à petites doses pour combattre les affections dartreuses. Son principal emploi est de servir à introduire le manganèse dans quelques eaux minérales artificielles.

Pour obtenir le chlorure de manganèse, on traite par l'eau le résidu de la préparation du chlore par l'acide hydrochlorique; on évapore à siccité; on reprend par l'eau froide; on filtre, on met en contact à froid avec un excès de craie, pour précipiter le fer; après 24 heures, on filtre, et l'on évapore pour faire cristalliser.

SULFATE DE MANGANÈSE.

Le sulfate de manganèse est blanc, avec une légère teinte améthyste; sa saveur est styptique; il cristallise en prismes rhomboïdaux qui s'effleurissent légèrement à l'air; il se dissout dans 2 parties ½ d'eau froide; il est plus soluble dans l'eau bouillante; l'alcool ne le dissout pas. Il est composé de : protoxide de manganèse, 1 pp. (47,08); acide sulfurique, 1 pp. (52,92).

Cristallisé, il contient 5 pp. d'eau ou 37,26; quand il s'est effleuri à l'air, il a perdu 1 pp. d'eau, et n'en contient plus alors que 32,2 p. 100. Effleuri dans le vide sec, il ne garde que 2 pp. d'eau; enfin à 210°, il n'en garde qu'une proportion.

Le meilleur moyen pour l'obtenir consiste à précipiter le chlorure de manganèse par le carbonate de soude; à recueillir le précipité de carbonate, à le laver, à le dissoudre dans l'acide sulfurique étendu, et à évaporer pour faire cristalliser.

Le sulfate de manganèse n'est employé en médecine que parce qu'on le fait entrer dans la préparation de quelques eaux minérales artificielles.

DES PRÉPARATIONS FERRUGINEUSES.

FER MÉTALLIQUE.

Métal d'un blanc d'argent quand il est pur, mais ordinairement d'un blanc grisâtre, à texture fibreuse ou lamelleuse; d'une densité de 7,6 à 7,8; très dur, très tenace; très ductile à la filière, peu ductile au laminoir; magnétique; fusible à 160° pyrométriques; facilement oxidable à l'air humide; absorbant l'oxigène avec beaucoup d'énergie, à une haute température; décomposant l'eau à la chaleur rouge. Son nombre proportionnel est 33,92. En médecine on accorde au fer des propriétés toniques et fortifiantes, et on le recommande, ainsi que ses préparations, dans les cas de débilité, et surtout la chlorose, la leucorrhée, le rachitisme, etc.

Le fer du commerce n'est jamais pur; il contient presque toujours du carbone, du phosphore, du soufre, de l'arsenic, en petites quantités, qui ont peu d'influence sur ses propriétés médicinales. Il vaut mieux cependant choisir du fer doux pour l'usage de la médecine, et dans le choix que l'on fait de la limaille se garder avec le plus grand soin de celle qui serait mêlée de cuivre.

On a conseillé de purifier la limaille de fer en la séparant par l'aimant. Ce procédé serait insuffisant, car Henkel a fait voir qu'un alliage de fer et de cuivre contenant les $^2/_5$ de son poids de cuivre est encore attirable à l'aimant. Le mieux est de porter une grande attention au choix de la limaille, et plutôt encore de la préparer soi-même avec du fer doux.

Le fer métallique s'emploie toujours en poudre fine; on pile la limaille dans un mortier pour en détacher la rouille, et on la vanne sur un van métallique. On répète ces opérations jusqu'à ce qu'il ne se sépare plus de rouille; arrivé à ce point, on continue à piler, et l'on passe la poudre au tamis de crin; on la porphyrise ensuite à sec et dans un lieu sec, pour éviter l'oxidation qui résulterait de l'action de l'air humide sur le fer. On conserve la poudre de fer dans des vases bien fermés.

La préparation de la limaille de fer porphyrisée est une opération désagréable par le long travail qu'elle exige. M. Quevenne a proposé en conséquence de remplacer le fer porphyrisé par le fer réduit de ses oxides au moyen du gaz hydrogène ; l'opération s'exécute en faisant passer le gaz dans un tube que l'on a garni de peroxide de fer très divisé et que l'on tient à la chaleur rouge. Le fer qui résulte de ce traitement est d'une finesse extrême ; il est facilement attaqué par les acides contenus dans l'estomac.

TABLETTES MARTIALES OU CHALYBÉES.

Pr. : Limaille de fer porphyrisée, quatre gros..... 16 grammes.
Cannelle en poudre, un gros............... 4
Sucre, cinq onces. 160
Gomme adragante, demi-gros. 2
Eau de cannelle, quatre gros. 16

On fait un mucilage avec l'eau de cannelle et la gomme, et l'on s'en sert pour préparer des tablettes de 12 grains. Chacune d'elles contient sensiblement 1 grain de fer métallique.

PILULES CHALYBÉES.

Pr. : Fer porphyrisé, un gros..................... 4 grammes.
Aloès succotrin, neuf grains. 0,5
Cannelle en poudre, six grains. 0,3
Sirop d'armoise, quantité suffisante. .... S. Q.

F. S. A. des pilules de 6 grains. Ces pilules ne doivent être préparées qu'à mesure du besoin, car elles acquièrent en peu de temps une très grande dureté.

PILULES MARTIALES DE SYDENHAM.

Pr. : Fer porphyrisé......................... Q. V.
Extrait d'absinthe...................... S. Q.

F. S. A. des pilules de 6 grains.

OXIDES DE FER.

Le fer forme avec l'oxigène deux combinaisons, savoir : protoxide de fer, 1 pp. fer (77,23) ; 1 pp. oxigène (22,77) ; deutoxide de fer, 1 pp. fer (69,34) ; 1 pp. ½ oxigène (30,66).

Le premier oxide n'est usité qu'en combinaison avec les acides ; il est précipité de ses dissolutions par les alcalis sous la forme d'une poudre blanche, floconneuse, qui, en quelques instants, passe au vert, et plus tard au rouge jaunâtre en absorbant l'oxigène de l'air.

Le peroxide de fer est usité; il a une couleur rouge dont la teinte varie suivant la méthode que l'on a suivie pour le préparer; en outre, on emploie une combinaison de protoxide et de peroxide sous le nom d'oxide noir de fer.

PEROXIDE DE FER.

(Deutoxide de fer, oxide ferrique, oxide rouge de fer.)

COLCOTHAR.

On prend du sulfate de fer du commerce; on le chauffe dans une bassine de fonte au rouge sombre, pour lui faire perdre son eau de cristallisation: il devient par là d'une couleur blanche; en cet état on l'introduit dans un creuset couvert ou dans une cornue de grès, et on l'entretient à la chaleur rouge vif jusqu'à ce qu'il cesse de se dégager des vapeurs acides. On pulvérise la masse rouge qui résulte de cette calcination, on la lave à plusieurs reprises à l'eau bouillante, jusqu'à ce que les eaux de lavage ne précipitent plus par le prussiate de potasse ferrugineux; on la fait sécher et on la porphyrise.

Le sulfate de fer calciné à blanc contient le fer à l'état de protoxide; par une plus forte chaleur, l'acide sulfurique est en partie décomposé; il fournit l'oxigène nécessaire à la suroxidation du fer, et se transforme en acide sulfureux; en même temps il se dégage une partie d'acide sulfurique anhydre qui échappe à l'action décomposante du feu, tandis qu'une autre portion de cet acide se change en oxigène et en acide sulfureux.

Si la chaleur n'est pas assez longtemps continuée, il arrive qu'une portion d'acide sulfurique reste combinée au peroxide de fer; c'est ce qui nécessite les lavages de la masse. L'eau entraîne le sulfate neutre de peroxide qui a pu se former; mais elle est impropre à séparer le sulfate basique qui reste dans la masse, parce que ce sel n'est ni soluble, ni décomposable par l'eau; sa présence n'a qu'un faible inconvénient, parce que ses propriétés médicinales sont les mêmes que celles du colcothar.

Le colcothar a les propriétés communes aux oxides de fer; on l'emploie à l'intérieur à la dose de quelques grains à 1 et 2 gros. Comme il a beaucoup de cohésion, il est moins avantageux que beaucoup d'autres préparations de fer, et il est peu usité.

27*

EMPLATRE DE CANET.

(Onguent de Canet.)

Pr.: Emplâtre simple. 1
 —   diachylon gommé. 1
 Cire jaune. 1
 Huile d'olives. 1
 Colcothar. 1

On broie sur un porphyre le colcothar avec une partie de l'huile pour en faire une pâte molle très divisée; d'autre part on liquéfie les autres substances, et l'on mélange le tout.

Des compositions analogues, connues sous les noms d'emplâtres styptiques, défensifs, se trouvent dans un grand nombre de pharmacopées.

SAFRAN DE MARS ASTRINGENT.

On prend l'hydrate de peroxide de fer, connu sous le nom de safran de mars apéritif, et on le chauffe au rouge dans une cuillère de fer si on opère sur une petite quantité, dans un creuset si on agit sur une plus grande masse. L'eau se dégage, et le peroxide reste. Ce peroxide, ainsi obtenu, n'est pas toujours chimiquement pur, parce que le safran de mars apéritif retient souvent un peu de fer qui n'est pas peroxidé. La proportion en est trop faible pour qu'elle puisse avoir aucune influence sur la valeur de la préparation. Si l'on voulait avoir cet oxide parfaitement pur, ce qui, je le répète, est inutile, il faudrait alors calciner l'hydrate obtenu par précipitation.

On préparait encore autrefois le safran de mars astringent en calcinant au contact de l'air, l'oxide connu sous le nom de battitures qui se forme quand on chauffe le fer au contact de l'air; mais cet oxide est dense, sa suroxidation est toujours plus difficile à obtenir et le produit est moins divisé.

HYDRATE DE PEROXIDE DE FER.

(Hydrate ferrique.)

Il est formé de 2 pp. peroxide (85,3); 3 pp. eau (14,7). L'oxide de fer contient autant d'oxigène que l'eau.

Pour obtenir cet hydrate, on doit opérer de la manière suivante :

On met dans une bassine de fonte, ou mieux une capsule de grès ou de porcelaine, 1 livre de sulfate de fer, exempt de cuivre, avec 2 litres d'eau et 3 onces d'acide sulfurique concentré. La capsule doit être tout au plus remplie à moitié; on porte à l'ébullition et l'on ajoute par petites quantités, et à des instants très rapprochés, de l'acide nitrique du commerce, jusqu'à ce que la dernière affusion ne donne plus lieu à un dégagement de vapeurs rutilantes; on retire la capsule du feu; on étend la liqueur avec 20 à 30 fois son poids d'eau froide, et l'on précipite par de l'ammoniaque en excès; on lave le précipité un grand nombre de fois avec de l'eau pure, et on le conserve sous forme de bouillie claire dans des vases fermés.

La première partie de l'opération a pour effet de changer le proto-sulfate de fer en sulfate de peroxide; l'acide sulfurique est ajouté pour que le sel conserve son état de neutralité; en effet, à mesure que le fer prend plus d'oxigène, il ne trouverait plus assez d'acide pour le saturer, et il formerait un peu de sulfate basique qui se déposerait; la présence d'un excès d'acide nitrique n'empêcherait pas complétement cette précipitation; mais l'excédant d'acide sulfurique ajouté est suffisant pour satisfaire à l'augmentation de capacité de saturation du fer, et tout est converti en sulfate neutre de peroxide, qui est un sel extrêmement soluble.

Dès que les affusions d'acide nitrique commencent, chacune d'elles est accompagnée d'un dégagement abondant de vapeurs nitreuses, et la liqueur prend une couleur foncée. On est assuré que tout le fer est à l'état de peroxide quand l'acide nitrique ne produit plus de vapeurs rutilantes dans la liqueur bouillante.

La précipitation de l'oxide de fer doit être faite par l'ammoniaque; si l'on employait la potasse ou la soude, et qu'on en mît un excès, l'oxide de fer retiendrait en combinaison une portion de l'alcali; si l'alcali n'était pas prédominant, le précipité serait un sous-sulfate. Il est vrai de dire cependant que l'oxide précipité par l'ammoniaque retient un peu de cet alcali; mais celui-ci ne nuit en rien à l'effet médicamenteux.

L'hydrate de peroxide de fer peut être desséché à la température ordinaire sans éprouver de décomposition; mais celui que l'on emploie en médecine doit être conservé humide; il est destiné à servir de contre-poison à l'acide arsénieux. Il se combine

avec lui et forme un arsenite basique qui n'est nullement vénéneux ; mais cet effet ne se produit bien qu'autant que l'on présente à l'acide arsénieux le peroxide de fer dans l'état gélatineux
et de faible cohésion qu'il ne possède qu'autant qu'il est pris
encore à l'état humide, tel qu'il a été précipité au milieu de l'eau.

Le pharmacien doit avoir toujours, préparé à l'avance, de l'hydrate de peroxide de fer en bouillie. Il se conserve parfaitement
dans des vases bouchés.

SAFRAN DE MARS APÉRITIF.

On fait dissoudre à chaud dans l'eau du sulfate de fer exempt
de cuivre ; on filtre la dissolution ; d'autre part on fait une dissolution de carbonate de soude cristallisé (environ 20 parties pour
17 de sulfate). On met dans un grand vase la dissolution froide de
sulfate, on l'étend d'eau et l'on y verse peu à peu la liqueur alcaline également froide, jusqu'à ce qu'il cesse de se former un précipité, et même qu'il y ait un excès d'alcali ; on laisse déposer, on
décante la liqueur surnageante ; on lave le dépôt à l'eau froide jusqu'à ce que les eaux de lavage soient sans saveur ; on le recueille sur
une toile, on le laisse égoutter, puis on le fait sécher très lentement
à l'ombre en lui faisant présenter le plus de surface possible ;
quand il est sec on le pulvérise et on le passe au tamis de soie.

Le mélange du carbonate de soude avec le sulfate de fer donne
lieu à la formation de sulfate de soude qui reste en dissolution et qui
est emporté par les lavages, et à celle d'un précipité blanc, qui est
du carbonate de protoxide de fer ; mais bientôt ce précipité absorbe
l'oxigène de l'air, devient vert, puis rougeâtre, effet qui se continue pendant les lavages et la dessiccation, et le protoxide de fer
passe entièrement à l'état de peroxide ; la couleur verte est due à
la formation intermédiaire d'une combinaison de protoxide et de
peroxide de fer, qui est elle-même convertie lentement en peroxide. En cet état, le peroxide est combiné avec de l'eau, constituant un hydrate, et c'est de peur de le détruire que l'on fait les
précipitations et les lavages à l'eau froide. Le nom de carbonate de
fer, que l'on donne encore à ce composé, lui est donc appliqué fort
improprement. Cependant il fait presque toujours effervescence
avec les acides ; cela peut provenir quelquefois de ce qu'il n'est
pas resté assez longtemps exposé à l'air, et de ce qu'il retient du
carbonate de protoxide ; mais il présente encore ce caractère

quand tout le protoxide de fer a disparu, ce qui tient à ce que l'hydrate reste mêlé d'un peu de carbonate de peroxide avec excès de base. J'ai trouvé 8 pour 100 d'acide carbonique dans un safran de mars qui était resté assez longtemps exposé à l'air, qui avait été lavé avec le soin que l'on peut apporter au lavage d'une substance qui est destinée à l'analyse, et dont la dissolution ne donnait pas la moindre trace de précipitation avec le chlorure d'or.

La composition du safran de mars ordinaire est un peu variable; il contiendra d'autant plus de carbonate d'oxidule qu'il aura été desséché avec plus de rapidité ; la proportion du carbonate basique de peroxide y sera d'autant moindre, que la matière aura été conservée plus longtemps à l'état humide.

Le safran de mars apéritif a moins de cohésion que le colcothar et le safran de mars astringent, aussi est-il préféré pour l'usage médical. La dose est de quelques grains à $\frac{1}{2}$ gros et 1 gros par jour.

POUDRE CACHECTIQUE D'HARTMANN.

Pr,: Safran de mars apéritif. 1
Cannelle en poudre......................... 2
Sucre. 5

Mêlez.
Cette poudre est employée comme tonique.

ÉTHIOPS MARTIAL.

L'Éthiops martial est une combinaison de protoxide et de peroxide de fer. Il a reçu les noms de deutoxide de fer, oxide de fer noir, oxide ferrosoferrique. Il est composé de : 1 pp. oxide ferreux (31); 2 pp. oxide ferrique (69).

Il y trois fois autant d'oxígène dans le peroxide que dans le protoxide.

Pour obtenir l'éthiops martial, le meilleur procédé est celui que l'on doit à MM. Trusson et Bouillon-Lagrange.

Pr.: Safran de mars apéritif.................... 8
Vinaigre distillé............................ 3

On mêle les deux matières ; on les introduit dans une cornue de grès, que l'on chauffe d'abord doucement pour chasser toute l'eau, puis, que l'on finit par porter au rouge ; à cette température l'acide acétique est décomposé, en donnant des produits empyreumatiques variés; mais une partie de son hydrogène et de son carbone forme de l'eau et de l'acide carbonique avec une partie de l'oxigène du peroxide de fer, et le ramène à l'état d'oxide noir; la décomposition ne va pas plus loin. Plusieurs pharmacopées remplacent le vinaigre par de l'huile, en quantité suffisante pour graisser légèrement l'oxide : l'opération marche aussi bien. L'on reproche à ce procédé de laisser un peu de charbon dans le produit; c'est un inconvénient nul pour l'usage médical.

M. Cavezzali a donné un procédé qui a été depuis étudié par M. Guibourt, qui est encore recommandé par beaucoup de personnes, mais qui ne réussit pas très bien sur de petites quantités. On prend une quantité voulue de limaille de fer, soit 8 à 10 livres; on la pile dans un mortier et on la passe dans un tamis de crin, et on la lave par décantation dans une terrine, jusqu'à ce que l'eau n'entraîne plus de rouille. On la tasse alors au fond de la terrine, et l'on fait égoutter toute l'eau non adhérente au fer. De temps en temps on remue la matière et on l'humecte avec un peu d'eau, de manière à en saturer la masse, sans qu'il y en ait un excédant qui puisse couler quand on vient à incliner la terrine; au bout de cinq à six jours ou plus, on délaie le fer dans l'eau; on sépare par décantation l'oxide qui s'est formé; on le reçoit sur un filtre, on l'exprime et on le fait sécher à l'étuve. Geiger conseille de délayer cet oxide dans de l'alcool rectifié, d'exprimer fortement et de le sécher rapidement dans un courant d'air sec. Le fer qui n'a pas été oxidé est soumis à un traitement semblable, jusqu'à ce qu'il ait été converti entièrement en oxide noir.

Le fer ne décompose pas l'eau à la température ordinaire; mais il commence à s'oxider par l'oxigène tenu en dissolution par l'eau que l'on emploie à l'opération. Aussitôt que le fer est couvert d'une couche d'oxide, ces deux corps constituent un élément voltaïque qui décompose l'eau; son oxigène oxide le fer, tandis que son hydrogène se dégage; on le reconnaît aisément à son odeur. L'oxide qui se forme est l'éthiops, qui est celui qui se produit toujours lors de la décomposition de l'eau par le fer. Pendant que cette réaction se fait, la température s'élève; mais elle ne dépasse jamais 50°.

L'oxide de fer noir, obtenu par ce procédé, qui est du reste fort économique, contient toujours un peu d'ammoniaque qui se produit suivant la remarque de M. Austin, par la combinaison de l'hydrogène de l'eau avec l'azote de l'air; il est presque constamment aussi mélangé de peroxide, qui provient de ce que l'oxigène de l'air continue à oxider le fer pendant tout le cours de l'opération, et de ce que l'oxide noir continue à absorber ce gaz pendant tout le temps qui est nécessaire pour le séparer et le dessécher.

PILULES DE FER DE SWEDIAUR.

Pr. : Oxide de fer noir...................... Q. V.
   Extrait d'absinthe. .... S. Q.

F. S. A. des pilules de 6 grains.

TABLETTES D'ÉTHIOPS MARTIAL.

Pr. : Oxide de fer noir......................   4
   Cannelle en poudre.....................   1
   Sucre...............................   20
   Mucilage de gomme adragante............ S. Q.

F. S. A. des tablettes de 12 grains. Chacune d'elles contient 2 grains (1 décigramme) d'éthiops martial (Pharmacopée d'Anvers).

CHLORURES DE FER.

On connaît deux chlorures de fer. Le proto-chlorure est formé de fer, 1 pp. (43,38); chlore, 1 pp. (56,62).

Le deuto-chlorure contient, fer, 1 pp. (33,81); chlore, 1 pp. $\frac{1}{2}$ (66,19).

Le proto-chlorure est blanc, d'une saveur styptique; volatil à une forte chaleur rouge; très soluble dans l'eau, l'alcool; insoluble dans l'éther, très soluble dans la liqueur d'Hoffmann; très altérable à l'air humide qui le change en deuto-chlorure soluble et en oxidochlorure insoluble dans l'eau.

Le deuto-chlorure de fer est d'une couleur rouge, d'une saveur fortement astringente, volatil à une température assez modérée, très soluble dans l'eau, l'alcool, l'éther.

PROTO-CHLORURE DE FER.

(Chlorure ferreux, muriate de fer oxidulé, chlorhydrate, hydro-chlorate de protoxide de fer.)

On dissout de la limaille de fer dans l'acide hydrochlorique jusqu'à ce qu'il refuse d'en prendre davantage; on commence l'opération à froid et on la termine à une douce chaleur, on filtre la liqueur et on l'évapore à siccité pour chasser l'eau, et aussi rapidement que possible pour éviter que le fer ne s'oxide. La dissolution du proto-chlorure dans l'eau doit être d'une couleur verte : elle a une teinte jaune rougeâtre plus ou moins foncée quand le sel est mêlé de deuto-chlorure.

Ce chlorure desséché est le chlorure de fer médicinal, on pourrait l'obtenir cristallisé sous la forme de cristaux d'une couleur verte; en cet état, il contient 4 pp. d'eau suivant Th. Graham, 5 suivant Berzélius et 6 suivant Bonsdorff.

En mettant le chlorure ferreux dans une cornue et le chauffant fortement, il passe d'abord un peu d'eau, d'acide hydrochlorique et de chlorure ferrique; si on continue à chauffer très fortement, le proto-chlorure se sublime sous la forme d'écailles blanches, et il reste dans la cornue un oxidochlorure d'une couleur vert foncé.

On recommande à tort de faire cette sublimation dans un creuset de terre, recouvert d'un autre creuset, après que les jointures ont été lutées; les paillettes ont alors une couleur jaune, parce qu'elles sont un mélange de proto et de deuto-chlorure de fer. Cette opération est du reste fort inutile.

Le proto-chlorure de fer a les mêmes propriétés que les sels de fer protoxidés. Il entre dans la préparation de quelques eaux minérales.

TEINTURE DE PROTO-CHLORURE DE FER.

Pr.: Chlorure de fer desséché...................... 1

Alcool à 56° (21° Cart.)..................... 6

C'est la formule de la Pharmacopée Batave.

Cette teinture doit être divisée dans de petits flacons très bien bouchés; au contact de l'air, elle laisse déposer un précipité, parce qu'une partie du fer s'oxide; il se précipite un composé d'apparence ocreuse formé de peroxide et de deuto-chlorure de fer, et il reste du perchlorure en dissolution. Cette préparation, à cause de sa difficile conservation, est à peu près abandonnée.

DEUTO-CHLORURE DE FER.

(Chlorure ferrique, chlorhydrate, hydrochlorate de peroxide de fer.)

Le perchlorure de fer est d'une couleur brune; il a un éclat très vif quand il a été sublimé; il est volatil à une chaleur très modérée; il est excessivement soluble dans l'eau, il tombe en déliquescence aussitôt qu'il a le contact de l'air humide; il est également très soluble dans l'alcool et dans l'éther; ce dernier l'enlève à sa dissolution aqueuse. Quand on évapore une dissolution de ce sel, vers la fin de l'opération il se dégage du gaz hydrochlorique, et il se dépose une quantité correspondante d'oxide de fer. Quand la matière paraît sèche, si on la chauffe dans une cornue, il se dégage un peu d'eau, d'acide hydrochlorique et de chlore, il se sublime du perchlorure en belles écailles brillantes, et il reste un résidu de peroxide de fer qui retient du chlore. On obtient ce sel par plusieurs procédés.

1° On sature de l'acide hydrochlorique du commerce avec de l'hydrate de peroxide de fer sec ou encore humide; on commence la dissolution à froid; on la continue à l'aide d'une douce chaleur; quand l'acide ne dissout plus d'oxide, on filtre la liqueur, on lave le résidu avec un peu d'eau que l'on ajoute à la première liqueur, et l'on évapore à siccité dans une capsule de porcelaine, en ayant soin de modérer la chaleur et de remuer continuellement vers la fin de l'opération. Le Codex conseille d'évaporer au bain-marie et arrête là l'opération; mais ce procédé est mauvais, car le produit contient toujours une forte proportion d'oxidochlorure insoluble.

On introduit le produit de cette première opération dans une cornue de grès ou de verre lutée, et l'on chauffe graduellement; on porte le fond de la cornue au rouge naissant vers la fin de l'opération; on a soin de ne pas mettre de feu sur la voûte de la cornue; d'abord, il se dégage quelques vapeurs aqueuses et acides; quand elles paraissent cesser de se produire, on adapte à l'ouverture de la cornue un bouchon qui ne la ferme pas exactement, et l'on continue le feu. Le perchlorure se sublime; on le retire en cassant la cornue, et on l'enferme aussitôt dans des vases de petite capacité bien secs, que l'on bouche avec le plus grand soin.

Le résidu qui est au fond de la cornue étant dissous dans l'acide hydrochlorique, peut servir à une nouvelle opération.

Ce procédé est le meilleur de tous pour se procurer le per-chlorure de fer sec. On pourrait également dissoudre le fer métallique dans un mélange de 3 parties d'acide hydrochlorique et 1 partie d'acide nitrique; lorsque la matière se dessèche, si elle dégage du gaz hypo-nitrique, c'est une preuve que l'acide hydrochlorique n'était pas en suffisant excès, il faut en ajouter une nouvelle quantité et recommencer la dessiccation.

2° On met dans un tube de verre luté des battitures de fer, et l'on place le tube en travers sur un fourneau; le tube doit être assez long pour dépasser le fourneau d'une assez grande quantité; la portion qui contient le fer doit occuper la partie du tube qui traverse le fourneau; on fait arriver par l'extrémité du tube un courant de chlore desséché, et en même temps l'on chauffe le tube au-dessous du rouge; le premier effet du chlore est de transformer le fer en proto-chlorure, mais comme ce composé est peu volatil, il reste exposé à une nouvelle action du chlore qui le sature et le change en perchlorure qui est volatil à une assez faible chaleur, et qui vient occuper la partie froide du tube qui est en dehors du fourneau.

Ce procédé est bon, mais il est d'un usage moins commode que le précédent.

3° On prépare une dissolution de perchlorure de fer ainsi qu'il a été dit ci-dessus (n° 1). On l'évapore en consistance siru-peuse; puis on la place dans une capsule sous une cloche avec de la chaux vive; on peut, si l'on veut, opérer dans le vide, mais cela n'est pas nécessaire. L'évaporation de la liqueur continue à se faire avec lenteur; la chaux absorbe à mesure la vapeur d'eau qui se forme, et la liqueur finit par se prendre en une masse sèche, cristallisée confusément. Ce procédé de M. Béral réussit très bien; M. Béral conseille d'employer en médecine le chlorure cristallisé, mais on doit préférer le chlorure sec qui a une composition constante. En effet, on ne sait pas quelle quantité d'eau le sel cristallisé contient; il est bien certain, d'ailleurs, que dans ce mode de préparation, cette quantité doit être variable.

TEINTURE DE PERCHLORURE DE FER.

(Teinture de fer muriaté, alcoolé de fer chloruré.)

Pr. : Perchlorure de fer sec...................... 1
    Alcool à 80ᶜ (31° Cartier). 7

Cette formule est dans les proportions conseillées par **M. Bé-ral**, avec cette différence que j'emploie le chlorure de fer anhydre au lieu du chlorure hydraté.

Plusieurs pharmacopées font préparer cette teinture avec le perchlorure liquide obtenu par la dissolution de l'oxide de fer dans l'acide hydrochlorique, ce qui donne un dosage moins exact ; toutefois, comme une légère différence dans la quantité de fer n'est pas d'une grande importance, nous allons rapporter cette formule.

On prend : acide hydrochlorique liquide à 22° 100 parties ; on y ajoute de l'hydrate de peroxide de fer sec et en poudre, jusqu'à saturation, c'est-à-dire jusqu'à ce qu'il refuse de se dissoudre. On commence l'opération à froid, on l'achève à l'aide de la chaleur. On ajoute à la liqueur assez d'alcool rectifié pour qu'elle pèse 425 parties (alcool ajouté environ 300 parties). La teinture contient alors très sensiblement $1/_8$ de son poids de perchlorure de fer.

TEINTURE DE BESTUCHEF.

Pr. : Perchlorure de fer sec..................... 1
    Liqueur d'Hoffmann...................... 7

On met le chlorure de fer dans un flacon à l'émeri qui est rempli de la liqueur d'Hoffmann ; la dissolution s'opère avec facilité.

Le perchlorure de fer se dissout parfaitement dans l'éther et la liqueur d'Hoffmann. La dissolution est fortement colorée en jaune.

En exposant au soleil la teinture de Bestuchef, elle se décolore, parce que le deuto-chlorure passe à l'état de proto-chlorure. Si l'on se servait d'éther pur, le proto-chlorure se déposerait à mesure sous forme de cristaux blancs. En même temps que la liqueur se décolore elle prend une odeur d'éther muriatique ; en cet état, c'est la teinture blanche de Bestuchef. On conseillait autrefois cette décoloration, même pour la teinture jaune ; elle changeait l'odeur et la saveur du produit. Mais peu à peu le proto-chlorure s'oxidait de nouveau par l'action de l'air, dans des vases mal bouchés, et devenait perchlorure et peroxide de fer ; l'acide hydrochlorique qui s'était formé sous l'influence des rayons du soleil, transformait cet oxide formé en perchlorure qui restait dissous.

Le procédé que nous avons prescrit donne une teinture constante dans ses proportions, ce qui n'arrive pas avec la plupart des recettes qui sont employées ; ainsi un grand nombre de pharmacopées prescrivent d'agiter, avec de l'éther, l'huile de mars ou le liquide que l'on obtient par la déliquescence du perchlorure de fer à la cave, de séparer la liqueur éthérée ferrugineuse, et de la mêler avec de l'esprit de vin. Les proportions de fer dans un produit obtenu par cette méthode sont nécessairement variables.

D'autres mêlent à l'éther la teinture alcoolique de perchlorure de fer ; mais il faut alors préparer un teinture plus concentrée que celle dont nous avons donné la formule. Après avoir obtenu la dissolution muriatique de fer, on l'évapore à une chaleur douce en consistance de sirop, et l'on y ajoute assez d'alcool rectifié pour que la totalité de la liqueur pèse 212 (si l'on a opéré sur 100 parties d'acide hydrochlorique). On mélange cette teinture avec un poids égal au sien d'éther sulfurique.

C'est à Trommsdorf que l'on doit la connaissance exacte de la composition de la teinture de Bestuchef. Il a montré le premier que le fer devait être employé saturé de chlore, et que le proto-chlorure de fer était d'un mauvais emploi. En effet, la teinture éthérée, de même que la teinture alcoolique préparée avec ce dernier sel, se trouble sans cesse par l'oxidation du fer et le dépôt d'un oxidochlorure ; en outre, le proto-chlorure qui est tout à fait insoluble dans l'éther pur, se dissout mal dans la liqueur d'Hoffmann.

CHLORURE FERROSO-AMMONIACAL.

(Muriate de fer et d'ammoniaque, fleurs martiales ammoniacales, chlorhydrate, hydrochlorate de fer et d'ammoniaque.)

Pr. : Protochlorure de fer desséché................ 1
        Sel ammoniac. 3

On dissout les deux sels dans la plus petite quantité d'eau possible, et l'on évapore à siccité en remuant continuellement. On conserve le produit dans un flacon bien bouché.

On faisait autrefois cette préparation par un autre procédé :

on mêlait du fer métallique et du sel ammoniac, l'on humectait ce mélange, puis, après quelques jours de contact, on le séchait et on le sublimait. Le fer s'oxidait aux dépens de l'air, l'oxide de fer chassait une partie de l'ammoniaque et formait avec l'acide hydrochlorique de l'eau et un chlorure de fer. Par la chaleur, il se sublimait du sel ammoniac, du chlorure ferreux combiné avec du sel ammoniac, et du chlorure ferrique qui communiquait au mélange une couleur jaune; il restait dans la cornue un mélange de fer et d'oxido-chlorure vert. On concevra facilement la formation de tous ces produits si l'on se rappelle la manière dont le chlorure de fer se comporte au feu.

On n'obtenait par cette méthode que des mélanges en proportions variables de sel ammoniac avec les chlorures de fer; aussi est-ce avec juste raison que les pharmacopées ont abandonné ce procédé pour recourir au simple mélange des deux sels.

IODURE DE FER.

(Iodure ferreux, iodhydrate, hydriodate de fer.)

Ce sel est brun, d'une saveur styptique, difficilement cristallisable; il est déliquescent, extrêmement soluble dans l'eau; sa dissolution s'altère rapidement à l'air; il se précipite de l'oxide de fer qui entraîne de l'iodure, et il se fait du periodure de fer qui reste en dissolution.

L'iodure ferreux est composé de : iode, 1 pp. (82,32); fer, 1 pp. (17,68).

On l'obtient en dissolution, comme il a été dit en parlant de la préparation de l'iodure de potassium. La liqueur filtrée est évaporée rapidement jusqu'à siccité. On conserve l'iodure dans un vase bien fermé.

L'iodure de fer participe des propriétés du fer et de celles de l'iode; on l'emploie avec succès pour combattre l'aménorrhée et les fleurs blanches. Le docteur Pierquin a donné les formules suivantes :

TEINTURE D'IODURE DE FER.

Pr.: Iodure de fer.   1
Alcool rectifié.   8
Eau.   8

Faites dissoudre.

VIN D'IODURE DE FER.

Pr.: Vin de Bordeaux........................ 32
    Iodure de fer........................... 1

Faites dissoudre.
Une cuillerée à bouche soir et matin pour les adultes.

EAU D'IODURE DE FER.

(Eau hydriodatée ferrugineuse.)

Pr.: Iodure de fer, deux gros................. 8 grammes.
    Eau, une livre......................... 500

Faites dissoudre.
En lavements, lotions, injections plusieurs fois par jour.

CHOCOLAT AVEC L'IODURE DE FER.

Pr.: Iodure de fer, deux gros................. 8 grammes.
    Chocolat, une livre..................... 500

Mêlez.
D'abord ½ tasse, puis 1 tasse entière.
Chaque once de chocolat contient 9 grains ou ½ gramme d'iodure.

TABLETTES D'IODURE DE FER.

Pr.: Iodure de fer, un gros.................... 4 grammes.
    Safran pulvérisé, quatre gros............ 16
    Sucre, huit onces. 250

Pour 288 tablettes : 8 à 10 par jour d'abord, puis on augmente d'une pastille tous les 4 jours. Chaque tablette contient ¼ de grain d'iodure de fer.

POMMADE D'IODURE DE FER.

Pr.: Iodure de fer............................. 1
    Axonge................................. 8

Mêlez.
Gros comme une noisette matin et soir pour frictionner la partie supérieure de chaque cuisse.

BAIN AVEC L'IODURE DE FER.

> Pr. : Iodure de fer, deux onces................ 64 grammes.
> Eau. .... S. Q:

Faites dissoudre.

On augmente successivement la dose de 4 gros (16 grammes) par bain.

INJECTION D'IODURE DE FER.

> Pr. : Iodure de fer, demi-gros.................. 2 grammes.
> Eau distillée, huit onces. 250

Faites dissoudre.

Recommandée par le docteur Ricord pour combattre la blen-norrhagie.

SULFURE DE FER.

> Pr. : Limaille de fer............................ 6
> Soufre en poudre. 4

On introduit le mélange des deux matières dans un creuset, et l'on chauffe doucement jusque vers le rouge obscur. La réaction commence, et bientôt se manifeste une forte élévation de température, accompagnée d'un dégagement de vapeurs sulfureuses. Quand elle est achevée, on porte le creuset au rouge, et quand la matière est fondue, on la coule.

Le produit se rapproche beaucoup de la composition du fer sulfuré magnétique naturel, composé de 2 pp. de proto-sulfure, et de 1 pp. de deuto-sulfure de fer; il n'est cependant qu'un mélange de différents sulfures entre eux; on ne peut obtenir le proto-sulfure de fer pur par ce moyen.

Le sulfure de fer précédent n'est pas employé en médecine. Il sert à la préparation du gaz hydrogène sulfuré.

CARBONATE DE FER.

(Carbonate ferreux, carbonate de protoxide de fer.)

Le carbonate de protoxide de fer est un sel blanc, inodore, presque insoluble dans l'eau. Il est formé de 1 pp. de protoxide de fer (61,37) et de 1 pp. d'acide carbonique (38,63). A l'état humide, il absorbe avec une grande rapidité l'oxigène de l'air et passe successivement au vert et au rouge. Il finit par se transformer en hydrate de peroxide de fer.

Le carbonate de fer a, dans l'emploi médical, des avantages que l'on ne retrouve pas au même degré dans d'autres préparations ferrugineuses. Il n'a pas, comme les oxides de fer, une cohésion forte ou des affinités faibles qui mettent obstacle à sa dissolution. L'oxide, au minimum qu'il contient, est une base puissante, et l'acide carbonique qui lui est associé peut être déplacé sans difficulté par les acides contenus dans les voies digestives. Cette décomposition facile lui donne également l'avantage sur les autres sels de fer insolubles; on n'a pas à craindre qu'il traverse le canal digestif sans produire d'effet. D'un autre côté, il est souvent préférable aux sels plus solubles; car sa dissolution dans les acides de l'estomac est lente et graduée, et laisse peu redouter l'impression toujours désagréable et parfois dangereuse que produit la dissolution styptique des sels ferrugineux. On ne doit pas perdre de vue sa facile oxidation au contact de l'air et l'altération qui en est le résultat. Il entre dans certaines eaux minérales naturelles ou artificielles, où il est retenu en dissolution par un excès d'acide carbonique. C'est un bon mode d'administration; mais on a bien de la peine à soustraire le fer à une oxidation plus avancée, et alors il se précipite en flocons rougeâtres que l'acide carbonique ne peut dissoudre (*Voyez* Eaux minérales).

POUDRE FERRUGINEUSE DE KLENZER.

Pr. : Sulfate de fer cristallisé en poudre, demi-gros.. 2 grammes.
Sucre en poudre, un gros et demi 6

Mêlez et divisez en 12 paquets que vous étiquetterez n° 1; d'autre part :

Pr. : Bi-carbonate de soude en poudre, demi-gros... 2
Sucre blanc en poudre, un gros et demi 6

Mêlez et divisez en 12 paquets que vous étiquetterez n° 2.

On fait dissoudre séparément un paquet n° 1 et un paquet n° 2 dans quelques cuillerées d'eau; on mélange les liqueurs et on les boit aussitôt.

Dans ce mode de préparation, on n'a pas à craindre la suroxidation du fer, puisque le carbonate se forme au moment même de l'emploi. La formule admet un petit excès de sel de soude; une grande partie du carbonate de fer entre en dissolution.

Un paquet contient 3 grains de sulfate de fer et donne naissance presque exactement à 1 grain ¼ de carbonate de fer.

POUDRE FERRÉE GAZIFÈRE.

Pr. : Bi-carbonate de soude pulvérisé , cinquante-quatre
    grains. .... 3 gramm.
Acide tartrique en poudre demi-fine, un gros..... 4
Sucre pulvérisé, deux gros et demi............... 10
Sulfate de fer cristallisé, trois grains............. 0,15

On réduit le sulfate de fer en poudre très fine ; on le mélange exactement avec le sucre et l'on ajoute les autres poudres. La dose précédente est pour une bouteille; on remplit la bouteille d'eau, on ajoute la poudre , on bouche de suite et l'on agite. Au bout de quelques instants tout est dissous. La quantité de bi-carbonate de soude et d'acide tartrique qui entrent dans la composition de la poudre est telle que la liqueur reste encore acide après la décomposition du bi-carbonate de soude. Il en résulte une boisson sucrée, acidule, ferrugineuse, rendue très supportable par l'acide carbonique qui reste dissous.

Il est à remarquer que le bi-carbonate de soude et l'acide tartrique qui entrent dans la composition de cette poudre ne doivent pas avoir été pulvérisés très-fins, afin que la réaction ne s'établisse pas à sec dans la poudre quand on veut la conserver longtemps.

Cette formule est celle qui résulte de l'analyse faite par M. Berton, pharmacien à Grenoble, de la poudre pour eau gazeuse ferrée de Quesneville, que celui-ci, dans ses annonces, donnait comme composée de 4 gros de sucre, 1 gros de citrate acide de soude, 18 grains de bi-carbonate de soude et 18 grains de citrate double de fer et de soude.

PILULES DE BLAUD.

Pr. : Sulfate de fer cristallisé, quatre gros......... 16 grammes.
Carbonate de potasse sec, quatre gros........ 16

Triturez les deux sels dans un mortier de fer jusqu'à ce qu'on n'aperçoive plus aucun point blanc ; ajoutez 18 grains de poudre de gomme arabique, et divisez rapidement en 96 pilules.

M. Blaud fait diviser cette masse en 48 pilules seulement ; mais alors celles-ci sont trop grosses ; elles pèsent plus de 12 grains.

28*

Au moment du mélange des deux sels, ils se liquéfient, parce qu'il se fait une double décomposition d'où résulte du sulfate de potasse et du carbonate ferreux et que l'eau de cristallisation du sulfate de fer est mise en liberté, puis la masse se durcit bientôt; aussi faut-il se hâter de la transformer en pilules.

M. Vallet a très bien étudié la composition de ces pilules. Au moment du mélange, il se fait du carbonate ferreux de sulfate de potasse, et il reste un excès de carbonate alcalin; mais l'oxigène de l'air agit promptement sur le sel de fer, de sorte qu'une partie est déjà peroxidée avant que l'opération ne soit terminée. Les pilules faites, l'oxidation continue à marcher lentement. Il se fait de l'hydrate de peroxide de fer et du bi-carbonate de potasse.

On administre d'abord 2 pilules par jour, puis 3, puis 4, et successivement jusqu'à 8 à 9.

Les pilules de Blaud sont une imitation des pilules de Griffith. Elles sont vantées comme un spécifique assuré contre les maladies chlorotiques et la leucorrhée; l'association du carbonate alcalin à une préparation ferrugineuse, peut contribuer beaucoup aux bons effets que l'on en retire. Il faut ne préparer que peu de ces pilules à la fois, car elles manquent du caractère essentiel d'un bon médicament, la stabilité. A mesure que le fer s'oxide, la composition des pilules change.

Quelques praticiens, et en particulier MM. Henry et Guibourt, ont conseillé de remplacer le carbonate de potasse par du bi-carbonate. Il en résulte une différence notable dans la composition du médicament; 1° il contient un excès de bi-carbonate de potasse et pas de carbonate; 2° une assez grande partie de fer est à l'état de bi-carbonate, sans doute en combinaison avec le carbonate alcalin, et peut entrer en parfaite dissolution dans l'eau; mais ces pilules s'altèrent tout aussi vite que celles du Dr Blaud. Voici, du reste, la formule de MM. Henry et Guibourt :

Pr.: Sulfate de fer cristallisé, quatre gros. .... 16 grammes.

Bi-carbonate de potasse cristallisé, quatre gros. 16

Poudre de gomme arabique, un gros. 4

— guimauve, demi-gros............. 2

On triture ensemble les deux sels dans un mortier de fer; ils s'humectent légèrement d'abord, mais se dessèchent bientôt après. On ajoute la gomme qui liquéfie la masse en agissant sur

l'eau de cristallisation des deux sels; on triture encore, on ajoute
la poudre de guimauve, et l'on divise en 96 pilules.

PILULES DE VALLET.

Pr. : Sulfate de fer cristallisé, une livre..........   500 grammes.
    Carbonate de soude cristallisé, une livre trois
        onces.............................   596
    Miel blanc très pur, neuf onces six gros.......   306
    Sirop de sucre. ....   S. Q.

D'un part, on fait dissoudre à chaud le sulfate de fer dans suffisante quantité d'eau privée d'air par l'ébullition, et sucrée préalablement avec environ 1 once de sirop de sucre par livre; d'autre
part, on opère de même la dissolution du carbonate de soude
dans l'eau également bouillie et sucrée; on filtre isolément les
deux liqueurs; on les mêle dans un flacon à l'émeri de capacité
telle que le mélange le remplisse presque entièrement; on adapte
aussitôt le bouchon de verre; on agite, puis on laisse déposer
tranquillement le carbonate ferreux résultant de la décomposition
réciproque du sulfate ferreux et du carbonate de soude. Lorsque
le précipité s'est bien déposé, on décante le liquide qui surnage;
on le remplace par de nouvelle eau tiède, toujours préalablement
bouillie et sucrée; on agite de nouveau; on laisse encore déposer; on décante, et on continue ainsi les lavages en vases clos,
jusqu'à ce que le liquide décanté en dernier lieu n'ait plus de saveur saline, et ne retienne plus de sulfate ni de carbonate de
soude : alors on jette le précipité sur une toile serrée, et imprégnée à l'avance de sirop de sucre; on l'exprime fortement,
puis on le mélange aussitôt avec le miel, que l'on a fait rapprocher à l'avance au bain-marie; le mélange devient alors fluide,
parce que le miel en se dissolvant dans l'eau retenue par le carbonate ferreux forme un mellite liquide; on le concentre, toujours
au bain-marie, jusqu'à consistance pilulaire, avec la plus grande
promptitude possible; enfin on enferme le produit dans des vases
que l'on bouche avec soin. C'est le mellite ferrugineux de Vallet.
    M. Vallet fait diviser la masse en pilules de 3 grains, en ajou-
tant s'il est nécessaire un peu de poudre inerte. Chaque pilule
contient 1,3 grains (7 centigrammes) de carbonate de fer, qui
correspondent à 0,8 grains de protoxide. 10 pilules représentent
13 grains (7 décigrammes) de carbonate ou 8 grains (4 déci-

grammes) de protoxide. Grâce au bon choix de l'excipient, ces pilules ne se durcissent jamais et se divisent toujours dans l'eau avec la plus grande facilité ; mais ce qui donne surtout du prix à cette préparation, c'est que le carbonate de fer s'y conserve sans s'y oxider, si ce n'est très légèrement à la surface des pilules, et qu'on peut ainsi l'administrer sans craindre que le médicament change de nature dans le cours de son emploi. C'est à la matière sucrée que cet effet est dû. On a pu remarquer en effet que pendant toute l'opération, le sucre accompagne le sel de fer; il l'enveloppe plus tard au milieu d'une masse consistante et encore humide, où le sel ne se dessèche pas et reste hydraté et par conséquent très soluble dans les liqueurs acides. L'expérience médicale a prouvé que ces pilules sont fort actives, qu'elles agissent à petite dose et ne fatiguent pas l'estomac comme le font souvent la limaille de fer ou le safran de mars.

L'idée première de s'opposer à l'oxigénation du carbonate de fer, et d'en faire un médicament constant dans les effets, est due au docteur Becker. Elle a été réalisée et mise en pratique par M. Klauer, pharmacien à Mulhausen. Il s'est servi du sucre comme préservatif de l'oxidation. M. Klauer prépare rapidement du carbonate de fer par double décomposition, en ayant soin de se servir d'eau non aérée, et pour la dissolution du sel et pour le lavage ; il mélange le carbonate tout humide avec 2 parties de sucre, et il fait évaporer à siccité : c'était un progrès réel, mais le but n'était pas atteint encore. Le sucre ferrugineux de Klauer a une couleur vert noirâtre, qui n'annonce que trop les effets de l'oxidation ; cependant celle-ci n'atteint pas sa dernière limite ; la couleur ocreuse du peroxide isolé ne s'y fait jamais apercevoir.

SULFATE DE FER.

(Sulfate ferreux, vitriol vert, couperose verte.)

Le sulfate de fer protoxidé est le seul employé en médecine. C'est un sel d'une saveur d'encre, blanc à l'état sec, vert bleuâtre quand il est cristallisé, ayant alors la forme de prismes rhomboïdaux obliques ; il est soluble dans son poids d'eau froide et les $^3/_4$ de son poids d'eau bouillante, insoluble dans l'alcool; il est formé de : oxide de fer, 1 pp. (25,43); acide sulfurique, 1 pp. (29,01); eau, 7 pp. (45,56); à $+$ 114°, il perd 6 pp. d'eau ; mais il faut une température de 2790 pour chasser la septième.

Le sulfate de fer destiné à l'usage médical doit être exempt de cuivre. On trouve dans le commerce quelques variétés de sulfate qui sont dans ce cas ; mais plus souvent, le sel du commerce est mêlé de cuivre dont on reconnaît la présence en plongeant dans sa dissolution aqueuse une lame de fer qui se couvre de cuivre.

On prépare de toutes pièces le sulfate de fer ou bien l'on purifie le vitriol cuprifère.

On prend de la limaille de fer pur, on verse dessus de l'acide sulfurique étendu de 7 à 8 parties d'eau ; on commence l'opération à froid, on la termine à une douce chaleur ; elle est terminée quand l'action cesse, malgré qu'il reste du fer inattaqué ; on filtre la liqueur, on la fait concentrer jusqu'à 32° et on la laisse cristalliser. L'eau mère fournit de nouveaux cristaux par la concentration. Dans cette opération l'eau est décomposée, son oxigène se combine au fer et le change en protoxide, qui se combine à l'acide sulfurique ; son hydrogène se dégage à l'état de gaz.

Ordinairement le sulfate de fer a une teinte vert émeraude. Il la doit à ce qu'il contient un peu de fer peroxidé. Bonsdorff nous a fait connaître le moyen d'obtenir ce sel parfaitement pur. Il est alors d'un bleu tirant sur le vert ; il donne en s'effleurissant un sel d'un blanc pur.

Pour préparer le sulfate ferreux par la méthode de Bonsdorff, on commence par faire dissoudre du fer pur en limaille ou divisé sous toute autre forme, dans de l'acide sulfurique pur et étendu, à l'aide d'une douce chaleur ; on verse l'acide dans un matras de verre muni d'un long col , dont l'orifice a un petit diamètre, afin d'éviter, autant que possible, l'accès de l'air ; on y ajoute peu à peu de la limaille de fer en excès, et l'on fait bouillir doucement jusqu'à ce qu'il ne se dissolve plus de fer, ce que l'on reconnaît à ce que la liqueur prend une couleur particulière gris brunâtre foncé, produite par la formation d'un très léger trouble. Lorsque la dissolution est assez concentrée pour être disposée à cristalliser, elle commence à mousser ; aussi doit-on alors conduire le feu avec beaucoup de précaution. Pour filtrer la liqueur, on choisit un entonnoir à douille aussi étroite que possible ; et lorsque le filtre est humecté avec de l'eau, on verse dessus la dissolution, et on la reçoit dans une capsule, où l'on a préalablement versé et agité en tous sens une petite quantité d'acide sulfurique, afin que le fond et les parois jusques environ au niveau où la liqueur doit s'élever, en soient humectés. En effet, ce petit excès d'acide sulfurique empêche tout à fait la précipitation de l'oxide ferrique qui peut se former, et la dissolution filtrée reste parfaitement claire, tandis qu'au contraire, sans l'addition de l'acide, elle se trouble sur-le-champ, ou bien laisse déposer des pellicules, et bientôt un précipité qui prend une couleur d'abord vert grisâtre, et plus tard brun jaunâtre, en formant un sel basique. Il est aussi nécessaire, en raison de ce trouble subit de la dissolution, de faire toucher immédiatement le fond du vase à la douille de l'entonnoir, parce que, quelque faible que soit l'éloignement, la chute du liquide à travers l'air est suffisante pour produire aussitôt un trouble. La quantité d'acide sulfurique nécessaire est très faible ; environ une goutte ou une goutte et demie d'acide pour chaque once de la dissolution concentrée bouillante est déjà plus que suffisante ; et il est utile aussi d'avoir humecté extérieurement la douille de l'entonnoir avec l'acide ; autrement, il se produit très promptement un trouble alentour, attendu que la dissolution chaude s'élève toujours uniformément sans se mêler avec le reste de la liqueur. Il est également nécessaire d'agiter de temps en temps la dissolution, afin que l'acide sulfurique y soit uniformément mélangé.

Après le refroidissement le sel cristallise , et on peut naturellement l'obtenir à volonté en gros ou en petits cristaux ; il est bien plus avantageux de l'avoir en petits cristaux, parce qu'il est plus facile à sécher, et qu'il se dissout aussi plus promptement dans l'eau. Dans ce cas, on trouble peu à peu la cristallisation, comme à l'ordinaire, par une légère agitation de la dissolution ; si l'on a la facilité de refroidir la liqueur par le moyen de la glace, on obtient une bien plus grande quantité de sel cristallisé. Les cristaux sont ensuite mis sur un entonnoir, dans la douille duquel on a placé du papier à filtrer. Aussitôt que le liquide s'est écoulé, on étale uniformément le sel sur du papier non collé ; on le recouvre avec du même papier en le roulant çà et là ; on remplace le papier par du nouveau ; et lorsqu'il ne s'humecte plus que très peu, on étend le sel sur une feuille de papier, et on le remue de temps en temps jusqu'à ce qu'il se soit parfaitement séché.

Pour rendre l'opération plus facile, et assurer davantage la conservation du sel de fer, M. Berthemot fait verser la liqueur saline bouillante et non acide, dans de l'alcool ; pour 500 de sulfate, il emploie 500 d'eau et 375 d'alcool à 36°, auquel il a mélangé 8 d'acide sulfurique; il agite à mesure que la dissolution aqueuse tombe dans l'alcool; le sel ainsi divisé et imprégné d'alcool, sèche beaucoup plus vite.

On peut appliquer le procédé de Bonsdorff à la purification du sulfate de fer du commerce. On prend une livre de sulfate cristallisé, de couleur émeraude; on le met dans un matras avec 3 fois son poids d'eau, 1 once de fer en limaille et 2 gros d'acide sulfurique; on fait digérer sur un bain de sable jusqu'à ce que tout dégagement de gaz cesse, et on fait cristalliser à la manière de Bonsdorff. Ici l'hydrogène qui se produit facilite la réduction du peroxide. Le cuivre que contient le sulfate du commerce est aussi précipité. Cette réduction du cuivre est basée sur l'affinité plus grande du fer que du cuivre pour l'oxigène; le fer s'empare de l'oxigène de l'excès de cuivre, se change en protoxide qui reste combiné à l'acide sulfurique, tandis que du cuivre, ramené à l'état métallique, se dépose.

La fabrication du sulfate de fer de toutes pièces est préférable à cette purification parce que, en outre du sulfate de cuivre, le vitriol du commerce contient souvent des sulfates de zinc, de manganèse, d'alumine, de magnésie qui ne sont pas précipités par le fer et qui accompagnent le vitriol vert dans sa cristallisation.

Si l'on met le sulfate de fer dans une bassine de fonte et qu'on chauffe, il fond dans son eau de cristallisation et se réduit en une matière sèche, blanche, pulvérulente, qui est le sulfate sans eau de cristallisation ou sulfate de fer calciné à blanc. Il a souvent une teinte jaunâtre qu'il doit à un peu de peroxide. Il a les mêmes propriétés que le sulfate ordinaire. Il contient, sur 100 parties, 46,71 de protoxide de fer, et 53,29 d'acide sulfurique.

Le sulfate de fer est un bon médicament, astringent, tonique, corroborant, qui est encore employé sous un grand nombre de formes, mais presque toujours sur des prescriptions spéciales; quand on l'emploie en dissolution, celle-ci ne doit être préparée qu'en petite quantité à la fois, car à l'air elle se trouble en formant un dépôt ocreux. Cet effet est dû à ce que l'oxigène de l'air fait passer le fer à l'état de peroxide, qui, ne trouvant pas assez d'acide sulfurique pour se saturer, se dépose en partie avec une portion d'acide sulfurique, constituant un sulfate sébasique; il reste dans la liqueur une partie de sulfate neutre de peroxide qui se combine avec du sulfate de protoxide non décomposé et forme un sel double sur lequel l'oxigène de l'air n'a plus d'action.

SIROP CHALYBÉ DE WILLIS.

Pr.: Sulfate de fer, un gros...................... 4 grammes.
Eau, deux gros............................ 8
Sirop de gomme, dix-sept onces six gros..... 556

On dissout le sulfate de fer dans l'eau à chaud, et on mêle la dissolution au sirop. Celui-ci contient 4 grains de sulfate par once, ce qui est bien assez. Les auteurs admettent dans cette préparation des doses très variées, et généralement plus fortes de sel de fer.

EAU CHALYBÉE.

(Voyez *Eaux minérales artificielles*.)

MALATE DE FER IMPUR.

(Extrait de mars pommé.)

Pr.: Limaille de fer............................... 1
Suc de pommes acides...................... 8

On fait digérer à chaud pendant 2 ou 3 jours; on fait évaporer à moitié; on passe et on évapore au bain-marie en consistance d'extrait. On le conserve à l'abri du contact de l'air. Ce composé contient tous les principes sucrés et mucilagineux de la pomme, plus, du malate de protoxide et du malate de peroxide de fer. Ce dernier sel est très soluble dans l'eau et l'alcool, et il rend la masse déliquescente.

Ce composé, dont les propriétés sont les mêmes que celles des autres préparations de fer, est peu employé maintenant.

ACÉTATE DE FER.

L'acétate de fer employé en médecine est l'acétate ferrique, ou de peroxide de fer. Il est composé de : peroxide de fer, 2 pp. (33,65); acide acétique, 3 pp. (66,35); c'est un sel extrêmement soluble, qui abandonne facilement une partie de sa base. Pour l'obtenir, on ajoute à l'acide acétique concentré (vinaigre de bois) de l'hydrate de peroxide de fer récemment précipité, jusqu'à ce que ce dernier cesse de se dissoudre; à cette époque, on ajoute un petit excès d'acide pour rendre la dissolution complète, et l'on évapore à siccité à la chaleur du bain-marie.

Il faut conserver ce sel dans un flacon bouché à l'émeri; si on le met dans un vase mal fermé et même dans un flacon bouché en liége, si celui-ci n'est pas mastiqué, l'acétate laisse dégager lentement une partie de son acide, et alors il cesse d'être entièrement soluble dans l'eau. Cet inconvénient ne se présente pas avec l'acétate conservé dans un flacon bouché hermétiquement.

On prépare un acétate de fer liquide en saturant à une douce chaleur de l'acide acétique marquant 10 degrés à l'aréomètre, par de l'hydrate de peroxide de fer; 100 parties d'acide forment, à peu de chose près, 100 parties d'acétate supposé sec, et 134 parties d'acétate liquide. Celui-ci contient donc les $^3/_4$ de son poids d'acétate sec.

ALCOOLÉ D'ACÉTATE DE FER.

Pr.: Acétate de fer sec. 1
Alcool à 56ᶜ (21° Cart.). 7

ou

Acétate de fer liquide. 1
Alcool à 56ᶜ (21° Cart.). 5

VIN D'ACÉTATE DE FER.

Pr.: Acétate de fer sec, trente-deux grains. . . . . 1,7 grammes.
Vin blanc, une livre. 500

ou

Acétate de fer liquide, quarante-quatre grains... 2,4 grammes.
Vin blanc, une livre. 500

Faites dissoudre, et après quelques heures filtrez.

M. Béral conseille d'agiter le vin blanc avec un peu d'hydrate d'oxide de fer que l'on laisse en contact pendant deux ou trois heures; on filtre et on ajoute l'acétate. Cette manipulation a pour objet de séparer d'abord la matière astringente du vin; sans quoi il resterait noirâtre.

Ce vin contient 2 grains (1 décigramme) d'acétate de fer par once.

VINAIGRE CHALYBÉ.

Pr.: Limaille de fer. 1
Vinaigre blanc. 12

Faites macérer pendant huit jours, filtrez.

L'eau se décompose et oxide le fer. L'oxide formé se combine à l'acide acétique. Il y a sans doute aussi dans cette préparation du tartrate de potasse et de fer.

Ce vinaigre ne contient pas toujours la même quantité de fer, parce que l'état d'acidité du vinaigre est variable. Mieux vaudrait ajouter à chaque once de vinaigre de l'acétate de fer, soit 2 grains d'acétate ferrique sec, ou 2 grains $^2/_3$ d'acétate liquide.

TEINTURE DE KLAPROTH.

(Teinture éthérée d'acétate de fer; éther acétique ferré de Klaproth.)

Pr. : Acide acétique à 10°.................... Q. V.
Hydrate de peroxide de fer.............. S. Q.

On sature l'acide acétique à une douce chaleur, avec l'hydrate de fer; et l'on filtre.

Pr. : De la dissolution précédente................. 6
Éther acétique........................... 2
Alcool rectifié............................ 1

Mêlez.

Cette teinture contient la moitié de son poids d'acétate de fer peroxidé. Elle a les mêmes propriétés que les autres préparations ferrugineuses.

TARTRATE DE POTASSE ET DE FER.

Les formules relatives à l'emploi du tartrate de potasse et de fer appartiennent à une époque ancienne, et elles ont été consacrées par l'usage, sans que l'on se soit jamais occupé de déterminer bien exactement leur composition, au moins proportionnelle. Celle-ci est très variable, et quoique l'action médicale de cette sorte de médicament ne laisse pas craindre de résultats bien fâcheux d'une légère variation dans la dose, toutefois, il est plus avantageux de se servir de formules qui précisent avec exactitude la quantité de matière médicamenteuse prise par le malade. Tout ce que les formulaires renferment de relatif à l'emploi du tartrate de potasse et de fer est loin de présenter cet avantage. Il est d'autant plus nécessaire d'éclairer ce qui se rattache à cette question, que le tartrate de potasse et de fer peut présenter dans l'emploi médical des avantages que l'on ne retrouverait peut-être pas dans les autres préparations ferrugineuses. Il est très soluble, et cependant il n'a qu'à un faible degré la saveur styptique désagréable des sels de fer ; en outre, ce métal y existe dans un état intime de combinaison que les alcalis les plus énergiques ne peuvent détruire, et qui peut avoir quelque influence sur ses propriétés médicales.

Le tartrate de protoxide de fer est un sel d'une couleur vert pâle, d'une saveur styptique, qui est très peu soluble dans l'eau, qu'il colore en jaune ; mais il se dissout plus abondamment dans des liqueurs acides. Exposé à l'air, il en attire l'oxigène, et se colore fortement par l'oxidation du fer qu'il contient. Il est composé de 1 pp. oxide de fer (34,59) ; et 1 pp. d'acide tartrique (65,41). Il contient en outre 2 pp. d'eau ou 15,05 pour 100. Dans l'état de pureté, il n'a jamais été employé en médecine ; mais il fait partie de quelques-unes des formules que nous examinerons bientôt.

Le tartrate de peroxide de fer est un sel d'une couleur brun rougeâtre, excessivement soluble dans l'eau. La solution est inaltérable à l'air ; il est formé de 2 pp. peroxide (28,19) ; 3 pp. acide (71,81). L'emploi de ce sel à l'état de pureté n'est pas plus indiqué dans les pharmacopées que celui du sel précédent ; mais comme lui il fait partie de quelques préparations.

Le tartrate de potasse peut se combiner au tartrate de fer, et former un sel double ; celui-ci est le tartrate de potasse et de peroxide de fer. Les ouvrages de chimie indiquent bien une combinaison de tartrate de protoxide avec le tartrate de potasse : cette combinaison est possible, mais mal étudiée. Je me suis assuré que ce qui a été désigné comme tel n'est que du tartrate de fer, ou son mélange avec du tartrate de potasse, plus souvent encore le mélange de ces deux sels avec de la crême de tartre. Ce sont tous ces composés qui constituent les médicaments connus sous les noms de tartre chalybé, tartre martial soluble, teinture de mars tartarisée, extrait de mars, boules de mars ou de Nancy.

Pour apprécier la valeur de chacune de ces préparations, il est nécessaire de bien préciser l'action chimique qui peut résulter du contact du fer, de la crème de tartre et de l'eau, ainsi que l'influence que l'air atmosphérique peut exercer sur les résultats : en effet, toutes les préparations précédentes s'obtiennent, avec quelques modifications dans les procédés opératoires, par les décompositions et combinaisons qui peuvent résulter de la réaction mutuelle de tous ces corps.

Quand on abandonne à elle-même une pâte faite avec de la limaille de fer, du tartrate acide de potasse et de l'eau, sous l'influence de l'excès d'acide tartrique de la crême de tartre, l'eau est décomposée, son oxigène s'unit au fer pour le changer en protoxide, d'où résultent un dégagement d'hydrogène, et la formation du tartrate de protoxide de fer. Cette action peut se continuer jusqu'à ce que tout l'excédant d'acide tartrique ait été saturé ; il reste en ce moment un mélange de tartrate ferreux et de tartrate de potasse ; mais si l'on se contente de laisser ainsi la matière en pâte, l'action est lente, et ne se complète pour ainsi dire jamais ; aussi est-on dans l'usage d'étendre d'eau, et de faire bouillir plus ou moins de temps pour compléter l'oxidation du fer, et sa conversion en tartrate. La nature de la dissolution que l'on obtient varie avec les proportions de fer et de tartre dont on s'est servi, et avec le temps pendant lequel l'ébullition a été soutenue. Si le fer est suffisant, ou plus que suffisant pour saturer l'excès d'acide tartrique de la crême de tartre, celle-ci est convertie tout entière en tartrate de protoxide de fer et en tartrate neutre de potasse. Ce dernier se dissout tout entier ; mais la majeure partie du tartrate de fer se dépose, et la liqueur n'en retient guère que la quantité qui peut y exister en raison de la solubilité propre de ce sel : c'est une faible proportion. Si le fer n'est pas en excès, ou si l'action n'a pas été poussée assez loin pour que son oxidation complète ait lieu ; si enfin il reste de la crême de tartre indécomposée, la liqueur est plus chargée de tartrate de fer, parce que ce dernier sel est plus soluble dans une liqueur acide que dans le tartrate de potasse, mais la quantité en est encore variable avec l'acidité de la liqueur.

Le contact de l'air peut modifier les résultats définitifs en faisant passer au maximum d'oxidation la base du tartrate formé ; la proportion d'oxigène absorbée change nécessairement aussi avec les conditions particulières de l'opération elle-même. La forme des vases, l'étendue de la surface, l'abord plus ou moins facile de l'air atmosphérique, la masse des substances sur lesquelles on opère, le temps plus ou moins long que l'on emploie à terminer l'opération, l'époque de celle-ci à laquelle l'air est absorbé, sont autant de circonstances qu'il est impossible de régulariser à volonté. Entre les deux limites, dont il serait possible de se rendre maître : 1° de la transformation complète du tartrate de protoxide de fer en tartrate de peroxide, et 2° de la soustraction entière des matières à l'action oxigénante de l'air atmosphérique, se trouvent tous les degrés intermédiaires que l'on ne peut jamais être assuré de saisir à volonté. Je dois dire, pour terminer cet exposé, que si le tartrate de protoxide de fer s'oxide quand la liqueur contient encore de la crême de tartre, celle-ci fournit l'excédant d'acide nécessaire pour compléter la neutralisation du sel de peroxide formé ; mais, lorsque l'oxidation a lieu en présence seulement du tartrate neutre de potasse, il y a encore dissolution, parce qu'il se fait un tartrate de potasse et de peroxide basique très soluble qui colore fortement la liqueur.

Ainsi toutes les formules des pharmacopées ne peuvent donner que des préparations infidèles que l'opérateur ne peut être assuré de reproduire toujours pareilles à elles-mêmes ; cependant le tartrate de potasse et de fer paraît être un bon médicament. L'extrême solubilité du fer dans cette combinaison, l'espèce de fixité qu'il y acquiert, ne peuvent être des circonstances indifférentes pour l'emploi médical, et il serait malheureux de voir les médecins y renoncer ; mais, pour régulariser son emploi, ils devraient s'abstenir de faire usage de ces vieilles formules nées à une époque où la science ne permettait pas de mieux faire. Ils trouveront dans la combinaison bien définie du tartrate de potasse avec le tartrate de peroxide de fer un composé qui réunit tous les avantages des anciennes formules, sans en avoir les inconvénients.

TARTRATE DE POTASSE DE FER.

(Tartrate ferrico-potassique.)

Pr. : Crême de tartre pulvérisée. 1
Eau distillée. 6
Hydrate de peroxide de fer humide. . . . . S. Q.

On fait digérer le tout dans une capsule de porcelaine ou dans un vase de verre, à une température de 50° à 60°, jusqu'à ce que

la liqueur refuse de dissoudre une nouvelle quantité d'hydrate
On filtre et on évapore à siccité à une douce chaleur; ou mieux
encore, quand la dissolution est concentrée, on la partage sur des
assiettes, et l'on en achève la dessiccation à l'étuve.

Le tartrate de peroxide de fer est composé de : 1 pp. de potasse (18,26), 2 pp. d'acide tartrique (51,45) et 2 pp. de peroxide
de fer (30,29).

L'oxide de fer contient 3 fois autant d'oxigène que la potasse.

Ce sel se présente sous la forme d'écailles d'un brun rougeâtre; il est incristallisable. Sa saveur est styptique, mais faible.
Il est soluble dans l'eau presqu'en toutes proportions; il se dissout aussi très bien dans l'alcool. Une chaleur de 120 degrés le
décompose; il y a dégagement d'acide carbonique par la réduction
du peroxide; voilà pourquoi il est si important de faire dessécher
ce sel à une très douce chaleur. Une ébullition prolongée du sel
dans l'eau, et surtout en présence d'un excès de crème de tartre,
entraîne sa décomposition; il se précipite du tartrate ferreux.
C'est pour cette raison que le sel doit être préparé par digestion
et non à l'ébullition.

1 gros (4 grammes) de tartrate ferricopotassique contient:

> 22 grains (1,2 grammes) de peroxide de fer.
> 40 grains (2,2 grammes) de tartrate ferrique.

(Soubeirän et Capitaine.)

TARTRE CHALYBÉ.

Pr.: Limaille de fer............................   1
　　 Crème de tartre............................   4
　　 Eau.. 20

On fait bouillir pendant deux heures; on filtre, on évapore
et on fait cristalliser. Le produit est un mélange de tartrate de
potasse, avec de la crème de tartre et des proportions extrêmement variables, mais toujours faibles, de tartrate de fer. C'est
donc là une préparation peu ferrugineuse, inconstante dans les
proportions de son principe actif, et qui manque par conséquent
du caractère essentiel de toute bonne préparation pharmaceu-
tique.

TEINTURE DE MARS TARTARISÉE.

> Pr.: Limaille de fer.......................... 10
> Crême de tartre pulvérisée................ 25

On met ces matières dans une marmite de fer, et on y ajoute assez d'eau pour faire une pâte molle, que l'on abandonne à elle-même pendant 24 heures. On la délaie alors dans :

> Eau. 300

On fait bouillir pendant 2 heures au moins, en agitant et ajoutant de l'eau de temps en temps ; on laisse reposer, on décante, on filtre et on évapore jusqu'à ce que la liqueur marque 32° à l'aréomètre de Baumé ; on y ajoute :

> Alcool à 85° (33° Cart.).................... 5

Cette liqueur est d'une couleur foncée, et elle contient, ainsi que nous l'avons dit, des quantités variables de fer. M. Boutron croit que lorsqu'on laisse le fer trop longtemps en contact avec la crême de tartre, son action peut aller jusqu'à séparer une portion d'alcali. Je crois plutôt que la liqueur devient alcaline quand, ayant été saturée de tartrate neutre ferreux, celui-ci devient basique en s'oxidant à l'air, et reste cependant en dissolution.

L'alcool que l'on ajoute à la teinture de mars, a pour objet de l'empêcher de moisir, ce à quoi elle est très sujette.

EXTRAIT DE MARS.

> Pr.: Teinture de mars tartarisée............. Q. V.

Évaporez en consistance d'extrait. Sa composition est la même que celle de la teinture, seulement il y a une chance de plus pour la conversion du tartrate de protoxide en tartrate de peroxide.

TARTRE MARTIAL SOLUBLE.

> Pr.: Tartrate neutre de potasse................. 1
> Teinture de mars tartarisée. 4

On réduit le tartrate de potasse en poudre ; on le mêle à la teinture, et on évapore dans un vase de fer jusqu'à siccité.

Le Codex de 1818 fait remarquer qu'en remplaçant le tartrate de potasse par le sel de Seignette, le produit est moins déliquescent.

BOULES DE MARS OU DE NANCY.

Pr. : Limaille de fer................................ 12
      Espèces vulnéraires............................ 2
      Eau................................ 12

On fait une décoction des espèces vulnéraires ; on passe avec expression ; on met la liqueur avec la limaille dans une grande bassine de fonte ; on évapore à siccité et l'on pulvérise. Cette première manipulation commence l'oxidation du fer et le rend friable.

Pr. : Limaille préparée de l'opération précédente.... la totalité.
      Tartre rouge en poudre...................... 12
      Espèces vulnéraires........................ 3
      Eau.. 18

On fait une nouvelle décoction des plantes ; on la met avec la limaille et le tartrate dans une bassine de fonte, et on évapore en consistance de pâte ferme. On abandonne la matière à elle-même pendant un mois, temps pendant lequel elle devient friable ; on la pulvérise.

Pr. : Composition ci-dessus....................... 25
      Tartre rouge pulvérisé...................... 25
      Espèces vulnéraires........................ 5
      Eau.. 35

On fait une nouvelle décoction des plantes vulnéraires, on la met avec les autres matières dans une bassine de fonte, et on évapore à un feu modéré en agitant continuellement jusqu'à ce à que la matière soit arrivée à pouvoir se durcir complétement par le refroidissement. On reconnaît que l'on est arrivé ce point, lorsque le fond de la bassine se dessèche, et qu'il se dégage de la masse une fumée odorante et noire. Tandis que la matière est encore chaude on la roule en boules de 1 once à 2 onces que l'on enduit d'une légère couche d'huile.

On étend ces boules sur une table dans un lieu sec, à l'abri du soleil, afin qu'elles achèvent de durcir sans se gercer. Au bout d'un mois, on les enveloppe de papier.

Cette formule est celle du Codex. Elle a été empruntée à la pharmacopée de MM. Henry et Guibourt. En raison de la matière extractive fournie par les plantes, les boules sont bien liées, et forment une masse homogène qui ne se gerce pas. Ce qu'il importe encore beaucoup, pour la beauté des boules, c'est que le contact des substances soit très prolongé.

Les boules de mars sont un remède populaire contre les contusions. Mises en contact avec l'eau, elles la colorent parce qu'il se dissout du tartrate de potasse et de fer. Celui-ci est en partie à l'état de protoxide ; mais l'air contenu dans l'eau le change en sel de peroxide très soluble qui rend l'eau ferrugineuse.

VIN CHALYBÉ.

Pr.: Limaille de fer, une once..............   32 grammes.
     Vin blanc, deux livres...................   1000

Faites macérer pendant 6 jours; passez.

A la faveur des acides malique et tartrique, il y a décomposition de l'eau, dégagement d'hydrogène et oxidation du fer au minimum. L'oxide formé s'unit aux acides; il en résulte du malate et du tartrate de fer, qui restent en dissolution, le premier, à raison de sa solubilité propre, et le second, parce qu'il forme un sel double soluble avec le tartrate de potasse. On conçoit que la proportion de fer dissoute sera d'autant plus grande qu'on se sera servi d'un vin plus acide, et les effets ne seront pas constants; aussi, pour avoir un vin toujours identique, Parmentier a-t-il proposé de faire le vin chalybé, en ajoutant à du vin ordinaire de la teinture de mars tartarisée, suivant la formule suivante :

Pr.: Teinture de mars tartarisée, une once. .....   32 grammes.
    Vin blanc, deux livres..................   1000

Mêlez et filtrez.

DES PRÉPARATIONS DU ZINC.

ZINC MÉTALLIQUE.

Le Zinc est un métal blanc, d'une densité de 6,8 à 7,2. Il est peu ductile; on le réduit difficilement en fils; quand il a été chauffé entre 100 et 150°, il devient plus ductile; alors on le tire à la filière et on le lamine facilement; mais il perd cette ductilité en se refroidissant. Le zinc entre en fusion à $+$ 360°; au rouge blanc il se volatilise; quand il est chauffé au contact de l'air, il brûle avec un vif éclat, en produisant un oxide sous la forme de flocons blancs légers. Le zinc appartient à la série des métaux très oxidables; il décompose l'eau à la chaleur rouge; il se dissout dans les acides étendus avec dégagement d'hydrogène. Son nombre proportionnel est 40,32.

Le zinc métallique ne s'emploie en médecine que parce qu'il est la base d'autres préparations.

OXIDE DE ZINC.

L'oxigène se combine avec le zinc en deux proportions, mais le second degré d'oxigénation, qui s'obtient par l'action de l'eau oxigénée sur l'hydrate de protoxide, est inusité en médecine. Le protoxide de zinc est composé de : zinc, 1 pp. (80,13); oxigène, 1 pp. (19,87). Il est blanc, insipide, inodore; il devient jaune quand on le chauffe, et il redevient blanc par le refroidissement; il n'est pas volatil; il est insoluble dans l'eau, mais la plupart des acides le dissolvent avec facilité.

L'oxide de zinc est employé en médecine comme antispasmodique, pour combattre les affections nerveuses; à l'extérieur, il entre dans plusieurs formules de pommade anti-ophthalmique. Il était connu des anciens sous les noms de *nihil album*, laine philosophique, pompholix, fleurs de zinc.

On obtient l'oxide de zinc pour l'usage de la médecine, par l'oxidation directe du zinc au contact de l'air ou par la voie humide.

Premier procédé.

On prend un grand creuset de terre, on le dispose dans un fourneau sous un angle d'environ 45°; on le recouvre d'un dôme, et on lute avec de la terre les intervalles entre le fourneau et le dôme ; on a la précaution de mettre en avant, et sous la partie la plus basse du creuset, un petit morceau de fer ou de carreau qui serve à supporter le couvercle. On met alors du zinc dans le creuset et on le porte au rouge ; à ce moment le métal brûle avec la plus vive lumière, et forme de l'oxide qui est entraîné dans le laboratoire sous la forme de flocons blancs lanugineux ; une partie cependant est arrêtée contre la paroi supérieure du creuset, et, pour en perdre moins encore, on place le couvercle devant l'ouverture ; de temps en temps, au moyen d'une spatule, ou mieux, d'une fourchette de fer, on enlève l'oxide qui s'est formé ; en même temps on découvre la surface du zinc pour faciliter sa combustion ; on continue ainsi l'opération jusqu'à ce que tout le zinc ait été oxidé. Il arrive quelquefois que l'on enlève des portions de métal en même temps que l'oxide, mais il continue de brûler et de s'oxider au contact de l'air. L'oxide est très divisé parce que l'oxidation s'est faite sur du zinc en vapeurs.

Les premières parties d'oxide qui se forment sont souvent colorées en jaune rougeâtre par de l'oxide de fer. On doit les mettre de côté.

Deuxième procédé.

On prend 10 parties de sulfate de zinc, on le fait dissoudre dans 30 parties d'eau bouillante ; on ajoute à la dissolution froide assez de chlorure de soude pour qu'elle prenne une odeur très prononcée. (Ce chlorure préparé par double décomposition, ne doit contenir qu'un faible excès de carbonate de soude pour ne pas précipiter le zinc.) Au bout de deux jours on filtre la liqueur pour séparer le dépôt ocreux de peroxide de fer qui s'est formé ; on y verse alors une dissolution faite avec 11 parties de carbonate de soude cristallisé dissoutes dans 120 à 150 parties d'eau bouillante. Il se fait un dépôt d'hydrocarbonate de zinc, et il se dégage de l'acide carbonique ; on lave pour enlever tous les sels solubles et l'on reçoit le précipité sur une toile ; quand il est suffisamment égoutté, on l'enlève par morceaux, on le sèche à moitié à l'air ou à l'étuve ; on le met alors dans un creuset de Hesse, on chauffe avec précaution ; l'eau et l'acide carbonique se dégagent, et il ne reste que de l'oxide de zinc.

La manière dont on conduit le feu a une grande influence sur la qualité du produit ; s'il a été fortement chauffé, il a une couleur jaune ; s'il a été chauffé convenablement il est d'un beau blanc ; le fourneau doit être rempli avec des charbons longs qui se tiennent écartés les uns des autres, produisent moins de chaleur et ne portent le creuset qu'au rouge naissant. Il ne faut pas se servir du réverbère.

L'emploi du chlorure de soude, pour purifier le sulfate de zinc, est de Wackenroder ; il réussit fort bien. C'est en répétant son procédé que j'ai reconnu l'avantage qu'il y a à faire la précipitation à chaud, à calciner l'oxide humide et à se servir d'un feu modéré.

L'oxide de zinc délayé dans l'eau, doit se dissoudre dans les acides sulfurique ou hydrochlorique sans effervescence.

En outre de cet oxide de zinc préparé dans nos laboratoires, quelques formules exigent l'emploi d'un oxide impur que l'on obtient dans le traitement métallurgique des minéraux zincifères, et qui est connu sous le nom de tuthie ou de cadmie des fourneaux ; on devrait renoncer à son emploi, car sa composition est très variable ; elle contient souvent de l'arsenic.

POMMADE OU ONGUENT DE TUTHIE.

Pr. : Tuthie porphyrisée........................ 1
     Onguent rosat............................ 2
     Beurre lavé à l'eau de roses................. 2

Mêlez sur un porphyre.
Employée comme ophthalmique.

CÉRAT DE HUFELAND.

Pr. : Cérat simple.......................... 16
     Oxide de zinc........................... 1
     Lycopode............................. 1

Mêlez sur un porphyre.
Employé contre l'ulcération des paupières.

CHLORURE DE ZINC.

(Beurre de zinc, chlorhydrate, hydrochlorate de zinc.)

Le chlorure de zinc est blanc, caustique ; il entre en fusion un peu au-dessous de 100 degrés ; il ne se volatilise qu'à la chaleur rouge ; il est soluble dans l'eau, en quelque sorte en toutes proportions. Il est composé de : zinc, 1 pp. (47,67) ; chlore, 1 pp. (52,33).

Il a été employé en médecine, à l'intérieur, à petite dose, comme antispasmodique ; mais son plus grand usage est comme caustique. Le docteur Campoin l'a mis en vogue dans ces derniers temps, pour le traitement des cancers.

Pour préparer le chlorure de zinc, on opère de la manière suivante : on fait dissoudre le zinc dans l'acide hydrochlorique du commerce ; on ajoute à la dissolution un peu d'acide nitrique pour porter le fer à l'état de peroxide, et l'on fait évaporer à siccité dans une capsule de porcelaine pour chasser l'excès d'acide ; alors on redissout le chlorure de zinc dans l'eau ; on y délaie un peu de craie, et, après 24 heures de contact, on filtre et l'on évapore de nouveau à siccité. En cet état, le chlorure de zinc contient une certaine quantité d'eau ; quelques chimistes le considèrent comme un hydrochlorate.

L'acide nitrique a pour effet de porter le fer à l'état de peroxide ; la craie précipite le peroxide quand on opère à froid, elle est sans action sur le sel de zinc. Le chlorure de zinc contient bien alors quelques traces de chlorure de calcium, mais cela est sans importance.

PATE DU DOCTEUR CAMPOIN.

Nº 1. Pr. : Chlorure de zinc sec...................... 1
        Farine... 2

Nº 2. Pr. : Chlorure de zinc....................... 1
        Farine... 3

Nº 3. Pr. : Chlorure de zinc....................... 1
        Farine... 4

Nº 4. Pr. : Chlorure de zinc....................... 1
        Farine... 5

Après avoir réduit le chlorure de zinc en poudre très fine, on le mélange avec la farine ; on sépare la poudre qui en résulte en deux parties ; l'on ajoute à l'une d'elles un peu d'eau pour faire une pâte à laquelle on incorpore le restant de la poudre composée. On malaxe pour avoir un mélange exact, et l'on réduit au moyen d'un rouleau en feuillets de $1/2$ ligne à 4 lignes d'épaisseur ; on les coupe par morceaux de grandeur convenable.

En ajoutant un peu de chlorure d'antimoine, la pâte prend une consistance de cire molle, et se moule aisément sur les parties.

On l'emploie alors de préférence pour agir sur les tumeurs cancéreuses épaisses et inégales.

Pr. : Chlorure d'antimoine. 1
—   de zinc. 2
Farine. 5

F. S. A.

ÉTHER ZINCÉ.

(Zincaster des Allemands)

Pr. : Chlorure de zinc. 1
Alcool. 2
Éther sulfurique. 4

M.

A prendre par gouttes comme antispasmodique.

SULFATE DE ZINC.

(Sulfate zincique, vitriol blanc, couperose blanche.)

Le sulfate de zinc est blanc, inodore; sa saveur est styptique; il cristallise en prismes quadrangulaires terminés par un pointement à quatre faces; il est soluble dans deux fois et demie son poids d'eau froide; il est beaucoup plus soluble dans l'eau chaude; il est composé de : oxide de zinc, 1 pp. (50,10); acide sulfurique, 1 pp. (49,93). Cristallisé, il contient 7 pp. d'eau ou 43,49 pour 100. Sur ces 7 pp., il en perd facilement 6; mais la 7e ne peut être chassée que par une température de 130 à 140°. Il se dépose d'une dissolution bouillante en grains cristallins qui ne gardent que 1 pp. d'eau.

Le sulfate de zinc est astringent; on l'emploie rarement à l'intérieur; car si l'on en augmente un peu la dose, 10 à 12 grains, il agit comme émétique; à l'extérieur, on s'en sert comme astringent, en dissolution comme collyre, ou en injections dans la gonorrhée.

Le sulfate de zinc du commerce contient du sulfate de fer, dont il est important de le priver; autrement ses dissolutions se troublent au contact de l'air, et laissent déposer une poudre ocreuse de sulfate de fer sébasique. Pour priver le sulfate de zinc du fer, il faut le calciner dans un creuset; le sulfate de fer, qui est plus décomposable, s'altère, et il se fait du sous-sulfate de peroxide insoluble et un peu de sulfate neutre soluble; en même temps, il se sépare un peu d'oxide de zinc; mais en faisant bouillir dans de l'eau la masse calcinée, cette portion d'oxide de zinc sert à précipiter le fer : on filtre les liqueurs et on les fait évaporer et cristalliser.

On peut aussi faire dissoudre le sulfate de zinc dans une petite quantité d'eau, porter à l'ébullition, ajouter un peu d'acide nitrique, et continuer à faire bouillir pendant dix minutes, pour s'assurer que le fer soit tout entier peroxidé. On étend la liqueur avec de l'eau distillée, on la laisse refroidir, et on la traite à froid par un excès de carbonate de chaux en poudre. Après vingt-quatre heures de contact, on filtre, on évapore, et l'on retire le sulfate de zinc par des cristallisations successives. Le peu de nitrate de chaux qui s'est formé reste dans les eaux mères.

Enfin, on pourrait faire dissoudre dans l'acide sulfurique l'hydrocarbonate de zinc préparé ainsi qu'il a été dit, page 453 : c'est même le seul moyen d'avoir du sulfate de zinc pur.

COLLYRE AU SULFATE DE ZINC.

Pr. : Sulfate de zinc, dix-huit grains. . . . .   1 gramme.
     Eau de roses, huit onces.   250

Faites dissoudre.

INJECTION DE SULFATE DE ZINC.

Pr. : Sulfate de zinc, un gros. . . . .   4 grammes.
     Eau de roses, une livre.   500
     Laudanum de Sydenham, un gros.   4

F. S. A.

ACÉTATE DE ZINC.

L'acétate de zinc est blanc, inodore, d'une saveur amère et styptique ; il cristallise en lames hexagonales : il est très soluble dans l'eau, et plus à chaud qu'à froid. Il est composé de : oxide de zinc, 1 pp. (43,9) ; acide acétique, 1 pp. (56,1).

L'acétate de zinc cristallisé contient de l'eau de cristallisation, mais on ne sait pas en quelles proportions.

Il est quelquefois employé en médecine ; on ne s'en sert qu'à l'extérieur, en collyre ou en injections, comme astringent, à la dose de 2 à 3 grains par once d'eau.

On le prépare en dissolvant l'hydrocarbonate de zinc (*voir* Sulfate de zinc, page 453) par de l'acide acétique, faisant évaporer et cristalliser.

DES PRÉPARATIONS DU PLOMB.

Le Plomb est un métal d'un blanc grisâtre qui a beaucoup d'éclat, mais qui se ternit promptement à l'air. Il est très mou et peut être facilement plié en tous sens et coupé au couteau; sa densité est de 11,435. Il a peu de ténacité; il se tire fort mal en fils, mais il peut être laminé facilement et fournir des feuilles très minces. Il fond à 322°; à la chaleur rouge blanc, il bout et se volatilise. Il absorbe facilement l'oxigène, et il forme avec lui au moins deux oxides différents.

Le plomb métallique n'est pas employé en médecine, si ce n'est sous la forme de feuilles pour des pansements.

OXIDE DE PLOMB.

Le plomb forme avec l'oxigène 3 oxides différents, et même plusieurs chimistes admettent un sous-oxide que d'autres considèrent comme un mélange de protoxide et de peroxide de plomb.

Le protoxide de plomb est jaune, fusible au rouge brun et passant, quand il est fondu, à travers les creusets de terre. Il est blanc à l'état d'hydrate. Il est connu dans les arts sous le nom de massicot. Il est composé de : plomb, 1 pp. (92,83); oxigène, 1 pp. (7,17).

Le protoxide de plomb qui provient des usines où l'on traite les minerais de plomb argentifères est fondu et cristallin; il porte le nom de litharge. Mais cette litharge n'est pas de l'oxide pur, elle contient toujours de l'oxide de fer et un peu de minium qui lui donnent une teinte rougeâtre, presque toujours aussi de l'oxide de cuivre; en outre, elle est souvent mélangée d'autres matières étrangères. Nous avons donné (t. Ier, p. 307) le moyen de reconnaître si elle est suffisamment pure pour la préparation des emplâtres; mais on peut l'analyser plus exactement de la manière suivante: on prend un poids donné de litharge; on le fait dissoudre dans de l'acide nitrique, étendu de 7 à 8 fois son poids d'eau; si elle a été mêlée de brique pilée ou de sable, ces corps ne se dissolvent pas; on concentre la dissolution nitrique pour chasser une grande partie de l'excès d'acide; on étend d'eau, on ajoute à la liqueur du sulfate de soude qui précipite tout le plomb à l'état de sulfate ; on verse alors dans la liqueur de l'ammoniaque en excès qui précipite l'oxide de fer et qui redissout l'oxide de cuivre. Le poids du sulfate de plomb fait connaître le poids de l'oxide de plomb ; on pèse l'oxide de fer après l'avoir calciné ; quant au cuivre, on peut juger suffisamment de sa quantité par la couleur bleue plus ou moins foncée des liqueurs.

La litharge n'est la base réelle d'aucun médicament ; mais elle sert à la préparation d'un assez grand nombre d'entre eux ; elle est l'oxide que l'on préfère pour la préparation des emplâtres.

Le *deutoxide* ou *sesqui-oxide de plomb*, est un produit de laboratoire et est inusité. On l'obtient par la réaction du chlorite de potasse, sur une dissolution d'oxide de plomb dans la potasse caustique. Il ressemble au minium ; mais il a moins d'éclat. Il contient 10,38 pour 100 d'oxigène.

Le *peroxide de plomb* est d'une couleur puce. Il abandonne avec une extrême facilité la proportion d'oxigène qui le distingue du protoxide ; il ne se combine pas aux acides ; on l'a obtenu en faisant agir l'acide nitrique étendu sur le minium qui se partage alors en protoxide qui se dissout et en peroxide qui se dépose. Le peroxide de plomb est composé de : plomb 1 pp. (86,62) ; oxigène 2 pp. (13,38).

On a fait quelques tentatives pour introduire cet oxide dans la matière médicale, mais elles n'ont pas eu de suite.

MINIUM.

On donne le nom de minium à un oxide de plomb composé qui est formé par la combinaison de : protoxide de plomb 2 pp. (65) ; peroxide de plomb 1 pp. (35).

Chacun des oxides de plomb, dans ce composé, contient une égale quantité d'oxigène. La couleur est d'un beau rouge vif, et les acides détruisent la combinaison en s'emparant du protoxide et mettant le peroxide de plomb en liberté ; mais le minium du commerce est loin d'avoir cette composition ; M. Dumas y a trouvé jusqu'à la moitié de son poids de massicot à l'état de mélange ; le minium est d'autant plus beau, que la proportion de l'oxide composé y est plus considérable.

Le minium est souvent falsifié avec des matières terreuses

rouges; on le reconnaît en le traitant par une dissolution d'acétate de plomb qui s'empare du protoxide et qui, si le minium est pur, ne doit laisser que de l'oxide puce de plomb.

Le minium est rarement employé seul en médecine, mais il entre dans quelques pommades ou emplâtres, par exemple, dans l'emplâtre de Nuremberg.

SELS DE PLOMB.

CARBONATE DE PLOMB.

(Carbonate plombique, céruse, blanc de plomb.)

Le carbonate de plomb ou céruse est blanc, inodore, insipide; il est insoluble dans l'eau. Il est composé de : protoxide de plomb, 1 pp. (83,46); acide carbonique, 1 pp. (16,54).

La céruse n'est employée en médecine qu'à l'extérieur; on lui attribue, comme à tous les oxides de plomb, la propriété de faciliter la cicatrisation des plaies; on la croit sédative et elle a été employée, en applications à l'extérieur, pour guérir des névralgies rebelles.

La céruse du commerce est souvent mélangée avec de la craie, du sulfate de plomb ou du sulfate de baryte; nous avons donné (t. I, p. 308). les moyens de reconnaître cette falsification. La céruse entre dans la préparation de l'emplâtre qui porte son nom. Elle est la base de la pommade de Rhazis.

POMMADE DE CARBONATE DE PLOMB.

(Onguent blanc raisin, onguent blanc Rhazis.)

Pr.: Céruse. 1
    Axonge 5

Mêlez.

Cette pommade est employée comme dessiccative, pour faciliter la cicatrisation; on la préparait autrefois à l'avance avec un cérat simple et la céruse; mais comme elle rancit très vite, et qu'elle acquiert par là de l'âcreté, il vaut mieux ne la préparer qu'au moment où elle est demandée.

CÉRAT CONTRE LA NÉVRALGIE.

Pr.: Céruse. 2
    Cérat de Galien. 1

On porphyrise la céruse et on l'incorpore au cérat ; on étend une couche de cette pommade d'une ligne d'épaisseur sur toute la partie occupée par la douleur ; on recouvre d'un papier gris , puis d'une compresse. Quand la pommade se détache en écailles, on la remplace par de nouvelle (docteur Ouvrard). M. Fouquier avait donné auparavant la formule suivante :

> Pr. : Céruse.. 4
> Extrait d'opium........................... 1
> Axonge.................................... 8

On dissout l'opium dans la plus petite quantité d'eau possible et on l'incorpore à l'axonge ; on ajoute la céruse à la fin. En hiver, si la consistance de la pommade est trop grande, on la ramollit avec un peu de baume tranquille.

EMPLÂTRE DE CÉRUSE.

> Pr. : Céruse pure.............................. 1
> Huile d'olives. 2
> Eau.. 2
> Cire blanche. 1/5

On prépare de l'emplâtre simple avec la céruse et l'huile à la manière ordinaire. La combinaison se fait facilement ; elle est accompagnée d'une effervescence due au dégagement de l'acide carbonique. L'emplâtre est plus blanc que l'emplâtre simple, parce qu'il n'y a pas d'oxides étrangers, et parce qu'il reste de la céruse interposée et non combinée.

Cette préparation ne réussit qu'avec de la céruse pure ; si celle-ci est mêlée de sulfate de baryte ou de plomb, ou de carbonate de chaux, comme cela n'arrive que trop souvent pour les céruses du commerce, l'oxide de plomb n'est plus en quantité assez grande, et l'emplâtre ne prend pas assez de consistance. Il est important d'essayer la céruse qui doit servir à la préparation de l'emplâtre.

LAVEMENT CONTRE LES DIARRHÉES DES PHTHISIQUES.

> Pr. : Acétate neutre de plomb, deux gros. .... 8 grammes.
> Carbonate de soude, un gros. 4
> Laudanum de Sydenham, quatre gouttes. ..... 4 gutt.

Pour un quart de lavement répété matin et soir, le docteur

Devergie emploie ce remède avec succès pour combattre la diarrhée et les sueurs chez les phthisiques.

Il est à remarquer que les deux sels employés se décomposent mutuellement, et se changent en acétate de soude et en carbonate de plomb.

ACÉTATE DE PLOMB.

(Acétate plombique, sel de saturne, sucre de saturne.)

On emploie en médecine deux espèces d'acétate de plomb, l'acétate neutre et le sous-acétate. L'acétate neutre de plomb est composé de : oxide de plomb, 1 pp. (68,44); acide acétique, 1 pp. (31,56). Cristallisé il contient 3 pp. d'eau ou 14,21 pour 100. C'est un sel blanc, d'une saveur d'abord sucrée, puis styptique; il cristallise en prismes quadrangulaires, terminés par des sommets dièdres. Il s'effleurit légèrement à l'air. Il est très soluble dans l'eau, et plus à chaud qu'à froid; 100 parties d'eau à $+$ 15 dissolvent 59 parties de sel; sa dissolution n'est pas troublée par l'acide carbonique; elle dissout facilement l'oxide de plomb.

L'acétate de plomb s'emploie à l'extérieur comme astringent, résolutif; mais on lui préfère l'acétate basique. A l'intérieur on l'a administré avec quelque succès pour combattre les sueurs nocturnes des phthisiques; on en a porté la dose successivement jusqu'à 12 à 15 grains (6 à 8 décigrammes) par jour. M. Fouquier emploie la formule suivante :

FILULES D'ACÉTATE DE PLOMB.

Pr. : Acétate de plomb cristallisé, un gros.......... 4 grammes.
Poudre de guimauve, un gros. 4
Sirop de guimauve, suffisante quantité. .... Q. S.

F. S. A. 36 pilules.

SOUS-ACÉTATE DE PLOMB.

Le sous-acétate de plomb, acétate tribasique de plomb, est un sel blanc qui cristallise en prismes très fins aiguillés. Il est soluble dans l'eau; 100 parties d'eau à $+$ 100 en dissolvent 18 parties, dont il ne se sépare pas après par le refroidissement; sa dissolution est précipitée par l'acide carbonique qui sépare tout l'oxide excédant, et qui ramène le sel à l'état de neutralité. Il est composé de : oxide de plomb, 3 pp.; eau, 1 pp.; acide acétique,

1 pp. C'est l'acétate de plomb tri-plombique. Il n'est employé en médecine que sous forme de dissolution, et toujours à l'extérieur; on s'en sert comme calmant résolutif, pour prévenir ou détruire l'inflammation, pour hâter la cicatrisation des plaies.

EXTRAIT DE SATURNE.

Pr. : Acétate de plomb cristallisé. 3
Litharge pulvérisée. 1
Eau distillée. 9

On fait bouillir dans une bassine de cuivre jusqu'à ce que l'oxide soit dissous, et que la dissolution marque 30° à l'aréomètre. Il reste un dépôt blanc qui est formé par le carbonate de plomb qui était contenu dans la litharge, et qui ne peut être dissous par l'acétate.

On pourrait tout aussi bien faire l'opération à froid, mais en diminuant la quantité d'eau selon la formule suivante :

Pr. : Acétate de plomb cristallisé. 3
Litharge en poudre fine. 1
Eau distillée. 8

On dissout l'acétate dans l'eau, on ajoute la litharge, et l'on abandonne pendant quelques jours, en remuant de temps à autre. Tout l'oxide de plomb se dissout, il reste un résidu blanc formé de carbonate de plomb. La liqueur marque ordinairement 30°; une petite différence dans la quantité du carbonate contenu dans la litharge, peut en amener une dans la densité.

L'extrait de saturne contient un mélange d'acétate neutre et de sous-acétate de plomb, car la quantité d'oxide que l'on ajoute est bien loin d'équivaloir à celle qui serait nécessaire pour transformer l'acétate neutre en acétate tribasique. Quand on verse de l'extrait de saturne dans l'eau, celle-ci devient laiteuse, et finit par former un sédiment abondant. Cet effet est dû à la décomposition des carbonate et sulfate contenus dans l'eau par l'acétate de plomb; le précipité est formé par du carbonate et du sulfate de plomb; mais il reste en dissolution de l'acétate de plomb non décomposé, car les sels contenus dans l'eau ne suffisent pas à une décomposition complète de l'acétate. On emploie 1 à 4 gros (4 à 16 grammes) d'acétate liquide par livre d'eau, et c'est sous cette forme que l'acétate de plomb est le plus souvent usité.

EAU DE GOULARD.

(Eau végéto-minérale.)

Pr. : Sous-acétate de plomb liquide, quatre gros..   16 grammes.
Eau de rivière, deux livres.   1000
Alcoolat à 80° (31° Cart.), deux onces. . . . .   64 grammes.

Mêlez.

L'eau de Goulard se faisait avec l'eau distillée et l'alcoolat vulnéraire au lieu d'eau de rivière et d'alcool simple ; alors elle était à peine laiteuse.

COLLYRE RÉSOLUTIF.

Pr. : Eau de roses, quatre onces. . . . .   125 grammes.
Sous-acétate de plomb liquide, un gros.   4
Alcoolat vulnéraire, deux gros.   8

Mêlez (Hôp. de Paris).

CÉRAT DE GOULARD.

Pr. : Cérat de Galien.   8
Extrait de saturne. . . . .   1/2 à 1

M.

POMMADE DE GOULARD.

Pr. : Cire jaune, quatre gros. . . . .   16 grammes.
Huile rosat, neuf gros.   36
Extrait de saturne, deux gros.   8
Camphre pulvérisé, cinq grains.   0,25

Faites avec l'huile et la cire un cérat auquel vous incorporerez l'extrait de saturne et le camphre.

TANNATE DE PLOMB.

Le tannate de plomb est un sel blanc, à peine soluble dans l'eau ; il est formé de : acide tannique, 1 pp. (61,04) ; oxide de plomb, 1 pp. (33,54) ; eau, 2 pp. (5,42). On le prépare en mélangeant une dissolution de tannin à une dissolution d'acétate neutre de plomb. On lave le précipité de tannate de plomb qui se forme et on le fait sécher.

Le tannate de plomb a été recommandé par Authenriett, puis par le docteur Tott pour guérir les plaies qui résultent du decubitus des malades dans les affections longues et graves. On l'emploie soit frais, récemment précipité, soit sec et alors incorporé à de l'axonge ou à de l'onguent rosat. Le docteur Fontonetti l'a recommandé sous les mêmes formes pour le traitement des tumeurs blanches.

Le docteur Tott fait préparer le tannate de plomb en versant goutte à goutte de l'acétate de plomb neutre dans une décoction d'écorce de chêne; il lave le précipité et le fait égoutter sur une toile.

DES PRÉPARATIONS DE L'ÉTAIN.

L'étain est un métal d'un blanc argentin, très mou et très malléable; quand on le ploie sur lui-même, il fait entendre un bruit particulier que l'on appelle le cri de l'étain; sa densité est 7,28 à 7,29. Il fond à 228°; il appartient à la série des métaux qui absorbent l'oxigène à une température élevée, et qui décomposent l'eau à la chaleur rouge. Il s'écarte cependant beaucoup, par son ordre d'affinités, des métaux auxquels il est réuni par les caractères précédents : ainsi ses oxides ont peu de disposition à remplir les fonctions de base, et le deutoxide est un véritable acide. Le nombre proportionnel de l'étain est 73,52.

ÉTAIN MÉTALLIQUE.

L'étain métallique est employé, en médecine, comme anthelmintique : on le prescrit de préférence contre le ténia. On l'administre à la dose de 1 gros à 1 once (4 à 32 grammes). Il est important de se servir d'étain fort pur : une grande partie de l'étain du commerce contient du plomb, qui peut lui communiquer des propriétés très nuisibles; on a recours à l'étain de Malaca, dit étain en chapeau. Au reste, on s'assure que l'étain ne contient pas de plomb, en le traitant par l'acide nitrique fort, qui fait passer l'étain à l'état de peroxide; on évapore presque à siccité; on étend d'eau, l'on filtre, et l'on verse dans la liqueur du sulfate de soude : pour peu que l'étain contient de plomb, il se fait un précipité blanc de sulfate de plomb.

L'étain métallique est employé sous forme de poudre ou de limaille.

Limaille d'étain.

On frotte l'étain avec une râpe à bois, de manière à le réduire en limaille; on administre cette limaille au malade, et, pour qu'il ait moins de difficultés à la prendre, on l'enveloppe avec quelque matière épaisse, du miel, par exemple, qui lui donne la consistance d'opiat.

Quelques médecins croient que c'est sous cette forme seulement que l'emploi de l'étain est efficace, et qu'il agit en quelque sorte mécaniquement. Le ver, disent-ils, est rendu en une pelotte toute hérissée à sa surface par la limaille d'étain.

Poudre d'étain.

Comme l'étain est ductile, on est obligé pour le réduire en poudre d'avoir recours à des procédés particuliers.

1° On prend de l'étain en feuilles très minces, on le broie avec du sel marin ou du sulfate de potasse, jusqu'à ce que l'on ait obtenu une poudre impalpable; l'étain, quoique ductile, finit par se diviser parfaitement par l'intermède de la matière saline dure dont on a fait usage : on lave la matière à plusieurs reprises à l'eau bouillante, on reçoit l'étain sur un filtre, et on le fait sécher.

Ce procédé doit être rejeté, parce que les feuilles d'étain du commerce contiennent toujours du plomb.

2° On prend une boîte en fer, sphérique, s'ouvrant en deux parties, à parois rudes; on la blanchit intérieurement en la frottant avec de la craie; on fait chauffer la boîte modérément, on y verse l'étain fondu, on la recouvre de son couvercle, également chauffé; on l'enveloppe d'un linge et l'on remue continuellement et vivement entre les mains, jusqu'à ce que la température ait assez baissé pour que l'étain se soit solidifié. Grâce à cette agitation, les particules d'étain restent séparées les unes des autres: on passe à travers un tamis de soie très fin.

Cette manipulation est d'une exécution assez difficile, et il arrive souvent qu'une grande partie de l'étain est solidifiée en masse et a besoin d'être traitée de nouveau.

On peut remplacer la boîte de fer par une boîte de bois; mais y a plus d'avantage à se servir de la boîte de fer, que l'on peut chauffer.

3° On fait chauffer un grand mortier de fer en y mettant des charbons ardents ; on chauffe également la tête du pilon : le mortier doit être assez chaud pour que l'étain y reste quelque temps fondu ; on agite vivement avec le pilon, que l'on tient avec des manipules jusqu'à ce que l'étain soit solidifié : on le passe à travers un tamis très fin. Cette manipulation demande de l'habitude, et ne réussit bien qu'autant que l'on opère à la fois sur de petites quantités de métal.

4° On fait chauffer un mortier, comme dans l'opération précédente ; d'autre part, on fait fondre du sel marin à la chaleur rouge dans un creuset ; on essuie bien le mortier ; on y coule le sel marin, puis aussitôt l'étain fondu, et l'on triture vivement. Comme le sel est très chaud, l'étain reste assez longtemps encore en fusion pour que ses parties aient le temps de se diviser entre les particules de sel ; on retire la matière du mortier, on la lave à l'eau bouillante, on la fait sécher, et on la passe au tamis de soie. Ce procédé, que j'ai emprunté à la pharmacopée belge, réussit bien.

ÉLECTUAIRE D'ÉTAIN.

Pr. : Poudre d'étain........................... 1
Miel.. 1

M.

BOLS D'ÉTAIN.

Pr. : Poudre d'étain........................... 1
Écorces d'oranges confites.................. 2
Sirop de sucre............................. S. Q.

M. (Swédiaur.)

AMALGAME D'ÉTAIN.

Pr. : Étain pur.............................. 3
Mercure coulant........................... 1

On fait fondre l'étain dans une cuillère de fer ; on ajoute le mercure ; on remue avec une tige de fer pour faciliter la combinaison ; on laisse refroidir et l'on pulvérise. Cet amalgame est employé comme vermifuge, à la dose de quelques grains, jusqu'à un gros. On l'administre en poudre ou sous forme d'électuaire.

La quantité de mercure indiquée dans cette formule est la plus petite qu'il soit possible d'employer pour avoir un alliage qui puisse se pulvériser facilement.

OXIDE D'ÉTAIN.

L'étain forme avec l'oxigène deux oxides différents. Le peroxide d'étain est blanc. Il possède plutôt les propriétés d'un acide que celles d'une base; il est composé de 1 pp. d'étain et 2 pp. d'oxigène. Le protoxide d'étain a une couleur gris noirâtre; à l'état d'hydrate, il est blanc; il est inodore et insipide; il ne se dissout pas dans l'eau. Il est composé de : étain, 1 pp. (88,03); oxigène, 1 pp. (11,97).

Cet oxide est employé en médecine, contre le ténia, à la dose de 10 à 12 grains (5 à 6 décigrammes). On l'a conseillé aussi contre la phthisie.

On prépare le protoxide d'étain destiné à l'usage médical, par le procédé suivant :

On met l'étain dans une cuillère de fer, ou, si l'on agit sur de plus grandes quantités, dans une marmite de fonte; on le fait fondre et on le laisse sur le feu; bientôt il absorbe l'oxigène de l'air, et il se couvre d'une couche grise, qui est du protoxide. A mesure que l'oxide se forme, on le jette sur le côté au moyen d'une spatule de fer, et l'on continue ainsi jusqu'à ce que tout l'étain soit converti en oxide; on laisse celui-ci sur le feu encore quelque temps, pour achever d'oxider les portions de métal qui ont pu y rester mélangées.

SULFURE D'ÉTAIN.

(Persulfure d'étain, Or mussif)

L'étain forme avec le soufre trois combinaisons différentes formées de d'étain, 1 pp. 1½ pp., pp. ½ et 2 pp. de soufre. On emploie plus habituellement en médecine le persulfure.

Il est d'un jaune d'or; il est cristallisé en paillettes brillantes, douces au toucher; il est insipide, inodore, insoluble dans l'eau, il contient 1 pp. d'étain (64,63); 2 pp. de soufre (35,37).

On l'emploie en médecine pour combattre le ténia. On l'administre à la dose de 2 gros à ½ once (8 à 16 grammes), ordinairement mélangé avec du miel, sous forme d'électuaire.

On a plusieurs moyens de préparer ce sulfure. Celui destiné à l'usage de la médecine est obtenu ainsi qu'il suit :

      Pr. : Étain pur............................ 12
            Mercure............................. 6
            Fleurs de soufre.................... 7
            Sel ammoniac. 6

On commence par amalgamer à chaud l'étain avec le mercure ; on broie l'amalgame avec le soufre et le sel ammoniac de manière à faire un mélange intime ; on introduit ce mélange dans un matras de verre, et on le chauffe doucement au bain de sable jusqu'à ce qu'il ne se dégage plus de vapeur blanche et que l'odeur d'hydrogène sulfuré ne se fasse plus sentir ; on laisse refroidir et l'on trouve dans le matras une couche inférieure de couleur de plombagine : c'est du proto-sulfure d'étain, et une couche supérieure assez épaisse formée par des écailles jaunes et brillantes d'or mussif.

Dans cette opération l'étain se combine au soufre ; mais la formation de l'or mussif ne pourrait avoir lieu d'une manière directe ; le mercure a pour effet de diviser l'étain et de permettre un contact intime entre ce métal et le soufre ; quant au sel ammoniac, son rôle, suivant M. Berzélius, est d'empêcher la température de s'élever beaucoup, car cet excès de chaleur aurait évidemment pour effet de transformer l'or mussif en proto-sulfure d'étain ; comme le sel ammoniac est volatil, il absorbe, pour se réduire en vapeurs, une grande partie de la chaleur qui se produit par la réaction du soufre sur l'étain.

Quelques pharmacopées font préparer le sulfure d'étain médicinal en fondant de l'étain avec du soufre, mais l'on n'obtient ainsi que de l'étain mélangé de sulfure et quelquefois de soufre. On ne parvient à obtenir le proto-sulfure d'étain pur qu'en fondant à deux fois l'étain avec un excès de soufre. Van-Mons conseille de verser de l'hydrosulfate de potasse dans le proto-chlorure d'étain, ce qui donne du proto-sulfure d'étain pur ; mais le per sulfure est toujours employé de préférence.

DES PRÉPARATIONS DU BISMUTH.

Le bismuth est un métal blanc, avec un reflet jaunâtre; sa texture est lamelleuse; il est cassant; sa densité est de 9,83; il fond à 246°; il est volatil, mais à une très haute température; il se combine directement à l'oxigène, et se transforme en protoxide d'une couleur jaune, qui est composé d'une proportion de bismuth et d'une proportion d'oxigène. Le nombre proportionnel du bismuth est 88,69.

Le bismuth du commerce contient presque toujours de l'arsenic, et quelquefois du soufre, dont il est important de le débarrasser; le procédé le plus simple, donné par M. Sérullas, consiste à réduire le bismuth en poudre, à le mélanger avec le vingtième de son poids de nitrate de potasse, et à le chauffer au rouge. Le soufre et l'arsenic s'acidifient et passent dans les scories à l'état de sulfate et d'arséniate de potasse. On répète la fusion de bismuth avec une nouvelle quantité de nitre pour être sûr de l'avoir débarrassé de tout l'arsenic.

La seule préparation de bismuth dont on fasse usage en médecine est le sous-nitrate.

NITRATE DE BISMUTH.

Le bismuth se dissout dans l'acide nitrique, et la dissolution donne par la concentration des gros prismes à 4 faces. Ils constituent le nitrate neutre de bismuth qui est formé de 1 pp. d'oxide et 1 pp. de base, et qui contient 3 pp. d'eau de cristallisation. Ce sel est décomposé par l'eau ainsi que tous les sels de bismuth; il se change en acide nitrique hydraté qui retient en dissolution du nitrate de bismuth, et en sel avec excès de base qui se précipite. C'est ce dernier sel qui est employé en médecine. On le désigne quelquefois assez improprement sous le nom d'oxide de bismuth. Il a porté les noms de *magistère de bismuth*, *blanc de fard*. On l'emploie en médecine comme antispasmodique. Il a réussi surtout dans quelques affections nerveuses de l'estomac.

Le sous-nitrate de bismuth est blanc, insipide et inodore, il est un peu soluble dans l'eau, et quand on chauffe sa dissolution, il se précipite sous la forme de petits cristaux brillants; il est formé de : oxide de bismuth 3 pp. (79,49) ; acide nitrique, 1 pp. (18,05) ; eau, 1 pp. (2,95).

On le prépare de la manière suivante :

Pr. : Bismuth purifié.......................... 1
Acide nitrique à 35°...................... 3

On réduit le bismuth en poudre, d'autre part on met l'acide dans un matras, et l'on y ajoute le bismuth par petites parties. L'action est des plus violentes, il se développe beaucoup de chaleur, et il se dégage une abondante quantité de vapeurs hypo-nitriques ; quand tout le métal a été introduit, on achève la dissolution sur un bain de sable à l'aide d'une douce chaleur ; quand elle est terminée, on laisse reposer la liqueur, on la décante et on la fait évaporer aux $2/3$ dans une capsule de porcelaine ; on verse la liqueur dans 40 fois son poids d'eau, puis on ajoute peu à peu et en remuant continuellement, de l'ammoniaque très étendue, jusqu'à ce que les liqueurs ne rougissent plus que modérément le papier de tournesol ; on lave à plusieurs reprises le précipité par décantation ; enfin on le recueille sur un filtre ou sur une toile ; on le laisse égoutter ; on le met à la presse, et on le fait sécher.

Le bismuth en se dissolvant dans l'acide nitrique donne lieu à un dégagement très violent de vapeurs nitreuses. Il s'oxide et se transforme en nitrate qui reste en dissolution dans l'excès d'acide. La concentration des liqueurs a pour objet de vaporiser une grande partie de cet excès d'acide, qui augmenterait inutilement la proportion de l'oxide de bismuth qui resterait en dissolution dans l'eau. Au contact de l'eau le nitrate de bismuth se décompose en nitrate de bismuth basique qui se dépose, et en nitrate acide qui se dissout. L'ammoniaque, en saturant cet excès d'acide, détermine la précipitation d'une nouvelle quantité de sous-nitrate ; mais il ne faut pas aller jusqu'à saturer exactement les liqueurs, car on pourrait décomposer le sous-nitrate lui-même. Les eaux de lavage retiennent une certaine quantité de nitrate de bismuth en dissolution ; on en précipite l'oxide de bismuth par le carbonate de soude ; on recueille le précipité après l'avoir lavé, et on le conserve pour le dissoudre dans l'acide nitrique lors d'une nouvelle opération.

POUDRE DE WENDT.

Pr.: Sous-nitrate de bismuth, douze grains........... 0,6 grammes.
Extrait sec de laitue vireuse, vingt-quatre grains. 1,3
Poudre d'ipécacuanha, trois grains.............. 0,15
Elæosaccharum de menthe poivrée, soixante grains. 3,3

Mêlez et divisez en six prises employées contre les crampes d'estomac.

POUDRE DE ROBERT THOMAS.

Pr.: Gomme adragante, vingt-quatre grains........ 1,3 grammes.
Sous-nitrate de bismuth, trois à neuf grains. 0,15 à 0,5

Mêlez.

Trois doses semblables par jour contre la gastrodynie.

DES PRÉPARATIONS DU CUIVRE.

CUIVRE MÉTALLIQUE ET OXIDES DE CUIVRE.

Le cuivre est un métal d'une couleur rouge ; sa densité quand il a été fondu est 8,85, et quand il a été forgé ou laminé elle est de 8,95 ; c'est un des métaux les plus malléables et les plus ductiles. Il est aussi extrêmement tenace. Il fond vers le 788e degré du thermomètre. Il s'oxide lentement à l'air, à la température ordinaire, et se couvre d'une rouille verte, qui est du carbonate de cuivre et que l'on appelle vert de gris. Il absorbe plus vite l'oxigène à une température élevée, et il se transforme successivement en protoxide et en deutoxide. Le protoxide de cuivre est rouge, on le rencontre dans la nature ; à l'état d'hydrate il est jaune ; il se combine mal avec les acides, et le plus ordinairement ils le transforment en cuivre métallique et en deutoxide de cuivre qui se dissout. Il est formé de 1 pp. de cuivre (88,78) ; et ½ pp. d'oxigène (11,22). Le deutoxide de cuivre est noir ; à l'état d'hydrate il est d'un bleu clair ; il se combine très bien aux acides et forme avec eux des sels qui sont bleus ou verts. Il se compose de 1 pp. de cuivre (79,83), et de 1 pp. d'oxigène (20,17). Enfin il existe un troisième oxide de cuivre que l'on obtient par l'action de l'eau oxigénée sur l'hydrate de deutoxide, et qui est promptement dissous par les acides avec dégagement d'oxigène; il contient 1 pp. de métal (66,43), et 2 pp. d'oxigène (33,57).

Le nombre proportionnel du cuivre est 89,14; à l'état métallique il n'est pas employé comme médicament, non plus que ses oxides. Il faut ne se servir qu'avec prudence des préparations dont il est la base, car elles sont toutes vénéneuses.

CHLORURE DE CUIVRE.

Le cuivre forme avec le chlore deux combinaisons différentes. Le proto-chlorure, qui est formé de 1 pp. de cuivre (64,13), et de ½ pp. de chlore (35,87), est en cristaux blancs grenus, qui absorbent l'oxigène de l'air, et se changent en oxidochlorure de cuivre. Le deuto-chlorure de cuivre contient 1 pp. de cuivre (47,20), et 1 pp. de chlore (52,80); il a une couleur brun jaunâtre; mais quand il est cristallisé, il forme de petites aiguilles vertes qui contiennent 2 pp. d'eau; quand on évapore une dissolution de ce sel à une chaleur douce, il se sépare de l'eau et il reste du chlorure anhydre; si l'on évapore brusquement, il se dégage de l'eau et du chlore, et il reste du proto-chlorure. Le deuto-chlorure de cuivre est très soluble dans l'eau et dans l'alcool; on l'obtient en faisant dissoudre l'oxide de cuivre dans l'acide hydrochlorique, faisant évaporer et cristalliser. Ce sel est peu employé en médecine à l'état isolé; associé à l'hydrochlorate d'ammoniaque, il a été conseillé contre l'épilepsie, mais surtout pour le pansement des ulcères vénériens.

Le chlorure de cuivre et d'ammoniaque est en beaux cristaux octaédriques bleus; sa saveur est cuivreuse; l'alcool le dissout bien, l'eau le dissout aussi. Ce sel est composé de chlorhydrate d'ammoniaque, 1 pp. (38,64); bi-chlorure de cuivre, 1 pp. (48,37); eau, 2 pp. (12,99).

Ce sel est très vénéneux et ne doit être employé qu'avec la plus grande circonspection.

Une préparation toute différente est employée sous les noms de chlorure de cuivre ammoniacal, de muriate de cuivre ammoniacal. Celui-ci est composé de: cuivre, 1 pp. (28,73); chlore, 1 pp. (32,17); ammoniaque, 2 pp. (28,85); eau, 1 pp. (16,35). C'est du sel ammoniac combiné à de l'oxide de cuivre ammoniacal (Kane).

Pour le préparer le meilleur moyen est celui qui a été donné par Kane. On fait passer dans une solution de chlorure de cuivre presque saturée à chaud, un courant de gaz ammoniac de manière à en mettre un excès; on tient ensuite pendant quelques instants à une température voisine de l'ébullition pour chasser le gaz ammoniac excédant, puis on laisse cristalliser. Le sel se dépose en octaèdres ou en prismes carrés terminés par une pyramide. Les cristaux sont bleus. Il faut les sécher promptement dans du papier et les tenir dans un flacon bien fermé. Ils deviendraient verts en perdant de l'ammoniaque.

Quelques auteurs prescrivent d'employer le précipité vert que l'on obtient en traitant le chlorure double de cuivre et d'ammoniaque par l'ammoniaque; mais ce précipité vert est de l'oxidochlorure de cuivre non ammoniacal.

SULFATE DE CUIVRE.

(Sulfate cuivrique, vitriol bleu, vitriol de Chypre.)

Le sulfate de cuivre est un sel d'une belle couleur bleue, d'une saveur styptique désagréable; il cristallise en un prisme oblique très modifié; ses cristaux contiennent de l'eau de cristallisation; il se dissout dans 4 parties d'eau froide, et dans 2 parties d'eau bouillante. Il est composé de deutoxide de cuivre, 1 pp. (49,73); acide sulfurique, 1 pp. (50,27).

Cristallisé, il contient 5 pp. d'eau ou 36,07 pour 100. A une température de 100°, il perd facilement les $\frac{4}{5}$ de son eau de cristallisation; mais il retient plus facilement le reste qu'il n'abandonne que de 220 à 240°.

Le sulfate de cuivre du commerce contient presque toujours du sulfate de fer; pour le purifier, il faut le faire bouillir en y ajoutant un peu d'acide nitrique pour porter le fer au maximum d'oxidation; on fait bouillir ensuite la liqueur avec un excès d'hydrate de cuivre qui précipite l'oxide de fer; on filtre et l'on fait cristalliser.

Le sulfate de cuivre est employé à l'extérieur comme un léger cathérétique; on touche les aphthes avec un cristal de ce sel; on l'emploie en dissolution dans l'eau, en collyres, en injections, associé à l'axonge à la dose de $\frac{1}{2}$ gros par once pour faire une pommade qui sert au pansement des ulcères vénériens; on l'a même administré à l'intérieur, mais à faible dose, pour combattre des blennorrhées opiniâtres; il ne faut pas oublier que c'est un médicament dangereux.

PIERRE DIVINE.

Pr. : Sulfate de cuivre........................ 24
Alun... 24
Nitrate de potasse.......................... 24
Camphre en poudre....................... 1

On pulvérise les sels, et on les fait fondre dans un creuset à une douce chaleur, de manière à leur faire subir la fusion aqueuse sans les décomposer. On y mêle le camphre en poudre ; on laisse refroidir, et on casse le creuset pour retirer la masse ; ou bien on la coule, tandis qu'elle est encore fondue, sur une plaque de cuivre.

On dissout un gros de pierre divine dans un litre d'eau pour voir un collyre liquide.

SULFATE DE CUIVRE AMMONIACAL.

Le sulfate de cuivre ammoniacal est un sel d'une belle couleur bleue, d'une saveur métallique désagréable ; il est composé de : deutoxide de cuivre, 1 pp. (32,22) ; ammoniaque, 2 pp. (27,89) ; acide sulfurique, 1 pp. (32,58) ; eau, 1 pp. (7,31).

Comme au commencement de la préparation de ce sel l'oxide de cuivre est séparé de l'acide sulfurique et n'est redissous ensuite qu'à la faveur de l'ammoniaque, il est peu douteux qu'il retourne ensuite en combinaison avec l'acide. La combinaison, comme le pense Kane, résulte plutôt de l'union du sulfate d'ammoniaque avec de l'oxide de cuivre ammoniacal.

Dans ce sel, l'oxide de cuivre est à l'acide sulfurique dans le même rapport que dans le sulfate neutre, et l'ammoniaque saturerait 2 fois autant d'acide qu'il en existe dans le composé. L'eau décompose ce sel, elle dissout du sulfate d'ammoniaque et du sulfate de cuivre et elle précipite du sulfate de cuivre basique. Quand on conserve ce sel dans des vases mal fermés, il prend une couleur bleu de ciel ; il a perdu alors la moitié de l'ammoniaque qu'il contient ; si on l'expose à l'air libre, en même temps qu'il perd la moitié de l'ammoniaque qu'il contient, il abandonne aussi toute l'eau ; en cet état il est d'une couleur verte.

Le sulfate de cuivre ammoniacal est un excitant très actif ; on l'a employé pour combattre l'épilepsie et contre la danse de Saint-Guy ; on commence par des fractions de grains , on va jusqu'à 4 et 5 grains (20 à 25 centigrammes) par jour; c'est sous forme de pilules qu'on l'administre ordinairement : mode d'emploi du reste fort mal choisi à cause de l'extrême altérabilité de ce sel.

Pour préparer le sulfate de cuivre ammoniacal, on réduit en poudre fine du sulfate de cuivre cristallisé, et l'on verse dessus de l'ammoniaque liquide concentrée jusqu'à ce que tout soit dissous; on verse alors de l'alcool très fort dans la liqueur ammoniacale et l'on recueille le précipité bleu cristallin qui s'est formé; on le lave avec un peu d'alcool et on le fait sécher promptement entre des feuilles de papier à l'abri de l'air. On le conserve dans des vases de verre exactement bouchés. En séchant ce sel à l'air libre, il aurait déjà perdu de l'ammoniaque avant que tout l'alcool fût évaporé.

Si l'on veut avoir ce sel bien cristallisé, on peut avoir recours à l'un des deux procédés suivants.

1° On introduit la dissolution cuivreuse ammoniacale dans un vase long et étroit, et l'on verse au-dessus de l'alcool avec précaution, de manière à ce que le mélange ne se fasse qu'à la longue.

2° On fait passer de l'ammoniaque gazeuse dans une solution saturée et chaude de sulfate de cuivre, jusqu'à ce que celle-ci refuse absolument d'en absorber davantage : le sel cristallise par le refroidissement.

On emploie en collyre excitant et résolutif la préparation suivante qui a beaucoup d'analogie avec le sel précédent; c'est le même composé, mais contenant un excès d'ammoniaque.

EAU CÉLESTE.

Pr. : Sulfate de cuivre cristallisé, un grain...... 0,05 grammes.
Ammoniaque liquide. .... S. Q.
Eau distillée, une once................. 32

On dissout le sulfate de cuivre dans l'eau distillée; on filtre la dissolution et l'on y ajoute peu à peu de l'ammoniaque, jusqu'à ce que le précipité de sous-sulfate de cuivre qui se forme d'abord soit redissous; la liqueur contient un petit excès d'ammoniaque; elle est d'une couleur bleue magnifique; on l'emploie comme collyre, mais après l'avoir étendue d'une nouvelle quantité d'eau distillée.

CARBONATE DE CUIVRE ET D'AMMONIAQUE.

Ce sel n'est employé qu'en dissolution. La pharmacopée de Ferrare donne la formule suivante :

> Pr. : Sulfate de cuivre cristallisé.................. 2
> Carbonate de potasse. .... S. Q.

On dissout le sulfate de cuivre dans l'eau, et on le précipite par un excès de carbonate alcalin ; on lave avec soin le précipité de cuivre, on en sépare l'eau par expression, et on le met en contact avec une dissolution faite suivant les proportions suivantes :

> Pr. : Sesqui-carbonate d'ammoniaque. 3
> Eau distillée............................. 13

Le carbonate de cuivre se dissout.

La liqueur contient presque exactement 1 pp. chimique de carbonate de cuivre et 3 pp. chimiques de carbonate d'ammoniaque, ou en poids, 1 partie de carbonate de cuivre, et 3 parties de carbonate d'ammoniaque ; chaque gros contient 4 grains de carbonate de cuivre et 12 grains de carbonate d'ammoniaque.

Ce carbonate de cuivre ammoniacal est très rarement usité en médecine ; on ne l'a donné que dans quelques cas rares, pour combattre des fièvres qui avaient résisté à tout autre moyen.

ACÉTATE DE CUIVRE.

Deux espèces d'acétate de cuivre sont employées en médecine, savoir, l'acétate neutre ou verdet cristallisé, et l'acétate basique ou verdet.

ACÉTATE NEUTRE DE CUIVRE.

(Acétate cuivrique, verdet cristallisé, cristaux de Vénus.)

L'acétate neutre de cuivre est d'un vert foncé ; sa saveur est métallique et désagréable comme celle de tous les sels de cuivre ; ses cristaux sont des rhomboèdres qui contiennent de l'eau de cristallisation ; il est soluble dans l'eau, plus à chaud qu'à froid ; il demande 5 parties d'eau bouillante pour se dissoudre ; il est aussi un peu soluble dans l'alcool. Il est composé de : deutoxide de cuivre, 1 pp. (43,52) ; acide acétique, 1 pp. (56,48).

A l'état de cristaux, il contient 1 pp. d'eau ou 8,99 pour 100.

L'acétate de cuivre est employé en médecine absolument dans les mêmes cas que le sulfate ; on s'en sert surtout dans les laboratoires pour préparer le vinaigre radical ; le commerce le fournit à l'état de pureté.

ACÉTATE BASIQUE DE CUIVRE.

(Verdet, vert de gris.)

Le deutoxide de cuivre forme avec l'acide acétique quatre combinaisons basiques.

1° *Acétate bi-cuivrique*. Il constitue le verdet bleu du commerce, ou verdet de Montpellier. Il est composé, suivant l'analyse de Philips, de : deutoxide de cuivre, 2 pp. (42,93) ; acide acétique, 1 pp. (27,85) ; eau, 6 pp. (29,22).

Une chaleur de 60° suffit pour déterminer une réaction entre ses éléments ; il se change en acétate neutre et en acétate tribasique de cuivre. Quand on le traite par l'eau, il se dissout de l'acétate neutre de cuivre et de l'acétate sesqui-basique, et il se dépose de l'acétate tri-basique sous forme d'une poudre verte.

2° *Acétate tri-cuivrique*. C'est le dépôt que laisse le verdet quand on le dissout dans l'eau. Il est formé de 3 pp. d'oxide de cuivre (64,68) ; 1 pp. d'acide (27,98), et 3 pp. d'eau (7,34).

3° *Acétate sesqui-basique*. Il est composé de 1 pp. ½ d'oxide de cuivre (43,13) ; 1 pp. d'acide acétique (37,30), et 6 pp. d'eau (19,57). Il se forme quand on traite le verdet bleu par l'eau ; par l'évaporation spontanée de sa dissolution, il grimpe le long des vases en une masse non cristalline ; il fait partie de la variété de verdet du commerce, qui est connue sous le nom de verdet vert. Il y est associé à l'acétate tri-basique.

4° *Acétate percuivrique*. Il se fait quand on traite le verdet par l'eau bouillante. Il contient 48 pp. d'oxide de cuivre (92,27) ; 1 pp. d'acide acétique (2,49), et 12 pp. d'eau (5,24).

Le verdet bleu ou verdet de Montpellier (acétate de cuivre bi-basique), est la seule espèce qui soit employée en médecine. On s'en sert comme escarrotique, tantôt en poudre, tantôt en dissolution dans l'huile, tantôt incorporé avec un corps gras. Il est la base de l'emplâtre de cire verte employé contre les cors aux pieds.

CIRE VERTE.
(Emplâtre d'acétate de cuivre.)

Pr.: Poix blanche. 2
    Cire jaune. 4
    Térébenthine. 1
    Verdet porphyrisé. 1

On fait liquéfier la poix, la cire et la térébenthine, et l'on incorpore le sous-acétate de cuivre.

Cet emplâtre est appliqué sur les cors et les durillons.

ONGUENT DE CUIVRE OU ONGUENT VERT.

Pr.: Verdet. 1
    Onguent basilicum. 15

Mêlez.
Employé pour le pansement des ulcères vénériens.

ONGUENT ÆGYPTIAC.
(Mellite d'acétate de cuivre.)

Pr.: Miel. 14
    Vinaigre. 7
    Verdet pulvérisé. 5

Mêlez, et faites cuire dans une bassine de cuivre jusqu'à solution de l'acétate, coloration du miel en pourpre, et consistance du miel.

Il est nécessaire d'opérer dans une bassine d'une grande capacité, parce que la matière se boursouffle beaucoup par le dégagement des gaz.

Le mélange a, d'abord, une couleur verte : elle disparaît bientôt parce que le vinaigre se combine au sous-acétate de cuivre, et le dissout. En même temps, le miel se caramélise, et par ses éléments combustibles, l'hydrogène et le carbone, il réduit l'oxide de cuivre, d'où résulte du cuivre métallique, qui donne à la composition une couleur rouge, de l'eau et de l'acide carbonique. Ceux-ci se dégagent avec bouillonnement, en soulevant la masse. En même temps, il se volatilise de l'acide acétique et de l'eau, et, sans doute, d'autres produits de la décomposition du miel et de l'acide. Il reste dans la composition du cuivre réduit, du miel caramélisé, et un peu d'acétate de cuivre, avec le résidu du vinaigre à demi alteré. M. Henry s'est assuré qu'il ne s'y trouve presque plus d'acide acétique, et de cuivre oxidé.

L'onguent ægyptiac se sépare au bout de quelques jours ; les parties cuivreuses se précipitent, et sont surnagées par un sirop coloré. On mélange les deux couches au moment de se servir de ce médicament, qui, du reste, est toujours réservé pour l'usage externe ; il est employé comme détersif ; on en fait surtout usage dans la médecine vétérinaire.

—

DES PRÉPARATIONS DU MERCURE.

MERCURE MÉTALLIQUE.

Le mercure est le seul métal qui soit liquide à la température ordinaire de l'atmosphère ; il est blanc, très éclatant ; il se solidifie à —40° ; en cet état, il est malléable, et il occupe moins de volume qu'à l'état solide ; sa densité est de 13,53 à 13,61 ; il bout à 360° ; quand il est mêlé à l'eau, il se vaporise avec elle en assez grande quantité. Le mercure se combine directement à l'oxigène à une température moyenne : à la température ordinaire ou à une chaleur forte, il ne peut s'y unir ; bien plus, cette forte chaleur sépare l'oxigène des oxides de mercure. Le nombre proportionnel du mercure est 162,58.

Le mercure du commerce n'est pas très pur ; il contient souvent du plomb, de l'étain, du bismuth, du zinc ; quand la proportion en est considérable, il fait la queue, c'est-à-dire qu'au lieu de couler en gouttelettes rondes, chaque goutte de métal s'allonge en pointe en arrière ; mais ce caractère n'est pas très sûr, parce que le mercure pur mais humide le présente souvent et que le mercure impur ne le présente pas toujours. Il faut rectifier le mercure du commerce, et l'on y parvient de la manière suivante : on met du mercure dans une cornue de verre, et mieux de fer ; on adapte à la cornue un récipient dans lequel on met de l'eau, le col de la cornue doit arriver près de la surface de l'eau sans y plonger ; on entoure l'extrémité du col avec un linge, que l'on tourne plusieurs fois tout autour, que l'on assujettit avec une ficelle, et qu'on laisse pendre dans l'eau. On procède ensuite à la distillation du mercure.

Ce procédé ne donne pas du mercure parfaitement pur, parce que ses amalgames, et en particulier ceux avec le zinc et avec le bismuth, sont un peu volatils. Quand on veut avoir du mercure très pur, il faut mêler 2 parties de cinabre avec 1 partie de limaille de fer ou de chaux vive, et distiller dans une cornue de grès, ou mieux, dans une cornue de fer, en disposant l'appareil comme nous l'avons dit plus haut; on porte la chaleur jusqu'au rouge; le fer ou la chaux se combinent au soufre, et le mercure passe à la distillation.

EAU MERCURIELLE SIMPLE.

Pr.: Mercure.................................... 1
Eau.................................... 2

Faites bouillir pendant deux heures dans un matras de verre; séparez l'eau par décantation. On a cru longtemps que l'eau ne pouvait rien enlever au mercure; mais les expériences de Wiggers ont prouvé qu'une partie du métal était dissoute. Pour en démontrer la présence, il faut ajouter à l'eau mercurielle un peu d'acide nitrique et concentrer. Le mercure est changé en nitrate dont les réactifs accusent la présence. J'ai répété cette expérience, et j'ai obtenu le même résultat que Wiggers. Je l'ai rendu plus manifeste en remplaçant l'acide nitrique par du chlore, laissant en contact pendant 24 heures; ajoutant un peu de sel ammoniac et évaporant. M. Paton n'a pu retrouver de mercure par le procédé de Wiggers : cela tient à ce que la quantité de ce métal est très petite et que le sulfure de mercure qui se forme dans la liqueur nitrique ne se sépare souvent que lorsqu'on la fait chauffer.

L'eau mercurielle est donnée comme vermifuge. L'effet médical est nécessairement plus assuré, quand, à l'exemple de plusieurs pharmacopées, on emploie des infusions végétales amères pour faire la décoction.

MERCURE SACCHARIN.

Pr.: Mercure.................................... 1
Sucre blanc très sec.................................... 2

On triture à sec jusqu'à ce que le mercure ait disparu. L'opération se fait bien. Ce médicament est surtout destiné aux enfants; on le leur fait prendre facilement dans du chocolat.

TABLETTES MERCURIELLES.

Pr.: Mercure, deux onces...................... 64 grammes.
Gomme arabique, une once.............. 32
Sucre, neuf onces. 280
Vanille, demi-gros. 2

On fait un mucilage avec la gomme arabique et 1 once d'eau, et l'on triture le mercure avec le mucilage, jusqu'à ce que l'on n'aperçoive plus le moindre globule ; on ajoute le sucre, dans lequel on a divisé la vanille par trituration ; et l'on fait des tablettes de 12 grains. Chaque tablette contient 2 grains (1 décigramme) de mercure.

MERCURE GOMMEUX DE PLENCK.

Pr.: Mercure.................................. 1
Gomme arabique. 3
Sirop diacode. 4

On éteint le mercure par trituration. Ce médicament est employé à l'intérieur et à l'extérieur.

PILULES DE PLENCK.

Pr.: Mercure.............................. 1
Miel. 2
Extrait de ciguë..................... 1
Poudre de guimauve..................... 2

On éteint le mercure dans le miel ; on ajoute l'extrait de ciguë, et enfin la poudre de guimauve ; on fait des pilules de 2 grains (1 décigramme). Chaque pilule contient $\frac{1}{2}$ de grain de mercure (formule de M. Planche).

PILULES MERCURIELLES SIMPLES OU PILULES BLEUES.

Pr.: Mercure.............................. 2
Conserve de roses. 3
Poudre de réglisse..................... 1

On éteint le mercure dans la conserve de roses ; on ajoute la poudre de réglisse et l'on fait des pilules de 3 grains (6 décigrammes).

PILULES DE BELLOSTE.

Pr. : Mercure....................................... 6
    Miel.. 9
    Poudre d'aloès................................ 6
      —   rhubarbe........................... 3
      —   scammonée.......................... 2
      —   poivre noir......................... 1

On triture le mercure dans un mortier de marbre avec le miel ; quand il est éteint, on ajoute les poudres ; on fait des pilules de 4 grains, qui contiennent chacune à peu près 1 grain de mercure, 1 grain d'aloès, $\frac{1}{2}$ grain de rhubarbe, et $\frac{1}{3}$ de grain de scammonée.

Cette formule est celle des pilules de Renaudot. (*Voyez* le travail de MM. Henry et Guibourt sur ce sujet. *Journal de Pharmacie*.)

DRAGÉES DU DOCTEUR VAUME.

Pr. : Mercure, une once....................... 32 grammes.
    Sirop de raisin, une livre................. 500
    Amandes décortiquées, quatre onces........... 125
    Fiel de bœuf, trois onces.................... 96
    Poudre de riz, douze onces.................. 375
      —   de guimauve, trois onces............ 96

Pour 9,500 pilules, que l'on recouvre d'un enduit de sucre et de gomme à la manière des confiseurs. Chaque dragée contient $\frac{1}{16}$ de grain de mercure.

PILULES DU DOCTEUR LAGNEAU.

Pr. : Onguent mercuriel, quatre gros............. 16 grammes.
    Poudre de guimauve, trois gros............. 12

Mêlez et divisez en 144 pilules. Chaque pilule contient 1 grain (5 centigrammes) de mercure.

PILULES DU DOCTEUR SÉDILLOT.

Pr. : Onguent mercuriel........................ 3
    Savon médicinal............................. 2
    Poudre de réglisse.......................... 1

Pour des pilules de 4 grains. Chaque pilule contient 1 grain (5 centigrammes) de mercure.

31*

POMMADE MERCURIELLE.

(Onguent mercuriel double, onguent napolitain.)

Pr.: Axonge... 1
Mercure... 1

On triture le mercure dans un mortier de fer ou de marbre avec le tiers de la graisse. Quand on n'aperçoit plus aucun globule de mercure à la loupe, après avoir frotté un peu de pommade entre deux morceaux de papier gris, on ajoute le reste de la graisse.

La préparation de cette pommade demande beaucoup de temps. On a cherché à l'abréger, et il a été proposé successivement pour y parvenir un grand nombre de procédés : tous ont été vantés et abandonnés tour à tour. Les deux qui m'ont le mieux réussi sont l'emploi de l'onguent napolitain ancien, et celui de la graisse rancie à la cave.

Dans le premier procédé, on triture le mercure avec 2 à 3 onces par livre de vieil onguent mercuriel. Aussitôt que le métal a disparu, on ajoute une quantité de graisse égale à celle du mercure dont on s'est servi.

Dans la deuxième méthode, empruntée à M. Coldefy et à M. Simonin, on fait liquéfier l'axonge et on la fait tomber par filet dans un grand vase plein d'eau froide, de manière à la diviser ; on la place alors sur un tamis de crin ou sur des claies à la cave. La graisse acquiert peu à peu la propriété d'éteindre le mercure avec plus de facilité ; au bout de 15 à 20 jours, elle en éteint déjà 7 à 8 fois son poids. Cette propriété va toujours croissant et après quelques mois la graisse agit facilement sur 32 fois son poids de mercure. On prend axonge préparée 2 à 3 onces et mercure 3 livres, et on les triture ensemble. On peut encore, pour faciliter l'opération, faire tomber le mercure en pluie suivant le conseil de M. Paton. Si l'axonge était trop ferme, on ajouterait un peu d'huile d'olives ; on complète avec de l'axonge fraîche un poids égal à celui du métal.

Les expériences de MM. Vogel et Boullay ont prouvé que la presque totalité du mercure au moins, est à l'état métallique dans la pommade mercurielle. Les expériences qui ont amené ce résultat sont les suivantes :

En traitant l'onguent mercuriel par l'alcool, on dissout toute la graisse, et le mercure reste à l'état métallique. Ce même effet est produit à froid par l'éther sulfurique. Il reste seulement un peu d'oxide gris qui équivaut au plus à la cinquantième partie du mercure.

L'onguent mercuriel étant traité par l'acide sulfurique étendu de trois parties d'eau à une douce chaleur, le mercure reparaît à l'état métallique, et le liquide ne contient pas de mercure.

L'acide muriatique ne donne pas de mercure doux avec l'onguent napolitain.

L'acide acétique laisse le mercure métallique, et il ne se fait pas d'acétate.

L'onguent préparé avec la graisse et de l'oxide noir de mercure ne donne pas de mercure métallique.

Le mercure gommeux, traité par l'eau, donne du mercure métallique.

D'après ces différentes expériences, on est amené à penser que le mercure est à l'état métallique dans la pommade mercurielle.

Cependant M. Berzélius, dans son Traité de chimie, rapporte que Donovan a reconnu qu'une partie de mercure est dissoute dans la graisse à l'état d'oxide mercureux, et qu'il a conclu de ses expériences que cette partie dissoute est la seule qui agisse, et que la portion qui est à l'état métallique est sans action. Donovan prescrit de préparer la pommade mercurielle avec 1 livre d'axonge et 6 gros d'oxide mercureux que l'on a d'abord trituré avec un peu de graisse. Il fait digérer ce mélange pendant une heure à une température de 65° à 70°, et il remue ensuite jusqu'à refroidissement. Donovan dit que cette pommade contient par once 21 grains d'oxide mercureux dissous ; le reste est à l'état de mélange. Ces expériences de Donovan mériteraient d'être répétées.

ONGUENT GRIS.

(Pommade mercurielle simple.)

Pr. : Onguent napolitain.   1
     Axonge.   3

Mêlez.

Cette pommade contient le huitième de son poids de mercure.

POMMADE MERCURIELLE AU BEURRE DE CACAO.

L'ancienne formule de cette pommade prescrit de ramollir le beurre de cacao avec le quart de son poids d'huile de Ben, et de triturer avec le mercure dans un mortier échauffé, jusqu'à extinction du mercure. Il est très long, très difficile, pour ne pas dire impossible, d'éteindre le mercure par ce moyen. On a proposé de mélanger de la pommade mercurielle avec du beurre de cacao; mais le produit conserve une odeur de graisse désagréable. M. Planche conseille de triturer une once de mercure avec vingt gouttes d'huile d'œufs pendant un quart-d'heure dans un mortier de marbre. D'autre part, on échauffe un mortier de porcelaine, et l'on y met 1 once de beurre de cacao. Quand il est liquéfié, on ajoute le mercure et on triture pendant une demiheure, à une température telle que le mélange conserve une certaine liquidité. On laisse refroidir graduellement, en continuant la trituration. Si quelques globules de mercure reparaissaient par suite du refroidissement, on nettoierait le pilon, et on le chaufferait de nouveau de manière à ramollir le beurre de cacao, sans le liquéfier. Après quelques minutes d'une nouvelle agitation, le mercure disparaîtrait.

M. Guibourt fait triturer 5 parties de mercure dans un mortier de marbre échauffé, avec 4 parties de beurre de cacao et 1 partie d'huile d'amandes douces fondues ensemble. Quand la pommade devient trop ferme, il présente le pilon qui en est chargé devant quelques charbons allumés pour la ramollir, et triture de nouveau. Il répète cette manipulation jusqu'à ce que le mercure soit éteint.

CÉRAT MERCURIEL.

Pr.: Onguent mercuriel double. 1
Cérat simple sans eau. 3

Mêlez.

DIGESTIF MERCURIEL.

Pr.: Onguent mercuriel. 1
Digestif simple. 1

Mêlez.

EMPLATRE MERCURIEL.

(Emplatre de Vigo cum mercurio.)

Pr. : Emplâtre simple, deux livres huit onces. ... 1250 grammes.
Cire jaune, deux onces 64
Résine de pin, deux onces................ 64
Gomme ammoniaque, cinq gros........... 20
Oliban, cinq gros..................... 20
Bdellium, cinq gros................... 20
Myrrhe, cinq gros.................... 20
Poudre de safran, trois gros.............. 12
Mercure, douze onces. 375
Axonge préparée, une once quatre gros..... 48
Térébenthine, deux onces............... 64
Styrax liquide, six onces................ 192
Essence de lavande, demi-gros. 2

On triture le mercure avec la graisse préparée à la cave comme pour l'onguent mercuriel. D'autre part, on fait fondre l'emplâtre simple et la cire ; on y ajoute la poix-résine, le styrax et la térébenthine qui ont été liquéfiés ensemble et passés à travers un linge ; on mêle ensuite à la masse les gommes-résines qui ont été dissoutes et évaporées en consistance de miel épais, et quand l'emplâtre est en grande partie refroidi, on y ajoute le mercure éteint dans la graisse, et enfin le safran et l'huile de lavande. On malaxe l'emplâtre promptement et avec le moins d'eau possible pour ne pas dissoudre la matière colorante de safran, et on le roule en magdaléons.

Au moment où l'emplâtre de Vigo vient d'être préparé, il a une teinte jaunâtre ; il la perd bientôt pour ne conserver que la couleur gris d'ardoise qu'il doit au mercure.

La formule précédente ne diffère de celle du Codex que par la manière dont on éteint le mercure ; elle permet d'économiser singulièrement sur le temps qu'il faut pour faire cette préparation, quand on éteint le mercure dans le styrax et la térébenthine.

L'emplâtre de Vigo est appliqué comme résolutif sur les tumeurs d'origine syphilitique ou scrofuleuse ; appliqué sous forme de sparadrap sur les boutons de la variole, il préserve la peau des cicatrices qui ne la défigurent que trop souvent.

LINIMENT MERCURIEL AMMONIACAL.

Pr. : Onguent mercuriel double.................... 1
Huile d'olives............................ 1
Ammoniaque liquide...................... 1

On fait ramollir l'onguent mercuriel avec l'huile, à une très douce chaleur, dans un petit flacon à large ouverture ; on ajoute l'ammoniaque, et l'on mélange bien par l'agitation.

Ce liniment est employé pour résoudre les bubons indolents.

OXIDES DE MERCURE.

Le mercure a deux oxides différents ; le protoxide est formé de : 2 pp. de mercure (96,20), 1 pp. oxigène (3,80).

Le deutoxide de mercure est formé de : 1 pp. de mercure (92,68), 1 pp. oxigène (7,32).

PROTOXIDE DE MERCURE.

(Oxide mercureux, oxide gris de mercure.)

Cet oxide est peu employé à l'état d'isolement ; on l'obtient, suivant Donovan, en mettant du proto-chlorure de mercure avec un excès de dissolution de potasse, et à froid ; autrement on a un mélange de mercure métallique et de deutoxide ; mais il est vrai de dire avec M. Guibourt que, toutes les fois que l'on précipite un sel de protoxide de mercure par un alcali, à froid ou à chaud, le précipité que l'on obtient est un mélange de mercure métallique et de deutoxide de mercure.

MERCURE SOLUBLE DE MASCAGNI.

Pr. : Mercure doux........................... 1
Eau de chaux.......................... 160

On fait bouillir quelques instants, on lave et on fait sécher. Le mercure doux est décomposé par la chaux en chlorure de calcium qui se dissout et en protoxide de mercure ; mais celui-ci se sépare en un mélange grisâtre formé de deutoxide de mercure et de mercure métallique.

Le mercure soluble de Moretti ne diffère pas de la préparation précédente ; Moretti le faisait préparer avec le sulfate de protoxide de mercure de préférence au chlorure.

EAU PHAGÉDÉNIQUE NOIRE.

Pr.: Mercure doux à la vapeur, un grain....... 0,05 grammes.
     Eau de chaux, une once. 32

Mêlez.

Le mercure doux prend une couleur brune, parce qu'il est décomposé en chlorure de calcium et en oxide noir de mercure. On emploie cette liqueur en pansements et en injections; dans ce cas, on y ajoute un peu de gomme pour que le dépôt mercuriel reste mieux en suspension.

DEUTOXIDE DE MERCURE.

(Oxide mercurique, oxide rouge de mercure, précipité rouge.)

Le deutoxide de mercure est rouge; à l'état d'hydrate il est jaune; il est décomposé par une chaleur inférieure au rouge, en oxigène et en mercure; il est un peu soluble dans l'eau à laquelle il donne une saveur métallique; il s'unit très bien aux acides.

On ne s'en sert en médecine qu'à l'extérieur, comme un léger cathérétique, et pour le pansement des ulcères vénériens; à petite dose, il est fréquemment employé contre les ophthalmies chroniques.

Pour préparer l'oxide rouge de mercure, on décompose le nitrate de mercure par la chaleur.

Pr.: Mercure métallique. 1
     Acide nitrique à 35º. 1

On met le mercure dans un matras à fond plat, que l'on place sur un bain de sable; on verse l'acide nitrique, et on laisse agir sans le secours du feu; quand l'action cesse, on chauffe doucement pour amener d'abord la matière à siccité, puis l'on continue à chauffer pour décomposer le nitrate et le transformer en oxide rouge de mercure. Tout le succès de l'opération dépend de la conduite du feu : ordinairement on met plusieurs matras sur un grand bain de sable que l'on chauffe au bois, et l'on porte le feu d'un côté ou d'autre, suivant que l'on remarque que l'opération est plus avancée ou moins avancée dans certains matras que dans les autres; le feu doit être continué jusqu'à ce qu'il ne se dégage plus de vapeurs nitreuses; mais comme à la fin de l'opération, ce caractère devient de plus en plus difficile à saisir, on introduit de temps en temps par le col des matras une petite baguette de verre, avec laquelle on tâte la matière ; tant qu'elle est dure et que le verre n'y pénètre pas, c'est la preuve qu'il y a encore du nitrate qui n'est pas décomposé ; mais quand on sent que sur tous les points la matière cède sous la baguette et qu'on retire celle-ci couverte de petites écailles rouges, alors l'opération est terminée. Une trop faible chaleur laisserait du nitrate indécomposé, et le précipité rouge serait caustique ; une chaleur trop forte réduirait l'oxide de mercure : toutefois pour la qualité du produit ce dernier inconvénient est moins à craindre que l'autre.

Ce qui se passe dans cette opération est fort simple ; le mercure décompose l'acide nitrique, d'où résulte du deutoxide d'azote qui se dégage, et du nitrate de mercure ; celui-ci est un mélange de nitrate de protoxide et de nitrate de deutoxide : mais lors de la calcination, le protoxide décompose une nouvelle quantité d'acide nitrique et prend l'oxigène qui lui manque.

On préparait autrefois l'oxide rouge de mercure en chauffant le mercure pendant deux semaines, à une température voisine de son ébullition, dans un matras à fond p'at dont le col se terminait par une pointe effilée. Il se faisait ainsi une combinaison directe de l'oxigène avec le mercure. L'oxide de mercure ainsi préparé portait le nom de *précipité perse*.

EAU PHAGÉDÉNIQUE.

Pr. : Sublimé corrosif, deux grains............. 0,1 grammes.
Eau de chaux, une once. 32

On fait dissoudre le sublimé corrosif dans une très petite quantité d'eau et on mêle la solution à l'eau de chaux, il se fait de suite un précipité jaune.

La dose d'eau de chaux et de sublimé varie avec chaque formulaire. M. Guibourt a fait judicieusement observer que le résultat varie en même temps ; tant que le sublimé ne dépasse pas 3,7 grains par once d'eau de chaux, le précipité est de l'oxide de mercure, et la liqueur retient du chlorure de calcium et peut-être un peu d'oxide de mercure ; si l'on porte au-delà la dose du sublimé, alors sa décomposition est incomplète ; le précipité est de l'oxido-chlorure de mercure, et la liqueur contient du chlorohydrargyrate de chaux, c'est-à-dire une combinaison saline, dans laquelle le sublimé corrosif est l'acide, et le chlorure de calcium est la base.

L'eau phagédénique s'emploie trouble, pour le pansement des ulcères vénériens et scrofuleux.

POMMADE DE PRÉCIPITÉ ROUGE.

Pr. : Précipité rouge.......................... 1
     Axonge.................................. 16

Les doses varient suivant les circonstances, et doivent être prescrites à chaque fois par le médecin.

La pommade faite suivant les doses précédentes, mais avec l'onguent rosat au lieu d'axonge, est employée contre l'inflammation chronique des paupières sous le nom de *Pommade de Lyon*.

ONGUENT BRUN.

Pr. : Onguent basilicum. 16
     Précipité rouge. 1

Mêlez.

M. Planche a observé que cet onguent, conservé dans un lieu un peu chaud, s'altère à la longue; le mercure finit par s'y réduire complétement.

POMMADE OPHTHALMIQUE DE SAINT-YVES.

Pr.: Précipité rouge, dix-huit grains............ 1 gramme.
     Oxide de zinc, dix-huit grains. 1
     Camphre, six grains................,.... 0,3
     Cire, un gros dix-huit grains............. 5
     Beurre frais, une once. 32

F. S. A.

POMMADE OPHTHALMIQUE DE DESAULT.

Pr. : Précipité rouge, un gros. .... 4 grammes.
     Tuthie préparée, un gros.................. 4
     Alun calciné, un gros.................... 4
     Acétate de plomb cristallisé, un gros. 4
     Sublimé corrosif, douze grains. 0,6
     Pommade rosat, une once................. 32

Mêlez sur un porphyre.

POMMADE DE RÉGENT.

Pr.: Précipité rouge, dix grains. . . . .   0,55 grammes.
Acétate de plomb cristallisé, dix grains. . . .   0,55
Camphre, un grain.   0,05
Beurre lavé à l'eau de roses, deux gros.   8

Mêlez sur un porphyre.

SULFURE DE MERCURE.

Le mercure forme avec le soufre deux combinaisons différentes. Le proto-sulfure de mercure est composé de : 2 pp. de mercure (92,64), et 1 pp. de soufre (7,36); le deuto-sulfure contient 1 pp. de mercure (86,29), et 1 pp. de soufre (13,71).

Le proto-sulfure est noir; il se décompose très facilement en mercure métallique et en deuto-sulfure; il n'est jamais employé en médecine à l'état de pureté. Le deuto-sulfure est d'un rouge très vif quand il a été pulvérisé; il est volatil; à l'air, à une température élevée, il se change en acide sulfureux et en mercure; il est insoluble dans l'eau. On le connaît ordinairement sous le nom de cinabre, et quand il a été pulvérisé, sous le nom de vermillon.

DEUTO-SULFURE DE MERCURE.

(Cinabre, vermillon.)

Le Cinabre se prépare en grand dans les arts, qui nous le fournissent tantôt en masses cristallisées, et tantôt en poudre; quand il est cristallisé il est à peu près impossible de le falsifier sans que la fraude ne s'aperçoive aisément; quand il est en poudre, il devient plus facile de le faire; mais comme le cinabre est complétement volatilisable par la chaleur, il suffit, pour l'essayer, d'en mettre une petite quantité au fond d'un tube de verre et de chauffer; si le cinabre est pur, il ne laisse pas de résidu.

Le cinabre est rarement employé en médecine à l'intérieur; les uns le disent excitant, d'autres antispasmodique; on en fait plus d'usage à l'extérieur contre certaines maladies de la peau et les affections vénériennes.

POUDRE TEMPÉRANTE DE STAHL.

Pr.: Sulfate de potasse. 9
Nitrate de potasse. 9
Cinabre porphyrisé. 2

Mêlez par porphyrisation.

BOLS ROUGES.

Pr.: Cinabre porphyrisé, un scrupule. . . . . 1,3 grammes.
Conserve de roses. . . . . S. Q.

Pour 1 bol.

POMMADE ANTIHERPÉTIQUE.

Pr.: Cinabre porphyrisé, cinquante-quatre grains.. 3 grammes.
Camphre, dix-huit grains. 1
Cérat, six gros. 24

F. S. A. (Alibert).

FUMIGATION DE CINABRE.

Pr.: Cinabre, un gros à une once. . . . . 4 à 32 grammes.

On projette le cinabre sur une plaque de fer chauffée assez fortement pour le volatiliser. Le malade placé dans une chaise fermée, reçoit les vapeurs; on peut également les diriger avec un entonnoir sur quelques parties du corps. Le cinabre est en partie détruit par l'oxigène de l'air, et la fumigation se compose réellement d'un mélange d'acide sulfureux, avec de la vapeur de mercure et de la vapeur de cinabre.

ÉTHIOPS MINÉRAL.

(Sulfure noir de mercure.)

L'éthiops minéral n'est pas un sulfure de mercure particulier, mais un mélange de sulfure de mercure avec du soufre, et quelquefois du mercure métallique.

Pr.: Mercure. 1
Soufre sublimé et lavé. 2

On triture ces deux corps dans un mortier de verre jusqu'à ce que le mélange ait pris une couleur noirâtre, et que l'on n'aperçoive plus aucun globule de mercure.

Au moment où cette préparation vient d'être faite, elle est constituée par un mélange de mercure métallique, de soufre et de sulfure de mercure; avec le temps on s'aperçoit qu'elle noircit; c'est parce que le mercure finit par se combiner complétement avec le soufre; alors, comme M. Mitscherlich s'en est assuré par l'analyse, ce n'est plus qu'un mélange de soufre et de cinabre.

La préparation de l'éthiops minéral demande beaucoup de temps; pour l'activer, M. Destouches fait ajouter au mélange $\frac{1}{10}$ de sulfure de potasse liquide, qu'il fait ensuite séparer par des lavages; l'opération est certainement hâtée par ce moyen, et le mercure est alors plus promptement converti en sulfure.

On connaît un autre procédé pour la préparation de l'éthiops minéral; il consiste à faire fondre 2 parties de soufre dans un creuset, et à y faire tomber le mercure sous forme de pluie en le forçant à passer à travers une peau de chamois; on agite continuellement jusqu'à ce que tout le mercure soit introduit; on retire du feu, et l'on continue à remuer jusqu'à refroidissement.

Le sulfure noir ainsi préparé ne diffère pas sensiblement du cinabre, il contient seulement un excès de soufre; on préfère, pour l'usage médical, l'éthiops qui a été obtenu par simple trituration.

L'éthiops minéral est principalement employé en médecine comme vermifuge, mais on le donne aussi dans les maladies scrofuleuses à la dose de 12 à 36 grains par jour (6 décigrammes à 2 grammes).

SUCRE VERMIFUGE MERCURIEL.

Pr.: Éthiops minéral........................	2
Mercure....................................	3
Sucre.....................................	7

On triture le mercure avec le sulfure, et, quand il est éteint, on ajoute le sucre (Baumé).

CHOCOLAT VERMIFUGE.

Pr.: Éthiops minéral........................	1
Chocolat..................................	15

Liquéfiez le chocolat, incorporez-y l'éthiops minéral et divisez en tablettes de 16 grains.

PILULES ANTISCROFULEUSES.

```
Pr. : Scammonée........................... 4
      Éthiops minéral........................ 4
      Antimoine diaphorétique. .............. 1
      Savon médicinal........................ 7
```

F. S. A. des pilules de 4 grains (2 décigammes).
Henry et Guibourt.

ÉTHIOPS ANTIMONIAL DE MALOUIN.

```
Pr. : Sulfure d'antimoine porphyrisé. ............ 2
      Mercure métallique...................... 1
```

Triturez jusqu'à extinction du mercure.

CHLORURE DE MERCURE.

Le chlore se combine avec le mercure en 2 pp. : le proto-chlorure de mercure est formé de : mercure, 2 pp. (85,12); chlore, 1 pp. (14,88); le deuto-chlorure de mercure est formé de : mercure, 1 pp. (74,09); chlore, 1 pp. (25,91).

DEUTO-CHLORURE DE MERCURE.

(Chlorure mercurique, bi-chlorure de mercure, muriate oxigéné de mercure, sublimé corrosif.)

Le deuto-chlorure de mercure, ou sublimé corrosif, est blanc; sa saveur est excessivement âcre et désagréable. C'est un poison des plus énergiques; il est volatil, plus que le proto-chlorure de mercure; il se dissout dans seize fois son poids d'eau froide; il ne faut que trois parties d'eau bouillante pour le dissoudre; il se dépose par le refroidissement en cristaux qui ne contiennent pas d'eau; il est plus soluble dans l'alcool que dans l'eau; il faut moins de trois parties d'alcool froid pour le dissoudre; il est beaucoup plus soluble encore dans l'alcool chaud.

Le sublimé corrosif, à l'intérieur ou à l'extérieur, est principalement employé contre les maladies syphilitiques; c'est un remède fort dangereux, qui ne doit être administré qu'avec la plus grande prudence. On le prépare par la double décomposition du deuto-sulfate de mercure et du chlorure de sodium.

```
Pr. : Deuto-sulfate de mercure. ................. 5
      Sel marin décrépité...................... 5
      Peroxide de manganèse. ................. 1
```

On pulvérise séparément chacune de ces matières ; on les mélange exactement, et l'on en remplit à moitié des matras de verre à fond plat ; on place ces matras sur un bain de sable, où on les enterre jusqu'au col. Après trois à quatre jours, on commence le feu ; celui-ci se fait ordinairement au moyen du bois, qui donne une chaleur suffisante et qui permet plus facilement d'activer le feu sur un point ou sur un autre. Le bain de sable doit d'ailleurs être placé sous une hotte qui tire bien. On chauffe d'abord doucement pour dégager l'humidité que la matière peut retenir. Tant qu'il en sort, on laisse les matras ouverts ; quand elle paraît tout à fait dissipée, on enlève du sable pour que chaque matras ne soit couvert qu'à moitié, l'on met sur chacun d'eux un petit pot renversé, et l'on augmente le feu ; il doit être conduit régulièrement, et n'être ni trop faible, ni trop fort : il faut qu'il soit suffisant pour déterminer la volatilisation du sublimé, et qu'il ne soit pas assez fort pour qu'une partie du sublimé s'échappe en vapeurs. Il faut alternativement abaisser et augmenter le feu. Si l'on s'apercevait que du sublimé se perdît, on dégarnirait immédiatement le haut du matras du sable qui le recouvre. L'opération dure huit à dix heures. Quand elle est terminée, on donne un coup de feu pour fondre le sublimé, afin que les pains aient de la cohérence : cette partie de l'opération est difficile ; car si l'on chauffe trop, on perd une partie du produit. On recouvre les matras de sable chaud, et on les laisse refroidir lentement, de peur qu'ils ne se brisent en morceaux ; quand ils sont froids, on les casse, et l'on enlève les pains de sublimé corrosif qui se sont formés.

Le sulfate de mercure, que l'on emploie à l'opération précédente, est quelquefois tout entier à l'état de sulfate de deutoxide, assez souvent cependant il contient un peu de sulfate de protoxide, et c'est pour cette raison, comme nous le dirons bientôt, que l'on ajoute du peroxide de manganèse. La formation du sublimé résulte d'un échange qui se fait entre le chlorure de sodium et l'oxide du sulfate de mercure ; 1 pp. de sodium cède 1 pp. de chlore, et prend 1 pp. d'oxigène, d'où résulte 1 pp. de soude qui se combine à l'acide sulfurique du sulfate de mercure ; 1 pp. de mercure, qui a cédé 1 pp. d'oxigène au sodium, prend 1 pp. de chlore que celui-ci a abandonnée, et il en résulte du deuto-chlorure de mercure qui se volatilise.

Eléments de la réaction :

Sodium   1 pp. + chlore   1 pp. = chlorure de sodium.
Mercure 1 pp. + oxigène 1 pp. = deutoxide de mercure.

Le produit est :

Sodium   1 pp. + oxigène 1 pp. = oxide de sodium.
Mercure 1 pp. + chlore   1 pp. = deuto-chlorure.

Si l'on opérait la décomposition entre le sel marin et le sulfate de protoxide de mercure, comme la base de celui-ci ne contient qu'une demi-proportion d'oxigène, il ne se ferait qu'une demi-proportion de soude et il ne se séparerait qu'une demi-proportion de chlore, qui, se combinant avec la proportion de mercure, donnerait du proto-chlorure de mercure : c'est ce qui arrive toujours en partie dans l'opération précédente, parce que le sulfate de mercure que l'on emploie contient presque toujours du sulfate de protoxide. Mais cela est peu important dans une fabrication continue, parce que le mercure doux étant moins volatil que le sublimé corrosif, il ne se volatilise qu'en dernier, et on le retrouve à la partie inférieure des pains.

L'oxide de manganèse a pour effet de s'opposer à cette formation de mercure doux. L'excès d'acide sulfurique que contient le sulfate, favorise la séparation d'une partie de l'oxigène du peroxide de manganèse. Cet oxigène se porte sur le sodium, et met du chlore en liberté : celui-ci fait passer à l'état de deuto-chlorure le mercure doux qui s'est formé par la décomposition mutuelle du sel marin et du proto-sulfate de mercure. C'est une action toute pareille à celle par laquelle on produit le chlore au moyen du sulfate acide de potasse, du sel marin et de l'oxide de manganèse dans le procédé de Mohr.

Les préparations qui ont pour base le sublimé corrosif, doivent être soigneusement distinguées en deux séries ; celles dans lesquelles le sublimé corrosif n'a éprouvé aucun changement ; celles où il est en tout ou en partie décomposé, ou bien où il a contracté quelque combinaison qui modifie ses propriétés.

1° Préparations qui contiennent le sublimé corrosif sans altération.

LIQUEUR DE VAN SWIETEN.

Pr. : Sublimé corrosif, dix-huit grains. . . . .   1 gramme.
    Eau distillée, vingt-neuf onces.   904
    Alcool rectifié, trois onces.   96

On dissout le sublimé corrosif dans l'alcool, et l'on ajoute l'eau distillée. Chaque once de cette liqueur contient un peu plus d'un demi-grain ou 3 centigrammes de sublimé corrosif.

COLLYRE DE SUBLIMÉ CORROSIF.

Pr. : Sublimé corrosif, un grain. . . . .   0,05 grammes.
    Eau distillée, six onces.   192

S.

INJECTION DE SUBLIMÉ CORROSIF.

Pr. : Sublimé corrosif, un grain. . . . .   0,05 grammes.
    Eau distillée, une once.   32

S.

LOTION ANTIPSORIQUE.

Pr. : Sublimé corrosif, un gros. . . . .   4 grammes.
    Eau distillée, une livre.   500

S.

GARGARISME ANTISYPHILITIQUE.

Pr. : Sublimé corrosif, quatre grains. . . . .   0,2 grammes.
    Eau distillée, quatre onces.   125

S.

EAU ROUGE D'ALIBERT.

Pr. : Sublimé corrosif, un gros. . . . .   4 grammes.
    Eau distillée, une livre.   500
    Infusion de coquelicots. . . . .   S. Q.

Employée pour bassiner les dartres.

POMMADE DE CIRILLO.

    Pr.: Sublimé corrosif............................. 1
        Axonge.. 8

Mêlez sur un porphyre.

A employer en frictions à la dose de $\frac{1}{2}$ gros à 1 gros (2 à 4 grammes).

TROCHISQUES ESCARROTIQUES.

    Pr.: Sublimé corrosif............................ 1
        Amidon... 2
        Mucilage de gomme adragante............... S. Q.

Faites des trochisques en grains d'avoine du poids de 15 centigrammes.

TROCHISQUES DE MINIUM.

    Pr.: Sublimé corrosif............................ 2
        Minium.. 1
        Mie de pain tendre............................ 8
        Eau distillée................................. 1/2

Faites des trochisques en forme de grains d'avoine, du poids de 15 centigrammes; ils en pèseront dix, après la dessiccation.

Évidemment dans ces trochisques une partie du sublimé éprouve le genre d'altération dont nous parlerons tout à l'heure; mais la presque totalité reste intacte.

2o **Préparations dans lesquelles le sublimé corrosif éprouve plus ou moins de changements.**

L'une des propriétés remarquables du sublimé corrosif est celle qu'il possède de se combiner avec certaines matières et certains tissus organiques : elle offre, sous le point de vue médical, un intérêt mérité.

Quand on fait tremper dans une dissolution de sublimé corrosif un tissu organisé, du bois, de la chair, de la peau, des intestins, etc., le sublimé corrosif est absorbé par ces parties; elles contractent avec lui une combinaison, en même temps qu'elles prennent de la consistance et qu'elles deviennent imputrescibles. Cette propriété a été mise à profit pour la conservation des animaux ou des parties d'animaux.

Si le sublimé corrosif est mis en contact avec de l'albumine coagulée, le même phénomène se produit : si l'albumine est à l'état de dissolution, il se fait un précipité qui est constitué par une combinaison d'albumine et de sublimé corrosif. Cette combinaison est fort peu soluble dans l'eau, mais elle est soluble dans un excès de liqueur albumineuse : elle est décomposée par les chlorures alcalins (chlorures de sodium, potassium, ammonium) qui enlèvent le sublimé corrosif, et forment avec lui une combinaison soluble dans l'eau.

Après avoir admis pendant longtemps que le sublimé corrosif était ramené par l'albumine à l'état de mercure doux qui restait combiné avec la matière animale, les chimistes paraissent plus disposés à adopter aujourd'hui l'opinion de M. Lassaigne, qui croit que le sublimé corrosif est combiné à la matière animale sans avoir éprouvé de changement. Le composé albumineux serait formé, suivant ce chimiste, de 93,55 parties d'albumine et 6,43 de sublimé corrosif. Toutefois cette opinion ne me paraît pas être établie encore sur des faits tout à fait concluants.

Les observations précédentes s'appliquent le plus heureusement à quelques points de la pratique médicale ; et d'abord, dans le cas d'empoisonnement par le sublimé corrosif, l'eau albumineuse devient d'un bon secours, en transformant le poison en une matière insoluble, moins corrosive et moins vénéneuse. Secondement, elles nous donnent l'explication d'un fait d'observation journalière, savoir : qu'il y a avantage à allier le sublimé corrosif, dans son emploi thérapeutique, avec certaines matières organiques : l'action est plus douce et en même temps plus assurée : on conçoit parfaitement comment le bi-chlorure de mercure, mitigé par sa combinaison avec la matière animale, et rendu soluble, sans causticité, dans les liqueurs albumineuses, offre plus de chances d'absorption, sans présenter les mêmes dangers. Ainsi le lait, les émulsions d'amandes, le lait de poule, le blanc d'œuf ou la farine, par la matière caséeuse ou l'albumine qui s'y trouvent, réalisent cette édulcoration du sublimé. Le même effet est produit dans les diverses préparations, et en particulier dans les biscuits que M. le docteur Ollivier a soumis à l'examen de l'Académie de médecine.

Il ne faudrait pas croire toutefois que toutes les matières d'origine organique ont une même action sur le deuto-chlorure de mercure. Il en est plusieurs qui le décomposent lentement, en le transformant successivement en proto-chlorure de mercure, puis en mercure métallique. Telle est la manière d'agir des liqueurs chargées de la partie extractive des plantes, des sirops composés, des extraits. Le médecin doit tenir compte de ces effets, et ne prescrire de semblables mélanges qu'au moment où ils doivent être employés. Le sirop sudorifique composé, ou de Cuisinier, dans lequel on administre souvent le sublimé corrosif, est l'une des préparations qui produisent le plus promptement cet effet de réduction.

PILULES DE SUBLIMÉ CORROSIF AU GLUTEN.

Pr. : Sublimé corrosif porphyrisé, deux grains. . . . .   0,1 grammes.
    Gluten frais, trente-deux grains.   1,6
    Poudre de gomme arabique, huit grains.   0,4
    Poudre de racine de guimauve, seize grains. . . .   0,8

Triturez le sublimé corrosif avec le gluten dans un mortier de porcelaine pendant 10 minutes ; ajoutez la gomme ; triturez encore ; puis incorporez la poudre de guimauve et divisez en 16 pilules. Chacune d'elles contiendra ⅛ de grain ou 6 milligrammes de sublimé corrosif.

Le sublimé corrosif n'est qu'en partie édulcoré dans ces pilules ; après 2 mois, j'y ai trouvé encore une partie de ce sel à l'état de liberté.

PILULES MERCURIELLES D'HOFFMANN.

Pr. : Sublimé corrosif, un grain. . . . .   0,05 grammes.
    Mie de pain, vingt-quatre grains.   1,3
    Eau distillée, quatre grains.   0,2

F. S. A. 12 pilules. Chacune d'elles contient 1/12 de grain (4 milligrammes) de sublimé corrosif. M. Guibourt s'est assuré qu'après un temps assez long une partie du sublimé corrosif existe encore libre dans ces pilules, tandis qu'une autre portion fait partie d'un composé insoluble.

PILULES DE DUPUYTREN.

Pr. : Sublimé corrosif, quatre grains. . . . .   0,2 grammes.
    Extrait d'opium, huit grains.   0,4
    — de gayac, seize grains.   0,8

F. S. A. 16 pilules. Chacune d'elles contient $^1/_4$ de grain (12 milligrammes) de sublimé.

CHLORURE AMMONIACO-MERCURIEL.

Il y a deux chlorures ammoniaco-mercuriels employés en médecine : l'un est soluble dans l'eau, et il résulte de la combinaison du deuto-chlorure de mercure avec le sel ammoniac; l'autre est insoluble et il se fait lors de la précipitation du sublimé corrosif par l'ammoniaque.

Le chlorure double soluble est formé de : deuto-chlorure de mercure, 1 pp. (68,5); hydrochlorate d'ammoniaque, 1 pp. (27); eau, 1 pp. (4,5).

Ce sel cristallise en prisme rhomboïdal ou en prisme hexagonal symétrique; ses cristaux s'effleurissent à l'air et y deviennent opaques; 2 parties d'eau froide en dissolvent 3 parties; il est soluble en quelque sorte en toutes proportions dans l'eau bouillante.

Le chlorure ammoniaco-mercuriel insoluble est blanc, inodore, insipide; il est insoluble dans l'eau.

CHLORURE AMMONIACO-MERCURIEL SOLUBLE.

(Muriate ammoniaco-mercuriel soluble, sel alembroth.)

Pr.: Sublimé corrosif porphyrisé.................. 1
     Sel ammoniac porphyrisé................... 1

Mêlez exactement.

Ce mélange ne représente pas le sel double, mais il lui est préférable; le sel cristallisé ne s'obtient à l'état de pureté que par des cristallisations successives d'un mélange avec excès de sel ammoniacal; si l'on emploie les proportions chimiques de chaque sel, une partie du sel ammoniac se volatilise pendant l'opération, et il y a un excès de sublimé dans le produit. Le rapport de 1 à 1, adopté dans la formule précédente, est très commode dans la pratique.

Le sel alembroth a sur le sublimé corrosif l'avantage d'être extrêmement soluble dans l'eau. Il y a surtout intérêt à s'en servir quand on veut avoir des dissolutions très concentrées : c'est ainsi que dans la préparation des bains, si l'on ajoute le sublimé dans la baignoire, il tombe au fond et ne se dissout que très imparfaitement. Le sel ammoniac donne le moyen d'obtenir une liqueur concentrée que l'on mélange à l'eau du bain ; la dissolution complète du sublimé corrosif est alors assurée.

CHLORURE AMMONIACO-MERCURIEL INSOLUBLE.

(Muriate ammoniaco-mercuriel insoluble, oxichlorure ammoniacal de mercure, précipité blanc.)

Pr.: Sublimé corrosif.......................... Q. V.
Ammoniaque liquide. .... S. Q.

On fait une dissolution du sublimé corrosif dans l'eau froide, et l'on y verse un petit excès d'ammoniaque ; il se fait un précipité blanc qu'on lave à plusieurs reprises et que l'on fait sécher. Ce produit est quelquefois désigné sous le nom de précipité blanc, mais il faut se garder de le confondre avec le précipité blanc ordinaire, car il est beaucoup plus actif.

L'analyse de Kane nous a fait connaître sa véritable composition ; il est formé de sublimé corrosif et d'amidure de mercure, savoir : 1 pp. mercure (39,85) ; 1 pp. chlore (13,95) ; 1 pp. mercure (39,85) ; 1 pp. amide (6,35).

L'amide dont il est ici question est composé de 2 volumes d'azote (1 pp.) et 4 volumes d'hydrogène (2 pp.). Il remplit par rapport au mercure le même rôle que le chlore.

Lors de la formation du précipité blanc, la moitié du chlore du sublimé (1 pp.) prend une pp. d'hydrogène à l'ammoniaque et se change en acide chlorhydrique et par suite en chlorhydrate d'ammoniaque, tandis que l'ammoniaque ayant perdu 1 pp. d'hydrogène est changée en amide qui se combine au mercure abandonné par le chlore.

POMMADE ANTISPSORIQUE DE ZELLER.

Pr.: Muriate ammoniaco-mercuriel. 1
Axonge. .... 8 à 16

Mêlez.

PROTO-CHLORURE DE MERCURE.

(Chlorure mercureux, mercure doux, calomélas, panacée
mercurielle, muriate de mercure doux).

Le proto-chlorure de mercure, ou mercure doux, est blanc,
inodore, insipide; il cristallise en prismes à quatre faces terminés
par des sommets à quatre faces; il est volatil, moins que le sublimé
corrosif; il est insoluble dans l'eau et dans l'alcool; le chlore le
transforme en deuto-chlorure; les alcalis le colorent en noir.

C'est un médicament très usité comme vermifuge, purgatif,
on l'emploie plus encore dans les maladies vénériennes, scrofuleuses, les lésions de la peau.

Relativement à son usage médical, il faut en distinguer trois
sortes, qui ne diffèrent pas par leur composition, mais qui sont
dans un état de cohésion différent qui influe sur leur activité
médicale, savoir : 1° mercure doux ordinaire ou calomélas;
2° mercure doux préparé à la vapeur ou calomélas préparé à la
vapeur; 3° précipité blanc ou proto-chlorure de mercure obtenu
par précipitation.

MERCURE DOUX ORDINAIRE.

On prépare le mercure doux en combinant au sublimé corrosif autant de mercure qu'il en contient déjà.

Pr.: Sublimé corrosif.   4
     Mercure métallique.   3

On broie le sublimé dans un mortier de bois avec une petite
quantité d'eau pour l'humecter légèrement; on ajoute le mercure et l'on triture jusqu'à ce qu'il soit tout à fait éteint; on fait
sécher la matière à l'étuve; on en remplit à moitié des matras à
fond plat, et l'on sublime par une chaleur ménagée.

Si une portion de mercure a échappée à l'action du sublimé,
il adhère au proto-chlorure; on sépare les parties qui en sont
salies pour les faire servir à une nouvelle opération.

La théorie de cette opération est simple, puisqu'il s'agit de
présenter au deuto-chlorure du mercure très divisé qui s'unit à
la moitié du chlore, en ramenant le sublimé corrosif à l'état de
proto-chlorure.

Hermstaed et M. Planche ont donné un procédé qui consiste

à sublimer un mélange de proto-sulfate de mercure et de sel marin ; nous avons déjà dit qu'un pareil mélange se changeait en sulfate de soude et en proto-chlorure de mercure ; mais comme le proto-sulfate de mercure est fort difficile à obtenir par l'action directe de l'acide sulfurique sur le mercure, on le remplace par un mélange de deuto-sulfate et de mercure métallique. On prend 17 parties de mercure, on les transforme en deuto-sulfate par l'acide sulfurique ainsi que nous l'avons dit, page 495 ; on broie ce sel avec une petite quantité d'eau et un poids de mercure égal à celui de la première partie de mercure employée ; on sèche la matière, on la mélange avec 10 parties de sel marin décrépité, et l'on sublime. Ce procédé est avantageux, en ce qu'il évite la préparation du sublimé corrosif ; mais il est incommode, parce qu'il faut beaucoup de temps pour éteindre le mercure dans le sulfate de mercure.

Le mercure doux, avant d'être employé en médecine, doit être porphyrisé et lavé avec de l'eau distillée chaude, jusqu'à ce que les lavages ne précipitent plus par la potasse caustique, et ne se teignent plus par l'hydrogène sulfuré ; on est certain alors qu'il a été dépouillé complétement du sublimé corrosif.

Ce mercure doux est moins actif que les autres, sans doute parce qu'il est moins divisé.

MERCURE DOUX A LA VAPEUR.

La préparation du mercure doux à la vapeur, consiste à faire arriver en même temps, dans un même espace, de la vapeur d'eau et du mercure doux vaporisé ; les vapeurs de celui-ci se condensent au contact de la vapeur d'eau, parce que leur température se trouve abaissée au-dessous du point où elles peuvent conserver l'état aériforme ; mais elles restent sous la forme d'une poudre fine, parce que la vapeur d'eau qui s'est interposée entre elles, met obstacle à ce qu'elles puissent se réunir en une masse cohérente. La première préparation de ce genre a été faite par Josias Jewel ; mais M. Ossian Henry a décrit depuis un appareil plus convenable, et qui est encore employé presque sans modifications. L'appareil se compose d'un ballon en grès de la capacité de 20 livres environ, à col très large, et qui porte sur le côté deux tubulures, dont une au moins est très grande. Ce ballon est renversé, il appuie par sa partie large sur les bords d'un seau en grès, et son col y plonge tout entier ; le seau contient assez d'eau pour que l'extrémité du col du ballon y plonge de quelques lignes ; à la tubulure la plus large du ballon vient s'adapter une

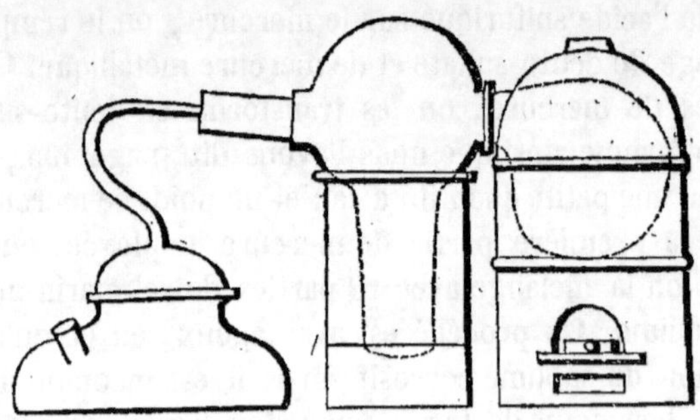

cornue en grès, à col très large et très court. C'est cette cornue qui contient le mercure doux; elle a été lutée, à l'avance, avec de la terre, et elle est placée dans un fourneau à réverbère, à la manière ordinaire; la tubulure la plus étroite du ballon reçoit l'extrémité d'un tube destiné à amener la vapeur d'eau qui s'est produite dans une chaudière ; cette chaudière porte un robinet que l'on ouvre ou que l'on ferme à volonté pour graduer la quantité de vapeur que l'on envoie dans l'appareil; on lute les jointures des tubulures avec soin; celle qui communique avec la chaudière avec un lut de pâte d'amandes, et celle qui reçoit le col de la cornue avec de la terre; on recouvre la cornue avec un grillage en fer qui descend jusqu'aux $^2/_3$ de sa hauteur ; on adapte le dôme; on laisse sécher les luts, et on commence l'opération. On met en même temps du feu sous la chaudière pour porter l'eau à l'ébullition, et du feu sous la cornue; on place d'abord sous celle-ci quelques charbons seulement, de manière à élever lentement et graduellement la température; c'est pour éviter la fracture du vase. Pendant tout le cours de l'opération, on entretient à la partie inférieure de la cornue un feu très ménagé ; quand la cornue et le fourneau commencent à être chauffés, on introduit par la cheminée quelques petits charbons allumés ; et peu à peu, et successivement, on en augmente la quantité, de manière à entretenir la voûte de la cornue à une température supérieure à celle qui est nécessaire pour vaporiser le mercure doux; c'est pour éviter qu'aucune partie de mercure doux ne s'y condense, et pour que sa vapeur soit assez chaude pour arriver sans être condensée dans le récipient ; c'est dans le même but que l'on emploie une cornue à col très court et très large. La conduite du feu est une condition importante pour le succès; il doit être mené de manière à ce que le chlorure de mercure ne se vaporise que lentement dans le fond de la cornue, et à ce qu'aucune partie de ce qui a été vaporisé ne puisse se condenser dans le vase distillatoire. Il faut s'arranger de manière à ce que la vapeur d'eau arrive en abondance au moment où la cornue verse des vapeurs de mercure doux. On entretient dans la chaudière une ébullition soutenue et régulière ; on est guidé d'ailleurs, dans ce point, par le bruit que fait la vapeur en déplaçant le liquide du vase de grès ; si le dégagement était trop lent, on activerait un peu le feu ; s'il était trop rapide, il faudrait ouvrir en partie le robinet de la chaudière pour diminuer la quantité de vapeur. Il y a avantage à ce que la vapeur d'eau soit abondante ; aussi l'opération marche moins bien lorsqu'on fait fournir la vapeur d'eau par une cornue, comme l'avait fait d'abord M. Henry, au lieu d'avoir recours à une chaudière. On conçoit, du reste, qu'avec un peu d'intelligence, on pourra remplacer la chaudière à vapeur par un alambic ordinaire.

Le mercure doux, après sa préparation, doit être lavé avec le plus grand soin, car il contient un peu de sublimé corrosif, soit parce qu'il en contenait d'abord, soit parce que l'on ne peut volatiliser ce composé sans qu'une petite partie ne soit changée en mercure métallique et en deuto-chlorure ; cette transformation a l'inconvénient de donner un produit moins blanc ; aussi, pour l'éviter, on ajoute au mercure doux, qui doit être sublimé, une petite quantité de sublimé corrosif; celui-ci transforme en protochlorure les portions de mercure métallique qui se forme ou celui que les pains de mercure doux sont sujets à contenir. C'est pour la même raison que l'on opère sur du mercure doux déjà préparé ; le mélange du sublimé corrosif et du mercure métallique étant beaucoup plus sujet à laisser passer du mercure non combiné.

On sépare par dilution la poudre la plus fine ; on broie le reste sur le porphyre, et l'on sépare encore la partie la plus fine par dilution ; on continue ainsi jusqu'à ce que tout soit réduit en une poudre impalpable. On réunit toutes ces poudres et on les lave avec le plus grand soin jusqu'à ce que les eaux de lavage ne se colorent plus par l'hydrogène sulfuré.

Le mercure doux à la vapeur est presque le seul que l'on emploie maintenant; son état de division le rend plus actif; aussi ne faut-il le délivrer que sur une prescription spéciale.

PRÉCIPITÉ BLANC.

(Proto-chlorure de mercure par précipitation.)

Pr.: Proto-nitrate de mercure cristallisé........ Q. V.

Broyez les cristaux de proto-nitrate de mercure dans un mortier de verre ou de porcelaine, avec de l'eau chaude aiguisée d'un peu d'acide nitrique; décantez la liqueur et broyez avec de nouvelle eau acide, et ainsi de suite jusqu'à ce que tout le nitrate soit dissous; réunissez les liqueurs et précipitez-les en ajoutant un petit excès d'acide chlorhydrique. Lavez le précipité avec grand soin, jetez-le sur une toile, et quand il sera suffisamment égoutté, faites-en des trochisques que vous sécherez à l'air.

L'acide chlorhydrique décompose le protoxide de mercure du nitrate; il se fait de l'eau, et il se précipite du proto-chlorure de mercure. Si l'on acidule l'eau qui sert à dissoudre le nitrate de mercure, c'est que celui-ci serait décomposé par l'eau en sous-nitrate insoluble et en nitrate acide.

On peut remplacer l'acide hydrochlorique pour la précipitation par une dissolution dans l'eau de sel marin purifié; on filtre la liqueur et on l'acidule légèrement avec l'acide nitrique; alors on ajoute cette dissolution à celle du mercure; on lave avec beaucoup de soin le précipité qui se forme; on le recueille et on le fait sécher.

La décomposition se fait entre du nitrate de protoxide de mercure et de l'hydrochlorate de soude; la soude se combine à l'acide nitrique pour former du nitrate de soude qui reste en dissolution; l'acide hydrochlorique et le protoxide de mercure se décomposent mutuellement pour donner de l'eau et du proto-chlorure de mercure.

La dissolution du nitrate de mercure contient un excès d'acide qui est indispensable pour tenir le nitrate en dissolution; en cet état, si on l'étendait d'eau, il se formerait du sous-nitrate insoluble; le même effet serait produit par la dissolution de sel marin, et le proto-chlorure de mercure resterait mêlé à du sous-nitrate que les lavages n'enlèveraient pas; c'est pour éviter cette précipitation qu'il faut aciduler aussi la solution de sel marin, car une eau acidulée ne précipite pas de sous-nitrate de mercure. On conçoit que cette formation de sous-nitrate doit avoir lieu encore si la quantité d'acide ajoutée au sel marin n'est pas suffisante. Cet inconvénient n'est pas à craindre si l'on se sert d'acide hydrochlorique pour faire la précipitation, mode qui pour cette raison doit être préféré (Mialhe).

M. Guibourt a blâmé l'emploi de l'eau chaude pour dissoudre le nitrate de mercure, croyant que, sous son influence, il y avait, par la réaction des deux acides, du chlore formé qui transformait une partie du proto-chlorure en sublimé corrosif. Il n'en est rien. J'ai fait avec le même nitrate mercureux, et en opérant chaque fois avec 250 grammes de ce sel, 4 opérations comparatives : 1° j'ai dissous le nitrate dans de l'eau froide faiblement acidulée par l'acide nitrique ; j'ai précipité par l'acide hydrochlorique étendu ; 2° j'ai dissous le nitrate de la même manière, et je l'ai précipité par une dissolution de sel marin, aiguisée d'acide nitrique ; 3° j'ai dissous le nitrate de mercure dans de l'eau à 60 degrés, acidulée par l'acide nitrique, et j'ai précipité par l'acide hydrochlorique étendu ; 4° j'ai fait une dissolution également à chaud du nitrate, et je l'ai précipitée par la dissolution acidulée de sel marin ; ni dans les dissolutions du nitrate, ni dans les liqueurs précipitées, il n'y avait de deutoxide de mercure. M. Guibourt a été induit en erreur, pour avoir employé un sel de mercure qui contenait du deuto-nitrate.

Quand le précipité blanc est bien lavé, il a absolument la même composition que le mercure doux, seulement il retient presque toujours un peu d'eau interposée ; il est fort actif, parce qu'il est très divisé ; il se rapproche beaucoup du mercure doux à la vapeur, mais l'état de cohésion n'est pas le même ; le précipité blanc forme une poudre qui se tasse et se grumèle comme la plupart des poudres obtenues par précipitation ; le mercure doux préparé à la vapeur a quelque chose de plus cristallin.

Le mercure doux est la base d'une multitude de préparations qui sont plus généralement magistrales qu'officinales, et qui varient pour les doses et pour la composition. Nous en donnerons seulement quelques exemples.

Il est cependant deux points de son histoire médicale qu'il est important de signaler :

1° On doit éviter d'administrer avec le mercure doux le sel ammoniac ou les chlorures alcalins. En présence des matières organiques surtout, le mercure doux tend à être transformé dans ce cas en mercure et en sublimé corrosif. Pettenkoffer a signalé un cas d'empoisonnement chez un enfant par une poudre composée de mercure doux, de sel ammoniac et de sucre.

2° Le mercure doux ne doit pas être associé à l'acide cyanhydrique. M. Deschamps a constaté qu'il se fait dans ce cas du cyanure et du bi-chlorure de mercure. Les amandes amères, suivant le même observateur, par l'acide cyanhydrique qu'elles produisent, ont une action pareille ; de là l'obligation de ne jamais admettre le mercure doux dans un looch où il entrerait des amandes amères.

TABLETTES DE MERCURE DOUX.

(Pastilles vermifuges.)

Pr. : Mercure doux à la vapeur, une once.	32 grammes.
Sucre, onze onces.......................	350
Gomme adragante, un gros................	4
Eau, une once.........................	32

Faites des tablettes de 12 grains ; cette formule, adoptée par le Codex, est celle de MM. Henry et Guibourt. Ces pastilles sont employées comme vermifuges pour les enfants. Elles contiennent chacune 1 grain (5 centigrammes) de mercure doux.

PILULES MINEURES D'HOFFMANN.

Pr. : Mercure doux porphyrisé, dix-huit grains.	1 gramme.
Mie de pain, dix-huit grains................	1
Eau....................................	S. Q.

F. S. A. 36 pilules.

CHOCOLAT PURGATIF.

Pr. : Mercure doux............................	2
Poudre de jalap...........................	3
Chocolat.................................	31

Faites des pastilles de 1 gros. Chaque pastille contient 4 grains (2 décigrammes) de mercure doux et 6 grains (3 décigrammes) de jalap.

BISCUIT VERMIFUGE.

Pr. : Calomélas, six grains, ...	0,3 grammes.

Mélangez avec S. Q. de pâte à biscuits et faites cuire à la manière ordinaire.

POUDRE DE GODERNAUX.

La poudre de Godernaux, suivant l'analyse qu'en a faite M. Braconnot, n'est autre chose que le proto-chlorure de mercure obtenu par précipitation ; sa formule varia cependant, comme il arrive presque toujours à tous les remèdes secrets. Suivant Alyon, la poudre de Godernaux a été de l'antimoine oxidé et grisâtre ; MM. Chevreuse et Planche l'ont trouvée composée d'un peu de mercure doux et de mercure métallique.

POMMADE DE MERCURE DOUX.

    Pr. : Mercure doux...................... 1 à 2
          Axonge........................... 8

Mêlez.

POMMADE MERCURIELLE DE JADELOT.

    Pr. : Savon blanc râpé................. 1
          Huile d'olives................... 2
          Calomélas à la vapeur............ 1

On ramollit le savon au bain-marie avec le huitième de son poids d'eau ; on ajoute l'huile, puis le mercure doux quand la matière est refroidie. On passe au porphyre.

INJECTION DE MERCURE DOUX.

    Pr. : Mercure doux à la vapeur, un gros. ....   4 grammes.
          Gomme arabique, deux gros..............   8
          Eau, quatre onces..................... 125

Mêlez.

POUDRE MERCURIELLE ARSENICALE DE DUPUYTREN.

    Pr. : Mercure doux à la vapeur................ 199
          Acide arsénieux...................... 1

Mêlez.
Conseillée contre les dartres rongeantes.

BROMURE MERCURE.

Deux combinaisons de brome et de mercure sont employées en médecine, savoir le proto-bromure et le deuto-bromure.

Le proto-bromure de mercure est formé de 1 pp. de brome (27,87) et de 2 pp. mercure (72,13). C'est une poudre blanche insoluble que l'on a essayé d'employer comme succédané du mercure doux. Il est à peu près inusité. On l'obtient par double décomposition du proto-nitrate de mercure et du bromure de potassium.

Le deuto-bromure de mercure correspond au sublimé corrosif. Il est formé de 1 pp. de brome (43,59) et de 1 pp. de mercure (56,41). Il est fusible, volatil, soluble dans l'eau et dans l'alcool. On l'emploie comme le sublimé corrosif dont il a toutes les propriétés. On en fait peu d'usage.

IODURE DE MERCURE.

Deux combinaisons d'iode et de mercure sont employées en médecine, savoir : le proto-iodure et le deuto-iodure de mercure. Le proto-iodure est formé de : mercure, 2 pp. (61,58); iode, 1 pp. (38,42).

Le deuto-iodure est formé de : mercure, 1 pp. (44,49); iode, 1 pp. (55,51).

Ces deux iodures sont employés tant à l'intérieur qu'à l'extérieur, contre les maladies vénériennes et scrofuleuses.

DEUTO-IODURE DE MERCURE.

(Iodure mercurique.)

Le deuto-iodure de mercure est d'une belle couleur rouge; au feu, il devient jaune, puis il fond, se sublime et se condense en cristaux d'un beau jaune, qui deviennent rouges en se refroidissant; il est insoluble dans l'eau; l'alcool en dissout plus à chaud qu'à froid, et le laisse déposer cristallisé par le refroidissement; il jouit de la propriété de se combiner avec les iodures alcalins en jouant, par rapport à eux, le rôle d'acide.

Pour l'obtenir, on fait dissoudre séparément, dans une grande quantité d'eau, environ 100 parties d'iodure de potassium et 80 parties de sublimé corrosif; on verse une des deux liqueurs dans l'autre; on lave le précipité rouge qui se forme ; on le fait sécher; on le conserve dans un flacon à l'abri de la lumière.

Si l'on verse la dissolution d'iodure de potassium dans la dissolution de sublimé, le précipité rouge qui apparaît au moment de la première affusion de liqueur se redissout par l'agitation ; c'est qu'il se fait une combinaison soluble d'iodure de mercure et de chlorure de mercure ; en ajoutant une nouvelle quantité d'iodure, il arrive un moment où le précipité formé subsiste, mais il est d'un rouge pâle ; c'est une autre combinaison d'iodure et de chlorure de mercure, plus riche en iodure que la précédente ; une nouvelle quantité d'iodure alcalin achève de décomposer le sublimé qui s'y trouve, et la matière prend une couleur d'un rouge vif; c'est alors de l'iodure de mercure. Il faut s'arrêter à ce point, car si l'on ajoutait une nouvelle quantité d'iodure de potassium, il dissoudrait l'iodure de mercure pour former un sel double soluble.

Quand on verse, au contraire, le sublimé dans l'iodure de potassium, le premier précipité d'iodure de mercure qui se forme se redissout par l'agitation ; c'est qu'il se fait une combinaison soluble d'iodure de mercure et d'iodure alcalin (iodo-hydrargyrate de potassium), et le deuto-iodure de mercure continue à se dissoudre jusqu'à ce que cette affinité soit satisfaite ; une nouvelle affusion de sublimé le précipite en décomposant une nouvelle quantité d'iodure de potassium ; le précipité est d'un beau rouge ; c'est de l'iodure de mercure pur; il conserve cette couleur jusqu'à la fin, si l'on conserve dans la liqueur un petit excès d'iodure alcalin ; car du moment que celui-ci serait entièrement détruit, le sublimé corrosif agirait en formant le composé pâle dont nous avons parlé. Le remède serait d'ajouter à la liqueur un peu de la solution d'iodure de potassium. On voit donc, en résumé, que, soit que l'on verse le sublimé dans l'iodure, ou l'iodure dans le sublimé, la condition nécessaire à remplir pour avoir un produit d'une belle couleur et exempt de chlorure de mercure, c'est de laisser dans les liqueurs un petit excès d'iodure de potassium ; à la vérité, il redissout un peu d'iodure de mercure, mais la quantité en est faible et le précipité est superbe.

SOLUTION ALCOOLIQUE DE DEUTO-IODURE DE MERCURE.

Pr. : Deuto-iodure de mercure, vingt grains.......   1,1 grammes.
Alcool à 86ᵉ (34° Cart.), une once et demie....   48

S. (Magendie).

On emploie cette solution par gouttes, délayée dans de l'eau ;
celle-ci précipite le deuto-iodure de mercure.

SOLUTION ÉTHÉRÉE DE DEUTO-IODURE DE MERCURE.

Pr. : Deuto-iodure de mercure, vingt grains......   1,1 grammes.
Éther sulfurique, une once et demie........   48

S. (Magendie).

PILULES DE DEUTO-IODURE DE MERCURE.

Pr. : Deuto-iodure de mercure, un grain. ....   0,05 grammes.
Extrait de genièvre, douze grains.   0,6
Poudre de réglisse. ....   S. Q.

F. S. A. 8 pilules.

Chaque pilule contient ¹/₈ de grain (6 milligrammes) d'iodure
(Magendie).

POMMADE DE DEUTO-IODURE DE MERCURE.

Pr. : Deuto-iodure de mercure, vingt grains. ......   1,1 grammes.
Axonge, une once et demie.   48

M. (Magendie).

PROTO-IODURE DE MERCURE.

(Iodure mercureux.)

Le proto-iodure de mercure est d'un jaune verdâtre ; il rougit
par la chaleur et devient jaune en se refroidissant ; il est volatil ;
il est insoluble dans l'eau et dans l'alcool ; l'iode le transforme
facilement en deuto-iodure. La meilleure manière de l'obtenir
facilement est celle qui a été donnée par M. Berthemot.

Pr. : Mercure.   100
Iode.   62
Alcool. ....   S. Q.

On met dans un mortier de porcelaine l'iode et le mercure ;

on ajoute assez d'alcool pour transformer la masse en une pâte molle; l'on continue de triturer jusqu'à ce que le mercure ait entièrement disparu et que le mélange ait pris l'apparence d'une poudre d'un vert jaunâtre; on fait sécher le produit dans une étuve, à l'abri de la lumière, et on le conserve dans des vases couverts de papier noir. La lumière agit sur l'iodure, suivant les observations de M. Artus, en déterminant la décomposition de l'eau hygrométrique, et oxidant le mercure en même temps qu'il se forme de l'acide hydriodique.

L'iode et le mercure sont employés en proportions exactement convenables pour former du proto-iodure; l'alcool facilite la combinaison, en dissolvant l'iode, en le présentant au mercure dans un plus grand état de division, et en produisant plus tard le même effet sur le deuto-iodure qui se forme d'abord, et facilitant ainsi sa combinaison avec le mercure métallique. Quand on opère sur de petites quantités, quelques gouttes d'alcool suffisent; mais quand on opère sur des quantités un peu plus considérables, il vaut mieux forcer la proportion d'alcool, car la matière s'échauffe beaucoup, et quelquefois même s'enflamme et s'échappe du mortier avec une sorte d'explosion. Il est même prudent, quand on a à préparer de fortes quantités de ce produit, de fractionner l'opération, de manière à n'agir que sur 7 à 8 onces de matière à la fois.

M. Boullay fils conseillait d'obtenir le proto-iodure de mercure en précipitant le proto-acétate de mercure par l'iodure de potassium; c'était pour éviter la formation du sesqui-iodure de mercure. Mais M. Berthemot a fait voir que ce procédé est peu convenable, parce que le proto-acétate de mercure est à peine soluble à froid, et qu'à chaud il se change en deuto-acétate.

Un procédé, qui est encore très recommandé, consiste à décomposer le proto-nitrate de mercure par l'iodure de potassium; on fait dissoudre le nitrate dans de l'eau aiguisée avec la plus petite quantité possible d'acide nitrique, et l'on verse peu à peu dans cette dissolution celle de l'iodure de potassium; on continue cette affusion tant que le précipité est verdâtre; dès qu'on s'aperçoit que sa nuance passe au jaune, il faut s'arrêter, et recueillir le précipité qui s'est formé. Il est à peu près impossible d'arriver à un bon résultat par ce procédé; la dissolution du nitrate est nécessairement acide; malgré cette condition, si on la verse dans

33*

de la dissolution d'iodure de potassium , elle se décompose pour former du sous-nitrate qui se mêle au précipité ; si on l'acidifie davantage pour éviter cet effet , alors l'acide nitrique décompose l'iodure de potassium , sépare de l'iode, qui change le proto-iodure de mercure en deuto-iodure. Il y a un autre inconvénient à verser le nitrate dans l'iodure ; c'est que l'iodure de potassium décompose une partie du proto-iodure de mercure à mesure qu'il est formé et le change en mercure métallique qui se dépose, et en deuto-iodure qui se dissout d'abord, et qui plus tard se mêle au proto-iodure. On verse donc l'iodure dans le nitrate ; mais cela n'empêche ni la formation du sous-nitrate, ni la décomposition de l'iodure de potassium par l'excès d'acide nitrique, ni la formation du deuto-iodure qui en est la conséquence ; cette dernière action devient surtout manifeste quand une partie de la précipitation a été faite ; c'est alors que le précipité prend une couleur jaune ; il constitue en cet état un iodure intermédiaire formé de 1 pp. de mercure et de 1 pp. $\frac{1}{2}$ d'iode.

PILULES DE PROTO-IODURE DE MERCURE.

1° **Pr.** : Proto-iodure de mercure, un grain........... 0,05 grammes.
  Extrait de réglisse, douze grains. 0,6
  Poudre de réglisse. .... S. Q.

F. S. A. 12 pilules (Magendie).

2° **Pr.** : Proto-iodure de mercure, six grains. .... 0,3 grammes.
  Poudre d'amidon, vingt-quatre grains. 1,3
  Sirop de gomme........................ S. Q.

F. S. A. 24 pilules (Lugol).

POMMADE DE PROTO-IODURE DE MERCURE.

Pr. : Proto-iodure de mercure, vingt grains. ...... 1,1 grammes.
  Axonge, une once et demie................ 48

M. (Magendie).

Pr. : Proto-iodure de mercure, vingt-quatre à
  quarante-huit grains,................. 1,3 à 2,6 grammes.
  Axonge, une once. 32

M. (Biett).

IODURE DOUBLE DE MERCURE ET DE POTASSIUM.

(Iodo-hydrargyrate de potassium.)

Polydore Boullay a fait connaître trois combinaisons de l'iodure de mercure avec l'iodure de potassium. La plus riche en mercure (3 pp. bi-iodure de mercure, 1 pp. iodure de potassium) s'obtient en saturant d'iodure de mercure, à chaud, une solution concentrée d'iodure de potassium. Le composé qui en résulte est éphémère ; le refroidissement suffit pour en séparer un tiers de l'iodure mercuriel ; si alors on fait évaporer convenablement la liqueur, on obtient de longues aiguilles jaunes : c'est un nouveau sel (2 pp. iodure de mercure, 1 pp. iodure de potassium), qui contient 4,19 p. 100 eau. Il est soluble dans l'alcool et dans l'éther; son caractère le plus remarquable est d'être décomposé par l'eau qui en précipite une nouvelle quantité d'iodure de mercure. La dissolution est alors formée de : 1 pp. iodure de mercure, 1 pp. iodure de potassium ; elle contient un sel incristallisable, que l'on obtient en évaporant la liqueur jusqu'à siccité. C'est ce dernier sel qui est employé en médecine.

M. Puche, qui s'est occupé dans ces derniers temps de l'emploi médical de ce sel, préfère employer les deux iodures à l'état de mélange et à poids égaux. Il leur donne la forme pilulaire en les mélangeant avec 8 fois leur poids de sucre de lait et une quantité suffisante de mucilage de gomme arabique.

CYANURE DE MERCURE.

(Cyanure mercurique, prussiate de mercure.)

Le cyanure de mercure est incolore ; sa saveur est désagréable; il est vénéneux; il cristallise en prismes rhomboïdaux qui ne contiennent pas d'eau de cristallisation ; il est soluble dans l'eau et plus à chaud qu'à froid; l'alcool n'en dissout qu'une très faible quantité. Il est composé de : mercure, 1 pp. (79,33); cyanogène, 1 pp. (20,67).

Ce sel est employé en médecine ; on le préfère au sublimé corrosif, parce qu'il est plus soluble et moins facilement décomposable, ce qui permet de l'associer sans inconvénients aux parties extractives des plantes; il n'est pas non plus aussi sujet à produire des douleurs épigastriques.

On prépare ce sel de la manière suivante :

Pr.: Bleu de Prusse............................... 4
    Oxide de mercure............................. 3
    Eau distillée................................ 40

On réduit en poudre très fine, sur un porphyre, l'oxide de mercure et le bleu de Prusse, on les fait bouillir dans une capsule de porcelaine ou de grès, avec 40 parties d'eau ; quand la matière a pris une couleur d'un brun clair, on sépare le liquide par la filtration et l'on fait bouillir le résidu pendant quelques instants avec une nouvelle quantité d'eau ; on filtre encore ; on évapore les liqueurs et on les fait cristalliser.

Il arrive assez souvent que l'on n'obtient pas du premier coup du cyanure de mercure pur, qui se reconnaît à ce qu'il est incolore, et à ce que sa dissolution l'est également, à ce que les cristaux sont bien nets, à faces planes et sans végétations en choux-fleurs. Une liqueur colorée annonce un excès de fer, des cristaux mamelonnés annoncent un excès d'oxide de mercure ; dans le premier cas on fait digérer le cyanure de mercure avec de l'oxide de mercure pour achever de précipiter le fer ; mais alors on forme une partie de cette combinaison d'oxide de mercure et de cyanure de mercure, qui cristallise en agglomérations mamelonnées ; pour la détruire, on fait passer un peu d'hydrogène sulfuré jusqu'à ce que la liqueur, bien agitée, conserve une légère odeur d'acide hydrocyanique. L'hydrogène sulfuré décompose une partie de cyanure de mercure en formant du sulfure noir, qui se dépose, et de l'acide hydrocyanique ; tant qu'il y a de l'oxide de mercure dans la liqueur, l'acide hydrocyanique le décompose en eau et en cyanure mercuriel, et, aussitôt que l'odeur hydrocyanique persiste après l'agitation, c'est une preuve que tout l'oxide de mercure a été transformé ; à cette époque on filtre, on évapore et l'on fait cristalliser.

Quant à la réaction de l'oxide de mercure sur le bleu de Prusse, elle est fort simple. Le bleu de Prusse contient du proto-cyanure et du deuto-cyanure de fer ; il s'établit un échange entre ces deux composés et l'oxide de mercure, d'où il résulte du cyanure de mercure, du protoxide et du deutoxide de fer ; ce sont ces deux oxides qui se déposent et qui forment le résidu de l'opération avec l'alumine que le bleu de Prusse du commerce contient toujours à l'état de mélange.

Winckler a conseillé, pour préparer le cyanure de mercure, de prendre l'acide obtenu par le procédé de Gea-Pessina : on met à part une partie de l'acide, et on verse le reste sur de l'oxide de mercure pulvérisé; on agite jusqu'à ce que l'odeur hydrocyanique ait disparu; la liqueur contient de l'oxidocyanure de mercure; on la sépare et l'on y mêle l'acide hydrocyanique que l'on a conservé, dans la proportion convenable pour transformer l'oxidocyanure en cyanure simple; on filtre, on évapore et l'on fait cristalliser. L'opération réussit bien, mais elle n'est pas plus avantageuse que l'ancien procédé. Il faut se garder d'augmenter la dose d'acide sulfurique pour préparer l'acide hydrocyanique, ainsi que Winckler l'a proposé, car alors l'acide prussique serait mêlé d'acide formique, qui réduirait une partie de l'oxide de mercure.

LIQUEUR ANTISYPHILITIQUE DE CHAUSSIER.

Pr. : Cyanure de mercure, un grain............. 0,05 grammes.

Eau distillée, deux onces................. 64

M.

POMMADE DE CYANURE DE MERCURE.

Pr. : Cyanure de mercure, dix-huit grains......... 1 gramme.

Axonge, une once...................... 32

Essence de roses, quinze gouttes........... 15 gutt.

M. (Ratier).

OXIDO-CYANURE DE MERCURE.

(Cyanure basique de mercure.)

C'est le composé dont il a été question dans l'article précédent : il forme de petits cristaux aciculaires qui sont beaucoup plus solubles que le cyanure simple de mercure. L'oxidocyanure de mercure est composé de : cyanure de mercure, 4 pp. (82,4); deutoxide de mercure, 1 pp. (17,6).

On le prépare en faisant digérer dans l'eau 100 parties de cyanure de mercure et 22 parties d'oxide de mercure; on filtre et on évapore à siccité à une chaleur très douce, car ce composé est facilement décomposable par la chaleur.

L'oxidocyanure de mercure a été recommandé par M. Parent, qui a donné les formules suivantes :

TEINTURE CYANURÉE.

Pr. : Extrait de buis, trois onces................... 96 grammes.
— aconit, trois gros. 12
Sel ammoniac, trois gros. 12
Huile volatile d'anis ou de sassafras, vingt-
quatre grains.......................... 1,3
Oxidocyanure de mercure, vingt-quatre grains. 1,3
Eau distillée, quatorze onces.............. 430
Alcool à 85$_c$ (33° Cart.), dix onces.......... 320

F. S. A.

On doit avoir 24 onces (750 grammes) de teinture filtrée ; on en administre une petite cuillerée matin et soir. Chaque once contient : extrait de buis, 1 gros (4 grammes) ; d'aconit, 9 grains ($^1/_2$ gramme) ; sel ammoniac, 9 grains ($^1/_2$ gramme) ; huile d'anis, 1 grain (5 centigrammes) ; oxidocyanure, 1 grain (5 centigrammes).

PILULES CYANURÉES.

Prenez toutes les substances de la formule précédente, moins l'eau et l'alcool. Divisez en 400 pilules. 16 pilules équivalent à 1 once de teinture.

PILULES D'OXIDOCYANURE DE MERCURE OPIACÉES.

Pr. : Oxidocyanure de mercure, six grains. .... 0,3 grammes.
Opium brut, douze grains. 0,6
Mie de pain, quatre gros................... 16

F. S. A. 96 pilules.

SOLUTION CYANURÉE.

Pr. : Oxidocyanure, six à douze grains........ 0,3 à 0,6 grammes.
Eau distillée, une livre.................. 500

S.

POMMADE CYANURÉE.

Pr. : Oxido-cyanure de mercure, dix-huit grains.... 1 gramme.
Axonge, une once et demie. 48

Mêlez sur un porphyre.

SELS DE MERCURE.

Les sels de mercure sont à base de protoxide ou de deutoxide. Les premiers se reconnaissent à ce qu'ils sont précipités en noir par les alcalis, même par l'ammoniaque, et en blanc par l'acide hydrochlorique ou le sel marin : les sels de deutoxide sont précipités en jaune par les alcalis, en blanc par l'ammoniaque ; le sel marin ne les précipite qu'autant que leur dissolution est concentrée ; dans ce cas le produit est du sublimé corrosif qui se redissout dans une plus grande quantité d'eau.

SULFATE DE MERCURE.

Le proto-sulfate de mercure est un sel blanc très peu soluble, qui exige pour se dissoudre 500 parties d'eau froide et 287 parties d'eau bouillante. Il est formé de 84 parties de protoxide de mercure et de 16 parties d'acide sulfurique ; on l'obtient par double décomposition, ou en faisant chauffer, sans faire bouillir, du mercure avec de l'acide sulfurique, et arrêtant l'opération aussitôt que tout le mercure est converti en poudre blanche. Ce sel est inusité.

Le deuto-sulfate de mercure est blanc ; il exige 2,000 parties d'eau froide et 600 parties d'eau bouillante pour se dissoudre. Il est formé de 73,16 parties de deutoxide de mercure et de 26,84 parties d'acide sulfurique. Il est employé à la préparation des chlorures de mercure, et à celle d'un sous-sulfate, qui est désigné sous le nom de turbith minéral, à cause de sa couleur jaune qui le fait ressembler à la résine du *Convolvulus turpethum*.

DEUTO-SULFATE DE MERCURE.

Pr. : Mercure métallique. 2
      Acide sulfurique à 66°. 3

On met le mercure et l'acide sulfurique dans une cornue de grès lutée ; on place la cornue dans un fourneau de réverbère ; on y adapte une allonge que l'on fait arriver (si l'on opère sur des masses un peu considérables) dans un tonneau qui contient de l'eau, et qui n'a qu'une petite ouverture ; l'extrémité de l'allonge doit arriver à la surface de l'eau et n'y pas plonger ; on met du feu sous la cornue pour déterminer la réaction de l'acide sur le métal, et l'on entretient une chaleur modérée jusqu'à la fin de l'opération ; il reste dans la cornue une masse blanche, sèche, de deuto-sulfate de mercure. C'est en cet état que ce sel est employé pour la préparation du sublimé corrosif; il contient un petit excès d'acide ; si on voulait l'avoir pur, il faudrait le laver avec un peu d'eau froide.

SOUS-DEUTO-SULFATE DE MERCURE.

(Turbith minéral, sulfate tri-mercurique.)

On prend du sulfate de mercure, et on le traite à plusieurs reprises par de l'eau bouillante. Il se décompose en sulfate avec excès d'acide qui se dissout, et en sous-sulfate d'une couleur jaune qui se dépose. C'est ce dernier sel, bien lavé, qui est le turbith minéral des officines ; il contient trois fois plus de deutoxide de mercure que le sulfate neutre. Il est, par conséquent, composé de : oxide de mercure, 3 pp. (80,09); acide sulfurique, 1 pp. (19,91).

POMMADE DE TURBITH MINÉRAL.

Pr. : Turbith minéral............................ 1
　　　Axonge.................................... 8

Mêlez. Employée contre certaines dartres.

POMMADE ANTIHERPÉTIQUE DE CULLÉRIER.

Pr. : Turbith minéral........................... 1
　　　Laudanum de Sydenham. 1
　　　Fleurs de soufre........................... 1/2
　　　Axonge.................................... 8

Mêlez.

NITRATE DE MERCURE.

Deux nitrates de mercure sont employés en médecine, savoir : le proto-nitrate et le deuto-nitrate de mercure.

PROTO-NITRATE DE MERCURE.

Le proto-nitrate de mercure neutre est un sel facilement cristallisable, que l'on obtient en faisant dissoudre le mercure dans un excès d'acide nitrique à froid, ou en faisant dissoudre le nitrate basique de mercure dans de l'acide nitrique. Il est formé, suivant M. Mitscherlich, de : protoxide de mercure, 1 pp. (74,47) ; acide nitrique, 1 pp. (19,16) ; eau, 2 pp. (6,37).

Ce sel n'est pas employé en médecine.

Le proto-nitrate de mercure employé en médecine est un sel basique qui, suivant M. Mitscherlich, est composé de : protoxide de mercure, 3 pp. (82,40) ; acide nitrique, 2 pp. (14,08) ; eau, 3 pp. (3,52). M. Kane le regarde comme un sel double formé par 1 pp. de nitrate neutre et 1 pp. de sel basique.

Il cristallise en gros prismes rhomboïdaux, incolores, qui rougissent le tournesol ; l'eau le partage en nitrate acide soluble, et en une poudre blanche qui n'a pas été analysée ; de nouveaux lavages qui peuvent être faits avec de l'eau chaude, le changent en une poudre jaune brillante. C'est le turbith nitreux des anciens. Des lavages à chaud, longtemps continués, finiraient par réduire du mercure et former une proportion correspondante de nitrate de deutoxide.

M. Kane a trouvé le turbith nitreux formé à 2 pp. de protoxide (86,97) ; 1 pp. d'acide (11,17) ; 1 pp. d'eau (1,86).

On reconnaît que le proto-nitrate de mercure est exempt de deuto-nitrate par le procédé suivant : on dissout le proto-nitrate dans de l'eau aiguisée par une petite quantité d'acide nitrique ; on ajoute à la liqueur de l'acide hydrochlorique jusqu'à ce qu'il cesse de se précipiter du proto-chlorure ; l'on filtre et l'on met dans la liqueur de la potasse caustique. Si le proto-nitrate était mélangé de deuto-nitrate, il se ferait un précipité jaune d'hydrate de deutoxide de mercure.

On prépare le proto-nitrate de mercure de la manière suivante :

```
Pr. : Mercure. . . . . . . . . . . . . . . . . . . . . . . . . . . . . . . . .    1
       Acide nitrique à 35°. . . . . . . . . . . . . . . . . . . . . .    1
```

On met le mercure dans un matras à fond plat très large, que l'on place sur une plaque métallique épaisse. C'est afin d'éviter que la température s'élève beaucoup. On verse l'acide nitrique et on abandonne l'opération à elle-même ; 24 heures après, on trouve formés de gros cristaux de nitrate sesqui-basique, mouillés par une eau mère qui contient du proto-nitrate et du deuto-nitrate de mercure ; on met ces cristaux dans un entonnoir de verre et on les lave avec de l'acide nitrique à 25°. On conserve l'eau mère pour d'autres usages.

On obtient encore aisément de beaux cristaux en faisant dissoudre les cristallisations irrégulières de ce sel dans de l'eau acidulée par l'acide nitrique et en abandonnant à l'évaporation spontanée.

Ce procédé a été donné par M. Mialhe. Il réussit très bien. M. Guibourt, qui l'a critiqué, veut que l'on opère de la manière suivante :

Pr. : Mercure... 1
Acide nitrique à 35°. 1

Faites dissoudre dans un matras à l'aide d'une douce chaleur ; chauffez ensuite de manière à entretenir l'ébullition jusqu'à ce que la liqueur devienne jaune et forme un sédiment jaune (ce sédiment a la composition du turbith nitreux). Décantez alors la liqueur dans une capsule où elle cristallisera.

Quand on destine le nitrate de mercure à être redissous, comme pour la préparation du mercure d'Hahnemann ou du précipité blanc, M. Guibourt dit de verser toute la masse dans le vase où doit se faire la trituration, parce qu'il croit que lorsque le sédiment jaune de sous-nitrate s'est formé, la liqueur ne contient plus de deuto-nitrate. Mais cela n'est pas exact, et les chimistes savent que pour arriver à ce point, il faut faire bouillir pendant longtemps le nitrate avec un excédant de mercure. En opérant sur un kilogramme de matière, j'ai dû laisser le matras sur le bain de sable, encore plus d'une heure après que le sédiment jaune s'était montré.

Si l'on a soin de pousser l'opération jusque là, on peut tout employer, liqueur et dépôt, pour redissoudre dans l'eau acidulée par l'acide nitrique ; encore ce procédé a-t-il ce désavantage, que le sédiment jaune ne se dissout qu'avec une grande difficulté.

Le proto-nitrate de mercure est employé comme un cathérétique puissant contre les ulcérations vénériennes chroniques ; on s'en sert plus rarement à l'intérieur, parce que ce sel, très décomposable, est bientôt détruit par les matières organiques auxquelles on l'associe.

PILULES DE PROTO-NITRATE DE MERCURE.

Pr. : Proto-nitrate de mercure cristallisé, dix grains. 0,55 grammes.
Extrait de réglisse, quarante grains........... 2,20

F. S. A. 60 pilules (Sainte-Marie).

DEUTO-NITRATE DE MERCURE.

Le deuto-nitrate de mercure est un sel incristallisable ; quand sa dissolution cristallise, les cristaux sont, suivant M. Mitscherlich, un sel bi-basique composé de 2 pp. de deutoxide de mercure (75,18) ; 1 pp. d'acide nitrique (18,63), et 2 pp. d'eau (6,9). Le nitrate neutre est formé de : deutoxide de mercure, 1 pp. (66,86) ; acide nitrique, 1 pp. (33,14).

Le deuto-nitrate de mercure est très caustique ; l'eau froide ou chaude le change en un sous-nitrate et en une dissolution acide. Le sel dissous est composé de 1 pp. oxide, 1 pp. acide, 3 pp. eau ; le sous-sel contient 3 pp. oxide, 1 pp. acide, 1 pp. d'eau ; ce dernier est changé par l'eau bouillante en un sous-sel, rouge, plus basique, qui contient 5 pp. d'oxide contre 1 pp. d'acide (Kane). Le deuto-nitrate de mercure n'est employé qu'à l'extérieur comme caustique, principalement dans les maladies vénériennes.

NITRATE ACIDE DE MERCURE.

Pr. : Mercure................................. 2
Acide nitrique à 35°...................... 4

Faites dissoudre le mercure, et faites évaporer jusqu'à ce que la liqueur égale 4 parties ½. C'est cette dissolution très concentrée qui est employée dans les hôpitaux de Paris. Elle contient 71 pour 100 de nitrate de mercure et un excès d'acide nitrique.

POMMADE CITRINE.

(Onguent citrin, pommade de nitrate de mercure.)

Pr. : Huile d'olives, huit onces................ 250 grammes.
Axonge, huit onces. 250
Mercure, une once........................ 32
Acide nitrique à 32°, une once et demie..... 48

On fait dissoudre le mercure dans l'acide à une douce chaleur ; on verse cette solution dans l'axonge liquéfiée avec l'huile et à demi refroidie ; on agite, et l'on coule dans des moules en papier.

Dans la première partie de l'opération, qui consiste à dissoudre le métal dans l'acide nitrique, il se fait du nitrate de mercure. L'acide est, en partie, décomposé ; il se dégage du deutoxide d'azote, qui est transformé en acide hypo-nitrique par sa combinaison avec l'oxigène, à mesure qu'il a le contact de l'air. L'oxigène, provenant de la décomposition de l'acide nitrique, fait passer le mercure à l'état d'oxide, lequel s'unit à la portion d'acide nitrique qui n'a pas été décomposée. La dissolution est un mélange de nitrate de protoxide et de nitrate de deutoxide de mercure dissous dans un excès d'acide.

La réaction exercée par le nitrate de mercure, sur la graisse, dans la préparation de la pommade oxigénée, a la plus grande analogie avec celle qui se produit, pendant l'essai des huiles, par le réactif de M. Poutet. M. Boudet, qui s'est occupé de cette réaction, a reconnu que le réactif de Poutet est une dissolution dans l'acide nitrique de proto-nitrate et de deuto-nitrate de mercure, contenant, en outre, de l'acide hypo-nitrique, et peut-être du nitrite de mercure. C'est l'acide hypo-nitrique qui détermine le changement de nature de l'huile, et ce changement consiste dans la transformation de l'huile d'olives en une matière grasse qui n'entre en fusion qu'à 36° (élaïdine), dans la production d'une petite quantité d'une matière jaune soluble dans l'alcool, et celle d'une portion d'un savon de mercure, dont l'acide est l'acide élaïodique (fusible à 44°), c'est-à-dire le même acide qui résulterait de la saponification de l'élaïdine. Le mélange retient du nitrate de mercure dans un état que M. Boudet n'a pas examiné.

Dans la préparation de la pommade citrine, la dissolution du nitrate de mercure est de même nature que celle du réactif de Poutet ; le mercure s'y trouve sous deux états différents d'oxidation, et la présence de l'acide hypo-nitrique y est manifestée par la couleur rouge de la liqueur, et par son odeur nitreuse. Les mêmes phénomènes chimiques doivent donc résulter de son action sur le corps gras ; mais la décomposition est plus profonde, parce que la proportion de la dissolution mercurielle est plus forte, et parce que le mélange se fait à une température plus élevée que la température ordinaire ; l'on en trouve la preuve dans le dégagement d'acide carbonique et de deutoxide d'azote qui se produit pendant l'opération. La graisse agit sur l'acide nitrique du nitrate de mercure ; elle agit même sur l'oxigène de la portion de mercure qui est à l'état de deutoxide ; et elle les amène, au moins en partie, à l'état de sous-nitrate de protoxide ou turbith nitreux, qui concourt avec la matière colorante jaune organique à donner à la pommade sa couleur citrine.

Au moment de sa préparation, la pommade citrine peut donc être considérée comme un mélange d'élaïdine, de matière jaune, d'un peu d'élaïodate de mercure et de nitrate de mercure, dont une bonne partie, au moins, est à l'état de turbith nitreux. La consistance ferme de la pommade s'explique, d'ailleurs, par la formation de l'élaïdine plus consistante que l'axonge.

L'action décomposante sur le nitrate de mercure, continue après le refroidissement de la pommade. Elle est accompagnée d'un dégagement lent de gaz, qui est du deutoxide d'azote, suivant Vogel, mais qui pourrait bien être de l'azote, ou en contenir, suivant une observation de M. Boudet. Les portions de graisse qui ont pu échapper à la première action, se transforment sans doute en élaïdine, et celle-ci, peut-être, exerce aussi une action décomposante sur l'acide nitrique et l'oxide de mercure. Les portions de nitrate, qui avaient pu rester neutres, deviennent successivement basiques, et plus tard, suivant l'observation de M. Laudet, le nitrate de mercure disparaît en entier de la pommade. Elle a blanchi, alors, dans toute sa masse. Plus tard, encore, la pommade prend une couleur grise, parce que le mercure est réduit à l'état métallique.

Pour diminuer cette chance d'altération, MM. Henry et Guibourt ont augmenté la proportion d'acide. Ils la portent au double du poids du mercure, et ils prennent de l'acide à 35 et non à 32, mais la pommade est alors trop acide.

On préparait autrefois la pommade citrine avec l'axonge seule. Par l'emploi simultané de parties égales d'axonge de porc et d'huile d'olives, la pommade durcit moins vite, et reste d'un meilleur emploi. Cette modification, proposée par Thomson, a été adoptée depuis par le Codex. M. Planche avait même proposé de n'employer que de l'huile ; mais il avait en même temps augmenté la proportion du nitrate.

Quand on mélange la pommade citrine avec du cérat ou quelque autre corps gras, surtout à chaud, elle prend une couleur grise, parce que l'action désoxidante sur le nitrate se reproduit avec plus d'énergie par un corps gras encore vierge ; elle entraîne la réduction complète du mercure. Cet effet serait produit d'une manière plus prononcée encore par les huiles essentielles que l'on ajouterait à la pommade dans le but de l'aromatiser.

MERCURE SOLUBLE D'HAHNEMANN.

(Proto-nitrate ammoniaco-mercuriel.)

Pr. : Proto-nitrate de mercure................ Q. V.
A mmoniaque liquide.................. S. Q.

On met le proto-nitrate de mercure dans un mortier de verre ou de porcelaine, et l'on triture avec de l'eau aiguisée d'acide nitrique jusqu'à ce que tout le sel soit dissous ; on emploie à faire cette dissolution la plus petite quantité d'acide nitrique possible.

On verse alors dans cette dissolution, en remuant continuellement, de l'ammoniaque liquide étendue de 30 à 40 fois son poids d'eau ; on verse l'ammoniaque par petites parties, et l'on s'arrête aussitôt que le précipité n'a plus une teinte foncée ; on se hâte de le séparer de la liqueur qui le surnage, on le lave et on le fait sécher à une douce chaleur.

Les chimistes ont beaucoup varié sur la composition qu'il faut attribuer au mercure soluble d'Hahnemann, ce qui tient à ce qu'il se fait un produit qui s'altère pendant l'opération même, et qui se trouve mélangé avec des proportions variables des nouveaux corps formés. Nous emprunterons au travail de Kane ce que nous allons dire à ce sujet.

Quand on ajoute l'ammoniaque dans la solution du nitrate de mercure, le premier précipité qui se forme est noir velouté, lourd et se dépose aisément ; le précipité qui lui succède est plus léger, reste longtemps en suspension ; sa teinte s'affaiblit de plus en plus : sur la fin de la précipitation il est presque blanc. Kane ayant divisé en 4 parties la précipitation, a trouvé dans le premier précipité 82,39 de mercure ; dans le second 84,49 ; dans le troisième 84,50, et dans le dernier 88,97. Le premier précipité que l'on peut considérer comme représentant plus exactement le mercure d'Hahnemann, contient : 1 pp. ammoniaque (3,47) ; 1 pp. acide nitrique (11) ; 2 pp. protoxide de mercure (85,53). C'est du turbith nitreux dans lequel 1 pp. d'eau est remplacée par 1 pp. d'ammoniaque.

En même temps que se fait le nitrate ammoniaco-mercuriel
précédent, il se forme un autre précipité de couleur blanche,
dont la proportion, très faible dans les premiers précipités, augmente successivement et affaiblit de plus en plus la nuance du
mercure d'Hahnemann. Ce précipité blanc se fait surtout en plus
grande quantité quand les liqueurs sont très acides ; de là la nécessité d'arrêter la précipitation avant que tout le nitrate de mercure soit décomposé, et celle de dissoudre ce sel dans la plus petite
quantité possible d'acide nitrique. Le précipité blanc qui se forme
a une composition analogue à celle du précipité gris, seulement il
contient du peroxide de mercure au lieu de protoxide. M. Kane a
vu qu'en même temps il se sépare un peu de mercure métallique.
M. Mitscherlich attribue la formation du deuto-nitrate ammoniacal
blanc, à ce que les affinités du deutoxide sont plus puissantes, et
qu'elles déterminent la transformation du protoxide en mercure
qui fait partie du précipité noir, et en deutoxide qui fait partie
du précipité blanc. M. Mohnheim a trouvé que la proportion de
nitrate ammoniacal blanc augmente si l'on est long à verser l'ammoniaque et si on laisse le précipité séjourner longtemps dans la
liqueur. Il est certain que l'on obtient du mercure d'Hahnemann
d'autant plus beau que l'on a opéré sur des liqueurs moins acides,
et que l'on a poussé moins loin la précipitation, et qu'on a séparé
plus vite le précipité de la liqueur où il s'est formé.

PILULES D'HAHNEMANN.

Pr.: Mercure d'Hahnemann, huit grains............ 0,4 grammes.
    Extrait de réglisse, deux gros............... 8

F. S. A. 64 pilules, qui contiennent chacune $\frac{1}{8}$ de grain de
mercure soluble.

SIROP D'HAHNEMANN.

Pr.: Mercure soluble d'Hahnemann, dix-huit grains. 1 gramme.
    Gomme arabique pulvérisée, un gros......... 4
    Sirop de guimauve, trois onces.............. 96

On mêle le mercure soluble à la gomme, et l'on triture dans
un mortier de verre ou de porcelaine avec une petite quantité de
sirop, de manière à obtenir une division parfaite ; on délaie ensuite dans le reste du sirop.

ACÉTATE DE MERCURE.

L'acide acétique et le mercure forment deux combinaisons différentes, savoir : l'acétate de protoxide et l'acétate de deutoxide de mercure.

L'acétate de deutoxide de mercure est un sel blanc, d'une saveur forte ; il a la forme de lames demi-transparentes ; il est très soluble dans l'eau ; cette dissolution exposée à l'air laisse précipiter de l'oxide de mercure. L'alcool et l'éther décomposent également ce sel et en précipitent presque toute la base. Il contient 68 parties de deutoxide de mercure et 32 d'acide acétique. On l'obtient en faisant dissoudre le deutoxide de mercure dans l'acide acétique et laissant cristalliser ; il a été employé en médecine, mais sa facile altération lui a fait préférer l'acétate de protoxide qui seul est usité maintenant.

ACÉTATE DE PROTOXIDE DE MERCURE.

(Terre foliée mercurielle.)

L'acétate neutre de protoxide de mercure est un sel inodore et incolore, il a peu de saveur ; il est gras au toucher et se présente sous la forme de paillettes nacrées ou de lames micacées d'un blanc argentin, qui noircissent facilement à la lumière. Il se dissout dans 333 parties d'eau froide ; il est beaucoup plus soluble à chaud ; mais, dans ce cas, une partie se décompose en mercure métallique et en acétate de deutoxide ; une chaleur de 40° suffit pour commencer cette décomposition. Ce sel a été étudié par M. Garot ; il est composé de : protoxide de mercure, 1 pp. (80,36) ; acide acétique, 1 pp. (19,64).

L'acétate de mercure est employé en médecine comme antisyphilitique, à la dose de $^1/_4$ de grain à 2 grains (25 milligrammes à 1 décigramme), et presque toujours sous forme de pilules ; son action est plus douce que celle du sublimé. On l'emploie le plus ordinairement sous forme de pilules. Pour l'obtenir, on décompose une dissolution de proto-nitrate de mercure par une dissolution d'acétate de potasse, de soude ou de chaux. A cet effet, on triture le proto-nitrate de mercure avec de l'eau acidulée par l'acide nitrique, jusqu'à ce que tout soit dissous, et l'on verse dans la dissolution la liqueur qui contient l'acétate alcalin ; on met un excès de cette liqueur pour s'assurer que tout le nitrate est décomposé. L'acétate de mercure se précipite; on le lave à l'eau froide, et on le fait sécher à l'abri de la lumière.

PILULES OU DRAGÉES DE KEYSER.

Pr. : Acétate de protoxide de mercure, douze grains.   0,6 grammes.
    Manne en larmes, trois gros................ 12

F. S. A. 72 pilules, que vous roulerez dans l'amidon. Chaque pilule contient $1/_6$ de grain d'acétate de mercure. La formule des pilules de Keyser a singulièrement varié : Keyser lui-même n'a pas toujours employé la même, et chaque auteur a eu en quelque sorte la sienne.

TARTRATE DE MERCURE.

On connaît deux combinaisons de l'acide tartrique avec les oxides de mercure, savoir : le tartrate mercureux, ou tartrate de protoxide, et le tartrate mercurique, ou tartrate de deutoxide; le premier est le seul qui figure dans le Codex.

Le tartrate mercurique s'obtient aisément en versant de l'acide tartrique dans une dissolution d'acétate mercurique; il se précipite aussitôt; on le purifie par des lavages et on le fait sécher à l'abri de la lumière. Il est composé de : 1 pp. de peroxide de mercure (56,4), 1 pp. d'acide tartrique (34,4) et 2 pp. d'eau (9,2). C'est un sel extrêmement peu soluble dans l'eau, sous la forme d'une poudre blanche légère, d'une saveur métallique. Il se dissout aisément dans l'acide tartrique; la lumière ne l'altère pas.

Le tartrate mercureux, ou tartrate de mercure médicinal, est un sel blanc micacé, d'une saveur mercurielle faible, qui n'a ni couleur, ni odeur. Il est insoluble dans l'eau et facilement soluble dans l'acide tartrique; la lumière l'altère rapidement, aussi faut-il le conserver dans des flacons couverts de papier noir; autrement la portion du sel qui reçoit les rayons lumineux noircit. Ce sel est formé de : protoxide de mercure, 1 pp. (73,6); acide tartrique, 1 pp. (23,2); eau, 1 pp. (2,3).

Pour préparer du proto-tartrate de mercure, on fait dissoudre du proto-nitrate de mercure dans de l'eau faiblement acidulée par l'acide nitrique, ainsi qu'il a été dit (page 508), et l'on verse cette dissolution dans une dissolution de tartrate de potasse. Il se fait aussitôt un précipité de tartrate de mercure; on le lave, on le fait sécher à l'abri de la lumière, et on le conserve à l'obscurité.

La formation de ce sel provient de la double décomposition du nitrate de mercure par le tartrate de potasse, d'où résulte du nitrate de potasse qui reste en dissolution, et du tartrate de mercure qui se dépose. Il faut se servir d'une dissolution de nitrate de mercure aussi peu acide que possible, pour éviter qu'il ne se fasse de la crème de tartre qui se mêlerait au sel mercuriel; pour la même raison, il vaut mieux verser le sel de mercure dans le sel de potasse, que d'opérer d'une manière inverse. Il est important de ne pas sécher ce sel à la chaleur, car elle le décompose avec une singulière facilité.

On ne pourrait préparer ce sel avec le protoxide de mercure et l'acide tartrique, car on obtiendrait, pour la plus grande partie, du tartrate de deutoxide, et du mercure métallique.

On trouve cité dans toutes les pharmacopées un tartrate double de potasse et de mercure : tout ce qui a été employé comme tel jusqu'à présent a été un mélange en proportions variables de tartrate de mercure, de tartrate de potasse neutre, et de crème de tartre. C'est ce sel double qui devait faire partie de la liqueur de Pressavin, abandonnée avec raison par les praticiens comme un médicament infidèle.

Suivant M. Burckhart, on obtient un tartrate de mercure potassié en faisant bouillir 1 partie de crème de tartre avec 3 parties de protoxide de mercure (si on employait les proportions inverses, le protoxide de mercure serait décomposé), ou en faisant bouillir le tartrate neutre de mercure avec la crème de tartre. Le sel double cristallise en petits prismes transparents; il est insoluble dans l'eau et très altérable par la lumière. Le tartrate de bioxide de mercure potassié se prépare de préférence en faisant bouillir du tartrate de deutoxide de mercure avec du tartrate neutre de potasse. Il se fait par refroidissement des cristaux blancs prismatiques à peine solubles dans l'eau. Ces deux sels mercuriels n'ont pas été analysés, et je doute qu'ils constituent des composés bien définis.

DES PRÉPARATIONS DE L'ARGENT.

L'Argent est un métal du blanc le plus pur et d'un grand éclat; après l'or, c'est le plus ductile des métaux. Il est très tenace ; sa densité varie entre 10,47 et 10,54; il est inaltérable à l'air; il fond à environ + 450°; il se volatilise à une très haute température. Il forme deux combinaisons avec l'oxigène ; la plus oxidée ne s'obtient qu'en faisant agir la pile voltaïque sur une faible dissolution d'argent. Le protoxide d'argent se combine facilement aux acides, et il peut être précipité de sa combinaison par un alcali. Il est formé de : 1 pp. d'argent (93,11), et 1 pp. d'oxigène (6,89). La proportion chimique de l'argent métallique est de 134,16.

L'argent n'est employé en médecine qu'à l'état de nitrate.

NITRATE D'ARGENT.

Le Nitrate d'argent est blanc; d'une saveur très caustique ; il tache la peau en violet d'une manière indélébile ; il cristallise en lames larges et minces qui ne contiennent pas d'eau de cristallisation ; il n'a pas d'action sur le papier de tournesol ; il se colore en noir à la lumière, en se réduisant par l'action des matières organiques qui se sont déposées à sa surface ; il est soluble dans un poids d'eau égal au sien. L'alcool le dissout aussi à chaud en grande quantité, mais il se précipite pour la plus grande partie par le refroidissement. Il est composé de : oxide d'argent, 1 pp. (68,19) ; acide nitrique, 1 pp. (31,81).

Ce sel est employé en médecine comme caustique ; en dissolution dans l'eau on s'en sert comme d'un cathérétique faible ; on l'administre quelquefois à l'intérieur contre l'épilepsie.

On prépare le nitrate d'argent de la manière suivante :

Pr. : Argent de coupelle......................... 1
      Acide nitrique à 33°..................... 2

On met l'argent dans un matras ; on y introduit l'acide nitrique et l'on opère la dissolution à l'aide d'une douce chaleur ; il se dégage du deutoxide d'azote et il se fait du nitrate d'argent. On verse la dissolution dans une capsule, et elle donne du nitrate cristallisé par le refroidissement; les eaux mères évaporées donnent une nouvelle quantité de cristaux.

Le nitrate d'argent ainsi obtenu contient un excès d'acide interposé entre ses lames; quand on le destine à l'usage intérieur, il faut le purifier par une dissolution dans l'eau distillée et une nouvelle cristallisation. Il donne alors des cristaux moins lamelleux, de forme rhomboïdale.

Quand l'argent dont on s'est servi contient du cuivre, la dissolution acide a une couleur bleue, et les cristaux eux-mêmes retiennent une certaine quantité de ce métal; il y a plusieurs manières de les purifier :

1° On fait cristalliser l'argent à plusieurs reprises dans l'eau distillée; comme le nitrate de cuivre est excessivement soluble, il reste dans les eaux mères.

2° On concasse légèrement les cristaux de nitrate, et on les lave dans un entonnoir avec de l'acide nitrique concentré, qui dissout le nitrate de cuivre et ne dissout pas le nitrate d'argent; on achève la purification de celui-ci par une dissolution et une cristallisation dans l'eau distillée.

3° On évapore à siccité la dissolution d'argent, et on fait fondre le sel dans un creuset d'argent ; le nitrate de cuivre est décomposé, et le nitrate d'argent se redissout dans l'eau tout à fait pur, tandis que l'oxide de cuivre reste indissous.

PILULES DE NITRATE D'ARGENT.

Pr. : Nitrate d'argent cristallisé, un grain.......... 0,05 grammes.
       Mie de pain, un gros...................... 4

F. S. A. 16 pilules.
Employées contre l'épilepsie.

COLLYRE CATHÉRÉTIQUE.

Pr. : Nitrate d'argent, neuf grains.............. 0,5 grammes.
       Eau distillée, une once.................. 32

S.
Employé contre les ophthalmies purulentes.

POMMADE OPHTHALMIQUE.

Pr. : Nitrate d'argent, un grain................. 0,05 grammes.
       Axonge, un gros. 4

Mêlez sur un porphyre (Velpeau).

NITRATE D'ARGENT FONDU.

(Pierre infernale.)

On fait dissoudre l'argent dans l'acide nitrique à la manière ordinaire, et l'on sépare les cristaux qui se forment par le refroidissement ; on met l'eau mère qui les surnage dans une capsule , et on l'évapore à siccité à la chaleur du bain de sable.

Alors on met un creuset d'argent sur un morceau de brique au milieu de la grille d'un fourneau ; on le remplit aux trois quarts de nitrate d'argent , et l'on chauffe de manière à amener le sel en fusion ; on facilite l'opération en agitant de temps en temps le nitrate avec une baguette d'argent ; aussitôt qu'il est en fusion tranquille, on le coule dans une lingotière préalablement chauffée et qui a été enduite d'un peu de suif pour empêcher que le nitrate d'argent n'adhère à ses parois. Quand le nitrate d'argent est solidifié, on ouvre la lingotière, on retire les cylindres, on les essuie et on les place dans une boîte.

Les premières parties de pierre infernale sont blanches ; mais quand on a remis dans le creuset les fragments qui proviennent de la lingotière, les cylindres que l'on obtient sont d'une couleur ardoisée, parce qu'il y a en suspension un peu d'argent réduit très divisé ; comme on est dans l'habitude de voir le nitrate d'argent avec cette couleur, on ajoute un peu de suif à la première fonte pour avoir un produit de couleur uniforme.

La pierre infernale est du nitrate d'argent pur ; elle n'a perdu par la fusion que le peu d'eau et d'acide en excès que le nitrate cristallisé retient interposés.

On conserve souvent les bâtons de nitrate d'argent dans des flacons que l'on remplit avec de la graine de lin ou de la semence de psyllium pour éviter que les chocs ne brisent les cylindres ; à la longue ces graines font éprouver une décomposition au nitrate, et elles se couvrent d'un enduit d'argent métallique.

DES PRÉPARATIONS DE L'OR.

(Or métallique.)

L'Or est un métal d'une couleur jaune, d'un éclat métallique très vif; il a peu de dureté; c'est le plus malléable des métaux; sa densité varie entre 19,4 et 19,65. Il est moins fusible que l'argent et le cuivre, il fond vers $+705°$; il ne se volatilise qu'au foyer d'un miroir ardent; il ne se combine pas directement à l'oxigène; mais il peut former avec lui au moins deux, peut-être trois combinaisons. Le nombre proportionnel de l'or est 248,6.

POUDRE D'OR.

L'or étant très ductile ne peut être réduit en poudre directement; on emploie pour l'obtenir sous cette forme plusieurs procédés.

1° On prend des feuilles d'or; on les broie dans un mortier avec 7 à 8 fois leur poids de sulfate de potasse, jusqu'à ce que l'on n'aperçoive plus aucun fragment de feuilles; on traite cette poudre par l'eau, qui dissout le sucre et qui laisse l'or sous la forme d'une poudre fine.

2° On fait dissoudre du chlorure d'or dans l'eau; on remplit aux trois quarts avec la dissolution un flacon que l'on puisse boucher exactement, on achève de le remplir avec une dissolution concentrée et bien limpide de sulfate de protoxide de fer; on ferme le flacon et l'on abandonne le tout pendant 24 à 36 heures; l'or se précipite sous la forme d'une poudre très fine que l'on débarrasse par des lavages des liqueurs qui la souillent. Ce procédé est le meilleur que l'on puisse employer, il donne l'or métallique dans un état parfait de division; il est basé sur l'affinité puissante du protoxide de fer pour l'oxigène; on peut admettre que l'eau est décomposée, que son oxigène fait passer le protoxide de fer à l'état de peroxide, et que son hydrogène forme de l'acide hydrochlorique avec le chlore du chlorure d'or; l'or se précipite seul, car l'acide hydrochlorique suffit à satisfaire la capacité de saturation plus grande que l'oxide de fer a acquise en passant à l'état de peroxide. On peut dire aussi que le chlore se porte directement sur une partie du fer, et que l'oxigène qui y était uni s'en sépare pour peroxider une autre partie du protoxide. Il est important de mettre un excès de sulfate de fer, si l'on ne veut pas perdre une partie de l'or qui resterait dans la liqueur.

3° Brugnatelli conseille d'amalgamer l'or avec six parties de mercure, et de traiter l'alliage par l'acide nitrique qui dissout le mercure et laisse l'or divisé. Je n'ai pas répété ce procédé, mais on conçoit qu'il doive réussir.

La poudre d'or, ainsi que les autres préparations d'or, est employée contre les maladies scrofuleuses ou vénériennes ; on l'emploie en frictions sur la langue et les gencives ou pour les pansements.

SIROP D'OR.

Pr.: Or divisé, vingt-quatre grains.............. 1,3 grammes.
     Sirop de sucre, une once................... 32

Mêlez.

Cette préparation est employée en lotions sur les chancres et les ulcères vénériens (Niel).

POMMADE D'OR.

Pr.: Or divisé, six à douze grains............. 0,3 à 0,6 grammes.
     Axonge, une once........................ 32

Mêlez (Legrand).
Employée en frictions sur les ulcères indolents.

OXIDE D'OR.

(Acide aurique.)

L'or forme avec l'oxigène deux combinaisons bien distinctes : elles ont ceci de remarquable, qu'elles ne se combinent pas aux acides ; le protoxide d'or est une poudre verte formée de : 1 pp. d'or (96,13), et 1 pp. d'oxigène (3,87) ; il se transforme avec la plus grande facilité en or métallique et en peroxide d'or ; celui-ci est seul employé en médecine sous le nom d'oxide d'or ; il est brun à l'état sec, et d'un jaune rougeâtre quand il est hydraté ; il se réduit avec une grande facilité ; aussi faut-il le conserver dans des flacons couverts de papier noir et à l'abri de la lumière; il se combine aux alcalis, mais il ne se combine pas aux acides ; il est insoluble dans l'eau. Il est formé de : or 1 pp. (89,23); oxigène 3 pp. (10,77).

L'oxide d'or est employé aux mêmes usages que l'or métallique.

Le procédé qui m'a le mieux réussi pour la préparation de l'oxide d'or, est celui qui a été donné par M. Pelletier.

On prend du chlorure d'or, qui a été privé par l'évaporation du trop grand excès d'acide qu'il contient, on le dissout dans environ 40 fois son poids d'eau distillée et on le met sur le feu dans une capsule de porcelaine, avec un excès de magnésie caustique (4 parties pour 1 de chlorure d'or); on chauffe légèrement; on lave le précipité à l'eau froide à plusieurs reprises, et l'on a soin de conserver les eaux de lavage.

On met le précipité lavé en contact avec de l'acide nitrique très pur étendu de 20 parties d'eau; on lave l'oxide d'or qui reste, d'abord avec de l'eau acidulée par de l'acide nitrique, puis avec de l'eau pure, jusqu'à ce que les liqueurs ne précipitent plus ni par le nitrate d'argent ni par le phosphate de soude, et on le fait sécher à l'air libre et à l'abri de la lumière. Le produit est de l'oxide d'or hydraté d'une couleur jaune rougeâtre.

La théorie de ce procédé est celle-ci; la magnésie décompose presque complétement la dissolution d'or, il se fait du chlorure de magnésium soluble qui reste en dissolution, et il se précipite une combinaison insoluble d'oxide d'or et de magnésie (aurate de magnésie); cependant une faible quantité d'or reste dans les liqueurs. Le grand avantage du procédé de M. Pelletier consiste précisément dans cette précipitation presque complète de l'oxide d'or. L'acide nitrique, en agissant sur l'aurate de magnésie insoluble, s'empare de la magnésie et laisse l'oxide d'or à l'état d'hydrate; si l'on employait de l'acide nitrique fort, l'oxide aurait une couleur brune et ne contiendrait pas d'eau. L'acide nitrique en agissant sur l'aurate de magnésie entraîne aussi un peu d'or en dissolution.

M. Pelletier conseille pour retirer l'oxide d'or de la liqueur magnésienne de l'évaporer à siccité et de la reprendre par l'eau, et cela à plusieurs reprises; mais j'ai vu que le dépôt qui restait alors contenait et de l'or et de la magnésie; que 4 à 5 évaporations successives ne dépouillaient pas la liqueur de tout l'or qui y était contenu; aussi je préfère précipiter de suite ces liqueurs magnésiennes par le sulfate de fer pour en retirer l'or métallique qui y est contenu et qui sert pour une autre opération.

Les liqueurs nitriques retiennent aussi de l'or en dissolution, bien qu'en plus petite quantité; le mieux est de les évaporer à siccité, de chauffer un peu fortement le résidu, et de reprendre par un acide faible qui laisse l'or métallique.

Je dois parler encore de la préparation de l'oxide d'or par le procédé de M. Chrestien, parce que ce procédé est encore recommandé par de bonnes pharmacopées.

On se procure une dissolution peu acide de chlorure d'or; on la met dans un matras de grande capacité, on la porte à une température voisine de l'ébullition et l'on y ajoute par petites parties une dissolution de bi-carbonate de potasse jusqu'à ce qu'il n'y ait plus d'effervescence, et dit-on, jusqu'à ce que la liqueur ne soit plus colorée; on lave le précipité qui est l'oxide d'or, et on le fait sécher à l'abri de la lumière et de la chaleur.

Quand la liqueur cesse de faire effervescence, elle est encore colorée et une nouvelle quantité de bi-carbonate n'en précipite pas l'or qui y est contenu. En abandonnant la liqueur à elle-même, elle laisse déposer à la longue de l'oxide d'or sous la forme d'une poudre noire; mais on obtient moins d'oxide par ce procédé que par celui de M. Pelletier.

Dans la préparation de l'oxide d'or on ne peut recourir à l'emploi de la potasse ou de la soude caustique, à cause de la propriété que possède l'oxide d'or de former avec ces alcalis des combinaisons solubles; en effet quand on verse de la potasse dans une dissolution de chlorure d'or (le chlorure restant en excès), le précipité ne se fait de suite qu'autant que l'on élève la température; c'est de l'oxide d'or qui retient du chlorure d'or et de la potasse; la liqueur retient une forte quantité de chlorure d'or indécomposé; si l'on emploie un excès d'alcali au lieu d'un excès de chlorure, le précipité représente à peine le dixième de l'or dissous, parce que l'oxide d'or est redissous en partie par l'excès d'alcali. Ici tout le chlorure d'or est bien détruit; mais l'oxide d'or reste dans la liqueur à l'état d'aurate de potasse. M. Pelletier pense que si même une partie de l'oxide n'est pas redissous, c'est qu'il est déshydraté et qu'en cet état sa cohésion plus grande lui permet de se soustraire à l'action de l'alcali.

PILULES FONDANTES DE PIERQUIN.

Pr. : Oxide d'or, six grains...................... 0,3 grammes.
Extrait de garou, deux gros................. 8

F. S. A. 60 pilules.

POURPRE DE CASSIUS.

(Oxide d'or par l'étain, Stannate d'or.)

La composition du pourpre de Cassius est mal connue ; on sait qu'il contient de l'or, de l'oxigène et de l'étain ; quelques chimistes pensent que l'or y est à l'état métallique, ce qui est peu probable, car le pourpre est soluble dans l'ammoniaque, et le mercure métallique ne forme pas avec lui un amalgame d'or ; d'autres croient que ce composé est une combinaison de deutoxide d'étain (oxide stannique) avec le protoxide d'or ; M. Berzélius est plus disposé à voir dans ce composé une combinaison du protoxide d'étain (oxide stanneux) avec un oxide d'or intermédiaire au protoxide et au peroxide d'or. Il a trouvé, par l'analyse 64 oxide stannique ; 28,35 or, et 7,65 eau ; mais ces proportions sont très sujettes à varier, parce que le pourpre contient des proportions variables d'oxide d'étain à l'état de mélange.

On a donné bien des procédés pour préparer le pourpre de Cassius ; mais, jusqu'à présent, nous n'en avons aucun qui réussisse constamment bien.

Le Codex donne le procédé suivant :

Pr. : Perchlorure d'or...................... 10
Eau distillée...................... 2000

Faites dissoudre ; d'autre part :

Pr. : Étain pur...................... 10
Acide nitrique à 35°...................... 10
— hydrochlorique à 22°............. 20
Eau distillée...................... 1000

Faites dissoudre l'étain en le mettant, fragment par fragment, dans le mélange des deux acides froids, et étendez la solution avec de l'eau distillée. Versez alors la dissolution d'étain dans celle d'or, par petites parties, jusqu'à ce qu'il ne se fasse plus de précipité ; laissez déposer et lavez par décantation.

La séparation du pourpre se fait quelquefois très mal ; on peut la favoriser en chauffant légèrement le liquide au bain-marie.

On peut admettre que l'eau est décomposée, que son oxigène oxide l'or et l'étain, tandis que l'hydrogène forme de l'acide hydrochlorique ; les deux oxides se combinent et se déposent.

Le pourpre de Cassius est peu usité en médecine, et, avec raison, à cause du peu de constance de sa composition. M. Chrestien l'a employé au même usage que les autres préparations d'or. On se sert de formules analogues.

CHLORURE D'OR.

(Hydrochlorate d'or, muriate d'or.)

Le chlorure d'or employé en médecine est celui qui correspond au peroxide d'or ; dans l'état de pureté, c'est un corps d'un rouge brun foncé, qui donne dans l'eau, où il est très soluble, une liqueur d'un rouge de rubis très intense ; quand on le chauffe, il se décompose d'abord en chlore et en sous-chlorure d'or d'un jaune pâle ; puis celui-ci se décompose à son tour en chlore et en or métallique. Le chlorure d'or est formé de : or, 1 pp. (65,18) ; chlore, 3 (34,82).

Ce que l'on emploie en médecine sous le nom de chlorure d'or ou muriate d'or, est un sel d'une couleur jaune, qui cristallise en petits prismes aiguillés et qui est moins soluble que le chlorure simple : sa dissolution dans l'eau est d'un jaune d'or ; il est formé de la combinaison du chlorure d'or avec le chlorure d'hydrogène (acide chlorhydrique) ; quand on le soumet à une douce chaleur, il laisse dégager d'abord de l'acide hydrochlorique, puis de l'acide hydrochlorique et du chlore, de manière que le chlorure simple commence à se décomposer avant que le chlorure d'hydrogène ait été entièrement volatilisé. Ce sel se conserve sans altération dans un air sec, il se liquéfie dans un air humide. C'est ce chlorure double dont il va être question, car le chlorure simple n'est pas usité en médecine.

Le chlorure d'or est employé, comme toutes les préparations d'or, contre les maladies scrofuleuses et vénériennes. On dit qu'il est plus actif que le sublimé corrosif sans en avoir les inconvénients. Pour l'obtenir, on opère de la manière suivante :

> Pr. : Or pur laminé. 1
> Acide hydrochlorique à 22°................. 3
> —— nitrique à 35°....................... 1

On met l'or dans un matras, on ajoute les acides et l'on facilite la dissolution à l'aide d'une douce chaleur ; quand la dissolution est opérée, on verse la liqueur dans une capsule de porcelaine ; on lave le matras avec de petites quantités d'eau que l'on ajoute à la première liqueur, et l'on fait évaporer à une douce chaleur jusqu'à ce que l'on sente une légère odeur de chlore ; on laisse refroidir ; le sel se prend en une masse cristalline.

L'eau régale dissout l'or par le chlore qui résulte de la décomposition mutuelle des acides nitrique et hydrochlorique ; l'évaporation a pour effet de chasser l'excès des acides et il ne reste que la combinaison de chlorure d'or et d'acide hydrochlorique.

CAUSTIQUE DE RÉCAMIER.

> Pr. : Chlorure d'or, six grains.................... 0,3 grammes.
> Eau régale, une once.................... 32

Faites dissoudre.

On trempe un pinceau de charpie dans cette solution, et l'on s'en sert pour cautériser. L'escarre tombe au bout de quelques jours.

CHLORURE D'OR ET DE SODIUM.

(Muriate d'or et de soude, chloro-aurate de sodium, chlorure aurico-sodique.)

Le chlorure d'or forme, avec les chlorures alcalins, des sels dans lesquels il remplit les fonctions d'acide : ce sont les chloro-aurates ; leur composition est telle que le chlorure d'or contient trois fois autant de chlore que le chlorure alcalin. Une seule de ces combinaisons est employée en médecine ; c'est le chloro-aurate de sodium ; il cristallise en longs prismes à quatre faces, d'une couleur orange ; il est soluble dans l'eau ; il est inaltérable à l'air, ce qui le rend d'un emploi plus commode que le chlorure

d'or simple. Il est composé de : chlorure de sodium, 1 pp. (14,68);
chlorure d'or, 1 pp. (76,32); eau, 4 pp. (9,00).

> Pr. : Or métallique............................ 10
> Acide nitrique à 35°....................... 10
> — hydrochlorique à 22°................. 30
> Sel marin purifié......................... 3

On fait dissoudre l'or dans l'eau régale comme pour la préparation du chlorure d'or; on concentre les liqueurs en consistance de sirop pour chasser la plus grande partie de l'excès
d'acide; on étend avec un peu d'eau; on fait dissoudre le sel
marin et l'on fait concentrer jusqu'à pellicule. Le sel double cristallise par le refroidissement. Les eaux mères, convenablement
évaporées, fournissent de nouveaux cristaux. On les conserve
dans des vases bien fermés.

Le chlorure d'or et de sodium s'emploie à l'intérieur, incorporé
dans du sucre, des extraits, des sirops, toutes matières qui l'altèrent promptement, suivant l'observation de M. Pelletier. Pour
s'en servir en frictions sur les gencives, et pouvoir le doser exactement. M. Chrestien le fait diviser dans de la poudre d'iris de
Florence, privé par l'eau et l'alcool de tous ses principes solubles;
on fait le mélange dans un mortier de verre chauffé, et l'on renferme les paquets dans un flacon bouché.

SIROP DE CHLORURE D'OR ET DE SODIUM.

> Pr. : Chlorure d'or et de sodium, un grain.......... 0,05 grammes.
> Sirop de sucre, six onces................. 192

S. (Chrestien.)

TABLETTES DE CHLORURE D'OR ET DE SODIUM.

> Pr. : Chlorure d'or et de sodium, 5 grains........ 0,25 grammes.
> Sucre, une once........................... 32
> Mucilage de gomme adragante............. S. Q.

F. S. A. 60 pastilles, dont chacune contient $1/12$ de grain de
sel d'or (Chrestien).

PILULES DE CHLORURE D'OR ET DE SODIUM.

Pr.: Chlorure d'or et de sodium, dix grains....... 0,55 grammes.
Fécule de pommes de terre, quatre grains..... 0,20
Gomme arabique, un gros. 4
Eau distillée........................... S. Q.

F. S. A. 120 pilules (Chrestien).

En général, ces préparations d'or ne doivent être faites qu'en petite quantité, et au moment même du besoin, à cause de la décomposition qu'éprouve le chlorure d'or par les matières organiques qui le ramènent à l'état métallique.

POMMADE DE CHLORURE D'OR ET DE SODIUM.

Pr.: Chlorure d'or et de sodium, dix-huit grains.   1
Axonge, une once. 32

M. (Niel.)

IODURE D'OR.

L'iodure d'or est d'un jaune verdâtre; il est insoluble dans l'eau froide; l'eau bouillante n'en dissout que de petites quantités; il se décompose à une température qui ne dépasse pas 150 degrés. Il est composé de : 1 pp. or (61,15); 1 pp. iode (38,85).

Il correspond au protoxide d'or, et non pas au peroxide; il est rarement employé en médecine.

Pour l'obtenir, on recommande de verser dans une solution de chlorure d'or de l'hydriodate de potasse jusqu'à ce qu'il ne se forme plus de précipité; on jette le tout sur un filtre, et on lave avec de l'alcool pour dissoudre l'excès d'iode qui s'est précipité. M. Pelletier conseille de chauffer les liqueurs pour dégager l'excès d'iode qui se précipite avec l'iodure. Ce procédé n'est pas très bon, car, lorsqu'on chauffe, l'iodure d'or se réduit en partie.

Cet excès d'iode provient de ce que le chlorure d'or, dont on se sert, correspond au peroxide; tandis que l'iodure qui se précipite, correspond seulement au premier degré d'oxidation de l'or.

CYANURE D'OR.

Le cyanure d'or se présente sous la forme d'une poudre jaune insoluble dans l'eau : il correspond au peroxide d'or. Il est formé de : or, 1 pp. (71,53); cyanogène, 3 pp. (28,47). Rammelsberg y admet en outre 1 pp. ½ d'eau, ou 3,77 p. 100.

Pour obtenir le cyanure d'or, on se sert du chlorure d'or, qui a été obtenu en évaporant au bain-marie une dissolution d'or dans l'eau régale, afin d'en chasser l'excès d'acide; mieux vaudrait risquer de réduire une portion d'or que de laisser de l'acide, car un excès de ce dernier nuit beaucoup à l'opération; on dissout le chlorure d'or dans 5 fois son poids d'eau, et l'on y verse une dissolution de cyanure de potassium qui vient d'être préparée, en dissolvant dans 6 parties d'eau la masse noire qui résulte de la calcination du prussiate de potasse ferrugineux; on ajoute du cyanure jusqu'à ce qu'il cesse de former un précipité. On doit obtenir un précipité jaune serin qui se dépose lentement : un excès de cyanure donnerait un iodure d'une couleur rougeâtre, que l'on pourrait ramener au jaune serin par un peu d'acide; une plus grande quantité de cyanure redissoudrait le cyanure d'or formé. Il est presque impossible qu'il ne reste pas de l'or dans les liqueurs; aussi faut-il avoir le soin de ne pas rejeter celles-ci : elles valent la peine d'être traitées pour en retirer l'or qu'elles contiennent.

Ce procédé n'est pas très bon; mais tous ceux qui ont été publiés pour le remplacer sont aussi bien loin d'être satisfaisants. La préparation du cyanure d'or a besoin d'être étudiée de nouveau.

Le cyanure d'or a les mêmes propriétés médicales que les autres préparations d'or. Suivant M. Chrestien, il serait moins excitant que le chlorure, et surtout il aurait l'avantage de ne pas être décomposé par les matières organiques.

POUDRE DE CYANURE D'OR.

Pr.: Cyanure d'or, un grain...................... 0,05 grammes.
Poudre d'iris, deux grains. 0,1

Divisez en paquets (de 6 à 15), à employer en frictions sur la langue (Chrestien).

Le malade fait les frictions pendant 3 à 4 minutes avec le doigt indicateur humecté, et il avale la salive après l'avoir gardée quelque temps dans la bouche.

PILULES DE CYANURE D'OR.

Pr.: Cyanure d'or, un grain. .... 0,05 grammes.
Extrait de mézéréum, seize grains. 0,9

F. S. A. 12 ou 16 pilules (Chrestien).

PASTILLES DE CYANURE D'OR.

Pr.: Cyanure d'or............................... 0,05 grammes.
Chocolat. .... S. Q.

Faites des pastilles contenant $^1/_{16}$ ou $^1/_{12}$ de grain (3 ou 4 milligrammes) de cyanure.

——

DES PRÉPARATIONS DE L'ANTIMOINE.

L'antimoine pur est un métal d'un blanc argentin, d'un éclat vif; sa texture est lamelleuse et à très petits grains, quand il a été refroidi promptement, et en grandes lames quand le refroidissement s'est fait lentement; il est cassant; sa densité varie de 6,86 à 6,7; il fond à + 425°; il se volatilise à la chaleur rouge blanche; il peut être combiné directement avec l'oxigène : il se transforme alors en oxide d'antimoine et en acide antimonieux. La proportion chimique de l'antimoine pèse 161,29.

L'antimoine du commerce s'obtient en chauffant le sulfure d'antimoine avec du fer, ou bien en l'oxidant par un grillage, et le fondant avec du tartre et du nitrate de potasse.

On prend 100 de sulfure d'antimoine, 42 de limaille de fer bien décapée, 10 de sulfate de soude desséché et 2 de charbon que l'on fait fondre ensemble dans un creuset de Hesse; on laisse refroidir et on sépare le métal.

Le fer enlève le soufre à l'antimoine; il est employé dans l'opération juste en proportion pour produire ce résultat; s'il y en avait un excès il se combinerait à l'antimoine dont il altérerait la pureté. Le sulfure de fer qui se forme a presque la même densité que l'antimoine, et pour cette raison s'en séparerait difficilement. On y pourvoit en ajoutant un fondant; le sulfate de soude est changé par le charbon en sulfure de sodium qui s'unit au sulfure de fer, et augmente considérablement sa fusibilité (Berthier).

Quand on opère par le nitre et le tartre, on prend : sulfure d'antimoine 8, tartre 6, nitrate de potasse 3.

On projette ce mélange par parties dans un creuset rougi, en ayant soin de couvrir aussitôt. On pousse la matière à la fusion, et on laisse refroidir. On trouve un culot d'antimoine recouvert par une scorie. La principale réaction se passe entre le nitre et le soufre : il en résulte du sulfate de potasse ; une partie du carbone du tartre est brûlé pour former de l'acide carbonique, qui reste uni à une autre partie d'alcali. Comme les éléments de la matière organique sont en excès, et qu'ils sont plus oxidables que l'antimoine, celui-ci est préservé de l'oxidation ; cependant une partie est oxidée, et se trouve, dans les scories, à l'état d'antimoniate de potasse : il se trouve encore dans les scories une petite quantité de sulfure double d'antimoine et de potassium. Ainsi obtenu, le régule d'antimoine n'est pas pur ; il contient du fer, du plomb, du soufre, de l'arsenic, etc. Il est surtout fort important de le priver de ce dernier, qui l'accompagne dans toutes ses préparations. A cet effet on fond l'antimoine à plusieurs reprises avec un vingtième de son poids de nitre. Les métaux les plus oxidables sont les premiers attaqués, ainsi que l'arsenic, et ils se séparent avec la potasse sous forme de scorie.

M. Liebig a donné un procédé plus sûr encore : on mélange 16 parties d'antimoine, 1 partie de sulfure d'antimoine et 2 parties de carbonate de soude desséché ; on introduit le tout dans un creuset de Hesse, et on tient en fusion pendant une heure ; alors on laisse refroidir le creuset, on le casse et on rejette la scorie. Le culot métallique est pulvérisé et de nouveau tenu en fusion avec 1 partie $\frac{1}{2}$ de carbonate de soude ; on fait un troisième traitement en employant 1 partie seulement de carbonate.

Dans ce procédé le sulfure d'arsenic est séparé par la soude ; il se fait de l'arséniate de soude et du sulfure de sodium. Les sulfures de fer et de cuivre sont enlevés par le sulfure de sodium avec lequel ces sulfures forment des composés très fusibles. L'addition du sulfure d'antimoine a pour objet de transformer en sulfure métallique la totalité de l'arsenic et une partie du fer et du cuivre.

L'antimoine ainsi purifié ne donne pas la moindre odeur d'ail au chalumeau. Sérullas a donné un autre procédé pour s'assurer de sa pureté. On réduit un peu d'antimoine en poudre très fine, on le mélange avec du tartre, et l'on chauffe à une forte chaleur dans un creuset couvert. On obtient un alliage de potassium et d'antimoine, qui décompose l'eau avec dégagement d'hydrogène. Si l'antimoine était arsenical, il se fait de l'hydrogène arséniqué,

35*

dont la présence est facile à constater. Il suffit de brûler le gaz obtenu dans une cloche étroite ; s'il contient de l'arsenic, il se fait un dépôt brun sur les parois de la cloche.

Pour administrer l'antimoine en médecine, on le réduit en poudre très fine par la porphyrisation. En cet état, il est facilement tenu en suspension par les liquides mucilagineux. Autrefois, on en faisait de petites balles, que l'on avalait, et que l'on rendait par les selles à peu près telles qu'on les avait prises ; elles pouvaient ainsi servir un grand nombre de fois : aussi leur avait-on donné le nom de *pilules perpétuelles*. On employait encore des gobelets faits en antimoine, dans lesquels on laissait séjourner du vin blanc : l'antimoine, qui s'oxide lentement par l'air, éprouve plus facilement cet effet en présence d'une liqueur acide qui dissout l'oxide à mesure qu'il est formé. On n'obtenait ainsi qu'un médicament infidèle, parce qu'il était impossible de maîtriser les circonstances de l'opération de manière à ce que le vin fût toujours également chargé.

L'antimoine métallique est rarement employé en médecine. M. Trousseau s'en est servi pour combattre la pneumonie, le rhumatisme articulaire, en élevant la dose jusqu'à 1 gros (4 grammes). Il l'a administré sous forme de pilules, ou en suspension dans un looch ou dans une potion mucilagineuse. En le mêlant avec deux parties d'axonge, il a obtenu une pommade qui peut produire le même effet que la pommade émétisée.

OXIDES ET ACIDES DE L'ANTIMOINE.

L'antimoine forme quatre combinaisons différentes avec l'oxigène : 1° un sous-oxide ; 2° un oxide salifiable ; 3° l'acide antimonieux ; 4° l'acide antimonique.

Le sous-oxide d'antimoine est d'un brun noir ; il se forme quand on emploie l'antimoine comme conducteur positif d'une pile voltaïque.

Le protoxide ou oxide antimonique est blanc, facilement fusible, volatil ; c'est le seul des oxides d'antimoine qui se combine avec les acides. Il est formé de : 1 pp. antimoine (84,32), 3 pp. oxigène (15,68).

L'acide antimonieux, ou deutoxide d'antimoine, est blanc, insipide, infusible ; à l'état d'hydrate humide, il rougit le tournesol ; il est à peine soluble dans l'eau ; il se combine aux bases. L'acide antimonieux est formé de : 1 pp. métal (80,13), 4 pp. oxigène (19,87).

L'acide antimonique, ou peroxide d'antimoine, a une couleur jaune pâle; à l'état d'hydrate, il est blanc, et il rougit le tournesol; une forte chaleur le transforme en oxigène et en acide antimonieux; il se combine très bien aux bases. Il est formé de : 1 pp. métal (76,34), 5 pp. oxigène (23,66).

Ces composés oxigénés de l'antimoine sont à peine employés en médecine; les anciens faisaient usage sous le nom de céruse d'antimoine d'un mélange d'acide antimonieux et d'acide antimonique. Ils employaient, sous le nom de fleurs argentines d'antimoine, le protoxide cristallisé. On l'obtient en mettant de l'antimoine au fond d'un grand creuset et par-dessus, et à quelque distance un couvercle percé d'un trou, puis en fermant le creuset avec son couvercle, et chauffant la partie du creuset où se trouve l'antimoine. On trouve l'oxide cristallisé à la surface du culot métallique. Le Codex donne pour cette opération le procédé suivant : on met l'antimoine dans un têt à rôtir carré, on place ce têt dans le moufle d'un petit fourneau à coupelle de Darcet, préalablement échauffé, en substituant à la porte du moufle un gros charbon bien allumé placé de manière à ce qu'il n'obstrue pas complétement l'entrée. Lorsque l'antimoine est en pleine fusion et qu'il répand d'abondantes vapeurs, on bouche toutes les ouvertures du fourneau, excepté celle du moufle. À mesure que la température baisse, l'oxide d'antimoine se dépose d'abord sur les parois du têt, puis sur la surface de l'antimoine, en aiguilles longues aplaties et d'un brillant nacré. Quand le métal est tout à fait solide, on retire le têt et on sépare l'oxide produit. On débouche toutes les ouvertures du fourneau, le charbon se rallume et on recommence l'opération, et ainsi de suite jusqu'à ce qu'on ait recueilli assez d'oxide. On se procure plus facilement l'oxide d'antimoine en faisant bouillir l'oxidochlorure d'antimoine avec une dissolution de bi-carbonate de soude, lavant bien le précipité, et le faisant sécher. Le Codex le désigne alors sous le nom d'oxide d'antimoine par précipitation.

Suivant O. Figuier, l'oxide d'antimoine préparé avec les bi-carbonates de potasse ou de soude, retient un peu d'alcali; on ne réussirait à avoir cet oxide parfaitement pur qu'en se servant du carbonate d'ammoniaque.

L'acide antimonieux s'obtient en chauffant de l'antimoine avec de l'acide nitrique, évaporant à siccité, et calcinant ; mais quand on veut s'en servir en médecine, il vaut mieux décomposer par un acide l'antimonite de potasse ; on obtient alors l'acide antimonieux hydraté, et dans un moindre état de cohésion. A cet effet, on fait fondre, à une chaleur très modérée, 1 partie d'acide antimonieux obtenu par l'acide nitrique, avec un poids égal au sien de carbonate de potasse, et l'on met la masse dans de l'eau acidulée par de l'acide nitrique, de manière à dissoudre tout l'alcali, et à ne laisser que l'acide antimonieux.

Quant à l'acide antimonique hydraté, on le prépare en traitant de laîmême manière l'antimoniate de potasse.

M. Trousseau a cherché à remettre en vogue ces diverses préparations d'antimoine comme contre-stimulants ; il les dit douées des mêmes propriétés que l'antimoniate de potasse qu'on emploie plus ordinairement.

SULFURE D'ANTIMOINE.

(Sulfure antimonique, proto-sulfure d'antimoine, antimoine cru.)

L'antimoine se combine avec le soufre en formant trois combinaisons qui correspondent, par leur composition, aux divers degrés d'oxigénation du métal ; de ces sulfures, un seul est employé en médecine ; c'est le proto-sulfure ou sulfure antimonique. Cependant le deuto-sulfure fait partie du mélange que nous étudierons plus tard sous le nom de soufre doré d'antimoine.

Le sulfure antimonique est formé de : antimoine, 1 pp. (72,67) ; soufre, 3 pp. (27,33).

Il a une couleur grise et l'éclat métallique ; il cristallise en longs prismes aiguillés. Il entre facilement en fusion ; chauffé au contact de l'air, il s'y transforme en acide sulfureux et en oxide d'antimoine ; il se combine à l'eau, et il forme avec elle un sulfure hydraté couleur de feu ; il se combine avec les sulfures alcalins ; il peut aussi se combiner avec l'oxide d'antimoine. On le prépare dans les arts par la simple fusion du minerai d'antimoine ; le sulfure qui est beaucoup plus fusible que la gangue, s'en sépare avec facilité.

Le sulfure d'antimoine du commerce contient du sulfure de plomb, du sulfure de fer, et souvent du sulfure d'arsenic : ce dernier, surtout, peut lui communiquer des propriétés très vénéneuses ; on conseille, pour le purifier, de le réduire en poudre très fine, et de le laisser en contact pendant plusieurs jours avec de l'ammoniaque qui dissout le sulfure d'arsenic; le plus sûr est de préparer ce sulfure de toutes pièces, en fondant ensemble 2 parties ½ d'antimoine et 1 de soufre dans un creuset, et, quand la matière est en fusion, en donnant un coup de feu vif pour chasser l'excès du soufre.

Le sulfure d'antimoine est employé dans les maladies de la peau et les maladies scrofuleuses; on en donne jusqu'à 1 à 2 gros (4 à 8 grammes) par jour.

POUDRE DE SULFURE D'ANTIMOINE.

Pr.: Sulfure d'antimoine. . . . .   Q. V.

On le pulvérise dans un mortier de fer, et l'on passe la poudre au tamis; on la met sur un porphyre, et on la broie avec de l'eau, jusqu'à ce que l'on n'aperçoive plus de parcelles métalliques; on délaie alors cette poudre dans l'eau; on sépare par dilution les parties les plus fines, et l'on remet sur le porphyre celles qui n'étaient pas suffisamment divisées; on continue ainsi l'opération jusqu'à ce que tout le sulfure d'antimoine ait été réduit en poudre impalpable.

TABLETTES ANTIMONIALES DE KUNKEL.

Pr.: Amandes douces, deux onces. . . . .   64 grammes.
Sucre, treize onces.   407
Poudre de semences de petit cardamome, une once.   32
Poudre de cannelle, demi-once.   16
Sulfure d'antimoine porphyrisé, une once.   32
Gomme adragante, deux gros.   8

On pulvérise les amandes à la faveur du sucre; on ajoute les autres poudres, et à l'aide du mucilage, on fait des tablettes de 18 grains (1 gramme).

Les pharmacopées varient toutes dans la formule des pastilles de Kunkel, soit pour la dose du sulfure d'antimoine, soit pour la dose ou la nature des aromates.

OXIDOSULFURE D'ANTIMOINE.

Le sulfure d'antimoine et l'oxide d'antimoine peuvent former ensemble une combinaison définie qui est composée de : 1 pp. oxide d'antimoine (33,31); 2 pp. sulfure d'antimoine (66,69).

Cette combinaison existe dans la nature, et l'on peut se la procurer artificiellement dans le slaboratoires. C'est une poudre jaunâtre insoluble dans l'eau, qui est inusitée en médecine, mais qu'il était important de signaler, parce que nous la retrouverons dans la préparation du kermès minéral, et parce qu'elle fait partie d'autres préparations qui sont des mélanges en proportions diverses d'oxide d'antimoine avec du sulfure ou de l'oxidosulfure, et qui étaient connues sous les noms de Verre d'antimoine, Foie d'antimoine, Safran des métaux, Rubine d'antimoine.

Le verre d'antimoine est un mélange de beaucoup d'oxide d'antimoine, avec un peu d'oxidosulfure; il contient en outre, suivant l'analyse de Vauquelin, 10. p. 100 de silice et de l'oxide de fer. Il se présente sous forme de plaques demi-transparentes d'une couleur hyacinthe.

Pour préparer le verre d'antimoine, on grille le sulfure d'antimoine sur un têt en terre, de manière à brûler le soufre et à oxider l'antimoine. Il faut agiter la matière pendant toute l'opération, et ménager le feu avec attention, surtout vers le commencement de l'opération, afin que le grillage se fasse sans que le sulfure entre en fusion. A mesure que l'opération avance, on peut élever davantage la température, car la fusibilité diminue à mesure que le sulfure est remplacé par de l'oxide. Quand la masse a acquis une couleur gris blanc, on la fond dans un creuset, et on la coule en plaques minces.

Le grillage à l'air a pour objet de brûler le soufre qui se dégage à l'état d'acide sulfureux, et d'oxider l'antimoine. Il se fait du protoxide, et aussi, suivant M. Berzélius, de l'acide antimonieux; mais ce dernier est détruit à la fusion, car il réagit sur le sulfure restant, qu'il transforme en acide sulfureux et en protoxide.

Le foie d'antimoine diffère du verre d'antimoine en ce qu'il contient plus de sulfure ; on l'obtient par le même procédé; mais on ne pousse pas le grillage aussi loin; on s'arrête quand la matière a pris une couleur de cendre ; alors on la fond dans un creuset; on obtient une masse presque opaque d'une couleur brune, de là son nom. Quand on réduit cette masse en poudre, elle prend le nom de *Crocus metallorum*, ou safran des métaux. Cette poudre est fort employée dans la médecine vétérinaire comme vermifuge et purgative, à la dose de 1 à 2 onces (32 à 64 grammes). Elle était la base du vin émétique des anciens, qui se préparait en laissant en contact 1 partie de crocus et 8 parties de vin blanc ; c'était un médicament variable, car le vin dissolvait des proportions d'oxide d'antimoine différentes, suivant qu'il était plus ou moins acide.

On se procurait encore le foie d'antimoine en fondant le sulfure avec son poids de nitre, ou mieux, suivant Lemery, avec la moitié de son poids de nitre ; quand la matière était en fusion, on la coulait dans un cône de fer pour faciliter la séparation des scories ; on réduisait le crocus en poudre et on le lavait avec soin. Le nitre avait pour effet d'oxider l'antimoine et le soufre, tandis qu'une autre portion du soufre réagissait sur la potasse : de là, du sulfate de potasse, de l'hypo-antimonite de potasse, du sulfure de potassium et du sulfure d'antimoine, qui constituaient la scorie ; puis un mélange d'oxide d'antimoine et du sulfure double de potassium et d'antimoine, qui constituait le crocus ; aussi, ce médicament ainsi préparé était-il plus énergique que le crocus ordinaire, malgré le lavage qu'on lui faisait subir, qui ne suffisait pas à enlever tout le sulfure alcalin. On devrait certainement préférer cette préparation au crocus préparé par la fonte ; mais cela n'est pas, par ce seul motif qu'elle revient à un prix plus élevé.

La rubine d'antimoine était un composé analogue au verre d'antimoine, mais plus chargé de sulfure.

CHLORURE D'ANTIMOINE.

(Chlorure antimonique, muriate d'antimoine, beurre d'antimoine.)

Le chlorure d'antimoine est solide, blanc, demi-transparent, excessivement caustique. Il fond à + 100° ; il se volatilise à une température modérée ; il peut se dissoudre dans une très petite quantité d'eau ; mais une portion d'eau un peu forte le décompose en oxido-chlorure insoluble qui se dépose, et en acide hydrochlorique, qui dissout du chlorure d'antimoine. Le chlorure d'antimoine est composé de : 1 pp. antimoine (54,84) ; 3 pp. chlore (54,16).

Le chlorure d'antimoine est employé comme caustique ; il sert à la préparation de l'oxidochlorure.

Premier procédé.

Pr. : Sublimé corrosif. 3
Antimoine métallique. 1

On réduit l'antimoine et le sublimé corrosif en poudre très fine ;

on les mélange et on les introduit dans une cornue de verre, dont on choisit le col large; on place la cornue sur un triangle dans un fourneau à réverbère; on y adapte un récipient et l'on distille à une chaleur modérée. S'il arrivait que le produit s'arrêtât dans le col de la cornue, on le ferait couler en approchant un charbon ardent.

Le chlorure d'antimoine, ainsi obtenu, résulte de la décomposition du chlorure de mercure par l'antimoine; il est coloré par un peu de mercure et d'une combinaison de proto-chlorure de mercure et d'arsenic, qui ont été entraînés à la distillation; on le purifie par une nouvelle distillation.

En employant 3 parties de sublimé et 1 antimoine, la presque totalité de l'arsenic que l'antimoine peut contenir forme une combinaison moins volatile avec du proto-chlorure de mercure (chlorure mercureux arseniuré), dont la presque totalité reste dans la cornue; en redistillant une seconde fois le chlorure d'antimoine, on l'obtient tout à fait exempt d'arsenic. Mais si l'on augmentait la proportion de sublimé corrosif, l'arsenic serait changé en chlorure d'arsenic qui resterait mélangé au beurre d'antimoine (Capitaine).

Après avoir obtenu le chlorure d'antimoine, on continue la distillation avec les précautions convenables pour obtenir le mercure (*Voyez* MERCURE, page 480).

Deuxième procédé.

Pr. : Sulfure d'ontimoine pulvérisé................ 1
Acide hydrochlorique à 22°................ 5

On met le sulfure d'antimoine dans une cornue de grès; on ajoute l'acide et l'on fait dissoudre à l'aide d'une douce chaleur; on peut, si l'on veut, recueillir le gaz hydrosulfurique, et l'utiliser à la préparation de l'eau hydrosulfurée, ou du sulfure de sodium (*Voyez* ces mots). Quand le dégagement du gaz cesse, on retire la matière de la cornue, on laisse déposer et on décante le liquide; on le met dans une capsule et on le fait évaporer sous une cheminée qui tire bien, jusqu'à ce qu'un peu de liqueur, prise avec une baguette de verre et posée sur une capsule, forme des cristaux en se refroidissant; alors on introduit la liqueur dans une cornue de verre, et on la distille presque entièrement au bain de sable. On a pour produit du chlorure d'antimoine très blanc, qui est surnagé par un peu de liquide acide, lequel contient très peu d'antimoine, et que l'on sépare avec la plus grande facilité.

Ce procédé est le meilleur et le plus économique de tous ceux qui ont été proposés pour la préparation du chlorure d'antimoine; mais il faut remplacer la concentration à la cornue, qui a été conseillée, par l'évaporation à l'air libre; car la distillation à la cornue est longue, et elle est accompagnée de violents soubresauts. L'expérience m'a prouvé d'ailleurs que le liquide qui passe à la distillation contient à peine de l'antimoine.

CHLORURE D'ANTIMOINE LIQUIDE.

Pr. : Chlorure d'antimoine.................... Q. V.

Laissez le chlorure d'antimoine exposé à l'air jusqu'à ce qu'il soit tout à fait liquéfié.

Ce procédé donne un liquide dense, extrêmement caustique, et d'un usage plus commode que le chlorure solide; l'eau est absorbée lentement par le chlorure qui n'en prend que ce qui est nécessaire pour se liquéfier, et sans qu'il se fasse de dépôt d'oxidochlorure. Beaucoup de pharmacopées étrangères préparent ce chlorure liquide en distillant un mélange de crocus, ou de verre d'antimoine, de sel marin décrépité et d'acide sulfurique; mais on obtient ainsi un liquide moins concentré et qui renferme de l'acide hydrochlorique libre.

OXIDOCHLORURE D'ANTIMOINE.

(Poudre d'Algaroth, mercure de vie.)

On fait dissoudre du sulfure d'antimoine dans l'acide hydrochlorique, ainsi qu'il a été dit pour la préparation du beurre d'antimoine; on sépare la dissolution de son dépôt, et on la fait concentrer à l'air libre jusqu'à ce qu'elle cristallise par le refroidissement. C'est afin de chasser complétement tout l'hydrogène sulfuré qu'elle peut retenir, et la plus grande partie de l'acide en excès; on délaie alors dans une quantité d'eau froide telle que la liqueur ne fasse plus de précipité par une nouvelle quantité d'eau; on lave le précipité à l'eau froide à plusieurs reprises, et on le fait sécher.

L'eau a pour effet de décomposer une partie du chlorure; il se fait de l'oxide antimonique qui se précipite, entraînant en une combinaison insoluble du chlorure non décomposé; il se produit en même temps de l'acide hydrochlorique qui retient en dissolution un peu de chlorure d'antimoine.

On remarque que le précipité de poudre d'Algaroth qui est blanc et caillebotté au moment où il vient de se faire, devient peu à peu grenu et forme des cristaux distincts, en éprouvant un mouvement moléculaire particulier. Les observateurs ne sont pas d'accord sur la composition de la poudre d'Algaroth, ce qui tient nécessairement à ce que sa composition change, suivant que les lavages sont plus ou moins continués. Philips admettait 1 pp. de chlorure et 8 pp. d'oxide ; Duflos, 1 pp. de chlorure et 5 d'oxide ; elle est formée, suivant Johnston, de 2 pp. de chlorure et 9 pp. d'oxide. La poudre d'Algaroth était employée autrefois comme émétique, mais elle est à peu près inusitée sous ce rapport. Elle sert à la préparation de l'émétique ; mais quand on la destine à cet usage, il faut la laver à plusieurs reprises avec de l'eau bouillante ; par là, on parvient à décomposer une partie du chlorure d'antimoine qui la constitue, et à augmenter la proportion de l'oxide.

ANTIMOINE DIAPHORÉTIQUE.

(Bi-antimoniate de potasse, oxide blanc d'antimoine.)

Le bi-antimoniate de potasse est formé, suivant l'analyse de M. Guibourt, de : potasse, 1 pp. (10,75) ; acide antimonique, 2 pp. (76,96) ; eau, 6 pp. (12,29).

L'oxide antimonique, l'acide antimonieux et l'acide antimonique peuvent tous les trois se combiner aux oxides et constituer des sels ; si l'on fait chauffer l'oxide ou l'oxidochlorure d'antimoine avec de la potasse caustique, le précipité est une combinaison insoluble d'oxide d'antimoine et de potasse (hypo-antimonite), tandis que la liqueur alcaline retient en dissolution du protoxide d'antimoine.

Si l'on chauffe l'acide antimonieux dans un creuset avec 3 à 4 fois son poids de carbonate de potasse, et qu'on lave la masse à l'eau froide, celle-ci entraîne l'excès d'alcali, et ne dissout pas sensiblement l'antimonite. Celui-ci bouilli dans l'eau à plusieurs reprises, se sépare en un précipité insoluble (bi-antimonite de potasse), et en une liqueur qui donne par évaporation une masse jaune soluble d'antimonite neutre.

En faisant déflagrer dans un creuset un mélange de 1 partie d'antimoine et 4 parties de nitre, et lavant la masse à l'eau froide, on enlève du nitrite de potasse et de l'alcali ; puis en reprenant la matière insoluble par l'eau bouillante, il se dissout de l'antimoniate neutre, et il se dépose du bi-antimoniate.

Si l'on traite l'antimoine par son poids de nitre seulement, le produit contient en même temps de l'oxide antimonique, de l'acide antimonieux et de l'acide antimonique, tous les trois combinés à la potasse. Des quantités intermédiaires de nitre donneraient des résultats moyens. En outre la chaleur plus ou moins prolongée à laquelle on soumet le mélange a de l'influence sur le résultat ; car il y aura d'autant plus d'antimoine suroxidé que la chaleur aura été entretenue plus longtemps, le nitrite de potasse qui se forme d'abord pouvant plus tard fournir à cette suroxidation. Comme les pharmacopées ne s'entendent pas sur ces divers points, il en résulte que l'antimoine diaphorétique est loin d'être partout le même. Ces différences dans la composition du produit paraissent en entraîner fort peu dans les propriétés médicinales, puisque M. Trousseau a reconnu que l'hypo-antimonite, l'antimonite et l'antimoniate ont des propriétés semblables, ainsi qu'il en est pour leurs acides à l'état isolé.

Cependant on croit qu'une faible proportion de nitre, ou qu'un chauffage trop peu de temps prolongé, laisse à l'antimoine diaphorétique une propriété émétique : c'est au moins ce que Lemery avait observé. Cette effet est surtout très sensible dans la poudre cornachine ou de tribus, qui contient en même temps de la crème de tartre et de l'antimoine diaphorétique, et qui devient émétique avec le temps si elle a été faite avec un antimoine diaphorétique peu oxigéné.

Le Codex prescrit de préparer l'antimoine diaphorétique par le procédé suivant :

Pr. : Antimoine.   1
Nitrate de potasse.   2

On réduit les matières en poudre ; on les mélange exactement et on les projette par parties dans un creuset rougi au feu. A chaque fois il y a une déflagration assez vive, due à la décomposition du nitre et à l'oxidation de l'antimoine ; la matière est tenue sur le feu au rouge pendant une demi-heure ; on laisse refroidir, on casse le creuset et l'on met le produit dans de l'eau froide où il se délite. On lave alors à l'eau froide à plusieurs reprises jusqu'à ce que celle-ci soit tout à fait insipide ; on recueille le précipité et on le fait sécher.

Au lieu de laisser déliter la matière, il est avantageux de la porphyriser avant de la mettre dans l'eau ; on l'obtient plus divisée.

Quand le nitre réagit sur l'antimoine, il est décomposé ; l'antimoine s'oxide et il se dégage de l'azote et des oxides d'azote ; le feu auquel on expose plus tard la matière a pour objet d'assurer la suroxidation de l'antimoine. La matière, après cette calcination, est un mélange d'antimoniate de potasse et de nitrite et de nitrate de potasse. C'est l'antimoine diaphorétique non lavé des anciens.

Les premiers lavages donnent des liqueurs très alcalines qui contiennent peu d'antimoniate en dissolution ; mais plus tard, les eaux de lavage en contiennent beaucoup ; c'est que la masse se partage en bi-antimoniate, ou antimoniate avec excès d'acide, insoluble, qui reste indissous, et en antimoniate neutre qui entre en dissolution.

Si l'on verse un acide dans la liqueur, l'antimoniate est décomposé ; la potasse s'unit au nouvel acide et l'acide antimonique se dépose à l'état d'hydrate, sous la forme d'une poudre blanche qui était connue des anciens sous le nom de *Matière perlée de Kerkringius.*

L'antimoine diaphorétique est donc de l'antimoniate de potasse. M. Figuier a fait voir cependant que, préparé suivant la méthode du Codex, il retient quelquefois de l'antimonite et de l'hypoantimonite de potasse.

M. Berzélius a vu qu'en chauffant longtemps et fortement deux parties de nitre et une d'antimoine, on pouvait arriver à obtenir une masse entièrement soluble dans l'eau. M. Figuier, partant de cette donnée, a proposé de faire l'antimoine diaphorétique par ce moyen. Il fait bouillir dans l'eau le produit de cette forte calcination et précipite la liqueur par un courant d'acide carbonique. Le dépôt qui se forme est du bi-antimoniate parfaitement pur ; mais ce procédé sera réservé pour les laboratoires de chimie ; il est loin d'être économique à cause de l'énorme proportion d'acide carbonique nécessaire pour opérer la précipitation.

SULFATE TRI-ANTIMONIQUE.

(Sous-sulfate d'antimoine.)

Le sous-sulfate d'antimoine est une poudre grise, peu sapide et insoluble dans l'eau : celle-ci le décompose lentement en entraînant à chaque fois une nouvelle quantité d'acide. Le sous-sulfate d'antimoine est composé de : oxide d'antimoine, 1 pp. ; acide sulfurique, 1 pp. L'oxigène est en même quantité dans l'oxide et dans l'acide.

Le sous-sulfate d'antimoine n'est employé que pour préparer l'émétique ; on l'obtient de la manière suivante :

Pr.: Antimoine pulvérisé.......................... 1
     Acide sulfurique à 66°..................... 5

On met l'antimoine et l'acide dans une cornue de grès, on chauffe graduellement, jusqu'à ce qu'il ne distille plus rien, en ayant soin toutefois de modérer le feu pour ne pas décomposer le sulfate. Il faut se débarrasser du gaz sulfureux et des vapeurs sulfuriques en opérant en plein air, ou sous une bonne cheminée, ou en condensant ces produits. La masse qui reste dans la cornue est lavée à plusieurs reprises : elle se partage en acide sulfurique, qui se dissout en entraînant un peu d'oxide d'antimoine, et en sous-sulfate qui reste, et que l'on fait sécher.

TARTRATE DE POTASSE ET D'ANTIMOINE.

(Tartrate antimonico-potassique ; tartre stibié, tartre émétique, émétique.)

Le tartrate de potasse et d'antimoine est incolore et inodore ; sa saveur est âcre et désagréable ; il cristallise en tétraèdres ou en octaèdres transparents, qui s'effleurissent lentement à l'air. Il est soluble dans 1,88 d'eau bouillante, et dans 14 d'eau froide. L'eau commune, qui contient des carbonates de chaux et de magnésie, en précipite lentement de l'oxide d'antimoine à la température ordinaire, et instantanément à l'ébullition ; les plantes astringentes, et entre autres le quinquina, en séparent l'oxide d'antimoine en un composé insoluble. L'émétique est composé de : potasse, 1 pp. (13,5); acide tartrique, 2 pp. (37,8); oxide d'antimoine, 1 pp. (43,6); eau, 2 pp. (5,1), ou de : tartrate potassique, 1 pp. (32,4); tartrate tri-antimonique, 1 pp. (62,5); eau, 2 pp. (5,1).

L'action que les matières tannantes exercent sur l'émétique et réciproquement, mérite à un haut degré l'attention des praticiens.

Voici quelques données à ce sujet, tirées d'un mémoire de M. le docteur Toulmouche.

L'effet vomitif de l'émétique est complétement neutralisé par la poudre de quinquina ou celle de noix de galle. La décoction de noix de galle produit le même effet. La décoction de quinquina ne neutralise qu'en partie les effets vomitifs de l'émétique. Il reste en dissolution une portion de matière (composée de tannin et oxide d'antimoine dissous par l'excès de tannin peut-être) qui continue à agir comme vomitif.

L'action de la gomme kino semble se rapprocher de celle du quinquina. L'effet du ratanhia a paru nul. Le tannin de Pelouze est sans action, tandis que le tannin de Proust empêche les effets vomitifs pourvu qu'il soit mélangé d'avance avec le sel ; car si le sel a commencé à produire des vomissements, le tannin est incapable de les arrêter.

Le sulfate de quinine exerce à peu près la même action que la poudre de quinquina.

M. Henry, qui a examiné la valeur comparative des différents procédés employés à la préparation de l'émétique, a donné la préférence à celui de la pharmacopée de Dublin. On l'exécute de la manière suivante :

Pr. : Oxidochlorure d'antimoine................ 1
Crême de tartre pulvérisée................ 1 1/2
Eau.................................... 10

On fait bouillir pendant 1/2 heure dans une bassine d'argent ; on filtre, on fait évaporer les liqueurs, jusqu'à ce qu'elles marquent 25 degrés à l'aréomètre, et on les fait cristalliser. L'eau mère est acide ; on la sature à froid par de la craie ; on filtre ; on lave le dépôt avec de l'eau froide ; on réunit les liqueurs et on les fait évaporer et cristalliser. De nouvelles évaporations donnent encore de l'émétique, mais il n'est pas pur ; on a besoin de le purifier par de nouvelles cristallisations. On observe que sur la fin il se fait de gros prismes : c'est de l'émétique qui contient un peu de chlorure de potassium ; la modification dans la forme est due à ce que l'émétique a cristallisé dans un milieu très chargé de muriate de chaux.

La crême de tartre, à la faveur de son excès d'acide, enlève l'oxide d'antimoine à l'oxichlorure et s'y combine ; mais en même temps le chlorure, devenu libre, se change en oxide d'antimoine qui se combine aussi à l'acide tartrique, et en acide hydrochlorique. Ce dernier décompose une portion du tartrate du potasse, met en liberté de l'acide tartrique, et fait du chlorure de potassium ; de sorte que la liqueur contient de l'émétique, du chlorure de potassium, de l'acide tartrique et de l'acide hydrochlorique ; la craie que l'on ajoute aux eaux mères a pour effet de saturer ces deux acides ; le tartrate de chaux se précipite, mais le muriate de chaux reste dans les liqueurs, et gêne les dernières cristallisations. On gagne beaucoup, dans ce procédé, à remplacer la poudre d'Algaroth par l'oxide d'antimoine qui résulte du traitement de cette poudre par un bi-carbonate alcalin (*Voyez* page 549).

Philips a conseillé de préparer l'émétique en faisant bouillir P. E. de crême de tartre et de sous-sulfate d'antimoine. La liqueur, après l'ébullition, contient de l'acide tartrique, de l'acide sulfurique, du sulfate de potasse et de l'émétique ; c'est que l'acide sulfurique du sous-sulfate enlève une portion de potasse à la crême de tartre ; mais l'affinité de l'acide tartrique éliminé contre-balance bientôt par sa masse l'affinité plus grande de l'acide sulfurique. Ici, encore, l'acidité de la liqueur nuit à la cristallisation ; aussi est-il avantageux de saturer l'excès d'acide par la chaux après la première cristallisation. Ce qui rend le procédé de Philips peu avantageux, c'est que le procédé de préparation du sulfate d'antimoine est lui-même peu commode.

On prépare encore l'émétique en faisant bouillir 3 parties de crême de tartre avec 2 parties de verre d'antimoine porphyrisé dans 20 parties d'eau ; on évapore à siccité pour détruire l'état gélatineux de la silice, qui se dissout dans la liqueur. On fait redissoudre dans l'eau et cristalliser.

En même temps qu'il se fait de l'émétique pendant l'action de la crême de tartre sur le verre d'antimoine, il se dégage de l'hydrogène sulfuré, il se dépose une sorte de kermès ; les liqueurs se colorent, et on obtient, au-dessus de l'émétique, un dépôt cristallisé de tartrate de chaux.

La crême de tartre, en agissant sur le verre d'antimoine, enlève l'oxide d'antimoine et se sature.

Tous les autres phénomènes sont accessoires. L'hydrogène sulfuré qui se dégage est le résultat de la décomposition d'une petite quantité du sulfure d'antimoine et de l'eau sous l'influence de la crême de tartre. Le kermès provient de ce que le sulfure d'antimoine se trouvant en contact avec l'eau au moment où il sort de la combinaison, s'y combine et fait du kermès. Le tartrate de chaux existait dans la liqueur à la faveur du tartrate de potasse; il y avait été porté par la crême de tartre du commerce que l'on emploie à l'opération et qui contient toujours de ce sel. La coloration des liqueurs est due à l'oxide de fer contenu dans le verre d'antimoine, qui forme avec la potasse un sel double soluble. On ne parvient à débarrasser l'émétique de ce sel que par de nombreuses cristallisations.

Les eaux mères de l'émétique cessent de cristalliser à une époque où elles contiennent encore beaucoup d'oxide d'antimoine.

M. Audouard a conseillé alors d'ajouter à ces eaux mères du tartrate de potasse; la cristallisation, suivant lui, se fait alors très bien. La présence d'un excès d'antimoine dans ces dernières eaux mères paraît être un fait réel; mais à quel état se trouve-t-il? on croit, avec Hallequist, qu'il fait partie d'un sel plus basique que l'émétique; cependant M. Capitaine et moi, en faisant digérer de l'oxide d'antimoine et de la crême de tartre pure pendant des journées entières, n'avons pu faire dissoudre à la crême de tartre plus d'oxide que n'en contient l'émétique.

L'émétique est employé en potions, en tisanes ou à l'extérieur sous forme de pommade ou d'emplâtre, sur des formules qui sont faites par le médecin, suivant l'indication du moment.

VIN ÉMÉTIQUE.

(Vin antimonié.)

Pr.: Émétique, deux grains..................... 0,1 gramme.
     Vin de Malaga, une once.................... 32

S.

POTION VOMITIVE DITE EAU BÉNITE.

Pr.: Émétique, six grains..................... 0,3 grammes.
    Eau commune, huit onces................. 250

Faites dissoudre.

Employée dans le traitement de la colique des peintres.

EAU DE CASSE AVEC LES GRAINS.

Pr. : Casse en gousse, deux onces..............   64 grammes.
Sulfate de magnésie, une once.   32
Émétique, trois grains..................   0,15
Eau tiède, deux livres................... 1000

Brisez la casse, délayez la pulpe dans un litre d'eau tiède, passez, et faites dissoudre le sulfate de magnésie et l'émétique. Cette préparation fait partie du traitement de la colique des peintres, dit traitement des Frères de la Charité.

BAIN AVEC L'ÉMÉTIQUE.

Pr. : Émétique, une à deux onces............   32 à 64 grammes.
Eau tiède, trois cents litres...............   300 litres.

Ce bain est employé dans le traitement des dartres, du prurit.

POMMADE D'AUTENRIETH.

Pr. : Émétique porphyrisé......................   1
Axonge............................   3

On mêle les deux substances sur un porphyre. On prend gros comme une noisette de cette pommade, et on l'emploie en frictions comme un dérivatif puissant, surtout dans les cas de coqueluche, de catarrhes chroniques, etc. Les doses d'émétique et d'axonge peuvent être variées à l'infini.

POUDRE DE JAMES.

Pr. : Sulfure d'antimoine en poudre grossière........   1
Corne de cerf râpée........................   1

On mêle ces deux matières et on les fait griller sur un têt chauffé, en les agitant continuellement, jusqu'à ce que la masse ait acquis une couleur grise; on la réduit en poudre fine et on la chauffe dans un creuset à l'incandescence pendant deux heures.

Cette formule est celle du Codex de Paris et de la pharmacopée d'Édimbourg. Elle donne une poudre analogue à celle qui a été analysée par M. Berzélius, et qu'il a trouvée composée de $^2/_3$ d'acide antimonieux et de $^1/_3$ de phosphate de chaux, avec

1 pour 100 d'antimonite de chaux ; ce dernier provenant de la combinaison de l'acide antimonieux avec la chaux du carbonate calcaire contenu dans la corne de cerf. Suivant le docteur Ure, c'est de l'oxide d'antimoine et non de l'acide antimonieux qui se trouve dans le produit, et le fait est que ce doit être tantôt l'un, tantôt l'autre, ou l'un et l'autre, suivant que le grillage a été conduit ; on conçoit, du reste, qu'il ne s'y trouve pas d'acide antimonique, qui serait détruit à la température à laquelle on opère.

La recette précédente de la poudre de James est basée sur une formule donnée par James lui-même ; mais cette poudre, comme tous les médicaments secrets, a varié plusieurs fois dans sa composition. Philips et Richard ont analysé de la poudre de James, qui contenait $^2/_3$ de phosphate et $^1/_3$ d'oxide : Pearson et Philips, dans une autre analyse, ont trouvé des proportions intermédiaires.

Chenevix conseille, pour obtenir la poudre de James, de faire dissoudre 1 partie d'oxide d'antimoine et 1 partie d'os calcinés dans la plus petite quantité d'acide hydrochlorique, et de précipiter par une eau ammoniacale. Ce procédé a été adopté par Van-Mons et par Coxe ; mais il donne un produit différent, car la poudre de James, qui en résulte, est soluble dans les acides, tandis que celle obtenue par calcination ne l'est pas. Cette poudre contient aussi moins de phosphate de chaux, et si l'on veut en augmenter la quantité, la poudre, suivant l'observation de Brandes, devient graveleuse en séchant.

D'autres formules de poudre de James font entrer une certaine quantité de nitre dans la préparation. Elles ont pour point de départ une recette évidemment fausse, déposée par James à la chancellerie, suivant Donald-Monro ; elle consiste à calciner le sulfure d'antimoine dans un creuset avec un peu de nitre et d'huile animale, et à ajouter au mélange une petite quantité d'une composition faite avec le mercure, l'argent, l'antimoine, le sel ammoniac et le nitre. Coxe fait observer, avec raison, qu'autant vaut prendre l'antimoine diaphorétique.

Enfin j'ai analysé une poudre de James venue de Genève, où elle est très vantée, et je l'ai trouvée composée de : 3 parties de phosphate de chaux et de 1 partie de phosphate d'antimoine. On l'imite parfaitement en dissolvant les deux phosphates dans l'acide hydrochlorique, et en précipitant par l'ammoniaque.

Il n'est pas étonnant qu'avec toutes ces variations de formules la poudre de James soit considérée comme un médicament infidèle, et, ce qui est bien certain, c'est qu'à Londres, deux héritiers de James vendent sa poudre chacun de leur côté, et que chacun aussi fabrique une poudre différente.

On prétend que la poudre de James est diaphorétique, purgative. Elle a été surtout vantée contre les fièvres. James, après avoir purgé avec sa poudre, donnait le quinquina à haute dose ; de là les succès qu'il a obtenus.

KERMÈS MINÉRAL.

(Hydrosulfate d'antimoine, sous-hydrosulfate d'antimoine, oxidosulfure d'antimoine hydraté.)

Le Kermès a été découvert par Glauber ; un de ses élèves le fit connaître à Chastenay, qui lui-même le communiqua à La Ligerie, chirurgien à Paris. Un chartreux, le père Simon, l'employa avec grand succès pour guérir un moine de son couvent ; cette guérison fit grand bruit, mit le kermès en réputation, et le gouvernement, en 1720, acheta le secret de La Ligerie.

Le procédé de préparation du kermès le plus anciennement publié est celui de La Ligerie. Il consiste à faire bouillir pendant deux heures, dans 8 parties d'eau pure, 4 parties de sulfure d'antimoine et 1 partie de nitre fixé par les charbons (carbonate de potasse) ; on filtre bouillant. Quand la liqueur est refroidie, on la sépare du dépôt de kermès qui s'est formé, et on la fait bouillir de nouveau avec le résidu insoluble, après y avoir ajouté une nouvelle quantité de l'alcali, égale au quart de celui qui a été employé déjà ; on réitère une nouvelle fois cette manœuvre, on lave le kermès obtenu et on le fait sécher à l'ombre.

Les méthodes de préparation, qui sont maintenant usitées, peuvent se réduire à trois principales : 1° on fait bouillir le sulfure d'antimoine avec du carbonate de potasse ou de soude ; 2° on remplace le carbonate alcalin par une solution d'alcali caustique ; 3° on fait fondre, à la chaleur rouge, un mélange de sulfure d'antimoine et de carbonate alcalin, et l'on traite la masse fondue par l'eau bouillante.

Les auteurs varient singulièrement pour les proportions d'alcali et de sulfure d'antimoine qu'il convient d'employer. Toutefois, on s'accorde généralement à préférer à la potasse la soude qui donne un kermès d'une plus belle couleur. Une des conditions qu'il faut remplir dans tous les procédés, est de faire refroidir les eaux du kermès avec le plus de lenteur possible; car celui-ci est d'autant plus fin et velouté qu'il s'est déposé plus lentement. Je décrirai successivement, comme exemples de chacune des méthodes de préparation du kermès, savoir : pour l'emploi du carbonate de soude, le procédé de Cluzel; pour l'emploi des dissolutions d'alcali caustique, le procédé de Piderit; et enfin comme méthode de préparation par la fonte, le procédé de Berzélius.

Procédé de Cluzel.

Pr. : Sulfure d'antimoine en poudre très fine.   1
      Carbonate de soude cristallisé.   22,5
      Eau de rivière.   250

On porte l'eau à l'ébullition dans une chaudière de fonte ou de tôle, afin d'en chasser l'air; on ajoute le carbonate de soude et ensuite le sulfure d'antimoine. On fait bouillir pendant deux heures environ; on retire le feu; on laisse déposer, on sépare par décantation tout ce qu'il est possible d'enlever de liqueur claire, et l'on verse le reste de la liqueur bouillante sur des filtres placés au-dessus de terrines, qui sont elles-mêmes plongées dans de l'eau chaude, pour que le refroidissement se fasse avec plus de lenteur. Quand toute la liqueur a filtré, on couvre les terrines, et on laisse refroidir. Le lendemain on trouve le kermès déposé; on le sépare par la filtration; on le lave avec de l'eau froide non aérée, on l'exprime, et on le fait sécher dans une étuve modérément chauffée. Les eaux mères qui ont laissé déposer le kermès, sont remises dans la chaudière avec les matières qui avaient refusé de se dissoudre. On fait bouillir pour avoir une autre dose de kermès. Les nouvelles eaux mères et le nouveau résidu peuvent encore donner du kermès par de nouvelles ébullitions, mais comme la couleur du kermès obtenue alors serait moins foncée, si l'on veut continuer l'opération, on ajoute alternativement une fois de l'alcali, une autre fois du sulfure d'antimoine.

Le procédé de Cluzel est celui qui donne le plus beau kermès. Il est d'un rouge brun foncé, et d'un aspect velouté; malheureusement il faut employer des masses considérables de liquide pour n'avoir que peu de produit.

Procédé de Piderit.

Pr. : Potasse caustique liquide................... 3
Sulfure d'antimoine...................... 1
Eau................................... 1

On opère absolument comme pour le procédé de Cluzel.

Les alcalis caustiques donnent proportionnellement plus de kermès que les carbonates alcalins; mais il a une couleur plus rouge et plus terne. C'est, en général, une mauvaise méthode et qui n'a été recommandée que par un bien petit nombre de praticiens.

Procédé de Berzélius.

Pr. : Sulfure d'antimoine..................... 3
Carbonate de potasse..................... 8

On mélange ces deux matières, et on les fait fondre dans un creuset couvert. Quand la masse est refroidie, on la casse par morceaux, et on la fait bouillir dans l'eau, en s'en tenant aux indications qui ont été données en décrivant le procédé de Cluzel. Les eaux mères et les résidus, ici encore, peuvent fournir de nouveau kermès.

Ce procédé de préparation du kermès donne beaucoup plus de produit. Le kermès est plus rouge, moins fin et moins velouté que celui de Cluzel. Cependant quand on prend toutes les précautions convenables, le produit est de bonne qualité.

M. Thierry a apporté à cette opération des modifications qui rendent le produit plus beau. Voici le procédé tel qu'il l'a décrit et que j'ai vu exécuter bien des fois avec succès.

Pr. : Sulfure d'antimoine pulvérisé.............. 3
Carbonate de soude desséché pulvérisé......... 1

Mêlez exactement ces deux substances et mettez le mélange dans un bon creuset de Hesse. Placez ce creuset dans un fourneau à réverbère, chauffez lentement et graduellement; ajoutez à ce fourneau son laboratoire et son dôme; continuez de chauffer jusqu'à ce que la matière soit bien fondue. Alors tirez le creuset hors du feu et coulez ce sulfure sur une plaque de tôle. Lorsque le sulfure est refroidi, pulvérisez-le et le portez dans une bassine de tôle de 60 à 70 litres de capacité, pleine d'eau bouillante et dans laquelle vous avez fait dissoudre préalablement une demi-partie de carbonate de soude cristallisé. Continuez l'ébullition pendant 2 heures, ayant soin d'ajouter de l'eau chaude pour remplacer celle qui se perd pendant cette longue ébullition. Ce temps écoulé, tirez entièrement le feu de dessous la bassine ; couvrez-la et laissez reposer jusqu'à ce que la liqueur soit devenue transparente. A cet état décantez le liquide dans des terrines échauffées au moyen de l'eau bouillante. Couvrez ces vases et laissez reposer du soir au matin. Décantez la liqueur qui surnage le kermès, et versez ce dernier sur un papier supporté par une toile. Lavez-le à l'eau froide à plusieurs reprises et faites sécher lentement à l'abri de la lumière. Réunissez les liqueurs que vous avez décantées à la surface du kermès et celles des premiers lavages, mettez-les dans la bassine sur le dépôt resté, de manière à ce qu'il y ait autant de liquide que dans l'opération précédente. Ajoutez alors une demi-partie de carbonate de soude, faites bouillir de nouveau pendant 2 heures et procédez en tout comme il a été dit plus haut. Répétez cette opération six à huit fois, en ajoutant chaque fois la même quantité de carbonate de soude et ne cessez que lorsque les liqueurs ne fournissent plus de kermès.

En suivant exactement ce procédé on obtient, avec 3 kilogrammes de sulfure d'antimoine, 1800 à 2000 grammes de kermès d'une belle couleur brun violacé à reflet velouté.

M. Berzélius a étudié avec soin les phénomènes chimiques qui se produisent pendant la réaction du sulfure d'antimoine sur une solution d'alcali caustique. Il se fait un échange entre les éléments de l'oxide alcalin et du sulfure d'antimoine, d'où résulte du sulfure de potassium ou de sodium, et du protoxide d'antimoine. A la chaleur de l'ébullition, le sulfure de potassium se sature de sulfure d'antimoine. En même temps, une partie de l'oxide d'antimoine formé se combine avec la potasse, et donne naissance à des composés particuliers (hypo-antimonites) : l'un, avec excès de potasse, reste en dissolution; un autre, avec excès d'oxide d'antimoine, se dépose. La seconde partie d'oxide d'antimoine se combine avec une portion de sulfure d'antimoine, et constitue un autre composé insoluble, d'une couleur jaune, connu sous le nom de *crocus*, ou oxidosulfure d'antimoine.

La filtration de la liqueur bouillante a pour effet de laisser sur les filtres le crocus, l'hypo-antimonite insoluble, et le sulfure qui n'a pas été attaqué. La liqueur est une solution d'hypo-antimonite, et d'un peu d'antimonite de potasse (celui-ci formé par l'oxigénation de l'hypo-antimonite au contact de l'air), avec du proto-sulfure de potassium saturé de sulfure d'antimoine.

Par le refroidissement, une partie du sulfure d'antimoine se sépare; mais comme cet effet est produit au milieu d'une masse d'eau, à mesure que chaque molécule de sulfure sort de combinaison, elle en contracte une nouvelle avec l'eau, et se précipite à l'état d'hydrate; c'est le kermès. Les lavages ont pour effet d'en séparer l'eau mère qui y était restée adhérente. Une autre cause concourt, quoique moins puissamment, à la précipitation du kermès; c'est l'oxidation lente du sulfure de potassium par l'oxigène de l'air. Il se fait de la potasse et du sulfure sulfuré. Celui-ci ne peut tenir le sulfure d'antimoine en dissolution, et, par conséquent, il s'en dépose une nouvelle quantité, correspondante à la quantité du sulfure sulfuré qui s'est produit.

La liqueur, après la séparation du kermès, contient du proto-sulfure de potassium, un peu de deuto-sulfure, du sulfure d'antimoine, de l'hypo-antimonite, et de l'antimonite de potasse. Elle est propre à redissoudre à chaud une certaine quantité de sulfure d'antimoine, par la saturation du sulfure alcalin. Si l'on vient à verser un acide (sulfurique, hydrochlorique, acétique) dans cette liqueur, il se dégage de l'hydrogène sulfuré, et il se dépose un précipité léger couleur de feu, qui était connu des anciens chimistes sous le nom de *soufre doré d'antimoine*. Celui-ci est un mélange en proportions variables de sulfure d'antimoine hydraté ordinaire, avec un autre sulfure d'antimoine plus sulfuré correspondant à l'acide antimonieux. Sa formation s'explique aisément.

Quand un acide vient à agir sur l'eau mère du kermès, il détermine la décomposition de l'eau, d'où résulte de la potasse avec le radical du proto-sulfure et celui du sulfure sulfuré de potassium; l'hydrogène de l'eau se combine au soufre, et forme de l'hydrogène sulfuré, et tout le soufre en excès se dépose; en même temps l'acide réagit sur l'antimonite et sur l'hypo-antimonite de potasse, s'empare de leur base, et met les deux oxides d'antimoine en liberté. Ceux-ci sont réduits par l'hydrogène sulfuré, en deuto-sulfure d'antimoine hydraté d'une couleur jaune dorée, et en proto-sulfure hydraté couleur de feu. Mais celui-ci, à mesure qu'il se forme, rencontrant le soufre qui se sépare du sulfure sulfuré de potassium, s'y combine et se change en deuto-sulfure; et il subirait même, en totalité, cette transformation, si le contact de l'air avait été assez prolongé pour qu'il se soit fait une quantité suffisante de sulfure sulfuré alcalin.

Je dois ajouter qu'à mesure que le sulfure de potassium est détruit par l'acide, le kermès qu'il tenait dissous se sépare; mais il se combine à mesure avec une portion du soufre qui se dépose en même temps, et il se trouve changé en soufre doré. Quant au dégagement d'hydrogène sulfuré, il provient de ce qu'une partie de l'oxide d'antimoine s'étant séparée à l'état de crocus et d'hypo-antimonite insoluble au commencement de l'opération, l'hydrogène sulfuré n'a plus rencontré dans la liqueur qu'une partie des combinaisons oxidées d'antimoine que par sa quantité il était susceptible de réduire.

Les phénomènes chimiques sont les mêmes quand on fait bouillir le sulfure d'antimoine avec les carbonates alcalins. Seulement une partie de celui-ci est décomposée en alcali caustique et en acide carbonique. Cet acide se porte à mesure sur une partie du carbonate indécomposé, et le change en sesqui-carbonate, dont l'action sur le sulfure d'antimoine est presque nulle. C'est là une des causes qui rendent cette opération si peu productive.

La théorie du procédé par la fonte est à peu près semblable; mais ici l'acide carbonique est chassé, et l'on obtient un mélange de sulfure d'antimoine combiné au sulfure de potassium, d'hypo-antimonite de potasse et de crocus (oxidosulfure); si la température est très élevée, il se réduit de l'antimoine; c'est que tout, ou partie du protoxide d'antimoine, prend à la potasse l'oxigène qui lui est nécessaire pour se changer en acide antimonieux. Le potassium enlève à son tour du soufre à une partie du sulfure d'antimoine, dont le radical se sépare. Il se pourrait bien que l'antimoine provînt de la décomposition du protoxide d'antimoine en acide antimonieux et en antimoine métallique. On conçoit, d'ailleurs, qu'à l'ébullition dans l'eau, on voie se reproduire tous les phénomènes que nous avons signalés, lors de l'emploi de l'alcali liquide. Quelques personnes ajoutent du soufre au mélange d'alcali et de sulfure d'antimoine; il se fait alors du sulfure sulfuré de potassium, et il se dissout moins de sulfure d'antimoine. La quantité de kermès est donc diminuée, mais il se fait aussi plus de soufre doré : c'est même un procédé auquel on peut avoir recours pour obtenir directement celui-ci.

Dans ce qui précède, nous avons considéré le kermès comme un sulfure d'antimoine hydraté. C'est l'opinion qui a été émise par M. Berzélius; suivant ce chimiste, on n'y trouverait d'oxide d'antimoine qu'autant que le kermès retiendrait de l'hypo-antimonite de potasse. Cette opinion n'est pas partagée par d'autres chimistes, qui s'accordent à considérer le kermès comme une combinaison de sulfure d'antimoine, d'oxide d'antimoine et d'eau (oxidosulfure hydraté), et il est de fait que l'on retrouve toujours de l'oxide d'antimoine dans le kermès médicinal.

Un fait d'une grande importance est la présence du sulfure de potassium ou de sodium dans le kermès. Geoffroy, il y a déjà bien longtemps, y avait reconnu la présence de l'alcali, mais il avait été démenti à tort par Baumé et Deyeux. Depuis, Brandes, analysant plusieurs kermès obtenus par des méthodes diverses, a constaté dans tous la présence de la potasse ou de la soude. Je me suis assuré par des expériences directes, que lorsque l'on fait bouillir le sulfure d'antimoine avec une dissolution de sulfure de potassium pur, l'espèce de kermès qui se dépose par le refroidissement, retient du sulfure alcalin qu'on ne peut lui enlever par des lavages. Si, après avoir lavé ce kermès avec de l'eau froide, on le traite par l'eau bouillante, une partie du sulfure alcalin se sépare, entraînant en dissolution du sulfure d'antimoine; mais, quelque multipliés que soient ces traitements, on ne peut jamais séparer tout le sulfure alcalin : cette circonstance montre la nécessité de faire les lavages du kermès à l'eau froide. J'ai vu, en outre, que le sulfure d'antimoine hydraté couleur de feu, mis en contact à froid avec une dissolution de sulfure de sodium, se change immédiatement en une poudre brune tout à fait semblable au kermès. Ces réactions me paraissent donner quelque probabilité à l'opinion des chimistes qui regardent l'oxide d'antimoine contenu dans le kermès, comme y existant à l'état d'hypo-antimonite alcalin, le sulfure d'antimoine y étant lui-même combiné avec du sulfure de sodium.

M. Liebig a trouvé dans du kermès préparé par le procédé de Cluzel : oxide d'antimoine, 21 à 22 parties ; sulfure d'antimoine, 70 parties ; eau, 5 parties ; alcali, à l'état de sulfure ou de sel antimonique, environ 3 parties.

Le kermès est employé en médecine comme diaphorétique, incisif ; il est purgatif et vomitif à plus haute dose. On le fait souvent entrer dans la composition de potions ou de pilules magistrales.

Le soufre doré d'antimoine a des propriétés analogues à celles du kermès ; il est beaucoup moins employé.

TABLETTES DE KERMÈS.

Pr. : Kermès minéral, deux gros.	8 grammes.
Sucre, dix-sept onces.	532
Gomme arabique, une once................	32
Eau de fleurs d'oranger, une once.	32

On fait une masse bien ferme, que l'on divise en tablettes de 12 grains qui contiennent chacune ¼ de grain de kermès. On doit les conserver dans des vases bien fermés.

Quand on prépare les tablettes de kermès avec le mucilage de gomme adragante, elles sont sujettes à prendre une odeur fétide quelque temps après leur préparation ; si l'on se sert du mucilage de gomme arabique, alors, suivant l'observation de MM. Pouget et Boutigny, elles se conservent sans altération.

POUDRE DE PLUMMER.

Pr. : Mercure doux.........................	1
Soufre doré d'antimoine.	1

Mêlez et renfermez dans un vase sec et bien bouché.

Cette poudre doit être préparée au moment du besoin, car, suivant l'observation de M. Vogel, elle se décompose à l'air humide en prenant une couleur grise.

Il se fait du sulfure de mercure, du sulfure d'antimoine moins sulfuré, du calomel et du chlorure d'antimoine ; celui-ci forme secondairement de l'acide hydrochlorique et de l'oxidochlorure d'antimoine.

PILULES DE PLUMMER.

Pr.: Poudre de Plummer, un gros............... 4 grammes.
Extrait de réglisse........................ S. Q.

F. S. A. 36 pilules.

On désigne quelquefois sous le nom de pilules de Plummer composées, une préparation dans laquelle la poudre de Plummer est associée à un poids égal au sien de résine de gayac ; on donne la consistance pilulaire avec un peu d'alcool ; mais ces pilules, qui ne sont nullement attaquables par l'eau, peuvent traverser le canal intestinal sans produire d'effet.

DES PRÉPARATIONS DE L'ARSENIC.

ARSENIC MÉTAL.

L'Arsenic est un métal d'une couleur gris d'acier, et d'un éclat très vif ; mais il se ternit promptement à l'air en se recouvrant d'une couche noirâtre ; sa densité est 5,70 ; il se volatilise à 180° sans entrer en fusion ; ses vapeurs ont une odeur alliacée très remarquable ; il est cassant. Il se combine avec l'oxigène de l'air à la température ordinaire et se transforme en un sous-oxide noir ; il brûle dans l'oxigène, à une température élevée, avec une flamme d'un bleu pâle, et il forme alors de l'acide arsénieux ; enfin, par des corps oxidants comme l'acide nitrique, le nitrate de potasse, on peut le charger d'une plus grande quantité d'oxigène, et il devient acide arsenique. Le nombre proportionnel de l'arsenic est 47.

L'arsenic métal n'est pas employé en médecine. Il constitue la matière vendue dans le commerce sous le nom de cobalt, cobolt ou poudre aux mouches.

ACIDE ARSÉNIEUX.

(Arsenic, oxide blanc d'arsenic.)

L'acide arsénieux est blanc, âcre, nauséeux, très vénéneux ; il est volatil. Quand on le chauffe sur des charbons incandescents, il répand une vapeur blanche, d'une forte odeur alliacée; cette odeur est due à une portion d'arsenic métal, qui a été revivifiée par le charbon. Il est peu soluble dans l'eau, et sa solubilité n'est pas toujours la même, comme l'a observé M. Guibourt; 100 parties d'eau dissolvent, à la température ordinaire, 0,96 partie d'acide arsénieux vitreux, et à l'ébullition, 9,68 parties; la liqueur refroidie en retient 1,78 partie. 100 parties d'eau dissolvent au contraire, à la température ordinaire, 1,25 parties d'acide arsénieux devenu opaque, et à $+$ 109, 11,47 parties; il en reste dans la liqueur, après le refroidissement, 2,9 parties. L'acide arsénieux se combine aux bases et forme des sels dans lesquels l'oxigène de la base est à l'oxigène de l'acide comme 1 : 1,5. L'acide arsénieux est composé lui-même de : 1 pp. arsenic (75,81), 1 pp. ½ oxigène (24,19).

L'acide arsénieux est un des poisons les plus dangereux; aussi la loi prescrit-elle aux pharmaciens de ne le délivrer qu'à des personnes connues, et sur leur demande signée. On l'emploie cependant en médecine comme médicament; à l'intérieur, on le prescrit contre les affections intermittentes rebelles, contre les fièvres, contre les maladies scrofuleuses ou vénériennes, qui attaquent les systèmes glandulaire ou osseux. C'est un remède des plus violents, et qui ne doit être administré qu'avec la plus grande circonspection; à l'extérieur, on l'a recommandé pour combattre les tumeurs cancéreuses et certaines maladies de la peau.

On emploie l'acide arsénieux à l'intérieur, en dissolution dans l'eau ou sous forme de poudre, de pilules. Les graves accidents qui pourraient résulter d'un malentendu, devraient engager les médecins à ne pas se servir de formules toutes faites, mais à les composer toujours eux-mêmes au moment du besoin.

POUDRE DE FONTANEILLES.

Pr. : Arsenic blanc porphyrisé, deux grains.........	0,1 grammes.
Mercure doux, seize grains.	0,9
Opium brut, deux grains...................	0,1
Gomme arabique, un gros.	4
Sucre, un gros...........................	4

Mêlez.

Recommandée contre les fièvres intermittentes rebelles.

PILULES DE BARTON.

Pr. : Arsenic blanc porphyrisé, deux grains......... 0,1   gramme.
    Opium, huit grains........................... 0,4
    Savon médicinal, vingt-quatre grains.......... 1,3

F. S. A. 36 pilules; chacune contient $\frac{1}{18}$ de grain d'acide arsénieux.

PILULES ASIATIQUES.

Pr. : Acide arsénieux porphyrisé, un grain......... 0,05   grammes.
    Poivre noir pulvérisé, douze grains............ 0,6
    Gomme arabique, deux grains................ 0,1
    Eau...................................... S. Q.

On triture pendant très longtemps le poivre et l'arsenic dans un mortier de fer, on ajoute la gomme et l'eau, et l'on divise la masse en 12 pilules. Chaque pilule contient $\frac{1}{12}$ de grain d'arsenic.

POUDRE ARSENICALE DU FRÈRE COSME OU DE ROUSSELOT.

Pr. : Arsenic porphyrisé. 1
    Sangdragon............................. 2
    Cinabre porphyrisé...................... 2

Mêlez.

Cette poudre est employée pour cautériser les plaies cancéreuses. Au moment de s'en servir, on en fait une pâte avec de la salive ou de l'eau légèrement gommée.

Le praticien ne doit pas oublier que cette formule du Codex contient une forte proportion d'arsenic. Dans la formule du frère Cosme, il y avait seulement 1 acide arsénieux; 5 vermillon; 2 cendre de vieilles semelles. La formule de Rousselot porte 1 acide arsénieux; 8 sangdragon; 8 cinabre; enfin celle du docteur Patrix admet 1 acide arsénieux; 8 sangdragon; 16 cinabre.

POUDRE ARSENICALE DE JUSTAMOND.

Pr. : Antimoine cru........................... 8
    Arsenic blanc........................... 4

On mélange les deux poudres et on les fait fondre dans un

creuset ; on pulvérise le produit et l'on y ajoute, suivant l'ordonnance spéciale du chirurgien :

> Extrait d'opium................................. 1 à 3

POMMADE ARSENICALE.

> Pr. : Arsenic blanc porphyrisé...................... 1
> Axonge.. 8

Mêlez.

LINIMENT ARSENICAL DE SWEDIAUR.

> Pr. : Arsenic blanc porphyrisé...................... 1
> Huile d'olives..................................... 8

Mêlez.
Contre les ulcères de mauvais caractères.

ARSÉNITE DE POTASSE.

Les propriétés chimiques de l'arsénite de potasse sont mal connues. C'est un sel blanc, d'une saveur âcre, très vénéneux, soluble dans l'eau qui le laisse par l'évaporation sous la forme d'une masse saline d'apparence gommeuse sans indice de cristallisation. Il est composé de : potasse, 1 pp. (48,76) ; acide arsénieux, 1 pp. (51,24). Il est employé aux mêmes usages que l'acide arsénieux ; mais on ne s'en sert jamais à l'état de pureté ; on emploie toujours une solution d'acide arsénieux dans le carbonate de potasse, faite suivant des doses qui varient avec chaque formulaire. La formule la plus employée est la suivante :

LIQUEUR DE FOWLER.

> Pr. : Acide arsénieux, un gros dix-huit grains.......... 5 grammes.
> Carbonate de potasse pur, un gros dix-huit
> grains.. 5
> Eau distillée, une livre...................... 500

On fait bouillir dans un matras pour opérer la dissolution ; on laisse refroidir et l'on ajoute :

> Accoolat de mélisse composé, demi-once........ 16
> Eau distillée................................. S. Q.

On emploie une quantité d'eau telle que la solution pèse en tout 1 livre (500 grammes). La liqueur contient exactement 1 p. 100 de son poids d'acide arsénieux, et $^1/_{50}$ d'arsénite ; 1 gros (4 grammes) de liqueur renferme $^3/_4$ de grain (38 milligrammes) d'acide arsenieux et 1 grain $^1/_2$ (7 centigrammes $^1/_2$) d'arsénite de potasse.

C'est la liqueur de Fowler telle qu'elle est employée en France. La formule primitive contient $^1/_{120}$ d'acide arsénieux, et comme on y ajoute par livre 3 gros $^3/_4$ de la teinture de lavande composée de la pharmacopée de Londres, elle a une belle couleur rouge et une odeur de lavande.

ACIDE ARSÉNIQUE ET ARSÉNIATES.

L'acide arsénique est solide, d'un blanc de lait ; sa saveur est très acide ; il exerce sur l'économie animale une action délétère des plus énergiques. Il attire l'humidité de l'air ; 2 parties d'eau froide suffisent pour le dissoudre. Il est composé de : arsenic, 1 pp. (65,28) ; oxigène, 2 pp. $^1/_2$ (34,72).

L'acide arsénique n'est pas employé en médecine ; mais il sert à la préparation de l'arséniate d'ammoniaque ; on le prépare de la manière suivante :

> Pr. : Acide arsénieux.   1
> — hydrochlorique à 22°.   2
> — nitrique à 35°.   4

On verse les deux acides sur l'acide arsénieux, et l'on chauffe au bain de sable dans une cornue de verre, munie d'une allonge et d'un récipient ; quand tout l'acide arsénieux a été dissous, et qu'il ne reste plus que $^1/_6$ de la liqueur, on place la cornue sur un bain de sable dans un fourneau de réverbère ; on continue la distillation, et l'on chauffe la matière jusqu'au rouge sombre. L'acide arsénique reste sous la forme d'une poudre blanche, incristallisée. Il faut éviter de chauffer trop, car l'acide perdrait de l'oxigène, et se changerait d'abord en un mélange d'acide arsénieux et d'acide arsénique, puis à une température plus élevée, en oxigène et en acide arsénieux. L'acide arsénique qui a été trop chauffé, ne se dissout que partiellement dans l'eau, parce qu'il laisse de l'acide arsénieux indissous : il faut attendre quelque temps pour prononcer, car l'acide pur, mis en contact avec l'eau, ne se se dissout totalement qu'avec beaucoup de lenteur ; mais la dissolution finit par être complète.

BI-ARÉNIATE DE POTASSE.

(Sel arsenical de Macquer.)

L'acide arsénique forme, avec la potasse, deux sels à différents états de saturation ; le sel neutre est très déliquescent, incristallisable ; il n'est pas employé en médecine ; le sel, avec excès d'acide, est seul usité. Le bi-arséniate de potasse est blanc, sa saveur est acide; son action, sur l'économie animale, est des plus vénéneuses. Il donne de gros cristaux prismatiques à quatre faces, terminés par un sommet à quatre faces, et qui ne s'altèrent pas à l'air. Il est composé de : potasse, 1 pp. (45,03); acide arsénique, 2 pp. (54,97); cristallisé, il contient 2 pp. d'eau de cristallisation, ou 9,98 pour 100.

Ce sel est employé en médecine, à très petite dose, aux mêmes usages que l'acide arsénieux. On le prépare de la manière suivante :

Pr. : Arsenic blanc..................................... 1

Nitrate de potasse............................... 1

On réduit les deux matières en poudre, on les mélange, et on les introduit dans une cornue de grès : on chauffe la cornue graduellement jusqu'au rouge, et l'on continue le feu jusqu'à ce qu'il ne se dégage plus de vapeurs ; on casse la cornue quand elle est refroidie, et l'on fait dissoudre dans l'eau distillée la masse blanche qui s'y trouve ; on filtre, on évapore, et l'on fait cristalliser.

L'acide arsénique se forme ici par la suroxidation de l'acide arsénieux, aux dépens de l'acide nitrique du nitrate de potasse ; les proportions employées sont convenables pour que tout soit transformé en bi-arséniate alcalin.

ARSÉNIATE DE SOUDE.

La soude forme avec l'acide arsénique deux combinaisons différentes, savoir : un arséniate neutre et un bi-arséniate; mais à l'inverse des composés correspondants de potasse, l'arséniate acide est incristallisable, ou du moins très difficilement cristallisable, tandis que l'arséniate neutre cristallise facilement ; c'est ce qui a motivé le choix, pour l'usage médical, de l'arséniate acide de potasse, et de l'arséniate neutre de soude.

L'arséniate neutre de soude cristallise en beaux prismes hexagonaux réguliers qui contiennent de l'eau de cristallisation ; sa saveur est âcre ; il est facilement soluble dans l'eau. Il est composé de : soude, 1 pp. (35,19) ; acide arsénique, 1 pp. (64,81) ; à l'état de cristaux, il contient 12 pp. d'eau, ou 54,85 p. 100. Il est employé comme l'arséniate de potasse, contre les fièvres intermittentes et les maladies de la peau. On le prépare de la manière suivante.

Pr. : Nitrate de soude. 100
      Acide arsénieux. 116

On opère la suroxigénation de l'acide arsénieux de même que dans la préparation du bi-arséniate de potasse ; mais comme c'est de l'arséniate neutre de soude que l'on veut obtenir, il faut ajouter à la solution d'arséniate, assez de carbonate de soude pour saturer l'excès d'acide ; il faut même en mettre assez pour que la liqueur ait une réaction alcaline prononcée ; et si, après avoir fait cristalliser, les eaux mères étaient acides, il faudrait les sursaturer de nouveau avec le carbonate de soude pour en obtenir des cristaux.

LIQUEUR ARSENICALE DE PEARSON.

Pr. : Arséniate de soude cristallisé, un grain. . . . . . . 0,05 grammes.
     Eau distillée, une once. 32

S.

ARSÉNIATE D'AMMONIAQUE.

L'arséniate d'ammoniaque médicinal est l'arséniate neutre. C'est un sel blanc, cristallisé en prismes rhomboïdaux, qui s'effleurissent à l'air ; mais par cette efflorescence ils ne perdent que de l'ammoniaque et pas d'eau. Ce sel est très soluble dans l'eau, plus à chaud qu'à froid. Il est composé de : ammoniaque, 1 pp. (19,3) ; acide arsénique, 1 pp. (65,4) ; eau, 6 pp. (15,3).

L'arséniate d'ammoniaque est employé aux mêmes usages que les arséniates de potasse et de soude. On s'en sert plus spécialement pour combattre les maladies de la peau. On le prépare en saturant de l'acide arsénique par l'ammoniaque ou par le carbonate d'ammoniaque, en ayant soin de laisser un excès d'alcali, faisant évaporer et cristalliser : on remplace à mesure la portion d'ammoniaque qui s'est dissipée pendant l'évaporation.

SOLUTÉ D'ARSÉNIATE D'AMMONIAQUE.

Pr.: Arséniate d'ammoniaque, huit grains. . . . .   0,4 grammes.
    Eau distillée, deux onces.   64
    Esprit d'angélique, demi-once.   16

S.
La liqueur contient $\frac{1}{200}$ d'arséniate d'ammoniaque.

ARSÉNIATE DE FER.

On emploie en médecine l'arséniate de protoxide de fer. C'est un sel blanc, insoluble, qui s'altère rapidement à l'air aussitôt après sa précipitation, et qui se change en un composé vert qui est une combinaison d'arséniate de protoxide, et d'arséniate de péroxide de fer. On obtient ce sel par double décomposition de l'arséniate de soude et du sulfate de fer.

L'arséniate de fer est employé à l'intérieur pour combattre les affections cancéreuses, et les dartres ulcérées. Il a été conseillé par les médecins anglais ; M. Biett fait usage de la formule suivante :

PILULES D'ARSÉNIATE DE FER.

Pr. : Arséniate de fer, trois grains. . . . .   0,15 grammes.
    Extrait de houblon, deux gros.   8
    Poudre de guimauve. . . . .   S. Q.

F. S. A. 48 pilules : chacune d'elles contient $\frac{1}{16}$ de grain d'arséniate.

IODURE D'ARSENIC.

L'iodure d'arsenic est solide, d'un rouge de laque ; il est volatil, il est soluble dans l'eau ; quand on évapore brusquement sa dissolution à siccité, on retrouve l'iodure tel qu'on l'a employé ; mais si on la concentre et qu'on l'abandonne à elle-même, il s'y forme des cristaux sous la forme de feuillets blancs nacrés : c'est de l'oxido-iodure d'arsenic, qui s'est formé par l'oxidation d'une partie de l'arsenic. La même chose arrive quand on traite l'iodure d'arsenic par de petites quantités d'eau, ou quand on le dissout à chaud et que l'iodure se trouve en excès dans la dissolution refroidie. Il se dépose de l'oxido-iodure, et il reste en dissolution de l'iodure d'arsenic et de l'acide hydriodique. L'iodure d'arsenic est composé de : arsenic, 16,55 ; iode, 83,45.

L'iodure d'arsenic est employé en médecine contre certaines affections de la peau. On le prépare par la méthode suivante :

        Pr. : Arsenic métallique............................. 1
              Iode.. 5

On pulvérise l'arsenic, on le mêle à l'iode, on introduit le tout dans une cornue de verre, et l'on chauffe doucement au bain de sable ; la plus légère chaleur suffit pour produire la combinaison ; on distille ensuite pour séparer l'iodure d'arsenic de l'excès d'arsenic métal. Ce procédé est de Sérullas ; il réussit très bien.

SULFURE D'ARSENIC.

Deux sulfures d'arsenic se trouvent dans le commerce ; l'un correspond à l'acide arsénieux, c'est l'orpiment ; l'autre contient moins de soufre et n'a pas d'oxide correspondant, c'est le réalgar.

Le réalgar ou sulfure hypo-arsénieux se trouve dans la nature en masses rouges ; il contient 1 pp. d'arsenic (70,03), et 2 pp. de soufre (29,97). Il est inusité en médecine.

L'orpiment est d'une belle couleur jaune. Il est formé de 1 pp. d'arsenic (60,90) et de 1 pp. $\frac{1}{2}$ de soufre (39,10). Il est fusible, volatil ; quand on le fait bouillir avec de l'eau, une petite partie est décomposée et il se dissout de l'acide arsénieux. Dans le commerce, on trouve deux variétés d'orpiment : l'un est cristallisé en belles lames d'un jaune d'or, c'est le sulfure pur ; l'autre est en masses jaunes opaques et ternes, il contient une très forte proportion d'acide arsénieux, et il doit être sévèrement banni de l'usage médical. L'orpiment a été conseillé à très petites doses contre les fièvres intermittentes, il entre dans la préparation de poudres et de pâtes épilatoires.

POUDRE FÉBRIFUGE DE HECKER.

    Pr. : Sulfure d'arsenic jaune, demi-grain......... 0,025 grammes.
          Sucre blanc, douze grains.. 0,6
          Huile d'anis, un quart de goutte........... 1/4 gutt.

Mêlez.

PATE DÉPILATOIRE.

Pr. : Orpiment.. 1
Chaux vive............................... 16
Amidon.............................. 10

Toutes les matières étant réduites en poudre fine, on les mélange et on conserve la poudre dans un vase bien bouché ; au moment de s'en servir, on y ajoute assez d'eau pour faire une pâte molle que l'on applique sur les parties que l'on veut épiler ; on laisse sécher lentement et on lave ensuite la partie avec de l'eau.

Félix Plater dit que le Rusma ou pâte dépilatoire des Turcs se prépare avec : chaux vive, 8 parties ; orpiment, 1 à 2 parties ; on délaie cette poudre dans un peu de blanc d'œufs et de lessive des savonniers. Cette préparation est nécessairement plus active que la précédente, qui manque souvent son effet.

DES SAVONS.

Les savons sont des sels qui se produisent quand les matières grasses sont traitées par des substances alcalines ; l'oléine, la stéarine et la margarine éprouvent dans leur composition un changement d'où résulte de la glycérine ou principe doux et des acides oléique, margarique et stéarique, qui restent combinés à l'alcali et constituent le savon (*Voyez* tome I, page 309).

On emploie en médecine le savon blanc du commerce, qui est fait avec la soude et l'huile d'olives ; on prépare en outre dans les pharmacies un savon amygdalin et un savon avec les graisses animales.

Le savon est employé à l'intérieur comme fondant, diurétique, et à l'extérieur comme fondant et maturatif.

SAVON MÉDICINAL.

(Savon amygdalin.)

Pr. : Lessive des savonniers.................... 10
Huile d'amandes douces filtrée.............. 21

On met l'huile dans un vase de terre ou de faïence; on y ajoute peu à peu la lessive alcaline, en agitant pour avoir un mélange exact; on place ce mélange dans un lieu dont la température soit de 18 à 20 degrés, et l'on agite de temps en temps jusqu'à ce que la masse soit devenue épaisse; alors on la coule dans des moules de faïence ou dans des carrés de bois blanc, garnis intérieurement de papier; on laisse le savon dans les moules, placés eux-mêmes dans un endroit chaud, jusqu'à ce qu'il soit solidifié; alors on le retire des moules et on le laisse exposé à l'air pendant 1 à 2 mois. Le savon terminé ne doit avoir qu'une saveur faiblement alcaline, ou plutôt, suivant l'observation de M. Planche, il ne doit pas se colorer en gris quand on le triture avec du mercure doux; c'est une preuve qu'il ne contient plus d'alcali caustique.

SAVON ANIMAL.

Pr. : Moelle de bœuf purifiée.................... 2
Lessive des savonniers.................... 1

On fait liquéfier la moelle de bœuf dans une capsule de porcelane sur un feu doux, on ajoute la liqueur alcaline et l'on fait un mélange exact que l'on tient pendant une à deux heures à une chaleur très douce, mais suffisante pour entretenir le corps gras liquéfié; on coule le savon dans des moules, et, au bout de 8 jours, on peut le retirer. La saponification se fait ici plus vite que dans la préparation du savon médicinal, parce que la chaleur facilite la combinaison.

On peut préparer de même un savon animal, avec la graisse de veau ou l'axonge. Au lieu d'opérer de la sorte, quand le savon est fait, on recommande de le dissoudre dans une fois son poids d'eau, et l'on ajoute une quantité de sel marin égale au cinquième du corps gras; on laisse quelque temps sur le feu pour dissoudre le sel; le savon, qui n'est pas soluble dans la dissolution saline, se sépare en laissant dans l'eau l'alcali caustique qu'il pouvait contenir encore. On laisse refroidir, on sépare le savon, on le liquéfie à une douce chaleur, et on le coule dans des moules.

SUPPOSITOIRES DE SAVON.

On les prépare en taillant en forme de cône, avec un couteau, un morceau de savon médicinal.

TEINTURE DE SAVON.

Pr.: Savon blanc du commerce. 24
     Carbonate de potasse. 1
     Alcool à 56 ^{c} (21° Cart.). 96

Faites dissoudre à froid et filtrez.

ESSENCE DE SAVON.

Pr.: Savon blanc. 24
     Eau distillée. 32
     Alcool à 56^c (21 ° Cart.). 64
     Carbonate de potasse. 1
     Essence de citrons ou toute autre. . . . . S. Q.

On fait dissoudre le savon à froid; on ajoute le carbonate alcalin et l'essence, et l'on filtre. Cette essence est employée pour la toilette.

PILULES DE SAVON.

Pr.: Savon médicinal. 32
     Poudre de guimauve. 4
     Nitrate de potasse. 1

F. S. A. des pilules de 4 grains, que vous roulerez dans l'amidon.

EMPLATRE DE SAVON.

Pr.: Emplâtre simple, quatre livres. . . . . 2000 grammes.
     Cire blanche, trois onces. 96
     Savon blanc, quatre onces. 125

On divise le savon le plus possible, en le râclant avec un couteau ou en le râpant, suivant sa consistance; d'autre part, on fait liquéfier l'emplâtre avec la cire, on ajoute le savon, et l'on agite le mélange pour avoir une incorporation exacte.

Quelquefois on ajoute 1 gros de camphre par livre d'emplâtre simple; mais alors il faut employer 4 onces de cire au lieu de 3, parce que le camphre ramollit la masse; mieux vaut encore n'incorporer le camphre en poudre qu'au moment où l'on a besoin d'emplâtre de savon camphré, car, en ajoutant le camphre à l'emplâtre chaud, il est impossible qu'il n'y en ait pas une partie volatilisée.

LAVEMENT AVEC LE SAVON.

Pr. : Savon blanc du commerce, deux gros.......   8 grammes.
    Eau commune, une livre. 500

Faites dissoudre à chaud (Hôp. de Paris).

LOTIONS AVEC LE SAVON.

Pr. : Savon blanc du commerce, deux onces.....   64 grammes.
    Eau, deux livres. 1000

Faites dissoudre à chaud (Hôp. de Paris).

LINIMENT SAVONNEUX.

Pr. : Teinture de savon, une once. ....   32 grammes.
    Huile blanche, un gros.   4
    Alcool rectifié, une once. 32

Mêlez par l'agitation (Hôp. de Paris).

SAVON CALCAIRE.

(Liniment oléoso-calcaire.)

Pr. : Eau de chaux............................   8
    Huile d'amandes douces.   1

Mêlez à froid par agitation. Le savon vient nager à la surface, on l'enlève. Ce savon est une préparation magistrale employée pour le pansement des brûlures.

SAVONS DE RÉSINES.

Un assez grand nombre de résines peuvent se combiner aux alcalis et former des sels qui prennent souvent le nom de savon (tome Ier, page 91). L'un de ces savons qui a pour base la résine de pin, est employé dans les arts. Ce que l'on appelle en médecine savons de résines, sont des mélanges intimes d'une matière résineuse avec le savon ; ils sont faits dans l'intention de diviser la résine en l'émulsionnant en quelque sorte. Tous ces savons se préparent de la même manière : on prend 1 partie de résine (jalap, scammonée ou toute autre), et 2 parties de savon amygdalin ; on fait dissoudre dans suffisante quantité d'alcool à 80[c]; on filtre; on distille, et l'on évapore en consistance d'extrait.

DES ÉTHERS.

Le nom d'éther a été donné d'abord à l'un des produits de l'action de l'acide sulfurique sur l'alcool ; ce mot s'appliquait convenablement à un liquide subtil, qui dut frapper vivement l'attention par sa volatilité, son odeur pénétrante et son inflammabilité. Plus tard, on observa que l'alcool fournissait des produits analogues avec d'autres acides ; alors le nom d'éther devint commun à tous ces produits ; puis l'on observa des corps qui se formaient dans des circonstances toutes pareilles, et qui n'avaient rien de la volatilité des premiers ; il fallut cependant leur appliquer le même nom ; alors le mot Éther n'exprima plus une série de corps remarquables par leur volatilité, mais il désigna des corps qui s'étaient faits dans des circonstances pareilles, savoir lors de l'action de l'acide sur l'alcool.

La composition élémentaire des éthers est bien connue, mais on est loin de savoir aussi bien de quelle manière leurs éléments sont combinés entre eux ; plusieurs théories ont été émises à ce sujet, sans qu'aucune d'elles se présente avec un degré suffisant de certitude. Relativement à leur composition, on distingue :

1° Les éthers du premier genre ; ils ne contiennent aucune portion de l'acide qui a servi à les former ; exemple : éthers sulfurique, phosphorique, etc. Ils sont tous identiques, et ils peuvent être représentés par 1 volume d'hydrogène percarboné, et $\frac{1}{2}$ volume de vapeur d'eau.

2° Les éthers du second genre ; ils ont été formés par des hydracides, et leur composition peut être représentée par des volumes égaux de l'hydracide et du gaz hydrogène percarboné ; exemple : éthers hydrochlorique, hydriodique, etc.

3° Les éthers du troisième genre ; ils ont été formés par des oxacides, et ils peuvent être représentés dans leur composition par une proportion d'un oxacide, de l'hydrogène percarboné et de l'eau ; ces deux derniers corps s'y trouvant précisément dans les proportions dans lesquelles ils constituent l'éther sulfurique.

La classification précédente est l'expression de faits d'expérience, et sous ce point de vue elle est assise sur de bonnes bases ;

l'incertitude ne commence que lorsque l'on veut se rendre compte de la manière dont les éléments sont combinés.

Je me servirai de la théorie qui consiste à considérer l'éther comme un oxide d'un radical inconnu; dans cette théorie, on associe les éléments de l'éther, de manière à avoir d'un côté 1 pp. d'oxigène, et de l'autre un radical formé de 4 pp. de carbone, et 5 pp. d'hydrogène. Ce radical prend le nom d'éthyle, et l'éther sulfurique est l'oxide d'éthyle. Alors les éthers du troisième genre sont des combinaisons de l'oxide d'éthyle avec un acide, constituant un véritable oxisel, obéissant aux lois ordinaires de ce genre de composés et ne contenant pas d'eau de cristallisation. Les éthers du deuxième genre deviennent dans cette hypothèse, des combinaisons analogues aux chlorures, aux cyanures, etc. On admet que quand un hydracide agit sur l'éthyle, l'hydrogène de l'acide et l'oxigène de l'oxide d'éthyle se combinent pour former de l'eau, et il reste une combinaison de l'éthyle avec le radical de l'acide (chlorure, iodure, bromure d'éthyle). Cette hypothèse qui fait jouer à l'éther sulfurique lui-même le rôle de base, a cela de commode, qu'elle fait cadrer la composition des éthers avec celle des composés avec excès d'acide, qui contiennent évidemment la même combinaison; je veux parler des acides sulfovinique, phosphovinique et arséniovinique.

L'acide sulfovinique et l'acide phosphovinique sont des composés acides qui résultent d'une réaction des acides sulfurique et phosphorique sur l'alcool, dans laquelle il ne se dégage pas d'éther; or, ces acides sont représentés dans leur composition par 1 pp. d'éther sulfurique, 2 pp. d'acide et de l'eau; quand on les traite par une base, la moitié de l'acide se combine avec cette base pour former un sel neutre, tandis que l'autre moitié d'acide reste unie à l'éther. Il en résulte un véritable sel double qui représente une combinaison d'un éther du troisième genre avec un sel neutre qui contient le même acide que l'éther. Dans cette théorie, on a la série des corps suivants :

Éthyle ou radical de l'éther =4 pp. carbone, 5 pp. hydrogène.
Oxide d'éthyle ou éther sul-
    furique   =1 pp. éthyle, 1 pp. oxigène.
Chlorure d'éthyle, iodure d'é-
    thyle ou éthers du 2ᵉ genre. =1 pp. éthyle, 1 pp. chlore, iode.

Sels d'éthyle neutres ou éthers
    du 3ᵉ genre.   =1 pp. oxide d'éthyle, 1 pp. acide.
Sels d'éthyle acides, acide
    sulfovinique.   =1 pp. oxide d'éthyle, 2 pp. acide.

ÉTHERS DU PREMIER GENRE.

Les éthers du premier genre ne contiennent aucune portion de l'acide qui les a formés, ils ne constituent réellement qu'une seule espèce; bien qu'ils portent les noms d'éthers sulfurique, phosphorique, arsénique, fluoborique, suivant la nature de l'acide sous l'influence duquel ils se sont formés.

ÉTHER SULFURIQUE.

(Éther hydratique, oxide d'éthyle.)

L'éther sulfurique est un liquide très fluide, incolore, d'une odeur vive et suave, d'une saveur chaude; sa densité à + 20 est 0,7155. Il est extrêmement volatil, il bout à 35,6 sous la pression de 76° c. de mercure. Sa vapeur est très dense, elle pèse 2,565. Quand on verse de l'éther sur la main, il produit un grand froid, à cause de sa prompte volatilisation et de la chaleur qu'il enlève à la main pour se réduire en vapeur; il s'altère lentement à l'air, et devient acide; il s'y fait de l'acide et de l'éther acétique.

Le chlore décompose instantanément l'éther.

Le brome et l'iode s'y dissolvent; peu à peu il se fait des acides hydro-bromique et hydriodique. Le soufre se dissout en petite quantité dans l'éther; celui-ci peut en prendre 13 millièmes, et le laisser cristallisé en aiguilles par l'évaporation. Le phosphore se dissout aussi dans l'éther, à la température ordinaire.

L'éther et l'eau agités ensemble, se séparent en deux couches, l'une supérieure, d'éther, qui contient de l'eau en dissolution; l'autre, inférieure, d'eau qui contient $1/9$ de son poids d'éther; à la chaleur, l'éther abandonne l'eau et se volatilise.

On prépare l'éther sulfurique en faisant agir l'alcool sur l'acide sulfurique à l'aide de la chaleur. L'opération consiste dans une distillation, et plusieurs appareils différents peuvent être employés; le plus convenable est, sans contredit, celui de Sottmann, pharmacien de Berlin. Il se compose, 1° d'une grande cornue en verre tubulée que l'on place sur un bain de sable, et

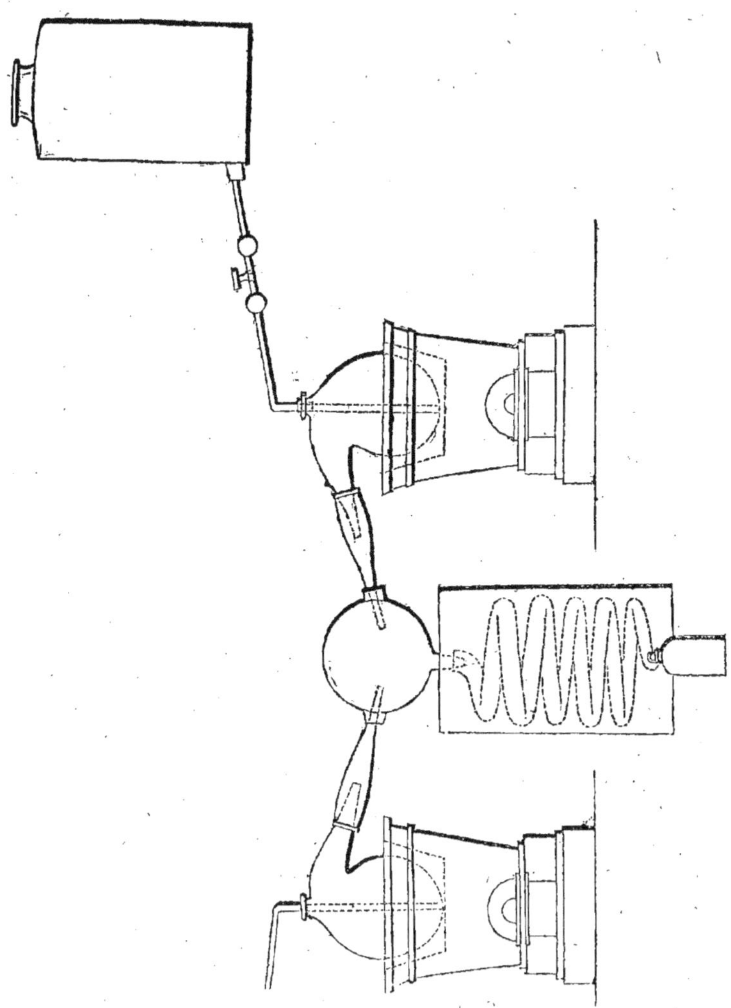

que l'on y enterre jusqu'à la hauteur où doit s'élever le liquide dans la cornue; 2° d'une allonge qui écarte la cornue du réfrigérant; 3° d'un ballon, qui reçoit le bout de l'allonge, et dont le col est adapté, au moyen d'un bouchon, sur un réfrigérant, soit le serpentin ordinaire, soit le réfrigérant de Gadda. Ainsi que l'indique la figure, on peut recevoir dans le même récipient l'éther fourni par deux cornues. A une certaine distance de la cornue et à une hauteur plus grande que celle de sa tubulure, se trouve un grand flacon rempli d'alcool; il porte à sa base et latéralement une tubulure. Cette tubulure reçoit un tube de verre qui y est adapté exactement au moyen d'un bouchon et qui, se courbant à angle droit au-dessus de la tubulure de la cornue, pénètre de 3 à 4 pouces dans le mélange d'alcool et d'acide sulfurique qui doit fournir l'éther, et que la cornue contient. Afin de rendre l'appareil moins fragile, et plus encore pour pouvoir régler à volonté l'écoulement de l'alcool du flacon dans la cornue, le tube est coupé en deux parties; mais entre les deux bouts de tube se trouve interposé un robinet en cuivre, qui est lié au moyen de tubes en caoutchouc, d'une part, avec le tube qui tient au flacon, et de l'autre avec celui qui pénètre dans la cornue. On lute toutes les jointures avec bien du soin, et l'on place un récipient à l'extrémité du réfrigérant pour recevoir les produits. Pour éviter les dangers qui résulteraient de l'inflammation de l'éther, on peut, pour plus de prudence, séparer par une cloison la portion de l'appareil où se forme l'éther, de celle où il est condensé et reçu.

Dans une fabrication faite sur une assez forte proportion, je préfère remplacer les cornues par un alambic en plomb.

L'appareil étant disposé, on mélange dans une terrine l'alcool et l'acide sulfurique; on verse l'acide sur l'alcool, et non l'alcool sur l'acide; autrement celui-ci se trouvant en excès, par rapport à l'alcool, il le charbonnerait en partie. Il se développe beaucoup de chaleur, et c'est pour cette raison que l'on ne fait pas le mélange dans la cornue même, de peur de la briser; on conserve jusqu'au lendemain ce mélange d'acide et d'alcool; et on l'introduit froid ou presque froid dans la cornue; mais comme l'éther ne se fait qu'au moment de l'ébullition, et que jusqu'à ce moment une partie d'alcool se sépare et distille seul, il faut arriver le plus promptement possible à ce moment où l'ébullition a lieu; et à cet effet, on a la précaution de conserver une portion d'acide sulfurique, que l'on verse dans la cornue même et qui réchauffe le mélange; on active d'ailleurs le feu, de manière à porter aussi vite que possible le mélange à l'ébullition.

Aussitôt que l'ébullition se manifeste, on ouvre le robinet du tube de verre, et l'on fait arriver continuellement de l'alcool dans la cornue; il faut que ce soit en telle quantité, qu'il remplace exactement la portion du produit qui a distillé; au moment de l'ébullition du liquide, on a la précaution de marquer son niveau, avec une petite bande de papier que l'on colle sur la cornue; si le niveau s'élève, c'est une preuve que l'écoulement de l'alcool est trop prompt, et il faut fermer le robinet d'une petite quantité; si, au contraire, le niveau s'abaisse, il faut ouvrir le robinet davantage pour faire arriver une plus grande quantité d'alcool.

L'avantage de l'appareil de Sottmann consiste dans sa simplicité même et dans la facilité qu'il donne d'ajouter de l'alcool pendant la distillation.

Dans le procédé de Berlin, on mélange 117 parties d'acide sulfurique à 66° et 60 parties d'alcool à 92°, et aussitôt que le mélange entre en ébullition, on y fait arriver successivement 400 nouvelles parties d'alcool. Ce procédé réussit très bien; mais je me suis mieux trouvé d'employer le mélange suivant, qui place l'opération dans les circonstances les plus favorables à la formation de l'éther.

Pr.: Alcool à 85° (38° Cart.). 7
      Acide sulfurique à 66°. 10

On suspend dans la cornue un thermomètre que l'on entretient autant que possible à 140° pendant tout le temps que dure l'opération; le liquide entre en ébullition vers 130°, et monte bientôt à 140°; on l'entretient à ce point en faisant couler de l'alcool à 92°. On fait durer l'opération jusqu'à ce qu'il ait passé 100 parties de cet alcool à 92°.

L'éther, quand il vient d'être préparé a besoin d'être rectifié: il contient de l'eau, de l'alcool, souvent de l'acide sulfureux, de l'acide sulfovinique et de l'huile douce de vin (sulfate d'éther). Pour le rectifier, on le mêle avec une solution concentrée de soude ou de potasse caustique, et on l'agite fortement, de temps à autre, pendant 24 à 48 heures; on peut remplacer la potasse par de la chaux. On sépare la liqueur éthérée de la solution alcaline, et on la rectifie par une nouvelle distillation. Celle-ci se fait dans une cornue que l'on échauffe avec de l'eau chaude quand on opère sur de petites quantités, et dans le bain-marie d'un alambic, quand on rectifie de plus grandes quantités d'éther.

L'éther rectifié doit avoir une odeur franche; on s'assure de sa pureté en en versant un peu sur la main, et le laissant évaporer ; il ne doit laisser après lui aucune trace de l'odeur de l'huile douce de vin.

L'éther médicinal est mélangé d'alcool; sa pesanteur spécifique est 0,758, et il marque 56° à l'aréomètre de Baumé. La densité de l'éther pur est 0,729; il marque 63° à l'aréomètre de Baumé.

La formation de l'éther par l'action de l'acide sulfurique, prise dans sa généralité, consiste dans la déperdition faite par l'alcool de la moitié de l'eau ou des éléments de l'eau qu'il contient. L'alcool est en effet représenté dans sa composition par des volumes égaux de gaz d'hydrogène bi-carboné et de vapeur d'eau; l'éther pur contient 1 vol d'hydrogène bi-carboné, et $^1/_2$ volume d'eau ; d'où il résulte qu'en enlevant à l'alcool la moitié de l'eau qu'il contient, on le transforme en éther.

Cette simplicité d'action n'existe pas en effet; on sait que lorsque l'on mêle de l'alcool avec de l'acide sulfurique, à la température ordinaire, il se fait de l'acide sulfurique affaibli, et du sulfate acide d'éther (acide sulfovinique). On sait encore par les expériences d'Hennell, que cette quantité d'acide sulfovinique augmente à mesure que l'on élève la température, et même à l'ébullition, dans un mélange suffisamment acide, l'alcool disparaît en entier. La réaction consiste dans la décomposition de l'alcool en eau et en éther; l'eau s'unit à une portion d'acide sulfurique qu'elle affaiblit; l'éther se combine à 1 proportion d'acide sulfurique anhydre, et à 1 proportion d'acide sulfurique hydraté pour constituer le sulfate acide d'éther où acide sulfovinique.

Si l'on continue à chauffer, il arrive un moment où l'acide sulfovinique se détruit; il se partage en éther qui se volatilise, et en acide sulfurique mélangé d'eau. D'après les expériences de M. Liebig, dans un mélange d'acide sulfurique et d'alcool, l'acide sulfovinique se fait et se maintient jusqu'à ce que l'ébullition ait lieu à 127°; à ce moment, il passe à la distillation un mélange d'alcool et d'éther; à partir de ce point, et surtout à 140°, l'acide sulfovinique se décompose, et il passe à la distillation seulement de l'eau et de l'éther : cette action se continue tant que l'on n'arrive pas jusqu'à 160° de température; plus tard, comme nous le verrons, il se fait d'autres produits. Quant à la cause qui détermine la transformation de l'acide sulfovinique en éther, elle paroît consister en ce que l'affinité de l'acide sulfurique pour l'eau et l'éther comparativement, change avec la température : à 127°, l'affinité pour l'eau a le dessus, et alors l'acide sulfovinique se change en acide hydraté et en éther.

Le mélange, qui dans la fabrication de l'éther bout à 140°, est composé de :

$$\left.\begin{array}{l} \text{2 pp. acide sulfurique.} \\ \text{1 pp. éther.} \\ \text{6 pp. eau.} \end{array}\right\} = \text{acide sulfovinique.}$$

Il se change au moment de la décomposition en acide sulfurique qui prend toute l'eau et en éther qui se volatilise, traverse le liquide et lui donne toute l'apparence de l'ébullition. Or, la vapeur d'éther qui traverse le liquide se sature de vapeur d'eau ; de sorte que le produit qui distille est un mélange d'eau et d'éther. Pour ce mélange éthérifiant qui bout à 140°, suivant M. Liebig, leur rapport est tel que les deux corps formeraient de l'alcool absolu s'ils venaient à se combiner.

On voit tout de suite pourquoi l'éther et l'eau qui se combinent si facilement à l'état naissant pour faire de l'alcool ne se combinent pas ici ; c'est qu'ils ne se forment que successivement : l'acide sulfovinique donnant de l'éther et de l'acide sulfurique concentré, qui est très avide d'eau ; ce n'est qu'après que l'acide a été mélangé avec elle que l'éther gazeux qui traverse la liqueur entraîne l'eau à l'état de vapeur ; l'éther provient donc de l'acide sulfovinique, et l'eau de l'acide sulfurique affaibli.

Puisque le mélange éthérifiant laisse distiller de l'eau et de l'éther dans les proportions qui constituent l'alcool absolu, il est tout naturel que si l'on fait arriver peu à peu de nouvel alcool absolu, celui-ci sera successivement changé en acide sulfovinique, en eau et éther, et que l'opération pourra ainsi être continuée à l'infini ; le même acide sulfurique exerçant une action toute pareille sur chaque partie d'alcool à mesure qu'elle lui est présentée.

Mais dans la fabrication de l'éther, c'est de l'alcool aqueux (alcool à 92°) que l'on fait arriver dans la cornue ; il se fait en conséquence un acide sulfurique plus hydraté, mais qui est encore très propre à l'éthérification. Si l'acide devenait trop aqueux, l'éthérification n'aurait plus lieu, ou plutôt l'éther formé serait changé en alcool.

En effet, tout hydrate d'acide sulfurique qui bout au-dessous de 140°, éprouvera une véritable ébullition dans la cornue; la vapeur d'eau et la vapeur d'éther se rencontrant toutes deux à l'état naissant, se combineront pour former de l'alcool; c'est une des raisons pour lesquelles il passe de l'alcool avec l'éther pendant tout le temps que dure la distillation; car là où il arrive de l'alcool aqueux, à cause de la difficulté du mélange exact des matières, il doit se faire sur quelques points un acide hydraté qui bout au-dessous de 140, et qui par conséquent reforme de l'alcool. On comprend du reste qu'une autre partie d'alcool échappe à toute action chimique et passe directement à la distillation.

Dans la pratique, il n'est pas possible de faire servir indéfiniment le même acide à la préparation de l'éther; la quantité que l'on obtient de celui-ci diminue de plus en plus.

J'ai reconnu que la proportion d'éther diminue à mesure que l'opération avance, et qu'il n'y a plus d'avantage à continuer le distillation lorsqu'on a fait passer 10 parties d'alcool pour 1 d'acide.

Un mélange d'alcool et d'acide sulfurique étant donné, si l'alcool est dans d'autres proportions que celles indiquées par la théorie, l'excès d'eau et d'alcool passera à la distillation, et l'éther ne commencera à se faire que lorsque le mélange se sera assez concentré pour que la température soit au moins à 127°.

Si, dans le courant de l'opération ou vers la fin de l'opération, on laisse concentrer le liquide de la cornue, de manière à ce que la température dépasse 160 degrés, la liqueur noircit; vers 167°, il se fait de l'acide sulfureux et sans doute de l'acide carbonique et de l'eau; vers 170 à 180° de l'acide sulfureux, de l'acide carbonique, de l'hydrogène carboné et du sulfate neutre d'éther ou huile douce de vin. La formation des premiers produits résulte probablement de l'action de l'acide sulfurique sur les matières organiques que l'alcool contient toujours; ces matières sont charbonnées d'abord, puis brûlées par l'acide sulfurique : de là de l'eau, de l'acide carbonique, de l'acide sulfureux et du charbon; plus tard l'alcool éprouve lui-même ce genre de décomposition, mais en même temps une portion d'alcool est décomposée entiè-

rement en eau et en gaz hydrogène carboné ; une autre portion
est amenée seulement à l'état d'éther dont une partie se volatilise,
tandis qu'une autre partie, sans doute à cause de la haute température du mélange, se sature complétement d'acide sulfurique et
forme du sulfate neutre d'éther ou huile douce de vin qui passe
aussi à la distillation ; il distille toujours en même temps un peu
d'acide sulfovinique.

La présence de l'huile douce oblige à employer un alcali
puissant pour la rectification de l'éther ; cet alcali sature l'acide
sulfureux ; en même temps il sature l'acide sulfovinique, il décompose le sulfate neutre d'éther en acide sulfovinique qu'il
change en sulfovinate et probablement en alcool et en huile de
vin légère, qui ne bout qu'à 280 degrés, et qui par conséquent
reste dans les derniers produits de la rectification.

L'éther sulfurique est très employé en médecine, principalement comme antispasmodique ; on l'administre par gouttes sur
du sucre ou dans une potion appropriée ; on l'applique sur le front
pour guérir les céphalalgies ; il agit alors par le froid qu'il produit
en se vaporisant. Il est aussi le véhicule des médicaments connus
sous le nom de teintures éthérées.

LIQUEUR D'HOFFMANN.

(Alcool éthéré.)

Pr.: Éther sulfurique. 1
    Alcool rectifié à 85c (33° Cart.)............... 1

Mêlez.

EAU ÉTHÉRÉE.

Pr.: Éther sulfurique........................... 1
    Eau distillée................................. 8

On met dans un flacon bien bouché l'eau et l'éther et l'on agite
vivement à plusieurs reprises ; après 24 heures on renverse le
flacon et l'on soutire l'eau sans laisser couler l'éther en excès qui
est à la surface. On croit que l'eau dissout le dixième de son
poids d'éther.

SIROP D'ÉTHER.

Pr.: Éther sulfurique............................ 1
    Sirop de sucre très blanc...................... 16

On met le sirop et l'éther dans un flacon qui porte une tubulure à sa partie inférieure et sur le côté ; on adapte à cette tubulure un bouchon qui est lui-même traversé par un bout de tube creux ; on bouche l'extrémité du tube avec un petit bouchon de liége ; ou plutôt on prend un flacon portant un robinet à sa base ; on agite vivement le sirop avec l'éther, de temps à autre, pendant 4 à 5 jours, puis on abandonne au repos ; le sirop d'abord trouble s'éclaircit peu à peu ; on le soutire par en bas, quand il est éclairci.

Le sirop ne retient pas toute la quantité d'éther que l'on a employée ; une partie vient nager à la surface ; mais il est nécessaire d'employer un excès d'éther pour qu'il y ait saturation.

ÉTHERS DU DEUXIÈME GENRE.

Les éthers du deuxième genre sont formés par des hydracides. Ils sont représentés dans leur composition par un volume égal d'hydrogène percarboné et d'hydracide ou par une proportion d'éthyle et une proportion du radical de l'hydracide. Les espèces principales sont les éthers hydrochlorique, hydrobromique, hydriodique, hydrocyanique. L'éther hydrochlorique étant seul employé en médecine, son étude est la seule dont nous nous occuperons.

ÉTHER CHLORHYDRIQUE.

(Éther hydrochlorique.)

L'éther chlorhydrique est liquide, incolore ; son odeur est forte ; sa saveur a quelque chose de sucré ; il bout à 11 degrés ; aussi, en le versant sur la main, il y entre en ébullition en produisant un grand froid ; sa densité est 0,874 à $+$ 5° ; la densité de sa vapeur est 2,219. L'eau en dissout $\frac{1}{50}$ de son volume, suivant Gelhen ; il est très soluble dans l'alcool ; il brûle à l'air avec une flamme verte sur les bords, en produisant de l'acide chlorhydrique ; la potasse ne le décompose qu'avec beaucoup de lenteur.

Pour obtenir l'éther chlorhydrique, on fait chauffer un mélange d'acide chlorhydrique et d'alcool dans un appareil convenable ; il se compose d'une cornue placée sur un fourneau, d'un tube partant de la cornue et plongeant dans un flacon qui contient de l'eau chauffée à 20 ou 25 dégrés, et d'un autre tube, qui part de la deuxième tubulure du flacon, et qui va plonger dans une éprouvette longue et étroite, que l'on entoure d'un mélange réfrigérant. On met dans la cornue parties égales d'alcool très concentré et d'acide chlorhydrique liquide, et mieux encore, de l'alcool que l'on a saturé de gaz chlorhydrique *; car, on obtient d'autant plus d'éther que l'on a opéré sur un mélange moins aqueux; on chauffe peu à peu la cornue; il passe à la distillation de l'eau, de l'acide chlorhydrique, de l'alcool et de l'éther. Les trois premiers corps restent dans le flacon; mais, comme celui-ci a une température de 25°, et que l'éther chlorhydrique bout à 11°, l'éther traverse le flacon et vient se condenser dans l'éprouvette. On le conserve à la cave, dans un flacon dont le bouchon est assujetti avec une ficelle, et que l'on tient renversé.

L'éther chlorhydrique est employé en médecine aux mêmes usages que l'éther sulfurique; on l'a recommandé dans les affections catarrhales. Comme son extrême volatilité le rendrait d'un usage incommode, on l'emploie mélangé avec son poids d'alcool; c'est l'*Ether muriatique alcoolisé* des pharmacopées.

ÉTHERS DU TROISIÈME GENRE.

Les éthers du troisième genre résultent de la combinaison d'un oxacide avec l'oxide d'éthyle. Ils forment deux sous-espèces différentes, les éthers neutres, qui ne contiennent qu'une seule proportion d'acide, et les éthers avec excès d'acide.

ÉTHER SULFATIQUE.

L'éther sulfatique est connu à deux états de saturation, à l'état neutre dans l'huile de vin pesante, à l'état acide dans l'acide sulfovinique.

L'huile douce de vin ou sulfate neutre d'éther ou d'oxide d'éthyle, se produit dans la dernière partie de la distillation de l'éther. Elle est liquide, incolore ou verte, d'une odeur aromatique et

---

(*) On emploie, suivant Bosse, 2 parties de sel marin pour 1 partie d'alcool et l'on entoure l'alcool de glace pour qu'il dissolve plus de gaz acide.

pénétrante, d'une saveur piquante, analogue à celle de la menthe ; elle est plus dense que l'eau. On la regarde comme le véritable éther sulfurique ; sous l'eau, surtout à une douce chaleur, l'huile de vin pesante se décompose en acide sulfovinique, et sans doute en alcool ; il se sépare en même temps une espèce d'huile particulière, qui, probablement, n'était qu'à l'état de mélange dans l'huile de vin.

Cette matière huileuse particulière est formée de carbone et d'hydrogène dans les mêmes proportions que l'hydrogène percarboné ; on la désigne sous le nom d'huile de vin légère. Elle est un peu jaunâtre ; elle a une odeur aromatique qui devient plus sensible quand on la chauffe. Sa densité est de 0,921 ; elle bout à 280° ; elle se solidifie à — 35. Quand elle vient d'être obtenue, elle laisse déposer, par le repos, une matière qui cristallise en petits prismes, qui est fusible à 110°, se volatilise à 260, et qui est isomérique avec l'huile liquide.

L'acide sulfovinique est le bi-sulfate d'oxide d'éthyle ; il est représenté par la combinaison d'une proportion de sulfate neutre d'oxide d'éthyle avec une proportion d'acide sulfurique, qui retient à l'état de combinaison une quantité d'eau qui n'a pas été déterminée. Quand on sature l'acide sulfovinique par une base, il en résulte un sulfate double d'oxide d'éthyle et de la base que l'on a employée, dans lequel chacune des deux bases est combinée avec une égale quantité d'acide sulfurique.

L'acide sulfovinique se forme par la réaction de l'acide sulfurique sur l'alcool ; on obtient un mélange d'acide sulfovinique et d'acide sulfurique étendu.

L'acide sulfovinique est incolore, très aigre, d'une consistance sirupeuse ; sa densité est 1,319 ; une douce chaleur suffit pour le décomposer. Il est très soluble dans l'eau et dans l'alcool ; l'éther ne le dissout pas ; il se combine avec les bases, et il forme avec elles des sels qui sont tous solubles et qui cristallisent bien. L'ébullition dans l'eau transforme l'acide sulfovinique en alcool et en acide sulfurique.

L'acide sulfovinique est employé en médecine, ou du moins, on emploie sous le nom d'eau de Rabel un composé qui en contient beaucoup.

ALCOOL SULFURIQUE.

(Eau de Rabel, acide sulfurique alcoolisé.)

Pr. : Alcool à 85° (33° Cart.)...................... 3
Acide sulfurique à 66°........................ 1

On met l'alcool dans un matras et l'on verse dessus l'acide
sulfurique en facilitant le mélange par l'agitation ; il se développe
de la chaleur, et la liqueur se trouble par la précipitation du
sulfate de plomb, qui est toujours contenu dans l'acide sulfurique
du commerce. Quelquefois, on colore l'eau de Rabel à l'aide de
quelques pétales de coquelicots.

Dans le mélange de l'alcool et de l'acide sulfurique, il se fait de
l'acide sulfovinique, et le produit est un mélange de cet acide
avec de l'acide sulfurique, de l'eau et de l'alcool ; à la longue, la
liqueur prend une odeur légèrement éthérée.

Des mélanges en d'autres proportions ont été employés en
médecine ; ainsi l'élixir acide de Haller est un mélange de parties
égales d'acide et d'alcool ; dans l'élixir acide de Dippel, il entrait
1 partie d'acide, 5 parties d'alcool, $1/4$ de partie de safran et autant
de kermès animal.

L'eau-de Rabel est employée comme astringente et antiseptique, tant à l'intérieur qu'à l'extérieur. On la donne à la dose de
quelques gouttes dans une potion ou une tisane.

LIMONADE SULFURIQUE.

Pr. : Sirop de sucre, deux onces............... 64 grammes.
Eau commune, une livre quatorze onces..... 936
Alcool sulfurique, cinquante-quatre grains... 3

Mêlez. (Hôp. de Paris.)

GARGARISME DÉTERSIF.

Pr. : Décoction d'orge, sept onces............. 220 grammes.
Miel rosat, une once.................... 32
Alcool sulfurique, un quart de gros......... 1

Mêlez. (Hôp. de Paris.)

ÉTHER NITREUX.

(Éther hyponitreux, éther nitrique.)

L'éther nitreux est le nitrite d'oxide d'éthyle. C'est un liquide d'un blanc jaunâtre, d'une odeur forte de pommes de reinette, d'une saveur âcre et brûlante; sa densité à $+15°$ est 0,947. Il bout à 16,4' degrés. Il s'enflamme au contact d'un corps en ignition, et il brûle avec une flamme blanche. Il est soluble dans l'eau; quand on agite l'éther nitreux avec de l'eau, une partie se dissout, une autre partie se décompose. En quelques jours, dans des flacons bien fermés, il s'acidifie.

Le procédé de préparation le plus employé est celui de M. Thénard, qui consiste dans la réaction de l'acide nitrique sur l'alcool; on prend une cornue tubulée, d'une grande capacité; on la place sur un trépied en fer ou en bois, et l'on y adapte un appareil composé d'un ballon tubulé, puis de trois à quatre flacons de l'appareil de Woulf. Chacun de ces flacons est rempli à moitié

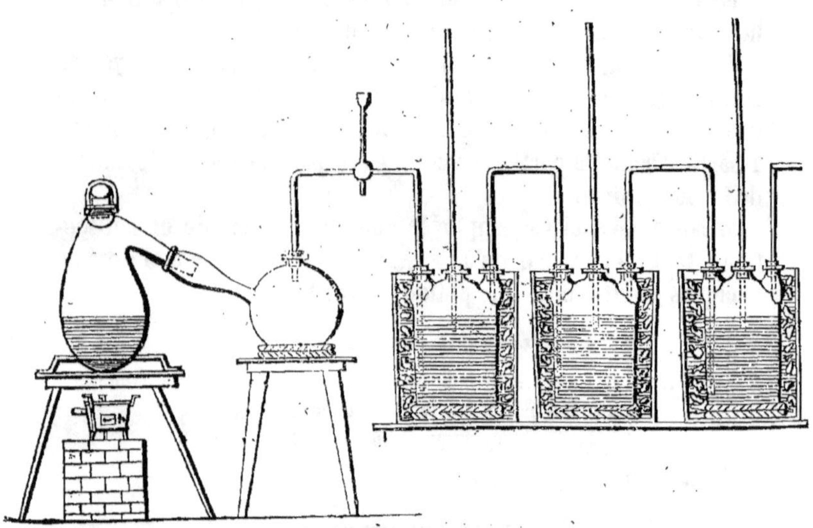

avec de l'eau saturée de sel marin; on les entoure, ainsi que le ballon, avec un mélange de glace pilée et de sel marin. On prend alors:

Alcool à 86c (34° Cart.)...................... 1
Acide nitrique à 35°.......................... 1

On verse dans la cornue l'alcool, puis l'acide nitrique, et l'on avance sous la cornue un petit fourneau contenant quelques charbons incandescents; aussitôt que l'ébullition de la liqueur se fait apercevoir, on retire promptement le feu et l'on abandonne l'opération à elle-même. Elle est très tumultueuse ; mais la plus grande partie de l'éther est condensée, dans le ballon et dans les flacons. L'opération est terminée, quand l'ébullition des liqueurs s'arrête d'elle-même. On trouve dans le ballon un liquide jaune, et à la surface de l'eau salée dans les flacons un peu d'éther ; on réunit ces produits dans une petite cornue; on les distille à une douce chaleur, en recevant le nouveau produit dans un récipient entouré de glace; on met l'éther, ainsi obtenu, dans un flacon avec un lait de chaux ; on l'agite pour absorber l'excès d'acide, et on le décante.

En opérant sur 200 grammes d'alcool et sur 200 grammes d'acide, et en les distillant dans une cornue de trois pintes, suivant le conseil de MM. Dumas et Boullay, l'opération marche avec régularité, et l'on obtient près de 50 grammes d'éther ; si l'on opérait sur un mélange plus considérable, il faudrait modifier la manipulation ; ainsi l'on retirerait le feu sans retard aussitôt que l'on apercevrait quelques symptômes d'ébullition; on placerait promptement une terrine pleine d'eau froide sous la cornue, et on arroserait celle-ci avec une éponge trempée dans l'eau, presque jusque vers la fin de l'opération; sans cette précaution l'action deviendrait si violente, que les tubes ne suffiraient pas au dégagement du gaz, et l'appareil se briserait presque infailliblement. Si l'on attendait pour arroser que l'ébullition fût bien développée, ou si l'on interrompait l'affusion d'eau froide pendant un instant, on casserait presque certainement la cornue qui aurait acquis une haute température par la chaleur qui résulte de l'action chimique du mélange; le refroidissement que l'eau produit, modère l'action mutuelle de l'alcool et de l'acide, et l'opération marche avec régularité.

De la décomposition mutuelle de l'alcool et de l'acide nitrique résulte de l'acide nitreux et de l'éther sulfurique qui se combinent pour constituer l'éther nitreux ; mais il se produit en même temps de l'azote et des oxides d'azote, de l'acide carbonique, de l'aldéhyde, de l'acide acétique, peut-être aussi de l'acide oxalique; il se fait toujours de l'éther acétique. Les gaz emportent avec eux une assez grande quantité d'éther nitreux : la quantité en est d'autant plus faible, qu'ils sont mieux refroidis, et voilà pourquoi on entoure les récipients d'un mélange réfrigérant. C'est afin de pouvoir refroidir davantage, sans que l'eau se congèle, que l'on charge de sel marin l'eau qui est mise dans les flacons.

Le liquide que l'on obtient à la première opération, contient, outre l'éther nitreux, de l'eau, de l'alcool, de l'aldéhyde, des acides nitreux, nitrique et acétique, de l'éther acétique; la rectification a pour objet de le priver de la majeure partie de ces corps, en profitant de la plus grande volatilité de l'éther nitreux. Le lait de chaux le dépouille des acides libres qu'il contient encore; si l'on ne distille pas l'éther nitreux, après qu'il a été saturé par la chaux, c'est qu'il est suffisamment pur. Une nouvelle distillation aurait toujours pour effet de décomposer un peu d'éther.

L'éther nitreux ainsi obtenu n'est pas pur; il contient de l'aldéhyde et bout à 21 au lieu de 16,4. Il s'acidifie à l'air en formant de l'acide aldéhydique, de l'acide acétique et de l'acide formique.

L'éther nitreux est employé en médecine comme excitant, diurétique, contre le hoquet et la colique flatulente. Sa grande volatilité et sa prompte décomposition rendent plus commode de ne s'en servir qu'après l'avoir mélangé avec un volume d'alcool rectifié égal au sien. C'est ce que l'on nomme l'éther nitrique alcoolisé ou la liqueur anodine nitreuse. Des procédés ont été donnés, par différents auteurs, pour obtenir ce produit, par la distillation d'un mélange d'acide nitrique et d'alcool, plus riche en alcool que celui qui sert à la préparation de l'éther nitreux; mais on n'obtient ainsi qu'un mélange en proportions variables d'alcool et d'éther nitreux.

ALCOOL NITRIQUE.

(Acide nitrique alcoolisé, Esprit de nitre dulcifié.)

Pr.: Alcool rectifié à 85ᶜ (33° Cart.)............... 3
Acide nitrique à 34°...................... 1

On verse peu à peu l'acide sur l'alcool; l'action est faible, mais peu à peu il se fait de l'éther nitreux, des acides acétique, oxalhydrique et oxalique. La liqueur devient de plus en plus odorante. Elle contient toujours un excès d'acide.

L'alcool nitrique est employé en potions et en tisanes, à la dose de ½ gros à 1 gros (2 à 4 grammes) comme diurétique. Il fournit alors une boisson très agréable, si l'on y ajoute une suffisante quantité de sucre.

ÉTHER ACÉTIQUE.

L'éther acétique est incolore. Il a une odeur suave qui tient de celles de l'éther et de l'acide acétique. Sa densité est 0,86. Il bout à 74°. Il se conserve sans altération quand il est pur, comme M. Planche l'a observé le premier. Mais quand il contient de l'eau, il se fait à la longue de l'acide acétique et de l'alcool. Il est soluble dans 7 parties d'eau; il se mêle avec l'alcool en toutes proportions.

Le procédé le plus ordinaire pour la préparation de l'acide acétique, est celui qui nous a été donné par M. Thénard.

Pr.: Alcool rectifié à 86° (34° Cart.)............... 100
     Acide acétique concentré. 63
     — sulfurique concentré................ 17

L'appareil dans lequel on fait l'opération, se compose d'une cornue tubulée que l'on met sur un bain de sable, d'une allonge et d'un récipient que l'on refroidit pendant tout le cours de l'opération. On mélange d'abord, dans la cornue, l'alcool et l'acide acétique; on ajoute ensuite l'acide sulfurique, et l'on chauffe pour retirer à la distillation 125 parties de produit. On met ce produit dans un flacon, et on y ajoute un peu de carbonate de potasse de manière à saturer l'acide acétique libre qui s'y trouve; on le décante, et on le distille de nouveau pour obtenir environ 100 p. d'éther.

Cet éther acétique est l'éther médicinal; il marque 23° à l'aréomètre de Baumé. Il contient encore de l'alcool dont il est impossible de le séparer par des lavages à l'eau. Il faut, suivant M. Liebig, le faire digérer à froid sur du chlorure de calcium en poudre; il se fait une dissolution alcoolique de ce sel, et l'éther surnage; on le décante et on le verse sur du nouveau chlorure pulvérisé que l'on renouvelle tant qu'il s'humecte au contact de l'éther; il ne faut pas aller trop loin, car l'éther se combinerait avec le chlorure de calcium. Cet éther pur n'est pas employé en médecine.

On se procure encore l'éther acétique en distillant un mélange d'acide sulfurique, d'alcool et d'un acétate. C'est un procédé fort bon et fort économique. L'opération se fait avec la plus grande facilité, seulement il faut faire varier les proportions d'acide et d'acétate suivant la nature de ce dernier ; en général, il faut assez d'acide sulfurique pour saturer la base de l'acétate, et pour qu'il en reste un excès égal environ au cinquième du poids de l'alcool.

1° Avec l'acétate de potasse.

Pr.: Acétate de potasse desséché................ 3
Acide sulfurique........................... 2
Alcool à 86c (34° Cart.).................... 3

2° Avec l'acétate de soude.

Pr.: Acétate de soude sec..................... 5
Acide sulfurique........................... 4
Alcool à 86° (34° Cart.).................... 6

3° Avec l'acétate de cuivre.

Pr.: Acétate de cuivre cristallisé.............. 3
Acide sulfurique........................... 2
Alcool à 86° (34° Cart.).................... 3

4° Avec l'acétate de plomb.

Pr.: Acétate de plomb desséché.............. 5
Acide sulfurique........................... 2
Alcool à 86 (34° Cart.).................... 3

L'acétate de potasse, et surtout celui de soude, se dessèchent très bien dans une chaudière de fonte, en modérant le feu de manière à ne pas leur faire éprouver la fusion ignée. L'acétate de plomb est fondu facilement dans son eau de cristallisation ; on fait évaporer à feu nu jusqu'à siccité ; M. Liebig s'est assuré qu'on ne perd par là que des quantités insignifiantes d'acide acétique. Il faut pousser la distillation jusqu'à siccité ; mais comme le produit peut être mélangé d'alcool, on y ajoute le septième de son poids d'acide sulfurique, et l'on distille de nouveau pour retirer les $\frac{5}{6}$ de l'éther acétique que l'on a obtenu d'abord ; on sature ce nouveau produit avec un peu de chaux éteinte, et l'on distille de nouveau pour retirer les $\frac{5}{6}$ en éther acétique.

Dans la préparation de l'éther acétique, il se fait d'abord du sulfate acide d'oxide d'éthyle (acide sulfovinique) qui se décompose en acide sulfurique hydraté et en acétate d'oxide d'éthyle ou éther, lequel est volatil et passe à la distillation.

L'éther acétique est rarement employé à l'intérieur. On s'en sert en frictions excitantes contre les douleurs rhumatismales.

On fait assez souvent usage de la préparation suivante :

BAUME ACÉTIQUE CAMPHRÉ.

Pr. : Savon animal râpé, deux gros. . . . . 8 grammes.
      Camphre, deux gros. 8
      Éther acétique, deux onces. 64
      Huile volatile de thym, vingt gouttes. . . . . 20 gutt.

Faites dissoudre à froid, et conservez dans un flacon bien bouché.

DES PRODUITS PYROGÉNÉS.

Quand on applique le feu à une matière organique, elle éprouve nécessairement une décomposition, d'où résulte la formation de nouveaux produits. Quand cette décomposition est peu avancée, elle prend le nom de torréfaction. Elle consiste à enlever aux matières organiques, par le moyen du feu, toute l'eau qu'elles contiennent, en même temps qu'on leur fait éprouver un commencement de décomposition qui les colore, et donne naissance à de nouveaux produits. Dans le café, il se développe une huile colorée amère à laquelle il doit sa propriété excitante. La rhubarbe torréfiée cesse, dit-on, d'être purgative et reste tonique. L'amidon éprouve, par l'action modérée du feu, un changement dans sa constitution; il est transformé en dextrine.

L'opération prend le nom d'ustion ou incinération quand la chaleur est assez forte, et continuée assez longtemps pour décomposer toutes les parties altérables par le feu. Quand elle se fait à ciel ouvert, il ne reste que les parties salines et terreuses ; c'est l'incinération proprement dite. Quand on opère en vases clos, ces matières restent mêlées de charbon. L'opération en vases clos est une véritable distillation dont on ne recueille pas les produits, et dont le dernier résultat est du charbon ; tandis que, dans l'incinération à l'air libre, il se fait une combustion des éléments combustibles par l'oxigène de l'air, d'où il résulte principalement de l'eau et de l'acide carbonique. On brûle les os dans des creusets fermés, pour avoir le noir animal. On sépare toute l'eau et la gélatine dans la préparation des os et de la corne de cerf brûlés à blanc. On détruit toute la fibre végétale, et presque toutes les parties extractives, dans la fabrication des sels à la manière de Tachénius. Observons que l'ustion ne s'applique qu'à des matières organiques soit végétales, soit animales.

La distillation à feu nu sur des matières d'origine organique donne lieu à des produits dont plusieurs sont employés en médecine.

Quand on distille des matières végétales ou animales à la cornue, elles se volatilisent ou elles se décomposent ; les unes se volatilisent entièrement sans éprouver d'altération, d'autres se détruisent complétement, d'autres sont en partie détruites et en partie volatilisées, et la séparation de la partie non décomposée paraît tenir à sa volatilisation par les gaz ou les vapeurs qui contribuent à la soustraire à l'action décomposante du feu.

Quand on distille une matière végétale fixe, elle se décompose toujours, et les produits de sa décomposition sont peu différents, quelle que soit la nature de la substance soumise à l'action du feu. Il se dégage de l'eau, de l'acide carbonique, de l'acide acétique, du gaz oxide de carbone, de l'huile volatile, une matière épaisse et noire très hydrogénée qui reste dissoute par l'huile volatile ; il se dégage de l'hydrogène carboné, et il reste du charbon.

Toutes les substances végétales donnent à peu près les mêmes produits, et on s'explique aisément leur formation, puisqu'ils sont comme elles formés d'oxigène, d'hydrogène et de carbone.

Quand on examine la marche de l'opération, on trouve que les produits les plus oxigénés se forment surtout en abondance au commencement de la distillation, savoir l'eau, l'acide carbonique, l'acide acétique ; puis on voit augmenter successivement les quantités de l'oxide de carbone et de l'huile empyreumatique.

L'hydrogène carboné abonde surtout à la fin de la décomposition, et enfin il ne reste que du charbon. C'est que l'oxigène de la matière végétale se sépare en plus grande quantité dans les premières périodes de la décomposition, et par cela même il est de plus en plus rare dans les suivantes. Il faut observer cependant que tous les produits apparaissent pendant tout le temps que dure la décomposition. C'est que les matières végétales, mauvais conducteurs de la chaleur, n'éprouvent qu'alternativement l'action du feu, de sorte que la couche plus voisine du feu achève sa décomposition, lorsqu'une couche plus intérieure commence à peine à se détruire.

Si la proportion d'oxigène qui reste dans la matière qui se décompose fait varier la quantité de chacun des produits pendant la destruction d'une même matière végétale, les mêmes phénomènes se reproduisent quand on décompose par le feu des matières de composition différente : celles qui sont riches en carbone et en hydrogène donnent peu de produits oxigénés et beaucoup d'hydrogène carboné, d'huile, et laissent un fort résidu de charbon; celles où l'oxigène abonde fournissent au contraire plus d'acide acétique et moins d'huile et de gaz combustibles.

Ceci nous explique comment le charbon de terre est si propre à fournir du gaz pour l'éclairage, et comment au contraire il est plus avantageux de distiller le bois quand on veut obtenir de l'acide acétique.

Lorsqu'au lieu de chauffer brusquement une matière végétale dans une cornue, on élève graduellement et avec précaution sa température, il arrive nécessairement un moment où elle se décompose, et, si à ce moment on modère le feu de manière à obtenir une température constante, les phénomènes se régularisent et la décomposition consiste toujours dans la combustion du carbone ou de l'hydrogène, quelquefois en même temps du carbone et de l'hydrogène de la matière végétale par une partie de l'oxigène de cette matière; d'où résulte de l'eau et de l'acide carbonique, et un nouveau produit plus stable, qui n'éprouve pas de décomposition à la température à laquelle on opère. Cette loi a été découverte par M. Pelouze; je citerai l'acide malique, qui se change en eau et en acide maléique; l'acide méconique, qui donne de l'acide carbonique et de l'acide coménique. Lorsque cette première transformation est faite, on arrive, en chauffant de nouveau, à une température où le nouveau produit se décompose à son tour, en suivant la même loi; ainsi l'acide coménique forme une nouvelle quantité d'acide carbonique et devient pyroméconique; mais la difficulté de graduer exactement la température, fait que plusieurs réactions d'un genre différent se produisent en même temps et il n'est pas toujours facile de les démêler au milieu des produits.

Dans la distillation brusque des corps, les produits qui se forment ainsi à des époques différentes, se confondent tous ensemble; souvent même il arrive que l'on n'aperçoit pas les produits intermédiaires. Jusqu'à présent aucuns des produits de ces distillations régulières n'ont été appliqués à l'art médical.

Les matières animales éprouvent à la distillation sèche une décomposition pareille à celle des matières végétales; la différence consiste en ce que les acides qui se produisent sont plus ou moins complétement saturés d'ammoniaque, et en ce que le charbon, qui forme le résidu de la distillation, contient de l'azote en combinaison.

En distillant l'huile empyreumatique noire qui passe à la distillation des matières organiques, on obtient une huile volatile, peu colorée d'abord, qui se colore ensuite de plus en plus, et il reste dans la cornue une espèce de poix noire. M. Berzélius a désigné cette dernière sous le nom de pyrétine; il donne à l'huile volatile pyrogénée le nom général de pyrélaïne quand elle est liquide, et de pyrostéarine quand elle est solide.

La pyrétine, ou résine empyreumatique, est fort mal connue dans ses propriétés; elle est différente, suivant qu'elle a été obtenue en même temps que des liqueurs acides ou non acides. Celle qui est produite dans la distillation des corps qui donnent des produits acides, comme, par exemple, le bois, paraît être un mélange de plusieurs matières. Elle est noire, brillante comme la poix; elle se ramollit par la seule chaleur de la main; l'eau la partage en une dissolution de pyrétine dans l'acide acétique, et en un résidu moins riche en acide qui ne se dissout pas; si l'on fait bouillir à plusieurs reprises ce résidu, il finit par laisser une matière insoluble qui a la plus grande analogie avec l'ulmine; quant à la première dissolution de pyrétine, chaque fois qu'on l'évapore, une partie de l'acide acétique s'en va, et il se dépose une certaine quantité de pyrétine insoluble.

La pyrétine obtenue dans les distillations qui ne fournissent pas des liqueurs acides, est également un corps composé. Elle se dissout à peine dans l'acide acétique; l'alcool la sépare en deux résines pyrogénées différentes.

Les pyrélaïnes, ou huiles pyrogénées liquides, sont, en général, fluides, incolores ou légèrement jaunâtres; leur odeur est ordinairement désagréable et tenace; leur saveur est âcre; elles sont très inflammables, et elles brûlent avec une flamme fuligineuse. Plusieurs d'entre elles, exposées à l'action de l'air, en absorbent l'oxigène, se colorent de plus en plus, et finissent par se transformer en pyrétine. Elles sont souvent peu solubles dans l'alcool; elles se dissolvent bien dans les huiles essentielles, dans les huiles grasses et dans l'éther; elles dissolvent les résines, et elles sont le meilleur dissolvant du caoutchouc. Les travaux de M. Reichenbach ont singulièrement ajouté à nos connaissances sur ces corps; on en connaît maintenant plusieurs espèces bien caractérisées.

Tous ces corps ne peuvent être préparés que par des procédés très compliqués, qui ne peuvent être exécutés avec succès que sur une grande échelle, et pour lesquels nous renvoyons, par conséquent, aux ouvrages de chimie industrielle; mais, comme quelques-uns de ces composés sont employés en médecine ou qu'ils font partie de produits employés, nous devons faire connaître leurs principales propriétés.

La *kréosote* ou *créosote* est liquide, incolore, transparente; sa densité est 1,037; son odeur est désagréable et anologue à celle de la viande fumée; sa saveur est âcre et même caustique; elle bout à 203°; agitée avec de l'eau, elle forme deux solutions, l'une de 100 parties d'eau et de 1,25 kréosote, l'autre de 10 parties d'eau et 100 parties de kréosote. L'alcool, l'éther et les huiles volatiles se mêlent avec la kréosote en toutes proportions; il en est de même de l'acide acétique. La kréosote qui est neutre au papier réactif, se combine avec les alcalis et forme des combinaisons qui sont détruites par les acides les plus faibles, qui mettent la kréosote en liberté. La kréosote dissout parfaitement les résines, et, ce qui est remarquable, elle dissout à peine le caoutchouc.

La kréosote coagule immédiatement l'albumine; à cause de cette propriété, elle forme un coagulum dans le sang, et elle peut servir à arrêter de légères hémorrhagies. Un caractère fort important de cette matière est de faciliter singulièrement la conservation des substances animales ; si l'on tient de la viande fraîche ou du poisson pendant une demi-heure ou une heure dans une solution de kréosote, on peut les en retirer et les faire sécher au soleil sans qu'ils éprouvent la putréfaction ; la couleur passe au brun-rouge, et la matière prend une odeur et une saveur agréable de fumée.

La kréosote est employée en médecine contre la carie des dents. On s'en sert pour arrêter des hémorrhagies, mais c'est surtout contre les ulcères lâches et carcinomateux qu'elle a été employée avec le plus de succès ; on a essayé aussi de l'administrer en fumigation, mêlée à la vapeur aqueuse, contre les suppurations de la trachée-artère et des bronches.

SOLUTION ALCOOLIQUE DE KRÉOSOTE.

Pr. : Kréosote........................... 1
     Alcool à 92ᶜ (38º Cart.).................... 16

S.
Cette solution, introduite avec un pinceau dans une dent cariée, fait souvent cesser la douleur.

EAU DE KRÉOSOTE.

Pr. : Eau 1
     Kréosote............................. 80

Mêlez en battant souvent et fortement les deux liquides dans un flacon. Filtrez.

Cette solution peut servir à conserver la chair des animaux. On l'emploie surtout à l'extérieur pour le pansement des ulcères rebelles, la carie des dents.

L'eau de Binelli paraît être de la même nature que cette solution ; mais elle est moins chargée. Elle a la réputation d'arrêter puissamment les hémorrhagies, propriété que l'expérience n'a pas confirmée.

Capnomore. Le capnomore est liquide, incolore ; son odeur est aromatique et agréable ; sa saveur est âcre ; il bout à 185º ; il est neutre ; il ne s'altère pas à l'air. L'eau en dissout à peine. Il est au contraire soluble en toutes proportions dans l'alcool, l'éther, les huiles; il est très peu soluble dans l'acide acétique; il ne se dissout pas dans les liqueurs alcalines; il dissout parfaitement le camphre, les résines; il gonfle singulièrement le caoutchouc à froid, et le dissout à l'aide de la chaleur. Il se distingue, comme on voit, de la kréosote, par son odeur, son peu de solubilité dans l'eau, dans l'acide acétique et dans les alcalis, et par la propriété qu'il possède de dissoudre le caoutchouc. Le capnomore a été découvert par M. Reichenbach; il l'a trouvé dans tous les goudrons provenant des matières végétales et animales.

Picamare. Le picamare, suivant M. Reichenbach, est le principe amer de tous les produits empyreumatiques. Il a la consistance d'une huile un peu épaisse; il est gras au toucher; son odeur est faible; sa saveur est excessivement amère, âcre, puis fraîche comme celle de la menthe. Sa densité est 1,10. Il n'est pas altéré par l'air; l'eau en dissout à peine 1 pour 100 de son poids. Il est soluble en toutes proportions dans l'alcool, dans l'éther et l'acide acétique; il dissout le caoutchouc à chaud; mais il le laisse précipiter par le refroidissement; comme la kréosote, il peut former des combinaisons avec les alcalis.

Eupione. Ce corps se forme surtout dans la distillation des matières animales; les huiles grasses, et surtout celles des crucifères, en donnent beaucoup. L'eupione est liquide, d'une densité de 0,74. Elle n'a ni couleur, ni odeur, ni saveur; elle entre en ébullition à 169°; seule, elle brûle mal, mais dans une lampe, elle donne une flamme claire, brillante et non fuligineuse; l'air ne l'altère pas; elle est insoluble dans l'eau. L'alcool anhydre en dissout le tiers de son poids; elle est soluble dans 5 parties d'éther. Elle ne se combine pas aux alcalis; elle dissout bien le caoutchouc. Ces deux caractères, ainsi que son insipidité et son manque d'odeur, la distinguent aisément de la kréosote; elle se distingue du capnomore par sa densité, et par son point d'ébullition.

Il faudrait ajouter encore à ces produits les matières qui composent la pyrélaïne du charbon de terre, laquelle est si volatile, qu'elle se vaporise rapidement sur la main; et les carbures d'hydrogène que M. Faraday a retirés du liquide qui se dépose dans le gaz de l'huile comprimé.

Les pyrostéarines ont les caractères principaux qui appartiennent aux huiles liquides; elles s'en distinguent surtout par leur consistance. Les plus importantes sont la parafine, le pittacalle et la naphtaline et l'éblanine, qui sont fournis par la distillation du bois, mais aussi par les autres matières végétales et animales.

La *Parafine* est cristalline, inodore, brillante ; sa densité est 0,87. Elle fond à 43,75° ; elle est volatile ; l'eau ne la dissout pas ; l'éther en dissout 1 partie ¹/₄ ; l'alcool anhydre à l'ébullition, en dissout près de 4 pour 100, et se prend en masse par le refroidissement ; elle est remarquable par la peu d'action que les corps chimiques ont sur elle ; de là, le nom de parafine (*parum affinis*), que M. Reichenbach lui a donné.

La *Naphtaline* est blanche, cristalline et très brillante ; elle a une odeur aromatique faible ; sa saveur est piquante, elle fond à 79°, et bout à 212°. Elle est composée de cinq volumes de vapeur de carbone, et de quatre volumes d'hydrogène. Elle est insoluble dans l'eau froide, et très peu soluble dans l'eau bouillante ; elle est très soluble dans l'alcool, dans l'éther, et dans les huiles grasses et essentielles ; elle ne se combine pas aux alcalis ; l'acide sulfurique forme avec elle une combinaison analogue à l'acide sulfovinique.

Le *Pittacale* se présente sous la forme d'une masse d'un bleu foncé, solide et cassante. Il prend, par le frottement, une couleur métallique dorée ; cet éclat est si dominant, que toutes les matières sur lesquelles on étend le pittacale paraissent dorées. Il est inodore, insipide ; il n'est pas volatil ; l'eau ne le dissout pas, mais elle peut le tenir tellement divisé, qu'il passe avec elle à travers les filtres. L'acide acétique le dissout en grande quantité, la dissolution, qui est d'une belle couleur aurore, redevient bleue par l'addition d'un alcali.

L'Éblanine est cristallisée en prismes, jaunes, insolubles dans l'eau, solubles dans l'alcool, l'éther et l'acide acétique concentrés. L'acide sulfurique concentré produit avec elle une couleur bleue, qui bientôt se change en charbon. L'acide hydrochlorique donne une dissolution d'un rouge pourpre magnifique.

La liqueur aqueuse qui se forme à la distillation en même temps que les huiles empyreumatiques, contient ordinairement de l'eau, de l'acide acétique, souvent d'autres acides pyrogénés, de la pyrétine, et des huiles pyrogénées. Si l'on s'est servi de matières azotées, il s'y trouve de l'acétate et du carbonate d'ammoniaque. En distillant cette liqueur, elle laisse un dépôt brun, qui contient de la pyrétine, et deux matières d'apparence extractive, dont l'une est soluble dans l'alcool, et l'autre ne s'y dissout pas. La liqueur distillée ne tarde pas, au contact de l'air, à s'oxider, en même temps à se colorer de plus en plus, et à former une matière analogue à la poix qui se dépose en partie, à mesure que sa proportion augmente. En outre de ces produits, dans les distillations qui donnent un excès d'acide acétique, et surtout dans la distillation du bois, il se produit trois autres corps dont nous n'avons rien dit encore : l'un est l'esprit de bois, l'autre l'aldéhyde, le troisième est l'extractif pyrogéné.

L'Esprit de bois est un liquide très fluide, incolore, d'une odeur particulière, qui bout à 66°. On peut le considérer comme le résultat de la combinaison de quatre volumes de vapeur d'eau avec quatre volumes d'un radical (méthylène), formés eux-mêmes de deux volumes de vapeur de carbone, et de quatre volumes d'hydrogène. En le distillant avec l'acide sulfurique, on peut le convertir en un autre hydrate qui contient moitié moins d'eau que l'esprit de bois, de même que l'alcool distillé avec l'acide sulfurique, perd la moitié de l'eau qu'il contient, et se change en éther.

L'Aldéhyde est liquide, incolore, elle a une odeur suffocante ; elle bout à 21,8. Elle est miscible à l'eau, à l'alcool et à l'éther en toutes proportions ; elle absorbe l'oxigène de l'air et se change en acide acétique ; la potasse la change en une matière résineuse. Elle réduit l'oxide d'argent en formant d'abord de l'acide aldéhydyque puis de l'acide acétique. (*Voyez* tome I, page 156.)

L'Extractif pyrogéné forme deux variétés : l'un est soluble dans l'alcool, il agit à la manière des acides, il s'altère à l'air comme le fait l'extractif des plantes, en donnant un dépôt insoluble ; l'autre extractif est insoluble dans l'alcool, et sa dissolution aqueuse laisse à l'évaporation une substance sèche, insipide ; il s'altère aussi au contact de l'air, en formant un dépôt insoluble. Ces matières extractiformes existent en abondance dans les liqueurs acides qui proviennent de la distillation du bois.

Les matières pyrogénées, employées en médecine, sont la kréosote, dont il a été parlé, différents produits empyreumatiques provenant de la distillation de la corne de cerf ou du succin, le pyrothonide, le noir de fumée, la suie, la poix noire, le goudron.

DISTILLATION DE LA CORNE DE CERF.

On prend de la corne de cerf en morceaux, on la met dans une cornue de grès lutée, que l'on en remplit presque entièrement; on place la cornue dans un fourneau de réverbère, et l'on y adapte une allonge et un ballon que l'on assujettit avec du lut. On commence à chauffer doucement de manière à entretenir une température peu supérieure à 100°; il distille une liqueur aqueuse animalisée que l'on rejette comme inutile; quand elle cesse de se produire, on adapte au récipient un long tube propre à porter les gaz dans les parties élevées de la cheminée. On tient l'allonge et le récipient refroidis par un courant d'eau froide, et l'on augmente le feu pour porter peu à peu la cornue au rouge; on l'entretient en cet état; l'opération est terminée quand il ne distille plus rien. On trouve sublimé, dans l'allonge et dans le ballon, du carbonate d'ammoniaque imprégné d'huile pyrogénée; c'est le sel volatil de corne de cerf des anciens. Dans le ballon se trouvent deux liquides, l'un est une dissolution aqueuse de tous les produits de la distillation : c'est l'esprit volatil de corne de cerf; l'autre est un mélange de diverses huiles pyrogénées, mêlées de pyrétine : c'est l'huile volatile de corne de cerf.

SEL VOLATIL DE CORNE DE CERF.

(Carbonate d'ammoniaque empyreumatique.)

On le détache de l'allonge, au moyen d'un fil de fer, et du ballon par le même moyen, après que l'on a retiré la liqueur aqueuse; on le renferme dans de petits flacons bien bouchés, que l'on tient à l'abri de la lumière. On l'emploie ordinairement en cet état.

Le carbonate d'ammoniaque qui constitue le sel volatil de corne de cerf, comme celui qui résulte de la distillation des autres matières animales, a une composition différente du carbonate d'ammoniaque ordinaire. M. H. Rose l'a trouvé formé de 2 pp. d'ammoniaque, 2 pp. acide carbonique et 1 pp. d'eau. Il se distingue des autres carbonates d'ammoniaque en ce qu'il se dissout dans l'alcool en ne laissant qu'un faible résidu de bi-carbonate.

HUILE VOLATILE DE CORNE DE CERF.

On la sépare du liquide aqueux en versant le tout sur un filtre mouillé; quand toute la partie aqueuse s'est écoulée, on crève le filtre pour recevoir l'huile. Pour rectifier cette huile on l'introduit dans une cornue de verre au moyen d'un long tube, de manière à ne pas salir les parois du col de la cornue ; on distille au bain de sable pour retirer environ le quart du poids de l'huile. On obtient un produit presque incolore, que l'on conserve dans des flacons de petite capacité, que l'on tient bien bouchés et que l'on place à l'abri de la lumière. Cette huile se colore de plus en plus avec le temps ; une fois qu'elle est devenue tout à fait brune, il faut la redistiller.

L'huile animale de Dippell était obtenue par ce chimiste en rectifiant un grand nombre de fois l'huile animale jusqu'à ce qu'elle ne donnât plus de résidu noir par les rectifications successives ; on éliminait les corps les moins volatils et l'on obtenait une huile d'une odeur agréable, composée en grande partie d'eupione tenant en dissolution un peu de capnomore qui lui donnait son odeur, et un peu de picamare qui lui communiquait une saveur poivrée. Sans doute aussi cette huile contenait des sels ammoniacaux (Klauer).

On a ensuite modifié l'opération en mettant l'huile pyrogénée obtenue de la corne de cerf avec des os calcinés en poudre ; on en faisait des boulettes que l'on soumettait à une nouvelle distillation ; l'huile qui en résultait était mêlée avec de l'eau, et on la distillait en cet état ; on renouvelait cette dernière distillation jusqu'à ce que l'huile passât incolore.

ESPRIT VOLATIL DE CORNE DE CERF.

On l'emploie tel qu'il a été obtenu par la première distillation.

Le Codex dit de le rectifier en le distillant, de manière à retirer les trois quarts de son poids. On doit, ainsi que les produits précédents, le conserver dans des vases de petite capacité, bien bouchés, qu'on laisse à l'obscurité ; quand avec le temps il est devenu trop coloré, on le distille de nouveau.

L'huile volatile de corne de cerf contient beaucoup d'eupione ; il s'y trouve aussi de la parafine, de la napthaline, du picamare, du capnomore et probablement du pittacale. Suivant M. Unverdorben, il y aurait en outre dans cette huile trois espèces d'alcalis particuliers : 1° l'odorine, qui est liquide, huileuse, très volatile, soluble en toutes proportions dans l'eau, l'alcool, l'éther et les huiles volatiles ; 2° l'animine, qui est moins volatile et moins soluble dans l'eau que l'odorine ; 3° l'olamine qui est tout à fait insoluble dans l'eau.

L'esprit volatil de corne de cerf est une dissolution d'acétate et de carbonate d'ammoniaque, contenant en outre tous les produits qui constituent l'huile volatile elle-même. Il s'y trouve aussi, suivant M. Unverdorben, une huile acide (acide pyrozoïque), et une matière brune (fuscine), qui est le premier produit de l'altération de l'huile animale.

POUDRE FUMIGATOIRE FÉTIDE.

Pr. : Corne de cerf râpée.............................. 4
Assa-fœtida.............................. 1

Mêlez.

On projette cette poudre par pincées sur des charbons ardents, et l'on en fait respirer les vapeurs mêlées à l'air. Ce remède est employé contre l'hystérie.

GOUTTES CÉPHALIQUES D'ANGLETERRE.

Voy. tome II, page 305.

PYROTHONIDE.

On prend du vieux linge de chanvre, lin ou coton ; on en met une poignée dans une bassine peu concave, et on allume la masse en la remuant. On jette le résidu charbonneux et l'on recueille le liquide d'une odeur pénétrante, que l'on enlève au moyen d'un peu d'eau.

Le docteur Ranque a beaucoup vanté ce produit, il y a quelques années, contre diverses phlegmasies des membranes muqueuses et surtout contre les ophthalmies chroniques.

DE LA SUIE.

Quand on brûle le bois dans nos foyers, le courant d'air n'étant pas suffisamment rapide, une partie des matières distille sans être brûlée ; et ces matières, mêlées de produits charbonneux et de cendres entraînées mécaniquement, constituent la suie. Elle est formée, pour la majeure partie, de pyrétine ou résine empyreumatique combinée à l'acide acétique, qui sature aussi les bases qui ont été fournies par les cendres. Elle contient encore une certaine quantité de matières extractives dont une portion est insoluble dans l'alcool. La suie cède à l'eau 66 p. 190 de son poids de matières solubles ; c'est de la pyrétine acide, des acétates de potasse de chaux et de magnésie, du sulfate de chaux, du chlorure de calcium, de l'acétate d'ammoniaque ; si on évapore, on obtient une masse que l'eau redissout en laissant seulement un peu de gypse ; un acide précipite la dissolution en séparant la pyrétine acide.

M. Braconnot a désigné sous le nom d'Absoline une matière très amère qu'il a retirée de la suie, et que M. Berzélius considère comme un mélange de différentes matières avec la pyrétine acide. M. Braconnot précipite la dissolution de suie par un acide, fait bouillir le précipité avec de l'eau, évapore à siccité, reprend par l'eau et évapore encore. En reprenant par l'éther la matière que l'on obtient ainsi, celui-ci prend une couleur jaune d'or et il laisse par évaporation l'absoline sous forme d'une substance jaune oléagineuse, d'une saveur âcre. L'absoline est azotée, elle est soluble dans l'eau, plus à chaud qu'à froid, elle est soluble dans l'alcool et dans l'éther, mais elle ne se dissout pas dans les huiles ; M. Braconnot lui attribue les propriétes vermifuges de la suie.

On emploie la suie contre les dartres, contre la teigne.

DÉCOCTION DE SUIE.

Pr. : Eau, deux livres...................... 1000 grammes.
Suie de bois.......................... 2 poignées.

Faites bouillir pendant une ½ heure, passez sans expression (Blaud).

Employée contre les dartres, la teigne ; en injections dans les fistules invétérées, la carie des os.

INJECTION ALUMINEUSE FULIGINÉE.

Pr. : Décoction de suie précédente, une livre...... 500 grammes.
Alun, demi-once......................... 16
Eau, six onces......................... 192

On fait dissoudre l'alun dans l'eau, et l'on mélange la liqueur avec la décoction de suie. Cette injection est recommandée par M. Rognetta contre les fleurs blanches.

EXTRAIT DE SUIE.

Pr.: Suie de bois.. 1
     Eau bouillante....................................... 8

Faites bouillir pendant un quart d'heure, jetez sur une toile, filtrez et évaporez à siccité.

COLLYRE DE SUIE.

Pr.: Extrait de suie...................................... 1
     Vinaigre.. 12

Faites dissoudre.

On en met quelques gouttes dans un verre d'eau, c'est un très bon résolutif.

On emploie encore l'extrait de suie, seul ou mélangé au sucre candi, pour combattre les granulations de la conjonctive ou les taies de la cornée ; on l'associe à une matière grasse pour faire une pommade ophthalmique (Caron de Villards).

M. Caron de Villards emploie en injections contre l'ophthalmie purulente des nouveau-nés, un collyre composé de 4 onces (125 grammes) infusion de roses rouges, 8 grains (4 décigrammes) d'extrait de suie et 4 gouttes de suc de citron.

TEINTURE DE SUIE.

Pr.: Suie de bois.. 1
     Alcool à 56$_c$ (21° Cart.)......................... 8

Faites macérer pendant huit jours ; et filtrez.

TEINTURE DE SUIE FÉTIDE.

Pr.: Suie de bois.. 2
     Assa-fœtida.. 1
     Alcool à 56^c (21° Cart.)........................ 24

Faites macérer pendant 8 jours ; filtrez.
Employée par gouttes contre les convulsions des enfants.

POMMADE DE SUIE.

Pr.: Suie de bois.. 1
     Axonge... 4

Mêlez.
Employée contre les dartres ulcérées, la teigne.

GOUDRON.

Le goudron est un mélange de résine de pin non altérée, avec de la résine colophane, des résines pyrogénées (pyrétines) combinées à l'acide acétique, de l'huile de térébenthine et des huiles pyrogénées (pyrélaïnes et pyrostéarines). On l'emploie comme un stimulant à l'extérieur et surtout dans la médecine vétérinaire ; on en fait usage contre la gale et les dartres. A l'intérieur, il agit en augmentant la dose des urines, excitant l'appétit, accélérant la digestion.

EAU DE GOUDRON.

Pr. : Goudron............................... 1
Eau de rivière........................... 16

On met ces matières dans une cruche et on laisse macérer pendant 10 à 12 jours, en ayant soin de remuer de temps en temps avec une spatule de bois.

On peut, à plusieurs reprises, remettre de l'eau sur le goudron pour en retirer une nouvelle liqueur odorante.

L'eau de goudron est acide ; elle contient une certaine quantité de résine pyrogénée dissoute à la faveur de l'acide acétique, un peu d'huile volatile et d'huiles pyrogénées. Parmi celles-ci, on doit citer spécialement la kréosote, si remarquable par son àcreté et son odeur de fumée, et le picamare, qui est inodore, mais qui a une saveur très amère. La proportion de toutes ces matières est si faible que chaque once d'eau n'en contient pas $1/4$ de grain et cependant les malades ne supportent guère l'eau de goudron sans qu'elle ait été étendue. On l'administre contre le scorbut et la cachexie. Quelquefois on en fait usage pour les phthisiques.

SIROP DE GOUDRON.

Pr. : Goudron.............................. 4
Eau de rivière.......................... 1

Faites digérer au bain-marie pendant 12 heures, en agitant de temps en temps ; laissez refroidir, décantez et filtrez ; ajoutez à la liqueur le double de son poids de sucre et faites fondre à une douce chaleur (Péraire).

Une cuillerée à bouche de ce sirop représente, suivant M. Péraire, un verre d'eau de goudron.

POMMADE DE GOUDRON.

Pr.: Axonge... 4
　　Goudron.. 1

On emploie cette pommade en frictions contre la gale : elle diminue la démangeaison et elle amène promptement la guérison ; on l'emploie aussi comme antidartreuse.

FUMIGATION DE GOUDRON.

Pr.: Goudron............................. Q. V.
　　Eau bouillante. .... Q. S.

Ces fumigations ont été employées avec succès pour combattre les catarrhes chroniques et la phthisie.

On met dans la chambre des malades une chaudière qui contient l'eau et le goudron et l'on tient en ébullition. La vapeur d'eau agit et par elle-même et par les parties pyrogénées odorantes qu'elle entraîne.

PYRÉLAINE DE GOUDRON.

On met du goudron dans une cornue de grès et l'on distille à un feu doux, jusqu'à ce qu'il cesse de passer de l'huile. On ne doit pas chauffer fortement, car il s'agit ici de séparer les huiles pyrogénées contenues dans le goudron et non d'en former de nouvelles.

Cette pyrélaïne, dont l'usage a été conseillé par M. Giraud, a été employée avec succès par M. le docteur Emery contre les dartres, sous la forme de pommade. Il emploie 8 parties d'axonge et une demi-partie à une partie et demie de pyrélaïne. Cette pommade a sur la pommade de goudron le grand avantage de ne pas tacher le linge au point de le mettre hors de service.

CHARBON.

Le carbone est un corps simple ; son nombre proportionnel est 76°. Le carbone est solide ; il est incolore transparent, et cristallisé dans le diamant ; il est noir, opaque, et amorphe dans tout autre état ; il est insipide et inodore ; il est infusible ; il ne se volatilise à aucune des températures que nous puissions produire.

Il se combine à l'oxigène à une température élevée, et il forme avec lui deux combinaisons différentes : l'oxide de carbone qui est composé de 1 pp. de carbone, et 1 pp. d'oxigène, et l'acide carbonique qui contient 1 pp. de carbone et 2 pp. d'oxigène. Ces deux combinaisons sont gazeuses ; l'acide carbonique se forme quand le carbone brûle au contact de l'air dans les circonstances ordinaires ; l'oxide de carbone se produit quand il y a combustion à une très haute température, et en présence d'un excès de charbon.

Le charbon dont on fait usage en médecine est du carbone plus ou moins impur ; quand il provient de la décomposition des matières végétales, il contient de l'hydrogène ; quand il provient des matières animales, il contient de l'azote. Il jouit de la propriété de se combiner aux matières colorantes, propriété que l'on met à profit pour la décoloration d'un grand nombre de liqueurs, et qui est plus prononcée dans le charbon animal que dans le charbon végétal (*Voyez* tome I, page 16). Il peut aussi, comme tous les corps poreux, absorber les gaz.

Le charbon est peu employé en médecine. A l'intérieur et à haute dose, on l'a vanté contre les fièvres putrides et les fièvres d'accès, il a été donné avec succès dans quelques cas de scorbut et de diarrhées rebelles. A l'extérieur, on l'emploie en applications sur les plaies. Il paraît agir chimiquement en s'opposant à la putréfaction du pus ; peut-être aussi l'effet mécanique qu'il produit est-il pour quelque chose dans les succès que l'on a obtenus. On s'en est servi dans le cas de pourriture d'hôpital. On l'emploie comme dentifrice, et il a alors le double effet de détruire la mauvaise odeur de la bouche, et de nettoyer les dents. On a encore employé le charbon contre la teigne et quelques maladies de la peau.

Le charbon de bois léger est préféré pour l'usage médical ; on l'obtient en brûlant des bûchettes de bois léger, jusqu'à ce qu'elles ne donnent plus de fumée.

On le réduit en poudre demi-fine ; on le lave à l'eau bouillante, on le sèche et on le fait rougir de nouveau dans un creuset fermé. On le conserve dans des vases bien fermés.

Le Codex de 1818 prescrivait de prendre du charbon de bois léger ; d'y ajouter assez d'eau pour l'humecter, de le contuser dans un mortier jusqu'à ce qu'il formât une masse à moitié coulante, de le faire égoutter sur des toiles pendant quelques jours, et d'en faire de petits pains que l'on exposait au soleil pendant quelques jours. Il prétendait que le charbon, séché à l'ombre, est inférieur, et que le soleil dépouille mieux le charbon de toute odeur et de toute saveur. Je n'ai pas eu l'occasion de vérifier l'exactitude de ce fait, qui me paraît avoir besoin de confirmation.

TABLETTES DE CHARBON.

Pr. : Charbon végétal lavé et porphyrisé...........	1
Sucre blanc...............................	1
Chocolat simple.........................	3
Mucilage de gomme adragante.	S. Q.

On broie le chocolat avec le sucre ; on ajoute le charbon, et l'on fait, au moyen du mucilage, des tablettes de 18 grains.

Ces tablettes sont de l'invention de M. Chevallier. On les conseille pour combattre la fétidité de l'haleine.

Le Codex a adopté la formule suivante :

Pr. : Charbon végétal lavé et porphyrisé , quatre onces................................	125 grammes.
Sucre, douze onces.	375
Gomme adragante, trois gros.............	12
Eau, une once et demie.	48

F. S. A. des tablettes de seize grains.

DISTILLATION DU SUCCIN.

(Succin, ambre jaune, karabé.)

Le succin est de la nature des matières résineuses ; mais il a subi une modification depuis l'époque très reculée où il a été enfoui dans le sol. Il est un mélange d'un peu d'huile volatile, d'acide succinique, et de deux résines solubles dans l'éther, mais dont l'une est soluble à froid dans l'alcool à 84°, tandis que l'autre ne s'y dissout qu'à chaud ; toutes deux se combinent aux alcalis ; mais la plus grande masse du succin est formée par la résine altérée ou bitume du succin, qui est insoluble dans l'alcool, dans l'éther, dans les huiles fixes et volatiles, et même dans les dissolutions alcalines. Si on fond le succin, il devient en partie soluble dans l'alcool et dans l'éther ; l'huile de térébenthine et les huiles grasses le dissolvent presque tout entier, à l'exception d'une matière élastique. M. Recluz a remarqué que les morceaux de succin blancs et opaques fournissent plus de matière soluble dans l'alcool et en particulier plus d'acide succinique que les autres.

On emploie en pharmacie, comme antispasmodique, une teinture alcoolique et une teinture éthérée de succin. On prépare l'une et l'autre avec 16 parties de véhicule et 1 partie de succin ; l'alcool doit être rectifié ; le succin doit être réduit en poudre impalpable, car les surfaces seulement sont atteintes par le liquide. Suivant Heyer, le succin ne peut céder ainsi que du $^1/_{10}$ au $^1/_{12}$ de son poids.

Les produits de la distillation du succin à feu nu sont beaucoup plus importants.

Pr.: Succin concassé...................... Q. V.

On l'introduit dans une cornue de verre lutée que l'on remplit à moitié. On place cette cornue dans un fourneau à reverbère, et l'on y adapte une allonge, et un ballon dont la tubulure porte un long tube droit ou un tube recourbé de Welter, dont l'extrémité plonge dans l'eau. On chauffe d'abord modérément ; le premier effet de la chaleur est de fondre le succin, et de volatiliser un peu d'huile essentielle et quelques traces d'acide succinique ; puis en augmentant le feu, la matière se boursouffle, et l'opération marche plus vite. Le boursoufflement doit servir de guide à l'opérateur ; s'il était trop fort, toute la matière passerait dans le récipient sans avoir été distillée ; c'est pendant cette tuméfaction qu'il se dégage surtout de l'acide succinique ; quand elle cesse, on peut impunément élever la température ; la matière entre en ébullition, et l'huile coule à filets. L'opération est terminée quand il n'en passe plus ; si l'on continuait à chauffer, au point de ramollir le verre de la cornue, il passerait dans le récipient une substance jaune de la couleur de la cire, inodore et insipide. Tous ces phénomènes de la distillation du succin ont été bien étudiés par MM. Robiquet et Colin.

On obtient, dans la distillation du succin, 3 produits différents : 1° de l'acide succinique impur (*sel volatil de succin*) qui s'attache à la partie supérieure des vases ; il est sali par de l'huile pyrogénée, mais on l'emploie en médecine sous cet état : on peut en retirer une nouvelle quantité par l'évaporation spontanée de la liqueur aqueuse; 2° un liquide aqueux (*esprit volatil de succin*); c'est une dissolution dans l'eau, d'acide acétique, d'acide succinique et d'huile pyrogénée; on le purifie en le filtrant à travers un papier mouillé, pour séparer l'huile volatile; 3° l'*huile volatile de succin*, ou mieux huile pyrogénée. Elle contient de l'acide succinique, et plusieurs produits; on y a distingué une huile liquide ou pyrélaïne, une résine pyrogénée ou pyrétine, et une petite quantité de la matière jaune qui se produit à la fin de la distillation du succin. La pyrélaïne de succin à une odeur forte; elle est liquide, jaunâtre, visqueuse; l'acide nitrique l'altère, en donnant naissance à un produit encore mal examiné, qui a l'odeur de musc, et qui a pris le nom de musc artificiel. La pyrétine de succin est visqueuse, insipide, inodore, jaune brunâtre, demi-fluide; elle est soluble dans l'alcool, l'éther et les huiles.

L'huile de succin est employée en médecine après avoir subi une rectification; à cet effet, on la redistille dans une cornue de verre, en ayant soin d'arrêter l'opération aussitôt que l'huile passe colorée en brun.

L'acide succinique impur, l'esprit volatil et l'huile volatile de succin sont employés en médecine comme antispasmodiques.

SUCCINATE D'AMMONIAQUE IMPUR.

(Liqueur de corne de cerf succinée.)

Pr.: Esprit volatil de corne de cerf............ Q. V.
Acide succinique médicinal.............. S Q.

On ajoute assez d'acide succinique pour saturer l'ammoniaque de la liqueur de corne de cerf. Il se sépare une partie d'huile empyreumatique dont on se débarrasse par la filtration.

DES EAUX MINÉRALES ARTIFICIELLES.

f. Les eaux minérales sont les eaux de sources naturelles, auxquelles une haute température ou la proportion et la nature des matières dissoutes, donnent des caractères particuliers qui les rendent souvent impropre aux usages ordinaires de la vie, mais qui leur communiquent des propriétés spéciales dont la médecine peut tirer parti pour la guérison des maladies.

Les avantages que les malades retirent des eaux minérales quand ils les boivent à la source même, ne sont révoqués en doute par personne. A l'action propre qui appartient aux eaux, se joint l'influence souvent salutaire des circonstances accessoires, telles que la distraction produite par le voyage, le changement d'une vie molle en une vie d'exercice; mais l'état des malades, et plus encore les frais considérables que nécessiterait leur transport jusqu'aux sources, sont des obstacles qui ne s'opposent que trop souvent à ce que l'on puisse user de ce genre de médication; on a cherché à y parer, en transportant l'eau auprès du malade lui-même; mais il faut bien dire que l'absence des mêmes conditions amène une grande différence dans les résultats. La nature de l'eau peut être changée, soit que toutes les précautions convenables n'aient pas été prises pour sa conservation, soit que l'eau soit elle-même de nature si altérable, qu'aucune précaution ne puisse empêcher sa décomposition; on a tout lieu de croire, en outre, pour certaines de ces eaux, que l'effet en est différent pour le malade, lorsqu'il ne les prend pas dans les mêmes circonstances, lorsqu'un exercice convenable au milieu d'un air pur n'accompagne pas ou ne suit pas l'ingestion de l'eau, lorsque cette eau est bue froide, au lieu d'être prise en même temps chaude et acidule, comme on la rencontre souvent à la source.

Les changements que les eaux naturelles transportées loin de la source éprouvent souvent dans leur nature, ont amené la création d'un art nouveau, celui de l'imitation des eaux naturelles; bientôt l'enthousiasme des uns et l'intérêt des autres a été si loin, que l'on n'a pas craint d'avancer que, dans la fabrication des eaux minérales, l'art avait surpassé la nature. Une polémique s'est établie entre les défenseurs des eaux naturelles et les partisans des eaux artificielles; et, comme de coutume, chacun de son côté, a eu en même temps tort et raison.

La discussion de cette question ne saurait s'établir qu'entre les eaux transportées loin de la source et les eaux artificielles, car il est de toute évidence que si les bonnes propriétés d'une eau minérale sont constatées, en outre des avantages accessoires que la position géographique de la source peut lui assurer, on ne sera jamais aussi certain de l'avoir pareille à elle-même, que lorsqu'elle sera puisée à sa source même.

Le premier reproche que l'on fait aux eaux minérales transportées au loin, c'est de n'être pas, après ce transport ou quelque temps après, ce qu'elles étaient à la source. Il est certain que quelques-unes d'entre elles éprouvent des altérations profondes qui les dénaturent complétement : telles sont toutes les eaux hydrosulfurées des Pyrénées ; telles sont encore une grande partie des eaux qui contiennent des matières glaireuses : l'eau de Plombières, celle de Luxeuil, exhalent bientôt une odeur fétide quand elles sont conservées longtemps dans les dépôts ; la même chose arrive, quoique plus tard, aux eaux de Vichy. Quand une eau contient des sulfates et des matières organiques, elle devient fétide par la transformation des sulfates en sulfures alcalins. On a de nombreux exemples de cette décomposition, et même quelques sources sulfureuses naturelles paraissent se former par une décomposition de ce genre : je citerai l'eau d'Enghien. M. Henry a vu ce genre de décomposition se produire dans l'eau de Passy et dans l'eau de Billazai conservées en bouteilles. M. Caventou attribue aussi à quelques matières organiques, à quelques débris de paille laissés par mégarde dans les bouteilles, l'altération du même genre qui s'observe quelquefois dans l'eau de Seltz transportée.

Il faut remarquer, toutefois, que ce reproche de mauvaise conservation ne s'applique qu'à un nombre assez restreint d'eaux minérales, et que d'autres, en bien plus grand nombre, se conservent sans altération quand elles ont été puisées et bouchées avec le soin convenable. On peut s'en rapporter, pour ces précautions, aux propriétaires des établissements qui ont incessamment intérêt à assurer la conservation des eaux qu'ils expédient.

On a fait encore aux eaux naturelles le reproche de varier dans leur composition ; l'on a mis en opposition l'avantage que présentent les eaux artificielles de pouvoir être préparées sur une formule fixe qui les rend toujours complétement identiques. On ne saurait douter, il est vrai, que les proportions de matières salines de certaines eaux minérales ne soient susceptibles de varier : le fait est bien constaté pour quelques-unes d'elles (Spa, Forges, Seltz, etc.). Je suis même convaincu qu'il en est de même pour toutes. Malgré ce qu'on a dit de l'extrême fixité de composition de ces eaux, je pense que la proportion relative des matières salines et de l'eau n'y est pas constamment la même ; car, en supposant que la source profonde ne change jamais, ce dont il est permis de douter, on ne saurait nier toutefois qu'elle se mêlera, la plupart du temps, avec les eaux superficielles en des proportions qui varieront, et avec la localité et avec la saison. Je ne crois pas qu'il faille chercher ailleurs la cause des différences légères que l'on a observées entre des sources voisines qui ont évidemment une origine commune, et qui ne présentent entre elles que de légères différences de température ou de composition. Il faut remarquer, toutefois, que les différences de composition que l'on peut observer dans une même source sont fort légères, et par cela même peu importantes pour l'emploi médical; car enfin il s'agit d'administrer une matière médicamenteuse à des doses reconnues bonnes, mais qui ne peuvent jamais être fixées d'une manière absolument rigoureuse.

Les partisans exclusifs des eaux naturelles ont attaqué à leur tour les eaux artificielles avec une alliance de bonnes et de mauvaises raisons. Il suffit de rappeler leurs idées sur les propriétés occultes des sources de la nature, sur les lois particulières de combinaisons suivant lesquelles elles sont formées, sur la nature toute spéciale du calorique dont elles sont chargées. Je dois dire quelque chose d'une autre opinion, qui n'est pas mieux fondée, sur la manière d'être de l'acide carbonique dans ces eaux. On assure qu'elles conservent ce gaz avec plus de ténacité, et que, lorsque des eaux gazeuses naturelles et des eaux gazeuses artificielles sont exposées en même temps à l'air libre, les premières gardent plus longtemps leur saveur aigrelette. J'ai fait, de concert avec MM. Orfila et Barruel, une expérience comparative sur l'eau de Saint-Alban, et nous n'avons rien vu de pareil. Il est vrai qu'au lieu de déboucher brusquement la bouteille d'eau artificielle, et de produire un bouillonnement rapide, qui enlève mécaniquement à l'eau beaucoup de gaz, nous nous sommes contentés de faire au bouchon de chacune des bouteilles une ouverture fort petite, par laquelle la pression intérieure et la pression extérieure se sont fort lentement mises en équilibre; c'est alors seulement que nous avons exposé comparativement les deux eaux à l'action de l'air.

La plus forte objection que l'on ait pu faire contre la substitution des eaux artificielles aux eaux naturelles, c'est l'incertitude où nous serons toujours, pour quelques-unes d'elles, que l'analyse ait fait connaître exactement et la nature et la quantité des éléments qui se trouvent dans ces eaux et l'impossibilité où nous sommes de reproduire fidèlement certains composés qui s'y trouvent.

Il faut convenir que, parmi les analyses d'eaux minérales que nous possédons, il en est beaucoup qui ne sont pas l'ouvrage de chimistes assez expérimentés ; il faut dire encore que beaucoup d'entre elles ont été faites loin des sources, sans garantie parfaite des précautions qui avaient pu être prises pour mettre l'eau dans les bouteilles, sans connaissances suffisantes des circonstances particulières des localités, ou des phénomènes particuliers qui ne peuvent être observés que sur les lieux mêmes. Quel que soit d'ailleurs le talent du chimiste qui s'est occupé de ce genre de recherches, on ne peut se défendre de conserver des doutes sur les conclusions qu'il tire de ses expériences, s'il n'a puisé lui-même l'eau minérale dont il s'est servi, s'il n'a observé avec soin toutes les circonstances qui accompagnent sa sortie ou qui se présentent à quelque distance de la source, s'il n'a fait, sur les lieux mêmes, une partie des expériences qui sont nécessaires pour arriver à connaître exactement la composition de l'eau minérale qu'il étudie. Aussi doit-on regretter vivement que, pour un motif mesquin d'économie, le gouvernement ait interrompu les travaux d'analyse que M. Lonchamps avait commencés avec tant de succès.

Quelle que soit l'habileté du chimiste qui se sera occupé d'analyser une eau minérale, on pourra douter encore qu'il ait tout vu, car la science marche et fait naître de nouveaux moyens d'investigation ; c'est ainsi qu'elle a prouvé un jour que beaucoup d'eaux que l'on croyait minéralisées par l'hydrogène sulfuré, l'étaient par des sulfures alcalins ; qu'elle a fait trouver dans les eaux minérales l'iode et le brome, agents actifs, et dont on ne pouvait y soupçonner l'existence : sous ce rapport, une eau artificielle ne peut être regardée comme l'égale de l'eau naturelle, qu'elle est appelée à représenter, qu'autant qu'une expérience médicale, longtemps continuée, a démontré l'identité de leurs effets.

De l'état actuel de nos moyens d'analyse, résulte encore un autre doute sur nos moyens d'imiter les eaux naturelles. Personne ne nie que les sels que nous obtenons dans nos opérations ne soient pas toujours ceux qui étaient en dissolution dans l'eau, et si l'on en doutait il suffirait de voir qu'une même eau fournit des substances salines différentes , quand on modifie les procédés analytiques. Il est vrai que Murray a admis, et beaucoup de personnes avec lui, que dans une dissolution , ce sont les combinaisons les plus solubles qui existent, et que les quantités de chaque base et de chaque acide étant données, on doit interpréter l'état des sels en ce sens, que , les plus solubles se trouvent réellement en dissolution ; mais c'est là une hypothèse gratuite , et l'on doit convenir que souvent nous ne pouvons apprécier avec exactitude la manière dont les éléments salins sont réunis entre eux.

Il existe en outre , dans certaines eaux minérales , des matières spéciales produites par un concours de circonstances que nous ne pouvons reproduire de manière à introduire ces matières dans nos eaux artificielles ; telles sont, pour la plupart du temps, les substances désignées sous le nom de résine, bitumes, matière extractive huileuse ou azotée , barégine, etc. Elles concourent certainement aux propriétés des eaux minérales, soit par elles-mêmes, soit par les combinaisons qu'elles ont contractées avec d'autres principes appartenant à ces eaux.

Pour résumer cette discussion, je dirai que les eaux minérales naturelles doivent être préférées aux eaux artificielles, toutes les fois qu'elles peuvent être conservées longtemps sans altération ; que l'on peut employer indifféremment les unes ou les autres dans les cas où l'on peut arriver à une imitation complète, savoir : quand l'eau naturelle a été analysée par un chimiste habile, et que cette analyse a servi de base à la fabrication de l'eau artificielle, lorsque rien dans la composition de l'eau naturelle n'annonce la présence de matières que nous ne pouvons former artificiellement, ou ne fait soupçonner l'existence de quelque principe qui aurait pu échapper à l'analyse ; enfin lorsqu'une étude comparative et longtemps continuée des propriétés médicales des deux espèces d'eaux, a montré l'identité de leur action sur l'économie vivante.

Il est quelque cas où les eaux artificielles doivent être préférées ; ainsi, en chargeant d'un grand excès d'acide carbonique les eaux ferrugineuses et les eaux salines, on les rend moins rebutantes, plus digestives pour le malade, sans affaiblir leurs autres propriétés ; ainsi, l'eau de Seltz, chargée d'un excès de gaz, est plus propre, dans bien des cas, à faciliter la digestion que l'eau naturelle qui est à peine acidule : c'est dans ce cas que l'on peut dire réellement que l'art a surpassé la nature.

Quelque idée que l'on se fasse d'ailleurs de l'analogie que peuvent présenter entre elles les eaux naturelles et les eaux artificielles, on ne saurait se refuser à convenir que celles-ci rendent journellement de grands services à l'art de guérir. Beaucoup d'entre elles sont réellement des imitations grossières de la nature ; mais elles constituent des médicaments nouveaux dont l'usage a consacré le bon emploi.

La fabrication des eaux minérales présente quelques difficultés, à cause du nombre considérable des corps que l'on peut avoir à introduire dans ces eaux. Pour mettre de l'ordre dans ce travail et en rendre l'étude plus facile, j'examinerai d'abord les procédés généraux de fabrication, puis je donnerai les moyens de préparer chaque espèce d'eau minérale en particulier. La fabrication, considérée d'une manière générale, se compose de manipulations spéciales, ou de considérations qui s'appliquent au moyen d'introduire dans les eaux certaines séries de corps. Je traiterai successivement de l'introduction de l'acide carbonique dans les eaux, ou de la préparation des eaux gazeuses simples ; des moyens propres à introduire dans les eaux les matières salines, la silice ou les substances organiques.

DE LA PRÉPARATION DE L'EAU GAZEUSE.

L'acide carbonique que l'on introduit dans les eaux s'obtient par l'action de l'acide sulfurique ou de l'acide chlorhydrique sur le carbonate de chaux. Il se fait du sulfate ou du chlorhydrate de chaux, et l'acide carbonique est mis en liberté. On se sert de marbre blanc ou de craie : dans le premier cas, c'est à l'acide chlorhydrique que l'on a recours ; on l'étend de son poids d'eau, pour qu'il ne répande plus de vapeurs acides. Son action sur le marbre est régulière, parce que le marbre, qui est compacte, ne se laisse attaquer que peu à peu par l'acide ; mais l'action continue à se produire tant qu'il y a de l'acide libre, parce que le chlorhydrate de chaux qui se forme sans cesse, étant un sel très soluble, est dissous à mesure par la liqueur, et livre toujours la surface nue du marbre à l'action de l'acide décomposant. Avec le même carbonate, l'emploi de l'acide sulfurique serait moins bon ; il formerait bientôt à la surface du calcaire une couche de sulfate de chaux insoluble, qui mettrait obstacle au contact intime de l'acide avec le carbonate : l'action cesserait, ou ne marcherait qu'avec beaucoup de lenteur.

Lorsque l'on a à sa disposition de l'acide chlorhydrique de bonne qualité, il est assez indifférent d'avoir recours à l'un ou à l'autre procédé : c'est la valeur commerciale des acides qui fait donner la préférence à l'un ou à l'autre ; mais à Paris, où les acides chlorhydriques sont, depuis quelques années, très chargés d'acide sulfureux, les fabricants d'eaux minérales ont donné la préférence à l'acide sulfurique, qui fournit un gaz carbonique plus facile à laver. On peut cependant, suivant la méthode que M. Girardin de Rouen nous a fait connaître, utiliser l'acide chlorhydrique chargé d'acide sulfureux, en faisant passer dans l'acide impur du commerce du chlore, qui change l'acide sulfureux en acide sulfurique.

Veut-on produire l'acide carbonique au moyen du marbre, on emploie celui-ci en fragments et l'on fait agir l'acide chlorhydrique assez étendu d'eau pour qu'il cesse d'être fumant.

On a rarement recours à l'action de l'acide chlorhydrique sur la craie, parce que ce carbonate étant très divisé, et le sel qui résulte de sa décomposition étant soluble, la décomposition s'établirait presque instantanément sur tous les points à la fois, le gaz carbonique se dégagerait avec violence, et le dégagement cesserait presque aussitôt pour reparaître de nouveau tumultueusement lors de l'affusion d'une nouvelle quantité d'acide. L'opération ne marcherait pas d'une manière régulière.

Pour produire le gaz carbonique, au moyen de l'acide chlorhydrique et du marbre, on se sert de l'appareil ci-contre.

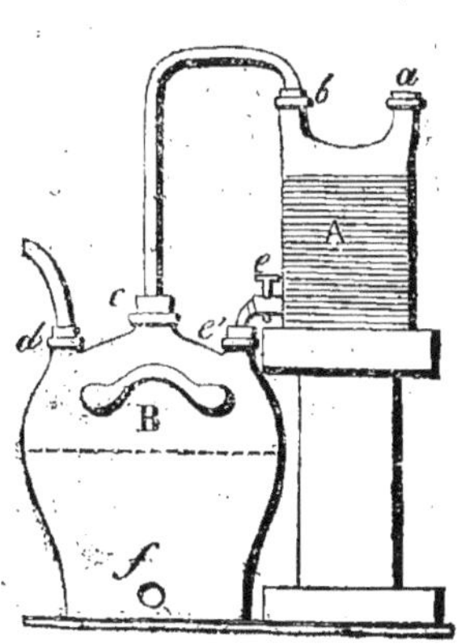

A est un flacon de 20 à 25 litres, destiné à recevoir l'acide chlorhydrique ; la tubulure *a* reste fermée, et ne s'ouvre que lorsque l'acide est consommé et que l'on veut en introduire de nouveau ; la tubulure *b* est munie d'un tube en plomb bien fixé avec un bouchon ; ce tube se replie sur lui-même et vient s'adapter à la tubulure *c* de la bonbonne de grès B, où il ne pénètre qu'environ de l'épaisseur du bouchon.

B est une bonbonne en grès, à trois tubulures supérieures *c d é*, et à une tubulure inférieure *f*. On remplit aux trois quart cette bonbonne avec un marbre cassé par morceaux ; la tubulure *d* porte un tube de plomb qui va porter le gaz carbonique en dehors du vase de production ; *c* reçoit le tube qui établit la communication entre la partie supérieure de A et celle de B ; *é* reçoit l'extrémité d'un robinet en verre qui est solidement fixé dans la tubulure *e* du vase A. Suivant que l'on ouvre ou que l'on ferme le robinet, on établit ou l'on arrête l'écoulement de l'acide sur le marbre. Le tube qui va de *b* en *c* établit une communication entre l'atmosphère gazeuse des deux vases, de manière à ce que l'augmentation de pression qui se manifeste en B par la production du gaz se fasse sentir également en A , et qu'elle ne fasse pas obstacle à l'écoulement de l'acide sur le marbre. *f* sert à vider le chlorure de calcium qui s'est formé.

Quand on emploie pour produire le gaz acide carbonique l'acide sulfurique, on se sert toujours de la craie ; on pulvérise celle-ci, on la délaie dans l'eau, de manière à en faire une bouillie claire ; et l'on y verse par parties l'acide sulfurique concentré : on renouvelle les surfaces au moyen d'un agitateur.

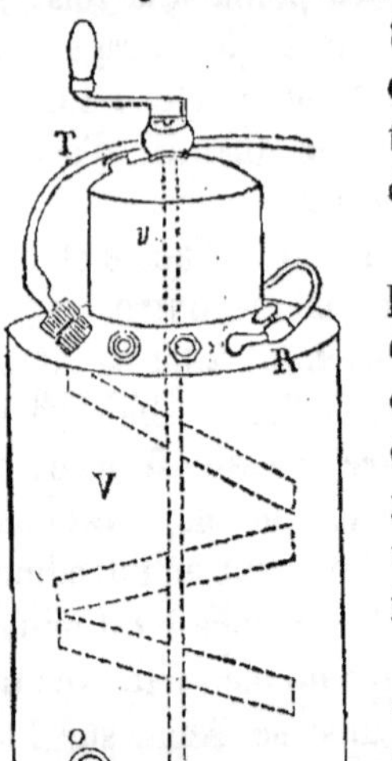

Pour opérer avec l'acide sulfurique, on se sert avec avantage de l'appareil suivant. C'est un vase en plomb dans lequel on introduit par une tubulure de la craie pulvérisée et délayée dans trois fois et demie son poids d'eau.

Un vase plus petit est placé au-dessus du premier, avec lequel il est soudé, et sert de réservoir à de l'acide sulfurique concentré. On fait tomber l'acide sur la craie en ouvrant le robinet R : la communication entre l'atmosphère des deux vases est établie par un tuyau en plomb intérieur.

Un conduit en plomb creux qui traverse le vase supérieur, donne passage à un agitateur en cuivre, que l'on met en mouvement au moyen d'une manivelle, et qui sert à renouveler les surfaces entre l'acide et la craie.

Le lavage du gaz acide carbonique est une opération importante : il a pour effet de débarrasser ce gaz des portions d'acide

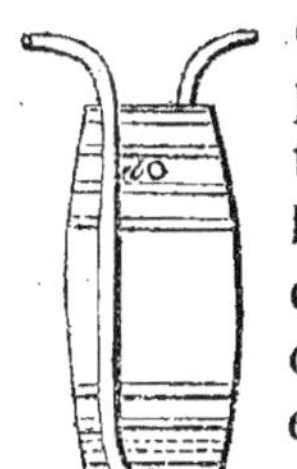

étranger qu'il a pu entraîner avec lui. Ce lavage peut se faire de diverses manières ; je me sers d'un tonneau en bois, étroit et profond ; un tube amène le gaz jusqu'au fond du tonneau ; celui-ci est rempli d'eau jusqu'à la douille d, qui sert à reconnaître quand la quantité d'eau introduite dans le tonneau, est assez considérable. Le gaz à son arrivée est obligé de traverser un diaphragme percé de petits trous placé au fond du tonneau ; il s'y divise en très petites bulles et présente ainsi beaucoup de surface à l'eau qui doit le débarrasser des acides étrangers. Un autre tube va porter le gaz lavé sous le gazomètre. Le lavage est du reste d'autant plus facile, que l'on a délayé dans une quantité d'eau plus grande, la craie destinée à fournir l'acide carbonique.

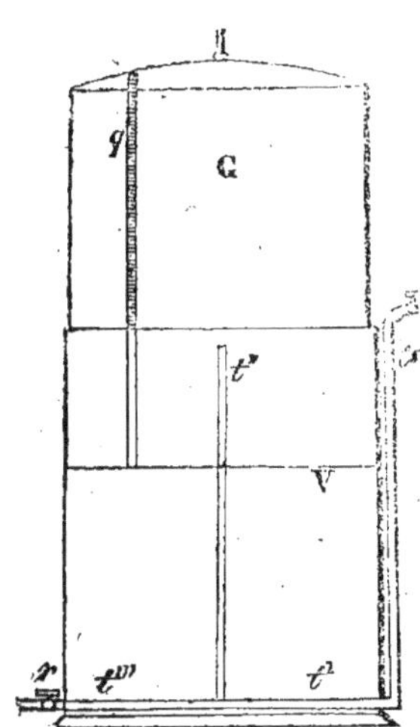

La gazomètre se compose d'un grand vase V cylindrique en cuivre étamé (il peut être fait en bois) que l'on remplit d'eau, et d'une cloche renversée en cuivre étamé C, qui est tenue en équilibre au moyen d'un contrepoids. Le gaz arrive dans la cloche par le tube $t\ t'\ t''$; il en sort par le tube $t'\ t'''$ quand le robinet r est ouvert et que la pompe aspirante est mise en jeu.

Quand on a besoin de connaître exactement la quantité de gaz que l'on emploie, la cloche du gazomètre est armée d'une règle graduée q, qui fait connaître le nombre de litres de gaz contenus dans le gazomètre par l'observation prise sur la règle du point qui affleure la surface de l'eau.

Pour introduire l'acide carbonique dans les eaux minérales ; comme l'eau dissout un volume égal au sien d'acide carbonique, on pourrait se contenter de saturer les eaux de gaz acide carbonique sous la pression ordinaire ; mais l'habitude qu'ont les consommateurs des eaux mousseuses et sursaturées, a fait de l'emploi des appareils de compression une nécessité de la fabrication actuelle.

Deux systèmes différents sont mis en usage. Dans l'un, une pompe aspirante et foulante va puiser le gaz dans un réservoir ou gazomètre où il est contenu sous la pression ordinaire, et le refoule dans un appareil fermé. Dans l'autre système, l'acide carbonique n'est pas produit dans un appareil séparé et la compression se trouve exercée par le gaz lui-même. Les appareils où l'on produit le gaz éprouvent nécessairement des modifications, suivant que l'on opère suivant l'un ou l'autre système.

Quand on prépare le gaz à part, la disposition des appareils qui servent à le produire n'est pas liée intimement à la fabrication de l'eau gazeuse et l'on peut assez indifféremment avoir recours à un procédé ou à un autre ; mais quand la compression du gaz doit être exercée par le gaz lui-même, la disposition des vases dans lesquels l'acide carbonique est produit est liée nécessairement aux autres parties de l'appareil ; nous nous en occuperons en traitant de ce système de fabrication.

Dans le premier système de fabrication, celui où le gaz acide carbonique n'est pas refoulé par lui-même, l'acide carbonique est enlevé au moyen d'une pompe aspirante et foulante qui est mise en jeu par des moyens mécaniques différents ; le gaz puisé dans le gazomètre sous la pression ordinaire, est refoulé fortement dans un tonneau épais, en des proportions qui varient avec la nature de l'eau que l'on veut obtenir.

Cette manière de dissoudre le gaz carbonique dans l'eau se rattache à deux procédés différents. Dans l'un, que l'on peut appeler *Procédé de fabrication interrompue ou de Genève*, le récipient dans lequel l'eau se charge d'acide carbonique est d'une assez vaste capacité, et, quand tout l'acide carbonique a été introduit, on soutire l'eau gazeuse pour recommencer ensuite une nouvelle opération. Dans le second procédé, que l'on peut appeler *Procédé de fabrication continue ou de Bramah*, suivant le nom de son inventeur, le récipient qui reçoit l'eau et le gaz est d'assez petite dimension ; mais, du moment qu'une certaine quantité d'eau gazeuse y a été préparée, la fabrication continue à marcher sans interruption. A mesure que l'ouvrier retire une partie du produit fabriqué, la pompe refoule dans l'appareil une nouvelle quantité d'eau et de gaz pour remplacer l'eau gazeuse qui est sortie.

Nous allons étudier successivement 1° le système de Genève ; 2° le système de Vernaut et Barruel, ou système avec le gaz comprimé par lui-même, qui se lie intimement au précédent; 3° le système de Bramah.

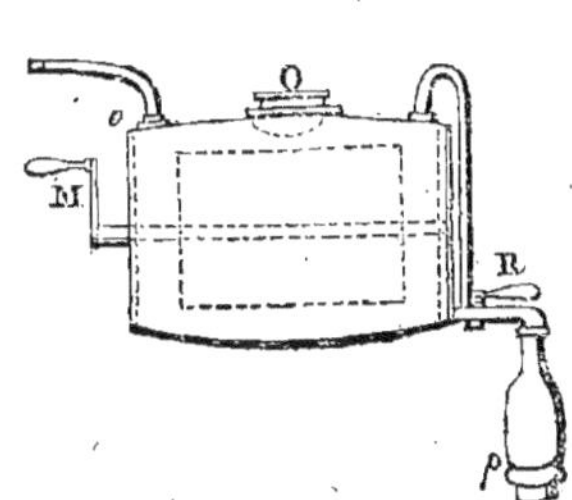

Dans l'appareil de Genève, le tonneau qui reçoit l'eau et le gaz est en cuivre très épais et parfaitement étamé. Sa capacité, qui peut varier, s'élève le plus ordinairement à 100 litres. Il est muni à sa partie supérieure d'une ouverture assez grande, qui se ferme à vis au moyen d'un couvercle que l'on n'ouvre que de temps en temps, quand on veut nettoyer à fond l'appareil. Le couvercle de cette ouverture est percé d'une autre ouverture d'environ six centimètres de large, qui se ferme par un bouchon qui y entre à vis, dont la tête est carrée, et qui peut être serré facilement à l'aide d'une clef. C'est par cette ouverture, pratiquée au couvercle, que l'on remplit ordinairement le tonneau. Ce tonneau porte en *o* une espèce de tubulure à laquelle vient s'adapter le tube qui amène le gaz carbonique refoulé par la pompe, et qui se ferme à volonté au moyen d'un robinet.

R est un robinet placé à la partie la plus basse du tonneau, et sur la construction duquel nous reviendrons plus tard. Enfin, M est un agitateur à manivelle qui sert à mettre l'eau en mouvement et à faciliter l'absorption du gaz.

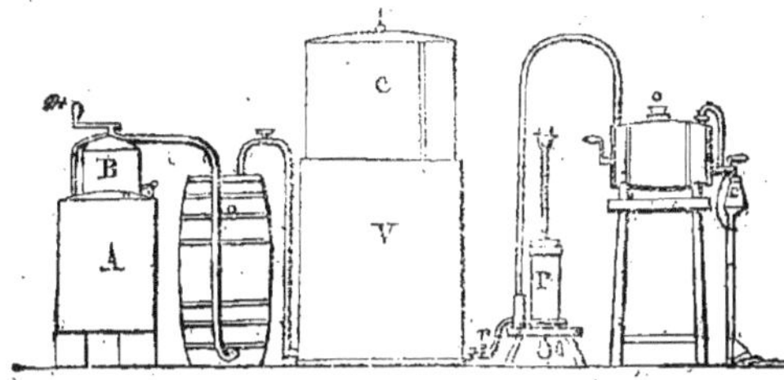

La planche ci-jointe donnera une idée suffisante de la disposition relative des pièces qui composent l'appareil de Genève. A B est le vase où se produit le gaz carbonique; C V est le gazomètre; entre eux est le tonneau de lavage; P est la pompe aspirante et foulante; à côté est le tonneau de fabrication.

On remplit complétement le tonneau avec de l'eau pure, et l'on ferme toutes les ouvertures, à l'exception du robinet du tube o; alors on commence à refouler de l'acide carbonique sans agiter, en laissant le robinet de décharge entr'ouvert; on déplace ainsi cinq litres d'eau qui se trouvent remplacés à la surface du tonneau par du gaz carbonique. Cette manipulation a pour objet : 1º de laisser un vide qui permette de donner à l'eau un mouvement plus tumultueux lors de l'agitation brusque et instantanée exercée en des sens différents; 2º de former à la surface de l'eau un réservoir plein de gaz sur lequel l'eau puisse constamment agir; 3º d'enlever autant que possible l'air atmosphérique que l'eau n'absorberait que très imparfaitement, qui augmenterait sans utilité la pression superficielle, et qui rendrait le jeu des pompes plus difficile. Cette expulsion de l'air est une chose fort utile dans la pratique, et il faut toujours, quand on monte l'appareil à neuf, se débarrasser par un premier courant de gaz de tout l'air contenu dans les vases de lavage et de dégagement et dans les tubes de communication. J'indiquerai encore comme précaution générale, de placer l'appareil dans un lieu frais, favorable à l'absorption du gaz, et qui conserve, été comme hiver, une température moyenne.

A mesure que l'on introduit le gaz carbonique dans le tonneau, il s'accumule à la surface de l'eau, et il se dissout ensuite facilement à l'aide du mouvement imprimé par l'agitateur. C'est une bonne pratique d'entretenir l'agitation pendant tout le temps que dure l'introduction du gaz : le jeu des pompes en devient plus facile. On peut s'arranger de manière à ce que le même moteur mette en mouvement et le piston de la pompe et l'agitateur.

J'ai observé que la quantité de gaz reste toujours plus grande à la surface de l'eau que dans l'eau elle-même.

Quelque précaution que j'aie prise, je n'ai pu arriver à faire absorber à l'eau une quantité d'acide carbonique égale en volume à celle qui forme l'atmosphère supérieure du tonneau. Lorsque l'eau contient cinq fois son volume de gaz, que, par conséquent, un espace d'un litre en renferme cinq litres, le même espace, dans l'atmosphère gazéiforme, qui est à la surface de l'eau, s'est trouvé presque constamment en contenir six litres. La différence serait bien plus grande si l'on n'avait pas pris la précaution de débarrasser l'appareil de l'air atmosphérique : celui-ci s'accumulant dans le tonneau pourrait exercer quelquefois une pression de 7 à 8 atmosphères sur l'eau, qui ne serait elle-même chargée que de 3 à 4 volumes de gaz.

On reconnaît la quantité de gaz qui a été introduite dans le tonneau, soit en mesurant au moyen de la règle graduée du gazomètre le volume de gaz qui a été soutiré; soit en adaptant un manomètre sur le tonneau. Le premier moyen est plus commode et plus sûr; mais comme le manomètre est indispensable dans d'autres systèmes de fabrication, nous dirons de suite sur quel principe sa construction est basée et comment on doit interpréter ses indications, ne nous occupant d'ailleurs que du seul système de manomètre qui ait été appliqué aux appareils à eaux minérales.

Un physicien français, Mariotte, a découvert que lorsque l'on comprime un gaz, son volume change en raison inverse de la pression. Un tube fermé à l'une de ses extrémités, étant plongé dans l'eau par son extrémité ouverte, le liquide ne s'y élève pas parce que l'air contenu dans le tube a une force élastique pareille à celle de l'air extérieur et qu'il presse sur la surface du liquide dans le tube, autant que l'atmosphère pèse sur la surface de ce liquide en dehors; l'air intérieur fait équilibre à la pression de l'atmosphère; en d'autres termes, il est soumis à une pression d'une atmosphère. Si la pression extérieure venait à augmenter (effet qu'il serait facile de produire si l'eau, au lieu d'être en contact avec l'air extérieur, se trouvait en communication avec un vase dans lequel on comprimerait du gaz carbonique), alors l'eau monterait dans le tube jusqu'à ce que le gaz enfermé dans ce tube (diminuant de volume à mesure qu'il est comprimé, et augmentant de ressort à mesure que son volume est diminué) fasse équilibre à la pression extérieure; à ce moment si la pression extérieure avait doublé, triplé, quadruplé, la pression du gaz intérieur serait également doublée, triplée, quadruplée : or, suivant la loi de Mariotte, le volume d'un gaz diminuant en raison inverse de la pression, on peut juger de la pression par le volume que le gaz occupe, et comme la pression intérieure et la pression extérieure sont semblables, on jugera sûrement par ce changement de volume dans le tube du changement survenu dans la pression extérieure. Soit 100 le volume occupé par le gaz sous une pression d'une atmosphère, les volumes et les pressions seront dans le rapport suivant :

Pression de 1 atmosphère   volume 100

        2 — —   — — 50

        3 — —   — — 33

Pression de 4 atmosphères   volume 25

5 — —	— — 20
6 — —	— — 16,5
7 — —	— — 14,3
8 — —	— — 12,5
9 — —	— — 11
10 — —	— — 10
11 — —	— 9
12 — —	— — 8,25

La forme que l'on donne le plus habituellement au manomètre est celle-ci :

L'extrémité ouverte de l'appareil est en communication avec le tonneau de fabrication ; si la pression augmente, le mercure est refoulé dans la branche fermée ; on juge de la pression par la diminution du volume de gaz qui s'y trouve renfermé.

Le manomètre dont nous venons de donner la description, a l'inconvénient d'être cassant ; il a en outre le désavantage de n'indiquer les différences, dans les hautes pressions, que par une différence trop petite dans la hauteur du niveau. M. Savaresse a évité cet inconvénient dans le manomètre qu'il a fait établir.

L'instrument n'a guère plus de 4 pouces de hauteur ; sa forme est celle ci-contre. Quand on veut le mettre en action, on le plonge dans un petit vase qui contient de l'eau.

Soit la capacité totale de l'instrument, ou le volume de l'air y contenu sous la pression atmosphérique   100

Soit la capacité de la grosse boule   80

Soit la capacité de la petite boule   10

Soit la capacité de la branche étroite du tube   10

L'instrument ne commencera à donner d'indication exacte que lorsque le mercure montera à la naissance de la partie étroite du tube, ou lorsque le volume du gaz sera réduit à 20 ; la pression sera alors de 5 atmosphères.

On conçoit très bien que les indications du manomètre n'étant nécessaires, pour les fabrications des eaux minérales, que pour des pressions au moins égales à 5 atmosphères, on a pû, en formant un réservoir pour le mercure, racourcir le tube manométrique et rendre l'appareil moins cassant. La pression vient-elle à augmenter, le mercure montera dans la partie supérieure de l'instrument ; or comme celui-ci est divisé en deux, de manière à ce que la moitié du gaz puisse être contenu dans la boule, il en résulte que les écarts indiqués par la marche du mercure dans le tube, seront plus sensibles, comme on peut en juger en jetant un coup d'œil sur les deux tubes ci-contre.

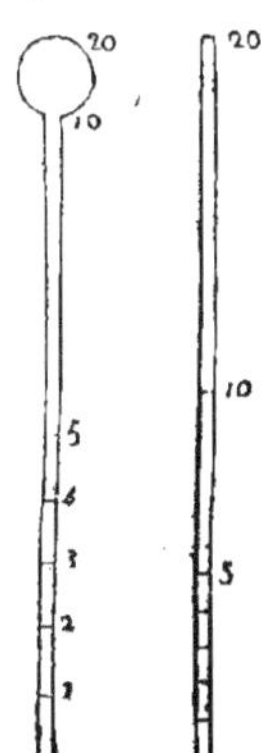

J'ajouterai que l'instrument étant plongé dans la petite cuvette à eau au moment où l'on va s'en servir, la température de l'air qui s'y trouve renfermé est la même que celle de l'air ambiant, ce qui est une garantie de plus de l'exactitude des indications.

Le premier robinet dont on s'est servi pour tirer l'eau gazeuse, était un robinet garni d'un liége ou d'un morceau de buffle conique, de dimension telle qu'il pût s'adapter sur toutes les bouteilles, malgré les différences de diamètre de leur orifice. Il se prolongeait en une longue tige qui pénétrait jusqu'au fond de la bouteille, et il était muni d'une petite soupape qui livrait passage à l'air de la bouteille et au gaz qui ne pouvait être retenu. Cette longue tige, plongeant dans l'eau gazeuse, était un grave défaut, parce que l'eau, aussitôt qu'elle sort du tonneau, laisse dégager de nombreuses bulles de gaz qui traversent le liquide déjà introduit dans la bouteille, et qui le tiennent dans un état d'agitation qui occasionne la perte d'une forte proportion de gaz carbonique. Le robinet gagne beaucoup dans son emploi à se trouvér réduit de toute la tige qui plongeait dans la bouteille ; mais le robinet décrit par Bramah, avec quelques modifications que je lui ai fait subir, est d'un emploi plus avantageux. C'est un robinet ordinaire ayant une douille peu allongée. Cette douille traverse une espèce de capsule renversée à fond plat, dont les bords descendent presque au même niveau que l'orifice du robinet. L'espace laissé entre la douille et les parois de la capsule, est rempli avec des rondelles de caoutchouc superposées ; un anneau en cuivre qui se visse sur la capsule de cuivre, refoule les disques de caoutchouc, et s'oppose à ce qu'ils puissent tomber.

Au moyen d'une bascule que le pied fait mouvoir et qui met en mouvement un support sur lequel la bouteille est posée, l'opérateur presse la bouteille contre le caoutchouc, et cette pression suffit pour s'opposer à toute issue de gaz. Il ouvre le robinet ; mais aussitôt qu'il s'aperçoit que la pression dans la bouteille s'oppose à l'écoulement de l'eau, il cède avec intelligence pour livrer passage aux gaz intérieurs. Il renouvelle cette manœuvre à plusieurs reprises, jusqu'à ce que la bouteille soit remplie. Alors il ferme le robinet, il tire la bouteille sur le côté, et il y pose rapidement le bouchon. C'est là une manœuvre difficile qui demande une main adroite, et surtout exercée. La qualité de l'eau dépend en grande partie de l'habileté de celui qui la met en bouteilles ; s'il n'est pas leste à boucher, une partie de l'eau et du gaz est jetée au dehors, la bouteille est en partie vidée, et l'eau a perdu une bonne partie de son gaz. L'opérateur doit saisir le bouchon par son bout le plus gros, entre l'index et le médius de la main droite ; il appuie le pouce sur le bord de la bouteille pour servir de régulateur, abaisse le bouchon sur l'orifice, et le fait entrer par un léger mouvement de rotation. Il l'enfonce d'abord avec la main, puis il achève de le faire entrer au moyen d'une tapette en bois. Il passe aussitôt la bouteille à un ouvrier qui se hâte d'assujettir le bouchon au moyen d'une ficelle.

Dans la méthode que je viens de décrire, l'eau s'écoule sous la forte pression qui existe dans l'intérieur du tonneau. Elle est lancée avec violence dans la bouteille ; en outre, il faut ouvrir une issue aux gaz de la bouteille tandis qu'elle se remplit, deux circonstances qui ont pour effet de faire perdre à l'eau acidule une assez grande quantité du gaz qu'elle contient. J'ai trouvé le moyen de remédier à ces deux inconvénients, en faisant construire un robinet qui établit une communication entre l'intérieur de la bouteille qui s'emplit, et l'atmosphère intérieure du tonneau : dans ce système, à peine le robinet est-il ouvert que l'égalité de tension s'établit des deux côtés ; l'eau gazeuse s'écoule alors lentement, sans éprouver d'autre agitation que celle qui résulte de sa propre chute, par un petit orifice, et sous la pression d'une seule atmosphère. Une longue pratique m'a confirmé tous les avantages que l'on retire de cette construction.

Le robinet qui amène à ce résultat est terminé comme celui de Bramah ; mais il a deux conduits intérieurs, l'un qui est destiné à l'écoulement du liquide, l'autre qui établit la communication entre l'atmosphère de la bouteille et celle du tonneau.

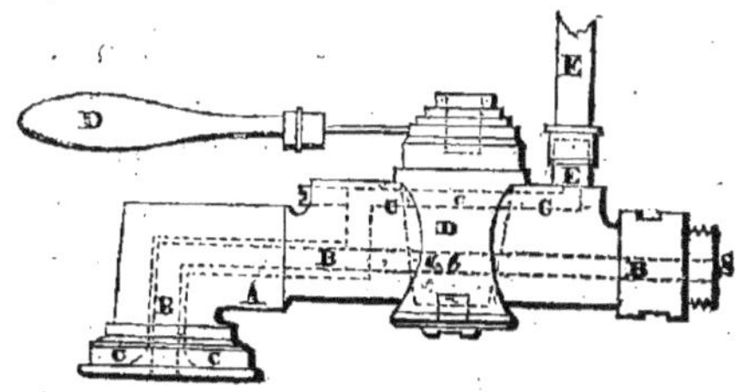

A est le corps du robinet qui s'adapte sur le tonneau par le pas de vis S.

BB est un conduit en argent qui traverse le robinet dans toute sa longueur, et qui est destiné à conduire l'eau.

CC est un second conduit en cuivre qui enveloppe B dans une partie de sa longueur, puis se coude et va s'ouvrir en E. Il est destiné à établir la communication entre la bouteille et l'atmosphère du tonneau.

DD est la clef du robinet. Elle est percée de deux ouvertures, l'une doublée en argent *b* correspond au conduit B ; l'autre *c* correspond au canal C. Il en résulte qu'en tournant la clef du robinet, on ouvre ou l'on ferme en même temps les deux canaux B et C.

E est un tube de plomb qui s'adapte sur le robinet par une de ses extrémités, et dont l'autre va s'ouvrir à la partie supérieure du tonneau.

Un anneau en cuivre vissé retient les rondelles de caoutchouc.

M. Boissenot a remarqué que l'eau est comme opaque et laiteuse dans la bouteille au moment même où elle vient de couler, en raison d'une infinité de petites bulles gazeuses qui se manifestent dans toute la masse. L'eau devient transparente par la disparition de ces bulles. Il faut laisser la bouteille appuyée contre le caoutchouc tant que cette transparence n'est pas établie ; mais du moment qu'on s'aperçoit que les bulles qui rendaient l'eau laiteuse ont disparu, on enlève lestement la bouteille et on la bouche. Il s'échappe beaucoup moins de gaz de la bouteille que si elle était retirée avant le moment précité.

Bien que le robinet à double courant rende beaucoup plus facile la mise en bouteilles, on ne peut éviter, cependant, une certaine déperdition de gaz pendant le temps assez court, nécessaire pour placer le bouchon. M. Selligue, le premier, je crois, a donné le moyen de boucher la bouteille sur place; mais il a tenu son procédé secret. Plusieurs dispositions, pour arriver à ce résultat, ont été adoptées depuis; elles évitent une grande déperdition de gaz, et elles mettent le premier venu à même de mettre en bouteilles, sans avoir besoin de faire aucun apprentissage. Cette modification réduit à une manipulation très facile, la partie jusqu'à présent la plus difficile de la fabrication des eaux minérales. Il faut concevoir que le conduit qui amène l'eau vient s'ouvrir dans un cône en cuivre ouvert à ses deux bouts. La partie inférieure de ce cône est munie circulairement, et en dehors, d'un ajustage en cuivre garni de caoutchouc, pareil à celui du robinet ordinaire. C'est contre ce caoutchouc que le bord de la bouteille vient presser. Par la partie supérieure du cône, on introduit un bouchon de liége, et au moyen d'une tige refoulée par un moyen mécanique, on l'enfonce dans le cône de manière à ce qu'il forme le plafond supérieur de cette partie du robinet. Quand la bouteille est pleine, sans la bouger de place on enfonce le bouchon pour le faire sortir en partie du cône et pénétrer dans le goulot.

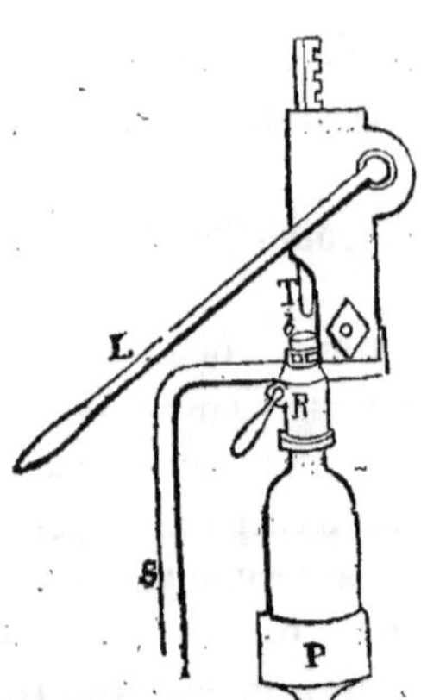

Le dessin ci-contre suffira pour donner une idée suffisante d'une de ces machines à boucher. Elle a été construite par M. Stévenaux; c'est celle dont je me sers à la Pharmacie centrale.

S est une pièce en fer solide qui soutient tout l'appareil. Le robinet ordinaire est remplacé par un robinet qui n'en diffère qu'en ce que la partie verticale de la douille a la forme d'un cône creux R. La bouteille est posée comme à l'ordinaire; l'on place à la partie supérieure du cône un bouchon b que l'on presse par le moyen de la tige T que fait mouvoir le levier L par l'intermédiaire d'une roue à engrenage. La paroi supérieure du robinet est alors formée par le bouchon. On remplit la bouteille à la manière ordinaire; et, quand elle est pleine, on presse sur le bouchon. Il s'amincit, traverse le cône et pénètre dans le col de la bouteille ; on cède avec le pied quand le bouchon est entré d'une quantité suffisante ; puis, faisant mouvoir une dernière fois le levier, on chasse tout à fait le bouchon du cône. Avec de l'habitude et de la dextérité, on peut se passer de cette machine à boucher pour la préparation des eaux minérales. Elle est indispensable quand on veut gazer des liqueurs visqueuses, comme les vins et les limonades.

L'*embouteillage* des eaux gazeuses n'est pas sans danger : beaucoup de bouteilles ne résistent pas à la pression, et volent en éclats. L'opérateur doit avoir la main qui saisit la bouteille armée d'un gant de buffle épais, qui soit assez montant pour garantir également le bras. La bouteille, pendant qu'elle se remplit, reste entourée par un demi-cylindre en cuivre qui tourne librement sur le robinet : il est amené entre l'opérateur et la bouteille pendant que celle-ci se remplit. Un grillage en fil de laiton épais, permet de suivre des yeux et sans danger, l'ascension du liquide. Au moment de boucher, l'on détourne l'armure de cuivre en la faisant tourner sur elle-même ; on saisit la bouteille, on y adapte le bouchon, et l'on ficelle aussitôt.

Si l'on veut mastiquer la bouteille, on plonge le bouchon et la tête de la bouteille dans un vernis résineux. La qualité que l'on recherche dans ce mastic est qu'il soit adhérent, et que cependant il se détache complétement par le choc. La recette suivante donne un bon résultat.

Colophane, 1 livre ½ ; craie pulvérisée, 1 livre ¼ ; essence de térébenthine, 4 onces ; rocou, ½ once. On fait d'abord fondre la colophane, on ajoute l'essence, puis la craie et le rocou.

On a remplacé les ficelles et le mastic par une petite calotte de plomb que l'on serre hermétiquement contre le col de la bouteille au moyen d'un tour de corde.

La corde est fixée solidement en l'air par l'un de ses bouts ; à l'autre bout est attachée une planchette sur laquelle on peut appuyer avec le pied pour tendre la corde ; on fait faire à celle-ci un tour autour de la capsule posée sur la bouteille ; on appuie le pied pour tendre la corde ; alors, en tournant la bouteille dans les mains, les bords de la calotte de plomb s'affaissent et viennent s'appliquer exactement contre le verre.

On a déjà presque entièrement renoncé à l'usage de ces cap-

41*

sales, parce qu'elles augmentent le prix de revient et qu'il s'y forme quelquefois du carbonate de plomb.

En adaptant un manomètre au vase de compression, j'ai étudié les phénomènes qui se produisent pendant que l'eau gazeuse est mise en bouteilles.

A mesure que l'on soutire de l'eau gazeuse (avec le robinet à simple courant), le vide qui se fait graduellement dans le récipient a pour effet de diminuer de plus en plus la pression à la surface du liquide, de permettre à l'eau déjà faite de laisser dégager une partie du gaz dont elle est chargée. A mesure que le gaz libre se dilate pour remplir le nouvel espace vide qui s'est formé, l'eau abandonne une partie d'acide carbonique qui compense en partie ce premier effet. De ces deux effets contraires résulte un décroissement de la pression lent et régulier, qui se continue jusqu'à la fin de l'opération. Les résultats du calcul et ceux de l'expérience marchent assez d'accord dans le commencement de l'opération ; mais, à mesure qu'elle avance, les écarts deviennent toujours plus considérables. Les mouvements du manomètre signalent parfaitement le phénomène mixte qui nous occupe. Chaque fois que l'on remplit une bouteille, le manomètre descend, puis on le voit sensiblement remonter pendant l'intervalle nécessaire pour boucher la bouteille et en présenter une nouvelle au robinet.

La pression superficielle s'accroît davantage quand l'opération est faite avec plus de lenteur ; or, comme cet accroissement résulte de la déperdition d'acide carbonique qui est faite par l'eau, il faut en conclure que moins on emploie de temps pour mettre en bouteilles et plus les résultats sont avantageux. De là un des avantages du système qui permet de boucher les bouteilles sur place.

SYSTÈME DE VERNAUT ET BARRUEL.

Ou système avec le gaz comprimé par lui-même.

Le système dont nous allons nous occuper diffère du précédent par une modification importante qui consiste dans la suppression de la pompe de compression. La portion de l'appareil dans laquelle on produit le gaz est en communication avec le vase dans lequel l'eau gazeuse doit être faite. Une nouvelle quantité de gaz s'ajoute à celui qui a déjà été produit, et la pression intérieure se trouve ainsi augmentée ; ici c'est le gaz qui se comprimant lui-même facilite sa dissolution dans l'eau. Un manomètre adapté à l'appareil indique à chaque instant la pression intérieure. Tout l'appareil ne différant de celui de Genève que par la manière dont la compression du gaz est exercée, nous n'aurons besoin de nous occuper ici que d'établir la différence entre les deux systèmes.

L'ensemble de l'appareil, tel qu'il a été exécuté par M. Barruel, se compose des pièces suivantes :

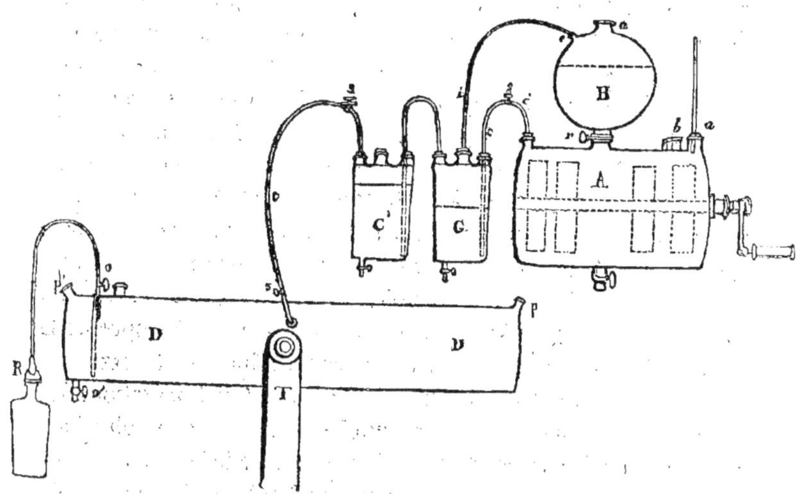

A est un vase en cuivre fort épais dans lequel le gaz doit être produit. Il est traversé par un agitateur ; il porte à sa partie inférieure une ouverture qui sert à le vider ; à sa partie supérieure se trouvent : 1° une tubulure *a* sur laquelle s'adapte un manomètre ; 2° une ouverture plus grande *b* par laquelle on introduit la craie délayée ; 3° un tube *c* qui va porter le gaz dans les laveurs ; 4° une ouverture sur laquelle s'adapte exactement un vase en cuivre épais B doublé en plomb et qui est destiné à recevoir l'acide sulfurique. Entre A et B est un robinet *r* en argent qui sert à introduire l'acide ; B porte en outre deux ouvertures ; l'une *a*, par laquelle on introduit l'acide sulfurique ; l'autre *e* qui porte un tube en plomb qui communique avec le premier vase laveur. Ce dernier est destiné à établir à la surface de l'acide une pression égale à celle du vase inférieur.

C C' compose le système de lavage du gaz ; la figure suffit pour en donner une idée exacte.

D est le vase où l'eau gazeuse doit se faire ; c'est un long cylindre de cuivre étamé, d'une capacité de 120 litres environ. Il porte dans la direction de son axe transversal deux tourillons qui posent sur la partie supérieure d'une sorte de tréteau T, de manière qu'en saisissant le cylindre D par la poigné p, on peut aisément lui imprimer un mouvement de bascule qui agite fortement le mélange d'eau et de gaz contenu dans le cylindre : c'est un excellent moyen de faciliter la dissolution du gaz carbonique dans l'eau. D communique avec les laveurs par un tube en plomb t, dont les deux extrémités sont munies d'un tuyau de caoutchouc flexible, de manière à ce que le tube obéisse facilement au mouvement que lui communique l'agitation de D. D porte en o deux tubulures ; l'une par laquelle on remplit d'eau ce cylindre, l'autre qui laisse sortir un tube à l'extrémité duquel se trouve placé le robinet R, de sorte que c'est la pression supérieure exercée par le gaz qui refoule le liquide et le fait passer dans le robinet. Enfin en o' est un robinet qui sert à volonté à vider le cylindre. Il y a en outre en $s\,s$ deux robinets qui servent à établir ou à empêcher la communication du cylindre avec le vase producteur du gaz.

Voici maintenant la manière dont on conduit l'opération. La craie délayée dans l'eau est introduite en A et l'acide sulfurique concentré en B : la communication de t avec le laveur étant interrompue, on fait couler un peu d'acide et on laisse un peu de gaz se perdre pour remplir l'appareil d'acide carbonique en expulsant l'air. Alors on adapte t et on tient fermés les robinets $s\,s$ du tube t. On continue à faire couler de l'acide et à remuer l'agitateur jusqu'à ce que le manomètre indique six atmosphères de pression. Alors on ouvre les robinets $s\,s$ et o' et on laisse couler environ 10 litres du liquide du cylindre D. Cela fait, on ferme l'ouverture o' et saisissant la poignée p, on imprime au cylindre un mouvement de bascule qui agite l'eau avec le gaz ; on voit instantanément baisser le manomètre ; mais on ouvre le robinet à l'acide sulfurique de manière à produire du gaz à mesure que l'eau en absorbe et à maintenir le manomètre à 6 atmosphères. On continue ainsi jusqu'à ce que, malgré l'agitation, le manomètre reste fixe. Alors on met l'eau en bouteilles, et pendant tout le temps que dure cette opération, on entretient la même pression à la surface du liquide, en faisant couler de temps en temps de l'acide sulfurique sur la craie. Le manomètre doit marquer six atmosphères pendant tout le temps que dure la mise en bouteilles. On conçoit que lorsque l'opération est terminée, l'appareil se trouve rempli par 5 à 600 litres d'acide carbonique qui sont perdus. On peut en profiter en partie en ayant un second cylindre D que l'on remplit d'eau et que l'on met en communication avec le premier. Cette perte de gaz est compensée du reste par la simplicité de l'appareil qui n'est formé que de pièces peu altérables et toujours faciles à réparer, circonstance d'une haute importance pour les personnes qui n'habitent pas les grandes villes.

Un désavantage de l'appareil précédent est la présence du robinet qui verse l'acide sur la craie et qui est bientôt mis hors de service ; il a été remplacé par un obturateur en verre porté sur une tige, qui glisse dans une boîte en cuir et qui peut aisément être mis en mouvement, sans établir de communication avec l'extérieur. Un autre inconvénient plus grave est la forte pression exercée dans le vase qui contient l'acide sulfurique concentré. Si la rupture de ce vase venait à se faire, l'acide, lancé dans toutes les directions, pourrait produire les accidents les plus graves. On ne saurait prendre trop de précautions pour éviter ces accidents.

M. Savaresse a simplifié et modifié l'appareil précédent. A est le vase dans lequel le gaz est produit. On y met de l'eau acidulée ; la craie est employée, enveloppée dans du papier, sous la forme d'une longue cartouche que l'on introduit dans le col A'. Elle est soutenue par une tige transversale et ne peut avoir le contact de l'acide qu'autant que l'agitateur mis en mouvement vient à briser l'extrémité de la cartouche et à faire tomber une partie de carbonate de chaux dans l'acide ; le dégagement de gaz est ainsi conduit facilement et réglé à volonté. C est le manomètre, U le laveur plein d'une dissolution de bi-carbonate de soude, K K le tonneau qui contient l'eau et qui reçoit le gaz. Une soupape placée à l'extrémité du tube T livre passage au gaz et met obstacle à la sortie de l'eau. E est le robinet qui ouvre et ferme la communication entre la première et la seconde parties de l'appareil. En I est une portion étroite du tube, qui ralentit le mouvement du gaz ; en J est une boîte tournante qui suit le mouvement imprimé au tonneau K sans permettre la sortie du gaz. R est un robinet pour mettre en bouteilles. Le tube S établit la communication entre l'intérieur de la bouteille et l'intérieur du tonneau ;

on peut le remplacer par un robinet simple ou adapter à volonté une machine à boucher. Veut-on mettre cet appareil en mouvement, on remplit avec de l'eau le tonneau K ; on introduit l'eau acide dans le vase A et la cartouche de craie dans le col A'. On fait dégager un peu de gaz pour chasser l'air de l'appareil, puis

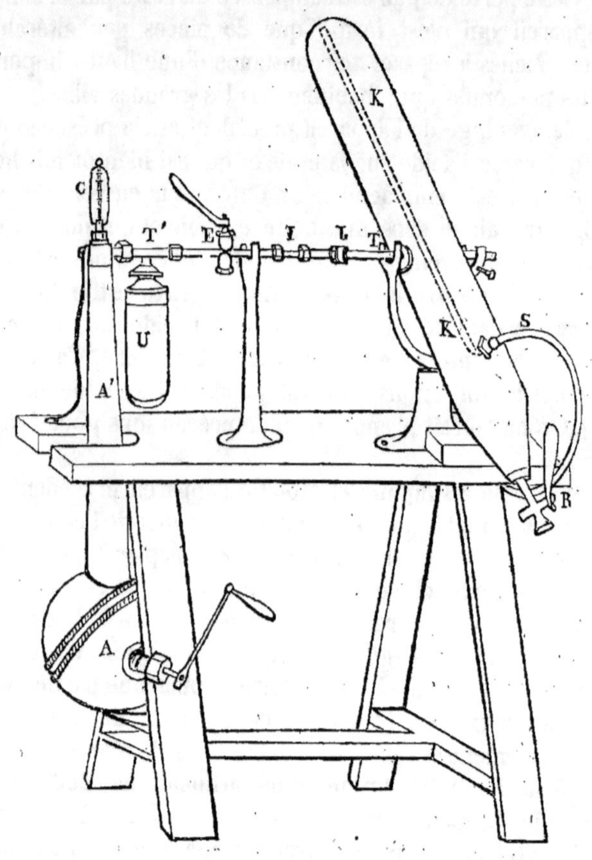

'on pose le manomètre et la pièce qui ferme le vase à dégagement ; alors on adapte et l'on serre la virole placée en J et le gaz commence à entrer dans le tonneau K, où il vient occuper la partie supérieure : en même temps, on ouvre le robinet pour laisser couler un peu de liquide et faire un vide suffisant. On continue à faire dégager du gaz et de temps en temps on donne au cylindre

K un mouvement de bascule qui facilite singulièrement la dissolution du gaz ; lorsque, malgré quelques chutes répétées du liquide, le manomètre ne baisse plus et marque six atmosphères, on met en bouteilles en tenant le tonneau incliné dans la position où la figure le représente. M. Saveresse a construit sur ce système de petits appareils, dont le prix est peu élevé et qui seront fort appréciés par les pharmaciens des petites villes qui ont nécessairement une fabrication restreinte.

SYSTÈME DE BRAMAH.

Dans le système de fabrication des eaux gazeuses inventé par Bramah, une pompe aspire l'eau et le gaz et les refoule en même temps dans un réservoir commun. Ce réservoir est d'une petite capacité ; mais à mesure qu'il se désemplit par le tirage de l'eau gazeuse, la pompe fournit sans cesse une nouvelle quantité d'eau et de gaz, de manière à ce que le travail puisse durer aussi longtemps qu'on le veut sans être interrompu.

La machine de Bramah a été décrite avec beaucoup de détails dans le bulletin de la Société d'encouragement : elle est employée dans la plupart des fabriques d'Angleterre et dans un petit nombre de fabriques françaises. Mais cette même machine, avec le mécanisme plus simple qu'y a appliqué M. Viel Cazal, mécanicien de Paris, fonctionne dans presque tous les ateliers de la France. Je donne ici le dessin de cette machine pris sur l'appareil qui a été établi pour la Pharmacie centrale par M. Stévenaux.

La machine de Bramah a comme pièces accessoires un appareil pour la production du gaz carbonique et un gazomètre ordinaire qui sert de réservoir. Celui-ci n'a pas besoin d'être gradué, car ici le gaz se mesure par la pression intérieure de l'appareil, et non plus par le volume qui a été puisé : par la même raison, il peut être d'une assez faible capacité, il suffit qu'il puisse être alimenté aussi vite par la production de gaz, qu'il est épuisé par sa soustraction.

A est le vase ou tonneau dans lequel l'eau gazeuse doit se faire ; sa capacité est de 15 à 16 litres.

Dans l'intérieur est un agitateur de la forme ci-contre, destiné à faciliter le mélange de l'eau et du gaz. Il est mis en mouvement par la manivelle armée d'un volant M, qui fait en même temps marcher la pompe aspirante et foulante. S est une soupape

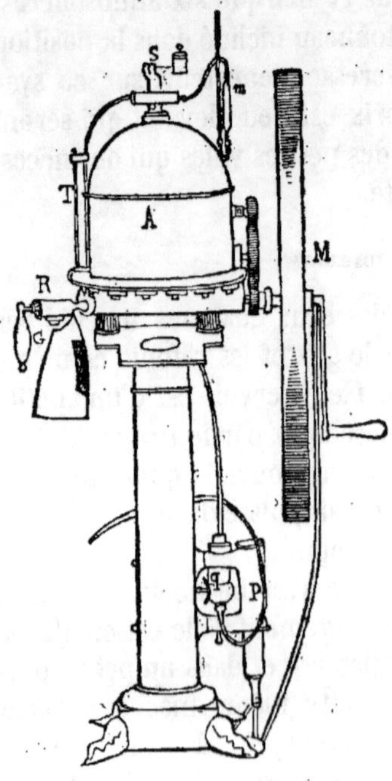

de sûreté; M est un mano-mètre destiné à faire connaî-tre la pression intérieure; T est un tube en verre placé en dehors du tonneau et com-muniquant avec sa partie su-périeure et sa partie infé-rieure. L'eau y pénètre, et l'on peut y voir à chaque in-stant quelle est la hauteur du liquide dans le tonneau; R est un robinet, garni de rondelles en caoutchouc. Le col de la bouteille vient s'y appliquer; une pédale à bascule sert à l'y appuyer; une armure en cuivre G garantit l'opérateur des éclats de verre comme dans la machine de Genève.

La pompe P sert à puiser en même temps l'eau et le gaz, et à les refouler tous deux dans le tonneau récipient. On voit com-ment le piston est mis en mouvement par la manivelle.

Q est une partie importante de l'appareil; c'est là que se fait et que se règle l'arrivée de l'eau et du gaz. Cette pièce mérite d'être examinée avec détail. Elle présente dans son intérieur un canal qui communique avec la pompe P, ainsi qu'on peut le voir facilement dans la figure en coupe.

G est le tube qui va chercher le gaz sous le gazomètre; E est un tube qui amène l'eau. Tous deux viennent aboutir dans le canal G E, au milieu duquel se trouve une clef du robinet R. Cette clef est échancrée comme le montre la figure; quand l'échancrure est en dessus, l'eau et le gaz trouvent tous deux le passage libre et peuvent pénétrer dans l'intérieur de la pièce générale Q. En tournant ce robinet à droite ou à gauche on peut à volonté fermer l'arrivage à l'eau ou au gaz, ou bien encore agrandir ou diminuer le passage livré à chacun d'eux, et par suite faire arriver à volonté plus d'eau ou plus de gaz. Une petite tige T sert à faire tourner le robinet. Une portion de cercle indicateur C permet d'obtenir toujours avec précision le résultat désiré.

La bille B inférieure porte sur un diaphragme garni de cuir et percé d'un trou. Elle se soulève pour livrer passage à l'eau et au gaz ; elle retombe et ferme l'ouverture du diaphragme pour s'opposer à leur retour ; au-dessus de la bille est une petite pièce en cuivre échancrée C qui ne bouche pas le canal ; elle est garnie en cuir à sa partie inférieure. C'est contre elle que la bille vient frapper et s'arrêter quand elle est soulevée par l'eau et le gaz.

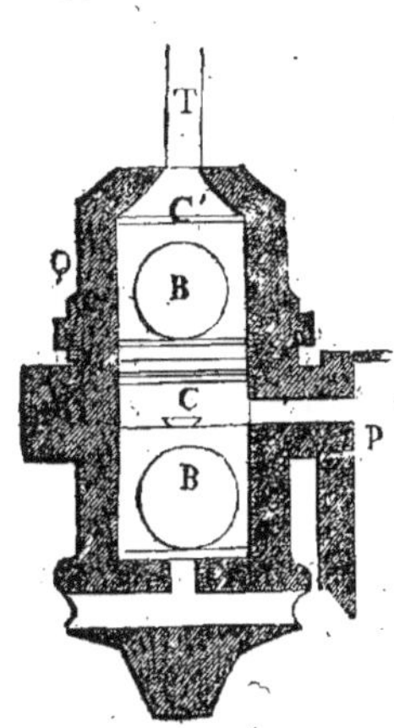

La bille supérieure B' établit ou ferme la communication de la pompe avec le tonneau récipient ; elle pose également sur un diaphragme en cuir, et se trouve arrêtée dans sa marche ascendante par la petite pièce C'.

T est le tube par lequel l'eau et le gaz pénètrent dans le tonneau.

Maintenant il va être facile de suivre le mouvement de l'eau et du gaz. Vient-on à descendre le piston, on fait le vide dans le corps de pompe P, et l'on rend prédominante sur la pression intérieure, celle qui s'exerce dans le tonneau récipient, et celle qui est exercée par le gaz dans le gazomètre et par l'air atmosphérique sur l'eau ou la dissolution saline.

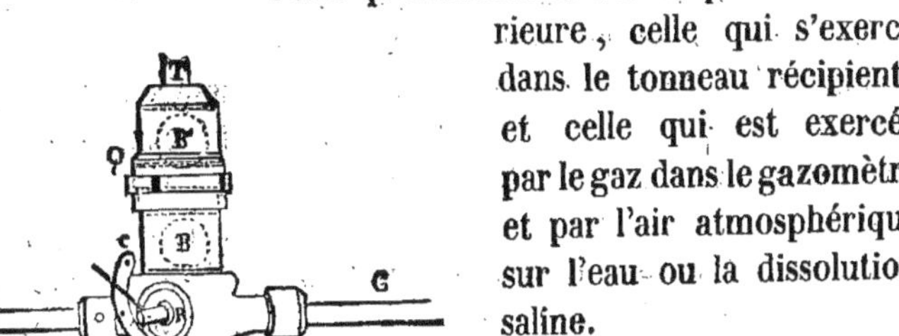

L'effet de la pression plus grande dans le récipient, est de presser sur la bille B' qui ferme alors toute communication entre le récipient et la pompe. L'effet de la pression extérieure est de faire monter l'eau dans le tube E et le gaz dans le tube G; ils soulèvent la bille B et viennent remplir le corps de pompe.

Maintenant quand on remonte le piston, la pression intérieure augmente de plus en plus; elle presse sur la bille B qui ferme l'entrée à l'eau et à l'acide carbonique; elle soulève au contraire la bille B'; l'eau et le gaz pénètrent ensemble dans le récipient. Ainsi l'abaissement du piston a pour effet d'introduire l'eau et le gaz dans la pompe, et l'ascension du piston a pour effet de les refouler dans le tonneau.

Veut-on faire marcher l'appareil, on met l'extrémité du tube E en communication avec un réservoir qui contient de l'eau, et le tube G en communication avec le gazomètre. L'on ouvre le robinets R d'une quantité convenable, que l'expérience fait bientôt connaître; en même temps on ouvre de temps en temps la soupape du récipient, jusqu'à ce qu'il soit entièrement rempli : c'est afin de chasser l'air atmosphérique qui y est contenu. On retire alors une partie de l'eau, et, pendant tout le temps que dure l'opération, on tient le récipient rempli au tiers de sa capacité, ce qu'il est facile de reconnaître par la hauteur du liquide dans le tube latéral T; on règle le mouvement de la pompe de manière à ce qu'elle fournisse constamment une quantité d'eau égale à celle qui est tirée par le robinet. Par ce moyen la continuité du travail s'établit, et la machine, une fois en mouvement, ne s'arrête que lorsqu'on veut suspendre la fabrication.

Toutes les précautions nécessaires pour ne pas perdre de gaz pendant la mise en bouteilles, et pour se mettre à l'abri des accidents, sont les mêmes que celles que nous avons indiquées pour l'appareil de Genève. Seulement ici l'usage du robinet à double courant ne peut trouver son application.

La quantité dont chacun des robinets qui amènent l'eau et le gaz doit rester ouvert est bientôt connue par l'habitude. On a pour guide encore la qualité de l'eau qui est tirée et l'indication du manomètre; on travaille ordinairement sous une pression intérieure de 7 atmosphères. Si la pression intérieure devient trop forte, la soupape de sûreté se soulève et donne passage au gaz excédant. On peut la faire communiquer avec le gazomètre, de manière à ne pas perdre le gaz qui sort alors de l'appareil.

L'appareil de Bramah a sur l'appareil de Genève des avantages marqués. On peut à volonté y fabriquer une grande ou une petite quantité d'eau minérale; on peut sans inconvénients suspendre à volonté la fabrication sans craindre de changer la nature des produits; la fabrication s'y fait aussi d'une manière plus expéditive; circonstance qui explique la préférence qui lui est accordée dans toutes les fabriques montées sur une échelle un peu forte. Un autre avantage incontestable est celui de donner des eaux également chargées à toutes les époques de l'opération. On peut lui reprocher avec raison d'être moins propre à la fabrication des eaux très chargées de carbonates calcaire ou magnésien, qui exigent un séjour prolongé de l'eau chargée d'acide carbonique avec des sels insolubles ; force est alors de ne faire à la fois que la quantité d'eau qui peut être contenue dans la capacité du récipient. Les petites fabrications trouveraient à faire à cet appareil un reproche plus grave; les appareils au meilleur marché que l'on ait pu les établir coûtent encore le double des appareils à gaz comprimé par lui-même, suivant le système de Genève modifié.

BOUTEILLES SIPHOÏDES.

On sait assez que lorsque l'on vient à déboucher une bouteille d'eau gazeuse, au moment où le bouchon vient d'être ôté, il se fait une vive effervescence qui souvent entraîne une partie du liquide ; en outre, le buveur est partagé entre le double inconvénient de perdre une partie du gaz contenu dans l'eau de son verre, s'il s'occupe à reboucher aussitôt la bouteille, ou de laisser affaiblir l'eau qui reste dans la bouteille s'il commence par boire la liqueur qu'il s'est versée. Chacun a appris encore par sa propre expérience, que, pour peu que l'on tarde à boire la totalité d'une bouteille d'eau gazeuse, les dernières parties que l'on se verse sont à peine chargées de gaz. C'est ce double inconvénient que M. Savaresse a voulu éviter par l'emploi des bouteilles siphoïdes. Voyons d'abord quelle est la construction de ces bouteilles.

A est un cruchon en grès verni, dont la capacité est un peu plus grande que celle d'une bouteille à eau de Seltz ordinaire ; il porte en O une tubulure que l'on ouvre ou que l'on ferme à volonté au moyen d'un bouchon en cuivre, à vis. La tubulure principale de la bouteille, porte un ajustage en étain fin, solidement fixé dans le col du cruchon.

Voici quelle est la disposition intérieure de cet ajustage. Il

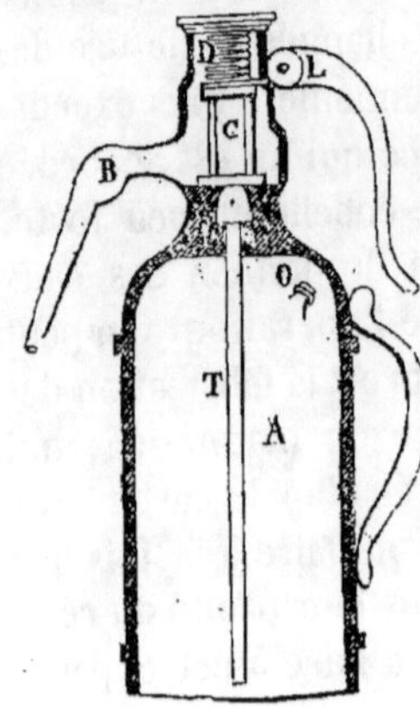

porte à une certaine hauteur un rétrécissement sur lequel quel vient poser un petit cylindre en étain C, terminé par un disque en liége très fin, attaché avec de la cire à cacheter : quand le liége est appuyé exactement sur le rétré-cissement, il intercepte toute communi-cation entre l'intérieur de la bouteille et l'extérieur. Ce petit cylindre est com-primé par un ressort D qui pose au-des-sus, qui est retenu lui-même par un cou-vercle à vis. On peut en posant le doigt sur le levier L soulever le ressort et ren-dre au cylindre C la possibilité d'être sou-levé. Au-dessus du rétrécissement est un bec en étain B par lequel on vide le cruchon. Un tube T va plonger presque jusqu'au fond du cruchon.

Supposons la bouteille pleine d'eau gazeuse, un espace vide de liquide se trouve à la partie supérieure, qui contient du gaz acide carbonique, comprimé à plusieurs atmosphères, comme nous le verrons tout à l'heure. En cet état, rien ne peut sortir de la bou-teille, car le ressort qui pose sur le cylindre d'étain applique exac-tement le liége sur le rétrécissement de l'ajustage : la pression du gaz ne peut vaincre la résistance du ressort; mais que l'on vienne à peser du doigt sur le levier L, le gaz qui presse sur la surface

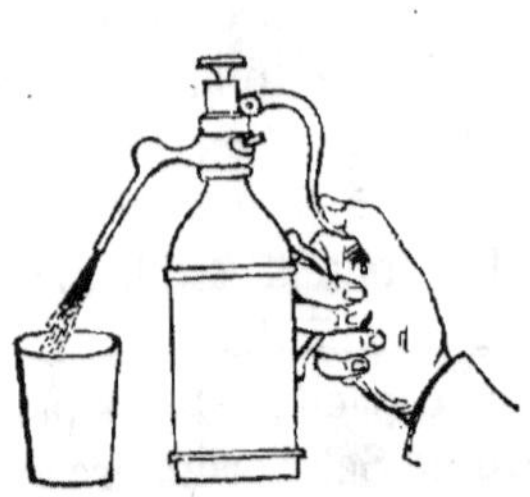

de l'eau la fait monter dans le tube T comme dans un siphon ; à son tour, elle soulève le petit cylindre qui fait les fonctions de soupape, s'élève au-des-sus de l'étranglement, et est déversée par le conduit latéral; mais du mo-ment qu'on cesse de peser sur le le-vier, tout passage est interrompu; rien ne peut plus sortir de la bouteille.

La manière de remplir la bouteille siphoïde est extrêmement curieuse : l'ajustage étant appliqué sur le cruchon, on ouvre la tubulure latérale et l'on remplit d'eau ; alors, appliquant l'extré-mité du bec en étain sur une petite pompe foulante, garnie d'un manomètre, et soulevant le ressort avec le doigt, on refoule un peu d'eau pour achever de remplir la bouteille, et quand l'eau sort par la tubulure latérale, on bouche exactement celle-ci. La bouteille est alors exactement remplie d'eau; quelques coups de piston de la presse foulante augmentent la pression : le manomètre la fait connaître; si le cruchon peut supporter 20 atmosphères, il est d'un bon emploi.

Le cruchon ayant été ainsi rempli d'eau et essayé, on remplace l'eau contenue dans la bouteille par de l'acide carbonique. A cet effet, on tient le cruchon renversé et on le présente par l'extrémité du bec en étain sur le robinet d'un récipient qui contient de l'acide carbonique comprimé; puis pressant sur le levier et tenant entr'ouverte la tubulure latérale O, l'eau est refoulée et sort du cruchon; on bouche l'ouverture O et l'on cesse de presser sur le levier L.

La bouteille est alors pleine de gaz carbonique et prête à recevoir l'eau gazeuse que l'on voudra y introduire. Pour la remplir,

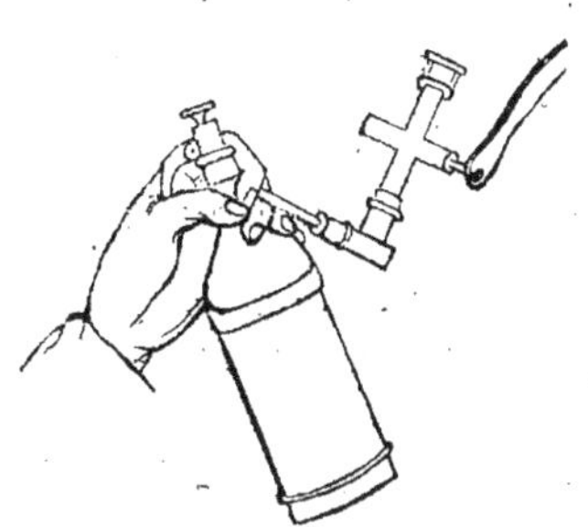

l'opération est des plus simples : on remplace le robinet ordinaire de Bramah par un tube auquel s'adapte une pièce coudée, percée d'un canal dans son intérieur. Cette pièce est en bois de buis, et le canal central est assez large pour que l'extrémité du bec en étain puisse y être introduite. Alors on presse sur le levier, et en un instant très court l'eau gazeuse a été refoulée dans le cruchon, et l'a rempli presque entièrement. Au moment où l'on tourne le robinet, l'eau gazeuse pressée plus fortement dans le tonneau de Bramah par l'atmosphère de gaz qui la recouvre, est refoulée et pénètre dans le cruchon par l'ajustage et le tube de verre. L'acide carbonique que le cruchon contenait est refoulé jusqu'à ce que son volume soit assez diminué et sa force élastique soit assez augmentée pour qu'il fasse équilibre à la pression exercée à la surface de l'eau dans le tonneau de Bramah. On voit de suite pourquoi le cruchon ne se remplit pas complétement d'eau, et pourquoi sa capacité doit être plus grande que celle d'une bouteille ordinaire à eau de Seltz. M. Savaresse remplit ses cruchons sous une pression de 11 atmosphères.

Au moment où le liquide cesse de s'introduire dans la bouteille, celle-ci ne contient pas tout à fait la quantité d'eau nécessaire ; l'opérateur lâche un instant le levier, il secoue la bouteille, absorbe ainsi une partie de l'acide carbonique gazeux ; par là il diminue la pression intérieure, et représentant la bouteille une fois encore au robinet, il reçoit une petite quantité d'eau qui achève de remplir suffisamment le cruchon. L'emplissage des cruchons par ce moyen va beaucoup plus vite que celui des bouteilles par les moyens ordinaires ; on n'a non plus ni bouchon à mettre ni ficelle à attacher.

On pourrait croire que l'essai que l'on est obligé de faire des cruchons et le remplissage d'acide carbonique qui précède l'opération, doit rendre l'opération fort longue ; mais il faut remarquer que c'est là une opération que l'on ne renouvelle que de loin en loin ; quand la bouteille a été vidée, elle reste pleine d'acide carbonique qui ne peut s'échapper ; elle est par conséquent toute disposée à recevoir une nouvelle charge d'eau. Rien d'étranger ne peut s'introduire dans les bouteilles ; c'est de loin en loin seulement que l'on a besoin de rinçage.

DE L'INTRODUCTION DES SELS DANS LES EAUX MINÉRALES.

La première difficulté qui se présente, quand on veut préparer une eau artificielle chargée de matière saline, est celle de savoir en quel état les sels existent réellement dans l'eau naturelle que l'on veut reproduire. Ainsi que nous avons déjà eu l'occasion de le dire, l'analyse fait bien connaître la nature et la quantité des bases et des acides qui se trouvent réunis ; mais nous en sommes réduits à des hypothèses plus ou moins probables sur la manière dont tous ces éléments sont combinés entre eux. Ne pouvant résoudre cette difficulté, on l'a négligée, et l'on est convenu, en quelque sorte, que lorsqu'on a réuni dans une eau minérale les éléments que l'analyse y fait trouver, on est arrivé à une imitation suffisamment fidèle. Remarquons que lorsqu'il existe, dans une eau minérale, une base et un acide en quantité prédominante, il ne peut rester aucun doute sur l'existence de la combinaison qu'ils ont formée entre eux.

Si les sels qui entrent dans une eau minérale sont tous solubles, la fabrication consiste dans une simple dissolution : par exemple, l'eau de Barége, de Cauterets, l'eau de la mer. Si l'eau minérale est en même temps acidule , on prépare la dissolution des sels, on en remplit le tonneau et l'on charge de gaz acide, si l'on opère par la méthode de Genève : on la fait soutirer par la pompe en même temps que le gaz, quand on se sert de l'appareil de Bramah. Si la proportion des sels est peu considérable, on peut encore les dissoudre dans une petite quantité d'eau, les introduire à l'avance dans les bouteilles, et achever de remplir celles-ci d'eau gazeuse simple. Nous citerons l'eau de Seltz comme pouvant être indifféremment préparée par l'une ou l'autre méthode.

Quand une eau minérale n'a fourni à l'analyse que des sels insolubles, ces sels ne peuvent être que des carbonates, qui existaient dans l'eau à l'état de bi-carbonates ; on imite alors l'eau naturelle en faisant dissoudre ces mêmes carbonates dans un excès d'acide carbonique. Il n'existe pas d'eau minérale qui ne contienne que ce genre de sels ; mais comme la manière de reproduire les bi-carbonates reste souvent la même, quand ces carbonates sont mêlés à d'autres sels, nous allons la décrire une fois pour toutes.

Les carbonates de chaux, de magnésie et de fer, se trouvent communément dans les eaux; ils se dissolvent avec facilité dans un excès d'acide carbonique. Pour peu que la proportion en soit considérable, il faut assurer leur dissolution en les employant à cet état d'extrême division qui résulte de la précipitation chimique. On précipite à froid une dissolution très étendue de sulfate de magnésie purifié ou de chlorure de calcium pur, par du carbonate de soude; on lave le précipité à plusieurs reprises pour le débarrasser des sels étrangers, et on le fait égoutter sur une toile. Pour apprécier la quantité réelle de carbonate que contient l'espèce de bouillie épaisse que l'on s'est procurée, il faut en prendre une certaine quantité, la sécher et la calciner fortement : 1 partie de produit magnésien représente 2,05 de carbonate de magnésie, et 2,24 de magnésie blanche (hydrocarbonate de magnésie); 1 partie de précipité calcaire qui a été chauffé fortement au rouge, représente 1,777 de carbonate de chaux.

On peut opérer de même pour le carbonate de manganèse, parce qu'il peut être lavé au contact de l'air sans éprouver d'altération. Quant au carbonate de fer, comme il absorbe rapidement l'oxigène de l'air, et qu'après cette oxidation il ne peut plus se dissoudre dans l'acide carbonique, on le prépare au moment du besoin, en introduisant successivement dans les bouteilles une dissolution de sulfate de fer, et une dissolution de carbonate de soude; on se hâte de remplir avec de l'eau gazeuse. La quantité toujours très minime de sulfate de soude que cette manœuvre introduit dans les eaux, ne peut rien changer aux effets médicinaux. Pour avoir 1 partie de carbonate de fer, il faut employer 2,4 parties de sulfate de fer cristallisé et 2,5 parties de carbonate de soude également cristallisé.

Il est presque impossible d'éviter qu'une partie du carbonate de fer ne s'oxigène et ne refuse alors de se dissoudre; aussi je préfère mettre dans les bouteilles la dissolution du sel de fer soluble, et y introduire l'eau gazeuse chargée du carbonate de soude qui doit le décomposer.

Une fois les carbonates obtenus, on les délaie dans l'eau : s'ils sont en petite proportion, on les introduit dans les bouteilles que l'on remplit ensuite d'eau gazeuse; mais quand ils doivent entrer dans l'eau minérale à une forte dose, on les délaie dans le tonneau même, l'on charge d'acide carbonique, et l'on agite de temps en temps. Comme on peut prolonger plus longtemps le contact de l'eau acidule et des carbonates, leur dissolution complète est plus assurée. Ici l'appareil de Genève a une supériorité marquée; il permet de fabriquer une plus grande quantité à la fois.

Lorsqu'une eau minérale a donné en même temps à l'analyse des sels solubles et des sels insolubles, si l'on peut, par un échange des bases et des acides, tout convertir en sels solubles, on ne manque pas de le faire pour rendre la préparation plus facile. Par exemple, l'eau de Saint-Nectaire contient du carbonate de chaux, du carbonate de magnésie et du carbonate de fer, tous trois insolubles; mais elle contient en même temps du sel marin et du sulfate de soude : on en profite pour faire un échange entre les sels insolubles et les sels de soude; le carbonate de chaux et une partie de sel marin disparaissent pour donner place à du carbonate de soude et à du chlorhydrate de chaux; le carbonate de magnésie et une quantité proportionnelle de sel marin donnent du chlorhydrate de magnésie et du carbonate de soude; enfin, de l'échange entre le carbonate de fer et le sulfate de soude, il résulte du sulfate de fer et du carbonate de soude, qui sont tous deux solubles dans l'eau.

L'eau de Vichy (source de la Grande-Grille), contient par litre, suivant l'analyse de M. Lonchamps :

    Carbonate de soude anhydre............   4,9814 grammes.
        —   chaux.................   0,3498
        —   magnésie..............   0,0849
    Chlorure de sodium,..................   0,5700
    Sulfate de soude anhydre.............   0,4725
    Carbonate de fer.   0,0042

Les carbonates de chaux et de magnésie étant des sels insolubles on les remplace par d'autres sels solubles de la manière suivante :

    1° 1 équivalent carbonate de magnésie   pèse   53,48
       1 équivalent sulfate de soude sec   pèse   89,20

Les bases et les acides venant à se remplacer mutuellement, il résulterait de cette double décomposition :

    1 équivalent carbonate de soude sec qui pèse   66,73
    1 équivalent sulfate de magnésie qui pèse   75,95

or, les deux derniers sels sont solubles, et produisent lors de leur mélange du carbonate de magnésie et du sulfate de soude, de sorte qu'employer 1 équivalent de carbonate de soude et 1 équivalent de sulfate de magnésie, c'est la même chose que prendre 1 équivalent de carbonate de magnésie et 1 équivalent de sulfate de soude ; seulement dans le premier cas, on a l'avantage d'opérer sur deux sels solubles.

Faisant l'application de ceci à l'eau de Vichy, il s'agira de remplacer le carbonate de magnésie et une partie du sulfate de soude par du sulfate de magnésie et du carbonate de soude dans les quantités qui sont données par les poids des équivalents de ces sels, savoir :

0,0849 de carbonate de magnésie, et 0,1416 de sulfate de soude par 0,120 de sulfate de magnésie, et 0,1059 de carbonate de soude.

2° L'eau de Vichy contient du carbonate de chaux et du chlorure de sodium. On remplace le premier par une quantité proportionnelle de chlorure de calcium ; et le second par du carbonate de soude ; les deux nouveaux sels reproduisent par leur double décomposition du carbonate de chaux et du chlorure de sodium.

42*

0,3498 de carbonate de chaux et la quantité proportionnelle de sel marin, savoir 0,400, seront remplacés par 0,380 chlorure de calcium, et 0,363 de carbonate de soude.

3° Le carbonate de fer et une quantité correspondante de sulfate de soude seront échangés pour du sulfate de fer et du carbonate de soude, qui, par leur décomposition réciproque, reproduiront les deux sels primitifs.

0,004 de carbonate de fer, et 0,0049 de sulfate de soude feront place à 0,005 sulfate de fer, et 0,0037 de carbonate de soude.

Voici maintenant comment va se résumer la formule de l'eau de Vichy artificielle.

CARBONATE DE SOUDE

existant dans l'eau,	4,9814
destiné à produire le carbonate de chaux,	0,3630
— — — de magnésie,	0,1059
— — — de fer,	0,0037

Total du carbonate de soude sec 5,454, qui équivalent à 14,645 de carbonate de soude cristallisé.

CHLORURE DE SODIUM

existant dans l'eau,	0,57
qui se formera par la réaction qui donne le carbonate de chaux, 0,40 — nécessaire pour compléter 0,17 $\Big\} =$	0,57

SULFATE DE SOUDE

existant dans l'eau,	0,4725
qui se formera par la réaction qui donne le carbonate de magnésie, 0,1416 — qui se formera par la réaction qui donne le carbonate de fer, 0,0049 $\Big\}$	0,1465

Retranchant la quantité de sulfate de soude qui se formera lors des doubles décompositions de la totalité de celui qui existe dans l'eau, savoir 0,1465 de 0,4725, il reste à introduire dans la formule :

sulfate de soude sec,	0,326
ou	
sulfate de soude cristallisé,	0,737

CHLORURE DE CALCIUM.

La quantité employée pour reproduire le carbonate de chaux est 0,380 qui correspond à 0,808 de chlorure de calcium cristallisé.

SULFATE DE MAGNÉSIE.

La quantité employée pour reproduire le carbonate de magnésie est 0,120 qui correspond à 0,244 de sulfate de magnésie cristallisé.

SULFATE DE FER.

La quantité employée pour reproduire le carbonate de fer est 0,005 qui équivalent à 0,009 de sulfate de fer cristallisé.

CARBONATE DE CHAUX, DE MAGNÉSIE ET DE FER.

Ils disparaissent de la formule.

La formule d'eau de Vichy (source de la Grande-Grille), se trouve ainsi être la suivante, pour 1 litre d'eau :

Pr. : Carbonate de soude cristallisé............ 14,645 grammes.
      Sulfate de soude cristallisé.   0,737
      —   magnésie....................   0,244
      —   fer cristallisé................   0,009
      Chlorure de sodium...................   0,170
      —   calcium cristallisé...........   0,808

Une formule d'eau artificielle ayant été établie sur ces principes, voici la manipulation qu'il faut suivre. Avec l'appareil de Genève, on fait des dissolutions séparées de tous les sels qui pourraient se décomposer mutuellement; on introduit toutes ces dissolutions dans le tonneau, et l'on charge d'acide carbonique. Les carbonates insolubles qui se reforment au moment du mélange des dissolutions, sont redissous par le gaz carbonique. Avec l'appareil de Bramah, on fait absorber, par la pompe, la liqueur trouble qui résulte du mélange des liqueurs salines. Dans l'un et l'autre système, on peut encore mettre dans les bouteilles la dissolution d'une partie des sels, tandis que les autres sont introduits dans le tonneau, suivant la méthode ordinaire. Le mélange des substances salines ne se fait alors que dans un liquide sursaturé d'acide carbonique, et il n'apparaît aucun précipité. Avec l'un et l'autre appareil, on peut encore faire des dissolutions concentrées et séparées de chaque genre de sels, les mélanger ensemble, et partager le mélange trouble dans les bouteilles que l'on remplit alors d'eau gazeuse simple. Toutes ces manipulations sont également bonnes, et je ne vois d'autre raison de donner la préférence à la dernière, que le désir de conserver, plus longtemps sans altération, l'appareil qui est attaqué plus vite par des dissolutions salines que par de l'eau pure. Cependant l'introduction des matières, dans le tonneau même, mérite la préférence, quand les carbonates terreux sont employés en forte proportion.

Il arrive que la composition des eaux ne permet pas de convertir tous les sels en sels solubles ; si la proportion de principes qui manque est faible, on peut l'ajouter sans inconvénient. C'est ainsi que dans l'eau de Forges, il manque du sulfate ou du muriate de soude pour changer le carbonate de fer en un sel soluble ; on introduit cependant le fer à l'état de sulfate, et l'on ajoute la quantité de carbonate de soude nécessaire pour le décomposer ; il en résulte que l'eau renferme un peu de sulfate de soude qu'elle ne devrait pas contenir, mais en quantité si faible, que l'on peut facilement n'y pas faire attention.

Enfin, lorsque dans une eau minérale, la proportion des sels insolubles est considérable, il faut les préparer par double décomposition. On les délaie dans la dissolution des sels solubles ou dans un peu d'eau, et l'on opère ainsi que nous l'avons dit précédemment. On peut consulter, comme exemple, la préparation de l'eau de Contrexeville.

INTRODUCTION DE LA SILICE ET DES MATIÈRES ORGANIQUES DANS LES EAUX MINÉRALES.

On ne peut penser à introduire les matières organiques dans les eaux minérales, parce que nous ne savons pas les produire artificiellement.

Quant à la silice, il est assez difficile de la faire entrer dans les eaux ; heureusement qu'il y a peu d'intérêt à le faire. Quand les eaux contiennent du carbonate de soude, on peut faire bouillir la silice gélatineuse dans la dissolution du carbonate : elle s'y dissout en proportion plus que suffisante ; mais cette dissolution de silice ne peut être introduite dans les eaux acidulées gazeuses, car la silice en est précipitée par l'acide carbonique ; de sorte que ce procédé n'est pas applicable aux eaux minérales les plus employées. En faisant bouillir de la silice gélatineuse avec de l'eau, j'ai trouvé les résultats suivants :

1 gramme carbonate de soude sec + 1 litre d'eau.
$\qquad$ = Silice dissoute   0,62 gr.

1 gramme carbonate de soude sec + 4 onces d'eau.
$\qquad$ = Silice dissoute   0,218 gr.

FORMULES POUR LA PRÉPARATION DES EAUX MINÉRALES ARTIFICIELLES LES PLUS EMPLOYÉES.

Nous diviserons en trois chapitres l'étude de la préparation des eaux minérales, en nous basant sur leur composition et sur les différences que cette composition entraîne dans le mode opératoire. Nous aurons à traiter successivement : 1° des eaux salines simples qui consistent en de simples dissolutions de substances salines, et des eaux acidules gazeuses qui contiennent le plus souvent des sels et toujours de l'acide carbonique libre ; 2° des eaux ferrugineuses, dans lesquelles le fer entre comme élément dans une proportion assez considérable ; 3° des eaux sulfureuses, qui renferment des proportions plus ou moins grandes d'acide sulfhydrique ou de sulfures alcalins.

Dans les formules qui suivent, les proportions de matières salines ont été données en grammes et en fractions de grammes pour un litre d'eau, parce que cette manière de représenter les eaux minérales est plus commode pour le calcul lors de leur préparation. Mais j'ai donné en regard et alors en nombre rond et en même temps en fractions de livre et en grammes la quantité de matières contenues dans une bouteille ordinaire d'eau minérale qui contient 20 onces d'eau. Cette dernière disposition des formules est plus utile au médecin qui prescrit les eaux minérales par bouteilles.

EAUX ACIDULES ET EAUX SALINES.

§ 1er. EAUX SALINES NON ACIDULES QUI S'OBTIENNENT PAR SIMPLE DISSOLUTION DES SELS.

EAU DE LA MER.

J'ai pris pour base de la composition de l'eau de mer artificielle l'analyse qui a été faite par M. Alexandre Marcet, en déterminant séparément les quantités de bases et d'acides, et les combinant de manière à produire les sels les plus solubles : cette analyse ne représente pas avec une grande exactitude la composition de l'eau de la mer ; mais elle donne un liquide qui a beaucoup d'analogie avec elle, et dont les propriétés médicales doivent s'en rapprocher beaucoup, quand on l'emploie pour bains, comme on est dans l'habitude de le faire. Cette eau de mer artificielle ne contient pas l'hydrochlorate d'ammoniaque, et les sels de potasse qui accompagnent la soude dans l'eau de la mer ; on n'y retrouve pas les carbonates de chaux et de magnésie qui existent dans l'eau naturelle à l'état de bicarbonates, et qui s'en précipitent par l'ébullition.

Les iodures et bromures probablement magnésiens de l'eau naturelle y manquent aussi ; enfin elle est dépourvue de la matière animale. On arrive à une imitation un peu plus fidèle, en remplaçant le sel marin purifié par le sel gris du commerce.

Pr. : Sel marin gris desséché...........	26,6 gram.	6 gros.	48 grains.
Sulfate de soude cristallisé.......	11,715	3	»
Chlorure de calcium cristallisé....	2,424	»	45
— magnésium cristallisé..	9,854	2	34
Eau.......................	1 litre.	1 litre.	

Et pour un bain à 300 litres :

Sel marin..................	8 kil.		16 livres. »	
Sulfate de soude cristallisé.......	3	500 gr.	7	
Chlorure de calcium cristallisé....	»	700	1	7 onces.
— magnésium cristallisé..	2	950	5	14

On prépare à l'avance une poudre pour les bains de mer artificiels. Elle est ainsi composée pour former 100 litres de liquide.

Pr. : Sulfate de soude effleuri..........	460 gram.	15 onces.
Chlorure de calcium sec...........	125	4
— de magnésium desséché...	500	16 onces.

Pour se procurer le chlorure de magnésium desséché, on le met dans une capsule, et l'on fait évaporer une partie de son eau de cristallisation, sans aller assez loin cependant pour dissiper de l'acide hydrochlorique. On y ajoute les autres sels pulvérisés, et l'on renferme dans un flacon bien bouché. On peut, plus commodément, prendre tous les sels cristallisés, et les mettre ensemble dans un flacon. On porte ce mélange dans l'eau du bain, et l'on y ajoute 2 kilogrammes 660 grammes (5 livres 5 onces) de sel gris.

EAU DE PLOMBIÈRES.

L'eau de Plombières est l'une de ces eaux minérales qui ne peuvent être employées avec avantage qu'à la source même. L'eau naturelle transportée ne tarde pas à se décomposer, parce que la matière organique réagit sur le sulfate qu'elle change en sulfure. D'un autre côté, on ne peut espérer d'imiter artificiellement la combinaison de matière organique et de soude, qui a l'odeur de la glu du gui, et qui se rencontre dans l'eau naturelle. L'eau naturelle contient aussi de la silice et de l'alumine qu'on ne peut introduire dans l'eau artificielle.

Dans l'imitation de l'eau de Plombières, il faut remplacer le carbonate de chaux et une quantité proportionnelle de sel marin par du chlorure de calcium et du carbonate de soude. J'ai pris pour base de la formule suivante l'analyse faite par M. O. Henry de la source du Crucifix, dont l'eau est la seule qui soit prise en boisson par les malades, à Plombières même.

Pr. : Bi-carbonate de soude.	0,221	3 grains.	0,15	gram.
Chlorure de calcium cristalisé.	0,027	1/3	0,018	
— magnésium cristallisé.	0,011	1/6	0,008	
— sodium.	0,006	1/12	0,004	
Sulfate de soude cristallisé.	0,005	1/16	0,003	
— fer cristallisé.	0,012	1/6	0,008	
Eau pure	1 litre.	1 bout.	625,	

On fait une première dissolution du bicarbonate de soude, du sulfate de soude, du sulfate de fer, du sel marin. On ajoute en dernier les chlorures de calcium et de magnésium. La liqueur se trouble à peine. L'eau de Plombières artificielle ne s'emploie guère que pour bains.

EAU DE BALARUC.

J'ai pris pour base l'analyse de Figuier, en ajoutant un peu de bromure qui a depuis été trouvé par Balard. Le carbonate de chaux et celui de magnésie, avec une quantité proportionnelle de sel marin, sont remplacés par du chlorure de calcium et de magnésium, et du carbonate de soude. Le sulfate de chaux et une nouvelle quantité de sel marin, sont remplacés par du chlorure de calcium et du sulfate de soude. L'eau naturelle a une onctuosité due à une matière organique qui n'est nullement reproduite dans l'eau artificielle.

On fabrique de l'eau de Balaruc pour boisson, qui est peu employée, et de l'eau pour bain, qui l'est davantage : elles ne diffèrent l'une de l'autre que par l'acide carbonique dont on charge la première.

Eau de Balaruc pour boisson.

Pr. : Chlorure de sodium.......	5,054	gram.60	grains.	3,4
— calcium cristallisé.	5,439		62	3,4
— magnésium cristallisé.	2,842		33	1,8
Sulfate de soude cristallisé..	1,644		20	1,1
Bi-carbonate de soude cristallisé...............	2,115		24	1,3
Bromure de potassium.....	0,006		1/12	0,004
Eau gazeuse à 3 vol.......	1 litre.		20 onces.	625

On dissout à part les chlorures de calcium et de magnésium ; on partage cette dissolution saline dans les bouteilles, et l'on remplit avec la dissolution des sels de soude et du bromure que l'on a chargée de trois volumes d'acide carbonique.

Quand on emploie l'eau de Balaruc pour bains, on ne la charge pas d'acide carbonique. Le mélange des sels ne précipite pas immédiatement. Le précipité commence à se faire un peu après le mélange, et il augmente d'instants en instants.

§ II. EAUX ACIDULES, QUI NE CONTIENNENT QUE DES SELS SOLUBLES.

La manipulation pour les eaux qui appartiennent à cette série est des plus simples. On fait une dissolution des sels et on la charge d'acide carbonique, ou quand les sels sont en petite proportion, on les introduit dans les bouteilles, sous forme de dissolution concentrée et l'on achève de remplir avec de l'eau gazeuse simple.

EAU GAZEUSE SIMPLE.

Cette eau est d'un usage fréquent. On l'obtient en chargeant de l'eau pure de cinq fois son volume d'acide carbonique. On l'emploie quand on ne recherche que l'action stimulante propre au gaz carbonique.

C'est cette eau gazeuse simple qu'on livre journellement pour la table sous le nom d'eau de Seltz.

EAU ALCALINE GAZEUSE.

Pr. : Bi-carbonate de potasse.... 7 gram.   80 grains.   4,4 gram.
    Eau gazeuse à 5 vol........ 1 litre.   20 onces. 625,

Chaque once de liquide contient 4 grains de bi-carbonate alcalin. Cette eau est employée surtout pour dissoudre les graviers d'acide urique dans les reins ou la vessie.

LIMONADE GAZEUSE.

La limonade gazeuse est une boisson fort agréable et très désaltérante. On emploie pour chaque bouteille de 20 onces (625 grammes), 3 onces (96 grammes) de sirop de limon; on aromatise avec un élæo-saccharum fait en frottant du sucre sur l'écorce du citron. On peut mettre le sirop dans les bouteilles et remplir avec de l'eau gazeuse ou charger de gaz le mélange d'eau et de sirop. Le robinet à boucher sur place est à peu près indispensable pour la préparation de la limonade gazeuse, à cause de la viscosité que le sucre donne à la liqueur.

Les fabricants ont le soin de préparer la limonade gazeuse, au fur et à mesure des besoins, car elle se conserve mal.

Quand les limonades gazeuses doivent être conservées longtemps, lorsque, par exemple, elles deviennent l'objet d'expéditions lointaines, elles ont besoin d'être mutées pour se conserver; on y parvient en introduisant dans chaque bouteille, avant de les remplir d'eau, une dissolution contenant 1 grain de sulfite de soude. Elles peuvent alors être gardées indéfiniment, et au bout de quelque temps surtout, la saveur propre au sulfite a complétement disparu.

On prépare de même des limonades avec les sirops de groseilles, framboises, vinaigre, grenades, etc.

EAU DE SEDLITZ.

L'eau de Sedlitz artificielle dont on fait usage est une imitation grossière de l'eau naturelle; elle lui est cependant préférable, parce que la forte quantité de gaz carbonique dont elle est chargée la rend moins désagréable pour les malades, et permet à l'estomac de la conserver plus facilement sans vomir. Suivant la dose de sulfate de magnésie, on distingue l'eau de Sedlitz en eau à 2 gros (8 grammes), à 4 gros (16 grammes), à 6 gros (24 grammes), à 1 once (32 grammes).

Le Codex donne la formule suivante :

Sulfate de magnésie cristallisé..............	13 gram.	2 gros.	8 gram.
Eau pure..............	1 litre.	20 onces.	625
Acide carbonique..........	3 litres.	3 vol.	3 vol.

L'usage a consacré l'emploi de cette formule, et comme l'eau de Sedlitz est toujours employée comme purgative, une représentation plus exacte de l'eau naturelle serait sans objet.

POUDRE DE SEDLITZ DES ANGLAIS.

Pr. : Acide tartrique, huit gros..............	32 grammes.
Bi-carbonate de soude, huit gros...........	32
Tartrate de potasse et de soude, vingt-quatre gros.	96

On pulvérise l'acide et on le divise en 12 paquets dans du papier blanc.

On pulvérise les deux sels, on les mélange et on les partage en 12 parties égales, que l'on renferme dans du papier bleu.

Pour l'emploi, on fait dissoudre 1 paquet d'acide dans un verre d'eau; on ajoute le sel, on agite et on boit promptement pendant que l'effervescence a lieu.

SODA WATER.

Pr. : Bi-carbonate de soude.	1,9 gram.	20 grains.	1,2 gram.
Eau gazeuse à cinq vol.	1 litre.	20 onces.	625,

Cette eau est employée comme moyen de faciliter les digestions.

SODA POWDERS.

(Poudre gazifère simple.)

Pr. : Acide tartrique pulvérisé, quatre gros.......	16 grammes.
Bi-carbonate de soude, six gros............	24

On divise l'acide tartrique en 12 parties égales que l'on enveloppe dans du papier blanc.

D'autre part, on partage le bi-carbonate de soude en 12 parties, que l'on enveloppe dans du papier bleu.

On dissout un paquet de la poudre acide dans un grand verre que l'on a rempli d'eau seulement au tiers. On ajoute un paquet de poudre alcaline, l'on agite et l'on boit de suite.

Cette liqueur est acidule au goût, bien que le bi-carbonate soit en excès par rapport à l'acide tartrique ; c'est que le sel alcalin n'est pas complétement dissous au moment où l'on avale cette boisson, et qu'en outre, celle-ci est imprégnée de gaz acide carbonique.

§ III. EAUX ACIDULES SALINES QUE L'ON PRÉPARE AVEC DES SELS INSOLUBLES.

EAU MAGNÉSIENNE GAZEUSE.

Pr. : Magnésie blanche............ 6 gram.　1 gros.　4 gram.
　　Eau pure. .... 1 litre.　20 onces. 625
　　Acide carbonique........... 6　　　6 vol.　6 vol.

Il faut employer la magnésie encore humide, vu qu'elle se dissout moins bien après qu'elle a été séchée ; à cet effet, on précipite du sulfate de magnésie à l'ébullition par un excès de carbonate de soude, on recueille le précipité, on le lave avec soin et on le fait égoutter sur une toile ; on prend un certain poids de ce précipité, on le sèche, on le calcine et on le pèse de nouveau. Le produit est de la magnésie pure, dont une partie en poids représente deux parties de magnésie blanche supposée à l'état sec. On délaie le précipité magnésien dans l'eau, l'on charge d'acide carbonique, et, après 24 heures de contact, on met en bouteilles. L'appareil de Genève est plus convenable pour cette préparation que celui de Bramah, parce qu'il faut laisser séjourner le carbonate de magnésie avec l'eau chargée d'acide carbonique pour assurer sa dissolution, et que l'appareil de Genève permet d'opérer à la fois sur de plus grandes quantités.

Il faut 16 grammes de sulfate de magnésie cristallisé pour produire 6 grammes de magnésie blanche. Au lieu de faire sécher et de peser le précipité magnésien pour en établir la proportion, on peut plus simplement décomposer cette quantité de sulfate à l'ébullition par le carbonate de potasse ou le carbonate de soude, soutenir l'ébullition jusqu'à ce qu'il ne se dégage plus de gaz carbonique, laver le précipité et le dissoudre par l'acide carbonique ainsi qu'il a été dit.

EAU MAGNÉSIENNE SATURÉE.

Pr.: Magnésie blanche.........	12 gram.	2 gros.	8 gram.
Eau pure.................	1 litre.	20 onces.	625
Acide carbonique..........	6	6 vol.	6 vol.

On opère comme pour l'eau magnésienne gazeuse. Il reste peu d'acide carbonique en excès : on pourrait se servir de la magnésie blanche du commerce; mais il arrive alors que quelques portions de matière ne se dissolvent pas. Si au lieu de peser la magnésie blanche, on calcule sa quantité d'après celle du sulfate, on trouve qu'il faut employer pour chaque litre 32 grammes de sulfate de magnésie cristallisé.

On fait de l'eau magnésienne plus chargée que la précédente; on introduit dans chaque bouteille 4 gros, et jusqu'à 6 gros de carbonate de magnésie. Il faut augmenter à proportion la dose d'acide carbonique.

§ IV. EAUX ACIDULES SALINES DANS LES QUELLES LES SELS INSOLUBLES SONT PRÉPARÉS PAR LA DOUBLE DÉCOMPOSITION DE SELS SOLUBLES.

EAU DE BADEN.

(Duché de Bade.)

J'ai pris pour point de départ l'analyse que Kastner a faite de cette eau. L'eau naturelle a une odeur et une saveur de bouillon, due à des matières organiques, qu'il est impossible de reproduire. Le sulfate de chaux trouvé par l'analyse a été remplacé par une quantité correspondante de chlorure de calcium, et l'on a diminué d'une quantité proportionnelle la quantité de sel marin. On a introduit en même temps dans la formule du sulfate de soude, qui, réagissant sur du chlorure de calcium, forme le sulfate de chaux trouvé dans l'eau naturelle et le chlorure de sodium qui a été mis en moins dans la formule.

Le carbonate de fer et une partie du sel marin trouvés par l'analyse sont reproduits par la double décomposition du chlorure de fer par le carbonate de soude.

Pr. : Sel marin.	2,700 gram.	30 grains.	1,6 gram.
Chlorure de magnésium cristallisé.	0,164	2	0,1
Chlorure de calcium cristallisé.	3,553	40	2,2
— férreux sec.	0,019	1/4	0,012
Sulfate de soude cristallisé.	0,886	11	0,6
Carbonate de soude cristallisé.	0,043	1/2	0,025
Eau gazeuse à cinq vol.	1 litre.	1 bouteille.	625

On fait une dissolution des sels de soude, et une autre dissolution concentrée avec les chlorures terreux et le chlorure de fer. On charge la première liqueur d'eau gazeuse, et l'on en remplit les bouteilles où l'on a mis à l'avance la dissolution des chlorures.

EAU DE BOURBONNE.

L'eau de Bourbonne artificielle a pour base l'analyse qui a été faite par MM Chevallier et Bastien. Cette eau ne contient pas d'acide carbonique ; mais on est dans l'usage d'en introduire une certaine quantité dans l'eau artificielle. Le carbonate de chaux insoluble, et une quantité proportionnelle de sel marin, sont remplacés par du chlorure de calcium et du carbonate de soude. D'un échange de bases et d'acides, entre le sulfate de chaux et une nouvelle quantité de sel marin, il résulte encore du chlorure de calcium et du sulfate de soude. Il y a dans l'eau naturelle de Bourbonne une matière bitumineuse et glaireuse qu'il est impossible de reproduire dans l'eau artificielle.

Pr. : Bromure de potassium.	0,05 gram.	2/3 grains.	0,033 gram.
Chlorure de sodium.	5,00	56	3,1
Chlorure de calcium cristallisé.	3,40	40	2,2
Sulfate de soude cristallisé.	1,84	20	1,1
Bi-carbonate de soude cristallisé.	0,48	6	0,3
Eau.	1 litre.	1 bout.	625,
Acide carbonique.	3 vol.	3 vol.	3 vol.

On fait une première dissolution de tous les sels, en réservant le chlorure de calcium ; on dissout ce dernier sel à part, et on le partage dans les bouteilles que l'on remplit avec la première dissolution saline que l'on a chargée de gaz acide carbonique.

EAU DE CARLSBAD.

C'est l'analyse de M. Berzélius qui a servi de base. Le carbonate de chaux et une quantité correspondante de sel marin ont été changés en chlorure de calcium et en carbonate de soude : le carbonate de fer et la quantité correspondante de sulfate de soude ont été changés en sulfate de fer et en carbonate de soude. L'eau naturelle de Carlsbad a une odeur de bouillon qu'il est impossible de reproduire.

Pr. :			
Sulfate de soude cristallisé...	4,656 gram.	54 grains.	3,00 gram.
Carbonate de soude cristallisé.	5,375	61	3,35
Chlorure de calcium cristallisé.	0,700	8	0,4
Sel marin.................	0,674	8	0,4
Sulfate de fer cristallisé......	0,009	1/9	0,006
Eau gazeuse à cinq vol......	1 litre.	1 bouteille. 625,	

On dissout dans l'eau le sulfate de soude, le carbonate de soude et le sel marin, et l'on charge de gaz carbonique ; d'autre part, on dissout le chlorure de calcium, et d'un autre côté, le sulfate de fer dans une petite quantité d'eau. On mêle les deux liqueurs, que l'on partage promptement dans les bouteilles, et l'on remplit avec l'eau saline gazeuse.

EAU DE SAINT-NECTAIRE.

La base de la formule est l'analyse de M. Berthier. Le carbonate de chaux et celui de magnésie, avec la quantité de sel marin correspondante, sont remplacés par les chlorures de calcium et de magnésium, et par le carbonate de soude. Le carbonate de fer et une partie du sulfate de soude sont remplacés par du sulfate de fer et du carbonate de soude ; mais j'ai diminué de beaucoup la proportion de fer indiquée par l'analyse ; elle donnerait une eau plus ferrugineuse que ne l'est en effet la source de Saint-Nectaire.

Pr. :			
Carbonate de soude cristallisé.	7,361 gram.	84 grains.	4,6 gram.
Sel marin.	1,640	20	1,1
Sulfate de soude cristallisé..	0,326	4	0,2
Chlorure de calcium cristallisé.	0,950	10	0,55
Chlorure de magnésium cristallisé.	0,440	6	0,3
Sulfate de fer cristallisé....	0,020	1/4	0,012
Eau gazeuse à 5 vol......	1 litre.	1 bouteille. 625	

On fait une dissolution des sels de soude ; on la charge d'acide carbonique ; d'autre part, on dissout les chlorures terreux et le sel de fer dans une petite quantité d'eau ; on partage cette liqueur dans des bouteilles que l'on achève de remplir avec l'eau saline gazeuse. On peut aussi introduire tous les sels dans le tonneau et charger de gaz carbonique.

EAU DE PULLNA.

M. Barruel a analysé l'eau de Pullna ; il y a trouvé des carbonates de chaux, de magnésie et de fer, et du sulfate de chaux. Ce dernier sel, ainsi que les carbonates calcaire et magnésien et une quantité proportionnelle de sel marin, sont remplacés dans la formule par du chlorure de calcium, du chlorure de magnésium, du sulfate et du carbonate de soude. Le carbonate de fer est reproduit par du sulfate de fer et du carbonate de soude ; on retranche de la formule la proportion correspondante de sulfate de soude.

Pr. : Sulfate de soude cristallisé..	24,092 gram.	3 gros.	54 grains.	15 gram.
— magnésie cristallisé.	33,556	5	18	21
— fer cristallisé....	0,002	»	1/40	0,0012
Chlorure de calcium cristallisé.	1,523	»	18	1
Chlorure de magnésium cristallisé.	4,690	»	54	3
Chlorure de sodium.......	1,576	»	18	1
Eau gazeuse à 5 vol.......	1 litre.	20 onces.		625

Chaque bouteille de 20 onces contient un peu plus d'une once des sulfates de soude et de magnésie.

EAU DE SELTZ.

Si l'on veut avoir une eau de Seltz artificielle, qui ressemble à l'eau de Seltz naturelle, il faut consulter les analyses qui ont été faites de celle-ci ; or, ces analyses ne s'accordent pas entre elles : les quantités de sels trouvées dans un litre d'eau varient, suivant les observateurs, de 3 à 5 grammes. Ces différences proviennent bien certainement des variations que l'eau de Seltz naturelle éprouve elle-même dans la proportion de ses sels; M. Caventou a trouvé 3,66 gr. par litre, dans de l'eau prise au dépôt, à Paris; dans ces derniers temps je n'ai trouvé que 3,0 gr. Comme les proportions indiquées par Bergmann et par Bischoff sont plus fortes, j'ai pris pour la proportion des matières dissoutes une moyenne entre les analyses, et j'ai adopté pour la nature des sels l'analyse du docteur Bischoff qui est la plus récente, et certainement la plus exacte que nous possédions, en diminuant toutefois, je le répète, la proportion des matières salines. J'ai dû surtout diminuer la proportion du fer, car elle fournirait une eau plus ferrugineuse que l'eau de Seltz naturelle. J'en ai porté la dose à 0,01 de carbonate de fer par litre. La formule suivante a donné un produit qui ne m'a pas paru différer sensiblement de l'eau naturelle que j'ai prise au dépôt de Paris. Dans cette formule le carbonate de chaux et le carbonate de magnésie ont été changés en chlorures solubles; on a augmenté proportionnellement la dose du carbonate de soude, et diminué celle du sel marin.

Pr. : Chlorure de calcium cristallisé.	0,477 gram.	5 grains.	0,27 gram.
— magnésium cristall.	0,402	5	0,25
Carbonate de soude cristallisé....................	1,296	15	0,8
Sel marin................	1,630	20	1,0
Sulfate de fer cristallisé......	0,022	» 1/4	0,013
— soude cristallisé.....	0,070	» 4/5	0,04
Phosphate de soude cristallisé.	0,113	1 1/3	0,07
Eau gazeuse à cinq vol.....	1 litre	20 onces.	625

On fait dissoudre les sels de soude dans une petite quantité d'eau; d'autre part, on fait dissoudre également dans une petite quantité d'eau les chlorures de calcium et de magnésium; on mélange les deux liqueurs et l'on y ajoute le sulfate de fer que l'on a également dissous. Le mélange qui résulte de tous ces sels est partagé dans des bouteilles que l'on achève de remplir avec de l'eau gazeuse simple.

On peut tout aussi bien ne mettre dans les bouteilles que le sulfate de fer et les chlorures terreux, après les avoir dissous; d'autre part, dissoudre dans l'eau le sel marin et les autres sels de soude, charger d'acide carbonique et remplir les bouteilles avec cette eau saline et gazeuse.

Le Codex a supprimé le fer qu'on n'est pas dans l'usage de faire entrer dans l'eau de Seltz artificielle.

Des fabricants suppriment même tout à fait les sels; et une partie de la prétendue eau de Seltz du commerce n'est que de l'eau ordinaire, chargée d'acide carbonique.

POUDRE DE SELTZ.

Pr.: Acide tartrique pulvérisé, cinq gros et demi...   22 grammes.
Bi-carbonate de soude pulvérisé, six gros......   24

On divise l'acide tartrique en 12 paquets égaux que l'on fait avec du papier blanc. On divise également le bi-carbonate de soude en 12 paquets que l'on fait avec du papier bleu.

On dissout l'acide tartrique dans un grand verre, au tiers plein d'eau; on ajoute le bi-carbonate de soude; l'on agite, et l'on boit pendant que l'effervescence se fait.

On fait une liqueur qui se rapproche de l'eau de Seltz en introduisant dans une bouteille de 20 onces, pleine d'eau, 2 gros (8 grammes) de bi-carbonate de soude, et 2 gros ½ (10 grammes) d'acide citrique cristallisé, et bouchant de suite. La liqueur contient du citrate de soude, qui a peu de saveur.

Cette prétendue eau de Seltz n'a d'autre ressemblance avec l'eau de Seltz, que d'être mousseuse. Quoiqu'un peu laxative, elle peut convenir aux gens bien portants qui ne demandent à l'eau gazeuse que de les désaltérer; les estomacs malades se trouveraient fort mal de son emploi.

EAU DE VICHY.

En prenant pour base de la formule d'eau artificielle, l'analyse faite par M. Longchamps, de la source de la Grande-Grille, qui est celle que les buveurs boivent le plus habituellement à Vichy, on arrive à la formule suivante:

Le carbonate de chaux et une quantité proportionnelle du sel marin de l'eau naturelle, y sont remplacés par le chlorure de calcium et le carbonate de soude qui reforment les deux premiers sels par leur double décomposition; le carbonate de magnésie et le sulfate de soude sont remplacés par du sulfate de magnésie et du carbonate de soude; le carbonate de fer et le sulfate de soude sont introduits à l'état de sulfate de fer et de carbonate de soude. Il faut convenir, toutefois, que cette eau diffère sensiblement de l'eau de Vichy naturelle ; on n'y retrouve ni la matière organique azotée, ni le bitume qui existent dans l'eau naturelle, et concourent évidemment à ses effets.

Pr. : Carbonate de soude cristal-lisé.			
	14,645 gram.	160 grains.	8,84 gram.
Chlorure de sodium	0,170	2	0,1
— calcium cristall.	0,808	9	0,5
Sulfate de soude cristallisé..	0,737	9	0,5
— magnésie cristall.	0,244	3	0,15
— fer cristallisé....	0,009	1/8	0,006
Eau.	1 litre.	20 onces.	625
Acide carbonique.	4 litres.	4 vol.	4 vol.

On dissout dans l'eau les sels de soude ; on ajoute la dissolution du sulfate de magnésie, puis celle du chlorure de calcium ; on charge d'acide carbonique, et l'on reçoit cette eau saline gazeuse dans des bouteilles où l'on a introduit la dissolution concentrée du sulfate de fer.

§ V. EAUX MINÉRALES ACIDULES DANS LESQUELLES UNE PARTIE DES SELS INSOLUBLES, SONT INTRODUITS DIRECTEMENT.

EAU D'AUDINAC.

En prenant pour base l'analyse de MM. Magne et Lafond, on obtient une eau d'une saveur trop ferrugineuse ; car il est dit que l'eau naturelle a une saveur amère, un peu acerbe, laissant seulement un arrière-goût astringent. Aussi n'ai-je laissé que la huitième partie du fer indiqué par l'analyse, ce qui est bien suffisant. Pour pouvoir introduire le fer, je l'ai pris à l'état de sulfate, et j'ai ajouté la quantité de carbonate de soude nécessaire pour le décomposer ; j'ai introduit par là dans l'eau un peu de sulfate de soude qui n'existe pas dans l'eau naturelle, mais la quantité en est très minime et indifférente.

Pr. : Sulfate de chaux	0,654 gram.	8 grains.	0,4 gram.
— magnésie cristal-lisé	1,128	13	0,7
Chlorure de magnésium cris-tallisé.	0,686	8	0,43
Carbonate de chaux	0,540	6	0,340
Sulfate de fer cristallisé	0,020	1/4	0,012
Carbonate de soude cristall.	0,022	1/4	0,012
Eau gazeuse à cinq vol.	1 litre.	20 onces.	625

D'une part, on précipite à froid 1,173 d'hydrochlorate de chaux cristallisé, par du carbonate de soude; on lave le précipité: d'autre part, on fait une dissolution du carbonate de soude dans laquelle on délaie le précipité calcaire. On charge de 5 volumes d'acide carbonique, et l'on reçoit l'eau gazeuse dans des bouteilles qui contiennent les sels de magnésie, le sulfate de fer en dissolution et le sulfate de chaux en poudre fine.

Si l'on opère dans l'appareil de Genève, on peut mettre le sulfate de chaux dans le tonneau ; avec l'appareil de Bramah, il vaut mieux le mettre dans les bouteilles , parce qu'il se tient mal en suspension dans l'eau.

EAU DE CONTREXEVILLE.

L'analyse la plus récente que nous possédions de l'eau de Contrexeville est celle de M. Collard de Martigny. Il faut, toutefois, y ajouter le fer dont elle ne fait pas mention. Il y a, dans l'eau de Contrexeville, beaucoup de sels insolubles que l'on est forcé d'y introduire en nature. Le carbonate de fer y est remplacé par du sulfate de fer; on diminue proportionnellement le sulfate de magnésie , et on augmente la quantité du carbonate de cette base.

Pr.: Sulfate de chaux..........	1,079 gram.	13 grains.	0,67 gram.
— magnésie.......	0,018	» 1/5	0,011
Carbonate de chaux.......	0,806	10	0,50
— magnésie. ...	0,123	1 1/2	0,076
— soude cristall.	0,021	» 1/4	0,013
Chlorure de calcium cristallisé.	0,076	1	0,05
Chlorure de magnésium cristallisé....................	0,023	» 1/4	0,014
Sulfate de fer cristallisé....	0,030	» 1/3	0,018
Eau...................	1 litre.	20 onces. 625	
Acide carbonique.	5 litres.	5 vol. 5 vol.	

On emploie les carbonates calcaire et magnésien récemment précipités ; on les délaie avec soin , ainsi que le sulfate de chaux, dans la dissolution des autres sels ; on charge d'acide carbonique et l'on reçoit dans des bouteilles où l'on a introduit la dissolution de sulfate du fer.

L'opération réussit plus certainement quand on opère dans l'appareil de Genève ; la dissolution du carbonate calcaire est plus assurée que lorsque le mélange des matières salines est seulement introduit dans les bouteilles ou même qu'il est amené dans le récipient de Bramah.

EAU DE POUGUES.

J'ai pris pour base de la composition de l'eau artificielle l'analyse de l'eau minérale de Pougues faite par M. Henry. Les carbonates terreux sont en trop forte proportion, par rapport aux autres sels, pour qu'on puisse, par un échange réciproque, les transformer en sels solubles.

D'une part,

Pr. : Chlorure de calcium cristallisé.	2,35 gram.	43 grains.
Sulfate de magnésie cristallisé.	1,666	30
Carbonate de soude cristallisé.	S. Q.	

On précipite séparément la dissolution du chlorure de calcium et celle du sulfate de magnésie, par un excès de carbonate de soude ; on lave les précipités. La décomposition du premier sel doit être faite à froid, et celle du second à l'ébullition ; alors,

Pr. : Carbonate de chaux.	La totalité.	11 grains.	0,6 gram.
— magnésie. . . .	La totalité.	7	0,36
— soude cristallisé.	1,20 gram.	14	0,75
Sulfate de chaux.	0,240	3	0,150
— soude cristallisé.	0,610	7	0,381
Chlorure de magnésium cristallisé.	0,610	9	0,465
Sulfate de fer.	0,070	4/5	0,043
Eau.	1 litre.	20 onces.	625
Acide carbonique.	5 litres.	5 vol.	5 vol.

faites dissoudre le sulfate de fer dans une petite quantité d'eau, et introduisez la dissolution dans une bouteille ; d'autre part, mêlez à l'eau les sels solubles et insolubles ; chargez d'acide carbonique et introduisez l'eau gazeuse qui en résulte dans des bouteilles qui contiennent le sel de fer.

EAU DE SEISSCHUTZ.

L'eau de Seisschutz a les mêmes propriétés que l'eau de Sedlitz. En se basant sur l'analyse que Bergmann en a faite, on ne peut faire d'échange qu'entre le chlorure de magnésium et le sulfate de chaux ; il reste par litre un excédant de 0,096 grammes de sulfate de chaux que l'on ne peut transformer. Il y a aussi du carbonate de chaux et du carbonate de magnésie, que, faute de sel de soude, on ne peut changer en sel soluble. La formule d'eau artificielle est celle-ci :

Pr. : Sulfate de magnésie cristallisé.	20,811 gram.	3 gros 1/4.	13 gram.
Chlorure de calcium cristallisé.	0,609	8 grains.	0,41
Sulfate de chaux.	0,096	1 1/5	0,06
Carbonate de chaux.......	0,144	2	0,09
— magnésie....	0,294	4	0,2
Eau gazeuse à cinq vol. ...	1 litre.	20 onces.	625

On délaie les carbonates terreux et le sulfate de chaux dans la dissolution du chlorure de calcium et du sulfate de magnésie ; on divise ce mélange dans des bouteilles et l'on remplit d'eau gazeuse simple ; ou mieux encore, on met le mélange salin dans le tonneau et l'on charge d'acide carbonique.

EAUX FERRUGINEUSES.

Les eaux ferrugineuses doivent être préparées avec de l'eau bien privée d'air, autrement l'oxigène fait passer le fer à l'état de peroxide, et il se précipite sous la forme de flocons rougeâtres. Le fer agit sur la matière tannante des bouchons, et finit par s'y précipiter en un composé insoluble ; aussi s'aperçoit-on que les bouchons noircissent. Pour éviter que cet effet ne se produise, on se sert de bouchons que l'on a fait tremper longtemps en vases clos dans une dissolution de proto-sulfate de fer ; par ce moyen, toutes les parties du liége qui peuvent agir sur le fer épuisent leur action ; on retire les bouchons, on les lave et on les fait tremper dans de l'eau pure que l'on renouvelle à plusieurs reprises pour enlever tout le sel de fer soluble qui avait pu rester adhérent.

§ I. EAUX FERRUGINEUSES QUI RÉSULTENT D'UNE SIMPLE DISSOLUTION DES SELS.

EAU CHALYBÉE.

Pr. : Sulfate de fer cristallisé, demi-grain à
un grain. .... 0,025 à 0,05 grammes.
Eau privée d'air, deux livres..., ... 1000

Faites dissoudre et conservez dans une bouteille bien bouchée.

On prépare une eau qui a une saveur ferrugineuse prononcée, et que l'on emploie sous le nom d'EAU FERRÉE, en versant de l'eau bouillante sur des clous rouillés et laissant refroidir. Quand on fait boire au malade cette eau encore trouble, on lui donne une proportion assez considérable d'oxide de fer ; mais si l'eau ferrée a été filtrée, elle en contient fort peu.

§ II. EAUX FERRUGINEUSES ACIDULES.

EAU DE BUSSANG.

La base de la formule de l'eau artificielle de Bussang est l'analyse faite de cette eau par M. Fodéré ; le carbonate de chaux et le sel marin y sont transformés en hydrochlorate de chaux et en carbonate de soude ; il manquerait, pour arriver à ce résultat, un cinquième du sel marin nécessaire ; et comme on base la quantité d'hydrochlorate de chaux sur celle du carbonate de cette base, l'eau artificielle contient nécessairement un peu plus de sel marin que l'eau naturelle, ce qui est peu important ; il manque aussi du sulfate de soude, pour changer le carbonate de fer en sulfate : on emploie pourtant le fer à l'état de sulfate. Il en résulte que le produit contient quelques centigrammes de sel de soude qui ne devraient pas s'y trouver.

Pr. : Carbonate de soude cristallisé... 0,252 gram.   3 grains.   0,16 gram.
Sulfate de chaux. 0,162   2   0,10
Sulfate de magnésie cristallisé. 0,027   » 1/3   0,017
Chlorure de calcium cristallisé. 0,241   3   0,15
Sulfate de fer cristallisé...... 0,061   » 4/5   0,04
Eau gazeuse à cinq vol..... 1 litre.   20 onces.   625

On dissout le sulfate de magnésie, l'hydrochlorate de chaux et le sulfate de fer dans un peu d'eau ; on partage cette dissolution dans les bouteilles, et l'on remplit avec de l'eau gazeuse qui tient en dissolution le carbonate de soude. On pourrait également ne conserver à part que le sulfate de fer, et charger d'acide carbonique le mélange des autres dissolutions salines.

EAU FERRUGINEUSE ACIDULE.

Pr. : Sulfate de fer cristallisé....	0,08 gram.	1 grain.	0,05 gram.
Carbonate de soude cristall.	0,32	4	0,20
Eau privée d'air..........	1 litre.	20 onces.	625
Acide carbonique.	5 litres.	5 vol.	5 vol.

On fait dissoudre le sulfate de fer et le carbonate de soude séparément dans une petite quantité d'eau ; on introduit les deux dissolutions dans une bouteille, et l'on remplit avec de l'eau gazeuse qui a été faite avec de l'eau privée d'air.

EAU DE FORGES.

J'ai pris pour base de la composition de l'eau de Forges, l'analyse de la source royale dont l'eau est principalement usitée. Le carbonate de chaux et le sel marin, indiqués par l'analyse, sont employés tout entiers à se décomposer mutuellement, et sont, par conséquent, remplacés par du chlorure de calcium et du carbonate de soude, tous deux solubles. Le fer est introduit à l'état de sulfate ; mais il faut ajouter la quantité de carbonate de soude nécessaire pour le convertir en carbonate. Il en résulte la présence dans l'eau artificielle des éléments de quelques milligrammes de sulfate de soude que l'analyse n'indique pas ; ce qui est sans aucune importance.

Pr. : Chlorure de calcium cristallisé................	0,073 gram.	4/5 grain.	0,048 gram.
Chlorure de magnésium cristallisé.	0,012	1/6	0,008
Sulfate de fer cristallisé....	0,060	2/3	0,033
— chaux.	0,027	1/3	0,017
— magnésie cristall.	0,084	1	0,050
Carbonate de soude cristall.	0,176	2	0,100
Eau,...................	1 litre.	20 onces.	625
Acide carbonique.........	5 litres.	5 vol.	5 vol.

On fait une première dissolution des chlorures terreux et du sulfate de magnésie ; on y délaie le sulfate de chaux ; on y mêle ensuite le sulfate de fer dissous dans un peu d'eau ; on divise dans les bouteilles que l'on remplit avec la dissolution du carbonate de soude chargée d'acide carbonique.

EAU DU MONT-D'OR.

C'est l'analyse de l'eau du puits de César, par M. Berthier, qui m'a servi de base. Le carbonate de chaux et une quantité correspondante de sel marin sont remplacés par du chlorure de calcium et du carbonate de soude ; un échange analogue entre le carbonate de magnésie et une autre partie de sel marin fournit du carbonate de soude et du chlorure de magnésium.

Le fer est introduit à l'état de sulfate ; le sulfate de soude correspondant est retranché, et il est remplacé par une quantité proportionnelle de carbonate de soude.

Toutefois j'ai retranché la moitié du fer donné par l'analyse, car l'eau aurait été trop ferrugineuse.

Pr.:			
Carbonate de soude cristal- lisé.	12,448 gram.	2 gros.	8 gram.
Chlorure de calcium cristal- lisé	0,347	4 grains.	0,2
Chlorure de magnésium cris- tallisé	0,130	1 1/2	0,08
Sel marin	1,113	14	0,75
Sulfate de fer cristallisé	0,033	» 2/5	0,020
Sulfate de soude cristallisé	0,108	1 2/5	0,07
Eau	1 litre.	20 onces.	625
Acide carbonique	5 litres.	5 vol.	5 vol.

On fait une dissolution des sels de soude, on la charge d'acide carbonique ; on fait d'autre part une dissolution dans une petite quantité d'eau des chlorures terreux, on y ajoute le sulfate de fer également dissous ; on partage cette liqueur dans des bouteilles que l'on remplit avec la dissolution gazeuse des sels de soude.

EAU DE PASSY.

Pr. : Sulfate de chaux.........	1,536 gram.	18	grains.	1	gram.
— magnésie cristall.	0,200	2	1/4	0,125	
— soude cristallisé..	0,280	3	1/2	0,175	
— alumine........	0,110	1	2/5	0,070	
— fer cristallisé....	0,148	1	4/5	0,092	
Chlorure de sodium.......	0,260	3		0,160	
— magnésium cristallisé.	0,150	2		0,100	
Eau gazeuse à cinq vol.....	1 litre.	20	onces.	625	

J'ai pris pour type de cette formule l'analyse d'une des sources nouvelles de Passy, par M. Henry. J'ai augmenté l'acide carbonique, qui est en petite quantité dans l'eau naturelle, ce qui rend l'eau aigrelette et plus agréable. On conseille généralement de supprimer le sulfate de chaux comme inutile, et c'est avec grande raison.

EAU DE PROVINS.

C'est l'analyse de MM. Vauquelin et Thénard qui sert de base à la composition de l'eau artificielle. La proportion de fer trouvée par l'analyse est beaucoup trop forte, l'eau ne serait pas potable; je l'ai diminuée de moitié. Il faut augmenter un peu la quantité de sel marin dans l'eau artificielle, afin de pouvoir y introduire le manganèse et le fer à l'état de sels solubles. On les emploie sous forme de chlorures, et l'on ajoute la quantité de carbonate de soude nécessaire pour reproduire les carbonates de fer et de manganèse et le sel marin.

Pr. : Carbonate de chaux.......	0,550 gram.	7	grains.	0,34	gram.
— magnésie....	0,083	1		0,05	
— soude cristallisé.	0,192	2	1/2	0,125	
Chlorure de fer...........	0,060	»	3/4	0,037	
— manganèse....	0,025	»	1/3	0,016	
Eau pure...............	1 litre.	20	onces.	625	
Acide carbonique........	5 litres.	6 vol.		6 vol.	

On délaie les carbonates terreux dans la dissolution du carbonate de soude, et l'on charge d'acide carbonique ; on reçoit l'eau gazeuse qui en résulte dans des bouteilles où l'on a introduit le sel de fer et celui de manganèse dissous dans une petite quantité d'eau.

EAU DE PYRMONT.

La formule d'eau artificielle de Pyrmont est calquée sur les résultats analytiques obtenus sur la source de Trinckquelle, par MM. Brandes et Krueger. Toutefois, on a négligé le principe résineux, qu'il est impossible d'imiter, et l'hydrogène sulfuré, qui n'est pas habituellement introduit dans cette eau.

Le carbonate de manganèse de l'eau naturelle et une quantité proportionnelle de sel marin ont été changés en chlorure de manganèse et en carbonate de soude. Un échange d'acide et de base entre le sulfate de soude et le carbonate de fer d'une part, et le carbonate de magnésie de l'autre, m'a permis de remplacer ces deux carbonates insolubles par des sulfates solubles dans l'eau. La proportion de carbonate de fer trouvée par l'analyse de Brandes et Krueger, est de 0,142 grammes par litre, ce qui est trop fort. J'ai adopté les quantités de carbonate de fer trouvées par Bergmann, savoir : 0,077 grammes par litre.

Pr. : Carbonate de chaux.......	0,943 gram.	12 grains.	0,60 gram.
— soude cristallisé.......	2,740	31	1,70
Sulfate de soude cristallisé..	0,603	7 1/2	0,37
— chaux..........	1,185	14	0,74
— magnésie cristall.	1,758	20	1,1
— fer cristallisé....	0,173	2	0,1
Sel marin................	0,157	2	0,1
Chlorure de magnésium....	0,357	4	0,22
— manganèse....	0,003	» 1/27	0,002
Eau...................	1 litre.	20 onces.	625
Acide carbonique.........	5 litres.	5 vol.	5 vol.

On dissout les sels de soude dans l'eau destinée à l'opération ; on y ajoute les sels de magnésie dissous également, et l'on y délaie le carbonate de chaux récemment précipité ; on charge cette liqueur d'acide carbonique.

D'autre part, on fait une dissolution du sulfate de fer dans laquelle on délaie le sulfate de chaux ; on l'introduit dans des bouteilles que l'on remplit promptement avec l'eau alcaline gazeuse.

A cause de la forte proportion de carbonate de chaux qui est contenue dans l'eau de Pyrmont, l'opération réussit mieux par le procédé de Genève, en mettant les sels dans le tonneau à compression.

EAU DE SPA.

J'ai pris pour base de l'eau artificielle l'analyse faite par Monheim de la source de Spa, dite le Pouhon. J'ai introduit le fer à l'état de chlorure, en retranchant la quantité de sel marin correspondante, et la remplaçant par le carbonate de soude. J'ai introduit l'alumine à l'état d'alun, et j'ai ajouté la quantité de carbonate de soude nécessaire pour précipiter la terre alumineuse. Il a fallu, pour cela, introduire dans l'eau artificielle quelques traces de sulfate, que l'eau naturelle ne contient pas, ce qui est sans importance.

Pr. : Carbonate de soude cristallisé.	0,411 gram.	5 grains.	0,26 gram.
Carbonate de chaux	0,048	» 3,5	0,030
— magnésie	0,020	» 1/4	0,012
Chlorure de fer	0,072	» 4/5	0,040
Alun cristallisé	0,010	» 1/7	0,007
Eau	1 litre.	20 onces.	625
Acide carbonique	5 litres.	5 vol.	5 vol.

On délaie le carbonate de chaux et le carbonate de magnésie dans la dissolution du carbonate de soude; on ajoute le chlorure de fer et l'alun, qui ont été dissous séparément; on divise le tout dans des bouteilles que l'on remplit d'eau gazeuse simple.

On pourrait également ne réserver, pour mettre dans les bouteilles, que le sel de fer et le sel d'alumine, et charger d'acide carbonique l'eau contenant les autres matières salines.

EAU DE VALS.

C'est l'analyse de la source de la Marquise qui sert de base à la composition de l'eau artificielle. On convertit le carbonate de chaux en chlorure, au moyen du sel marin de l'eau naturelle, et on remplace celui-ci par du carbonate de soude. Il est vrai que le sel marin de l'eau ne suffirait pas complétement à cet échange, et qu'il faut en introduire dans l'eau un peu plus qu'elle n'en contient naturellement.

Pr. : Carbonate de soude cristal-
lisé. .... 10,265 gram. 116 grains. 6,4 gram.
Sulfate de soude cristallisé.. 0,059 » 3/4 0,036
— fer cristallisé.... 0,049 » 3/5 0,033
Magnésie blanche........ 0,125 1 3/4 0,083
Chlorure de calcium cris-
tallisé................ 0,391 5 0,25
Eau.................. 1 litre. 20 onces. 625
Acide carbonique........ 5 litres. 5 vol. 5 vol.

On dissout les sels de soude. D'autre part, on fait une dissolution du chlorure de calcium, on y délaie la magnésie blanche, et l'on charge d'acide carbonique; l'on partage le sulfate de fer dans les bouteilles que l'on achève, aussi promptement que possible, de remplir avec l'eau gazeuse et saline.

EAUX SULFUREUSES.

Les eaux sulfureuses contiennent de l'acide sulfhydrique (hydrogène sulfuré) ou des sulfures alcalins (hydrosulfates), ou en même temps de l'acide sulfhydrique et des sulfures.

Quand une eau minérale contient à la fois des sels et de l'acide hydrosulfurique, on fait une dissolution des sels dans l'eau, et d'une autre part on prépare une dissolution saturée d'hydrogène sulfuré, en faisant traverser pendant longtemps de l'eau par un courant de ce gaz. On n'arrête l'opération que lorsqu'on s'aperçoit que depuis longtemps déjà l'eau cesse d'en dissoudre. Cette eau hydrosulfurée saturée contient 2 fois son volume de gaz. On part de cette donnée pour calculer la quantité qui doit entrer dans chaque bouteille d'eau minérale; on introduit cette eau dans les bouteilles, et on achève de remplir avec la dissolution que les sels fixes ont fournie. Une condition essentielle de succès dans la préparation de ces eaux, de même que pour toutes les autres espèces d'eaux sulfureuses, est de se servir d'eau privée d'air; on se la procure en soumettant l'eau qui doit être employée, à une ébullition un peu prolongée, et en la laissant refroidir dans des vases fermés. L'oxigène de l'air aurait pour effet de brûler l'hydrogène du gaz hépatique et de déterminer un dépôt de soufre, en même temps que l'eau perdrait une partie de ses propriétés.

Le sulfure de sodium (sulfhydrate de soude) est le seul qui ait, jusqu'à présent, été introduit dans les eaux. On l'obtient en faisant passer un courant d'hydrogène sulfuré dans une dissolution concentrée de soude caustique.

Comme il est extrêmement soluble, on l'introduit dans les eaux minérales sans difficulté.

L'introduction simultanée de l'hydrosulfate de soude et de l'hydrogène sulfuré dans les eaux minérales se fait de la même manière que si chacun de ces corps devait y entrer séparément.

Quand une eau minérale contient en même temps de l'acide carbonique et de l'hydrogène sulfuré, il faut préparer de l'eau gazeuse et saline à la manière ordinaire, mais avec de l'eau privée d'air. On en remplit des bouteilles, en ayant soin de laisser un espace vide pour recevoir la dissolution concentrée d'hydrogène sulfuré. Au moment où l'on enlève la bouteille du robinet, on y ajoute vivement l'eau hydrosulfurée, et l'on bouche de suite. On perd ainsi moins de gaz hépatique que si l'on mettait d'abord l'eau qui en est chargée dans les bouteilles, parce que le courant d'acide carbonique qui se dégage continuellement entraînerait avec lui une assez forte proportion d'hydrogène sulfuré.

§ I. EAUX SULFUREUSES CONTENANT LE SOUFRE A L'ÉTAT D'HYDROGÈNE SULFURÉ.

EAU DE LEAMINGTON.

Bien que l'eau sulfureuse de Leamington soit peu employée, j'ai donné ici sa formule comme un exemple d'une eau contenant seulement des sels solubles et de l'hydrogène sulfuré, sans acide carbonique et sans sulfure.

Pr. : Sel marin...............	6,29 gram.	72 grains.	4 gram.
Chlorure de calcium cristall.	2,91	33	1,8
— de magnésium cristallisé........	2,29	26	1,4
Sulfate de soude cristallisé.	0,88	10	0,53
Eau pure...............	0,875 litre.	7/8 bout.	547
Eau hydrosulfurée simple.,	0,125	1/8	78

On dissout les sels dans de l'eau qui a été portée à l'ébullition pour expulser l'air, et qui a été refroidie en vases clos ; on filtre la dissolution et on l'introduit dans les bouteilles que l'on ne remplit qu'aux ⁹/₁₀ ; on ajoute l'eau hydrosulfurée, et l'on bouche promptement et exactement.

Chaque litre d'eau contient le quart de son volume d'hydrogène sulfuré.

EAU D'AIX-LA-CHAPELLE.

L'eau d'Aix-la-Chapelle ne paraît pas susceptible d'être imitée avec exactitude. Suivant Lansberg, et c'est aussi l'avis de MM. Reumont et Monheim, son odeur a quelque chose de spécial, différent de l'odeur propre à l'hydrogène sulfuré. Dans les points où les vapeurs qui se dégagent de l'eau ont le libre accès de l'air, il se forme de l'acide sulfurique à leurs dépens. L'eau contient aussi une matière organique particulière qui répand, quand elle se putréfie, une odeur remarquable d'amandes amères. La formule suivante, destinée à fournir de l'eau d'Aix-la-Chapelle artificielle, ne donne par conséquent qu'une imitation fort imparfaite de l'eau naturelle.

Pr. : Bi-carbonate de soude.....	1,17 gram.	14 grains.	0,73 gram.
Chlorure de sodium.	2,77	32	1,73
— calcium cristall.	0,28	3 1/2	0,17
— magnésium cristallisé.	0,09	1	0,05
Sulfate de soude cristallisé..	0,60	8	0,37
Eau privée d'air.	0,875 litre.	7/8 bout.	547
— hydrosulfurée.	0,125	1/8	78
Acide carbonique.........	2	2 vol.	2 vol.

On dissout séparément les sels de soude et les chlorures terreux dans une petite quantité d'eau , et l'on met successivement chacune des dissolutions dans les bouteilles ; on introduit alors l'eau chargée d'acide carbonique, en ayant soin de réserver la place nécessaire pour l'eau hydrosulfurée ; on ajoute celle-ci promptement et l'on bouche aussitôt la bouteille.

EAU DE NAPLES.

Pr.: Carbonate de soude cristal-
lisé..................... 1,6   gram.   18 grains.   1   gram.
Carbonate de magnésie.... 0,88   10   0,55
Eau gazeuse à quatre vol... 0,875 litres.   7/8 bout.   547
Eau hydrosulfurée. 0,125   1/8   78

On prépare une eau acidule à la manière ordinaire ; mais au lieu d'en remplir entièrement les bouteilles , on réserve l'espace nécessaire pour recevoir l'eau hydrosulfurée ; on introduit rapidement celle-ci , et on bouche avec promptitude.

§ II. EAUX SULFUREUSES CONTENANT LE SOUFRE A L'ÉTAT DE SULFURE ALCALIN.

EAU DE BARÉGES.

La composition de l'eau de Baréges , ainsi que celles des autres sources sulfureuses des Pyrénées , est trop mal connue pour que l'on puisse espérer de les imiter artificiellement. Les chimistes qui se sont occupés le plus récemment de l'analyse de ces sources , s'accordent à regarder le principe hépatique comme étant le sulfure de sodium ou hydrosulfate de soude. Ce sel est associé à de la soude ; mais tandis que M. Anglada et M. Orfila pensent qu'elle est combinée à l'acide carbonique, M. Lòngchamps et M. Fontan croient qu'elle s'y trouve à l'état de silicate. Suivant M. Fontan encore, le principe sulfureux ne serait pas le sulfure de sodium simple, mais le sulfhydrate de sulfure de sodium , c'est-à-dire la combinaison du sulfure de sodium avec le sulfure d'hy-drogène ou hydrogène sulfuré.

A l'incertitude que laisse ce premier désaccord entre les chimistes , s'ajoute l'incertitude où nous sommes sur l'état de la chaux que l'on retrouve dans le résidu de l'évaporation , et que les réactifs n'accusent pas dans l'eau de la source. Mais ce qui rendra toujours imparfaite l'imitation des eaux sulfureuses des Pyrénées, c'est l'impossibilité où nous sommes de reproduire artificiellement la matière glaireuse qui s'y trouve ; nos eaux artificielles ne possèdent nullement le caractère d'onctuosité si remarquable dans ces eaux naturelles.

Cependant les formules d'eaux minérales sulfureuses artificielles , si elles ne représentent que grossièrement les eaux naturelles, fournissent cependant des médicaments utiles, et que l'on doit être d'autant plus heureux de posséder, que les eaux naturelles des Pyrénées transportées dans les dépôts ne tardent pas à s'y altérer et à y perdre toutes leurs propriétés médicinales. Il y a longtemps que M. Anglada a proposé de prendre pour toutes les eaux des Pyrénées une formule moyenne commune. Cette opinion a été adoptée par le Codex qui a donné la formule suivante :

Pr. : Sulfure de sodium cristallisé. 0,216 gram. 2 grains. 2/3 0,135 gram.
 Carbonate de soude cristall. 0,216 2 2/3 0,135
 Chlorure de sodium........ 0,216 2 2/3 0,135
 Eau privée d'air.......... 1 litre. 20 onces. 625

Faites dissoudre et conservez dans des bouteilles bien bouchées.

Si l'opinion de M. Fontan était admise, il faudrait ajouter une quantité d'eau hydrosulfurée capable de transformer le sulfure de sodium en sulfure double d'hydrogène et de sodium, ou bi-hydrosulfate de soude, savoir 3 centilitres d'eau hydrosulfurée par litre, 2 centilitres par bouteille.

Je rapporte toutefois les formules qui se déduiraient de l'analyse de chaque espèce principale des eaux minérales des Pyrénées.

EAU DE BARÉGES.

En prenant pour base l'analyse de l'eau de la Buvette à Baréges, faite par M. Longchamps, on arrive à la formule suivante :

Pr. : Sulfure de sodium cristallisé........ 0,129 gram. 1 grain 3/5 0,08 gram.
 Carbonate de soude cristall. 0,030 » 1/3 0,018
 Sulfate de soude cristallisé.. 0,112 1 1/3 0,070
 Sel marin.............. 0,040 » 1/2 0,025
 Eau................ 1 litre. 20 onces 625

On dissout les sels dans de l'eau privée d'air, on en remplit presque entièrement les bouteilles ; on les bouche de suite et avec beaucoup de soin.

EAU DE BAGNÈRES DE LUCHON.

Bayen a obtenu par évaporation de l'eau de Bagnères, du sel marin, du sulfate de soude et du carbonate de soude. M. Longchamps a déterminé la quantité de sulfure de sodium dans cinq sources différentes, et la moyenne de ses analyses donne 0,0733 de sulfure alcalin par litre. En combinant ces résultats avec ceux obtenus par Bayen, on trouve à la formule suivante :

Pr.: Sulfure de sodium cristall. 0,243 gram.   3 grains.   0,15 gram.
     Carbonate de soude cristall.. 0,100   1 1/5   0,063
     Sel marin............... 0,078   1   0,05
     Eau non aérée........... 1 litre.   20 onces. 625

EAU DE BONNES.

M. Longchamps, qui a examiné la source des Eaux-Bonnes, l'a trouvée tout à fait analogue aux autres sources des Pyrénées ; il y admet 0,0251 grammes de sulfure de sodium par litre. En adoptant ce résultat, on aurait la formule suivante :

Pr.: Sulfure de sodium cris-
     tallisé............... 0,075 gram.   1 grain.   0,046 gram.
     Sel marin............. 0,322   4   0,200
     Carbonate de soude cristall. 0,100 1 1/5   0,063
     Sulfate de magnésie...... 0,113   1 1/3   0,070
     Eau non aérée.......... 1 litre.   20 onces. 625

EAU DE CAUTERETS.

En partant de l'analyse que M. Longchamps a faite de l'eau de la source de la Raillère à Cauterets, on arrive à la formule suivante, à laquelle les observations faites précédemment sur l'eau de Baréges sont tout à fait applicables.

Pr.: Sulfure de sodium cristall. 0,069 gram.   » grain 4/5 0,043 gram.
     Sulfate de soude cristallisé.. 0,160   2   0,100
     Sel marin.............. 0,050   »   2/5   0,031
     Carbonate de soude cristall. 0,015   »   1/5   0,010
     Eau privée d'air........ 1 litre.   20 onces. 625

EAU DE SAINT-SAUVEUR.

En partant de l'analyse de l'eau de Saint-Sauveur faite par M. Longchamps, on arrive à la formule suivante :

Pr. :				
Sulfure de sodium cristallisé.	0,077 gram.	1 grain.	0,048 gram.
Sulfate de soude cristallisé..	0,085	1	0,053
Chlorure de sodium.	0,073	1	0,045
Carbonate de soude cristall.	0,030	» 1/3	0,018
Eau non aérée.	1 litre.	20 onces. 625	

§ III. EAUX FERRUGINEUSES SULFURÉES.

EAU DE SYLVANÈS.

J'ai pris pour base de la formule de l'eau artificielle de Sylvanès, l'analyse de la source naturelle faite par MM. Bérard et Coulet. Pour transformer les carbonates insolubles en sels solubles, j'ai été obligé d'augmenter un peu la proportion du sel marin, ce qui est sans inconvénients.

Pr. :				
Sulfate de fer cristallisé...	0,096 gram.	1 grain 1/5	0,060 gram.
Chlorure de calcium cristall.	0,283	3 1/2	0,176
— magnésium cristallisé........	0,590	7 1/3	0,368
Carbonate de soude cristall.	1,320	16	0,825
Eau gazeuse à trois vol. . . .	0,940 litre.	18 onc. 6 gros. 585	
Eau hydrosulfurée.	0,060	10 gros.	40

On dissout à part le sulfate de fer et les chlorures terreux ; on divise la liqueur dans les bouteilles, et l'on y ajoute le carbonate de soude que l'on à fait dissoudre dans une petite quantité d'eau; on remplit les bouteilles avec de l'eau gazeuse, en réservant la place nécessaire à l'eau hydrosulfurée; on ajoute celle-ci et l'on bouche promptement les bouteilles.

LIVRE V.

FORMULAIRE.

—

DES TISANES ET DES APOZÈMES.

DÉCOCTION DE ZITTMANN.

Pr. : Salsepareille, douze onces.............. 375 grammes.
Eau, vingt-quatre litres. 24000

Après 24 heures de digestion, on ajoute, enfermés dans un nouet :

Sucre d'alun (= 1 alun 1 sucre), demi-once. 16 grammes.
Mercure doux, demi-once.............. 16
Cinabre, un gros..................... 4

On fait cuire jusqu'à réduction à un tiers et l'on ajoute :

Feuilles de séné, trois onces............ 96 grammes.
Racine de réglisse, une once et demie. 48
Anis, demi-once. 16
Fenouil, demi-once................... 16

On fait infuser pendant quelques instants, on passe. Le produit est appelé *Décoction forte*. On ajoute au résidu :

Salsepareille, six onces............... 192 grammes.
Eau, vingt-quatre litres. 24000

On fait bouillir jusqu'à réduction de huit litres ; sur la fin on ajoute :

Écorce de citron, trois gros........... 12 grammes.
Cannelle, trois gros. 12
Petit cardamome, trois gros. 12
Racine de réglisse, trois gros. 12

On passe avec expression, on décante la liqueur reposée. Elle est appelée *Décoction faible*.

Cette formule est celle de la Pharmacopée de Berlin, suivie dans presque toute l'Allemagne.

Suivant Wiggers, une portion de calomel est décomposée, et la tisane contient un peu de sublimé corrosif. Une portion de calomel et de mercure métallique reste aussi en suspension.

On conçoit qu'il est important que cette préparation ne soit pas faite dans des vases métalliques. Il faut opérer dans des vases de verre, de porcelaine ou de grès.

La tisane de Zittmann est employée contre les maladies vénériennes invétérées.

PETIT-LAIT DE WEISS.

Pr.: Follicules de séné, demi-gros............ 2 grammes.
  Sel d'epsom, demi-gros................ 2
  Sommités d'hypéricum, vingt-quatre grains. 1,3
    — caille-lait, vingt-quatre grains... 1,3
  Fleurs de sureau, vingt-quatre grains..... 1,3
  Petit-lait bouillant, une livre. 500

Faites infuser et passez.

La formule suivante a été publiée par Zanetti qui la tenait de la veuve de Weiss.

Pr.: Racine d'aristoloche longue, quatre onces. 125 grammes.
  — fougère mâle, quatre onces....... 125
  Souci des vignes, quatre onces.......... 125
  Feuilles de verveine, deux onces. 64
  — bétoine, deux onces.......... 64
  — pervenche, deux onces......... 64
  Fleurs de serpolet, deux onces. 64
  — tilleul, deux onces........... 64
  — caille-lait, deux onces......... 64
  — primevère, deux onces........ 64
  — lauréole, deux onces.......... 64
  — millepertuis, deux onces. 64
  Guy de chêne, deux onces. 64
  Racine de patience, deux onces. 64
  — scrofulaire, deux onces........ 64
  Séné, six onces et demie. 210

On réduit le séné en poudre fine et toutes les autres substances en poudre grossière. On fait infuser deux gros de cette poudre dans deux verres de petit-lait, auxquels on ajoute un gros de sulfate de magnésie.

Ce remède est vanté comme un excellent antilaiteux ; on le continue pendant 20 à 30 jours ; on purge le malade vers le milieu et à la fin du traitement.

TISANE AMÈRE.

Pr. : Espèces amères, deux gros.............   8 grammes.
Eau bouillante, deux livres...............   1000

Faites infuser pendant une heure et passez (Hôp. de Paris).

TISANE APÉRITIVE.

Pr. : Espèces apéritives incisées, trois gros......   12 grammes.
Eau bouillante, deux livres.............   1000

Faites infuser pendant quelques heures et passez (Hôp. de Paris).

TISANE BÉCHIQUE.

Pr. : Espèces béchiques, deux gros. ....   8 grammes.
Eau bouillante, deux livres..............   1000

Faites infuser pendant une heure et passez (Hôp. de Paris).

TISANE PECTORALE.

Pr. : Espèces pectorales, trois gros...........   12 grammes.
Eau bouillante, deux livres...............   1000

Faites infuser pendant une heure et passez (Hôp. de Paris).

TISANE DE VINACHE.

Pr. : Salsepareille coupée, une once et demie....   48 grammes.
Squine, une once et demie..............   48
Gaïac, une once et demie...............   48
Sulfure d'antimoine, deux onces..........   64
Eau, trois litres.................   3000

On fait macérer pendant 12 heures, puis on fait réduire d'un tiers par la décoction ; on ajoute alors :

Sassafras, demi-once................   16 grammes.
Feuilles de séné, demi-once.   16

On laisse infuser, et l'on passe.

Employée contre les maladies syphilitiques et cutanées.

DES TEINTURES ALCOOLIQUES.

BAUME DU COMMANDEUR DE PERMES.

(Teinture balsamique).

Pr.: Fleurs d'hypéricum.....................	2
Racine d'angélique...................	1
Myrrhe............................	1
Oliban.	1
Aloès.	1
Benjoin...........................	6
Baume du Pérou ou de Tolu.............	6
Alcool à 88ᶜ (34º Cart.)................	72

On fait une première teinture avec l'hypéricum et la racine d'angélique; on passe avec expression, l'on ajoute l'aloès, la myrrhe et l'oliban, et au bout de quatre à cinq jours le reste des substances. On continue la macération pendant quelques jours et l'on passe.

Le plus grand emploi de cette teinture est pour consolider les blessures peu graves faites par un instrument tranchant et en prévenir la suppuration. On réunit les chairs, et on applique une petite compresse imbibée de cette teinture. On humecte la compresse à plusieurs reprises.

EAU DE BOTTOT.

Pr. : Anis, quatre onces.	125	grammes.
Cannelle de Ceylan, une once.	32	
Girofles, une once.	2	
Cochenille, deux gros.	8	
Huile essentielle de menthe, deux gros. ...	8	
Alcool à 80ᶜ (81º Cart.), huit livres.......	4000	

On fait macérer pendant 8 jours, à l'exception de l'essence que l'on n'ajoute que lorsque la teinture a été passée.

Employée pour la bouche, étendue avec un peu d'eau.

ÉLIXIR ANTIAPOPLECTIQUE DES JACOBINS DE ROUEN.

Pr. : Cannelle fine, douze gros...............	48 grammes.
Santal citrin, douze gros.	48
— rouge, six gros...................	24
Anis vert, huit gros...................	32
Baies de genièvre, huit gros.............	32
Semences d'angélique, cinq gros...........	20
Racines de contrayerva, cinq gros........	20
— galanga, deux gros...........	8
— impératoire, deux gros........	8
— réglisse, deux gros.	8
Bois d'aloès, deux gros.	8
Girofles, deux gros....................	8
Macis, deux gros.	8
Cochenille, un gros...................	4
Alcool à 80° (31° Cart.), six livres.	3000

Faites macérer pendant 15 jours ; passez avec expression ; filtrez.

Employé comme stomachique.

ÉLIXIR DE PYRÈTHRE COMPOSÉ.

(Eau pour la bouche.)

Pr. : Cannelle fine, un gros vingt-quatre grains..	5,3 grammes.
Vanille, un gros.	4
Coriandre, un gros.	4
Girofles, un gros.	4
Macis, dix-huit grains..................	1
Cochenille, dix-huit grains.	1
Safran, dix-huit grains.	1
Sel ammoniac, dix-huit grains...........	1
Alcoolat de pyrèthre, vingt-huit onces.....	875

Faites macérer pendant 15 jours, et ajoutez :

Essence d'anis, dix-huit grains..........	1 gramme.
— citron, dix-huit grains...........	1
— lavande, neuf grains...........	0,5
— thym, neuf grains..............	0,5
Teinture d'ambre gris, neuf grains.	0,5
Eau de fleurs d'oranger, quatre gros.	16

Mêlez et filtrez.

Cette teinture est employée pour la toilette ; on la mêle avec de l'eau pour se nettoyer la bouche.

TEINTURE AROMATIQUE.

(Bonferme, essence céphalique.)

Pr. : Noix muscades............................	4
Girofles.....................................	4
Cannelle....................................	3
Fleurs de grenadier........................	3
Alcool à 80° (31° Cart.).....................	64

Faites macérer pendant 15 jours ; passez avec expression ; filtrez.

Pour employer ce médicament, on en met un peu dans la main, et on le respire par le nez, dans les céphalalgies à la suite de contusions.

(ÉLIXIR DE STOUGTON.)

Pr. : Sommites sèches d'absinthe, six gros......	24 grammes.
—— chamœdrys, six gros......	24
Gentiane, six gros.........................	24
Écorces d'oranges amères, six gros.	24
Cascarille, un gros.	4
Rhubarbe, quatre gros.	16
Aloès, un gros.............................	4
Alcool à 56° (21° Cart.), deux livres.........	1000

Faites macérer pendant 15 jours ; passez avec expression ; filtrez.

Cette teinture est employée comme stomachique à la dose de ¹/₂ gros à quelques gros.

DES VINS MÉDICINAUX.

VIN AMER SCILLITIQUE.

(Vin diurétique amer de la Charité.)

Pr. : Quinquina gris, deux onces................	64 grammes.
Écorce de Winter, deux onces..........	64
Écorces de citrons, deux onces..........	64

Racine de dompte-venin, demi-once........	16 grammes.
Squammes de scille, demi-once..........	16
Racine d'angélique, demi-once..........	16
Baies de genièvre, demi-once..........	16
Macis, demi-once...................	16
Feuilles d'absinthe, une once..........	32
— mélisse, une once............	32
Vin blanc, huit livres..............	4000

Faites macérer pendant 8 jours ; passez avec expression ; filtrez.

Ce vin est employé comme diurétique dans l'ascite à la dose de 1 à 4 onces (32 à 125 grammes) par jour.

—

DES ALCOOLATS.

ALCOOLAT DE MÉLISSE COMPOSÉ.

(Eau de Mélisse spiritueuse, eau de Mélisse des Carmes.)

Pr. : Mélisse récente en fleurs, vingt-quatre onces.	750 grammes.
Zestes de citrons frais, quatre onces........	125
Cannelle fine, deux onces..............	64
Girofles, deux onces................	64
Muscades, deux onces...............	64
Coriandre sèche, une once............	32
Racine d'angélique sèche, une once.......	32
Alcool à 80° (31° Cart.), huit livres.......	4000

Après 8 jours de macération, on distille au bain-marie toute la partie spiritueuse.

La formule primitive de l'eau de mélisse des Carmes est beaucoup moins simple ; mais elle donne un alcoolat un peu plus suave ; la voici.

On prépare séparément des alcoolats simples avec :

Alcool à 56c (21° Cart.), deux livres.......	1000 grammes.
De chacune des matières qui doivent entrer dans l'alcoolat composé, trois onces.....	96

On fait un premier mélange avec :

Alcoolat de cannelle, onze onces.	350	grammes.
— coriandre, onze onces.	350	
— girofles, neuf onces et demie...	300	
— muscades, neuf onces et demie.	300	
— anis, six onces.............	192	
— écorces de citrons, six gros.....	24	

On fait un second mélange avec :

Alcoolat d'angélique, deux livres.........	1000	grammes.
— romarin, une livre trois onces....	596	
— hysope, une livre dix onces.......	820	
— marjolaine, une livre six onces....	692	
— thym, une livre six onces.	692	
— sauge, trois livres deux onces. ...	1564	

On réunit dans la cucurbite d'un alambic 1 livre (500 grammes) du premier mélange, 1 livre du second, et 1 livre d'alcoolat simple de mélisse. On y ajoute $\frac{1}{10}$ de leur totalité d'eau et $\frac{1}{8}$ de sucre (lequel, au reste, est inutile), et l'on retire les $\frac{4}{8}$ de la liqueur par la distillation.

Aucune odeur ne doit prédominer dans ce mélange : si quelqu'une prédomine, on la masque en ajoutant par le tâtonnement une nouvelle quantité des autres alcoolats.

ÉLIXIR AMÉRICAIN DE COURCELLES.

Pr.: Racines d'aunée, quatre livres...........	2000	grammes.
— aristoloche, trois livres..........	1500	
— canne à sucre, trois livres.	1500	
— — de Provence, deux livres. ..	1000	
Feuilles d'avocatier, deux livres.	1000	
— millepertuis, une livre.	500	
— sureau, huit onces.	250	
Écorce de bois de fer, six onces..........	192	
Feuilles et fleurs d'oranger, six onces.	192	
— croton balsamiferum, quatre onc.	125	
Baies de genévrier, trois onces..........	96	
Fleurs de tilleul, deux onces.............	64	
Feuilles de romarin, deux onces..........	64	
— justitia pectoralis, deux onces. .	64	
Racine d'asarum, une once.............	32	
— de palmiste, une once...........	32	

Opium, deux onces et demie..............   80 grammes.
Calebasse, deux en nombre. ....   N° 2.
Alcool à 88° (31° Cart.), huit litres.......   6800
Eau, quantité suffisante. ....   Q. S.
Cendres provenant de la combustion des
   mêmes plantes qui servent à la préparation
   de l'élixir, vingt-quatre onces..........   750

On fait infuser les racines dans l'eau bouillante, pour avoir huit pintes de liqueur. On ajoute toutes les autres substances et l'àlcool. On fait macérer pendant 3 jours et l'on distille au bain-marie toute la partie spiritueuse.

On exprime le résidu de l'opération, on ajoute les cendres à la liqueur extractive et l'on distille pour avoir autant d'eau aromatique qu'on a obtenu d'esprit alcoolique. On mêle les liqueurs et on les colore avec 6 onces (192 grammes) de fleurs de coquelicot, ou trois onces (96 grammes) de racine de garance, et l'on filtre.

Nous avons rapporté la formule de ce remède soi-disant anti-laiteux, d'après MM. Henry et Guibourt, qui assurent qu'elle est la seule véritable.

On peut remplacer la racine de canne à sucre, et la racine de palmiste par celle de canne de Provence; les feuilles de l'avocatier, par celles du laurier commun; l'écorce de bois de fer (*Messua ferrea*); par celles de gaïac; les feuilles de croton, par l'écorce de cascarille; les feuilles de justitia, par celles d'acanthe (Henry et Guibourt).

L'élixir américain est donné à la dose de 1 à 2 cuillerées à café par jour, contre la chlorose et l'aménorrhée.

ESPRIT CARMINATIF DE SYLVIUS.

(Alcoolat carminatif de Sylvius.)

Pr. : Racines d'angélique, deux gros. ....   8 grammes.
   —   d'impératoire, trois gros.   12
   —   de galanga, trois gros...........   12
Feuilles de romarin, trois onces.   96
   —   marjolaine, trois onces.   96
   —   rue, trois onces..............   96
   —   basilic, trois onces...........   96
Baies de laurier, six gros................   24
Semences d'angélique, une once.   32
   —   de livéche, une once.   32
   —   d'anis, une once.   32

Gingembre, trois gros.................   12 grammes.
Noix muscade, trois gros.   12
Macis, trois gros.   12
Cannelle, six gros.   24
Girofles, deux gros.   8
Écorces d'oranges, deux gros...........   8
Alcool à 80ᶜ (31° Cart.), six livres........ 3000

Distillez au bain-marie pour retirer toute la partie spiritueuse.
Employé comme cordial et stomachique à la dose de 1 à
2 gros.

—

DES SIROPS.

SIROP ANTISCORBUTIQUE DE PORTAL.

Pr. : Racine de gentiane, deux onces..........   64 grammes.
   —   garance, une once.   32
Écorce de quinquina, une once............   32
Sirop de sucre, neuf livres. 4500

On fait une infusion avec les racines et l'écorce de quinquina;
on la filtre et on l'ajoute au sirop; on évapore à 30 degrés
bouillant.

D'autre part :

Pr. : Racine fraîche de raifort, deux onces......   64 grammes.
   Cresson de fontaine......................   S. Q.
   Feuilles de cochléaria. ....   S. Q.

On pile pour obtenir :

   Suc filtré, douze onces. ....   375 grammes.

On y fait fondre au bain-marie :

   Sucre, vingt-deux onces. ....   692 grammes.

On mêle les deux sirops.

Au moment d'employer ce sirop on y ajoute par livre (500
grammes):

   Sublimé corrosif, un grain. ....   0,05 gram.

dissous dans un peu d'alcool.

Ce sirop est administré à la dose de 1 à 2 onces (32 à 64
grammes) dans les maladies cutanées, les scrofules, les maladies
syphilitiques anciennes.

SIROP ANTISYPHILITIQUE DE LAFFECTEUR.

Pr. : Salsepareille.........................	6
Gaïac................................	4
Squine..............................	4
Sassafras............................	4
Quinquina jaune......................	2
Fleurs de bourrache..................	1
Semences d'anis......................	1/6
Mélasse clarifiée.....................	20

On fait macérer les cinq premières espèces dans une chaudière avec 92 parties d'eau, pendant 48 heures ; puis on fait bouillir jusqu'à évaporation des deux tiers ; on passe avec expression ; on fait deux nouvelles décoctions ; on passe toutes les liqueurs à la chausse ; on ajoute la mélasse et on fait cuire en un sirop dans lequel l'on fait infuser les fleurs de bourrache enfermées dans un nouet (Formulaire de Cadet).

SIROP D'ARMOISE COMPOSÉ.

Pr. : Sommités fraîches fleuries d'armoise, six onces...............................	192 grammes.
Racines fraîches d'aunée, quatre gros.....	16
—— de livèche, quatre gros.............	16
—— de fenouil, quatre gros.............	16
Sommités fraîches de pouliot, six onces.....	192
—— cataire, six onces....	192
—— sabine, six onces. ...	192
—— marjolaine, trois onces et demie,............	112
—— hysope, trois onces et demie.........	112
—— matricaire, trois onces et demie.........	112
—— rue, trois onces et demie.............	112
—— basilic, trois onces et demie...........	112
Semences d'anis, neuf gros...............	36
Cannelle, neuf gros.....................	36
Miel blanc, deux livres..................	1000
Eau, seize livres.......................	8000

On incise les racines, on coupe les plantes, on concasse la cannelle ; on ajoute l'eau et le miel et l'on fait digérer pendant 3 jours à une douce chaleur. On distille alors pour retirer une livre et demie (750 grammes) de liqueur aromatique.

On passe le résidu de la distillation ; on y ajoute :

> Sucre, cinq livres. .... 2500 grammes.

On fait par coction et clarification un sirop, que l'on cuit un peu au-delà du terme ordinaire ; quand il est en partie refroidi, on le ramène au degré convenable en y ajoutant l'eau aromatique.

Le sirop d'armoise composé, peu usité maintenant, est emménagogue.

SIROP DÉPURATIF DE LARREY.

Pr. : Bois de gayac râpé, une livre.	500 grammes.
Racines de bardane, une livre.............	500.
— patience, une livre.............	500
— saponaire, trois onces.........	96
Tiges de douce-amère, quatre onces.	125

On fait deux décoctions de toutes ces substances. D'autre part on fait une infusion avec suffisante quantité d'eau et :

Feuilles de séné, quatre onces.	125 grammes.
Roses tremières, quatre onces.............	125
Anis vert, quatre onces.	125
Sassafras râpé, six gros.................	24

On passe ; on réunit le marc à celui des décoctions et l'on fait avec le tout une troisième décoction. On mêle toutes ces décoctions avec :

> Suc de bourrache, une livre six onces..... 692 grammes.

On fait concentrer par évaporation ; l'on ajoute, sur la fin de l'évaporation, l'infusion de séné composée ; quand la concentration a été poussée assez loin l'on ajoute :

Miel blanc, deux livres.	1000 grammes,
Sucre, deux livres.	1000

On fait un sirop par coction et clarification.

SIROP DÉPURATIF COMPOSÉ DE LARREY.

Pr.: Sirop dépuratif de Larrey, une livre.......... 500 grammes.
Sublimé corrosif, cinq grains................. 0,25
Sel ammoniac, cinq grains................. 0,25
Extrait d'opium, cinq grains............. 0,25
Liqueur d'Hoffmann, demi-gros......... 2

On fait dissoudre les deux sels dans une très petite quantité d'eau ; on les ajoute au sirop ; on en fait autant de l'extrait d'opium. Enfin, en dernier, on mêle au sirop la liqueur éthérée et l'on conserve dans une bouteille bien bouchée.

—

DES ESPÈCES.

ESPÈCES AMÈRES.

Pr.: Feuilles de chamœdrys................. 1
Sommités de petite centaurée............ 1
—   d'absinthe.................... 1

Mêlez.

ESPÈCES ASTRINGENTES.

Pr.: Racines de bistorte.................... 1
—   tormentille.................. 1
Écorces de grenades................... 1

Mêlez.

ESPÈCES BÉCHIQUES.

Pr.: Fleurs sèches de mauve ou de guimauve... 1
—   de pied de chat.................. 1
—   de tussilage.................... 1
—   de coquelicots.................. 1

Mêlez.

ESPÈCES ÉMOLLIENTES.

Pr.: Feuilles sèches de mauve.............. 1
—   de guimauve.................. 1
—   de bouillon blanc.............. 1
—   de séneçon.................. 1
—   de pariétaire.................. 1

Mêlez.

ESPÈCES PECTORALES.

Pr. : Feuilles de véronique................................ 1
— d'hysope.......................................
— de lierre terrestre...........................
Capillaire du Canada...............................

Mêlez.

ESPÈCES SUDORIFIQUES POUR DÉCOCTION.

Pr. : Bois de gayac râpé............................... 1
Racines de salsepareille incisées...................
— squine incisées............... 1

Mêlez.

ESPÈCES SUDORIFIQUES POUR INFUSION.

Pr. : Sassafras râpé................................ 1
Fleurs de sureau.......................... 1
Feuilles de bourrache...................... 1
Fleurs de coquelicots...................... 1

Mêlez.

FARINES ÉMOLLIENTES.

Pr. : Farine de lin................................. 1
— seigle................................ 1
— orge.................................. 1

Mêlez.

FRUITS BÉCHIQUES OU PECTORAUX.

Pr. : Dattes................................... 1
Jujubes.................................. 1
Figues................................... 1
Raisins secs............................. 1

Mêlez.

ESPÈCES ODORIFÉRANTES DITES POT POURRI.

Pr. : Racines d'angélique........................ 1
— acorus vrai........................ 1
— aunée.............................. 1
— galanga............................ 1
— gingembre.......................... 1

Racines d'impératoire......................   1
—   iris de Florence..................   1
—   valériane.......................   1
Bois de sassafras...........................   1
—   santal citrin....................   1
—   rhodes..........................   1
Écorce de cannelle.........................   1
—   cascarille.......................   1
—   winter..........................   1
Feuilles de laurier.........................   1
Sommités d'absinthe.......................   1
—   basilic.......................   1
—   calament.....................   1
—   hysope.......................   1
—   marjolaine...................   1
—   matricaire....................   1
—   mélilot.......................   1
—   menthe poivrée...............   1
—   —   coq.................   1
—   origan.......................   1
—   romarin......................   1
—   rue..........................   1
—   sauge........................   1
—   serpolet......................   1
—   tanaisie......................   1
—   thym.........................   1
Fleurs de camomille romaine...............   1
Fruits d'anis..............................   1
—   coriandre.......................   1
—   cumin..........................   1
—   fenouil.........................   1
—   genièvre........................   1
Zestes d'oranges...........................   1
—   de citrons........................   1
Girofles...................................   1
Fleurs de lavande.........................   6
Roses de Provins..........................   4
Sel marin..................................   6
Sel ammoniac.............................   1/2
Carbonate de potasse......................   1/2
Eau......................................   1

On divise à peu près également toutes les substances végétales,
les bois par la râpe, les écorces, les fruits, une partie des racines
par le pilon, et les autres, ainsi que les plantes, par le couteau ; on

mêle exactement toutes les matières, d'abord entre elles, puis avec les matières salines ; on les place dans un pot, et on les arrose avec l'eau ; on couvre le pot.

Au bout de quelque temps, l'odeur propre à toutes ces matières se fond au point de donner un mélange aromatique d'une odeur agréable, où il serait difficile de reconnaître celle des composants ; les sels servent à la conservation de la matière ; mais le carbonate de potasse et le sel ammoniac ont en outre pour effet de produire de l'ammoniaque qui donne du montant à la composition : on entretient celle-ci dans un état de moiteur, à peu près comme du tabac ; elle peut se conserver plusieurs années.

Le pot pourri est employé pour parfumer les appartements ; on le place dans de petits vases fermés avec un couvercle percé de petits trous.

THÉ DE SUISSE OU FALTRANK.

Pr. : Absinthe.	1
Bétoine	1
Bugle.	1
Calament.	1
Chamœdrys.	1
Hysope.	1
Lierre terrestre.	1
Millefeuille.	1
Origan.	1
Pervenche.	1
Romarin.	1
Sanicle.	1
Sauge.	1
Scolopendre.	1
Scordium.	1
Thym.	1
Véronique.	1
Fleurs d'arnica.	1
— pied-de-chat.	1
— scabieuse.	1
— tussilage.	1

Mêlez.

DES POUDRES COMPOSÉES.

POUDRE ANTI-ASTHMATIQUE OU INCISIVE,

Pr.: Sucre.   3
  Soufre lavé.   2
  Scille.   1

F. S. A.

La dose est de 18 à 30 grains (1 à 1,6 grammes).

POUDRE CAPITALE DE SAINT-ANGE.

Pr.: Poudre de feuilles d'asarum, une livre. . . .   500 grammes.
  ——   bétoine, trois gros. . . .   12
  ——   verveine, un gros. . . .   4
  Poudre de crapaud, un gros.   4

F. S. A.

POUDRE DE LA PRINCESSE DE CARIGNAN.

Pr.: Guy de chêne.   24
  Racine de valériane.   8
  —   dictame blanc.   8
  —   pivoine.   8
  Semences de pivoine.   8
  —   arroche.   6
  Corail rouge préparé.   3
  Corne de cerf calcinée.   3
  Succin.   3
  Castoréum.   1

F. S. A.

POUDRE CORNACHINE OU DE TRIBUS.

Pr.: Scammonée.   1
  Crême de tartre.   1
  Antimoine diaphorétique.   1

F. S. A.

Quand on prépare cette poudre avec de l'antimoine diaphorétique pour lequel on a ménagé le nitre, et qui retient du protoxide d'antimoine, il arrive avec le temps que la poudre cornachine devient émétique, parce qu'il se fait du tartrate de potasse
et d'antimoine.

On emploie cette poudre comme purgative à la dose de 15 à
30 grains (8 à 16 décigrammes).

TISANE SÈCHE OU POUDRE DIURÉTIQUE.

Pr. : Poudre de gomme.	8
Sucre.	8
Guimauve.	4
Nitrate de potasse.	1

F. S. A.

Cette poudre est employée surtout dans le traitement des gonorrhées. On en met 18 grains à 1 scrupule (1 à 1,3 grammes), pour faire une verrée de tisane. Elle remplace avantageusement les tisanes préparées au feu. Les formules varient en quelque sorte dans chaque pharmacie.

POUDRE DE DOWER.

Pr. : Sulfate de potasse en poudre.	4
Nitrate de potasse en poudre.	4
Extrait d'opium sec pulvérisé.	1
Ipécacuanha en poudre.	1
Réglisse en poudre.	1

On fait sécher toutes les poudres à l'étuve et on les mélange exactement.

Suivant la formule de Dower, le sulfate et le nitrate de potasse triturés ensemble sont fondus dans un creuset. On les verse dans un mortier de fer; quand ils sont presque refroidis, on les triture avec l'extrait, et enfin l'on ajoute les autres poudres. Dower employait l'opium brut, ce qui diminuait de moitié la dose d'opium. La manipulation à laquelle il avait recours avait pour but de dissiper les parties volatiles de l'opium ; elle est tout à fait sans objet quand on remplace l'opium brut par l'extrait d'opium.

La poudre de Dower est employée comme sudorifique à la dose de quelques grains. Elle contient $\frac{1}{10}$ de son poids d'extrait d'opium.

POUDRE DE GUTTÈTE.

Pr. : Guy de chêne.	2
Racine de dictame blanc.	2
— pivoine.	2
Semences de pivoine.	2
— arroche.	1
Corail rouge préparé.	1
Ongle d'élan.	2

F. S. A.

Cette poudre est employée dans le midi de la France contre les convulsions des enfants, à la dose de quelques grains; on la vante aussi comme anti-épileptique.

PALAMOUD.

Pr. : Cacao torréfié.	8
Farine de riz.	82
Fécule de pommes de terre.	32
Santal rouge.	1

F. S. A.

Suivant d'autres formules, la fécule de pommes de terre est remplacée par de la farine de gland.

RACAHOUT DES ARABES.

Pr. : Cacao torréfié.	8
Farine de riz.	24
Fécule de pommes de terre.	24
Sucre.	72
Vanille.	1

F. S. A.

Cadet donne la formule suivante :

Pr. : Cacao.	4
Salep.	1
Fécule de pommes de terre.	5
Sucre.	8
Vanille.	S. Q.

F. S. A.

POUDRE STERNUTATOIRE.

(Poudre d'asarum composée.)

Pr. : Feuilles de marjolaine.	1
— bétoine.	1
— cabaret.	1
Fleurs de muguet.	1

F. S. A.

POUDRE TEMPÉRANTE DE STHAL.

Pr. : Sulfate de potasse. 9
     Nitrate de potasse. 9
     Cinabre. 2

F. S. A.
Employée comme sédative ; peu efficace.

POUDRE VERMIFUGE.

Pr. : Poudre de mousse de Corse. 2
   —   semen-contra. 2
   —   rhubarbe. 1

Mêlez.

POUDRE POUR LES EMBAUMEMENTS.

Pr. : Poudre de noix de galles. 4
   —   tan. 4
   —   sel marin décrépité. 3
   —   nitrate de potasse. 1
   —   romarin. 1
   —   lavande. 1
   —   sauge. 1
   —   thym. 1
   —   menthe poivrée. 1
   —   aloès. 1
   —   benjoin. 1
   —   myrrhe. 1
   —   gingembre. 1
   —   girofles. 1
   —   muscades. 1
   —   poivre noir. 1

Mêlez.
On emploie comme vernis pour les bandelettes qui servent à recouvrir le corps, la préparation suivante :

Pr. : Baume du Pérou noir. 48
   —   copahu. 48
   Styrax liquide. 48
   Huile de noix muscades. 16
   —   volatile de lavande. 4
   —   —   thym. 1

On fait digérer au bain-marie ; on passe à travers un linge et on conserve pour l'usage (Codex).

—

DES ÉLECTUAIRES.

CONFECTION D'HYACINTHES.

(Électuaire de safran composé.)

Pr. : Terre sigillée préparée................	8
Pierres d'écrevisses porphyrisées..........	8
Cannelle.	3
Dictame de Crète........................	1
Santal citrin.	1
Santal rouge...........................	1
Myrrhe.	1

F. S. A. une poudre composée très fine.
D'autre part :

Pr. : Miel blanc...........................	24
Sirop d'œillets........................	48

On fait fondre le miel dans le sirop sur un feu très doux ; on passe et l'on incorpore :

Safran en poudre.....................	1

Au bout de 12 heures, on ajoute le reste des poudres.

On a supprimé, dans cet électuaire, les hyacinthes qui sont sans vertus. On a remplacé le sirop de limons par le sirop d'œillets, qui ne décompose pas les pierres d'écrevisses, et n'altère pas leur propriété absorbante.

On a ajouté le santal citrin, parce que la couleur du safran pâlit avec le temps, et que celle de l'électuaire se trouverait changée.

La confection d'hyacinthes est un médicament peu employé maintenant ; on s'en sert comme stomachique et absorbant à la dose de 1 à quelques gros.

ÉLECTUAIRE CATHOLICON DOUBLE.

(Électuaire de rhubarbe composé.)

Pr. : Racines de polypode, huit onces.........	250 grammes.
— chicorée, deux onces.........	64
— réglisse, une once.	32
Feuilles d'aigremoine, trois onces..........	96
Scolopendre, trois onces.	96
Fruits de fenouil, une once et demie.......	48

On fait bouillir dans six livres d'eau (3000 grammes), jusqu'à réduction d'un tiers, les racines et les feuilles ; on ajoute le fenouil ; on fait infuser. On passe avec expression ; alors on ajoute :

Sucre, quatre livres	2000 grammes.

On fait évaporer en un sirop très cuit, avec lequel on délaie peu à peu.

Pulpe de tamarins, quatre onces..........	125 grammes.
Pulpe de casse, quatre onces.............	125

On incorpore ensuite une poudre composée faite avec :

Poudre de rhubarbe, quatre onces........	125 grammes.
— séné, quatre onces...........	125
— réglisse, une once...........	32
— semences de violettes, deux onces.	64
— — froides, une once et demie..........	48

Cet électuaire est encore employé comme purgatif en lavements, à la dose de 2 onces (64 grammes).

ÉLECTUAIRE DIAPHŒNIX.

(Électuaire de scammonée et de turbith composé.)

Pr. : Pulpe de dattes, huit onces..........	250 grammes.
Amandes douces séparées de leur pellicule, trois onces et demie................	112
Sucre, huit onces...................	250

Broyez les amandes avec le sucre pour en faire une pâte homogène, mêlez-y la pulpe de dattes ; ajoutez ensuite :

Miel despumé, deux livres. . . . .   1000 grammes.

Et enfin les poudres suivantes :

Poudre de gingembre, deux gros. . . . .   8 grammes.
—   poivre noir, deux gros.   8
—   macis, deux gros.   8
—   cannelle, deux gros.   8
—   rue, deux gros.   8
—   daucus de Crète, deux gros. . . .   8
—   fenouil, deux gros.   8
—   safran, six grains.   0,3
—   racine de turbith, quatre onces.   125
—   scammonée d'Alep, une once et
       demie.   48

Cet électuaire est encore très employé à l'hôpital de la Charité. Il entre à la dose de 1 once (32 grammes) dans la préparation de la médecine et du lavement purgatif employé contre la colique des peintres.

ÉLECTUAIRE DIASCORDIUM.

Pr. : Feuilles de scordium, douze gros. . . . .   48 grammes.
Roses rouges, quatre gros.   16
Bistorte, quatre gros.   16
Gentiane, quatre gros.   16
Tormentille, quatre gros.   16
Semences d'épine-vinette, quatre gros.   16
Gingembre, deux gros.   8
Poivre long, deux gros.   8
Cassia lignea, quatre gros.   16
Cannelle, quatre gros.   16
Dictame de Crète, quatre gros.   16
Storax calamite, quatre gros.   16
Galbanum, quatre gros.   16
Gomme arabique, quatre gros.   16
Bol d'Arménie préparé, deux onces.   64
Extrait d'opium, deux gros.   8
Miel rosat en consistance de miel, deux livres.   1000
Vin d'Espagne, environ sept à huit onces.   220 à 250

On fait une poudre composée suivant l'art d'une part, on dissout l'extrait d'opium dans le vin d'Espagne ; on y ajoute le miel rosat, puis la poudre composée et l'on fait un mélange intime.

Cet électuaire est encore très employé comme astringent contre les diarrhées et la dyssenterie, à la dose de $\frac{1}{2}$ gros à 2 gros (2 à 8 grammes).

Il contient environ par gros $\frac{1}{2}$ grain d'extrait d'opium (3 centigrammes).

Le diascordium se conserve pendant fort longtemps ; cependant, à la longue, il prend une couleur plus foncée, que l'on attribue à l'action des principes astringents sur le fer du bol d'Arménie ; si on veut l'avoir toujours d'une belle couleur rouge, il faut n'en préparer que peu à la fois, avec :

Poudre composée de diascordium............	36
Extrait d'opium...........................	1
Miel rosat...............................	128
Vin d'Espagne...........................	28

ÉLECTUAIRE LÉNITIF.

Pr. : Orge entière, deux onces.	64
Polypode de chêne, deux onces...........	64
Réglisse, une once......................	32
Feuilles fraîches de scolopendre, une once et demie...............................	48
Feuilles fraîches de mercuriale, quatre onces.	125
Raisins secs, deux onces...............	64
Pruneaux de Damas, une once et demie....	48
Jujubes, une once et demie.............	48
Tamarin, deux onces...................	64

On fait d'abord crever l'orge, on ajoute le polypode et ensuite les autres substances ; on passe avec expression.

D'autre part :

Pr. : Séné, deux onces.......................	64 grammes.

On fait une légère décoction.

On mêle les liqueurs ; on les évapore à 5 livres (2500 grammes) ; on y ajoute :

Sucre, deux livres et demie..............	1250 grammes.

On fait un sirop très cuit, dans lequel on délaie :

Pulpe de pruneaux, six onces............	192 grammes.
— casse, six onces..............	192
— tamarins, six onces.	192
Poudre de séné, cinq onces..............	160
— fenouil, deux gros............	8
— d'anis, deux gros............,....	8

Cet électuaire purgatif est quelquefois encore employé en lavements à la dose de 1 once à 1 once ¹/₂ (32 à 48 grammes).

—

THÉRIAQUE.

Racine d'acorus vrai.	6
— costus arabique................\...	6
— gingembre.	6
— iris de Florence................	12
— quintefeuille	6
— rhapontic.	6
— valériane.	4
— nard celtique.	4
— spicanard.	8
— méum......................	4
— gentiane.	4
— aristoloche ronde.	2
— cabaret.......................	2
Bois d'aloès.	2
Xylobalsamum.	1
Schœnante.......................	6
Écorces de cannelle..................	12
— cassia lignea.	8
— citrons....................	6
Scille sèche......................	12
Sommités de scordium.................	12
— marrube...................	6
— calament.	6
— chamœdrys.................	4

Sommités de chamœpitys	4
— pouliot	4
— marum	2
Dictame de Crète	6
Malabathrum	6
Petite centaurée	2
Hypéricum	4
Stœchas arabique	6
Roses rouges	12
Safran	8
Ammi	4
Anis	4
Fenouil	4
Daucus de Crète	2
Seseli de Marseille	4
Persil de Macédoine	6
Amome en grappes	8
Cardamome	4
Carpobalsamum	4
Poivre noir	6
— blanc	6
— long	24
Semences d'ers	36
— bunias	12
— thlaspi	4
Agaric blanc	12
Vipères sèches	12
Castoréum	2
Opium	24
Suc de réglisse	12
— acacia	4
— hypociste	4
Gomme arabique	4
Mie de pain desséchée	12
Galbanum	2
Myrrhe	8
Oliban	6
Opopanax	2
Sagapénum	4
Styrax calamite	4
Bitume de Judée	2
Terre sigillée	4
Sulfate de fer desséché	4

F. S. A. une poudre composée. C'est la poudre thériacale,

Pour la transformer en électuaire :

Pr. : Poudre thériacale.	75
Baume de la Mecque.	2
Térébenthine de Chio.	1
Miel blanc.	225
Vin d'Espagne.	S. Q.

On liquéfie les deux térébenthines dans une bassine à une douce chaleur ; on y ajoute assez de poudre thériacale pour les absorber et les diviser exactement. D'autre part, on fait fondre le miel à une douce chaleur ; on le verse encore chaud et peu à peu dans la bassine pour délayer le premier mélange : on ajoute petit à petit le reste des poudres et la quantité de vin d'Espagne nécessaire pour donner à la masse une consistance un peu molle. On conserve la thériaque dans un pot, et, après quelques mois, on la broie de nouveau dans un mortier. On l'abandonne à elle-même, et on ne s'en sert qu'après un an de préparation. Cet électuaire subit pendant de longues années une fermentation lente, qui était considérée comme favorable et ajoutant à ses propriétés. Chaque gros de thériaque contient un peu moins d'un grain d'opium brut qui équivaut à $1/2$ grain d'extrait d'opium.

MARMELADE DE TRONCHIN.

Pr. : Casse cuite, une once.	32 grammes.
Manne en larmes, une once.	32
Sirop de violettes, une once.	32
Huile d'amandes douces, une once.	32
Eau de fleurs d'oranger, un gros.	4

On piste la manne dans un mortier de marbre ; l'on ajoute peu à peu le sirop de violettes en triturant jusqu'à parfaite division ; on incorpore à la fin les autres substances.

MARMELADE DE ZANETTI.

Pr. : Manne en larmes, deux onces.	64 grammes.
Sirop de guimauve, une once et demie.	48
Casse cuite, une once.	32
Huile d'amandes douces, une once.	32
Beurre de cacao, six gros.	24
Eau de fleurs d'oranger, quatre gros.	16
Kermès minéral, quatre grains.	0,2

On fait fondre le beurre de cacao dans l'huile d'amandes douces, on délaie le kermès dans le sirop de guimauve et l'on fait le mélange comme pour la marmelade de Tronchin.

—

DES PILULES.

PILULES ASTRINGENTES DE CAPURON.

Pr. : Cachou.	12
Alun................................	6
Opium.	2
Sirop de roses rouges....................	S. Q.

F. S. A. des pilules de 4 grains.

PILULES BALSAMIQUES DE MORTON.

Pr. : Poudre de cloportes....................	18
— gomme ammoniaque.	9
Fleurs de benjoin.	6
Poudre de safran.	1
— baume de Tolu.	1
Baume de soufre anisé..................	6

F. S. A.

On ne peut argenter ces pilules à cause du soufre qu'elles contiennent.

Ces pilules sont prescrites contre l'asthme et les catarrhes chroniques à la dose de quelques grains.

PILULES BÉNITES DE FULLER.

Pr. : Aloès.	8
Sené................................	4
Asa fœtida.	2
Galbanum............................	2
Myrrhe..............................	2
Safran..............................	1
Macis...............................	1
Sulfate de fer........................	12
Huile de succin rectifiée................	1
Sirop d'armoise composé, environ........	16

F. S. A. des pilules de 4 grains.
Employées comme anti hystériques.

PILULES DE MÉGLIN

Pr. : Extrait de jusquiame....................   1
         —   valériane....................   1
Oxide de zinc sublimé.................   1

Faites des pilules de 3 grains.
On emploie ces pilules comme antispasmodiques.

PISS BOLS POUR LES CHEVAUX.

Pr. : Savon blanc, deux livres................   1000 grammes.
Poix blanche, deux livres..............   1000
Nitrate de potasse, huit onces............   250
Carbonate de potasse, huit onces.........   250
Huile essentielle de genièvre, deux onces...   64
Poudre de réglisse, une livre un quart......   625

Faites des bols de 2 onces.

—

DES POTIONS.

POTION AROMATIQUE ou CORDIALE.

Pr. : Sirop d'œillets, une once. ....   32 grammes.
Alcoolat de cannelle, demi-once..........   16
Confection d'hyacinthes, deux gros........   8
Eau de menthe poivrée, deux onces.......   64
— de fleurs d'oranger, deux onces.......   64

Mélangez les eaux distillées, l'alcoolat et le sirop, et délayez la
confection d'hyacinthes dans la liqueur.

POTION ANTIHYSTÉRIQUE.

Pr. : Sirop d'armoise composé, une once........   32 grammes.
Teinture de castoréum ou d'asa-fœtida, demi-
         gros.............................   2
Eau distillée de valériane, deux onces......   64
         — de fleurs d'oranger, deux onces......   64
Éther sulfurique, un gros................   4

Mêlez la teinture avec le sirop, ajoutez les eaux distillées, puis l'éther, et bouchez exactement la bouteille.

POTION ANTISPASMODIQUE.

Pr. : Sirop de fleurs d'oranger, une once........ 32 grammes.
Eau distillée de tilleul, deux onces........ 64
— de fleurs d'oranger, deux onc. 64
Éther sulfurique, un demi-gros......... 2

Mêlez dans une fiole que vous boucherez exactement

POTION DIURÉTIQUE.

Pr. : Oximel scillitique, demi-once........... 16 grammes.
Eau distillée d'hysope, trois onces. 96
— de menthe poivrée, une once. 32
Alcool nitrique, demi-gros. 2

Mêlez.

POTION PURGATIVE DES PEINTRES.

Pr.: Électuaire diaphœnix, une once.......... 32 grammes.
Poudre de jalap, un gros................ 4
Sirop de nerprun, une once............. 32
Séné, deux gros..................... 8

Faites infuser le séné dans une quantité d'eau suffisante pour avoir 4 onces (125 grammes) de liqueur ; délayez les autres substances dans cette infusion.

Ce purgatif fait partie du traitement des pères de la Charité contre la colique des peintres.

POTION DE RIVIÈRE.
(Potion gazeuse.)

Pr. : Sirop de limons, une once. .... 32 grammes.
Suc de citron, demi-once............... 16
Eau commune, trois onces.............. 96
Bi-carbonate de potasse, demi-gros........ 2

On introduit tous les liquides dans une fiole, puis le bi-carbonate, et l'on bouche exactement. Les acides mettent en liberté l'acide carbonique qui rend la potion effervescente. Souvent on partage la potion en deux : alors on substitue le sirop d'écorce de citrons au sirop de limons et l'on n'ajoute pas le suc acide. Celui-ci sert à faire une autre potion sans alcali, que l'on fait boire immédiatement après la première. De cette manière l'effervescence se fait dans l'estomac même du malade.

On se sert alors des deux formules suivantes :

1º Eau commune, trois onces................. 96 grammes.
   Bi-carbonate de potasse, demi-gros........   2
   Sirop d'écorce de citrons, demi-once...... 16

Pour une première potion.

2º Suc de citron, demi-once............... 16 grammes.
   Sirop de limons, une once.............. 32
   Eau commune, deux onces............... 64

Pour une seconde potion.

POTION TONIQUE.

Pr. : Sirop de quinquina, une once............ 32 grammes.
      Alcoolat de mélisse composé, deux gros....   8
      Eau de menthe poivrée, deux onces........ 64
      Eau commune, deux onces............... 64

Mêlez.

———

DES POMMADES.

POMMADE ASTRINGENTE.

Pr. : Poudre de noix de galles..............   1
      — —   cyprès.   1
      Baies de myrte....................   1
      Écorce de grenades.   1
      Feuilles de sumac.   1
      Mastic.........................   1
      Pommade rosat. 18

On fait liquéfier la pommade rosat, on la coule dans un mortier, et on y incorpore les poudres à chaud.

POMMADE CONTRE L'ALOPÉCIE.

Pr. : Suc de citron récent, un gros...........   4 grammes.
      Extrait de quinquina, deux gros.........   8
      Teinture de cantharides, un gros.   4
      Huile de cèdre, un scrupule.   1,3
      —   bergamotte, dix gouttes......... 10 gutt.
      Moelle de bœuf, deux onces. .... 64 grammes.

Liquéfiez la moelle de bœuf, ajoutez-y d'abord l'extrait de quinquina ramolli par le suc de citron, puis la teinture alcoolique et les huiles.

Avant d'employer cette pommade, on lave la tête avec de l'eau de savon; le lendemain on fait une friction avec un peu de pommade; on recommence chaque matin. Il faut un mois ou six semaines pour faire croître les cheveux (docteur Schneider).

CÉRAT OU POMMADE POUR LE TOUCHER.

Pr. : Blanc de baleine.	1
Cire jaune.	1
Huile d'olives.	16
Soude caustique.	1

On fait fondre le blanc de baleine et la cire dans l'huile, à une douce chaleur, dans une terrine vernissée. On ajoute la soude caustique et l'on agite jusqu'au refroidissement.

Cette pommade est employée à la maison d'accouchements pour pratiquer le toucher.

ONGUENT NUTRITUM.

Pr. : Litharge porphyrisée.	3
Huile d'olives fine.	9
Vinaigre très fort.	4

On met toutes ces matières sur un feu doux, dans une terrine vernissée, et l'on agite jusqu'à ce que la consistance soit celle d'un onguent mou.

La solidification est due à la combinaison de l'huile avec la litharge, et elle augmente, avec le temps, à mesure que cette combinaison s'effectue sur une plus grande quantité de l'oxide. Aussi ne doit-on préparer l'onguent nutritum qu'à mesure du besoin.

On l'emploie comme cicatrisant.

DES ONGUENTS.

BAUME D'ARCÆUS.

(Onguent d'Arcœus.)

Pr. : Suif de mouton............................. 4
Térébenthine............................. 3
Résine élémi............................. 3
Axonge............................. 2

On fait liquéfier la résine élémi et les matières grasses; on ajoute la térébenthine, et quand elle est fondue, on passe à travers un linge et l'on remue avec un bistortier en bois, jusqu'à ce que l'onguent soit presque entièrement refroidi.

BAUME CHIRON.

Pr. : Huile d'olives, vingt onces. .... 625 grammes.
Térébenthine, quatre onces. 125
Cire jaune, deux onces. 64
Racine d'orcanette, une once. 32
Baume noir du Pérou, cinq gros.......... 20
Camphre pulvérisé, vingt-quatre grains.... 1,3

On fait liquéfier la cire et la térébenthine avec l'huile; on ajoute la racine d'orcanette qu'on laisse digérer, pour colorer le baume en rouge; on passe à travers un linge; on ajoute le baume du Pérou et le camphre, et l'on remue jusqu'à refroidissement.

On s'en sert comme cicatrisant des plaies.

BAUME DE LUCATEL.

Pr. : Huile d'olives........................ \ 9
Cire jaune............................ 6
Vin de Malaga......................... 2
Térébenthine. 9
Santal rouge pulvérisé.................. 1
Baume noir du Pérou. 1 1/2

On fait chauffer ensemble l'huile d'olives, la cire jaune, le vin de Malaga, jusqu'à ce que toute la partie alcoolique et aqueuse ait été dissipée; on retire du feu; on ajoute la térébenthine et le santal, et, quand le mélange est en partie refroidi, on y ajoute le baume du Pérou.

Cette composition est employée comme la précédente pour cicatriser les plaies.

BAUME DE GENEVIÈVE.

Pr.: Huile d'olives, douze onces..............   375 grammes.
  Cire jaune, deux onces....................   64
  Santal rouge en poudre, demi-once.........   16
  Térébenthine, quatre onces...............   125
  Camphre, demi-gros.......................   2

Faites digérer à une douce chaleur. Le camphre ne doit être ajouté que lorsque la pommade est à moitié refroidie.

ONGUENT D'ALTHÆA.

Pr.: Huile de fénugrec....................   8
  Cire jaune.   2
  Poix-résine.........................   1
  Térébenthine.......................   1

Faites liquéfier la poix et la cire dans l'huile ; ajoutez la térébenthine ; passez à travers un linge et agitez l'onguent jusqu'à ce qu'il soit presque entièrement refroidi.

ONGUENT DE STYRAX.

Pr.: Huile de noix.......................   3
  Styrax liquide......................   2
  Colophane.........................   4
  Résine élémi.......................   2
  Cire jaune.........................   2

On fait liquéfier ensemble la colophane, la résine élémi et la cire. On ajoute ensuite le styrax, et quand il est fondu, on met l'huile de noix ; on passe et l'on agite jusqu'à refroidissement. Il faut avoir le soin que le mélange résineux ne soit pas trop chaud au moment où l'on met le styrax, parce que celui-ci contient de l'eau qui serait subitement réduite en vapeurs et boursousflerait beaucoup la matière.

ONGUENT CONTRE LA TEIGNE.

Pr.: Farine de froment.....................   5
  Vinaigre.........................   40

Faites cuire en consistance de colle, ajoutez d'autre part :

Poix noire....................................	4
— résine.....................................	3
— blanche...................................	8

Faites liquéfier, passez ; mélangez à la pâte de farine et agitez jusqu'à refroidissement.

Cette préparation, autrefois très employée, est presque inusitée maintenant. On en garnissait une calotte que l'on appliquait sur la tête et que l'on arrachait brusquement, opération qui faisait éprouver au patient les douleurs les plus vives.

DES EMPLATRES.

EMPLATRE SIMPLE AGGLUTINATIF.

Pr.: Emplâtre simple........................	6
Poix blanche.............................	1

Faites liquéfier sur un feu doux ; passez s'il est nécessaire et faites des magdaléons.

EMPLATRE AGGLUTINATIF D'ANDRÉ DE LA CROIX.

Pr.: Poix blanche...........................	8
Résine élémi..........................	
Térébenthine.........................	
Huile de laurier......................	

F. S. A.

Cet emplâtre est très agglutinatif ; on l'emploie pour réunir les bords des plaies.

EMPLATRE DE CIRE.

Pr.: Cire jaune............................	3
Suif de mouton......................	3
Poix blanche........................	1

Faites liquéfier et passez.

EMPLÂTRE DIT CÉROENE.

Pr. : Poix de Bourgogne, douze onces......... 375 grammes.
— noire, trois onces................... 96
Cire jaune, trois onces six gros. 120
Suif, une once deux gros. 40
Bol d'Arménie, trois onces deux gros. 104
Myrrhe pulvérisée, cinq gros............. 20
Encens pulvérisé, cinq gros............. 20
Minium porphyrisé, cinq gros............ 20

Faites liquéfier la poix noire, puis la poix de Bourgogne ; ajoutez la cire et le suif, et quand le mélange sera fondu, passez-le à travers un linge ; laissez-le refroidir à moitié et incorporez-y exactement les autres matières pulvérisées.

Cet emplâtre est un remède populaire usité contre les douleurs qui résultent d'un effort violent.

EMPLÂTRE DIACHYLON GOMMÉ.

Pr. : Emplâtre simple...................... 48
Cire jaune........................... 3
Térébenthine....................... 3
Poix blanche 3
Gomme ammoniaque.................... 1
Bdellium........................... 1
Galbanum........................... 1
Sagapénum.......................... 1

On fait liquéfier l'emplâtre ; on y ajoute la poix blanche, la térébenthine et la cire qui ont été fondues ensemble et passées à travers un linge, et enfin les gommes-résines que l'on a divisées à chaud dans l'alcool à 56° (21° Cartier), ou tout simplement dans l'eau, et que l'on a fait évaporer en consistance emplastique.

M. Delondre a conseillé la manipulation suivante : Il fait fondre l'emplâtre simple et la cire ; d'une autre part il fait liquéfier sur le feu la poix, la térébenthine et les gommes-résines avec 4 parties d'eau ; quand la matière est fondue et que l'eau est évaporée, il passe avec expression et il mélange la matière à l'emplâtre ; dans ce mode de préparation, ce sont les résines et l'huile volatile qui servent à dissoudre les parties résineuses des gommes-résines et l'eau qui divise leur partie gommeuse.

Ce procédé, qui est fort bon quand on opère sur de petites

masses, ne m'a jamais bien réussi à la Pharmacie centrale des hôpitaux, parce qu'en opérant sur une forte dose, les matières se refroidissent et prennent trop de consistance, avant qu'on ait eu le temps de les passer.

EMPLATRE DIAPALME.

Pr.: Emplâtre simple...................... 32
 Cire blanche........................ 2
 Sulfate de zinc...................... 1

On fait liquéfier l'emplâtre et la cire et l'on ajoute le sulfate de zinc que l'on a fait dissoudre dans une petite quantité d'eau.

Le sulfate de zinc blanchit la composition, soit parce que ce sel interposé divise la matière, soit plutôt parce qu'il se forme par double décomposition un savon de zinc et du sulfate de plomb.

Le mot *diapalme* vient de ce que l'on préparait autrefois cet emplâtre en se servant, au lieu d'eau, d'une décoction des régimes du palmier. Lemery conseillait de se servir d'une spatule faite avec la tige de cet arbre. Reuss et Plenck faisaient entrer de l'huile de palme dans la composition de l'emplâtre.

EMPLATRE ANTIHYSTÉRIQUE OU FÉTIDE.

Pr.: Galbanum 2
 Asa-fœtida......................... 1
 Poix blanche....................... 1
 Cire jaune. 1

On fait liquéfier les gommes-résines sur un feu doux avec la poix blanche; on passe avec expression; on ajoute la cire, et quand elle est fondue, on retire du feu et l'on agite jusqu'à ce que la masse soit presque solidifiée.

On emploie cet emplâtre comme antispasmodique contre l'hystérie et les coliques venteuses.

EMPLATRE DE MUCILAGE.

Pr.: Huile de mucilage, huit onces........... 250 grammes.
 Résine de pin, trois onces............. 96
 Térébenthine, une once............... 32
 Cire jaune, deux livres............... 1000
 Gomme ammoniaque, une once......... 32
 Opopanax, une once................. 32
 Safran en poudre, deux gros et demi...... 10

On fait liquéfier sur un feu doux l'huile et les résines ; on passe ; on ajoute la cire que l'on fait fondre à son tour ; on incorpore les gommes-résines, dissoutes à la manière ordinaire, et amenées en consistance d'extrait ; à la fin on ajoute le safran.

EMPLATRE DE NUREMBERG OU DE MINIUM.

Pr. : Emplâtre simple, douze onces..............	375 grammes.
Cire jaune, six onces.....................	192
Huile d'olives, deux onces.	64
Minium, trois onces.....................	96
Camphre, deux gros......................	8

On liquéfie l'emplâtre et la cire ; on broie le minium avec l'huile sur un porphyre ; l'on ajoute à l'emplâtre ; et quand le mélange est en grande partie refroidi, on y incorpore le camphre dissous dans un peu d'alcool.

EMPLATRE RÉSOLUTIF OU DES QUATRE FONDANTS.

Pr. : Emplâtre de savon...................		1
— de ciguë...................		1
— diachylon gommé............		1
— mercuriel.................		1

Mêlez.

EMPLATRE DE RUSTAING.

Pr. : Litharge, deux livres..................	1000 grammes.
Huile d'olives, deux livres et demie.........	1250
Cire jaune, une livre.....................	500
Térébenthine de Chio, quatre onces........	125
Huile de laurier, quatre onces...........	125
Opopanax, deux onces et demie..........	80
Bdellium, deux onces...................	64
Gomme ammoniaque, deux onces........	64
Sarcocolle, deux onces.	64
Oliban, deux onces.....................	64
Mastic, deux onces....................	64
Myrrhe, deux onces.	64
Aloès, une once.	32
Poudre d'aristoloche ronde, deux onces....	64
Camphre, trois onces...................	96

F S. A.

Cet emplâtre est employé pour détourner le lait chez les femmes qui ne nourrissent pas.

On étend l'emplâtre sur deux écussons de peau très douce, coupés en rond et qui doivent avoir un peu plus de circonférence que le sein. On fait une petite ouverture un peu plus haut que le milieu pour donner passage au mamelon. On applique l'emplâtre sur les seins quelques heures après l'accouchement; on l'enlève au bout de neuf jours (D. Chrestien).

DES MÉDICAMENTS EXTERNES.

CATAPLASME ÉMOLLIENT.

Pr. : Farine d'orge.   1
        de lin.   1
     Eau commune. . . . .   S. Q.

Délayez les farines dans l'eau de manière à les réduire en une pâte très claire; faites cuire, en remuant avec une spatule de bois, jusqu'en consistance convenable (Hôp. de Paris).

CATAPLASME MATURATIF.

Pr. : Farines résolutives, quatre onces. . . . .   125 grammes.
     Eau. . . . .   S. Q.
     Onguent basilicum, une once.   32

On mêle l'onguent au cataplasme cuit et encore chaud.

COLLYRE DÉTERSIF.

Pr. : Eau de roses, une once. . . . .   32 grammes.
     — distillée, trois onces.   96
     Sulfate de zinc, neuf grains.   0,5
     Poudre d'iris de Florence, douze grains. . . .   0,6
     Sucre candi, quatorze grains.   0,7

Faites dissoudre le sulfate de zinc et le sucre et délayez la poudre d'iris dans les eaux distillées.

Ce collyre est connu plus habituellement sous le nom d'Eau de collyre (Hôp. de Paris).

COLLYRE RÉSOLUTIF.

Pr. : Eau de roses, quatre onces............... 125 grammes.
    Extrait de saturne, un gros............... 4
    Alcoolat vulnéraire, deux gros........... 8

Mêlez (Hôp. de Paris).

LAVEMENT PURGATIF DES PEINTRES.

Pr. : Électuaire diaphœnix, une once.......... 32 grammes.
    Poudre de jalap, un gros................ 4
    Sirop de nerprun, une once. 32
    Infusé de 4 gros de séné, quatorze onces... 430

Mêlez.

LAVEMENT ANODIN DES PEINTRES.

Pr. : Vin rouge, douze onces................. 375 grammes.
    Huile de noix, six onces. 192

Mêlez.

Ce lavement, ainsi que le précédent, fait partie du traitement des pères de la Charité contre la colique des peintres.

POUDRE DENTIFRICE.

Pr. : Os de sèche porphyrisés................. 8
    Poudre d'iris de Florence................ 8
    Crême de tartre porphyrisée. 6
    Girofles pulvérisés..................... 2
    Laque carminée....................... 8

Mêlez sur un porphyre.

OPIAT DENTIFRICE.

Pr. : Corail rouge porphyrisé, quatre onces. .... 125 grammes.
    Os de sèche porphyrisés, une once........ 32
    Crême de tartre porphyrisée, une once..... 32
    Cochenille, une once................... 32
    Alun, demi-gros. 2
    Miel blanc, dix onces................... 320

On broie la cochenille avec l'alun et une petite quantité d'eau, et, après 24 heures, on ajoute le miel et enfin les poudres. On aromatise avec l'essence de girofle, de menthe ou de fleurs d'orangers.

LINIMENT HONGROIS.

Pr.: Alcool rectifié, douze onces..............   375 grammes.
    Vinaigre fort, six onces.................   192
    Camphre, demi-once...................   16
    Farine de moutarde, demi-once.   16
    Poivre pulvérisé, demi-once............   16
    Poudre de cantharides, un gros..........   4
    Ail pilé, une gousse. ....   No 1.

Après quelques jours de macération passez avec expression et filtrez.

Employé comme un excitant énergique.

LINIMENT CONTRE LES ENGELURES IMMINENTES.

Pr.: Baume de Fioraventi, quatre onces. ......   125 grammes.
    Acide hydrochlorique, trente-deux gouttes..   32 gutt.

Mêlez.
On frictionne matin et soir les parties malades (Docteur Fiévée).

TOPIQUE CONTRE LES ENGELURES.

Pr.: Baume de Fioraventi, trois onces.........   96
    Acétate de plomb liquide, trois onces......   96
    Huile d'olives, trois onces.   96
    Acide hydrochlorique, une once.........   32

Mêlez : on fait des frictions une ou deux fois par jour; le soir on couvre les parties affectées, on place dessus un papier de soie couvert du mélange, et on enveloppe le tout avec un linge (Docteur Berton).

LINIMENT EXCITANT.

Pr.: Baume de Fioraventi, deux onces. ....   64 grammes.
    Huile d'olives, deux onces.   64
    Alcool camphré, une once.   32
    Ammoniaque, un gros.................   4

Mêlez (Hôp. de Paris).

COLLYRE DE LANFRANC.

(Mixture ou solution cathérétique.)

Pr.: Vin blanc, deux livres.................... 1000 grammes.
Eau de roses, six onces.................... 192
—   plantain, six onces. 192
Orpiment, demi-once. 16
Verdet, deux gros. 8
Myrrhe, un gros vingt-quatre grains. 5,3
Aloès, un gros vingt-quatre grains. 5,3

On délaie avec soin toutes les matières dans le vin blanc, et l'on conserve le mélange dans un flacon. On l'agite chaque fois que l'on veut s'en servir.

Le collyre de Lanfranc est employé pour toucher les aphtes ou les ulcères de la bouche.

BAUME VERT DE METZ OU DE FEUILLET.

Pr.: Verdet non cristallisé, trois gros. .... 12 grammes.
Sulfate de zinc, un gros et demi.......... 6
Aloès, deux gros. 8
Huile de lin, six onces. 192
— d'olives, six onces. 192
— de laurier, une once. 32
Térébenthine, deux onces............... 64
Huile volatile de genièvre, demi-once. 16
———   girofles, un gros. 4

On fait fondre la térébenthine avec les huiles fixes; on y délaie dans un mortier le verdet et le sulfate de zinc porphyrisés et l'aloès en poudre très fine; on verse le tout dans une bouteille; on ajoute les huiles essentielles et l'on agite. Chaque fois qu'on doit se servir de ce remède, on remue bien la bouteille pour mêler les poudres au liquide.

Le baume vert s'emploie pour le pansement des ulcères indolents.

BATONS AROMATIQUES RUSSES.

Pr. : Baume noir du Pérou. 1

— de la Mecque. 1

— de Tolu. 4

Storax calamite. 4

Benjoin en larmes.................... 4

Poudre de cannelle. 4

— cascarille. 4

— girofles.................... 1

Sucre. 4

Vanille.......................... 2

Musc.......................... 1/18

Ambre gris...................... 1/18

Succin. 8

Laque carminée. 1

Esprit de roses. .... S. Q.

Faite une masse que vous diviserez en cylindres allongés du poids de $\frac{1}{2}$ once (16 grammes).

On s'en sert pour aromatiser les appartements; en frottant ces cylindres sur une pelle chauffée, ils répandent une odeur aromatique et agréable.

FIN DU DEUXIÈME VOLUME.

Le Lecteur est prié de faire les corrections suivantes.

1er **VOLUME**.

Page 201   Ligne 28 pour recevoir, *lisez :* pour recouvrir.
— 213   — 38 plus élevée, *lisez :* moins élevée.
— 241   — 8 les bulbes, *lisez :* les bulles.
— 244   — 15 Tolu, baume de digitale, *lisez :* baume de Tolu, digitale.
— 262   — 12 1000, *lisez :* 1500.
— 268   — 8 trois onces.... 25, *lisez :* trois gros... 12 grammes.
— 341   — 21 14 pilules, *lisez :* 16 pilules.
— 347   — 12 axonge 24, *lisez :* axonge 8.
— 375   — 17 grain, 1/2, 1/4 de grain, *lisez :* grain, 1/2 grain, 1/4 de grain.
— 438   — 10 citrons coupés N° 1, *lisez :* citrons coupés N° 5.
— 449   — 28 six livres, 3000 gr : *lisez :* trois livres, 1500 gr :
— 614   — 25 *cartina, lisez :* carlina.

2e **VOLUME**.

Page 87   Ligne 24 chlorhydrate de térébène, *lisez :* chlorhydrate de camphène.
— 163   — 16 d'inidine, *lisez :* d'inuline.
— 166   — 25 pendant une heure ensuite on le fait bouillir dans l'eau ; *lisez :* ensuite on le fait bouillir dans l'eau pendant une heure.
— 188   — 18 l'urine, *lisez :* l'urée.
— 217   — 30 de 2 livres, *lisez :* à 8 parties.
— 240   — 11 hyposulfate, *lisez :* hyposulfite.
— 247   — 10 du phosphore, *lisez :* de l'acide phosphorique.
— 258   — 37 9375, *lisez :* 9692.
— 271   — 6 10 pp. hydrogène, *lisez :* 5 pp. hydrogène.
— 333   — 20 iodure de potassium 8, *lisez :* iodure de potassium 2.
— 468   — 29 1 pp. 11 pp. 1/2, *lisez :* 1 pp. 1 pp. 1/2.
— 568   — 4 60 à 70 litres de capacité, *ajoutez :* si l'on a employé 3 kilogrammes de sulfure d'antimoine.
— 575   — 1 pilules de Bartn, *lisez :* pilules de Barton.
— 618   — 13 conjonction, *lisez :* conjonctive.
— 659   — 8 8,0042, *lisez* 0,0042.

TABLE GÉNÉRALE

ALPHABÉTIQUE

DES MATIÈRES.

A

B

C

D

E

F

L

M

N

O

P

Pages.

POMMADE d'iodure de barium, II. 335
— — de plomb, II. 337
— — de soufre, II. 338
— — de merc. (deuto-), II, 514
— — (proto-), II. 516
— de James, I. 522
— de jusquiame, I. 684
— de laurier, II. 32
— pour les lèvres, I. 297
— de limaçon, II. 203
— de lupulin, II. 66
— de Lyon, II. 491
— mercurielle, II. 484
— — au B. de cacao, II. 486
— — de Jadelot, II. 511
— — simple, II. 485
— de mercure doux, II. 511
— de morelle, I. 684
— de nicotiane, I. 684
— de nitrate d'argent, II. 534
— — de mercure, II. 525
— nitrique, I. 300
— ophthal. de Desault, II. 491
— — de Régent, II. 492
— — de Saint-Yves, II. 491
— — de Velpeau, II. 534
— d'or, II. 537
— oxigénée, I. 300
— phosphorée, II. 365
— de poivre, II. 92
— de précipité rouge, II. 491
— de propolis, II. 215
— de pyrélaine de goudron, II. 620
— de Rhazis, II. 460
— à la rose, I. 524
— par solutions, I. 165
— soufrée, II. 341
— de stramonium, I. 684
— de suie, II. 618
— sulfoalcaline, II. 342
— — savonneuse, II. 342
— de staphysaigre, I. 347
— stibiée, II. 563
— pour le toucher, II. 724
— de turbith minéral, II. 522
— de tuthie, II. 454
— de vératrine, II. 137
POMMES, I. 517
POPULINE, II. 70
PORPHYRISATION, I. 59
POT pourri, I. 11

Pages.

POTASSE, II. 273
— à l'alcool, II. 274
— à la chaux, II. 276
— liquide, II. 276
— purifiée, II. 281
POTIONS, I. 292
— ammoniacale, II. 300
— antihystérique, II. 721
— antispasmodique, II. 722
— avec l'assa-fœtida, I. 559
— chlorée, II. 310
— de Chopart, I. 501
— du docteur Cory, II. 56
— contre le ténia, II. 89
— cordiale, II. 30 et 721
— cyanurée, II. 378
— diurétique, II. 722
— émétisée, II. 562
— gommeuse, I. 487
— huileuse, I. 506
— d'hydrocyaniq. de potasse, II. 378
— hydrocyanique, II. 374
— à l'huile de croton, II. 56
— — de ricins, II. 61
— — de sabine, II. 82
— incisive, I. 556
— pectorale, I. 488
— — de Magendie, II. 374
— phosphorée, II. 366
— de polygala, I. 414
— purgative au séné, I. 478
— — au tamarin, I. 484
— — des peintres, II. 722
— — de Planche, I. 664
— de Rivière, II. 722
— sédative, I. 685
— de seigle ergoté, II. 172
— tonique, II. 723
— de Tuller, II. 56
— vermifuge, I. 635
— — au semen - contra, I. 635

POUDRE d'ache, I. 52
— d'acorus, I. 52
— d'aconit, I. 341
— d'agaric, II. 174
— d'Algaroth, II. 555
— d'aloès, II. 128
— d'amomum, I. 52
— d'angélique, I. 52
— d'angusture, I. 451
— d'anis, I. 555
— antispasm. d'Henning, II. 379
— d'arnica, I. 632

R

S

T

U

V

Y

Z

BIBLIOTHÈQUE DE L'ARSENAL

Tableau des Poids anciens et des Poids nouveaux.

Dans ce Tableau les rapports ont été, autant que possible, exprimés en nombres ronds.

INSTRUCTION.

... l'unité des poids nouveaux. On l'écrit : 1 gramme. Tous les ... s'écrivent en augmentant le chiffre qui représente les ..., 10 grammes, 75 grammes, etc.

... grammes sont :

... qui est la dixième partie du gramme.

... qui est la centième partie du gramme et la dixième du déci-

... qui est la millième partie du gramme, la centième du déci-... du centigramme.

...grammes sont distinguées par la virgule que l'on met à la droite ... Ex :

    1, gramme.
    7,
    20,

...mes sont placés à droite de la virgule et s'écrivent ainsi :

    0,1 gramme. = 1 décigramme.
    0,4   4
    0,6   6

...mes sont placés à droite des décigrammes et s'écrivent ainsi :

    0,01 gramme. = 1 centigramme.
    0,05   5
    0,08   8

...même temps des décigrammes et des centigrammes, chacun des ... représenter les uns ou les autres conserve sa place.

... = 12 centigrammes, ou 1 décigramme et 2 centigrammes.
    25   2   5
    58   5   8

...mmes sont placés à droite des centigrammes et s'écrivent ainsi :

    0,005 grammes. = 5 milligrammes.
    0,008   8

...même temps des centigrammes et des milligrammes, chacun d'eux ...place.

... = 15 milligrammes ou 1 centigramme et 5 milligrammes.
    40   4   6

...même temps des décigrammes, des centigrammes et des milligram-... et à la manière suivante :

...grammes = 125 millig. ou 1 décigr. 2 centigr. 5 milligr.
    530   3   5

...grammes et des fractions de gramme, on suit la même règle.

...grammes = 1 gram. 2 décigr. 3 centigr. 5 milligr.

...changement dans la position de la virgule peut entraîner des éf-...raves, il est à désirer que dans les formules les quantités en gram-...intures, centigrammes et milligrammes, soient inscrites en toutes

... a indiqué un moyen mnémonique qui sera fort commode aux ...loin une approximation tout à fait suffisante.

...sformation des gros en grammes ; pas de difficultés ; il suffit de ...nombre des gros par 4 pour avoir le nombre des grammes qui y

...praser les grains en centigrammes, il faut substituer par la pensée, ...ns et les centimes aux centigrammes,

...1 vaut 5 centimes ; 1 grain vaut 5 centigrammes.
    10   2   10
    75   15   75

GRAINS

GRAINS.	VALEUR.	ON ÉCRIT.
1 grain.	5 centigr. » ou » décigr.	0,05 ou » grammes
2	10 » 1	0,10 0,1
3	15 » 1 ½	0,15 »
4	20 » 2	0,20 0,2
5	25 » 2 ½	0,25 »
6	30 » 3	0,30 0,3
7	35 » 3 ½	0,35 »
8	40 » 4	0,40 0,4
9	50 » 5	0,50 0,5
10	55 » 5 ½	0,55 »
11	60 » 6	0,60 0,6
12	65 » 6 ½	0,65 »
14	75 » 7 ½	0,75 »
15	80 » 8	0,80 0,8
16	85 » 8 ½	0,85 »
17	90 » 9	0,90 0,9
18	100 » 10	1.
(1 gramme.)		1,
20	1 et 1 décigr. ou 11	1,10 1,1
24	1 3 13	1,30 1,3
30	1 7 17	1,70 1,7
36	2 » »	2,
48	2 6 26	2,60 2,6
54	3 » »	3,
72	4 » »	4,

SCRUPULE

SCRUPULE.	VALEUR.	ON ÉCRIT.
1 scrupule	1 gramme 3 décigr. ou 13 décigr.	1,30 ou 1,3 grain
2	2 6 26	2,60 2,6
3	4 » »	4,

GROS

GROS.	VALEUR.	ON ÉCRIT.
½ gros.	2 grammes.	2 grammes.
1	4	4
1 ½	6	6
2	8	8
3	12	12
4	16	16
5	20	20
6	24	24
7	28	28
8	32	32

ONCES

ONCES.	VALEUR.	ON ÉCRIT.
½ once	16 grammes	16 grammes
1	32	32
1 ½	48	48
2	64	64
2 ½	80	80
3	96	96
3 ½	112	112
4	125	125
5	156	156
6	192	192
7	220	220
8	250	250
9	280	280
10	320	320
11	350	350
12	375	375
13	400	400
14	440	440
15	470	470
16	500	500

LIVRES

LIVRES.	VALEUR.	ON ÉCRIT.
¼ livre	125 grammes	125 grammes
½	250	250
¾	375	375
1	500	500
1 ¼	625	625
1 ½	750	750
2	1000	1000
3	1500	1500
4	2000	2000
5	2500	2500

MILLIGRAMMES

MILLIGRAMMES.	VALEUR.	ON ÉCRIT.
1 milligramme.	1/20 grain.	0,001 grammes.
5	1/10	0,005
6	1/8	0,006
10	1/6	0,010
12	1/5	0,012
16	1/4	0,016
25	2/5	0,025
38	3/5	0,038
50	1	0,050

CENTIGRAMMES

CENTIGRAMMES.	VALEUR.	ON ÉCRIT.
1 centigramme.	1/5 grain.	0,01 grammes.
2	2/5	0,02
2 ½	1/2	0,025
3	3/5	0,03
5	1	0,05
7 ½	1 ½	0,075
10	2	0,10
15	3	0,15

CENTIGRAMMES

CENTIGRAMMES.	VALEUR.	ON ÉCRIT.
20 centigrammes.	4 grains.	0,20 ou 0,2 grammes.
25	5	0,25 »
30	6	0,30 0,3
40	8	0,40 0,4
50	9	0,50 0,5
60	11	0,60 0,6
70	13	0,70 0,7
80	15	0,80 0,8
90	17	0,90 0,9
100	18	1, 1,

DÉCIGRAMMES

DÉCIGRAMMES.	VALEUR.	ON ÉCRIT.
1 décigramme.	2 grains.	0,1 ou 0,10 grammes.
2	4	0,2 0,20
3	6	0,3 0,30
4	8	0,4 0,40
5	9	0,5 0,50
6	11	0,6 0,60
7	13	0,7 0,70
8	15	0,8 0,80
9	17	0,9 0,90
10	18	1, 1,

GRAMMES

GRAMMES.	VALEUR.	ON ÉCRIT.
½ gramme.	9 grains.	0,5 ou 0,50 grammes.
1	18	1, »
1 ½	27	1,5 1,50
2	36	2 »
3	54	3 »
4	1 gros.	4 »
6	1 ½	6 »
8	2	8 »
10	2 ½	10 »
12	3	12 »
16	4	16 »
20	5	20 »
24	6	24 »
32	1 once.	32 »
48	1 ½	48 »
64	2	64 »
80	2 ½	80 »
96	3	96 »
125	4	125 »
156	5	156 »
192	6	192 »
220	7	220 »
250	8	250 »
280	9	280 »
320	10	320 »
350	11	350 »
375	12	375 »
400	13	400 »
440	14	440 »
470	15	470 »
500	16	500 »

BIBLIOTHÈQUE DE L'ARSENAL

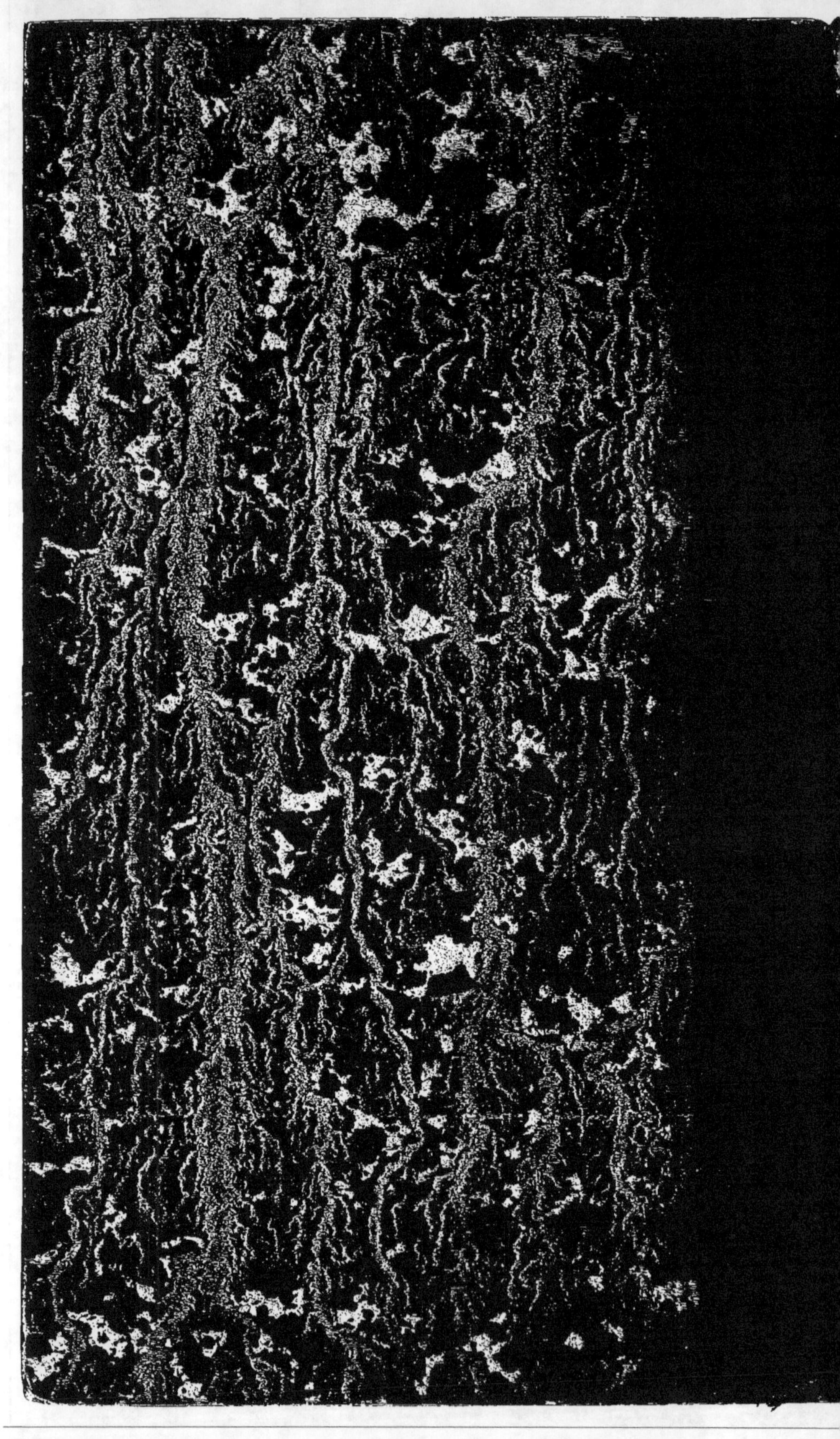

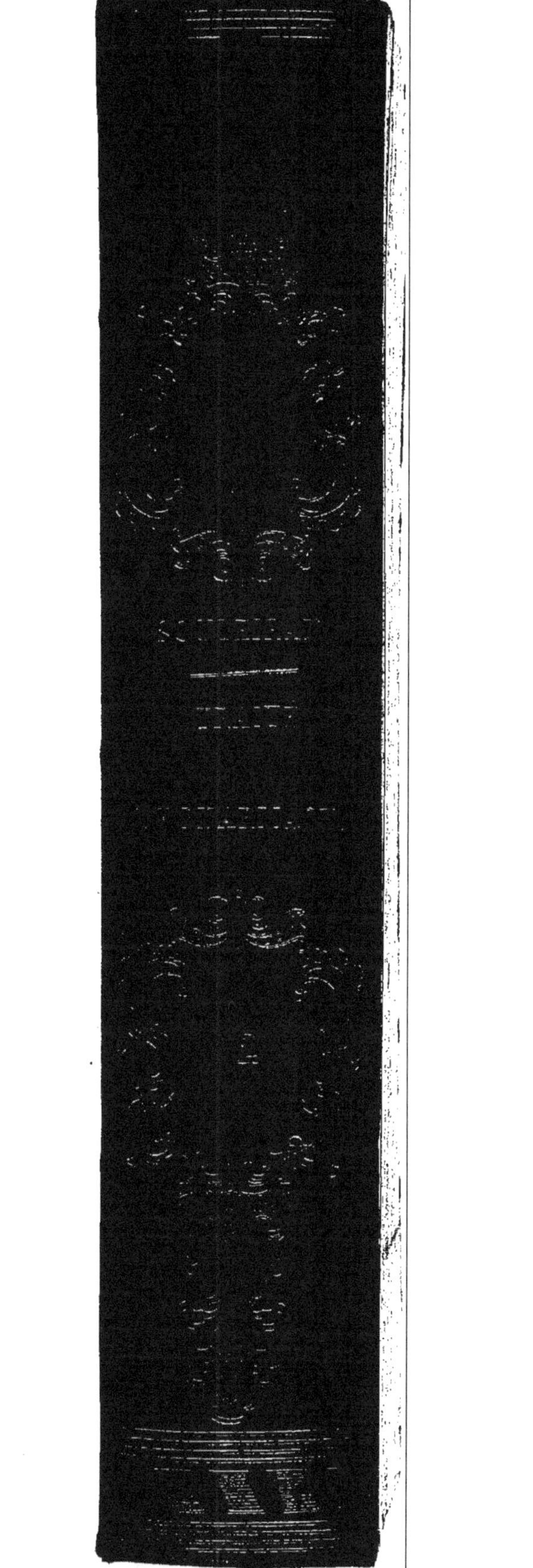

www.ingramcontent.com/pod-product-compliance
Lightning Source LLC
Chambersburg PA
CBHW070703100726
47907CB00001B/26